JANE FEATHER

# Wer dem Feuer verfällt

*Buch*

England um 1550: Owen d'Arcy, ein Spion der französischen Krone, hat den Auftrag, die schöne Lady Pen Bryanston mittels Verführung auszuspionieren. Denn die junge Witwe hat als Vertraute von Prinzessin Mary Zugang zu den Vorgängen im britischen Königshaus. Obwohl sich Pen leidenschaftlich zu dem hoch gewachsenen, charmanten Mann hingezogen fühlt, ist sie keine leichte Beute für Owen. Und auch der Spion spürt, dass er in Pen eine außergewöhnliche Frau vor sich hat, die ein Geheimnis in sich trägt. Also hilft er ihr, das Rätsel, das ihr auf der Seele brennt, zu lösen: Zwei Jahre zuvor war Lady Bryanston von einem Sohn entbunden worden. Und obwohl man ihr sagte, das Kind sei tot zur Welt gekommen, ist sich Pen sicher, das Neugeborene schreien gehört zu haben. Owen schlägt ihr ein Geschäft vor: Er hilft ihr, den totgesagten Sohn zu finden, während sie ihm im Gegenzug Informationen über die Prinzessin zuspielt. Der vorgeschlagene Handel bringt Pen in schwere Gewissenskonflikte: Kann sie Owen trauen? Wem ist sie mehr verpflichtet – der Prinzessin oder ihrem Herzen?

Die Suche nach dem Kind und die Gefahren, in die sich die beiden dabei begeben, stellen ihre Liebe auf eine harte Probe …

*Autorin*

Jane Feather, geboren in Kairo und aufgewachsen in Südengland, siedelte 1978 mit ihrer Familie in die USA um. Sie arbeitete als Psychologin, bis sie 1981 zu schreiben begann. Ihre Romane erreichen mittlerweile weltweit Millionenauflagen.

*Als Blanvalet Taschenbuch lieferbar:*

Diamantfeuer (35032) – Silberfeuer (35056) – Liebeshandel (35233) – Rivalen der Leidenschaft (35314) – Braut wider Willen (35313) – Duell der Herzen (35409) – Gefährliche Liebe (35676) – Die Braut des Piraten (35415) – Im Schatten der Leidenschaft (35784)

# JANE FEATHER

# Wer dem Feuer verfällt

Roman

Aus dem Amerikanischen
von Anke Koerten

BLANVALET

Die amerikanische Originalausgabe erschien unter dem Titel
»To Kiss a Spy« bei Bantam Books,
an imprint of Bantam Dell Publishing Group,
a division of Random House Inc., New York

*Umwelthinweis:*
Alle bedruckten Materialien dieses Taschenbuches
sind chlorfrei und umweltschonend.

Blanvalet Taschenbücher erscheinen im
Goldmann Verlag, einem Unternehmen
der Verlagsgruppe Random House GmbH.

Deutsche Erstveröffentlichung April 2003

Umschlaggestaltung: Design Team München
Umschlagillustration: Agentur Schlück/Daeni
Satz: DTP Service Apel, Hannover
Druck: Elsnerdruck, Berlin
Verlagsnummer: 35813
Redaktion: Barbara Gernet
LW · Herstellung: Heidrun Nawrot
Made in Germany
ISBN 3-442-35813-2
www.blanvalet-verlag.de

1 3 5 7 9 10 8 6 4 2

# Prolog

*High Wycombe, England, Juli 1550*

Das dünne Wimmern eines Neugeborenen drang durch den schwarzen Nebel ihrer Erschöpfung. Die junge Frau, deren Haut fahl wie altes Pergament war, lag mit geschlossenen Augen reglos in den Kissen. Beim Schrei des Kindes zuckten ihre Lider, ohne sich zu öffnen, ehe sie wieder in gnädige Bewusstlosigkeit versank.

Keine der drei anderen Frauen in dem stickigen Gemach hatte für das Bett einen Blick übrig, da die soeben Niedergekommene für sie nebensächlich war. Hastig und wortlos machten sie sich ans Werk: Danach verließen sie lautlos den Raum und schlossen die Tür hinter sich.

Es vergingen über drei Stunden, ehe Pen, in Schweiß gebadet, aus ihrer tiefen Benommenheit erwachte. Im Zimmer herrschte Backofenhitze, die Fenster waren fest geschlossen, im Kamin loderte ein Feuer. Als sie Geflüster vernahm, versuchte sie sich in den Kissen aufzurichten; doch schmerzte ihr Körper wie nach einer Folter. Sie war so kraftlos, dass sie kaum die Augen öffnen konnte.

»Ach, du bist wach.« Sie erkannte die Stimme ihrer Schwiegermutter. Mit großer Mühe schlug Pen die Augen auf und sah den Blick der Dowager Countess of Bryanston auf sich gerichtet. Ihre harten braunen Augen waren ausdruckslos wie Steine, ihr Mund ein schmaler Strich über einem massiven, vortretenden Kinn. Aus ihrer Verachtung und Abneigung, die sie der zarten jungen Frau im Bett entgegenbrachte, machte sie kein Hehl. Die Wöchnerin, Witwe ihres älteren Sohnes, hatte über zwanzig qualvolle Stunden lang in den Wehen gelegen und den posthumen Sohn ihres Gemahls zur Welt gebracht, der vom Augenblick seiner Geburt an als Erbe von Titel und Besitz seines Vaters galt.

»Das Baby«, flüsterte Pen, deren Stimme aus großer Ferne zwischen ihren rissigen Lippen hervorzudringen schien. »Wo ist mein Kind?«

Momentan sagte Lady Bryanston gar nichts. Röcke raschelten, als eine zweite Person zu ihr ans Bett trat.

Erschrocken blickte Pen in die zwei Gesichter auf, die sich über sie beugten. Ihr Herz drohte auszusetzen. »Mein Kind? Wo ist es?« Panik schwang in ihrer Frage mit.

»Es war eine Totgeburt«, gab Lady Bryanston kalt Auskunft. »Er kam vier Wochen zu früh ... hat es nicht geschafft.«

»Aber ... ich hörte ihn schreien«, wandte Pen ein. »Ich habe ihn gehört!«

Ihre Schwiegermutter schüttelte den Kopf. »Du warst bewusstlos, als wir ihn dir mit der Zange entreißen mussten. Was du hörtest, war ein Traum.« Mit einer Geste, die Endgültigkeit bedeutete, drehte sie dem Bett den Rücken zu und rauschte hinaus.

Pen schloss die Augen, als ihr Tränen kamen und Verzweiflung und Schwäche sie von neuem zu überwältigen drohten. Seit Philips Tod hatte sie nur für das in ihrem Schoß wachsende Kind gelebt. Für Philips Kind, das Kind ihrer Liebe ...

»Jetzt werde ich Euch erfrischen, Madam.« Eine energische Stimme begleitete ebenso energische Griffe. Pen ließ die Augen zu, als die Frau sie säuberte, ihr Hemd wechselte, die durchweichten Laken entfernte, die die Federmatratze geschützt hatten.

Die junge Frau wollte ihre Mutter um sich haben. Es war ein kindliches, verzehrendes Verlangen; doch befand sich ihre Mutter noch auf einer langen Reise von Mallory Hall in Derbyshire nach High Wycombe, um bei der Entbindung ihrer Tochter zugegen zu sein. Das Kind war zu früh gekommen, und die Countess of Kendal noch nicht eingetroffen. Pen hatte die lieblosen Handreichungen ihrer Schwiegermutter und der anderen Frauen, ausnahmslos Fremde, die Lady Bryanston zu Geburtshelferinnen bestimmt hatte, über sich ergehen lassen müssen.

Alles vergebens. Die qualvollen Stunden waren umsonst gewesen.

Und doch hatte sie das Kind schreien gehört. Ihr Sohn war lebend geboren worden.

Sie öffnete die Augen und sah ihre Wärterin mit klarem und gebieterischem Blick an. »Ich möchte die Leiche meines Sohnes sehen«, forderte sie und schob die Tasse mit warmem Wein weg, die ihr die Frau an die Lippen hielt.

»Madam, er wurde sofort beerdigt«, berichtete die Frau. »Bei dieser Hitze wäre etwas anderes nicht ratsam.« Sie lief ans Fenster und zog die schweren Samtvorhänge zurück. Die unbarmherzige Mittagssonne fiel in das bereits glühende Gemach.

Die letzten Wochen ihrer Schwangerschaft hatte Pen in einem der heißesten Sommer seit Menschengedenken durchgestanden. Tote ließ man nicht lange unbeerdigt. Pen sank wieder mit geschlossenen Augen in die Kissen. Doch sie öffnete sie sofort, als sie hörte, dass der Türriegel angehoben wurde und schwere Schritte sich ihrem Bett näherten.

Miles Bryanston, der jüngere Bruder ihres Gemahls, stand vor ihr. Seine Augen, boshaft, braun und kalt wie die seiner Mutter, musterten sie mit einiger Genugtuung. »Schwägerin, dein Unglück tut mir Leid«, erklärte er.

»Ein schlechter Wind weht niemandem etwas Gutes zu«, erwiderte Pen mit einem Zynismus, der ihr trotz ihrer Schwäche leicht fiel. Nun war Miles der neue Earl of Bryanston. Rotgesichtig, bullig gebaut, schwer von Begriff, stark wie ein Ochse, stellte er das genaue Gegenteil seines älteren Bruders dar. Philip war schmal und flink gewesen, jedoch von zarter Gesundheit. Ein Träumer, Poet und Musiker. Alles andere als sein ungeschlachter Bruder!

Und Pen hatte ihn geliebt.

Sie drehte den Kopf weg, um die selbstzufriedene Miene ihres Schwagers nicht sehen zu müssen.

Jedenfalls hatte sie ihr Kind schreien gehört … jawohl!

# 1

*London, Dezember 1552*

»Dieser Vorschlag erfordert freilich ein subtiles Vorgehen, mein Bester. Es ist ein höchst komplexer Plan.« Antoine de Noailles hielt inne und setzte einen silbernen Pokal an die Lippen. Er trank mit wohlgefälligem Stirnrunzeln, dann nickte er befriedigt und bedeutete seinem Gegenüber, auch zu trinken. Er wartete, um zu sehen, ob der Wein seinem Gast zusagte, ehe er fortfuhr: »Ja, es handelt sich um einen komplexen Plan – einen, der zwei Stoßrichtungen vorsieht.« De Noailles lächelte selbstgefällig. »Um einen Plan, wie er hervorragend zu Euren ausgefeilten Methoden passt, Owen!«

Owen d' Arcy begnügte sich damit, eine Braue zu heben. Antoine de Noailles, französischer Gesandter am englischen Hof des jungen Königs Edward, ließ sich gern Zeit, wenn er seinem Meisterspitzel einen Schachzug darlegte, den er für besonders raffiniert hielt.

Der Spion war hoch gewachsen, geschmeidig, schlank und nötigenfalls so gefährlich wie das Rapier in der Scheide aus getriebenem Silber um seine Mitte. Seinen schwarzen Augen, die keine Ruhe kannten, entging nichts, und der unablässig tätige Verstand dahinter nahm auf, bewertete und handelte dann aufgrund seiner scharfen Beobachtungen. Ohne dass man es ihm hätte sagen müssen, wusste er nun, dass der Gesandte im Begriff stand, ihm einen erlesenen Leckerbissen zu präsentieren. Er trank einen Schluck und wartete ab.

»Die Tage des Königs dürften gezählt sein«, stellte de Noailles ruhig fest. »Der Kronrat versucht die Wahrheit über den Gesundheitszustand des jungen Mannes geheim zu halten, doch …« Er ließ ein Achselzucken folgen und lächelte ob der Absurdität. »Es geht natürlich darum, wer auf den Tod des Jünglings folgen soll.«

»Die Krone geht an Mary über«, bemerkte Owen mit erstaunlich dunkler und wohlklingender Stimme.

»So sollte es sein«, gab ihm der Gesandte Recht. »König Henry hat es so verfügt. Auf Edward folgt Mary, falls der Junge kinderlos sterben sollte.« Bei der eintretenden Pause wartete Owen wieder ohne Anzeichen von Ungeduld.

»Ich fürchte freilich, dass unser Freund Northumberland, der Großmeister des Reiches, andere Pläne verfolgt«, fuhr der Gesandte sinnend fort.

Die zwei Männer standen vor dem Kamin in einem kleinen getäfelten Gemach in der Residenz des Gesandten zu Whitehall. Draußen fiel leise Schnee und dämpfte die ständigen Verkehrsgeräusche – Hufschlag, das metallische Klirren von eisernen Rädern auf Pflastersteinen, die Schreie der Straßenhändler.

Der Raum wurde nur vom Fenster und von einem vielarmigen Leuchter auf dem langen Tisch erhellt, der an der Wand gegenüber den Lichtgaden stand. Im schattigen Halbdunkel glühte das scharlachrote Gewand des Gesandten im lebhaften Kontrast zum schwarzen Samt seines Gastes, und als er seine plumpen Hände bewegte, ließ der Feuerschein die Juwelen seiner Ringe in Grün, Rot und Türkis aufblitzen.

Owen trat an den Tisch und schenkte sich aus der Karaffe nach. »Weiß man, was Northumberland plant?«

De Noailles reichte ihm seinen Pokal, ebenfalls zum Nachschenken. »Das, mein lieber Owen, bringt uns zum heiklen Punkt der Angelegenheit.

»Ach.« Owen neigte die Karaffe und sah zu, wie der rote

Strahl sich in einem Bogen in das silberne Gefäß ergoss. »Das ist der Punkt, an dem ich ins Spiel komme?«

»Genau.« De Noailles wandte sich wieder dem Kamin zu. »Da wäre eine der Ladys von Princess Mary, die uns vertrauliche Informationen über Vorgänge in der Hofhaltung ihrer Herrin liefern könnte. Als enge Vertraute Marys kennt sie deren Gedanken und ist in ihre Absichten eingeweiht.«

De Noailles warf einen Blick über die Schulter. Owen stand noch immer im flackernden Kerzenschein am Tisch. Dessen schwarze Augen blickten ihn hellwach an und straften die Unbewegtheit seiner Miene Lügen.

»Ihr könntet … sagen wir … die Bekanntschaft der Dame suchen«, schlug de Noailles vor. »Das wäre doch eine Aufgabe, die Euren Talenten entgegenkommt.« Als er auflachte, strahlte sein rundes Gesicht.

Owen ging weder auf die Bemerkung noch die Belustigung des Gesandten ein. »Und wie verhält es sich mit der zweiten Stoßrichtung?« Er nahm einen Schluck Wein und betrachtete den Gesandten nachdenklich über den Rand seines Pokals hinweg.

De Noailles rieb sich die Hände. »Ach ja, jetzt kommt das Schönste. Die Dame pflegt eine lebhafte Verbindung zu ihrem Stiefbruder, einem guten Freund des Duke of Suffolk und seiner Familie. Euch ist sicher bekannt, dass Suffolk mit Northumberland auf vertrautestem Fuße steht. Die Interessen der beiden sind so eng verquickt, dass Suffolk Anteil an allen Plänen Northumberlands hat. Man darf davon ausgehen, dass Robin of Beaucaire etliche ihrer Geheimnisse kennt.«

»Und wir gehen davon aus, dass die betreffende Dame wiederum mit ihrem Stiefbruder Vertraulichkeiten austauscht«, sagte Owen und stellte seinen Pokal ab. Als er ans Fenster trat, schwang sein kurzer schwarzer Samtumhang aus.

»Die beiden stehen einander sehr nahe und verbringen viel Zeit zusammen, wenn sie sich in London aufhalten.«

»Offensichtlich ist dies im Moment der Fall?« Owen blickte auf die Straße und den dichten Schneefall hinaus.

»Ja, Princess Mary und Suffolk weilen während der weihnachtlichen Festivitäten in ihren Londoner Residenzen. Soweit ich weiß, wünschte Edward die Anwesenheit seiner Schwester. Unter den Augen des Königs wird sie wohl kaum eine katholische Weihnachtsmesse zu feiern wagen.«

Mit einem Finger trommelte Owen an die Scheibe. Der religiöse Konflikt zwischen dem fanatischen Protestanten Edward und seiner nicht minder fanatischen katholischen Halbschwester Mary war für ihn nur insofern von Belang, als er seine Tätigkeit tangierte. Viel mehr interessierte ihn die Dame, auf die er angesetzt wurde.

»Wie intim ist die Dame mit ihrem Stiefbruder?« Er wandte sich wieder seinem Gesprächspartner zu.

De Noailles reagierte mit einem sehr gallischen Achselzucken. »Mir kamen keine skandalösen Gerüchte zu Ohren, doch sind die beiden *sehr* intim. Und Lord Robin hat trotz seiner reifen achtundzwanzig Jahre noch keine Gemahlin.«

»Die Dame nun ... wie ist es um ihre familiäre Situation bestellt?«

»Lady Pen verwitwete vor fast drei Jahren. Ihre Ehe mit Philip, dem Earl of Bryanston, wurde vom König und von Princess Mary befürwortet und schien in jeder Hinsicht glücklich zu sein. Aber Philip starb, und sie brachte ein totes Kind zur Welt. Ihr Schwager, der Titel und Besitz erbte, wird völlig von seiner Mutter beherrscht – zudem reicht sein Verstand nicht weit.« Um die Lippen des Gesandten zuckte es anzüglich. »Wie bei den meisten Bewohnern dieser schrecklichen Insel!«

Owen lächelte unmerklich. Der Franzose machte kein

Hehl daraus, dass er auf seinem momentanen diplomatischen Posten nicht glücklich war.

De Noailles nahm den nächsten Schluck und erklärte: »Die Bryanstons wollen mit Philips Witwe wenig oder gar nichts zu tun haben. Sie hat nichts vom Besitz ihres verstorbenen Gatten für sich gefordert und verzichtete zugunsten ihrer Schwiegermutter sogar auf den Titel einer Dowager Countess. Ganz klar, dass zwischen den beiden wenig Sympathie herrscht.«

Nickend strich Owen sich über sein glatt rasiertes Kinn. »Ist die Dame reif, gepflückt zu werden?«

»Wann hättet Ihr es nicht geschafft, die Frucht zu *überreden*, vom Baum zu fallen?« De Noailles sagte es lächelnd.

Doch Owen blieb ernst. »Im Interesse meiner Tätigkeit«, sagte er ein wenig schroff.

»Ja, natürlich, nur im Interesse Eurer Tätigkeit«, beeilte der Gesandte sich, ihm beizupflichten. Owen d'Arcys Privatleben war ein Buch mit sieben Siegeln, zumindest seit der Tragödie mit seiner Frau. Soweit der Gesandte informiert war, lebte der Mann wie ein Mönch – es sei denn, er benutzte Verführung als Mittel zum Zweck. Dann freilich erwies er sich als wahrer Meister.

»Ist sie ansehnlich, diese Lady Pen?« Ein Schatten huschte über Owens dunkle Augen. »Ein sonderbarer Name. Nennt man sie wirklich so?«

»Sie heißt Penelope ... doch wird sie immer nur Pen gerufen, auch von der Prinzessin. Es ist der Name, den sie in der Familie hat, und die Familie bedeutet ihr sehr viel. Ich glaube, Ihr werdet sie ansprechend finden. Ohne eine auffallende Schönheit zu sein, mangelt es ihr nicht an Reiz – bei ihrer mittleren Größe und mittleren Figur.«

»Das klingt nicht sehr aufregend«, bemerkte Owen spöttisch. »Wie steht es um ihr Temperament?«

De Noailles zupfte an seinem adretten dunklen Bart. »Sie ist ein wenig zurückhaltend«, meinte er schließlich.

Jetzt stieß Owen ein lautes Lachen aus. »Und ich hatte wenigstens gehofft, Ihr würdet mir verraten, dass dieses Mauerblümchen ab und zu Leidenschaft zeigt.«

Der Gesandte vollführte eine resignierte Handbewegung. »Der Tod von Mann und Kind soll sie schwer getroffen haben.«

Kopfschüttelnd nahm Owen seine Handschuhe vom Tisch, zog sie an und ging zur Tür, an der sein dicker Kapuzenmantel hing. Er schwang ihn mit der Bemerkung um die Schultern: »Sieht aus, als hättet Ihr mich vor eine große Aufgabe gestellt, de Noailles. Hoffentlich bin ich ihr gewachsen!« Die Tür fiel krachend hinter ihm ins Schloss.

*Ach, Ihr werdet ihr gewachsen sein, mein Freund!* Der Gesandte griff wieder nach seinem Pokal. Er trat ans Fenster und blickte durch das Schneetreiben hinunter auf die Straße.

Wenig später trat die schwarz gekleidete Gestalt Owen d'Arcys aus dem Haus, dicht gefolgt von einem Pagen. Owen hielt inne und spähte zuerst beide Seiten der Straße hinunter – eine Gewohnheit, die der beobachtende Diplomat an ihm nur zu gut kannte. Der Meister des Intrigenspiels tat nie einen Schritt, ohne erst seine Umgebung zu überprüfen. Dann schlug er rasch die Richtung zum Savoy Palace ein und tauchte sofort im weißen Flockenwirbel unter.

In der großen Halle der Londoner Residenz der Bryanstons am Themseufer von Westminster drängten sich die Gäste. Pen stand auf der Galerie und blickte hinunter. Geschmeide glitzerten und funkelten auf üppigen Samten, Damasten und Seiden unter den radförmigen Kerzenlüstern, die von der Decke hingen. Von oben erinnerte die Menge an eine riesige, farbige Woge, verebbend und wieder anschwellend. Einzelne

Stimmen waren nicht zu unterscheiden, das allgemeine Rauschen steigerte sich immer wieder zu einem Dröhnen, das die süßen Weisen übertönte, die von den Musikanten erklangen.

Auf der Galerie bekam man kaum Luft. Die Hitze der massiven Kamine, der zahlreichen Kerzen, die in Leuchtern hoch an den Wänden brannten, und der sich drängenden kostbar bekleideten Leiber stieg hoch und hüllte Pen ein. Sie betupfte mit einem bestickten Taschentuch ihre Stirn.

Hier oben war es heiß, aber auch abgeschieden. Von hier hatte sie die beste Sicht auf ihre Schwiegermutter. Die Dowager Countess of Bryanston befand sich auf der anderen Seite der Halle unter den Damen, die sich um Princess Mary scharten. Wahrscheinlich verließ sie diesen Kreis und ihren königlichen Gast nicht einmal für kurze Zeit; doch selbst wenn sie es tat, hatte sie keine Ursache, die Galerie zu erklimmen. Zudem benötigte sie dann mindestens fünfzehn Minuten, um sich durch die Menge zu winden und zur Treppe zu gelangen, die zu Pens Standort führte.

Mir bleiben mindestens fünfzehn Minuten, überlegte sie. Ihr Blick suchte in der Menge den Earl of Bryanston und seine Gemahlin. Sie stellten für Pen keine Bedrohung dar; doch verlieh es ihr ein sichereres Gefühl, wenn sie wusste, wo sie sich aufhielten. Um besser sehen zu können, beugte sie sich leicht vor und sah plötzlich gar nichts mehr, als sich zwei Hände über ihre Schultern schoben und ihre Augen bedeckten.

Trotz des momentanen Schocks wusste sie, wem die Hände gehörten, die sie mit einem Freudenschrei wegzerrte. »Robin! Du hast mich aber erschreckt!« Sie drehte sich um.

»Nein, habe ich nicht. Du wusstest ja, dass ich es bin!« Ihr Stiefbruder grinste sie an. Wiedersehensfreude strahlte aus seinen leuchtenden blauen Augen. Er war ein untersetzter und kräftig gebauter junger Mann, auf dessen widerspenstigen, nussbraunen Locken eine Samtmütze ein wenig schief saß. Seine Kleidung war kostbar, jedoch etwas unordentlich. Automatisch strich Pen ihm eine Faser vom Wams und rückte die Nadel mit dem Edelstein zurecht, die er an der spitzenbesetzten Halskrause trug.

»Wo warst du nur? Seit Wochen habe ich dich nicht zu Gesicht bekommen«, schalt sie und gab ihm einen festen Kuss.

»Ach, da und dort«, erwiderte er. »Jedenfalls nicht in der Stadt.«

Pen sah ihn wissend an. Niemals würde Robin ihr verraten, was hinter diesen langen Perioden seiner Abwesenheit steckte, doch konnte sie es sich denken. Das an Intrigen reiche höfische Leben hatte sie gelehrt, dass Schein und Wirklichkeit nur selten übereinstimmten. »Du warst in Angelegenheiten des Herzogs unterwegs?«, fragte sie neutral.

Nach einem Blick über die Galeriebrüstung zog er die Schultern hoch und wechselte das Thema. »Was machst du hier oben so allein?«

Unwillkürlich folgte Pen seiner Bewegung. Ihre Schwiegermutter befand sich noch an der Seite der Prinzessin, und nun erspähte sie auch Miles Bryanston und dessen Frau an einem Kartentisch am entgegengesetzten Ende der Halle. Ihre großen Gesichter glänzten vor Schweiß. Sie würden den ganzen Abend beschäftigt sein.

»Ich wollte Ruhe haben«, sagte sie. »Dort unten ist es so laut und heiß.«

»Ziemlich warm ist es hier oben auch«, wandte Robin ein und sah sie eindringlich an.

Pen zuckte die Schultern. »Gleich geselle ich mich wieder zu den anderen. Aber erst muss ich ein dringendes Bedürfnis erledigen, und wenn ich mich recht erinnere, steht hinter dem Wandteppich im Gang ein Leibstuhl. Geh schon voraus, ich werde dich finden. Und ich möchte alle Neuigkeiten erfahren!«

Sie lächelte in der Hoffnung, ihn zu überzeugen. Dabei versuchte sie nicht daran zu denken, dass sie kostbare Zeit verlor, verkniff es sich, weiterhin nach ihrer Schwiegermutter Ausschau zu halten. Wie der Rest ihrer Familie war Robin in Sorge wegen ihrer fixen Idee; und wenn er annahm, sie würde wieder ihren Impulsen folgen, würde er sicher danach trachten, sie daran zu hindern.

Robin zögerte. Sie kannten einander seit sechzehn Jahren. Bei der ersten Begegnung waren sie hingerissen voneinander und hatten ihre erste Liebe erlebt. Dann hatten ihre Eltern geheiratet, und bald verwandelte das turbulente Familienleben ihre Liebe in eine tiefe, hingebungsvolle und unverbrüchliche Freundschaft. Er glaubte, seine Stiefschwester besser als jeder andere zu kennen – besser sogar als ihre Mutter oder ihre jüngere Schwester Pippa.

Und er wusste, dass sie jetzt nicht aufrichtig zu ihm war.

»Was ist?«, fragte Pen. »Warum musterst du mich so – weil ich einem menschlichen Bedürfnis folge?« Sie lachte einfach.

Robin schüttelte den Kopf. »Wir sehen uns später.« Damit machte er auf dem Absatz kehrt. Pen entfernte sich in die Gegenrichtung. Kaum aber war sie am Ende der Galerie verschwunden, folgte ihr Robin trotz seines massiven Körperbaus auf leisen Sohlen. Er bog in den schmalen Korridor hinter der Galerie ein und sah sie vor sich, wie sie dahinlief, als hätte sie es wirklich eilig. Auf halbem Weg schob sie einen Gobelin beiseite und verschwand.

Er furchte die Stirn und zupfte an seinem widerspenstigen Bart. Vielleicht hatte er sich geirrt, und sie hatte die Wahrheit gesagt. Nun marschierte er doch hinunter in die große Halle.

Hinter dem Wandbehang hervor beobachtete Pen ihn. Da sie Robin mindestens so gut kannte wie er sie, wusste sie, dass er sie kontrollieren würde. Kaum war die Luft rein, schlüpfte sie hinaus auf den Korridor und lief zu dem Raum, den die

Familie Bryanston als Arbeitszimmer und Bibliothek benutzte. Das einzige Familienmitglied, das sich hatte rühmen können, belesen zu sein, war Philip gewesen. Pens verächtliche Grimasse kam automatisch und völlig unbewusst. Der jetzige Earl of Bryanston war kaum des Lesens mächtig. Sie hatte ihn nie ein Buch aufschlagen sehen. Auch seiner Mutter gelang es trotz ihres unleugbaren Verstandes nicht, mehr als zwei Beträge zu addieren, und ihre Schreibkunst beschränkte sich auf das Kritzeln ihres Namens: Demgemäß war sie nach Philips Tod gezwungen, einen Verwalter einzustellen, dem sie sämtliche Vermögensangelegenheiten überlassen musste.

Sie betrat den Raum und warf einen Blick über die Schulter. Niemand war zu sehen. Die Bediensteten waren mit den Festlichkeiten zu ebener Erde beschäftigt.

Rasch schloss sie die Tür und blieb stehen, um ihre Augen durch den Raum wandern zu lassen, in dem sie und Philip so viele schöne Stunden verbracht hatten. Wiewohl nicht so gebildet wie er, war sie in der Obhut einer Mutter aufgewachsen, die es an Gelehrsamkeit mit jedem Mann aufnehmen konnte; seinerzeit wusste Pen nur zu gut den Wert des stillen und wortlosen Beisammenseins zu schätzen, das nur vom Rascheln beim Umblättern der Seiten oder dem Kratzen von Federn auf Pergament unterbrochen wurde. Auch jetzt konnte sie diese leisen Geräusche fast hören, vermeinte Philip am großen Eichentisch zu sehen, den blonden Kopf über die Schreibtafeln gebeugt, die er immer bei sich hatte – für den Fall, dass die Muse ihn überraschend küsste.

Plötzlich wurde sie von einer Woge des Kummers überwältigt, ein für sie vertrautes Gefühl, das sie fast drei Jahre nach Philips Tod jedoch immer seltener erfasste. Und doch empfand sie es scharf und durchdringend wie eh und je. Mit trockenen Augen wartete sie, dass es verginge, dass die Beklemmung in ihrer Brust sich lockerte und der große Vorrat ungeweinter Tränen zurückwich.

*Wenn ich nur sein Kind hätte, das Kind, das wir mit so viel Liebe empfingen …*

Ihre Miene klärte sich, um ihren Mund erschien ein entschlossener Zug, in ihre braunen Augen trat Zielstrebigkeit. Im Raum gab es keine Schatten und keine Erinnerungen mehr – nur ein Ziel, das die drängende Triebkraft ihres Lebens darstellte. Ein Kind war geboren worden. Irgendwo auf den Seiten von Haushaltsbüchern oder Bibeln musste diese Geburt verzeichnet sein. Selbst eine Totgeburt gehörte in die Familienchronik …

Nach der qualvollen Geburt hatte sie schwer krank daniedergelegen, von Fieber und Schmerzen geschwächt, untröstlich und von Kummer gebrochen. Mutter und Stiefvater waren eingetroffen und hatten sie sofort aus dem Haus der Bryanstons in High Wycombe mitgenommen. Fast zwölf Monate hatte es gedauert, bis Pen dank ihrer liebevollen Fürsorge genas und ihren Kummer überwand; trotzdem würde er aus der Tiefe ihres Inneren nie weichen.

An diesem Abend war es das erste Mal, dass sie sich seit der Geburt unter ein Dach der Bryanstons begeben hatte. Heute bot sich ihr die erste richtige Gelegenheit, nach einer Eintragung der Geburt ihres Sohnes zu suchen. Die Bryanstons taten, als hätte es ihn nie gegeben; auch Mutter und Stiefvater beschworen sie, nicht an ihn zu denken und ihn zu vergessen. Aber Pen konnte sich nicht damit abfinden, dass das Kind, das in ihr gewachsen war, dessen Bewegungen und Lebensregungen sie gespürt hatte und das Teil von ihr gewesen war, ein Kind, das sie unter grausamen Wehen zur Welt gebracht hatte, einfach aus der Welt verbannt sein sollte.

Und sie glaubte auch nicht, dass es eine Totgeburt war. Immerhin hatte sie ihren Sohn schreien gehört.

Davon war sie besessen, und genau das bewog sie, wieder in die Hofhaltung der Prinzessin und in das Leben zurückzukehren, das sie vor ihrer Heirat geführt hatte. Pen gab sich ganz wie früher; unter der ruhigen Oberfläche aber hegte sie die rebellische Überzeugung, dass ihr Kind lebte.

Ihr Blick fiel auf die große Familienbibel auf dem Pult in der Fensternische. Geburten, Todesfälle, Eheschließungen, alles war darin verzeichnet. Rasch durchquerte sie den Raum und trat an das Pult. Vor ihr lag aufgeschlagen das Kapitel der Psalmen. In fieberhafter Eile blätterte sie die hauchdünnen Seiten um, bis sie ganz vorne angelangt war. Vor Aufregung bekam sie feuchte Hände, und die Seiten blieben an ihren Fingern haften. Sie wischte sie am grauen Damast ihres Kleides ab, ehe sie weiterblätterte. Im Vorderteil der Bibel fand sie keine Eintragung über die Totgeburt ihres Sohnes am siebten Juli 1550, dieses Datum tauchte nicht auf. Sie überflog die lange Reihe der Eheschließungen, Geburten, Todesfälle. Ihre Heirat mit Philip war verzeichnet. Ebenso Philips Tod. Miles' Nachfolge als Earl in kühnen Lettern, größer als jeder andere Eintrag! Aber natürlich war Miles der Lieblingssohn. Der Sohn, der, der Meinung seiner Mutter nach, der Erbe sein sollte und den sie immer als solchen behandelt hatte.

Pens Blick eilte durch den Raum. Wie viel Zeit hatte sie noch? Wo sonst sollte sie nachsehen? Sie ging an den Wandschrank, in dem die Dokumente verwahrt wurden. Wie oft hatte sie Philip zugeschaut, wenn er mit ihnen arbeitete. Der Schlüssel steckte. Sie öffnete den Schrank und durchsuchte die Akten.

Hinter ihr öffnete sich die Tür. Die Tür, die sie vor Eifer und Hast abzuschließen vergessen hatte!

Ihr Herz raste, ihre Kopfhaut zog sich zusammen. Zögernd drehte sie sich um. Im günstigsten Fall war es Robin, im schlimmsten ihre Schwiegermutter.

Es war weder der eine noch die andere. Momentan sprachlos, starrte sie den Unbekannten an. Als Erstes kam ihr der Gedanke, dass es ein Diener sein musste – ein flüchtiger Gedanke, den sie sofort verwarf. So elegant war kein Domestik, auch verfügte keiner über diese kühle, arrogante Haltung. Hatte sie es mit einem Vertrauten der Bryanstons zu tun? Jedenfalls kannte sie ihn nicht.

Schwarze Augen unter einer hohen Stirn und dichten, aber wohl geformten Brauen maßen sie in bedeutungsschwangerem Schweigen. Pen erwiderte die Musterung mit einem leichten Anheben ihres Kinns. Seine Nase war lang und gerade, die Kinnpartie markant, der Mund gelassen. Trotz seiner Reglosigkeit umgab ihn eine Aura von Energie. Sein Alter war schwer zu schätzen. Er musste älter als Robin sein.

Schließlich hatte sie ihre Stimme wieder gefunden. »Die Festlichkeiten sind in der großen Halle, Sir. Ihr müsst Euch verirrt haben.«

Er verbeugte sich. »Owen d'Arcy, zu Euren Diensten, Madam!« Seine Stimme tönte voll und weich, Pen staunte über die sonderbare Klangfarbe. Ein fremder Akzent war es nicht, und doch konnte man auch seinen dunklen Teint nicht als typisch englisch bezeichnen.

»Ich habe keinen Bedarf an Diensten, Sir«, bemerkte Pen spitz. Irgendwie fühlte sie sich wie auf Nadeln. Ein gereiztes Prickeln mischte sich mit etwas anderem, während er sie unausgesetzt mit einem Anflug von amüsierter Nachdenklichkeit betrachtete – als wüsste er etwas, das sie nicht wusste.

Alles an dem Mann irritierte Pen. Seine Kleidung fiel genauso aus dem Rahmen wie seine Stimme und sein Teint. Er trug Wams und Hose aus schwarzem, mit venezianischen Goldfäden durchzogenem Satin; der Kragen seines schwarzen Seidenhemdes wurde von schwarz emaillierten Spangen zusammengehalten. Ein kurzer schwarzer Samtumhang, mit roter Seide gefüttert, hing von den schlanken Schultern. Er trug Rapier und Dolch in schwarzen Scheiden um die Mitte. Ein Blick genügte, um zu erkennen, dass er mit Waffen umgehen konnte. Pen hielt ihn für gefährlich.

»Ihr habt etwas gesucht«, bemerkte er liebenswürdig, als hätte sie nichts gesagt. »Vielleicht kann ich behilflich sein.«

»Was bringt Euch denn auf so eine Idee?« Widerstrebend verschloss Pen den Wandschrank nun. Da sie in Gegenwart eines Fremden in ihrer Suche nicht fortfahren konnte, kam ihr das Eindringen des Unbekannten höchst ungelegen. Es war nicht abzusehen, wann sich ihr jemals wieder eine günstige Gelegenheit bieten würde.

»Seid Ihr mit der Familie Bryanston verwandt, Sir? Vielleicht sogar mit deren Angelegenheit vertraut?« Sie drehte sich zu ihm um. Ihre Miene war so herausfordernd wie ihr Ton.

An ihr ist mehr, als auf den ersten Blick sichtbar, dachte Owen. Wie de Noailles gesagt hatte, wirkte sie mit ihrem braunen Haar, den ebenmäßigen Zügen und der unauffälligen Figur nicht spektakulär. Aber ihre Augen ... die waren etwas ganz anderes. Sehr groß und klar, erinnerten sie mit ihrer wundersamen Mischung aus golddurchsetztem Grün und Braun an einen Sonnenuntergang hinter einem Waldweiher. Auch im Temperament musste de Noailles sich geirrt haben, da Owen ein unverkennbares Aufflammen von Feuer wahrgenommen hatte. Zum ersten Mal spürte er, wie sich Interesse an seiner Aufgabe in ihm regte.

»Schade, aber ich muss totale Unwissenheit bekennen, was die Bryanstons anlangt«, sagte er wahrheitsgemäß. »Doch an Eurer Person, Madam, möchte ich Interesse anmelden. Ich konnte nicht umhin, mich an Eure Fersen zu heften, als Ihr die Halle verlassen habt.« Er verbeugte sich und bedachte sie mit seinem gewinnendsten Lächeln.

Pen blickte ihn ungläubig an. Die Situation war so absurd,

dass ihr Ärger sich verflüchtigte. »Versucht Ihr, mit mir zu flirten, Sir?« Sie lachte hell auf. »Leider seid Ihr bei mir an die Falsche geraten, aber meine Schwester Pippa ist nie einem Flirt abgeneigt … bei ihr würde sich ein Versuch lohnen. Ich mache Euch gern mit ihr bekannt.« Noch immer lachend, fegte sie an ihm vorbei zur Tür, dass ihn ihre Röcke streiften.

Owen hatte nur selten Verwirrung verspürt, und Enttäuschung war ihm nahezu unbekannt. Dennoch ergriff ihn beides, als er hinter Pen den Raum verließ. Es musste unbedingt etwas geschehen.

»Lady Pen«, rief er leise, doch mit einer gewissen Dringlichkeit.

Sie hielt im Gang inne und warf ihm einen fragenden Blick über die Schulter zu. Woher er wohl ihren Namen wusste? Sie waren einander nicht vorgestellt worden. Er kam näher, fasste nach ihrem Kinn, und ehe sie seine Absicht erriet, hatte er die Lippen auf ihren Mund gedrückt.

»Verzeiht«, murmelte er. »Das wollte ich schon den ganzen Abend tun.«

»Wie sonderbar!«, rief Pen aus. »Warum, um alles auf der Welt?«

Er hatte Entrüstung, mädchenhaftes Erschrecken, Empörung, zumindest aber Verlegenheit erwartet. Stattdessen begegnete er nur blankem Erstaunen und der Andeutung, er müsse wohl den Verstand verloren haben. Das seiner Erfahrung nach immer wirksame Überraschungsmoment hatte in diesem Fall versagt.

Er sah sie genau an und kniff plötzlich die Augen zusammen. »Ich habe keine Ahnung«, sagte er langsam. »Verzeiht mir!«

»Nun, da gibt es nichts zu verzeihen!« Lachend winkte Pen ab. »Wenn Ihr mich jetzt entschuldigen wollt.«

Damit enteilte sie und ließ Owen d'Arcy ungewohnt verdutzt zurück. Ihm war klar, dass er subtilere Methoden anwenden musste, um das Vertrauen dieser Dame zu gewinnen. Und sie sollte, verdammt noch mal, nie wieder Anlass haben, über ihn zu lachen.

## 2

»Eben hatte ich eine äußerst merkwürdige Begegnung«, begann Pen, als sie am Fuß der Galerietreppe auf Robin stieß, der sie erwartete. Sie lachte noch immer, wenn auch ein wenig gezwungen. Als der Unbekannte sie geküsst hatte, war sie ehrlich verblüfft gewesen; im Nachhinein aber verspürte sie eine tiefe Aufwallung von Erregung, die sie verwirrte.

»Das hat aber lang gedauert«, beschwerte Robin sich mit kritischem Stirnrunzeln.

»Was geht es dich an, wie lange ich für meine Verrichtungen brauche?«, erwiderte Pen mit gespielter Entrüstung.

Achselzuckend fand Robin sich mit der Niederlage ab. Was immer Pen vorhatte, sie war nicht gewillt, ihn einzuweihen. »Welche Begegnung meinst du?«

Pen blickte um sich und deutete auf eine tiefe Fensternische. »Gehen wir dort hinüber.« Sie schlug ein schnelleres Tempo an als sonst.

Robin folgte ihr neugierig. Heute strahlte Pen ungewohnte Energie aus. Oft hatte er den Eindruck gehabt, die Doppeltragödie in ihrem Leben hätte sie irgendwie benachteiligt, hätte ihr die Farbigkeit entzogen – so dass sie zuweilen wie ein bleicher Schatten der vitalen Person wirkte, die ihm vertraut war. Heute aber ist sie anders, dachte er. Auf der Galerie hatte er ihre Ungeduld gespürt, auch, dass er sie bei etwas Wichtigem gestört hatte – wenngleich sie sich über das Wiedersehen freute. Und jetzt wirkte sie sogar erregt, ihre Augen waren größer und leuchtender, lebendiger als seit langem. Bei ihr schienen sich wieder Gefühle eingestellt zu haben.

In der Fensternische waren sie ungestört und dem Lärm und Getriebe der Halle entrückt. Pen blickte hinaus in die vom flammenden Schein der Pechfackeln erhellte Nacht. Die Fackeln waren in gewissen Abständen in dem zur Wassertreppe führenden Garten platziert. Zusätzlich schritten Fackelträger die schneebedeckten Wege auf und ab und bemannten den Landungssteg mit den auf dem Wasser schaukelnden Barken, deren Lichter wie Schwärme von Leuchtkäfern tanzten.

Robin lehnte sich an die Wand und steckte die Hände in die Taschen seines blausilbern gestreiften Gewandes, ohne darauf zu achten, dass die jähe Bewegung die feine Seide aus der Form brachte. »Merkwürdige Begegnung?«, wiederholte er ihr Stichwort.

»Ach, ja!« Pen dreht sich zu ihm um und schüttelte schuldbewusst den Kopf, als hätte sie das völlig vergessen. »Eigentlich ist es gar nichts. Es kam mir nur ein wenig seltsam vor. Oben stieß ich auf dem Gang mit einem Mann zusammen. Er sagte… er fände mich interessant und wäre mir gefolgt. Und dann …«

Leicht verlegen hielt sie inne, und ihre Augen bekamen noch mehr Glanz. »Er küsste mich. Auf den Mund, als wären wir alte Freunde oder … oder …« Sie brachte es nicht über sich zu sagen, dass der Kuss etwas von Liebe an sich gehabt hatte.

»Ich kann mir nicht denken, warum er einen Flirt mit mir anfangen sollte«, fuhr sie fort. Ihr Kichern vermochte ihren inneren Aufruhr nicht zu verbergen. »Hätte er meinen Namen nicht gekannt, hätte ich geglaubt, dass er mich mit Pippa verwechselt. Sie ist die Evastochter in der Familie.«

Diese Wahrheit bestätigte Robin mit einem vagen Lächeln, ließ sich aber nicht ablenken, da ihn viel mehr beschäftigte, wie Pen auf den Kuss eines Unbekannten reagiert hatte. Sie mochte den Zwischenfall bagatellisieren; doch war er der Grund ihrer Lebhaftigkeit und hatte wieder Glanz in ihre Augen gezaubert. Er hatte nicht den Eindruck, dass sie die Begegnung als unangenehm empfunden hätte, da sie von ihm keineswegs brüderliche Entrüstung über die unerwünschte Vertraulichkeit dieses Fremden zu erwarten schien. »Wer war der Mann?«, fragte er.

»Ich habe ihn noch nie gesehen; er aber wusste, wer ich bin. Vielleicht bist du ihm auf der Treppe begegnet … als du hinunterstiegst und er hinauf?«

Robin überlegte. Er war, in Gedanken vertieft, an jemandem vorübergegangen, ohne ihn zu beachten. »Schon möglich, doch habe ich ihn nicht richtig wahrgenommen.«

»Nun, er stellte sich als Owen d'Arcy vor.«

Abrupt drehte Robin sich um und richtete seinen Blick auf die Gesellschaft. Pen entging das Aufblitzen in seiner Miene, der herbe Zug um seinen Mund.

*Was konnte Owen d'Arcy von Pen wollen?*

»Kennst du ihn?«, fragte Pen, und ihre Augen erkundeten nun selbst die Halle nach dem schlanken dunklen Mann, der sich ihr genähert und sie so aus der Fassung gebracht hatte.

»Nein«, gab Robin zurück und beschwichtigte sich, dass es nicht ganz gelogen war. Er kannte Owen d'Arcy nicht persönlich, aber dessen Aktivitäten. Robin, der auf demselben Gebiet arbeitete, musste freimütig gestehen, d'Arcy nicht annähernd das Wasser reichen zu können. Dieser zählte zu den Meistern seiner Zunft, der einen Neuling wie ihn wohl kaum zur Kenntnis nahm.

»Ich glaube nicht, dass er Engländer ist«, überlegte Pen laut. »Obgleich ich es nicht begründen kann. Sein Akzent ist nicht eigentlich fremd, klingt jedoch etwas ungewöhnlich. Er fällt aus dem Rahmen.«

»Siehst du ihn jetzt?«

Pen schüttelte den Kopf. »Nein, aber es ist so voll, dass man leicht den Überblick verliert.« Sie hatte es noch nicht ausgesprochen, als sie auch schon wusste, dass es nicht stimmte. Wenn er sich in der Halle befand, würde sie ihn sehen. Er war eine sehr auffallende Erscheinung, so dunkel und ruhig inmitten der pfauenhaft aufgemachten schnatternden Menge.

»Deine Schwiegermutter kommt auf uns zu«, bemerkte Robin, der erleichtert war, das Thema wechseln zu können. Pen sollte nicht merken, dass er selbst größtes Interesse an d'Arcy hegte. Und sie war so einfühlsam, zumal was ihn betraf, dass es nicht viel bedurfte, um ihre Neugierde zu wecken.

Die junge Frau erstarrte. »Ich habe ihr nichts zu sagen.«

»Du musst wenigstens ein paar Artigkeiten mit ihr wechseln.«

»Das habe ich bereits.« Ehe Robin noch etwas hinzufügen konnte, war Pen auf und davon, stürzte sich blindlings ins Getümmel. Nun wappnete er sich, Lady Bryanston zu begrüßen. Er wusste, wie bösartig sie Pen behandelt hatte, und hielt es wie der Rest von Pens Familie für unmenschlich, dass sie das totgeborene Baby entfernt hatte, ehe seine Mutter ihren Verlust betrauern konnte. Als Gast in ihrem Haus musste er allerdings die Form wahren.

Er verbeugte sich, als die Dame auf ihn zusteuerte. Wie ihr Sohn Miles von massigem Format, frönte sie wie dieser einer Vorliebe für protzige Kleidung. Am heutigen Abend hatte sie einen rötlich braunen Damast gewählt, mit Silberfuchsfell verbrämt und Diamanten bestickt. Angesichts des eigenartig rötlichen Tons ihrer Haare regte sich in Robin der Verdacht, unter ihrem edelsteinbesetzten Kopfputz könnte sich eine Perücke verbergen, bei ihrem Wangenrot hingegen war er sicher, dass es auf künstlicher Nachhilfe beruhte.

»Lord Robin!« Sie nahm seine Verbeugung mit einem knappen Nicken zur Kenntnis. »Ich dachte, ich hätte Pen neben Euch erblickt.«

Robin schaute sich mit gespieltem Erstaunen um. »Aber ich sehe sie nicht, Madam.«

Lady Bryanstons Lippen wurden fast unsichtbar. »Ich habe ihr etwas zu sagen. Richtet es ihr aus, falls Ihr sie trefft.«

»Darf ich ihr auch ausrichten, was Ihr ihr mitzuteilen wünscht?«, fragte Robin in nichts sagendem Ton, um sich seine Wut und Verachtung nicht anmerken zu lassen.

»Sie besitzt etwas von Philip, das meiner Meinung nach rechtmäßig dem Earl gehört.« Lady Bryanston war nicht besonders klug, verstand es aber, ihre tückische Schlauheit und Habgier als Intelligenz zu tarnen. Aus ihren braunen Augen blitzte Gehässigkeit, als sie Robin ansah; dann nickte sie wieder und wogte durch die Halle auf ihren Sohn und dessen Frau zu, die noch immer am Kartentisch saßen.

»Biest!«, murmelte Robin. Wahrscheinlich hatte sie es auf ein Andenken von Philip abgesehen, das Pen besonders teuer war. Das sah ihr ähnlich. Er hielt nach seiner Stiefschwester Ausschau, konnte sie aber nirgends entdecken.

*Was wollte Owen d'Arcy von ihr?* Natürlich mochte sein Interesse an Pen harmloser Natur sein, und sie gefiel ihm einfach. Das konnte Robin gut verstehen; doch spürte er auch, dass Pen nicht auffallend genug war, um Owen d'Arcy zu reizen. Er kam sich gemein vor, dass er so dachte, doch bei Lichte besehen, stimmte es. D'Arcy musste also mit seiner Annäherung einen bestimmten Zweck verfolgen.

Und es fiel ihm nicht schwer, diesen Zweck zu erraten, da er, obwohl auf dem Gebiet der Spionage noch blutiger Anfänger, inzwischen wusste, worauf die Tätigkeit eines Spitzels hinauslief. Pen war intime Freundin Princess Marys, d'Arcy stand im Dienste des französischen Gesandten. Wollte man sich Einblick in Denken und Fühlen Marys verschaffen und die Absichten ihres Vetters in Spanien, des Kaisers des Heiligen Römischen Reiches, ausloten, mit dem die Prinzessin im Geheimen enge Beziehungen unterhielt, konnte Pen den Schlüssel dazu liefern. In der gegenwärtigen, sehr prekären Situation, unter einem kränkelnden König ohne Nachkommen, zahlten die Franzosen für solche Einblicke praktisch jeden Preis.

Da Pen nicht dumm war und wie Robin das höfische Intrigenspiel seit Jahren kannte, würde sie sich nicht leicht manipulieren lassen. Robin glaubte fest, dass sie über seine eigene Beziehung zur Welt der Spionage Bescheid wusste, wenngleich sie seine Zurückhaltung respektierte; doch war d'Arcy ein Meister seiner Kunst, mit dem Pen es nicht aufnehmen konnte.

Allmählich gelangte Robin zu der Einsicht, dass es ratsam war, Owen d'Arcys Interesse an Pen mit seinem eigenen Lager zu erörtern. Gut möglich, dass nichts dahinter steckte, doch wollte er sich darüber kein Urteil anmaßen. Nach einem letzten Blick auf die Gäste suchte Robin Pen, konnte sie aber nirgends entdecken.

Der Duke of Northumberland befand sich in der Gruppe um die Prinzessin, und als Robin sich näherte, lächelte ihm ein blasses, ebenfalls in der Gruppe stehendes Mädchen schüchtern zu, das anders als die kostbar gekleideten Umstehenden auffallend schlicht gekleidet war. Die junge Dame schien sich in dieser Umgebung nicht wohl zu fühlen, wie ihre Befangenheit und die verstohlenen Blicke, mit denen sie nach der Tür schielte, verrieten.

Sie tat Robin Leid. In seiner Zeit im Haushalt des Duke of

Suffolk hatte er oft erlebt, wie Jane Grey, die Tochter des Herzogs, von ihrer Mutter schikaniert und gegängelt wurde. Er legte einen Arm um sie, als er sie erreichte, und drückte ihre Schultern mit der zwanglosen Vertraulichkeit eines Freundes der Familie. Sie lächelte ihm zu, wie immer dankbar für jede freundliche Geste.

Northumberland richtete seinen durchdringenden Blick auf den Neuankömmling. Seine übliche hochmütige Unnahbarkeit lockerte sich ein wenig. »Du wolltest mich sprechen, Robin?«

»Wenn Euer Gnaden einen Moment für mich erübrigen könnte«, sagte Robin aufgeräumt. Von seinem Vater, Hugh of Beaucaire, dem jetzigen Earl of Kendal, hatte er gelernt, sich nie von Reichtum und Rang seiner Umgebung einschüchtern zu lassen. Da ihm übertriebene Ehrerbietung ebenso fremd war wie Schmeichelei, hatte er sich die aufrichtige Sympathie und Wertschätzung des jungen Königs Edward und der bedeutendsten Mitglieder des Kronrates erworben.

Northumberland nickte und entfernte sich von der Gruppe, nachdem er Robin angedeutet hatte, ihm zu folgen.

Pen lief den Korridor zur Bibliothek so eilig entlang, dass der kegelförmige Reifrock, der ihre Damaströcke stützte, mit jedem Schritt seitlich ausschwang. Ohne auch nur einen einzigen Gedanken an alle möglichen Mußmaßungen zu verschwenden, hatte sie die Halle verlassen, während ihre Schwiegermutter mit Robin sprach. Die Kühnheit, die ihre Triebfeder war, musste von ihrer Begegnung mit Owen d'Arcy herrühren. Was kümmerte es sie, ob die Bryanstons entdeckten, dass sie im Familienarchiv stöberte …

Sie betrat die Bibliothek und versperrte diesmal die Tür hinter sich, ehe sie den Wandschrank öffnete. Die Ordner, die darin standen, enthielten Aufstellungen über Abrechnungen, und sie wollte sie schon übergehen, als ihr der Band des Jahres 1550 in die Hände fiel. Sie blätterte darin auf der Suche nach dem Juli und den Eintragungen an dem Tag der Geburt ihres Sohnes. Die Hebammen hatten sicherlich ihr Geld bekommen. Alle waren ihr fremd gewesen, da Lady Bryanston sie in aller Eile hatte kommen lassen, als bei Pen plötzlich vier Wochen vor dem errechneten Termin Wehen einsetzten.

Vielleicht konnte sie den Aufzeichnungen einen Namen entnehmen und eine der Frauen ausfindig machen, die sich außer ihrer Schwiegermutter an jenem schrecklichen Tag in ihrem Gemach aufgehalten hatten.

Sie fand die Seite und starrte eine Reihe von Eintragungen an. Namen, dahinter Beträge, aber keinen Hinweis darauf, für welche Dienste Zahlungen geleistet worden waren. Pen spürte in den Fingerspitzen ein Prickeln wie von Nadelstichen. Ohne zu überlegen, riss sie die Seite heraus, faltete sie zusammen und steckte sie in das bestickte Täschchen, das sie an einer feinen Goldkette um die Taille trug. Dann stellte sie den Ordner zurück, sperrte den Schrank ab und ging hinaus.

Ihr Herz pochte aufgeregt. Nun hatte sie etwas zu verbergen und musste eine Entdeckung fürchten, deshalb galt es auf der Hut zu sein. Da ohne triftigen Grund kein Mensch nach alten Unterlagen fahndete, durfte sie nicht den geringsten Verdacht erregen.

Sie betrat die andere Galerie über der Halle und registrierte sofort, dass es viel leiser wurde. Ein Blick zeigte ihr, dass sich die Räumlichkeiten leerten. Gäste riefen nach ihren Dienern, die Barken, Pferde oder Karossen holen sollten.

Verließ Princess Mary das Fest, gab sie damit das Zeichen zum allgemeinen Aufbruch; und Pen merkte nun, dass die Prinzessin und ihre Damen schon gegangen waren. Das bedeutete, dass die königliche Barke nicht mehr an der Wassertreppe lag. Mary pflegte sich immer sehr zeitig zurückzuziehen, da es ihre Gewohnheit war, sich vor Tagesanbruch zu ihrer Andacht zu erheben. Sicher machte sie sich keine Gedanken darüber, dass Pen zurückblieb, da sie bestimmt annahm, ihre Hofdame würde im Hause ihrer Schwiegermutter übernachten.

Indessen hatte Pen nicht die Absicht, die Gastfreundschaft der Bryanstons in Anspruch zu nehmen: Dies bedeutete allerdings, dass sie sich um einen Platz auf einer der Fähren bemühen musste. Das Gedränge an der Wassertreppe würde so groß sein, dass sie sich auf eine Wartezeit von mindestens einer Stunde gefasst zu machen hätte, ehe die öffentlichen Boote die Anlegestelle ansteuern und Passagiere aufnehmen konnten.

Falls sich nicht Robin in der Nähe herumtrieb. Er würde sie nach Hause bringen, selbst wenn er zu Pferd gekommen war und sie hinter ihm aufsitzen musste. Sie schaute über die spärlich werdende Menge, konnte ihn aber nicht ausmachen; in diesem Moment bemerkte sie Miles Bryanstons nach oben gewandte Miene genau unter sich. Sein Blick wanderte in ihre Richtung, doch konnte sie nicht sicher sein, ob er sie sah oder erkannte. Sein gerötetes Mondgesicht verriet den Grad seiner Trunkenheit. Die Schweinsäuglein blickten verschwommen und waren blutunterlaufen. Sie trat zurück ins Halbdunkel und lief die Treppe zur Halle hinunter in der Hoffnung, er wäre zu angeheitert, um sie bemerkt zu haben.

Auch Owen hatte den Aufbruch der Prinzessin beobachtet und gesehen, dass Pen sich nicht in ihrer Gesellschaft befand. Er stand in einer Art Diele, die die große Halle von der Eingangstür trennte – ein Raum, der die kalte Luft von draußen abhalten sollte. Das Portal stand nun offen, Menschen drängten sich in der kleinen Vorhalle, schoben sich durch den Eingang, riefen nach Dienern, hüllten sich in pelzgefütterte

Mäntel. Es schneite nicht mehr, doch der Boden war mit Eis bedeckt, das wie Glas unter den beschuhten Füßen knirschte.

Er geriet in eine Gruppe plaudernder Damen und Herren, die hinter ihm aus der großen Halle kamen und über die Kälte und die beschwerliche Heimfahrt klagten – unter ihnen Pen, die die Kapuze ihres Umhangs über den Kopf zog. Sie sah Owen, besser gesagt, spürte seine Nähe, ehe sie ihn erblickte. Er lächelte ihr zu, und unwillkürlich erwiderte sie sein Lächeln. Als er einen Schritt auf sie zutrat, drängte sich ein Paar zwischen sie, und Pen versuchte erst gar nicht, der menschlichen Woge, die sie aus dem Gang hinaus in die bitter kalte Nacht trug, Widerstand entgegenzusetzen.

Owens Page bahnte sich den Weg durch die Menge, die Wangen vor Kälte gerötet. »Auf eine Barke wartet man angeblich Stunden, Sir ... bei dieser Kälte.«

D'Arcy nickte mit seiner gewohnt gleichmütigen Miene, die nur von einem Schimmer in seinen dunklen Augen belebt wurde. »Je eher wir losziehen, desto besser, Cedric!« Er legte dem Jungen eine Hand auf die Schulter.

»Draußen ist es mächtig kalt«, murmelte Cedric mit einem sehnsüchtigen Blick zur hell erleuchteten Halle hinter seinem Herrn. »Sir, wir könnten hier warten, bis die meisten gegangen sind ...«

»Ich habe keine Lust, hier herumzustehen, Junge. Ein Marsch wird dich wärmen. Komm jetzt.« Er schob den Pagen vor sich aus dem Haus.

Als Pen, von der Menge mitgerissen, die Wassertreppe erreichte, blickte sie, vor Kälte mit den Füßen stampfend, die Arme vor der Brust verschränkt, enttäuscht um sich. Die Reihe der Barken und Fähren, die darauf warteten, an die Treppe zu gelangen, schien endlos. Ihre auf und ab wippenden Fackeln waren bis weit draußen auf dem schwarzen Wasser zu sehen, und vor ihr warteten mehr Menschen, als sie zählen konnte. Es würde unerträglich lange dauern, bis sie an die Reihe käme.

Sie schob die behandschuhte Hand unter den Mantel und umfasste die kleine bestickte Tasche. Sobald sie auf Baynard's Castle und in ihren eigenen vier Wänden war, würde sie lesen, was auf der herausgerissenen Seite stand. Erregung erfasste sie und wärmte sie trotz der kalten Luft. Die Müdigkeit war vergessen; ihr Ärger über die vielen Menschen und die lange Wartezeit wich dem ungeduldigen Verlangen, endlich etwas unternehmen zu können. Wenn sie hier wartete, käme sie nicht vor Tagesanbruch ins Bett.

Nach kurzer Überlegung löste sie sich aus der Menge. Die Wassertreppe von Horseferry, der Pferdefähre, befand sich in zehnminütiger Entfernung. Sicher war das Gedränge dort nicht so groß.

Zwar würde ihr Weg sie durch das dunkle Gassengewirr um das Palais der Bryanstons führen. Bei Tag hätte sie keine Sekunde gezögert, doch in dieser kalten stockfinsteren Nacht …

Plötzlich entschlossen hielt Pen nach einem Fackelträger Ausschau, der ihr leuchten sollte. Ein Diener der Bryanstons kam mit verdrossener Miene und vor Kälte bibbernd ihrer Aufforderung nach und ging ihr voraus, seine Fackel hoch über sich haltend, um die finstere Strecke bis zur Horseferry-Wassertreppe zu beleuchten.

In ihren pelzgefütterten Mantel gehüllt, trippelte sie vorsichtig über den gefrorenen Boden und gab sich Mühe, mit dem Mann Schritt zu halten; dieser aber war ungeduldig und hatte mit seinen Stiefeln besseren Halt als sie auf ihren dünnsohligen Schuhen. Leise verwünschte sie ihn und hätte sich am liebsten selbst verwünscht, weil sie den Aufbruch der Prinzessin und somit eine von Glutpfannen gewärmte Heimfahrt auf kissenbelegten, windgeschützten Bänken verpasst hatte – wäre da nicht ihre Erregung gewesen, ein Rest ihrer Kühnheit von vorhin, und eine immer stärker werdende Vorahnung.

Ein überraschendes »He!« hinter ihr ließ sie zusammenzucken. Sie fuhr herum und sah sich plötzlich von zerlumpten Gestalten umgeben, Männern, ein paar Frauen, sogar Kindern. Erschrocken rief sie nach dem Fackelträger; dieser aber machte auf dem Absatz kehrt und ergriff sofort die Flucht, die Fackel hoch in die Nacht reckend.

»Feigling!«, rief Pen zähneknirschend, im Moment zu wütend über seine Flucht, um Angst zu empfinden. Ihre Wut dauerte nur einen Moment und wurde sofort von der verzweifelten Gewissheit abgelöst, dass sie besser daran getan hätte, auf der Treppe der Bryanstons inmitten der Menschenmenge zu warten. Stattdessen war sie einem dummen Impuls mit lebensgefährlichen Konsequenzen erlegen.

Sie versuchte, sich den Weg durch die sie umgebende Gruppe zu bahnen; doch die Leute drängten noch näher heran und beäugten sie mit hungrigen Augen. Schlaffe Münder enthüllten zahnlose Gaumen. Momentan rührte sich keiner, bis ein Mann eine Hand ausstreckte und ihren Arm berührte. Das war das Zeichen für die anderen. Die Frauen hängten sich schiebend, zerrend, stochernd an sie. Pen stockte der Atem vor Entsetzen. Verzweifelt begann sie mit ihnen zu reden, die Angreifer aber schienen sie gar nicht zu hören. Schmutzige Finger zerrten an ihrem Mantel, der Edelstein auf ihrer Brust wurde sichtbar und blitzte in der Dunkelheit auf. Nun gingen alle auf sie los, krallend und zischend wie böse Geister.

Pen hörte ihren eigenen Schrei, während sie sich mit einer unbändigen Kraft wehrte, deren sie sich nicht für fähig gehalten hätte. Und dann, ganz jählings, ließ man von ihr ab.

Schreie ertönten, Schreie der Pein, die auf einmal menschlich klangen.

In ihrer Mitte tauchte aus dem Nichts ein Mann in Schwarz auf und schwang sein Rapier mit geübter Sicherheit. Lautlos durchschnitt die silberne Klinge die Luft, während an seiner Seite eine kleinere Gestalt ähnlich geschickt einen Dolch handhabte.

Dieses Duo befreite Pen aus ihrer Bedrängnis. Da sie keine Waffe hatte, um ihren Rettern beizustehen, nahm sie rasch eine Bestandsaufnahme an sich vor. Ihr Mantel war zerfetzt, der Zeigefinger ihres rechten Handschuhs abgerissen; doch stand sie noch auf den Beinen und konnte gegenwärtig keine Verletzung spüren.

Die Gasse leerte sich so rasch, wie sie sich gefüllt hatte. Owen d'Arcy griff nach ihr und zog sie an sich – instinktiv, wie es Pen schien. Momentan ruhte sie in seiner Armbeuge und fühlte seinen Herzschlag unter dem Mantel, ruhig und stetig, als hätte er nie sein Rapier erhoben. Sie ließ sich gegen ihn sinken, und als sie wieder ein wenig zu Kräften gekommen war und sich gefasst hatte, wurde ihr klar, dass sie es nie für möglich gehalten hätte, sich so zu fürchten.

»Meinen Dank, Sir«, murmelte sie schließlich und entzog sich seinem Griff; denn sie hatte das Gefühl, ihr Wille, sich von ihm zu lösen, würde immer schwächer, je länger sie so nahe bei ihm blieb. »Ich hatte eigentlich einen Fackelträger; doch als ich attackiert wurde, ergriff der Bursche die Flucht.«

»Einer Frau, die zu ihrem Schutz nur einen Fackelträger bei sich hat, ist die Gegend nicht zu empfehlen«, meinte Owen und steckte sein Rapier in die Scheide. »Als ich Euch auf der Wassertreppe nicht mehr sah, konnte ich nicht ahnen, dass Ihr Euch allein auf den Weg machen würdet. Cedric, zünde eine Fackel an!«

Cedric zog eine Zündbüchse aus dem Lederbeutel, den er

um die Mitte trug. Feuerstein scharrte über Stahl, Funken sprühten, ein Licht glomm auf, ein kleiner goldener Kreis, der alle drei umschloss. Ihr Retter streckte die Hand aus und fasste wie schon einmal, Pen unters Kinn. Er hielt ihr Gesicht fest und musterte sie im Fackelschein.

Plötzlich erschauerte sie. Ihre Beine zitterten, so dass sie sich an die Hüttenwand in ihrem Rücken lehnen musste. Es hatte nichts mit der eigenartigen Kraft in den schwarzen Augen zu tun, die sich auf sie richteten, nichts mit der bezwingenden Ruhe, die von ihm ausging – sondern mit den Nachwirkungen der unheimlichen Episode. Natürlich setzte jetzt eine gewisse Schockwirkung ein, da sie nun keine Kraft mehr aufbringen musste.

»Ihr seid verletzt«, sagte er mit seiner wohltönenden Stimme. »Einer dieser dreckigen Strolche hat Euch einen Schnitt beigebracht.« Er berührte ihren Nacken, schob den Mantelkragen beiseite und strich vom Ohr zur Schulter. An seinem Finger klebte Blut. Nun erst spürte Pen den Schmerz, ebenso wie sie mittlerweile auch andere schmerzende Stellen wahrnahm. Sie hatte sich in jenen wenigen von Todesangst erfüllten Minuten heftig zur Wehr gesetzt, wie ihr Körper ihr verriet.

»Die Wundränder sehen böse aus, wie von einem scharfen Stein oder Ähnlichem verursacht. Auf jeden Fall muss die Verletzung versorgt werden«, entschied Owen. »Sehr rasch. Man weiß nicht, ob sie verschmutzt ist.« Er zog den Mantel wieder über ihre Schulter. »Ganz in der Nähe kenne ich ein Lokal.«

»Was für ein Lokal?« Pen blieb stehen, als er ihren Ellbogen nahm und sie die Gasse entlangführen wollte, während Cedric ihnen mit der Fackel leuchtete. Erneut regte sich Angst in ihr. Sie kannte den Mann nicht. Sosehr sie in seiner Schuld stand, weil er sie gerettet hatte, empfand sie ihn doch als höchst beunruhigend; so überwog das Gefühl, es sei nicht ratsam, ihm an einen fremden Ort zu folgen, da in seiner Begleitung alles möglich war. Warum war er ihr von der großen Halle aus nachgegangen? Warum hatte er sie geküsst? Was hatte es zu bedeuten, dass er sich für sie interessierte? Und wodurch weckte er *ihr* Interesse?

Doch momentan fühlte sie sich nicht in der Verfassung, der letzten Frage auf den Grund zu gehen. »Ich will an der Treppe eine Fähre nehmen«, teilte sie ihm deshalb mit. »In einer Stunde bin ich zu Hause und kann mich verarzten lassen.«

Owen wollte ihr keine Angst machen; andererseits war er nicht gewillt, diese vom Himmel gesandte Gelegenheit ungenutzt verstreichen zu lassen, und sagte daher mit sanftem Nachdruck: »Es liegt kein Grund zur Besorgnis vor, Lady Pen! Nicht in meiner Gesellschaft. Je länger aber die Wunde unversorgt bleibt, desto größer ist die Gefahr des Brandes. In unmittelbarer Nähe der Horseferry-Treppe liegt eine Taverne, in der ich bekannt bin. Dort gibt es heißes Wasser und Verbandszeug, und sicher auch anständigen Glühwein. Danach werde ich Euch selbst zur Residenz der Prinzessin bringen.«

Die Nackenwunde hämmerte, und als sie sie vorsichtig berührte, war die Haut heiß und ihr Finger blutig. Sie musste befürchten, dass ein schmutziger Stein aus der Gosse oder ein scharfes Stück Eisen aus einem Haufen Unrat als Waffe benutzt worden war. Ihr Begleiter hatte Recht. Die Wunde musste unverzüglich gereinigt werden. Und in einer Taverne gab es Gesinde, einen Wirt samt Frau. Alles ganz normal und ungefährlich.

»Meinetwegen«, gab Pen ihr Einverständnis.

Als sie rasch zur Treppe gingen, spürte Pen, wie sehr sie auf seine stützende Hand unter ihrem Ellbogen angewiesen war, da ihr eigener Körper sie im Stich zu lassen drohte. Sie zwang sich, die Schultern zu straffen, ihre weichen Knie steif zu halten, feste Schritte zu machen. Es erschien ihr ungemein wichtig, keine Schwäche zu zeigen. Warum ihr so sehr daran lag, wusste sie nicht; doch war sie überzeugt, dass er etwas von ihr wollte und sie auf der Hut sein, also Haltung bewahren musste.

Nichts von all dem, was seit ihrer ersten Begegnung mit Owen d'Arcy geschehen war, konnte sie von ihrer Meinung abbringen, dass sie es mit einem äußerst gefährlichen Mann zu tun hatte.

## 3

»Sie war auf der Galerie, sagst du?« Lady Bryanston blickte zur Galerie empor, die eine Seite der großen Halle einnahm.

»Ja, ich sah sie dort oben, kurz nachdem die Prinzessin sich mit ihrem Gefolge verabschiedete.« Miles Bryanstons Worte kamen ein wenig lallend, sein Blick war auf den Inhalt des Pokals in seiner Hand gerichtet.

»Was mag sie dort oben vorgehabt haben?«, wollte Lady Joan, seine Countess, wissen, deren Gesicht erhitzt glänzte, als ihr Blick jenem ihrer Schwiegermutter folgte.

»Sie hat geschnüffelt und gestöbert, wie immer«, erklärte Lady Bryanston, deren Lippen einen dünnen Strich über dem massiven Kinn bildeten. »Sie gibt nicht auf. Stur wie ein Ochse!«

»Obwohl ihre eigene Familie ihr nicht glaubt«, bemerkte Miles. Rülpsend leerte er den Pokal und ließ ein ungeniertes Gähnen folgen.

Diener waren um sie herum emsig dabei, nach dem Fest

Ordnung zu machen. Die Kerzen blakten schon, die Scheite im großen Kamin waren zu Glut verkohlt, Kälte verdrängte den letzten Hauch Wärme, den die Gäste, die vor kurzem gegangen waren, zurückgelassen hatten.

»Man kann nur hoffen, dass man ihr nicht Glauben schenkt«, murmelte seine Mutter. Die Kendals waren mächtig und verfügten über einflussreiche Verbindungen. Falls ihnen die Idee kommen sollte, auf die Wahnvorstellungen ihrer Tochter einzugehen, könnte es weit reichende Folgen haben.

»Warum sollten sie das?«, fragte Joan, ein Gähnen unterdrückend. »Die ganze Aufregung liegt zwei Jahre zurück. Was sollten sie schon finden? Inzwischen ist vom toten Kind nichts mehr übrig.«

»Nein, aber sie könnten sehr unangenehm werden«, wich ihre Schwiegermutter aus.

*Wenn Miles seine Sache gut gemacht hatte, war wirklich nichts mehr übrig.*

Sie warf ihrem Sohn einen raschen Blick zu, der nur einen Anflug von Zweifel verriet. Sosehr sie ihn liebte, musste sie doch zugeben, dass es mit seiner Intelligenz etwas haperte. Anders als bei seinem älteren Bruder, dessen Verstand reines Quecksilber war, so hell und rasch. Doch wo Philip sich nie von seiner Mutter hätte lenken lassen, gehorchte Miles ihrem Diktat mit der Hingabe eines devoten Hundes. Wo Philip sich geweigert hätte, etwas auch nur annähernd Unrechtes anzufassen, befolgte Miles ihre Anweisungen beflissen und akribisch genau. Nein, gewiss hatte er seine Sache gut gemacht und keine Spuren hinterlassen.

Nach einem Blick auf Lady Joan, deren Aufmerksamkeit wie immer längst anderen Dingen galt, sagte Lady Bryanston leise zu ihrem Sohn: »Es wird Zeit, die Abmachung einer Prüfung zu unterziehen. Falls noch etwas übrig ist, muss man eingreifen. Aber bald. Verstanden?«

Miles reagierte mit einem Brummen und rief nach Wein.

»Du brauchst keinen mehr«, entschied seine Mutter ungeduldig. »Ich möchte wissen, worüber du mit dem Duke of Northumberland gesprochen hast. Du warst etwa zwanzig Minuten in seiner Gesellschaft.«

»Über die Jagd«, gab Miles Auskunft und reichte dem Diener, der sich ihm mit einer Flasche näherte, seinen Pokal. »Wir sprachen von der Jagd.«

»Ist das alles? Ich trug dir doch auf, dich nach dem Zustand des Königs zu erkundigen?«

Miles musste wieder rülpsen. Tatsächlich hatte er die Anweisung seiner Mutter in seiner Trunkenheit völlig vergessen, durfte dies aber nicht zugeben. »Das Thema ergab sich nicht.« Er sah seine Mutter tiefsinnig an. »Ich konnte es ja nicht selbst anschneiden, oder?«

Lady Bryanston seufzte. »Doch, Miles, du hättest es gekonnt. Alle Welt ist an der Gesundheit des Königs interessiert, es hätte also ganz zwanglos gewirkt. Wenn du nicht mit dem Duke sprichst oder versuchst, sein Vertrauen zu gewinnen, wie kannst du ihm dann die Möglichkeit einer neuen Behandlung vorschlagen? Zuweilen glaube ich …«

Sie hielt inne. Entweder hörte ihr Sohn gar nicht zu oder war nicht im Stande, etwas von dem Gesagten aufzunehmen. »Wir sprechen darüber, wenn du einen klaren Kopf hast«, erklärte sie scharf. »Ich begebe mich zur Ruhe und wünsche euch beiden eine gute Nacht.« Sie fegte zur Treppe.

»Hm, jetzt habe ich sie wohl erzürnt«, murmelte Miles in seinen Pokal hinein. Mit geröteten Augen blickte er auf und sah seine Frau an, deren Aufmerksamkeit wiedergekehrt zu sein schien. »Was meinst du, Joan?«

»Schon möglich«, sagte sie bekümmert. »Zu dumm … Miles, du hättest daran denken sollen, das Gespräch auf den Zustand des Königs zu bringen.«

»Ich weiß, aber mein Kopf war noch beim Kartenspiel, so dass ich an nichts anderes denken konnte.« Er goss den Inhalt seines frisch gefüllten Pokals die Kehle hinunter. »Gehen wir zu Bett, Liebste!«

Er bedachte sie mit einem Lächeln, das einem lüsternen Grinsen nahe kam, Joan aber wusste aus Erfahrung, dass dies nichts bedeutete. Mochte der Geist auch noch so willig sein, würde sich das Fleisch ganz sicher wieder als schwach erweisen. Manchmal glaubte sie, ihre Unfruchtbarkeit müsse etwas mit dem Unvermögen ihres Gemahls zu tun haben, regelmäßig im Bett seinen Mann zu stehen; doch wusste sie natürlich, dass dies nicht sein konnte. Kam es nicht zur Empfängnis, lag es immer an der Frau. Ihr Schoß war unfruchtbar und verweigerte sich dem Samen ihres Gatten. Ebenso wusste sie, dass ihre Schwiegermutter die Schuld bei ihr suchte. Die Dowager Countess war von dem Wunsch, die Erbfolge endlich gesichert zu sehen, so besessen wie Pen von ihrem toten Kind.

Insgeheim stöhnend folgte Lady Joan ihrem torkelnden Gemahl ins Schlafgemach.

Die Taverne, ein getünchter Fachwerkbau mit niedrigem Strohdach, aus dem Rauch in die helle Frostnacht aufstieg, lag, ein wenig zurückgesetzt von der Horseferry-Treppe, in einem Garten. Die Fenster hinter den Fensterbalken waren dunkel.

»Alle sind schon zu Bett«, stellte Pen fest, als Owen, der sie noch immer am Ellbogen hielt, die Pforte zum Weg öffnete. »Ich nehme eine Fähre an der Treppe.«

»Unsinn«, sagte Owen ruhig. »Mistress Rider wird uns mit Freuden helfen.«

»Sie wird sich aber nicht freuen, geweckt zu werden«, widersprach Pen und blieb zurück.

»Doch, das wird sie«, entgegnete Owen gelassen. »Cedric, lauf nach hinten und sieh nach, ob noch jemand in der Küche ist.«

Cedric lief los, und Owen zog die Kapuze von Pens Umhang so zurecht, dass sie sie enger umhüllte. Die Wolken hatten sich verzogen, die kalte Nacht war klar und hell; hier, wo das finstere, enge Gewirr der Gassen hinter ihnen lag, tauchte der Mond alles in sein fahles Licht.

Pens Gesicht war im Mondschein weiß, ihre braunen Augen groß und dunkel. Die lockere Zwanglosigkeit, mit der er ihre Kapuze zurechtgezogen hatte, erschreckte sie. Als Owen lächelte, empfand sie so etwas wie ein Gefühl der Sicherheit, und in ihren ausgekühlten und schmerzenden Körper kehrte Wärme zurück.

Die Haustür wurde geöffnet, eine Frau stand mit hoch erhobener Laterne im Eingang. »Tretet ein, Sir. Cedric sagte, Ihr hättet eine Dame bei Euch, deren Wunde versorgt werden muss.«

»Ja, Mistress Rider.« Owen schob Pen vor sich her. »Wir hatten eine Begegnung mit einer Bettlerbande. Lady Bryanston bekam eine Schnittwunde ab, die man sofort reinigen sollte.«

Pen betrat einen engen Gang und erwiderte den neugierigen Blick einer rundlichen Frau, die ein Umschlagtuch über Kittel und Hemd geworfen hatte. »Es tut uns Leid, dass wir Euch aus dem Bett holen, Mistress«, entschuldigte Pen sich.

»Ach, das macht nichts, Madam. Ich bin es gewohnt, dass der Chevalier zu allen Tages- und Nachtstunden aufkreuzt. Kommt hier entlang!« Rasch ging sie ihnen voraus, die Laterne hochhaltend, um den Gang zu beleuchten.

Sie betraten eine große quadratische Küche, in der über einem hell lodernden Herdfeuer auf einem Dreifuß ein Kessel stand. Drei gelbe Jagdhunde, die neben der Tür zum Hof lagen, hoben die schweren Köpfe, rafften sich auf und begrüßten Owen schwanzwedelnd wie einen alten Bekannten. Er streichelte sie und ließ sich die Hände lecken, worauf sie ihre Plätze wieder einnahmen und die Köpfe mit lautem Schnaufen auf die Pfoten sinken ließen.

Cedric drehte sich langsam vor dem Feuer, sorgsam darauf bedacht, sich von allen Seiten zu wärmen. Er machte einen sehr zufriedenen Eindruck. In einer Nacht wie dieser war eine warme Küche langem Warten an der Wassertreppe bei weitem vorzuziehen.

»Während Ihr Euch hier wärmt, richte ich die Schlafkammer des Chevalier im Nu her«, sagte Mistress Rider. »Es ist alles fertig, ich muss nur das Feuer anzünden. Wir haben Euch heute nicht erwartet, Sir.«

»Nein!« Hastig hielt Pen die Frau mit einer Handbewegung auf, als diese zur Treppe wollte. »Wir brauchen keine Schlafkammer. In einer Minute ist alles erledigt.«

»Ich glaube, es wird etwas länger dauern«, bemerkte Owen leichthin. »Ihr werdet Euch vor dem Kamin oben besser fühlen, und Mistress Rider bereitet Glühwein zu, während ich die Wunde reinige.«

»Ja, ganz richtig«, echote die Wirtin. »Und du, junger Cedric, bringst einen Eimer mit heißer Kohle vom Herd. Dann wird die Kammer des Chevalier im Nu warm sein.«

Cedric schaufelte heiße Kohlenstücke in einen Eimer und folgte Mistress Rider aus der Küche.

»Kommt ans Feuer«, lud Owen ein, der an den Herd trat. »Ihr braucht keine Angst zu haben.«

»Nein?«, erwiderte Pen trocken. Dennoch folgte sie ihm und bückte sich, um die Hände zu wärmen. Der zerfetzte Handschuh hatte unterwegs nur wenig Schutz gegen die Kälte geboten. Ihre Fingerspitzen waren gerötet und ohne Gefühl.

»Ich hätte gedacht, dass jemand, der so kühn ist, auf eigene Faust durch die finsteren Gassen Londons zu gehen, keine Furcht kennt«, bemerkte er ein wenig spöttisch. »Falls Ihr mich fürchtet, so seid versichert, dass ich viel weniger gefährlich bin als eine Bettlerbande!«

*Das möchte ich bezweifeln.* Pen behielt diesen Gedanken lieber für sich. Angst hatte sie nicht vor ihm, doch beunruhigte er sie zutiefst. Oder beunruhigte sie die schlichte Tatsache, dass er sie interessierte? Sie sog an ihren Fingerspitzen, um die Blutzirkulation anzuregen.

»Ich habe keine Angst! Und wäre der Fackelträger nicht davongerannt, wäre mir das alles erspart geblieben«, rechtfertigte sie sich. »Aber selbstverständlich weiß ich, dass Ihr mir das Leben gerettet habt. Und bin Euch auch dankbar …«

»Nun, wie ich schon sagte, habt Ihr mein Interesse geweckt, Lady Pen – so sehr, dass ich Euch unweigerlich folgen muss, wenn ich Euch sehe.« Er sagte es ohne Lächeln, während er sie kühl und unverwandt ansah. Auch Pen fand an dieser ernst gemeinten Feststellung nichts Erheiterndes. Momentan wollte ihr keine passende Antwort einfallen.

Owen schien ihr Schweigen zu behagen, und Pen bekam das Gefühl, dass die gelassene Ruhe, die er ausstrahlte, sie langsam einhüllte. Die Stille in der Küche wurde nur von dem schweren Schnaufen der Hunde an der Tür und dem Knistern im Kamin unterbrochen. Nun spürte sie wieder ihre zahlreichen schmerzenden Stellen; der Schnitt im Nacken klopfte, die Wundränder spannten und brannten, so dass sie es ein wenig mit der Angst zu tun bekam. War die Wunde verschmutzt, hatte sie mehr zu fürchten, als Owen d'Arcys ruhig entschlossene Annäherung – so unbegreiflich ihr diese auch erschien.

Cedric kam wieder. »Mistress Rider sagt, dass ich heißes Wasser bringen soll, Sir. Sie holt indessen Salben und Verbandszeug aus der Vorratskammer.«

Der Chevalier nickte nur und wandte sich an Pen: »Gehen wir hinauf.«

Offensichtlich bleibt mir nichts anderes übrig, dachte sie. Insgeheim griff sie nach der Tasche, die sie an der Kette um die Mitte trug, und spürte das zusammengefaltete Pergament unter der bestickten Seide. Diese seltsame Begegnung in einer Ufertaverne schien natürlicher Teil der Kraft, die sie den ganzen Abend angetrieben hatte. Vielleicht war Owen d'Arcy ihr vom Schicksal bestimmt.

Ich muss Fieber haben, um auf eine so alberne Idee zu verfallen, dachte sie ärgerlich. Das Schicksal ... lachhaft! Das Leben gehörte ihr. Ihre Entscheidungen traf sie selbst. Sie war stark wie ihre Mutter und beherrschte die Kräfte, die ihr Leben beeinflussten. Es war ihre Entscheidung, mit Owen d'Arcy hier zu sein, ebenso wie sie sich entschieden hatte, von ihm ihre Wunden versorgen zu lassen. Und damit hatte es sich!

Mit vorgeschobenem Kinn marschierte sie ihm voraus, aus der Küche und die vom engen Gang abzweigende Treppe hinauf.

Owen folgte ihr und fragte sich, was sie sich eben gedacht hatte, weil sich plötzlich ihre Schultern strafften und ihr Kinn sich angriffslustig vorschob. Hing es mit ihm zusammen? Es erschien ihm wahrscheinlich. Umso besser. Alles, was ihr Interesse reizte, sei es günstig oder nicht, diente seinen Absichten.

Mistress Rider empfing sie am oberen Absatz und leuchtete ihnen bis zu einer kleinen Kammer unter dem Dach, in der ein Feuer Wärme verbreitete und Talgkerzen in Wandhalterungen goldene Lichtkreise auf den schimmernden, gewachsten Boden warfen.

»Da wären Hamamelis für die Blutung und Ringelblumensalbe zur Reinigung sowie Beinwurz zur besseren Heilung«, erklärte die Wirtin und deutete auf einen Korb, der auf dem Tisch stand. »Soll ich die Wunde versorgen, Chevalier?«

»Nein, das mache ich! Ich brauche dringend einen Becher *Aqua mirabilis*, und der Dame könnte ein Glühwein nicht schaden. Wenn Ihr Euch um diese Bedürfnisse kümmert, Mistress, bin ich vollauf zufrieden.«

»Wie Ihr meint, Sir!« Die Frau knickste kurz und eilte geschäftig hinaus.

In der Kammer war es warm, gemütlich und einladend. Pen ließ sich auf einen Schemel am Feuer sinken, löste die Schließe ihres Umhangs und ließ die schwere Kapuze zurückfallen, ehe das dicke pelzgefütterte Kleidungsstück zu Boden glitt. Sie legte die gewölbte Hand auf den Schnitt im Nacken, als sie sich über die flackernden Flammen beugte.

Eine Weile beobachtete Owen sie und erfreute sich an der anmutigen Wölbung ihres Rückens. Sie trug den langen Schleier ihres Kopfputzes der Mode entsprechend hochgesteckt, was die Porzellansäule ihres Nackens betonte. Ihm fiel auf, dass sie alles andere als unscheinbar war. Zum zweiten Mal an diesem Abend kam ihm der Gedanke, dass die Verführung Pen Bryanstons lustvoller sein mochte, als er vorausgesehen hatte.

Pen spürte seinen Blick auf sich und drehte langsam den Kopf, um zu ihm aufzuschauen, ihre Hand noch immer am Hals. Ihr unverwandter Blick hielt seinen fest, und einen langen Moment verharrten beide reglos, sonderbar verbunden durch ihre Spiegelbilder in den dunklen Pupillen des anderen.

Ihr beschleunigter Puls dröhnte Pen in den Ohren. In ihr zog sich alles zusammen. Ihr Mund war wie ausgetrocknet, als sie das Aufblitzen unverhüllten Begehrens in seinen schwarzen Augen bemerkte, das die völlige Reglosigkeit seiner Erscheinung Lügen strafte. Philip hatte sie oft voller Begehren und Leidenschaft angesehen; sein Blick aber hatte nie eine Empfindung wie diese in ihr geweckt. Owen d'Arcys Begehren würde brennen und verschlingen. Sie hatte das wahnwitzige Gefühl, nie mehr dieselbe zu sein, sollte sie jemals von diesem Begehren erfasst werden. Und tief in ihrem Inneren begriff sie, dass just aus diesem Grunde Owen d'Arcy so gefährlich wirkte.

Cedric kam mit heißem Wasser, und der Augenblick verging, das Band war zerrissen; doch schien in der Atmosphäre des Raumes eine Andeutung zurückgeblieben zu sein, da der Page dem Paar am Feuer einen neugierigen Blick zuwarf. Dann entfernte Owen sich langsam nach rückwärts, fort von ihr.

»Stell das Wasser auf den Tisch, Cedric, und dann ab in die Küche! Hilf Mistress Rider bei der Zubereitung des Glühweins.« Sein Ton war ruhig und neutral.

Pen öffnete den Mund, um zu sagen, Cedric solle bleiben. Sie wollte nicht allein mit Owen sein, allein, während er ihre Wunde versorgte und sie anfasste, was unvermeidlich war. Doch sie wusste nicht, wie sie dies zum Ausdruck bringen sollte, ohne albern oder beleidigend zu klingen. Stattdessen beobachtete sie seine Hände, als er die Samtscheiden löste, die Rapier und Dolch enthielten, und die Waffen auf den Tisch neben das heiße Wasser legte.

Seine Hände waren so lang und schlank, so feinknochig wie Musikerhände, dachte sie. Wie die von Philip. Philip aber führte seine Bewegungen zögernder aus, nicht so sicher. Er hätte die Waffen nie so gehandhabt wie Owen d'Arcy – als wären Rapier und Dolch Verlängerungen seiner Gliedmaßen.

»Wohnt Ihr hier?«, hörte sie sich in dem Bemühen fragen, ein normales Gespräch zu führen.

»Meistens, wenn ich in London bin ... aber heute hatte ich etwas anderes vor.«

»Dann habe ich Eure Pläne umgestoßen?«

»Umso besser für die Pläne«, gab er galant zurück. »Würdet Ihr Euren Kopfputz abnehmen, damit ich besser arbeiten kann.« Er sagte es beiläufig und streifte seinen schwarzen Samtumhang ab; dessen rotes Innenfutter schimmerte im Kerzenlicht, als er ihn achtlos aufs Bett warf. Er wandte sich dem Becken mit dem heißen Wasser zu. Der Feuerschein ließ den Goldfaden in seinem schwarzen Wams aufblitzen und spiegelte sich in den schwarz glänzenden Schließen seines ebenso schwarzen Seidenhemdes.

Was für eine beherrschte Erscheinung, dachte sie. Beherrscht und doch vor Vitalität und Zielstrebigkeit strotzend. Ein Mann wie er konnte sicher unwiderstehlich sein, wenn er es darauf anlegte.

Wie im Traum erhob Pen sich und entfernte den juwelenbesetzten Reif, der ihren Kopfputz krönte. Sie legte ihn an den Simsrand über dem Kamin, löste dann die Nadeln, die die gestärkte weiße Leinenhaube darunter sicherten. Die langen goldenen Nadeln platzierte sie neben Reif, Schleier und Haube auf der Truhe am Fuß des Bettes. Merkwürdig, wie entblößt sie sich vorkam – das gescheitelte Haar zu Zöpfen geflochten und über den Ohren aufgerollt, so dass sie einen Luftzug vom Fenster an ihrem nackten Hals spürte.

In der unverändert herrschenden Stille setzte sie sich wieder auf den Schemel vor dem Feuer und faltete die Hände im Schoß ihres grauen Damastkleides.

Mit einem dampfenden Stück Tuch, das er in heißes Wasser getaucht hatte, trat Owen zu ihr. »Würdet Ihr wohl den Kopf zur Seite neigen?«

Pen tat es und schloss die Augen, weil es ihr einfacher erschien, ihn nicht anzusehen, während er sich über sie beugte – so nah, dass sie die Wärme seines Atems auf ihrer Wange spürte.

Er arbeitete geschickt, und als er das getrocknete Blut aus

der offenen Wunde wischte und sie vor Schmerz zusammenzuckte, kam kein Wort der Entschuldigung über seine Lippen. Das Brennen war unvermeidlich, und sie fand es gut, dass er nichts dazu sagte und unbeirrt weitermachte.

»Welches Instrument spielt Ihr?«, fragte sie und brach die Stille, die ihr unbehaglich geworden war, ihm aber vermutlich nicht.

In seinem Tun innehaltend, erkundigte er sich ein wenig erstaunt: »Wie kommt Ihr darauf, dass ich eines spiele?«

»Stimmt es denn nicht?«, forderte sie ihn heraus. Sie schlug die Augen auf und wandte den Kopf, um ihn anzusehen. Seine Hand glitt von ihrem Nacken.

»Doch«, bejahte er. »Ich spiele Harfe. Könntet Ihr den Kopf wieder neigen? Gleich bin ich fertig.«

Pen gehorchte. »Ach, Harfe. Ein ungewöhnliches Instrument. Ich dachte eher an eine Laute oder Lyra.«

»Das ist der Waliser in mir«, sagte er leicht singend; nun war Pen klar, was es mit seinem Tonfall auf sich hatte. Den weichen Wohlklang verdankte er seiner walisischen Herkunft. »Ich habe auch eine ganz nette Tenorstimme«, ergänzte er, und es hörte sich an, als wolle er sie necken.

»Aber Euer Name ist französisch, und Mistress Rider redet Euch mit Chevalier an, einem französischen Adelstitel.«

Er legte eine Hand auf ihren Kopf und hielt sie fest. Die unvermittelte Intimität der Berührung traf sie wie ein Blitz, und die feinen Nackenhärchen sträubten sich ihr. »Still halten, bitte!« Über sie gebeugt, drückte er das feuchtheiße Tuch als Kompresse auf die Wunde.

»Ist es schlimm?«, fragte Pen, die um ihre Fassung rang.

»Nicht so schlimm, wie ich erst dachte – obwohl die Ränder nicht glatt sind und unter Umständen eine Narbe zurückbleiben könnte.« Er richtete sich auf und tauchte das Tuch ins Becken. Das Wasser färbte sich rosa.

D'Arcy sprach ruhig weiter, während er sich wieder der Wunde widmete. »Aber um Eure Frage zu beantworten – mein Vater war Franzose, meine Mutter ist Waliserin. Aufgewachsen bin ich meist in Frankreich bei Hofe; doch wenn ich Englisch spreche, setzt sich der Akzent meiner Mutter durch.«

»Mir gefällt er«, sagte Pen, die zusammenzuckte, als er die Wunde mit Hamamelis reinigte.

»Danke, Madam!« Er lachte kurz auf, und sie stellte fest, dass ihr auch sein Lachen gefiel. Leicht und leise, schien es anzudeuten, dass er nicht nur das vorliegende Thema amüsant fand. Tatsächlich wuchs in ihr das Gefühl, dem ungezwungensten Menschen ihres Lebens begegnet zu sein. Merkwürdig und paradox, da sie doch gleichzeitig von seiner Gefährlichkeit überzeugt war.

Als er ihr eine kühlende Salbe auf die Wunde strich, ließ der Gegensatz zu dem durch das Wasser hervorgerufenen Brennen sie schaudern. »Was war es, was Ihr in der Bibliothek der Bryanstons gesucht habt?«, fragte er beiläufig.

Mit einem Ruck blickte Pen auf. »Wie kommt Ihr darauf, dass ich etwas suchte?«

»Ich habe Augen und kann in Worte kleiden, was sie sehen ... So, und jetzt lege ich einen Verband an. Euer Arzt soll entscheiden, ob die Wunde genäht werden muss.« Er ließ den Worten Taten folgen und band einen weichen Tupfer mit einer Binde fest, die er ihr um den Hals schlang.

»Soviel ich weiß, wart Ihr mit dem Earl of Bryanston vermählt?«, fuhr er unverändert beiläufig fort.

Nichts einfacher, als dies in Erfahrung zu bringen, dachte Pen. Es ist allgemein bekannt. *Warum aber dieses Interesse an ihr?*

»Ganz recht.«

»Vielleicht habt Ihr etwas gesucht, das Eurem Mann gehörte«, bemerkte er und drehte sich um, als Cedric mit einem

Tablett eintrat. »Braver Junge ... stell es dort hin, und such dir ein Nachtlager in der Küche. Wir brechen erst auf, wenn es tagt.«

»Aber ich muss nach Hause!«, wandte sie ein.

»Sobald es hell ist, begleite ich Euch.« Er brachte ihr einen Zinnhumpen. »Dies wird alle Schmerzen dämpfen.«

»Danke«, sagte Pen matt und nahm den Humpen in Empfang, aus dem wohlriechender Dampf aufstieg.

»Ich sehe keinen Vorteil darin, uns wieder in die frostige Nacht hinauszubegeben, wenn wir vor einem warmen Feuer sitzen und gemütlich trinken können«, betonte Owen und schob mit seinem Stiefel einen zweiten Schemel vor den Kamin. Auf diesem ließ er sich mit seinem Becher Branntwein nieder und tat einen tiefen Zug.

»Soviel ich weiß, verstarb Euer Gemahl vor fast drei Jahren. Wurde er krank?« Seine wohltönende Stimme war so sanft interessiert, so intim vertraulich, dass Pen ohne zu zögern antwortete.

»Ja, ganz plötzlich ... eben erfreute er sich noch bester Gesundheit, und dann ... freilich war er nie sehr kräftig, ganz im Gegensatz zu seinem Bruder.« Spott färbte ihren Ton. »Miles besitzt einen schwachen Verstand und einen starken Körper. Genau andersherum als Philip.«

Sie hielt kurz inne und fuhr auf sein einladendes Schweigen hin fort: »In jenem Herbst aber war er wohlauf. Kräftiger, als ich ihn je erlebte, und so voller Freude über das Kleine ...« Ihre Stimme versagte. Sie nahm einen Schluck.

Owen wartete in aller Gelassenheit. Sein ruhiger Blick verriet nichts von seinen Gedanken. Er glaubte, den Schlüssel zur Verführung gefunden zu haben. Das war keine Frau, die sich mit Schmeichelei und Leidenschaft erobern ließ. Gewann man aber ihre Freundschaft und ihr Vertrauen, war sie offen für Versuchung. Diese Lady Pen hatte tiefe Gefühle, und sie verwahrte in ihrem Inneren etwas … einen Kummer und einen Hass, dessen Grund er kennen musste, ehe er sich ihr näherte.

»Ihr hattet ein Kind?«, gab er ihr leise das Stichwort, als es den Anschein hatte, sie sei verstummt.

Pen blickte vom Feuer auf, und er zuckte fast zurück, als er die flammende Wut in ihren Augen sah – so wild, dass es an Irrsinn grenzte.

»Ich bekam einen Sohn«, gestand sie und blickte wieder ins Feuer. »Ein paar Monate nach Philips Tod. Philip war gesund und munter – plötzlich wurde er krank. Nach drei Tagen war er tot. Niemand hatte ihm helfen können.« Ihr Ton war kalt, der Hass aber deutlich spürbar. Der weiße Verband um ihren Hals betonte ihre Blässe und die flammenden Farben in ihren Augen.

Wieder blickte sie zu ihm auf und artikulierte jedes Wort überdeutlich: »Dann sagte man mir, mein Sohn sei eine Totgeburt. Aber ich hörte ihn schreien!«

Ihr unverwandter Blick schien ihn herauszufordern. »Niemand will mir glauben. Doch ich weiß, dass mein Sohn lebend zur Welt kam. Man wollte mir das tote Kind nicht zeigen. Ich sollte so tun, als hätte es das Baby nie gegeben und als hätte ich es nicht acht Monate lang in mir getragen.«

*Das war kein graues Mäuschen!* Owen beugte sich vor und stützte die Ellbogen auf die Knie, den Becher locker in Händen. *Pen war eine zu tiefen und hingebungsvollen Gefühlen fähige Frau.*

»Was also habt Ihr in der Bibliothek der Bryanstons gesucht?«, wiederholte er eindringlich.

»Ich weiß es nicht. Etwas … alles … das mir verraten könnte, was in der Nacht geschah, als mein Kind geboren wurde.« Sie hob ihr besticktes Täschchen und öffnete die goldene Schließe. »Diese Seite riss ich aus den Abrechnungen, die Seite des betreffenden Tages. Namen und Zahlungen sind verzeichnet. Ich dachte, ich konnte jemanden aufspüren, der damals zugegen war – eine der Hebammen etwa.«

Sie blickte auf das Papier in ihren Händen. Nachdem sie begonnen hatte, sah es aus, als könne sie nicht aufhören, wenn sie sich auch nicht denken konnte, was den ruhigen, aufmerksamen Mann ihr gegenüber daran interessieren mochte. »Gegen Ende war ich kaum noch bei Bewusstsein aufgrund der langwierigen und schweren Entbindung; die Wehen hatten viel zu früh eingesetzt ... aus irgendeinem Grund ... ich weiß es nicht. Dergleichen passiert manchmal ...«

Mit einem Schulterzucken wollte sie die intensive Konzentration im Raum zerstreuen. »Er kam zur Welt, ehe meine Mutter aus Derbyshire zur Stelle sein konnte. Nur meine Schwiegermutter und einige von ihr herbeizitierte Frauen waren zugegen.«

Klagend blickte sie ihn an. »Natürlich heißt es jetzt, dass Kummer und Erschöpfung meinem Verstand einen Streich spielten. Dass ich meinen Sohn nicht schreien gehört haben kann, da er tot geboren wurde. Und doch hörte ich ihn!«

Owen nickte und sagte teilnahmsvoll: »Dass man Euch nicht ernst nahm, muss Euren Verlust unerträglich gemacht haben.«

»Ja«, gab sie zu, unruhig über das Papier in ihrem Schoß streichend und die Falten glättend. »Sogar meine Mutter ... meine Schwester ... und auch Robin glauben, dass der Kummer mir den Verstand raubte. Aber das trifft nicht zu.«

»Robin?«, fragte er, obwohl er natürlich wusste, wer das war; doch hielt er es für unklug, erkennen zu lassen, wie gut er über ihre Familie informiert war.

»Mein Stiefbruder. Robin of Beaucaire. Als sein Vater zum Earl of Kendal ernannt wurde, übernahm Robin den vorherigen Titel Lord Hughs. Sein Vater und meine Mutter sind seit fünfzehn Jahren verheiratet. Oder schon sechzehn? Ich kann mich nicht erinnern.«

Wieder nickte Owen. »Ich verstehe.« Dann runzelte er die Stirn. »Glaubt Ihr, dass Euer Kind noch lebt?«

»Ich weiß es nicht.« Resigniert schüttelte sie den Kopf. »Im Moment möchte ich nicht mehr, als mit jemandem sprechen, der dabei war.«

»Eure Schwiegermutter ist wohl keine große Hilfe?«

Pen lachte kurz und verbittert auf. »Die Tragödie brachte für sie die Erfüllung ihrer Wünsche – da jetzt Miles, der nach ihrer Pfeife tanzt, den Titel trägt. Philip ließ sich von ihr nicht beherrschen, und ich bin für sie nur Gegenstand der Verachtung.«

»Ein unschönes Bild!« Der trockenen Bemerkung folgte kurzes Schweigen, dann streckte Owen die Hand nach dem Papier in Pens Schoß aus. »Darf ich kurz sehen?« Erstaunt überließ sie es ihm. Fast sah es aus, als würde er ihr glauben. Eine völlig neue Situation, die sie verblüffte und bewirkte, dass sie ihm in bangem Schweigen zusah, als er die Liste überflog.

»Ist Euch einer dieser Namen vertraut?«, fragte er.

»Einer der zwei Männer. Kaufleute, die den Haushalt belieferten. Die Namen der Frauen sagen mir nichts. Denn die Frauen, die mir Geburtshilfe leisteten, waren mir unbekannt … mit Ausnahme Lady Bryanstons natürlich. Meine Mutter hätte zugegen sein sollen – doch überfielen mich die Wehen, ehe sie und mein Stiefvater eintrafen.«

»Ich verstehe«, wiederholte er und warf erneut einen Blick auf die Liste. »Hier werden drei Frauen angeführt. Es wäre aufschlussreich zu sehen, ob ihre Namen noch an einem anderen Datum in den Aufzeichnungen erscheinen. Wenn sie von Lady Bryanston des Öfteren im Haus mit irgendwelchen Arbeiten betraut wurden, könnte man regelmäßige Zahlungen erwarten.«

*Er begegnete ihr nicht mit Unglauben.* Erstaunen, Erregung, Dankbarkeit bildeten in ihrem Kopf ein wirbelndes Durcheinander. Wenn er ihr nicht mit völligem Unglauben begegnete, bedeutete es aber noch lange nicht, dass er ihr glaubte; doch war es sehr viel mehr als alles, was sie von anderen erfahren hatte.

»Vielleicht könnte ich mich in der Bibliothek noch einmal auf die Suche machen«, meinte sie. Ihre Augen blickten glühend aus dem bleichen Gesicht. »Es müsste einen Weg geben.«

»Man könnte auch versuchen, diese Frauen in High Wycombe ausfindig zu machen«, sann er laut vor sich hin. »Vermutlich handelt es sich um Einheimische. Meinen Erfahrungen nach kann Dorftratsch sehr erhellend sein.«

»Welche Erfahrungen waren das?« Pen saß steil auf ihrem Schemel und fixierte ihn mit eindringlichem Blick.

»Nun, Waliser können kein Geheimnis für sich behalten«, gab er feixend zu. »Das Dorf, in dem ich die Sommer meiner Kindheit verbrachte, bot für Klatsch und Tratsch einen guten Nährboden. Nichts nahm leichter Schaden als ein guter Ruf.«

»Ich weiß, was Ihr meint«, pflichtete Pen ihm langsam bei. »Aber ich wüsste nicht, wie ich nach High Wycombe gelangen sollte, ohne dass die Bryanstons davon erfahren. Und sie würden sofort Bescheid wissen, wenn ich anfinge, Fragen zu stellen.« Plötzlich von Müdigkeit übermannt, ließ sie die Schultern hängen und rieb sich die Augen.

Owen stand auf und ging ans Fenster. »Bis es tagt, ist es noch eine Stunde. Warum legt Ihr Euch nicht hin?«

Pen warf einen Blick auf das mächtige Federbett mit den Vorhängen und dem Baldachin. Es wirkte sehr einladend. Sie zögerte und sah ihn wieder an.

»Nur zu«, ermutigte er sie. »Seid versichert, dass ich Euch nicht belästigen werde.«

»Aber ich würde Euer Bett benutzen. Was tut Ihr indessen?«

»Ich werde am Feuer sitzen und mir ein Gläschen genehmigen«, gab er zurück und faltete das Papier zusammen. Er reichte es ihr und deutete mit einer Kopfbewegung zum Bett. »Nur zu«, wiederholte er. »Ich brauche keinen Schlaf. Und wenn, wird Mistress Rider mir eine Pritsche aufstellen. Die Nacht war für Euch hart, Ihr seid übermüdet.«

Noch immer argwöhnisch fragte sie: »Ihr glaubt doch nicht etwa, ich hätte mir eine verrückte Geschichte ausgedacht?«

Er schüttelte den Kopf. »Warum solltet Ihr …

»Aus Kummer, heißt es.«

»Pen Bryanston, ich halte Euch für zu stark und zu besonnen, um vor Kummer den Verstand zu verlieren«, erwiderte er. »Ich glaube auch, dass Ihr genügend gesunden Menschenverstand besitzt, um ein angebotenes Bett anzunehmen, ohne Euch Sorgen zu machen wegen einer Vergewaltigung oder Ermordung im Schlaf.« Er lächelte und berührte leicht ihre Wange. »Glaubt mir, ich ziehe wache und willige Partnerinnen vor.«

Verärgert spürte Pen, wie ihr daraufhin Hitze in die Wangen stieg. »Deswegen war ich nicht in Sorge«, leugnete sie.

»Gut. Dann geht zu Bett.« Er drehte sich um und warf Holz ins Feuer.

Pen setzte sich aufs Bett und betrachtete ihre Schuhspitzen. Sie schienen sehr weit entfernt, fast ganz unten am Boden. Allein der Gedanke, sich zu bücken und sie auszuziehen, ließ sie verzagen. Seufzend ließ sie sich zurückfallen.

Owen richtete sich vom Feuer auf. Er kam ans Bett und

zog ihr die Schuhe von den Füßen. Sie murmelte etwas, rührte sich aber nicht. Er warf die Felldecke, die zusammengelegt am Fußende lag, über sie; dann setzte er sich wieder ans Feuer.

Was für eine außergewöhnliche Geschichte sie ihm erzählt hatte. Konnte etwas Wahres daran sein? Er streckte die Füße zum Kaminbock aus und verschränkte die Hände hinter dem Kopf. Owen d'Arcy, der das Ausmaß menschlicher Niedertracht kannte, hütete sich, Pens Geschichte einfach abzutun. Und allmählich zeichnete sich ein Weg ab, sie sich zunutze zu machen.

## 4

Pen erwachte mit einem Ruck und starrte das fremde Muster am Betthimmel an, ohne zu wissen, wo sie sich befand. Sie drehte den Kopf auf dem Kissen und fragte sich, wie es kam, dass ihr Kopf schmerzte. Als sie hinfasste, spürte sie den Verband. Da fiel ihr alles ein.

Sie richtete sich in den Kissen auf und fühlte sich am ganzen Körper zerschlagen, so heftig hatte sie sich bei dem wilden Handgemenge mit den Bettlern zur Wehr gesetzt.

Die Kammer war leer, das Feuer brannte hell mit frischem Holz. Die Läden waren wegen der Kälte geschlossen, doch durch die Ritzen drang Sonnenlicht. Es musste längst Tag sein. Wenn sie nicht bald auf Baynard's Castle an der Thames Street erschien, wo Princess Mary gegenwärtig als Gast des Earl of Pembroke residierte, würde die Hölle los sein.

Eilig schob sie die Felldecke beiseite und stand wie benommen auf. Ihre Schuhe befanden sich nebeneinander am Fußende. Sie setzte sich auf den Schemel vor dem Feuer, um sich anzuziehen. Ihre Augen brannten, ihr Kleid war hoffnungslos zerknittert, ihre Strümpfe verzogen. Es gab hier keinen Spiegel, doch konnte sie sich denken, wie es um ihr Aussehen bestellt war.

Ihr Blick fiel auf Kopfputz und Haube, die sie abgelegt hatte. Auf dem Kaminsims entdeckte sie den juwelenbesetzten Reif und die Nadeln. Sie fasste nach ihren Zöpfen, die sich gelockert hatten, da einzelne Strähnen ohne die Nadeln entschlüpft waren. Doch sie hatte weder Kamm noch Spiegel zur Hand.

Ungeduldig löste Pen ihr Haar und ließ es über den Rücken fallen. Besser als halb aufgesteckt und halb lose. Sie fuhr mit den Fingern durch die dichte Flut, um sie zu glätten.

Das alles erledigte sie sehr unaufmerksam, da in ihrem Kopf Chaos und Verwirrung herrschten, Erregung und Angst miteinander kämpften. Owen d'Arcy hatte ihr geglaubt oder war ihr zumindest nicht mit Unglauben begegnet. So sehr gewohnt, dass ihre fixe Idee sanft, aber bestimmt abgetan wurde, wusste sie nun nicht, wie sie auf jemanden reagieren sollte, der ihre angeblichen Fantastereien als möglich ansah.

Aber nicht nur das war Ursache ihrer Verwirrung. Der Mann selbst verwirrte sie. Zeitweise fühlte sie sich in seiner Gesellschaft so ungezwungen und angenehm wie mit Robin; dann wiederum beunruhigte er sie so sehr, dass sie Angst bekam. Sicherlich hatte er einen bestimmten Grund, ihre Bekanntschaft zu suchen – was aber konnte das sein?

Pen machte sich wenig Illusionen über sich selbst. Sie hatte nicht die spitzbübische, flirtfreudige Natur ihrer Schwester, die Männer anzog wie Honig die Fliegen. Sie war recht hübsch, aber nicht aufregend. Philip hatte sie geliebt und sie begehrt; doch gehörte er nicht zu jenen Männern, bei denen Frauen reihenweise in Ohnmacht fielen. Sie hatten einander geliebt und begehrt. Es hatte Leidenschaft und Freundschaft gegeben, aber niemals dieses Chaos widersprüchlicher Gefühle.

Warum zeigte jemand von Owen d'Arcys Zuschnitt Interesse an ihr? Er war ein Mann, der völlig aus dem Rahmen fiel. Von erlesener Eleganz, bewegte er sich selbstsicher und formvollendet in höfischen Kreisen, ging aber auch mit Kneipenwirtinnen vertraut um und führte das Rapier so geschickt wie ein versierter Meuchelmörder. Sie stand vor einem Rätsel.

Und die Vorstellung, es zu lösen, bewirkte, dass sie am ganzen Körper eine Gänsehaut bekam.

Jäh drehte Pen sich um, als die Tür geöffnet wurde. Owen trat mit einem vollen Tablett ein. »Guten Morgen«, begrüßte er sie aufgeräumt und stellte das Tablett auf den Tisch.

»Guten Morgen«, erwiderte Pen leichthin. Er sah untadelig aus, als wären sein schwarzes Seidenhemd gewaschen und Wams und Hose frisch gebügelt worden.

»Ich habe Euch ein Frühstück gebracht. Ihr müsst hungrig sein.«

Pen überlegte. »Ja ... schon. Aber in erster Linie tut mir alles weh, und ich fühle mich nicht frisch. Ich muss ganz schrecklich aussehen.« Plötzlich verlegen strich sie das Haar nach hinten. Angesichts der Makellosigkeit ihres Gegenübers kam sie sich noch ungepflegter vor. Wie gedankenlos und taktlos von ihm, dachte sie ungehalten.

»Ihr habt allerdings schon besser ausgesehen«, räumte er ein. »Aber das ist kein Wunder. Darf ich für Euch ein wenig Schinken abschneiden?«

Er hätte so viel Anstand haben und lügen sollen, dachte Pen. »Ja, bitte.« Sie stand auf und ging an den Tisch, um aus dem Krug auf dem Tablett Bier in einen Becher zu gießen. Durstig trank sie. »Habt Ihr überhaupt geschlafen?«

»Ein wenig.« Er schenkte ihr ein flüchtiges Lächeln, wie um sie zu beruhigen, dass er ihr das Bett nicht neidete, und reichte ihr eine dick mit Schinken belegte Schnitte Brot.

»Ihr seht aus, als hättet Ihr eine ganze Nacht lang den Schlaf des Gerechten geschlafen und beim Erwachen frisch gewaschene Kleider vorgefunden«, bemerkte Pen, ohne ihren spitzen Ton zu verbergen.

»Der äußere Schein kann trügen«, erwiderte er freundlich.

»Ich könnte mir denken, dass Mistress Rider sich Eurer Sachen sehr beflissen annimmt – da Ihr hier wohnt.«

»Sie kümmert sich aufmerksam um mich«, bestätigte Owen. »Cedric ist schon unterwegs, um ein Boot an die Treppe zu rufen. Vielleicht sorgt man sich um Euch.«

Pen bereute ihre momentane schlechte Laune. Sie hatte sich plump und undankbar benommen. »Die Prinzessin wird glauben, ich wäre in Bryanston House geblieben«, sagte sie versöhnlich.

Er hob eine Braue. »Zweifellos eine Annahme, die auf mangelnder Information beruht.«

»Ganz und gar«, gab Pen ihm Recht. Sie nahm das belegte Brot zum Fenster mit und öffnete die Läden. Kalte Luft flutete herein und ließ das Holz im Kamin aufflammen. Der Tag war schön und kristallklar. Die kahlen Äste der skelettartigen Bäume zeichneten sich gestochen scharf vor dem hellen, klaren Himmelsblau ab. Sie konnte den Fluss sehen, ein silbergraues Band, auf dem sich schon zu dieser frühen Stunde die Boote drängten.

Owen warf ihr einen Seitenblick zu, während er weiteren Schinken aufschnitt. Ihm gefiel die Art, wie ihr Haar ihr offen über den Rücken fiel; ihm gefiel auch dessen Dichte und die Löckchen und wirren Strähnchen, die ein paar Bürstenstriche glätten würden. Es war braun, auf den ersten Blick ein ganz gewöhnliches Braun, das jedoch von goldenen Tönen belebt wurde, kleinen krausen Glanzlichtern im winterlichen Sonnenlicht.

Pen fröstelte und schloss die Fenster wieder. »Ein schöner Tag, aber zu kalt, als dass man sie offen lassen könnte.« Sie ging ans Feuer, um sich die Hände zu wärmen.

Owen sah nun, dass sich an ihrem Verband Blutflecken zeigten. »Es wäre vielleicht gut, die Wunde zu untersuchen und den Verband zu wechseln. Über Nacht hat sie geblutet.«

Pen führte die Hand an den Hals. »Er fühlt sich steif und wund an, doch klopft die Wunde nicht mehr.«

Er kam zu ihr und hob eine Haarsträhne hoch, die er um seine Hand wickelte und die seidige Weichheit kostete.

Völlig reglos stand Pen da. Seine Berührung hatte etwas viel Intimeres an sich als seine Handreichungen vom Tag zuvor, etwas noch Intimeres als sein Kuss. Mit der freien Hand löste er den Verband, der die Wunde bedeckte.

»Warum interessiere ich Euch?«, fragte Pen unvermittelt.

Owen überlegte nur eine Sekunde. Schmeichelei und Lügen würden ihn bei dieser Frau nicht weiterbringen. »Ich weiß es nicht«, sagte er mit reuigem Auflachen. »Zwar möchte ich Euch nicht beleidigen, doch weiß ich es nicht.«

Warum ist diese Antwort so beruhigend?, dachte Pen. Abgesehen davon, dass sie absolut glaubhaft klang. »Ich bin nicht beleidigt!«

»Wie erfreulich!«, erwiderte er. »Das ist wohl auch einer der Gründe, warum ich mich zu Euch hingezogen fühle. Ihr seid anders, Pen Bryanston. Inmitten dieser falschen Welt voller Betrug, Lügen und Heuchelei erscheint Ihr mir natürlich und aufrichtig …«

Pen drehte den Kopf gegen den Druck seiner Hand und blickte zu ihm auf. »Wie kommt Ihr darauf? Ihr könnt nichts über mich gewusst haben, das der Rede wert wäre – ehe Ihr mir gestern zur Bibliothek gefolgt seid.«

»Nun ja, da verlasse ich mich auf mein Gespür.« Noch immer ihr Haar festhaltend, lehnte er sich seitlich an den Tisch, auf dem der Korb mit Salben und Verbandszeug stand. »Wenn Ihr das Haar halten könntet, werde ich die Wunde frisch verbinden.«

Ihre Finger berührten einander, als sie sich an den Hinterkopf griff, und ein Kribbeln lief ihr Rückgrat entlang. »Und wohin führt Euch dieses Interesse, Chevalier?« Sie neigte den Hals unter dem sanften Druck seiner Hand, die sich an ihrer Verletzung zu schaffen machte.

»Das hängt ganz von Euch ab, Madam.« Sein Ton war scherzhaft. »Wie ich schon sagte, bevorzuge ich willige Partnerinnen.«

»Und wache, wenn ich mich recht erinnere«, ergänzte Pen in ähnlich scherzendem Ton. Es war verrückt, so zu reden, und doch erschien es ihr völlig normal … dank der Energie, die sie durchströmte.

»Ja, wache vor allem«, stimmte er zu und wickelte einen frischen Verband um ihren Hals. »So, nun müsst Ihr Euch Freunden und Verwandten nicht wie ein blutbefleckter Kriegsveteran präsentieren.«

Pen ließ ihr Haar fallen und berührte den Verband mit den Fingerspitzen. »Heilt es?«

»Die Wunde schließt sich tadellos. Vielleicht bleibt doch keine Narbe zurück. Und jetzt wollen wir gehen. Cedric hat sicher schon ein Boot ergattert.« Er griff nach ihrem schweren pelzgefütterten Umhang und legte ihn ihr um die Schultern.

Sie zog die Kapuze hoch und versteckte ihr loses Haar darunter. Der hohe Kragen war an der Stelle zerfetzt, wo sie den Schnitt am Hals abbekommen hatte. Der juwelenbesetzte Reif und die goldenen Nadeln ihres Kopfputzes lagen noch auf den Kaminsims. Sie griff nach einer Nadel und verdrehte den Hals, um das zerrissene Material zusammenzuheften.

»Das mache ich.« Er nahm ihr die Nadel ab und schob ihre Hände so unbefangen und leicht beiseite, wie Robin es getan hätte.

Irgendwie gewöhnte Pen sich allmählich an seine vertrauliche und freundliche Art. Jetzt erschien es ihr absurd, ihn als Fremden anzusehen, selbst wenn der gesunde Menschenverstand ihr das einreden wollte. Sie wusste wenig von ihm, viel weniger, als sie von der Unzahl flüchtiger Bekannter unter den Höflingen des Königs wusste. Nie zuvor aber hatte sie eine so seltsam intime Nacht mit jemandem verbracht, der nur eine Zufallsbekanntschaft war – ein Gedanke, der wieder jenes sonderbare Energiegefühl in ihrem Rücken prickeln ließ.

Unterdessen sammelte Owen die übrigen Nadeln ein und gab sie ihr. Pen öffnete das Täschchen, das sie um ihre Mitte trug, und legte sie hinein. Die zusammengefaltete Seite aus dem Abrechnungsbuch raschelte zwischen ihren Fingern.

*Ob Owen d'Arcy ihr helfen würde? Er schien ihr zu glauben. Doch täte er noch etwas darüber hinaus?*

»Was ist?«, fragte er, als sie sinnend dastand, reglos, mit einer winzigen Falte zwischen den Brauen, an der Unterlippe nagend.

»Ich fragte mich eben, ob Ihr mir helfen würdet herauszufinden, was aus meinem Kind wurde«, flüsterte sie.

»Wie könnte ich Euch dabei helfen?«

Sie begegnete seinem Blick und hielt ihn fest. »Ihr habt erwähnt, dass Ihr nach High Wycombe gehen und Fragen stellen wolltet …«

»Das wäre ein möglicher Weg.«

»Einer, den zu beschreiten Ihr mir helfen würdet?«, fragte sie nun ganz direkt.

In der Stille hörte sie ihr Herz schlagen. »Ich werde das Problem erwägen«, meinte er schließlich.

Pen hätte sich eine entschiedenere Antwort gewünscht; doch war sie gewillt zu nehmen, was sich ihr bot. Sie spürte, dass ihre einzige Hoffnung in diesem Mann lag. Wie oder warum das so war, blieb ein Rätsel; doch angesichts dieser Wahrheit regten sich ihre Lebensgeister.

»Meinen Dank, Sir!«

Sie zog eine Silbermünze aus ihrer Tasche, zögerte aber kurz, ehe sie sie auf den Tisch legte. Die Umstände waren so eigenartig, dass es vielleicht als Beleidigung aufgefasst wurde, wenn sie der Wirtin Bezahlung für ihre Dienste bot. Aber Mistress Rider war eine Geschäftsfrau, und Pen wusste, dass sie in ihrer Schuld stand. »Ich möchte Mistress Rider ein Zeichen meiner Dankbarkeit hinterlassen.«

»Natürlich«, sagte Owen leichthin. »Ihr könnt sicher sein, dass sie es nicht zurückweisen wird.«

Die junge Frau nickte, legte die Münze auf den Tisch und ließ den Reif in die Tasche ihres Umhangs gleiten. Sie griff nach ihren zerfetzten Handschuhen und zog sie an, indem sie ihre Finger ein wenig angestrengt durch das zerrissene Leder zwängte. »Viel nützen werden die mir nicht.«

»Nehmt meine!« Er reichte ihr ein Paar schwarzer Handschuhe. »Meine Hände spüren die Kälte kaum.«

Pen mochte nicht protestieren. Ihre Hände und Füße froren zu rasch, als dass sie ablehnen konnte. Seine Finger waren länger als ihre, wie sie zerstreut bemerkte, als sie die Leihgabe überzog, länger und sehr schmal; die Hüllen saßen ihr an den Fingern fast knapp.

Cedric wartete bei der Jolle, mit den Füßen stampfend, in seine Fäuste hauchend, während die Ruderer verdrossen an den Riemen saßen und das Boot gegen den Steg schlug. Es war zu kalt zum Stillsitzen.

»Wohin, M'lord?«

»Baynard's Castle.« Owen stieg als Erster ein und reichte Pen die Hand. Sie folgte ihm mit einem gelenkigen Sprung an Bord. Die Sonne, die das Wasser glitzern ließ, blendete, und die kalte Luft schnitt einem in die Lungen.

Als das kleine Boot über den Fluss schoss und immer wieder anderen Schiffen ausweichen musste, wurde Pen klar, dass es ihr schwer fallen würde, die Ereignisse der Nacht zu erklären. Ihr kühner Entschluss, in der Finsternis auf eigene Faust heimzukehren, würde bei ihren Lieben wenig Beifall finden. Und sie hatte keine Ahnung, wie sie ihn plausibel machen sollte. Sie wusste nur, dass sie die Wahrheit nicht eingestehen durfte, dass nämlich das Entwenden der Buchseite aus der Bibliothek der Bryanstons jeden Gedanken an Gefahr aus ihrem Bewusstsein verbannt hatte.

Und dann würde sie Rechenschaft ablegen müssen, was mit dem Rest der Nacht geschehen war. Die Wahrheit war peinlich, eine Lüge aber ausgeschlossen. Sie hatte eine Halswunde, die jede harmlose, erfundene Version ad absurdum führen würde. Außerdem konnte sie nur schlecht lügen.

Die Jolle bog nun in die Mündung des Fleet River ein und legte an der Wassertreppe des imposanten Baynard's Castle an – einem ehemaligen königlichen Palast, der nun dem Earl of Pembroke als Residenz diente. Princess Mary hatte in ihrer Kindheit, als sie noch König Henrys kleine Perle, wie er sie gern nannte, und ihre Mutter Catherine of Aragon noch seine geliebte Gemahlin war, hier viele glückliche Stunden verbracht. Zur Erinnerung an diese Zeiten hatte sie von ihrem Halbbruder König Edward die Gunst erbeten, während ihrer Aufenthalte in London hier absteigen zu dürfen. Diese Bitte war ihr gewährt worden, und Pembroke stellte sich diplomatisch blind und taub, wenn in den Gemächern seines königlichen Gastes die katholische Messe gefeiert wurde.

»Es ist nicht nötig, dass Ihr mich weiter begleitet, Chevalier«, sagte Pen, die mit voller Absicht ihren Ton förmlich klingen ließ. »Ihr wart sehr liebenswürdig.«

Owen sah sie amüsiert an. »Ihr befürchtet wohl, für mich nur schwer eine Erklärung zu finden, Madam?«

Pen errötete leicht. »In etwa, ja!«

Lachend sprang er an Land und reichte ihr die Hand. »Ich finde keine Ruhe, ehe ich Euch nicht hineingehen sehe.« Pen Bryanston war der Schlüssel, der ihm Zutritt zum engsten inneren Kreis um die Prinzessin verschaffen konnte, da Mary den Retter ihrer Freundin sicherlich huldvoll empfangen würde.

Lady Bryanston zögerte, da sie nicht unhöflich sein wollte; doch fest stand, dass ihr alle Erklärungen leichter fallen würden, wenn er nicht anwesend war. Tatsachen ließen sich nur sachlich schildern, wenn sie nicht von Gefühlsverwirrungen getrübt wurden.

»Falls Ihr nachmittags wiederkommt, Sir, will ich gern ...«

*»Pen ... Pen!«*

Beim Klang der hohen Stimme verstummte sie. Sie fuhr herum und blickte den gepflasterten Weg entlang, der vom Wasser zur Pforte in der Mauer führte, die den Palast umgab. Ein Fräulein kam wie ein rot-smaragdener Blitz auf sie zugeschossen, die leuchtend farbigen Röcke hochgerafft, um besser ausschreiten zu können, während sich ihre Worte überstürzten.

»Pen ... Pen ... wo hast du nur gesteckt? Wir hatten wahnsinnige Angst um dich.«

Die ältere Schwester seufzte. Jede Hoffnung, wenigstens einen Teil der Wahrheit zu verbergen, war dahin. Pippa würde ihr auch die kleinste Einzelheit entlocken. Trotzdem lief sie auf die Jüngere zu, als sie den Fuß der Treppe erreichte. Fast einen ganzen Monat lang hatte Pen die Kleine nicht gesehen und sie, wie immer, schon sehr vermisst.

»Pippa, dich hatte ich erst in drei Tagen erwartet.« Sie umarmte sie innig. »Sind Mama und Sir Hugh auch schon da?«

»Ja, in Holborn.« Pippas Blick hatte Owen d'Arcy sofort erfasst. Sie machte große Augen und flüsterte ihrer Schwester ins Ohr: »Wer ist denn das?«

Pen drehte sich um. Ihr Arm lag noch immer um die Mitte ihrer Schwester. Owen d'Arcy stand mit erwartungsvollem Lächeln da. Sie wollte ihn gerade vorstellen, als ein lauter Zuruf vom Weg her sie ablenkte.

»Ach, das ist Robin«, sagte Pippa und vergaß momentan die Situation. »Er war außer sich. Robin … Robin … alles in Ordnung! Pen ist gekommen. Wohlbehalten!«, schrie sie. »Jemand brachte sie her.«

»Chevalier d'Arcy zu Euren Diensten, Madam!«, stellte Owen sich mit einer Verbeugung vor. Seine unbeteiligte Miene verriet nicht, wie eingehend er Pens Schwester musterte.

Atemlos gesellte sich Robin zu ihnen, die Mütze in der Hand, den braunen Lockenschopf vom Wind zerzaust. Seine strahlenden blauen Augen verrieten Ärger und Erleichterung gleichermaßen.

»Was ist passiert? Wo hast du gesteckt?«

»Princess Mary sagte, du wärest über Nacht in Bryanston House geblieben«, warf Pippa ein. »Wir aber wussten ganz sicher, dass du das nie getan hättest.« Während ihres Geplappers ruhte ihr Blick auf dem Chevalier.

»An der Wassertreppe herrschte großes Gedränge, und dazu war es so kalt, dass ich dummerweise beschloss, mich allein auf den Weg zu machen«, erklärte Pen. »Als eine üble Bettlerbande zudringlich wurde, kam zum Glück Chevalier d'Arcy zufällig des Weges und eilte mir zu Hilfe.« Sie berührte flüchtig ihren Verband.

Robins Blick glitt zu dem noch immer neben dem Boot stehenden Meisterspion. Argwöhnisch schätzte er dessen Erscheinung ab: *Aha, Owen d'Arcy! War Pens Rettung reiner Zufall?*

Dann wandte er sich wieder Pen zu und bemerkte den zerfetzten Mantel und den hervorlugenden Verband. Augenblicklich war Owen d'Arcy vergessen. »Du bist verletzt!« Rasch trat er auf Pen zu.

Sie schüttelte die Kapuze ab, um den Verband zu zeigen. »Glücklicherweise ist es nicht sehr schlimm. Der Chevalier brachte mich in ein ihm bekanntes Gasthaus an der Horseferry-Treppe. Die Wirtin war trotz der späten Stunde sehr hilfsbereit. Sie hatte Salben und Verbandszeug zur Hand, und die Wunde konnte gereinigt werden. Es musste rasch geschehen«, setzte sie hinzu in dem Bestreben, es nicht wie eine Rechtfertigung klingen zu lassen. Nun sah es aus, als wäre an Owens Einschreiten etwas Unrechtes gewesen. Etwas, das es zu verbergen galt.

*Traf das wirklich zu?*

»War ja ein richtiges Abenteuer«, erklärte Pippa erstaunt. »Wie sonderbar, sonst bin ich immer diejenige, die so was erlebt.«

»Meinetwegen hätte ich es gern dir überlassen«, sagte Pen. »Diese Begebenheit reicht mir für mein ganzes Leben.« Sie legte eine Hand auf Robins Arm und sagte: »Ich glaube, du kennst Chevalier d'Arcy nicht, Robin. Chevalier, das ist mein Stiefbruder, Robin de Beaucaire!«

Robin verbeugte sich steif, sein Mund verhärtete sich. »Was für eine Ehre, Sir!«

Owen erwiderte die Verbeugung mit einem ironischen und nur angedeuteten Lächeln. Pens Stiefbruder fühlte sich nicht im Mindesten geehrt. »Ganz meinerseits«, murmelte der Chevalier.

Pen sah Robin mit gefurchter Stirn an, weil sie spürte, dass er sämtliche Stacheln aufstellte. Seine übliche Höflichkeit und gute Laune waren verschwunden. Warum missfiel ihm Owen d'Arcy? Vielleicht weil der geschmeidige, untadelige Grenzgänger einen scharfen Gegensatz zu seiner eigenen, eher nachlässigen Erscheinung bildete. Beim Chevalier war kein Härchen in Unordnung, während Robin völlig zerrauft auftrat. Hose und Wams passten nicht richtig, sein Hemdkragen stand offen, und sein kurzer Mantel drohte ihm von den Schultern zu rutschen, als hätte er sich in größter Eile angekleidet. Diese Gleichgültigkeit der äußeren Erscheinung gegenüber gehörte einfach zu Robin und wäre ihr normalerweise gar nicht aufgefallen; heute Morgen aber kam er ihr besonders ungepflegt vor.

Rasch sagte sie: »Robin, ich übertreibe nicht, wenn ich sage, dass der Chevalier mir das Leben rettete.«

Robin betrachtete Owen d'Arcy prüfend. Argwohn und Misstrauen sprachen deutlich aus seinem Blick. »Lady Pens Familie steht in Eurer Schuld, Sir«, sagte er knapp.

»Aber nicht doch«, erwiderte Owen gut gelaunt. »Es war ein glücklicher Zufall, dass ich sie entdeckte, als sie sich von der Wassertreppe entfernte.«

»Da Pen es nicht für nötig hält, mich vorzustellen, Sir, muss ich es selbst tun«, verkündete Pippa. Sie betrachtete Owen mit schräg gelegtem Kopf. »Ich bin Pens Schwester Philippa, Chevalier.« Ihre braunen Augen, Abziehbilder der Augen ihrer Schwester, blitzten spitzbübisch, als sie ihn offen und gründlich musterte.

Owen beugte sich über ihre Hand und führte ihre Finger an die Lippen. *»Enchanté,* Mademoiselle.«

»Ach, wie hübsch!«, rief Pippa aus. »Ich glaube, wir werden gute Freunde. Immerhin habt Ihr Pen das Leben gerettet, und das bedeutet, dass wir alle Förmlichkeiten beiseite lassen können.«

Robin und Pen wechselten viel sagende Blicke. Pippa war

wieder einmal in ihrem Element und auf der Stelle flirtbereit – eine Neigung, die niemand falsch aufgefasst hätte.

»Nun, darauf freue ich mich, Mademoiselle Philippa«, erwiderte Owen ernst.

»Pippa«, berichtigte Pippa ihn. »Niemand nennt mich Philippa … nicht einmal der König, und auch der alte König Henry tat es nicht.« Sie lächelte ihm zu und zeigte Grübchen, die in ihren Mundwinkeln tanzten.

»Das kann ich verstehen!« Owen blieb ernsthaft, wohl wissend, dass sie ihr Spiel mit ihm trieb. »Pippa passt viel besser zu Euch.«

Ihr Lächeln wurde zu einem übermütigen Grienen, und Owen konnte sich gut vorstellen, dass sie Männern gefiel, obwohl sie nicht im herkömmlichen Sinn hübsch war – ganz im Gegenteil. Ihre Nase war zu lang und spitz, ihr Kinn markant, ihr ganzes Gesicht mit Sommersprossen übersät. Sie war dünn und beweglich und erinnerte in ihrem roten und smaragdenen Gewand an ein Vögelchen mit buntem Gefieder … besser gesagt an einen Spatzen in geborgtem Gefieder. Die Franzosen nannten Frauen wie Lady Philippa, die trotz ihrer Schönheitsfehler apart und anziehend wirkten, *jolie-laide.* Was ihn betraf, fand er freilich ihre Schwester attraktiver.

Er wandte sich vom Spatzen ab und wieder Pen zu, die ihn an eine Drossel erinnerte, wie er feststellte: braun, gefleckt, mit glänzenden Augen, ihrer selbst und ihres Zieles absolut sicher. Ein Vogel, mit dem nicht zu spaßen war. Nun sprach er mit beabsichtigter Förmlichkeit, wenngleich seine Augen einen anderen Ton verrieten – nämlich intimes Einverständnis. »Wie ich sehe, ist es nicht nötig, dass ich Euch ins Haus geleite. Ich überlasse Euch Lord Robin und Eurer Schwester, hoffe aber, dass Ihr gestattet, mich morgen nach Eurem Befinden zu erkundigen.«

»Chevalier, ich werde mich freuen, Euch zu empfangen«, erwiderte Pen ähnlich formell. »Ich möchte Euch Princess Mary vorstellen.«

»Es wäre mir eine große Ehre!« Er beugte sich vor, küsste sie voll auf die Lippen wie schon einmal und sagte leise: »Bis dahin lasse ich mir die andere Sache durch den Kopf gehen.« Dann drehte er sich um und grüßte in aller Harmlosigkeit: »Lord Robin ... Mademoiselle Pippa ... ich wünsche Euch Lebewohl.«

»Wartet nicht zu lange mit Eurem Besuch bei Pen«, empfahl Pippa, die den Kuss kaum wahrgenommen hatte, ganz spontan.

»Glaubt mir, gnädiges Fräulein, das werde ich nicht.« Er stieg in die Jolle, in der Cedric schon voller Ungeduld wartete, obwohl der Page dem Gespräch auf der Wassertreppe aufmerksam gefolgt war. Die Bootsleute legten sich in die Riemen und ruderten hinaus in die Strömung.

Owen stand am Bug, die Hände im Rücken verschränkt, und blickte über den Fluss. Drossel oder Taube? Nein, eine Taube gewiss nicht. Die war zu sanft. Eher eine Drossel. Ein scheinbar unauffälliger, doch süß tönender und zäher Bewohner der Heckensträucher. Er lächelte vor sich hin. Dann fiel ihm ihr Stiefbruder ein, und sein Mund verzog sich unschön. Lord Robin könnte sich als Ärgernis erweisen.

Der Meisterspion hatte es sich zur Aufgabe gemacht, alles über Pens Halbbruder in Erfahrung zu bringen. Er wusste, dass der Mann kein unbedeutendes Mitglied von Suffolks Haushalt war und mehr tat, als in den Hallen der herzoglichen Häuser von Northumberland und Suffolk ein und aus zu gehen. Robin of Beaucaire war an ihrem diplomatischen Intrigenspiel aktiv beteiligt. Als Spitzel bei weitem nicht so raffiniert wie der Chevalier, war er dennoch kein Dummkopf.

Die letzten Minuten hatten verraten, dass de Noailles nicht übertrieben hatte, als er sagte, zwischen Pen und ihrem Stiefbruder bestünde ein besonders inniges Verhältnis. Und Lord Robin hatte vermutlich von Owen d'Arcys Verbindungen Kenntnis.

Owen sah nun, dass er jeglichem Informationsaustausch von Seiten Robins zuvorkommen musste.

»Wie kann er es wagen, dich zu küssen!«, explodierte Robin, als das Boot sich entfernte.

Pippa enthob Pen der Mühe einer Antwort. »Jeder küsst jeden, Robin. Das weißt du. Besonders wenn man befreundet ist, und wenn einem jemand das Leben rettet, kann er nur ein Wohltäter sein.«

Robins vernunftbetonte Seite wusste, dass er dagegen nichts einzuwenden vermochte. Abschiedsküsse waren unter Freunden nicht weiter erwähnenswert. Aber Owen d'Arcy konnte nicht Pens Freund sein, bestimmt wollte er ihr nur übel. Doch das dürfte Robin ihr nicht sagen.

Der Duke of Northumberland hatte darauf bestanden, dass man der Beziehung ihren Lauf ließe. Es konnte sich als nützlich erweisen, wenn Robins Schwester sich mit einem französischen Spitzel einließ. Er hatte ihm dies auf kalte, entschiedene Art zu verstehen gegeben, und Robin hatte den Mund gehalten. John Dudley, Duke of Northumberland, widersprach man nicht, wenn man nicht seine Gunst verwirken wollte. Und Robin war der Meinung, dass er Pen mehr nützte, solange sein Kopf noch auf den Schultern saß.

Seine Missbilligung aber bahnte sich ihren Weg. »Wie konntest du etwas so Gewagtes tun, Pen? Einfach auf eigene Faust loszuziehen?«, hielt er ihr vor, als sie die Treppe zum Schloss erklommen. Ein Blick über die Schulter zeigte ihm, dass d'Arcys Boot inzwischen die Mitte des Flusses erreicht hatte.

»Robin, wenn du mich unbedingt tadeln willst, musst du warten, bis ich heiß gebadet habe und ein Arzt meine Wunde untersucht hat«, erklärte Pen, die vor Müdigkeit scharf reagierte. Der kurze Weg kostete sie mehr Kraft, als sie derzeit aufbringen konnte. »Pippa, hoffentlich hast du zu Mama und Lord Hugh nichts gesagt.«

»Na ja …« Pippa machte ein unglückliches Gesicht. »Entschuldige, Pen, aber als ich heute ankam und du nicht da warst, schickte ich Nachricht nach Holborn und fragte an, ob du dort wärest. Leider.« Reumütig biss sie sich auf die Lippen.

Pen seufzte. »Ich bin alt genug für eigene Entscheidungen und eigene Fehler. Natürlich begreift das niemand!«

»Du bist nicht alt genug – wenn es dich fast das Leben kostet«, fuhr Robin sie an.

»Ach, Robin, tu nicht so scheinheilig!« Pen durchschritt die Mauerpforte und betrat den stillen Garten dahinter. »Viel hilfreicher wäre es, wenn du nach Holborn reiten und Mama und deinem Vater ausrichten würdest, dass ich wohlbehalten zurückkehrte. Ich muss baden und einen Arzt kommen lassen. Pippa, würdest du Princess Mary sagen, dass ich wieder da bin und ihr so bald wie möglich zur Verfügung stehe?«

»Ich bestelle es ihr, aber ich glaube, du solltest vorher ausschlafen«, sagte Pippa offen und sah ihre Schwester besorgt an. »Du siehst echt schrecklich aus.«

»Danke!«, sagte Pen. »Mehr brauche ich nicht. Das hilft mir sehr weiter.« Sie zog wieder die Kapuze über den Kopf und schritt davon, auf den Palast zu.

»Ach du liebe Güte«, nuschelte Pippa. »Etwas ist passiert. Ich meine damit nicht nur die Bettlerbande, sondern etwas anderes. Möchte wissen, was.«

»Wenn einer es herausbekommt, dann du«, blaffte Robin, und es hörte sich nicht eben wie ein Kompliment an.

Pippa aber steckte es gleichmütig weg. »Hm – wenn du unleidlich bist, werde ich dir nicht verraten, was ich entdeckte.«

Damit folgte sie ihrer Schwester und überließ ihren Stiefbruder, der sich auf den Weg nach Holborn machte, um Pens sichere Rückkehr zu melden, seinen Befürchtungen sowie seinem Ärger.

## 5

»Pen, du hast ja Schrammen und Abschürfungen am ganzen Körper!«, rief Pippa aus, als sie Pens Gemach betrat, nachdem sie deren Botschaft Princess Mary übermittelt hatte.

Zwei Zofen waren damit beschäftigt, die Kupferwanne vor dem Kamin mit Wasser zu füllen. Pen war nackt und untersuchte ihren Körper Zoll um Zoll mit einem kleinen italienischen Handspiegel aus silberbeschichtetem Glas. Pippa übertrieb nicht. Arme und Brust waren mit Schrammen übersät, von denen einige sogar geblutet hatten. Auf dem Bauch zeigte sich ein blauer Fleck. Sie glaubte sich zu erinnern, einen Tritt abbekommen zu haben; Prellungen an Schenkeln und Schienbeinen bestätigten dies.

»Es war grässlich«, sagte sie, in der Erinnerung an die schrecklichen Minuten schaudernd. »Zwar erschien der Chevalier rasch auf der Bildfläche, aber …« Sie verschränkte neuerlich schaudernd die Arme vor der Brust.

»Er muss im richtigen Moment gekommen sein«, bemerkte Pippa und ließ sich auf dem tiefen Fenstersitz nieder, wobei sie besonderes Augenmerk den Falten ihres roten Seidengewandes widmete, das sich über einem smaragdgrünen Taftunterrock öffnete. Mit Princess Mary teilte Pippa die

Neigung zu üppigem Material und leuchtenden Farben – anders als Pen, die wie ihre Mutter eine Vorliebe für dezentere Eleganz hegte.

»Eine dramatische Rettung!«, erklärte Pippa, der anzusehen war, dass sie sich auf ein Plauderstündchen niedergelassen hatte. »Erzähl mir alles. Was für ein Abenteuer! Ich platze vor Neugier. Hat der Chevalier alle allein in die Flucht geschlagen?«

»Sein Page war dabei und assistierte mit seinem Dolch. Aber Owen hatte selbst einen Dolch und ein Rapier. Wie ein Meuchelmörder! Ein Racheengel, der überall war und vor dessen Schwert die Feinde dahinsanken.«

»Owen?«, fragte Pippa sofort. »Seinen Vornamen hast du vorhin nicht benutzt.«

Pippa entgeht aber auch gar nichts, dachte Pen und verwünschte sich, weil ihr diese vertrauliche Wendung entschlüpft war. »Ich stellte ihn vorhin schon so vor«, korrigierte sie. »Die Umstände unserer Begegnung waren tatsächlich einigermaßen ungewöhnlich.« Sie legte den Spiegel beiseite und ging zum Kamin. »Wenn jemand einem das Leben rettet und dann mit einem die Nacht gemeinsam in einer Gasthauskammer verbringt, ist jede Förmlichkeit albern.« Sie tauchte eine Zehe ins Badewasser. »Füll heißes Wasser nach, Ellen. Und bitte getrockneten Lavendel und Rosenblätter!«

»Ja, M'lady.« Die ältere der zwei Dienerinnen holte noch einen dampfenden Kupferkrug vom Feuer und schüttete den Inhalt in die Wanne, während die jüngere Lavendel und Rosenblätter in den Dampf regnen ließ, so dass der Duft das ganze Gemach erfüllte.

»Ach?« Pippa kniff die Augen zusammen, unterließ aber ausnahmsweise jede weitere Bemerkung.

Pen stieg ins Wasser und sagte zu den Mägden: »Ihr könnt jetzt gehen. Wenn ich euch brauche, werde ich läuten.«

Erst als die beiden knicksend gegangen waren, fuhr Pippa mit ihren Fragen fort. »Was habt ihr die ganze Zeit in der Kammer gemacht?«

»Meist gesprochen.« Pen ließ sich ins heiße Wasser gleiten, lehnte den Kopf an den Wannenrand und schloss die Augen, als die Wärme sie umgab und ihre angespannten Muskeln sich zu lockern begannen.

»Gesprochen? Worüber?« Pippa beugte sich vor und stützte die Hände auf die Knie.

»Über dies und das«, murmelte Pen. »Dann schlief ich ein paar Stunden. Als ich erwachte, brachte mich der Chevalier nach Hause.«

Überzeugt, dass dies nicht die vollständige Geschichte war, runzelte Pippa die Stirn. »Aber wer ist der Chevalier? Bist du ihm schon früher begegnet?«

»Ich traf ihn zum ersten Mal gestern beim Empfang.« Pen fragte sich, ob sie Pippa von der sonderbaren Begegnung und dem unerwarteten Kuss erzählen sollte. Pippa würde in der Geschichte schwelgen; doch sie würde Pen auch entlocken, was sie in der Bibliothek getrieben hatte, als Owen sie überraschte. Mochte sie sich auch noch so bemühen, das Geheimnis zu wahren – ihre Schwester würde, wenn sich ihr die Chance bot, alle Einzelheiten ausgraben, und dann würden ihre Mutter und die anderen es erfahren; wieder würden alle bekümmert und um sie besorgt sein. Es lohnte nicht, zumal jetzt, da ihre gesamten Hoffnungen auf Owen d'Arcy ruhten.

Unbefangen fuhr sie fort: »Soviel ich weiß, verbrachte er die meiste Zeit am französischen Hof. Wahrscheinlich traf er erst vor kurzem in London ein.«

»Hat er eine Frau?«

»Woher soll ich das wissen?« Pen setzte sich so abrupt auf, dass Wasser über den Wannenrand auf den gewachsten Dielenboden spritzte.

»Nun, ich dachte, du hättest vielleicht danach gefragt«, gab Pippa zurück. »Ich hätte es getan.«

»Ja, da bin ich sicher – aber für die Themen, die wir besprachen, war es nicht relevant.«

»Ach!« Momentan war Pippa verblüfft. »Hast du kein Interesse, es herauszufinden?«

»Nein.«

»Er ist sehr ... beeindruckend«, schwärmte Pippa. »Hübsch nicht, das wäre zu banal. Doch ist er ...« Sie suchte nach dem passenden Wort.

»Exotisch«, warf Pen ein, und Pippa klatschte lachend in die Hände.

»Genau. Exotisch. Warum also willst du nicht wissen, ob er verheiratet ist?«

»Ich mache mir nichts aus Flirts.«

»Aber ich.«

»Das lässt sich nicht leugnen.« Erheitert warf Pen ihrer Schwester einen Blick über die Schulter zu. »Du flirtest sogar unverschämt gern. Willst du denn nie heiraten?«

»Was soll das damit zu tun haben«, meinte Pippa. »Ich genieße das Leben, wie es jetzt ist. Ich möchte nicht ehrbar und schon gebunden sein. Und vor allem möchte ich keine Schwiegermutter. Nicht nach deinen Erfahrungen.«

»Dann verstehst du sicher, dass ich aus demselben Grund kein Interesse habe, eine zusätzliche zu bekommen, und mir daher Owen d'Arcys Stand gleichgültig ist«, erklärte Pen rundheraus.

»Aber du findest ihn attraktiv?«, bohrte Pippa weiter.

Pen schloss wieder die Augen. Es hatte keinen Sinn, es zu leugnen. Und offen gestanden hatte seine Anziehungskraft auch nur wenig damit zu tun, dass er ihr bei ihrer Suche helfen konnte. »Ich denke schon.«

»Möchte wissen, wie Robin dies aufnimmt.«

»Das geht doch Robin nichts an!«

»Er sieht das sicher anders«, sagte Pippa, völlig der Wahrheit entsprechend.

In diesem Moment wurde das vertrauliche Gespräch der Schwestern gestört. Die Tür flog auf, und Lady Kendal trat unter Geraschel von Samt und Seide ein, gefolgt von einer alten Frau mit ausgeprägtem Witwenbuckel.

»Pen, mein Liebling! Was ist passiert? Wir waren vor Sorge außer uns!«

»Mama!« Pen stand in einem Wasserschauer auf. »Ach, glaube mir, es war nichts. Pippa hat übertrieben. Ich habe es heil überstanden.« Sie griff nach ihrem Nacken, wie um den Verband zu verbergen.

»Ach, ach, Schätzchen!«, murmelte die Alte und lief zur Wanne. »Sieh dich an, Mädchen! Zerkratzt und mit blauen Flecken übersät!«

»Tilly, das ist nichts Ernstes. Eine Wunde im Nacken, ein paar Abschürfungen und Kratzer.« Pen lächelte der Person beruhigend zu, der Amme ihrer Mutter und ihrer eigenen Kinderfrau – die jetzt so alt war, dass ihre kleine Halbschwester Anna glaubte, sie lebte schon seit Anfang der Welt.

»Wenn du triefnass in der Kälte dastehst, wirst du dir den Tod holen«, schalt Tilly und griff nach einem dicken Handtuch, um Pen darin einzuhüllen. »Ich will den Verband kontrollieren.«

Pen stieg aus der Wanne und zog das Handtuch eng um sich. Sie setzte sich auf einen Schemel vors Feuer und hielt geduldig still, während Tilly unter besorgten Ausrufen den Verband löste.

»Hör mal, ich glaube, da ist mehr an Erklärungen nötig«, sagte ihre Mutter, die ihre älteste Tochter mit Besorgnis in den dunklen Kastanienaugen musterte. Mit dreiundvierzig war Guinevere noch immer eine reizvolle Frau. Ihr einst hellgoldenes Haar wies nun einen silbernen Schimmer auf, und die leichte Andeutung von Falten in ihrem Gesicht betonte nur Geist und Humor ihres Wesens. Elegant wie stets, war sie in schwarzem Samt erschienen, auf dem ihre Saphire funkelten.

»Pen ist unter Diebe gefallen«, schnatterte Pippa los. »Und sie wurde von einem Chevalier d'Arcy gerettet, der …«

»Pippa, ich kann das alles selbst berichten«, unterbrach Pen sie.

»Ja, es war dein Abenteuer«, gab Pippa ihr Recht. »Aber ich wünschte, ich hätte es erlebt.«

»Liebes, dies möchte ich allein mit Pen besprechen«, sagte ihre Mutter nachdrücklich. »Würdest du wohl zu Lord Hugh gehen? Er macht Princess Mary seine Aufwartung und hat Anna bei sich. Sie kann es kaum erwarten, Pen zu sehen. Sei so gut, suche sie und bring sie mit.«

Natürlich wusste Pippa, dass man sie mit einem überflüssigen Auftrag aus dem Weg schaffen wollte. Anna war sehr gut im Stande, den Weg zu Pens Gemächern allein zu finden. Da Pippa aber nicht leicht etwas übel nahm, trafen auch die spitzesten Pfeile sie nur selten. Sie verabschiedete sich mit einem freundlichen Winken, das der in das Handtuch gehüllten Pen galt.

Guinevere setzte sich auf den von Pippa verlassenen Fenstersitz und zog ihre Handschuhe aus. »Und jetzt berichte mir, was sich zugetragen hat, Liebes.«

Als Pippa eintrat, herrschte dichtes Gedränge im Audienzraum Princess Marys. Sie sah ihren Stiefvater, den Earl of Kendal, und ihre Halbschwester Anna in dem Kreis, der die Prinzessin umgab; diese saß auf einem mit Schnitzwerk verzierten Stuhl am Kamin, ein Buch im Schoß. Auch bei Audienzen war Mary nur selten ohne ein Buch anzutreffen und brachte ihre Besucher oft aus dem Konzept, indem sie ihnen plötzlich die Aufmerksamkeit entzog und den Blick auf die Seiten vor ihr richtete.

An diesem Morgen aber galt ihre Aufmerksamkeit ganz ihren Gästen. Trotz der relativen Armut, die ihr der König und seine Räte aufzwangen, war sie prächtig mit einem französischen Gewand aus kunstvoll besticktem und mit Smaragden besetzten Goldbrokat angetan, einem Geschenk ihres kaiserlichen Vetters. Ihre kleinen Hände schmückten herrliche Ringe, auf ihrer Brust funkelte ein großer Diamant.

Klein und zierlich, war Mary eine hübsche Frau, die ihre sechsunddreißig Jahre mit Anmut trug. Ihr brünettes Haar und der frische Teint straften ihren schlechten gesundheitlichen Zustand Lügen, der durch ständige Angst um ihre persönliche Sicherheit inmitten der Ränke und Intrigen ihrer Umgebung noch zusätzlich belastet wurde.

Pippa drängte sich durch die Menge und knickste vor der Prinzessin. Ihr Stiefvater legte ihr liebevoll eine Hand auf die Schulter, als sie neben ihm auftauchte.

»Wie geht es Pen?«, fragte Mary sichtlich besorgt. »Ich verstehe nicht, warum sie nicht über Nacht im Haus ihrer Schwiegermutter blieb. Hätte ich geahnt, dass sie zurückkommen wollte, hätte ich ihr sofort Begleitung geschickt.«

»Eine solche Torheit sieht Pen gar nicht ähnlich«, sagte der Earl mit gerunzelter Stirn. »Sicher hat sie einen guten und triftigen Grund gehabt, Madam.«

»Sie hat eine Wunde am Nacken und viele Kratzer und Abschürfungen«, tat Pippa allen kund. »Nur ganz knapp konnte sie entkommen und hatte Glück, dass der Chevalier ihr folgte, als sie die Wassertreppe verließ.«

»Wer ist der Chevalier?«, fragte die Prinzessin.

»Der Chevalier d'Arcy«, gab Pippa prompt Auskunft.

Mary zog eine fein gewölbte Braue in die Höhe. »Der

Name ist mir unbekannt, doch möchte ich dem Chevalier danken. Wurde der Arzt zu Pen geschickt?«

»Jetzt ist Tilly bei ihr, deshalb bezweifle ich, ob sie einen Arzt braucht, Madam«, erwiderte Pippa. »Auch Mama ist zur Stelle.«

»Ich verstehe. Aber ich wünsche, dass auch der Arzt sie besucht. Heute muss sie im Bett bleiben.« Mary wandte sich an eine der Damen. »Matilda, würdet Ihr den Arzt in Pens Gemach schicken?«

»Sofort, Madam.« Die Zofe knickste und verschwand.

»Wenn Ihr mich jetzt entschuldigt, Lord Kendal, ich muss zu meiner Andacht.« Die Prinzessin erhob sich und lächelte der vierzehnjährigen Anna zu, die dicht neben ihrem Vater stand. »Was für ein hübsches Kind! Bringt die Kleine wieder mit, Lord Kendal!«

Hugh verbeugte sich zustimmend, und seine Tochter, deren Wangen sich vor Verlegenheit und Erregung gerötet hatten, knickste.

Als Mary den Raum verließ, lag ihre Hand auf dem Arm des spanischen Gesandten, eines düsteren Edelmannes, dessen Teint sich dunkel vom Grau seiner exakt gestutzten Barttracht abhob.

Anna wandte sich an Pippa. »Hast du gehört? Die Prinzessin sagte, ich sei hübsch.«

»Nun, das bist du ja«, erwiderte Pippa sachlich. »Wärest du bei Hofe, hättest du mehr Verehrer, als du zählen könntest. Ist es nicht so, Lord Hugh?«

»Schon möglich«, sagte Hugh mit trockenem Lächeln. »Doch bin ich nicht gewillt, sie schon jetzt auf die Welt loszulassen. Was weißt du von der Sache mit Pen, Pippa?«

»Nur dass sie nach dem gestrigen Fest der Bryanstons auf eigene Faust losging, von Bettlern überfallen und dann gerettet wurde von diesem Chevalier, Owen d'Arcy. Hat Robin

Euch gesagt, dass wir ihn kennen lernten, als er Pen nach Hause brachte? Kennt Ihr ihn, Lord Hugh?«

»Nicht wirklich. Aber ich glaube, dass er ein enger Bekannter des französischen Gesandten, Antoine de Noailles, ist.«

»Französisch klang er aber nicht.«

Lord Hugh zuckte die Schultern. »Das sagt wenig.« Er strich sich übers Kinn, während er sich fragte, ob es etwas bedeutete, dass Owen d'Arcy mit dem Gesandten befreundet war. Möglicherweise spielte er in der Geheimdiplomatie der französischen Krone eine Rolle. Alle ausländischen Mächte unterhielten am Hof von St. James Agenten. War es der Fall, dann hatte Hugh große Bedenken, wenn seine Stieftochter ihre Bekanntschaft mit dem Chevalier zu vertiefen gedachte. Auch wenn d'Arcy ihr einen Dienst erwiesen hatte, Spionage war ein unappetitliches Geschäft.

Schlimm genug, dass Robin sich in diesem Schlamm tummelte, und sei es nur am Rand. Hugh missbilligte es, dass sein Sohn an dem Intrigenspiel Northumberlands teilnahm. Der Herzog war gefährlich und der junge König nicht viel mehr als seine Marionette. Die Machtkonzentration in den Händen eines einzigen Mannes stellte für die Stabilität des Königreiches eine ernste Bedrohung dar.

Hugh hielt sich heraus, wenn es darum ging, wessen Parteigänger sein Sohn war; doch behielt er ihn und die Situation genauer im Auge, als Robin merkte. Thronerbin war Princess Mary, deren Anspruch und Rechte noch niemand öffentlich in Zweifel gezogen hatte; doch wurde Hugh das Gefühl nicht los, dass die Herzöge von Northumberland und Suffolk etwas im Schilde führten. Während sie den jungen König manipulierten, polsterten sie sich gehörig das eigene Nest aus. Sannen die Herzöge auf Verrat, würde auch an Robin etwas hängen bleiben. Und sein Vater würde dann nicht als neutral eingestuft.

Deshalb galt es, Charakter und persönliche Situation dieses Chevalier d'Arcy zu erkunden, dem es geglückt war, Pens Aufmerksamkeit so nachdrücklich auf sich zu lenken. Die Rolle des *pater familias* ist eine sehr gewichtige, dachte Hugh, aber insgeheim schmunzelnd. Anders hätte er es nicht gewollt. Er liebte alle seine vier Kinder und machte keinen Unterschied zwischen den zwei leiblichen und den anderen.

»Ich muss den Chevalier aufsuchen und ihm danken, sobald ich mit Pen gesprochen habe«, sagte er. »Lauf voraus, Anna, und frage, ob sie genug bei Kräften ist, mich zu empfangen.«

»Nun, wie entwickelt sich die Beziehung, Owen?« Antoine de Noailles zog seinen Wams zurecht und warf einen Blick in den Tischspiegel, um den Edelstein an der Halskrause aus Spitze zurechtzurücken. Kerzenlicht warf einen goldenen Kreis auf Spiegel und Tisch, während der übrige Raum so düster wie der graue Tag vor dem Fenster war. Im Dunkeln stehend, hob Owen sich nur undeutlich vom Wandteppich hinter ihm ab. Eine Hand spielte müßig mit dem Griff des Rapiers, in der anderen hielt er locker die Handschuhe.

»Ein viel versprechender Beginn«, sagte er achselzuckend. »Die Umstände wollten mir wohl.«

De Noailles wandte sich vom Spiegel ab. »Wie das?«

Owen lachte leise. »Antoine, überlasst meine Angelegenheiten mir. Ich halte es mit Euren ebenso.«

Der Gesandte schüttelte den Kopf. »Ihr werdet es mich doch zumindest wissen lassen, wenn sich ein Erfolg abzeichnet?«

Hierauf antwortete Owen nicht sofort. Er wandte den Blick zum Fenster, an dem ein kalter Zweig irritierend an der Scheibe kratzte. Der Gesandte wollte wissen, ob der Chevalier glaubte, die Dame in sein Bett zu bekommen.

Mit vager Verwunderung wurde Owen klar, dass er dessen alles andere als sicher war. Außerdem hatte er nicht im Sinn, Pen Bryanston zu verführen, um ihre Geheimnisse auszukundschaften. Ebenso stand fest, dass er Pen Bryanston erobern wollte – doch aus anderen Gründen und nicht, weil sie für die französische Regierung von Nutzen sein könnte. Doch hatte er eine Aufgabe zu erfüllen. Aber es gab verschiedene Wege, um an dasselbe Ziel zu gelangen.

»Ich glaube, Ihr könnt die Sache getrost mir überlassen«, meinte er, als die Stille allzu lange dauerte und der Gesandte ihn noch immer erstaunt anstarrte.

»Wie findet Ihr die Dame denn?«, fragte de Noailles neugierig, als Owen seine Handschuhe anzog. »So langweilig wie erwartet?«

Owen sah Ihn mit spöttischem Zug um seinen wohl geformten Mund an. »Ihr wart derjenige, der sie als uninteressant geschildert hat, mein Freund. Zurückgezogen und unauffällig, wenn ich mich recht erinnere. Wie sollte ich sie anders finden?« Er hob eine Hand zum Gruß und ging so lautlos hinaus wie sein Schatten.

Er verließ die Residenz des Gesandten, gefolgt von Cedric. Es war ein kalter grauer Morgen, ganz anders als das helle, frische Sonnenwetter am Tag zuvor. Der Schnee hatte sich in grauen Matsch verwandelt, das Nieseln in eisigen Regen.

Owen schlug den Kragen seines Umhangs hoch. »Ekelhaftes Klima«, murmelte er. Zuweilen musste er Antoine de Noailles Recht geben, der England »diese verwünschte Insel« zu nennen pflegte.

Wie anders war ihm dagegen der Regen in Wales im Gedächtnis geblieben … als stetes Tröpfeln, das das Hügelland mit üppigem Grün überzog. Sanft für die Augen, sanft für die Seele. Seit drei Jahren hatte er die Heimat seiner Mutter nicht mehr besucht. Drei Jahre waren vergangen, seitdem er Andrew und Lucy zu ihr gebracht hatte.

Er beschleunigte seinen Schritt, und Cedric musste laufen, um mit ihm mitzuhalten. »Wohin gehen wir, Sir?«

Sein Herr schaute den Pagen kurz über die Schulter an – mit so kalten und öden schwarzen Augen, dass Cedric die Frage bereute. Diesen Blick sah er nur selten, wenn aber, dann wusste er, dass man besser den Mund hielt. Er zog seine Mütze über die Augen und blieb ein wenig zurück.

»Nach Baynard's Castle, Cedric. Wir besuchen Princess Mary.«

Cedric war erstaunt, eine Antwort zu bekommen; noch mehr staunte er über den ruhigen Ton, in dem diese ausgesprochen wurde. Doch wagte er keine Erwiderung und konzentrierte sich darauf, auch so lange Schritte zu machen wie sein Herr.

Owen eilte zur Wassertreppe, als wolle er dem bitterkalten Regen entkommen. »Cedric, pfeife!«

Der Page kam der Aufforderung nach und stieß auf zwei Fingern einen Pfiff aus. Zwei um Kunden wetteifernde Jollen, deren Ruderer in grobe Wollmäntel gehüllt waren, steuerten auf die Treppe zu. Der Ruderer des ersten Bootes verwünschte seinen Konkurrenten und stieß dessen Kahn mit dem Ruder fort, worauf die Luft von gotteslästerlichen Flüchen widerhallte.

Mit finsterer Miene und Augen so schwarz wie Achat trat der Chevalier an den Rand des Kais. Sein Rapier blitzte silbern im feuchtgrauen Licht auf. »Du!«, äußerte er barsch und monoton und deutete mit der Waffe auf das erste Boot.

Den Ruderern erstarb der nächste Fluch im offenen Mund. Das zweite Boot blieb zurück und überließ das Feld dem anderen, das nun zur Treppe glitt und Cedric ein Tau zuwarf, das dieser geschickt auffing.

Owen stieg ein. »Baynard's Castle!«

Der Ruderknecht warf einen Blick auf seinen Passagier und brummte etwas vor sich hin. Kaum war der Page seinem Herrn ins Boot gefolgt, als der Mann sich auch schon so fest in die Riemen legte, als gelte es, dem Leibhaftigen persönlich zu entwischen.

Energisch bemühte Owen sich, seiner Anspannung Herr zu werden, und verdrängte die schwarzen Empfindungen. Nur so konnte er sich für die vor ihm liegende Aufgabe sammeln. Das Nieseln war in Schneeregen übergegangen, und er wandte sein Gesicht nach oben, um die stechenden, eisigen Tropfen auf der Haut zu spüren. Sie versengten ihn äußerlich wie auch sein Gemüt und merzten alles aus, was seiner Aufgabe im Weg stand.

Pens Züge tauchten vor ihm auf. Ihre Intensität und Leidenschaft, als sie von ihrem verlorenen Kind sprach. Es war die Tiefe dieses Gefühls, das ihn anzog, sowie ihre Kraft und ihr Humor. Vermutlich hatte sie mit Dummköpfen wenig Geduld.

Selbst wenn er willens gewesen wäre, sie kalt und berechnend zu verführen, würde sie nicht auf glatte Reden hereinfallen, auf die einstudierten Schritte, die ihm immer verlässlich zu Gebote standen. Er dachte daran, wie sie ihn aufrichtig amüsiert angelacht hatte, als er sich ihr mit dem Kuss genähert hatte, der sie eigentlich hätte verwirren sollen. Da hatte sie ihm das Gefühl gegeben, ein Narr zu sein. Und sie würde es unter denselben Umständen wieder tun. Aus irgendeinem Grund konnte Owen sich ein ironisches Lächeln nicht verkneifen, obwohl der Scherz auf seine Kosten gegangen war.

Doch gab es einen anderen Weg. Er würde sich ihren direkten, sachlichen, rationalen Verstand zunutze machen und ihr einen Handel anbieten, dem sie nicht widerstehen konnte. Vielleicht würde sie ihn deshalb hassen, doch würden wenigstens die Karten offen auf dem Tisch liegen.

Eine Klappe, mit der man zwei Fliegen auf einmal erwischt … geradezu ideal. Damit war gewährleistet, dass Robin of Beaucaire Pen nichts sagen konnte, was sie nicht schon wusste – falls er sich entschloss, ihr zu berichten, was er über den Chevalier d'Arcy erfahren hatte. Und was Owen d'Arcy ihr nicht verriet, würde auch Lord Robin selbst nie in Erfahrung bringen.

Seine Freude über den schönen Plan verflog. Die Gesichter seiner eigenen Kinder, wie er sie vor drei Jahren zuletzt gesehen hatte, standen mit gnadenloser Deutlichkeit vor seinem geistigen Auge. Andrew war drei, Lucy zwei. Die Augen hatten sie von ihrer Mutter. Grün wie Moos. Was mochten sie von ihm noch in Erinnerung haben? Nicht viel. Seine Mutter durfte vor ihnen seinen Namen nicht nennen. Sie waren für ihn verloren, wie Pens Kind für sie.

*Diesen Verlust aber hatte er sich selbst zuzuschreiben. Er glaubte, keine andere Wahl gehabt zu haben, und jetzt kam alle Reue zu spät, zudem war man im Nachhinein immer klüger.*

Die schwarze Wolke einer ihm vertrauten Niedergeschlagenheit dräute mächtig, und er schob sie mit fast körperlichem Kraftaufwand von sich. Er hatte getan, was seinerzeit notwendig war, und er würde damit leben. Jetzt stand ihm eine neue Aufgabe bevor, die seinen ganzen Einfallsreichtum erforderte.

Die Jolle legte an der Wassertreppe von Baynard's Castle an. Owen gab dem Ruderknecht einen Penny und stieg mit Cedric aus, den er zum ersten Mal seit einer ganzen Stunde wahrzunehmen schien. Er rückte dem Jungen väterlich die Mütze zurecht und sagte: »Komm, Cedric, du musst ins Warme. Du siehst ja halb erfroren aus.«

»Das bin ich, Sir«, gestand Cedric und strahlte, da die Welt wieder ins rechte Lot gekommen war.

Mit dem Jungen an seiner Seite ging Owen den Pfad entlang. »Drinnen gibt es Feuer und eine Stärkung«, sagte er aufgeräumt. »Was für ein schlechter Herr ich doch bin!«

»Aber gar nicht, Chevalier«, widersprach Cedric wahrheitsgemäß. »Ich möchte bei keinem anderen lernen.«

»Das ehrt mich, mein Junge.« Owen lachte, und der letzte Rest von Düsternis schwand aus seinen Augen.

Der Türsteher an der Pforte nahm die Beglaubigung des Chevaliers entgegen und schickte einen Burschen aus, der damit zum Haushofmeister der Prinzessin lief.

»Wenn Ihr bei der Glutpfanne zu warten beliebt, M'lord.« Der Türsteher deutete auf das kleine Pförtnerhaus.

Owen nickte ihm dankend zu. Gefolgt von Cedric, trat er ein und genoss die relative Wärme.

Unterdessen nahm Owen den Dolch aus der Scheide und schnitt sich, vom Türsteher verstohlen beobachtet, müßig einen losen Daumennagel ab. Beim Anblick des hoch gewachsenen, schlanken, dunklen Mannes, dessen schwarzer Samtmantel im Schein der Lampe schimmerte, bekam er eine Gänsehaut. Der Mann wirkte ganz ruhig, jede Bewegung war bedacht, fast sanft, doch entging diesen Augen nichts. Sie schienen einem zu folgen, ohne sich zu bewegen.

Keiner der Besucher Princess Marys war ohne Einfluss und Macht; doch auf den Schultern dieses Besuchers vermeinte der Pförtner, der eine allzu blühende Phantasie besaß, die Macht des Teufels persönlich ruhen zu sehen. Abergläubisch bekreuzigte er sich und ging zur Tür, um nach dem Boten des Haushofmeisters Ausschau zu halten.

Der Bote kam im Laufschritt, verbeugte sich und stieß atemlos hervor: »Chevalier d'Arcy, Princess Mary freut sich, Euch zu empfangen. Wenn ich Euch begleiten darf …«

Winkend steckte Owen den Dolch ein. »Komm, Cedric.«

Dem Chevalier entging tatsächlich nichts, als er über den Hof und durch die Korridore von Baynard's Castle geleitet wurde. Er bemerkte Unwesentliches ebenso wie alles Wesentliche; registrierte, wer mit wem sprach, wer ihn interessiert ansah oder ihm erkennend zunickte; wer ihn hätte erkennen sollen und es – angeblich – nicht tat ... Er registrierte die Lage von Türen und Korridoren und prägte sie sich ein. Was die Leute sprachen, als er vorüberging, konnte er nicht hören; doch stellte er Mutmaßungen an, aus denen er Folgerungen zog. Owen d'Arcy kannte die Herrschaften, die die Korridore der Londoner Paläste bevölkerten, viel besser, als jemand von ihnen behaupten konnte, über ihn Bescheid zu wissen.

Und dann betrat er den Privatsalon der Prinzessin und erblickte Pen Bryanston. Sie schaute von der Tasche auf, die sie nähte, sah ihn und lächelte.

Ein merkwürdiges Gefühl von Furcht überkam ihn. Zum ersten Mal im Leben war er unsicher. Noch nie hatte er sich in einer Situation befunden, die er nicht beherrschte, nie einen Menschen gegenübergestanden, den er nicht benutzen konnte. Doch er spürte, dass Pen Bryanston eine Herausforderung darstellte, der er nicht so selbstverständlich gewachsen war.

## 6

Pen legte die Tasche beiseite und erhob sich. »Chevalier, erlaubt, dass ich Euch Ihrer Hoheit vorstelle.« Rasch ging sie auf ihn zu, eine Hand zur Begrüßung ausgestreckt.

Sie hat ein reizendes Lächeln, dachte Owen, als er sich

über ihre Hand beugte, die warme trockene Handfläche spürte, das leichte Zucken ihrer Finger. Ein großzügiges Lächeln, weder kokett noch aufgesetzt. Zum ersten Mal fiel ihm auf, dass ihre Zähne nicht ganz ebenmäßig waren und ihrem Lächeln etwas Pikantes verliehen. Seine Finger umschlossen ihre ganz fest, während er ihre Hand etwas länger hielt, als die Etikette es gebot.

Sie trug ihr Haar wieder lose; ein edelsteinbesetzes Band hielt es aus der Stirn, und es fiel über ihre Schultern, so dass es den weißen Halsverband bedeckte. Er fasste nach ihrem Nacken unter ihrer Haarflut.

»Wie geht es?«, murmelte er, und Pen empfand seine weiche melodische Stimme wie eine Liebkosung, die sie mit derselben Sinnlichkeit streichelte wie die warme Berührung seiner Finger auf ihrer Haut.

Für eine Antwort blieb keine Zeit.

»Chevalier d'Arcy, Ihr seid uns sehr willkommen!«

Auf Princess Marys klare Worte hin, die nur eine Andeutung von Unnahbarkeit erkennen ließen, gab Owen Pens Hand frei. Er hielt ihren Blick kurz fest, wobei sein Lächeln geheimes Einverständnis andeutete. Dann trat er formvollendet vor die Prinzessin, und Pen fragte sich, ob jemand jenen Augenblick der Berührung bemerkt hatte. Wenn auch nur kurz, war er so intensiv gewesen, dass er eigentlich kaum jemandem entgangen sein konnte.

Ein rascher Blick aber zeigte ihr nur das erwartete Ausmaß an Interesse für den Neuankömmling. Niemand blickte in ihre Richtung. Sie folgte Owen zum Sitz der Prinzessin.

Owen nahm sein mit Edelsteinen geschmücktes Barett ab und verbeugte sich tief. »Princess Mary, Ihr erweist mir eine große Ehre!«

»Wir alle schulden Euch Dank, Sir, da Ihr Lady Bryanston genau zur rechten Zeit beigestanden habt.«

»Ich darf mich glücklich schätzen, dass meine Hilfeleistung mir die Aufmerksamkeit Eurer Hoheit beschert.«

»Hübsche Worte, Sir!« Die Prinzessin blickte ihn beifällig an. »Ich halte mich nur wenig in London auf, andernfalls wären wir einander gewiss schon begegnet.«

»In den letzten Jahren besuchte ich England nur selten«, erklärte Owen. »Ich ziehe ein ruhiges Leben vor.« Lächelnd nahm er auf dem Schemel Platz, den die Prinzessin ihm anbot. »Meine Güter und Weingärten in Burgund bescheren mir so viel Abwechslung, wie ich mir nur wünsche.«

»Ach?« Mary hob ungläubig eine Braue. »Chevalier, Ihr wirkt nicht wie jemand, der sich vom Hofe zurückzog.«

»Der äußere Schein kann trügen, Madam«, sagte Pen ernst, Owens Wort aus der Taverne zitierend. Als Owen ihr einen Blick zuwarf, blitzte es in seinen schwarzen Augen beifällig auf.

Mary nickte und sah rasch zwischen den beiden hin und her. »Pen sagte, Ihr hättet die Angreifer allein abgewehrt. Keine geringe Leistung für jemanden, der ein ruhiges Leben liebt.«

»Man kann zurückgezogen leben und trotzdem im Stande sein, den … weniger friedlichen Seiten des öffentlichen Lebens entgegenzutreten«, bemerkte Owen.

»Der Chevalier spielt die Harfe, Madam«, warf Pen ein. »Ein Spiegelbild der ruhigen, walisischen Seite seines Wesens, wage ich zu behaupten.« Plötzlich fühlte sie sich übermütig. Fast spielerisch. Ein sehr ungewohntes Gefühl. Seit Philips Tod war ihr nicht mehr so zumute gewesen.

»Erstaunlich für einen Mann, Chevalier!«, wunderte Mary sich. »Würdet Ihr uns etwas vorspielen? Eine meiner Dame besitzt ein edles, wohlklingendes Instrument.«

Als Owen Pen ansah und in ihrem Blick pure Schalkhaftigkeit las, war er verblüfft. Er wusste, dass sie klug und intelligent, aber auch leidenschaftlich bis zur Besessenheit war. Nie aber hätte er ihr mädchenhaften Schalk zugetraut wie zum Beispiel ihrer Schwester Pippa. Pen verfügte über genug Tiefe und hatte zu viel gelitten, um sich geradezu diebisch darüber zu freuen, dass sie ihn überrumpelt hatte.

»Ich zöge es vor, ich könnte mich vorbereiten, Madam«, wehrte er ab und bewegte automatisch seine Finger. »Da ich wochenlang nicht mehr gespielt habe, fehlt mir die Übung.«

»Mit der Harfe möglicherweise, Chevalier, nicht aber mit dem Rapier«, bemerkte Pen. »Und dafür bin ich sehr dankbar.«

»Nun, vielleicht spielt Ihr uns einmal nachmittags etwas vor, Chevalier«, begütigte Mary. »Nicht unvorbereitet, natürlich!«

Owen verbeugte sich. »Es wird mir ein Vergnügen sein, Madam.«

Bewegung am anderen Ende des Raumes lenkte die allgemeine Aufmerksamkeit ab. Der Earl und die Countess of Kendal betraten den Audienzraum, und Pen lächelte bei ihrem Anblick liebevoll und stolz. Sie waren ein schönes Paar, viel auffallender als alle übrigen Anwesenden. »Ich glaube, meine Eltern kennt Ihr noch nicht, Chevalier.«

»Eine Ehre, die mir jetzt bevorsteht,«, erwiderte er. Er registrierte ihre Freude über das Eintreten ihrer Eltern und fragte sich, wie sehr diese am Leben ihrer Tochter wohl Anteil nahmen. Ihre fixe Idee, dass ihr Kind noch lebte, teilten sie nicht; doch war die Geschichte auch so sonderbar, dass ihr Unglauben aus ihrer Sorge um Pen erwachsen mochte.

»Meine Liebe, sollst du heute denn schon auf den Beinen sein?« Lady Kendal kam geradewegs auf sie zu.

»Ich habe mich von meiner Torheit völlig erholt, Mama«, gab Pen zurück und wählte ihre Worte sorgfältig in dem Wissen, dass man ihr die Unbedachtheit noch nicht vergeben hatte. »Du gestattest doch, dass ich dir den Chevalier d'Arcy vorstelle? Ich schulde ihm Dank für meine Rettung.«

Guinevere hörte den ironischen Ton und schenkte ihm keine Beachtung. Sie wandte sich an ihren Gemahl, der ruhig sagte: »Ja, in der Tat sind wir dem Chevalier sehr verbunden.«

Hugh lächelte seiner Stieftochter zu. »Einen guten Tag, Pen! Du siehst heute blendend aus. Man möchte nicht meinen, dass ein solch schreckliches Erlebnis hinter dir liegt.«

Errötend knickste Pen vor ihrem Stiefvater. Dieser nickte wohlwollend und wandte sich Owen d'Arcy zu.

»Ich hoffe auf die Gelegenheit, Euch persönlich danken zu können, Sir. So wie Pens Mutter!«

Owen hielt der ruhigen Beurteilung seitens des Earls und der Countess of Kendal stand. Hier sah er seine Frage beantwortet. Eindeutig waren die Kendals um ihre Tochter sehr besorgt und behielten ihr Tun und Lassen genau im Auge. Wie viel Einfluss sie besaßen, blieb abzuwarten.

Er verbeugte sich mit verbindlicher Miene und nahm die beiden seinerseits gelassen in Augenschein. »Lady Kendal … Mylord.«

»Wir können Euch nicht genug danken, Chevalier«, versicherte ihm auch Guinevere. »Gottlob hat Pen keinen bleibenden Schaden davongetragen.«

»Der Chevalier erschien exakt zum richtigen Zeitpunkt«, sagte Pen mit mehr als nur einem Anflug von Spott. Sie war die Kritik leid, die sie aus den Dankesbezeugungen, mit denen Owen überhäuft wurde, heraushörte. »Ich werde ewig in seiner Schuld stehen.«

Hugh erhaschte Guineveres Blick. Allmählich sollte man das Thema wechseln. Pen hatte die ihr gebührende Lektion erhalten. »Ich glaube, damit sind die Gefühle aller hinlänglich ausgedrückt«, fasste er zusammen. »Sagt, Chevalier, seid Ihr schon lange in London?«

»Ich traf erst vor einigen Tagen ein, Mylord. Zum einen habe ich einiges zu erledigen und zum anderen wollte ich Weihnachten in London feiern. Es ist lange her, seitdem ich die Festtage in England verbrachte. Seit meiner Kindheit nicht mehr.« Sein Lächeln war offen und zutraulich.

»Dann möchten wir unter den Ersten sein, die Euch willkommen heißen, Sir«, lud Guinevere ihn warmherzig ein. »Ihr werdet uns hoffentlich zu den Feiertagen in unserem Haus in Holborn besuchen.«

»Es wird mir eine Ehre sein, Lady Kendal.« Owen sah Pen an, und in seinen Augen blitzte es amüsiert auf. Er spürte, wie ungeduldig der Austausch von Phrasen sie machte. »Gestattet Ihr, dass ich heute mit Eurer Tochter ein wenig promeniere?«

»Eine Frage, die Ihr besser an Pen richtet, denke ich«, bemerkte Hugh.

»Ja, allerdings, Chevalier«, pflichtete Guinevere ihrem Gatten bei. »Meine Erlaubnis benötigt Ihr nicht. Pen bestimmt ihre Unternehmungen selbst.«

Owen sah Pen mit hochgezogener Braue an.

Tatsächlich hätte Pen zu gern unter vier Augen mit ihm gesprochen. Er hatte gesagt, er wolle das Problem überdenken, und hatte es sicher getan. Sicher war damit die prickelnde, erwartungsvolle Faszination erklärt, die sie in seiner Gesellschaft empfand.

Philips Antlitz zeigte sich vor ihrem geistigen Auge, und gleichzeitig wallte Schuldbewusstsein in ihr auf. Als sie spürte, wie sie errötete, wandte sie sich ab, tat so, als müsste sie niesen und suchte hastig ein Taschentuch.

»Hoffentlich habt Ihr Euch neben Euren Kratzern und Schürfwunden nicht auch noch eine Erkältung zugezogen«, bemerkte d'Arcy. »Es war eine kalte Nacht.«

»Aber nicht doch. Nur meine Nase prickelt.«

In seinen Augen schimmerte nach wie vor Belustigung. »Ach, Lady Pen, würdet Ihr mir wohl die Lange Galerie zeigen? Soviel ich weiß, hängen dort ein paar interessante Holbein-Porträts.«

»König Henry, mein Großonkel, war ein Gönner Holbeins«, ließ sich darauf eine kindliche Stimme vernehmen.

Jane Grey, eine schmale Gestalt in einem anspruchslosen lavendelblauen Kleid, näherte sich ihnen unauffällig. Sofort wandte sie sich mit eifriger Miene an Guinevere. »Lady Kendal, ich hatte gehofft, mit Euch den Tacitus-Text zu besprechen, von dem unlängst die Rede war. Vielleicht hättet Ihr jetzt einen Moment ...« Sie warf einen Blick zur Tür und schien zurückzuzucken.

Guinevere begriff sofort, dass das Mädchen befürchtete, seine Furcht einflößende Mutter würde eintreten und jeder gelehrten Diskussion ein Ende machen. Einen Arm um Janes magere Schultern legend, sagte sie: »Aber gern, meine Liebe. Ich kann mich sehr wohl der Debatte entsinnen.« Damit zog sie sich mit ihr in eine ruhige Ecke zurück.

Hugh hielt kurz inne, sein Blick ruhte auf dem Chevalier, obwohl er undurchdringlich blieb. Dann lächelte er, wiederholte die Einladung seiner Gemahlin und folgte ihr.

Pen lachte leicht. »Arme Jane! Sie wäre besser dran, wenn sie *unsere* Mutter hätte. Mama hat zwar nie gesagt, dass sie Pippa und mich für eine Enttäuschung hält – doch ist unser mangelndes Interesse an Gelehrsamkeit für sie, gelinde ausgedrückt, unbegreiflich. Anna hegt diesbezüglich eine viel größere Neugier.«

Sanft legte Owen eine Hand auf ihren Arm und drehte sie zur Tür um, die zur Langen Galerie führte. »Eure Mutter ist gelehrt?«

»Und wie! Sie war sogar dem alten König Henry gewachsen ... und den Intrigen Lord Cromwells, des Lordsiegelbewahrers – sowie dem ganzen Kronrat, als man sie einem Verfahren in der Star Chamber unterwarf.« Bewundernd schüttelte Pen den Kopf. »So klug wie Mama ist niemand!«

*Wenn ihre Mutter und Lord Hugh ihr die Erinnerung an das Neugeborene nur glaubten …*

Aber ein einziger Mensch tat das. Mit Absicht wandte sie nun ihr lächelndes Gesicht Owen zu, als sie den Salon verließen. Sie hatte die Seite aus dem Rechnungsbuch kopiert, die Namen und Beträge waren in ihr Gedächtnis eingebrannt. Noch vor Ende des Nachmittags würde der Chevalier versprechen, nach High Wycombe zu gehen und die Personen für sie auszukundschaften.

Ihr Lächeln hat etwas Listiges an sich, überlegte Owen. Es war ganz anders als Pens übliche offene Freundlichkeit. Der in Ränken bewanderte Owen erkannte, dass sie etwas von ihm wollte. Nun, sie würde in ihm einen aufmerksamen Partner finden.

In der Langen Galerie schwirrte es geschäftig von Dienern, Türstehern und Herolden. Lockere Scheiben klirrten, Windstöße fegten durch die Ritzen zwischen den Fensterflügeln und wölbten den schweren Wandbehang vor der kalten Steinwand. Pen brachte die Galerie eilig hinter sich. Diese war nicht der geeignete Ort für Geheimnisse.

»Wollen wir uns nicht diese Gemälde ansehen?«, bat Owen. »Mich interessieren die Arbeiten Holbeins ungemein.«

»Später. Jetzt möchte ich mit Euch sprechen.«

»Könnten wir nicht sprechen und dabei die Bilder betrachten?« Er neckte sie, sie aber hatte für Spielereien keine Geduld.

»Gehen wir dorthin.« Sie strebte einem Seitengang zu.

Owen folgte ihr. Dank seiner langen Beine hielt er mit ihren ausgreifenden Schritten leicht mit. Er fand diesen Aspekt Pen Bryanstons faszinierend. Sie benahm sich wie tags zuvor, als er ihr in die Bibliothek der Bryanstons gefolgt war. Geheimnisvoll und drängend zugleich. Eine leidenschaftliche, willensstarke Frau wollte ihn für ihre Zwecke einspannen.

Pen huschte ihm durch eine Reihe von Korridoren voraus, bis sie eine geschlossene Tür am Ende eines fensterlosen Ganges erreichten. »Ich möchte vertraulich mit Euch reden«, begann sie und trat über die Schwelle ihres eigenen Gemachs.

»Das dachte ich mir«, bestätigte er und folgte ihr.

»Da wir bereits den längeren Teil einer Nacht zusammen verbrachten, sehe ich nicht ein, warum wir uns nicht hierher zurückziehen sollten«, erklärte Pen, und es klang ein wenig nach Rechtfertigung.

»Allerdings«, murmelte Owen. »Welchen Grund gibt es denn?« Leise schloss er die Tür hinter sich.

»Lasst sie angelehnt«, bat Pen.

»Ach!« Er öffnete die Tür wieder. »Weit offen? Oder nur einen Spalt?«

»Ihr macht Euch über mich lustig«, beklagte sie sich.

»Vielleicht.« Trotzdem erfüllte Owen ihren Wunsch. »Aber verzeiht mir, wenn ich darauf hinweise, dass wir beide ein Alter und einen Punkt im Leben erreicht haben, an dem solche Anstandsregeln nicht mehr gelten. Eure Mutter äußerte sich ähnlich.«

»Vermutlich stimmt es.« Pen seufzte schwer. »Eine Witwe von sechsundzwanzig Sommern befindet sich praktisch jenseits von Gut und Böse. Ein guter Ruf ist nur für die Jugend von Bedeutung, nicht wahr, Chevalier?«

»Jetzt macht *Ihr* Euch über mich lustig«, erklärte er und sah, wie Lachen in ihren Augen aufblitzte, während sie nur ein leises Kichern hören ließ.

Owen blickte sich im Raum um und suchte nach Zeichen, die ihm weitere Hinweise über den Menschen Pen Bryanston liefern könnten. Das Gemach war einladend ausgestattet, Wandbehänge in warmen Farben schmückten die Wände, auf dem gewachsten Boden lagen bestickte Teppiche. Ein Feuer loderte im Kamin. Es roch nach Kiefernzapfen. Das goldene Licht der Wachskerzen in den Halterungen wurde von den gestrichenen Deckenbalken reflektiert.

In dem großzügigen und behaglichen Gästegemach der Residenz des Earl of Pembroke sah man kaum etwas, das der gegenwärtigen Bewohnerin gehört hätte. Die Ausnahme war ein großer und sichtlich betagter rostbrauner Kater, der aus grünen Augen blinzelte und sich in einer unverkennbaren Geste der Begrüßung ein wenig räkelte.

»Das ist Muskatnüsschen«, nannte Pen seinen Namen, als sei die Vorstellung eine Selbstverständlichkeit. Sie beugte sich über das alte Katzentier und drückte ihr Gesicht an seinen Bauch. Schnurrend drehte der dicke Hausfreund sich um und streckte Beine und Krallen in träger Willkommensfreude von sich.

»Er ist sechzehn«, erklärte Pen und hob das Tier hoch. Rötliches Fell und lange Beine hingen ihr über die Arme. »Pippa besitzt seine Schwester Mondschein. Als wir nach London kamen, brachten wir beide aus Derbyshire mit.«

Sie liebkoste den Kopf ihres Lieblings, ehe sie ihn wieder sanft aufs Bett legte und vergnügt hinzusetzte: »Er erträgt es nicht, wenn er zurückbleibt. Ich muss ihn immer mitnehmen, wenn die Prinzessin auf Reisen geht. Unvorstellbar, wie viele Würfe er im Laufe der Jahre gezeugt haben muss.«

»Ein herrliches Tier!« Owen zupfte zärtlich an Muskatnüsschens Ohren, eine Geste, die verriet, dass er Vorlieben und Abneigungen von Stubentigern kannte.

Pen sah es mit Wohlwollen. »Ihr mögt Katzen.«

»Ich fühle mich ihnen irgendwie verwandt. Sie sind weder zu Kompromissen bereit noch leicht zu durchschauen.«

»Das stimmt allerdings«, räumte Pen ein, die sich plötzlich auf unsicherem Terrain wähnte.

Nun trat ein kurzes Schweigen ein. Owen sah Pen an und hatte den Eindruck, sie sei nervös. Das Lachen war aus ihrer Miene verschwunden, sie verschränkte ihre Hände in den Falten ihres olivgrünen Taftkleides. Diese Farbe passte zu ihren braunen, vielfach schattierten Augen, die eindringlich auf ihn gerichtet waren.

»Ihr sagtet, dass Ihr Euch mein Problem durch den Kopf gehen lassen wollt«, leitete sie ein. »Ich brauche Eure Hilfe.«

Er nickte bedächtig, während er fortfuhr, den Kater zwischen den Ohren zu kraulen. »Ich soll Licht in die Umstände bringen, die den Tod Eures Sohnes umgeben?«

»Ihr sollt Licht in sein Leben bringen!«, präzisierte sie heftig. Sie strich ihr Haar zurück, auf dessen dunklem Braun goldene Lichter tanzten. »Allein kann ich es nicht, und sonst unterstützt mich niemand.«

»Helfen kann ich Euch, doch was ich finde, ist ungewiss«, sagte Owen.

»Das verstehe ich.« Abgewandt blickte sie ins Feuer. »Selbst wenn er tot ist, muss ich es wissen. Ich brauche einen Beweis.« Sie beugte sich vor, die Hände vor dem Leib verschränkt, als gelte es, einen tiefen, inneren Schmerz zurückzudrängen.

Owen ging zur Tür und schloss sie leise. Lautlos kam er wieder auf sie zu und trat hinter sie. Er umfing ihren Körper mit den Armen und begrub die Lippen in ihrem Haar.

Momentan rührte Pen sich nicht; dann drehte sie sich in seinen Armen um, dass ihre Wange an der mitternachtsblauen Seide seines Wamses zu liegen kam. Sie spürte seinen gleichmäßigen Herzschlag. Er strich mit der Hand über ihren Rücken, ertastete die Ränder der Schulterblätter, das obere Ende der Wirbelsäule. Sie spürte, wie sein Herz schneller schlug. Sein Atem berührte heiß ihren Kopf. Er fasste unter ihr Kinn und hob ihr Gesicht an. Nun begann ihr Herz zu rasen.

Ihre Lippen bewegten sich. Freudig ... einladend? Pen hatte keine Ahnung, und es kümmerte sie nicht. Es gab nur diesen Moment, den Duft von Wein und Gewürznelken in seinem Atem, dann das harte und doch nachgiebige Gefühl seines Mundes. Sie lehnte sich an ihn, streckte die Arme aus, um ihn fest an sich zu drücken. Seine gespreizten Hände umspannten ihren Rücken, doch blieb er völlig reglos, nur Mund und Zunge bewegten sich und erkundeten sie. Und die Reglosigkeit hüllte sie ein, als der Kuss sie völlig zu durchdringen schien und bis in die Zehenspitzen spürbar wurde.

Der Kuss eines wahren Meisters, dachte Pen, als sie wieder denken konnte. Da war kein Drängen, kein Fordern, nur dieses süße, besitzergreifende Einssein. Er kam ihr wie ein Geschenk vor, und im Moment war sie zufrieden, es einfach zu empfangen.

Als er schließlich seine Lippen hob und aufblickte, bewegte sich keiner von ihnen, so dass sie das Gefühl bekam, die Umrisse ihrer Körper würden eins. Sie schienen eine Ewigkeit so beisammen zu stehen, ganz nahe – lange genug jedenfalls, um zu einer einzigen Gestalt zu verschmelzen. Und es fühlte sich so natürlich, so richtig an. Sie schloss die Augen und vermeinte, in der ruhigen Schwärze leicht und unwillentlich zu schwanken. Doch noch immer hielt er sie wie mit Schmetterlingsflügeln fest.

Owen küsste ihr Ohr und flüsterte: »Nun, Pen Bryanston?«

Sie brauchte einen Moment, um zu sich zu kommen. Blinzelnd schlug sie die Augen auf, und der spärlich erhellte Raum erschien ihr hell wie an einem Sommermittag. Als Owen sie losließ, trat sie zurück. Pen spürte die Hitze des

Feuers im Rücken und hörte ihre Schritte auf dem Boden laut wie Donnerschläge in der Stille.

»Ich bin es nicht gewohnt, Fremde auf diese Weise zu küssen«, murmelte sie mit ein wenig unsicherer Stimme.

»Was also sollen wir in dieser sonderbaren Lage tun?« Er zog eine Braue hoch.

»Am besten öffnen wir das Fenster ganz«, sagte Pen. Ihr leises Auflachen klang nicht sehr überzeugend.

»Nur für den Fall, dass es wieder passiert?«

Verwirrt schüttelte sie den Kopf. Nichts sprach dagegen, sich auf einen harmlosen Flirt mit dem Chevalier einzulassen. Daran war nichts Skandalöses. Und eine innere Stimme rief ihr ins Gedächtnis, dass dies gewiss ein Weg war, sich seiner Mithilfe bei ihrer Sache zu vergewissern; doch ängstigte sie ihre Reaktion auf diesen Mann und seinen Kuss ein wenig. Sie hatte das Gefühl, die Kontrolle zu verlieren, wenn sie keinen kühlen Kopf bewahrte.

»Seid Ihr verheiratet?«, fragte sie plötzlich eingedenk Pippas Neugierde.

Das Licht schwand aus seinem Gesicht – nur eine Sekunde. Aber Pen fröstelte, als sie die Schatten sah, die sich in den Höhlen unter seinen Augen zeigten und sein ganzes Gesicht verdunkelten. Gleich darauf war sein Ausdruck wieder wie immer, sein Lächeln nichts sagend. »Nein«, äußerte er mit Nachdruck. »Ich bin nicht verheiratet. Macht das einen Unterschied?«

»Ja, natürlich. Wenn ich Euch wieder so küssen werde, möchte ich sicher sein, nicht in fremdem Revier zu wildern.

Owen schmunzelte. »Direkt wie immer! Glaubt Ihr denn, dass Ihr mich wieder so küssen werdet?«

Pen legte den Kopf schräg, als müsse sie überlegen. »Vielleicht, vielleicht aber auch nicht. Aber eigentlich, Chevalier, möchte ich meine Angelegenheit mit Euch besprechen. Ich wüsste nicht, wie ich mich in High Wycombe allein umsehen sollte. Sicher würde man mich erkennen, und Lady Bryanston erführe sofort davon. Nun dachte ich, Ihr könntet vielleicht für mich diskret Nachforschungen anstellen. Ich habe die Namensliste aus dem Rechnungsbuch kopiert.«

Sie entnahm dem um ihre Taille hängenden Täschchen einen Schlüssel und ging mit raschen Schritten zu einer kleinen Truhe in der Ecke. Ihre Röcke bauschten sich wie eine Blüte um sie, als sie anmutig niederkniete und die Truhe aufsperrte.

Der Chevalier beobachtete sie still und nachdenklich.

Dann erhob sie sich mit einem zusammengefalteten Bogen in der Hand. »Hier sind die Namen. Werdet Ihr sie für mich auskundschaften?« Angst ließ ihre Frage schroff klingen, und ihr Blick lag mit schmerzlicher Eindringlichkeit auf seinem Gesicht.

Er nahm den Bogen an sich und tippte damit bedächtig in die Handfläche. »Pen, Ihr seid für mich zu schnell.« Noch immer zusammengefaltet, legte er das Blatt auf ein Tischchen.

Das Licht in ihren Augen erlosch. »Ihr werdet mir nicht helfen?«

»Doch – als Gegenleistung …«

»Als Gegenleistung wofür?« Sie starrte ihn an, während Enttäuschung und Verwirrung einander in ihrer Miene ablösten.

»Hört Euch meinen Vorschlag an.« Er ging auf sie zu, und sie wich zurück. »Nein«, beschwichtigte er. »Nicht diese Art Vorschlag. Obwohl«, setzte er hinzu, und sein Lächeln vertiefte sich, »ich überglücklich wäre, wenn Ihr ihn zusätzlich zu jenem in Betracht zieht, den ich im Sinne habe.«

Pen merkte, dass ihr erschrockenes Zurückweichen sie bis an die Wand gebracht hatte. Sie stand reglos da, als er sie erreichte. »Spielt nicht mit mir … Wie lautet Euer Vorschlag?«

»Nun ja, meine Angelegenheiten hier in London betreffen

die Prinzessin«, eröffnete er ihr und umfasste ihr Gesicht mit seinen Händen. »Ihr sollt mir dabei helfen, und ich helfe dann Euch.«

Sie befreite sich aus seinem Griff. »Drückt Euch deutlicher aus!«

»Also gut.« Unverzüglich stützte er die Hände zu beiden Seiten ihres Kopfes an die Wand und kam ihr dabei so nahe, dass sie die Wärme seines Körpers spürte. Leider konnte sie ihren Blick nicht von seinen schwarzen Augen abwenden, die im Stande zu sein schienen, alle ihre Gedanken zu lesen.

»Ich brauche Ohren am Hof der Prinzessin«, sagte er ohne Umschweife. »Wenn Ihr einverstanden seid, mir alles zu berichten, was die Prinzessin mit ihren Ratgebern erörtert, und mich von jeder Änderung ihrer Pläne und …«

»Genug!«, keuchte sie entsetzt. »Ihr wollt, dass ich die Prinzessin bespitzle?«

»Ein hartes Wort.«

»Aber das richtige Wort!«

»Hört mir eine Minute zu«, bat er. Seine Miene blieb ruhig und von ihrem Ausbruch unberührt; doch als sie versuchte, ihn wegzuschieben, um sich von der Wand zu lösen, rührte er sich nicht und ließ sie nicht frei.

»Das soll keine Falle sein«, murmelte er, »doch wenn ich Platz mache, werdet Ihr davonlaufen. Und ich möchte, dass Ihr mich anhört.«

Pen presste die Lippen zusammen und sagte nichts, ihr Blick aber sprach Bände.

»Meine Regierung hat nur das Wohl der Prinzessin im Sinn. Wir wollen ihr nicht schaden; da aber der König im Sterben liegt, ist ihre Position äußerst prekär. Niemand weiß, was Northumberland plant – doch sind wir so gut wie sicher, dass er *nicht* Marys Interessen vertritt. Wir müssen wissen, was er treibt und was Mary denkt und plant.«

Er hielt inne, ehe er fortfuhr: »Aufgrund der Position Eures Stiefbruders ist er im Bilde, was in Northumberland vorgeht. Vielleicht vertraut Lord Robin sich Euch an?« Fragend zog er eine Braue in die Höhe.

Momentan hatte Pen nur Verachtung und Abscheu für ihn übrig. »Ihr wollt, dass ich meinen Bruder nach seinen Geheimnissen aushorche?«

»Anders herum ausgedrückt: Ihr müsst mit mir zusammenarbeiten, wenn Ihr die Prinzessin liebt«, erwiderte er scharf.

Als die Sekunden verstrichen und Pen schwieg, wählte er seine Worte sehr sorgsam: »Ich hätte gedacht, Ihr wäret noch viel empörter, wenn die Rede darauf kommt, dass Euer Bruder Northumberlands Schmutzarbeit erledigt.« Er beobachtete sie genau.

Pens scharfes Einatmen und ihr Erröten verrieten ihm, dass sie von der Verstrickung ihres Bruders wusste. Die Geschwister hatten sichtlich keine Geheimnisse voreinander.

»Die Welt der Spitzel ist klein«, bemerkte er. »Wir machen es uns zur Aufgabe, alle zu kennen, die sich in ihr bewegen.«

Noch immer sagte Pen nichts; doch begriff sie, dass Spione einander notwendigerweise kennen mussten. Robin wusste sicher von Owens Existenz in dieser verborgenen Welt, was vermutlich seine Feindseligkeit dem Chevalier gegenüber erklärte.

»Also, ist es nicht besser, für Mary als für den Herzog zu arbeiten?«, drängte er.

Ungeachtet ihrer eigenen Meinung von Northumberland, konnte Pen diesen Angriff auf Robin nicht dulden. »Ich bin sicher, dass Robins Beweggrund Loyalität gegenüber Northumberland und Suffolk ist – seit der Knabenzeit seine Freunde und Gönner«, erwiderte sie noch immer hitzig. »Ihr aber lasst Euch vom eigenen Vorteil leiten!«

»Meine Loyalität gilt Frankreich«, berichtigte er sie leise. »Ich sehe zwischen mir und ihm keinen Unterschied, außer dass Euer Bruder einem Mann dient, dessen Motiv persönlicher Ehrgeiz ist, während ich König und Vaterland diene.«

»Ihr sollt Robin nicht kritisieren!«

»Verzeiht. Ich suchte nur nach einer Rechtfertigung.«

»Auf diesem Weg werdet Ihr keine finden«, fuhr sie ihn an.

»Nun gut.« Owen zuckte die Schultern.

»Warum sollte ich Euch glauben? Warum soll es wahrscheinlicher sein, dass die Franzosen Mary beistehen als … als beispielsweise die Spanier! Ihr eigener Vetter, der Kaiser, hat Schiffe geschickt, die Mary Geleitschutz geben sollen, falls sie sich entschließt, nach Flandern zu gehen. Und was hat Frankreich getan?«

»Sollte sie England verlassen, verzichtet sie damit auf jede Chance, den Thron zu besteigen. Das wisst Ihr, und sie weiß es ebenso. Sicher ist dies auch der Grund, weshalb sie nicht schon geflohen ist. Wir werden ihr in ihrem Kampf gegen Northumberland und seine Ratgeber beistehen.«

»In Eurem eigenen Interesse!« Sie spie ihm diese Worte fast entgegen.

»Natürlich«, entgegnete er ruhig. »Ich tue gar nicht, als geschähe es aus Nächstenliebe, sondern biete Euch einen ehrlichen Handel. Information für meine Hilfe bei der Suche nach der Wahrheit um Euren Sohn. Hinzugefügt sei, dass ich im Entdecken von Wahrheiten sehr gut bin.«

»Das lässt sich denken«, sagte sie verächtlich. »… gehört immerhin zum Handwerk eines Spions!«

»Es ist ein sehr notwendiges Handwerk«, betonte er. »Kein Hof, keine Regierung, die nicht Spitzeldienste in Anspruch nähmen – wie Ihr sicher wisst!«

Pen wandte den Kopf ab. Sie wusste, dass er die Wahrheit sprach. Ihre Liebe zu ihrem Stiefbruder wurde von dessen

Verstrickung in jener Welt nicht beeinträchtigt. Und Pen war überzeugt, dass Robin nichts Unehrenhaftes tun würde, mochte Northumberland bei seinen dunklen Machenschaften auch noch so skrupellos vorgehen. Robin würde nie Schmerz und Kummer eines anderen für seine Zwecke nutzen.

Owen wartete auf Antwort, und als diese ausblieb, sagte er nur: »Also, der Handel gilt, Pen!«

Sie wünschte sich weit weg. Seine Nähe war verwirrend. Das einzige Gefühl, das eine Rolle spielen dürfte, war das Wissen um seinen Betrug. Das also hatte er die ganze Zeit über angestrebt. Der erste Kuss, seine ständige Nähe, sein Interesse an ihr. Alles nur, weil es seinen Zwecken diente.

Eigentlich müsste sie ablehnen, er solle seinen schmutzigen Handel für sich behalten und ihr nie wieder in die Nähe kommen. Das hätte sie tun sollen. Doch er kannte sich aus. Wenn jemand die Wahrheit finden konnte, war es Owen d'Arcy. Und vielleicht hatte er ja Recht, und die Franzosen wollten Mary beistehen. Pen zweifelte nicht daran, dass die Prinzessin gefährdet war. Mary schwebte seit ihrer Volljährigkeit in Gefahr.

Doch er hatte sie betrogen und sie etwas glauben lassen, das nicht der Wahrheit entsprach. Dann aber sagte sie sich eiskalt, dass es keine Rolle spielte. Sie benutzte ihn ja auch oder hatte zumindest beabsichtigt, es zu tun. Wo lag da der Unterschied?

Doch gleichzeitig war ihr klar, dass es etwas darüber hinaus gegeben hatte, etwas, dem sie nicht mehr auf den Grund gehen konnte. Verwirrung erfasste sie von neuem, und sie drückte fest gegen seine Brust, verzweifelt bemüht, Abstand herzustellen.

Owen ließ die Hände sinken und trat zurück. Pen ging um ihn herum, schwer atmend, als bekäme sie keine Luft. In der Mitte des Raumes blieb sie stehen und blickte ihn an.

*Es war so lange her, dass sie noch Hoffnung verspürt hatte.*

Er stellte die einzige Chance dar, ihrer elenden Ungewissheit ein Ende zu bereiten. Sie lebte mit ihrem Jammer schon so lange, sah die Welt so lange durch diesen Schleier, der die Konturen des täglichen Lebens verwischte und alles vor der harten Realität ihrer angeblich fixen Idee verblassen und schemenhaft werden ließ. Es war ihr erster und auch letzter Gedanke jeden Tag, jede Nacht.

»Also gut, ein Geschäft auf Gegenseitigkeit«, willigte sie tonlos ein.

Er nickte. »Ich wünschte, Ihr würdet mich nicht mit so viel Abscheu ansehen, Pen.«

»Was erwartet Ihr?«, schoss sie zurück. »Ihr zwingt mir diesen hassenswerten Pakt auf … was soll ich denn von Euch halten?«

»Ich möchte, dass Ihr mich als den seht, der ich bin. Einen Mann mit einer Mission, einen Pragmatiker, einen Mann, der in der Arena der Welt mitspielt. So wie Euer Bruder. Ist das so schlimm?«

»Vergleicht Euch ja nicht mit Robin! Ihr seid ein Spion und Intrigant«, entgegnete sie bitter. »Und Ihr habt mich betrogen. Ihr habt getan, als … als … ach, mir fehlen die Worte!« Sie stieß die Arme in die leere Luft, wie um ihn von sich zu weisen.

»Ich habe nichts vorgetäuscht, Pen«, sagte er, nach ihrer Hand fassend. »Und Euch auch nicht betrogen. Alles war völlig ehrlich gemeint.« Er führte ihre Hand an die Lippen. »Wir werden Partner sein. Ihr und ich.«

Es klang wie ein geflüstertes Versprechen, zweideutig zwar, doch fasste Pen es in der von ihm beabsichtigten Weise auf. Ihre Finger krümmten sich unter seinem Griff, als wolle sie ihre Nägel in seine Handflächen krallen … wie in einer heißen Aufwallung von Leidenschaft …

»Pen … Pen … bist du da?« Robins Stimme drang durch die Tür.

Mit einem Ruck entriss Pen dem Mann ihre Hand. Ihr Gesicht war plötzlich heiß, als wäre sie bei schändlichem Tun ertappt worden. Ausgerechnet jetzt musste Robin daherkommen und voller Ungeduld anklopfen.

Sie drehte sich um und öffnete die Tür ganz weit. »Was gibt es, Robin? Verlangt die Prinzessin nach mir?«

Robin starrte über ihre Schulter hinweg zum Kamin, vor dem der Chevalier mit gelassener Miene stand, und kühl und ruhig Robins Blick begegnete. Letzterer verzog den Mund, seine Wangen röteten sich zornig. »Verzeih, Pen, ich wusste nicht, dass du hier Gäste empfängst.«

»Ich möchte Eure Gastfreundschaft nicht über Gebühr beanspruchen, Madam«, sagte Owen leise. Lautlos wie immer durchmaß er den Raum. Er verbeugte sich vor Robin mit einem höflichen Lächeln. »Wie schön, Euch wieder zu begegnen, Lord Robin. Sicher ist es nicht das letzte Mal.«

Pen presste die Lippen zusammen, und Robin konnte nicht umhin, die Verbeugung steif und schweigend zu erwidern.

Der Chevalier verabschiedete sich, und Pen schloss die Tür hinter ihm. Jetzt dachte sie nur an die Rolle, die es zu spielen galt. Die Welt musste glauben, sie und der Chevalier stünden auf denkbar bestem Fuß. Robin durfte nicht ahnen, wie diese Beziehung wirklich aussah. »Was ist denn, Robin? Warum diese missbilligende Miene?«

»Du solltest dich mit Fremden nicht in deinem Schlafgemach treffen«, stellte er mit eigensinnigem Zug um den Mund fest.

»Ach, mach dich nicht lächerlich. Ich schulde niemanden eine Rechtfertigung für mein Benehmen, Robin! Ich bin Witwe, keine ahnungslose Jungfrau – und unterhalte mich, mit wem und wo ich möchte.«

»Du weißt nichts von Owen d'Arcy«, zischte Robin. »Was lässt dich glauben, dass du ihm trauen kannst?«

»Ihm weswegen trauen?« Pen begegnete seinem Blick mit demselben Eigensinn.

»Du weißt, was ich meine.« Seine geröteten Wangen wurden noch röter.

Nun konnte Pen nicht länger so tun, als sei sie wütend. Sie und Robin standen einander zu nahe, und zweifellos galt seine Besorgnis allein ihr. Wenn sie ihm nur die Wahrheit hätte sagen und ihm diesen Teufelspakt hätte erklären können. Doch zum ersten Mal in all den Jahren, seit sie einander kannten, musste sie vor ihm ein Geheimnis wahren. »Warum missfällt er dir so sehr?«, fragte sie mit scheinbar mäßiger Neugierde. Er würde es ihr nicht sagen, doch war es nur natürlich, dass sie diese Frage stellte.

Robin wich ihrem klaren Blick aus. Er beugte sich zum Feuer hinunter, stocherte an den Scheiten herum, bis rote Flammen den Kamin hinaufloderten und eine Rauchwolke den schlecht belüfteten Raum erfüllte.

Pen hustete und versuchte, den Rauch mit den Händen zu vertreiben. »Lass das Feuer, Robin. Bis jetzt war es angenehm.«

»Hier drinnen ist es kalt«, verteidigte er sich.

Pen ging an ein Tischchen und schenkte aus einem Deckelkrug Wein in einen Pokal. »Vielleicht wird dich dies wärmen.« Sie reichte ihm den Trunk. »Und jetzt sag mir, was dich an Owen d'Arcy stört. Gestern behauptetest du, du wärest ihm noch nie begegnet.«

Robin nahm einen tiefen Schluck. Um ein Haar hätte er ihr verraten, was er von Owen d'Arcy wusste; doch das kam noch nicht in Frage. Seine Loyalität verbot ihm, Northumberlands Befehlen zuwiderzuhandeln, solange sein wachsendes Misstrauen gegenüber dem Herzog sich nicht als berechtigt erwies. Um den wackeligen Thron des jungen Königs wurden zu viele Ränke geschmiedet. Ein kluger Mann musste einen sicheren Pfad durch diesen Wirrwarr von Intrigen finden. Robin konnte sich voreiliges Handeln nicht leisten.

»Ach, der Mann hat etwas an sich«, knurrte er und schluckte seinen Unmut über diese Halbwahrheit hinunter. »Er bereitet mir Unbehagen. Ich bin in Sorge um dich, Pen.«

»Das verstehe ich.« Sie legte den Arm um seine Schultern und gab ihm einen Kuss auf die Wange. »Und ich sorge mich um dich. Aber deine Sorgen sind unnötig, Robin. Ich kann gut allein auf mich aufpassen.«

»Das glaubst du«, murmelte er und erwiderte den Kuss. »Was weißt du schon von dem Mann?«

Pen zögerte. »Nicht viel«, gab sie zu, um dann gezielt zu ergänzen: »Aber ich mag seine Gesellschaft.«

»Du wirst dich doch nicht etwa in ihn verlieben?« Entsetzt starrte Robin sie an.

*»Nein!* Natürlich nicht«, wehrte sie ab mit einem Lachen, das noch vor kurzem nicht so überzeugend geklungen hätte. »Aber ich darf mich doch ein wenig amüsieren, oder nicht? Pippa tut es auch, ohne dass jemand etwas dagegen hätte.«

»Pippa ist anders. Von ihr erwartet niemand Ernsthaftigkeit, ganz im Gegensatz zu dir – du nimmst die Dinge ernst.«

»Ja, vielleicht.« Wieder gab sie ihm einen Kuss. Sie hasste sich, hasste Owen d'Arcy, hasste Philips Mutter noch mehr als bis jetzt. Ihr Herz hatte sich in Stein verwandelt.

»Robin, ich habe dich sehr lieb, lasse aber nicht zu, dass du dich in mein Leben einmischst. Es tut mir Leid, wenn du gegen Owen etwas hast. Mir gefällt er. Solange du mir keinen guten Grund nennen kannst, warum ich ihm nicht trauen soll, habe ich keine Ursache, meine Instinkte und Neigungen zu unterdrücken. Oder?«

Robin wusste darauf keine Antwort. Für Pen hätte er sein Leben gegeben, doch sie würde immer das tun, was ihr richtig erschien. Er kannte ihre Stärken, bewunderte sie und wünschte, selbst auch mehr davon zu besitzen. Pen schwankte nicht wie ein Rohr im Wind – wie so viele Menschen in ihrer Welt. Sie hielt unbeirrt an ihren Ansichten fest, solange keine Notwendigkeit bestand, sie zu ändern.

Aber wie konnte er sie schützen, ohne sich ihr anzuvertrauen? Die Frage quälte ihn, weil es im Moment keine Antwort darauf gab.

# 7

Im Empfangsraum roch es nach Talgkerzen, Holzrauch und zu reichlich Parfüm auf erhitztem Fleisch. In einem vergeblichen Versuch, die Zugluft, die durch jede Ritze der knarrenden Fensterläden drang, abzuhalten, waren die Vorhänge fest zugezogen.

Miles Bryanston scharrte mit den Füßen und rümpfte die Nase über den muffigen Geruch, der aus den Binsen am Boden aufstieg. Seit wann waren sie nicht mehr frisch gestreut worden?, fragte er sich mit ungewöhnlicher Empfindlichkeit. Seine Stiefelsohle schien mit etwas Unappetitlichem auf den Holzdielen unter den Binsen in Berührung gekommen zu sein. Mit einem angeekelten Fluch schüttelte er den Fuß und drehte sich um, als die Tür geöffnet wurde.

»Nun, Mylord, seid willkommen. Wir haben Euch erst in zwei Wochen erwartet. Es ist nicht Eure übliche Besuchszeit.« Der Ton war ein sonderbares Gemisch aus Winseln und scharfem Argwohn. Starker Branntweinhauch begleitete die Worte.

»Die Umstände haben sich geändert, Mistress Boulder.« Miles bemühte sich um einen forschen, befehlsgewohnten Ton, obwohl die Madame des Bordells an der South Bank ihn mit jedem stechenden Blick ihrer Triefaugen mehr entmutigte. Irgendwie konnte Miles sich nicht vorstellen, was Männer bewegen mochte, ihre Huren in Anspruch zu nehmen. Bei ihm schrumpften die entsprechenden Organe schon, wenn er nur ihre Schritte auf der Treppe hörte. Ein Glück, dass er heute mit einer ganz speziellen Absicht gekommen war. Er wünschte nur, seine Mutter hätte Mistress Boulder aufgesucht, anstatt sie ihm zu überlassen. Sie war der Frau viel eher gewachsen.

»Ach?« Die Alte kniff die Augen zusammen und schürzte dabei die Lippen auf eine Art, die Miles lebhaft an das Hinterteil eines Huhns erinnerte. »Und wie kommt das, Mylord?«

»Wir … meine Mutter …« Miles riss sich zusammen. »Die Dowager Countess Bryanston und ich haben uns für eine andere Lösung entschieden, Mistress Boulder. Ihr werdet natürlich bis zum Monatsende entlohnt.«

»Mylord, wir hatten ein halbes Jahr vereinbart.« Sie beugte sich über einen niedrigen Tisch, um aus der Lederflasche zwei Zinnbecher zu füllen. »Hier. Das stärkt das Herz, werter Herr.« Sie grinste ihn an; er aber ließ sich nicht ablenken und fasste mit verneinendem Kopfschütteln nach seinem Schwertgriff. So kam er sich überlegener vor, doch zu seinem Verdruss beeindruckte diese Geste die grässliche Mistress Boulder nicht.

Sie leerte die Becher mit je einem Schluck und wischte sich mit dem Handrücken über den Mund. »Nun, Ihr könnt nicht erwarten, dass ich auf sechs Monate Entgelt verzichte, Ihr nicht und Ihre Ladyschaft nicht! Ich bin Geschäftsfrau, Mylord, und hab' Verpflichtungen. Außerdem muss ich an meine Mädels denken. Unser Vertrag is' aus, wenn ich mein Geld kriege. Sechs Monate, hat es geheißen. Berappt Ihr die, könnt Ihr mit dem gehen, was Ihr haben wollt – vorher nicht.«

Miles versuchte, an seine Mutter zu denken und daraus Kraft zu schöpfen. Doch war er sich nicht mehr ganz sicher, ob die gefürchtete Dowager Countess persönlich mit Mistress Boulder fertig geworden wäre. »Ich bezahle Euch bis zum Monatsende«, sagte er und griff in die Tasche, in der Hoffnung, die Aussicht auf hartes Geld würde die Frau schwankend machen. »Ein paar Guineas mehr könnten noch für Euren guten Willen herausschauen.« Er schüttelte die lederne Börse, dass die Münzen einladend klimperten.

Offenkundig enttäuscht sah die Frau ihn an. »Aber Mylord, das reicht hinten und vorne nicht. Handel bleibt Handel, und ich hab' mich daran gehalten. Ihr könnt Euch nicht beklagen!« Die Drohung in ihrem Ton und der Blick der geröteten Schweinsaugen war nicht misszuverstehen.

»Nein, nein«, wehrte Miles hastig ab. »Ich will Euch nichts vorwerfen, aber die Umstände haben sich leider geändert. Wir mussten eine andere Lösung finden.«

»Verstehe.« Sie verschränkte die Arme über der knochigen Brust. »Wenn es also nicht meine Schuld ist, Sir, dann werdet Ihr begreifen, dass mir das volle Entgelt zusteht. Sechs Monate Zahlung, wie versprochen.« Gierig streckte sie eine Hand aus, die Finger leicht gekrümmt. Die gebrochenen Nägel starrten vor Schmutz. Miles unterdrückte ein Schaudern.

Es gab empfehlenswertere Freudenhäuser in dieser von Bordellen übersäten Gegend am Ufer gegenüber St. Paul's; doch hatte Lady Bryanston ihrem Sohn aufgetragen, eines auszuwählen, das von den Gentlemen ihrer Kreise gemieden wurde. Mistress Boulders Etablissement entsprach dieser Bedingung, war daher aber auch für Miles selbst unbekanntes Territorium. Nun musste er jedoch feststellen, dass sein übliches gebieterisches und großspuriges Auftreten bei dieser Bordellwirtin nichts fruchtete; denn die hatte es mit Kunden übelster Sorte zu tun: mit Seeleuten aus aller Herren Länder, Besatzungen der Kauffahrer, die durch die Themsemündung die Londoner Docks anliefen und sich zügellos ins Vergnügen stürzten.

»Natürlich«, sagte sie sinnend und mit noch immer ausgestreckter Hand, »gibt es Leute, die hübsch für das bezahlen würden, was ich weiß.« Wieder grinste sie ihn an, doch war nun die Drohung deutlicher. »Nicht dass ich schwatze, bewahre – aber es spricht sich eben herum.«

Miles schwankte nun zwischen dem sprichwörtlichen Hängen und Würgen. Gab er den Forderungen der Alten nach, würde seine Mutter toben. Nichts hasste sie so sehr, wie auch nur einen Penny mehr auszugeben als unbedingt nötig. Trotz Miles' gelegentlicher Klagen, dass ihm als Earl eine andere Summe zustünde als der Bettel, den ihm seine Mutter überließ, hielt sie den Geldbeutel der Familie fest verschlossen in ihren Händen. Angesichts dieser Erpressung aber konnte er sich Mistress Boulders Unersättlichkeit nicht widersetzen.

»Ich will Euch für vier Monate bezahlen«, begann er zu feilschen.

Mistress Boulder schüttelte den Kopf. »Ich kann hier nicht den ganzen Tag 'rumstehen, Mylord, habe genug Arbeit. Meine Mädels werden langsam munter, jede Minute können Kunden an die Tür klopfen. Nehmt mit, weswegen Ihr gekommen seid – zahlt mir, was recht und billig ist, dann könnt Ihr gehen.«

Als Miles seufzend nachgab, sah er mit seinen hängenden Schultern wie ein zerquetschter Frosch aus. Widerstrebend zog er eine zweite Lederbörse aus der Tasche und zählte Gold- und Silberstücke unter den kritischen Blicken der

Bordellwirtin ab. Sie zählte leise mit, und kaum hatte sich die letzte Münze zu dem Häufchen gesellt, als sie wie ein Zauberkünstler alles mit einer weit ausholenden Bewegung verschwinden ließ. Flink schloss sie ein mit Eisen beschlagenes Kästchen auf und warf die Münzen hinein.

Dann wandte sie sich, wieder ganz Geschäftsfrau, um. »So, nun hole ich das, dessentwegen Ihr gekommen seid.«

Miles wartete voller Ungeduld. Er hatte es eilig, da er seinen Auftrag an der South Bank zu Ende bringen wollte, ehe die Glocken zur Sperrstunde läuteten und die London Bridge über Nacht geschlossen wurde. Seine Mutter erwartete von ihm einen Bericht – ehe sie ihn mit seiner Frau nach Greenwich Palace zu den Dreikönigsfestivitäten schickte, wo er sich heranmachen sollte an den Duke of Northumberland …

Er seufzte tief. Es würde schwieriger sein, an dem althergebrachten tollen Treiben zu Dreikönig teilzunehmen, wenn er klaren Kopf bewahren musste, um den Auftrag seiner Mutter auszuführen. Zuweilen regte sich bei ihm Sehnsucht nach der unbeschwerten Zeit vor Philips Tod, als er sich mit seinen Freunden austoben konnte, als er jagen und anständige Bordelle ohne Fragen oder lästige Hindernisse vor ihrem eigentlichen Zweck besuchen konnte. Aber seine Mutter hatte es anders bestimmt.

Wieder seufzte er, als Mistress Boulder mit einem Lumpenbündel in den Armen auftauchte.

Miles trat mit seiner Last in den kalten Abend hinaus. Schwarz geränderte Wolken rasten über den grauen Himmel, die Luft roch nach Schnee. Er eilte zu einem Etablissement in einer Gasse, die vom Ufer weiter zurücklag: ein hohes schmalbrüstiges Haus mit vorkragendem Giebel und schmutzigem Putz, dessen obere Stockwerke man über eine wackelige Außentreppe erreicht. Das Haus war jenem nicht unähnlich, das er eben verlassen hatte.

Die schief in den Angeln hängende Tür öffnete sich auf sein Klopfen hin einen Spaltbreit. Er betrat einen engen Gang und rümpfte erneut die Nase über die üblen Gerüche. Da die bischöflichen Inspektoren sich mit dergleichen Adressen nicht abgaben, war es unvermeidlich, dass man sich bei den Frauen ansteckte. Keiner seiner Freunde würde jemals ein solches Haus betreten – wenigstens ein Punkt, der seiner Mutter gefiele.

Die Verhandlung mit einer heruntergekommenen Person, deren gerötete Augen unstet unter hängenden Lidern hervorblinzelten, nahm kaum eine Viertelstunde in Anspruch. Von seiner Last befreit, ging Miles die schmale Gasse zum Ufer zurück und sog tief die kalte Luft ein, um sich von dem Gestank des Bordells zu befreien. Aus einer offenen Tür drang der würzige Duft von Nelken, Muskat und Wein. Frauen lachten lockend und verheißungsvoll, die süßen Töne einer Laute erklangen. Es roch nach Braten.

Miles zögerte wie ein Bluthund, der auf einer Fährte schnüffelte. Die Pflicht rief ihn zur London Bridge; dann aber würde er seiner Mutter gegenübertreten und seine feige Unterwerfung unter Mistress Boulders Forderungen gestehen müssen. Von Joan bekäme er Trauer und Enttäuschung serviert, während Lady Bryanston sich scharf und verächtlich über einen Sohn äußern würde, der unfähig war, auch nur den einfachsten Auftrag wie angeordnet auszuführen. Manchmal fragte Miles sich, warum seine Mutter ihn immer Philip vorgezogen hatte – Philip, der so viel klüger als er war.

Aber irgendwo in Miles' meist von Trunkenheit umnebeltem Verstand lauerte das Wissen, dass Philip stets Willenskraft gezeigt hatte, während er selbst sich immer den Wünschen seiner Mutter fügte. Lady Bryanston duldete keine willensstarken Menschen um sich. Hätte Pen sich nicht so unnachgiebig verhalten, hätte sich ihre Schwiegermutter vielleicht für einen anderen Weg entschieden.

Der Erbe schnitt eine Grimasse. Ihm stand eine Strafpredigt bevor; der würde ein enthaltsamer und mit Sicherheit ungemütlicher Abend folgen, an dem es galt, eine Gelegenheit zu einem scheinbar zwanglosen Gespräch mit Northumberland zu suchen. Der Herzog kannte ihn kaum.

Wieder entschlüpfte ihm ein tiefer Seufzer. Kaum hatte er ihn ausgestoßen, als er ohne klare Überlegung einfach, seiner Nase folgend, durch die offene Tür trat und von einer warmen, süß duftenden Welt voller Frauen und Würzwein empfangen wurde. Es war ein überaus gastliches Haus – diese Freudenmädchen hier wurden allmonatlich von bischöflichen Inspektoren untersucht; einladende Räume öffneten sich auf einen zum Garten führenden Gang, in dem Fackeln die einfallende Dämmerung zurückdrängten. Voller Vorfreude rieb er sich die Hände, als eine vornehm gekleidete Frau ihm durch die geräumige Halle entgegenschwebte, um ihn zu begrüßen.

Er übersah den Mann außerhalb des Lichtkreises der lodernden Fackel am Eingang des Bordells.

Owen tippte sich mit behandschuhten Fingerspitzen an den Mund. Zwischen seinen Brauen stand eine Falte. Er hatte den Palast des Bischofs von Winchester verlassen, nachdem er ein besonders fruchtbares Gespräch mit einem Diener Seiner Durchlaucht geführt hatte, der seine Ohren im Dienste Frankreichs offen hielt. Unterwegs hatte er Miles Bryanston erkannt, der aus einer der verrufenen Gassen getreten war, die sich auf die breitere Passage der South Bank öffneten. Auch wenn es ihm nicht um Pen zu tun gewesen wäre, hätten die Instinkte seines Berufes ihn gedrängt, einem höheren Herren zu folgen, der wohl kaum eines jener der Gesundheit höchst abträglichen Häuser aufsuchen würde – in denen man eine Frau um einen Groschen bekommen konnte, aber Gefahr lief, sich eine Krankheit zu holen oder ausgeplündert zu werden.

Was immer der Earl in den dunklen, feuchten Gassen jenseits der Lichter der etablierten Welt käuflicher Liebe gesucht hatte, der Welt, die Männern seines Ranges und Vermögens offen stand – eine Frau war es nicht. Ein Mann, der Befriedigung gefunden hatte, kam nicht von einem Paar Schenkel und legte sich sofort zwischen das nächste.

Es sei denn, Bryanston huldigte bizarren Vorlieben, überlegte Owen. Gewundert hätte es ihn nicht. Owen hatte Erkundigungen über die Familie Bryanston eingezogen, um sicherzugehen, dass Pens Geschichte nicht das Hirngespinst einer gramgebeugten Witwe war, wie jedermann annahm.

Das dabei entstandene Bild war nicht sonderlich ansprechend, und es hatte Owen überzeugt, dass an Pens Geschichte durchaus etwas Wahres sein konnte. Miles galt allgemein als Dummkopf und Rüpel, beherrscht von seinen Gelüsten und dem Ehrgeiz seiner Mutter. Und wenn die Leute von der Dowager Countess Lady Bryanston und ihrem Ehrgeiz sprachen, schlugen sie meist spöttische Töne an, hinsichtlich ihrer Habgier und den Grenzen ihrer Klugheit.

Doch Owen erlaubte sich nicht, sie so einfach abzutun. Es war durchaus möglich, dass ihr Ehrgeiz sie einmal zu Fall bringen würde; seine Erfahrung aber sagte ihm, dass Habgier, Gerissenheit und völlige Skrupellosigkeit sie bis dahin zu einer gefährlichen Gegnerin machten.

Miles' Bruder Philip hatte sich indessen großer Beliebtheit und allgemeiner Wertschätzung erfreut. Sein vorzeitiger Tod war von allen betrauert worden.

Gut möglich, dass Miles seine abartigeren Gelüste in den Hintergässchen befriedigte, ehe er Erleichterung konventionellerer Art in gesünderer Umgebung suchte. Vielleicht steckte aber auch etwas anderes dahinter.

Owen drehte sich unter dem Licht um und betrat das Bordell, wo ihn sofort eine elegante Dame empfing. Sie hieß ihn mit anmutigem Lächeln willkommen, ein kleiner Page bot ihm auf einem Tablett Wein an.

»Hier entlang, Mylord!« Die Besitzerin glitt vor ihm in einen schön getäfelten Raum, an dessen beiden Enden Feuer brannten. Öllampen spendeten gedämpftes Licht. Mädchen standen in Gruppen beisammen und plauderten. Die verstohlenen Blicke, die sie dem Eintretenden zuwarfen, schätzten ihn ab wie einen Preishengst auf dem Markt – eine Umkehr der eigentlichen Situation, wie er mit einer gewissen Belustigung registrierte.

Miles Bryanston stand vor dem Kamin am anderen Ende. Einen Zinnhumpen mit Met in der Hand, begutachtete er die anwesende Weiblichkeit mit selbstgefälliger Befriedigung. Ehe Owen sich ihm nähern konnte, leerte er den Humpen mit einem Zug und warf ihn über die Schulter, um einer der Schönen zuzuwinken. Als sie vor ihm stand, legte er seinen Arm um ihre Taille, hob sie hoch und trug sie hinaus, wobei er Owen rüde streifte, ohne ihn zur Kenntnis zu nehmen.

»Ein wirklich reizender Mensch«, murmelte Owen vor sich hin.

»Ein Stammkunde, Mylord«, erwiderte die Hausherrin mit diskretem Lächeln. »Wollt Ihr nicht Eure Wahl treffen?«

»Heute steht mir der Sinn nur nach einer angenehmen Plauderei beim Wein. Wenn eine Eurer Damen sich auf geistreiche Konversation versteht, werde ich mich über ihre Gesellschaft freuen«, erklärte Owen.

Die Frau überlegte. Ihr ausgeprägter Instinkt sagte ihr, dass dieser Kunde spendabel war, wenn auch seine Neigungen aus dem Rahmen fielen. »Wenn Ihr Musik hören wollt … Sally spielt die Laute mit zarter Hand.«

»Das würde mir gefallen«, Owen nickte. »Bringt mir eine Flasche Burgunder, ich wärme mich indessen am Feuer. Wenn unser Freund herunterkommt, soll er sich auf ein Glas zu mir setzen. Richtet es ihm aus, sobald sein Geschäft erledigt ist.«

»Gewiss, Mylord!« Die Frau ging zu den Mädchen, die entlang der Wand auf und ab schlenderten. Nach einem kurzen Wortwechsel löste sich eine aus der Gruppe und nahm Owen aufs Korn, der sich auf eine lange Bank gesetzt hatte.

Sie knickste, musterte ihn mit offener Neugierde, sichtlich verwundert, dass ein Mann ins Bordell kam, nur um Musik zu hören. »Einen schönen Abend, Mylord! Ich bringe Euch Wein und hole meine Laute, wenn es Euch gefällt.«

Owen nickte freundlich. »Es gefällt mir tatsächlich. Sally, wenn ich nicht irre?«

»Ja, Sir.« Das Mädchen errötete, als wäre es noch eine Unschuld und nicht seit einem halbem Jahr Hure. Insgeheim dachte sie sich, dass sie noch nie einen so attraktiven Kunden gehabt hatte.

Der Chevalier verbrachte die nächste halbe Stunde damit, Wein zu trinken und dem Spiel des Mädchens zu lauschen, das, wenn auch nicht technisch perfekt, große Musikalität erkennen ließ. Seine Miene verriet nichts von Anspannung, während er auf Bryanstons Rückkehr wartete.

Es dauerte keine halbe Stunde, bis der Earl in der Tür erschien, die Bordellbesitzerin an seiner Seite. Er blinzelte in den Raum, sein Wanst füllte das Wams aus, sein Gesicht war fleckig vor Alkohol und Anstrengung.

Owen erhob sich und bedeutete dem Mädchen zu gehen. Er streckte die Hand aus, als Miles sich ein wenig unsicher auf ihn zubewegte.

»Wüsste nicht, wo ich schon die Ehre hatte, Sir«, lallte der Earl mit schwerer Zunge. »Kann mir nicht denken, was Ihr von mir wollt.«

»Nun, wir sind uns schon begegnet, Mylord. Chevalier d'Arcy – zu Euren Diensten!« Er deutete auf die Sitzbank gegenüber. »Leistet Ihr mir bei dem äußerst lobenswerten Burgunder unserer Gastgeberin Gesellschaft? Ich hatte so sehr gehofft, Euch näher kennen zu lernen.«

»Ach so«, gab Miles dümmlich von sich und fragte sich, was dieser blasierte Kavalier wohl von ihm wollte. »Kann mir nicht denken, was ich für Euch tun könnte, Sir. Hab' Euch noch nie gesehen!«

Im Gegenzug bedachte Owen ihn mit einem strahlenden Lächeln und sagte in seinem schmelzenden Timbre: »Verzeiht, ich hätte mich vorstellen sollen, als ich Eurem Empfang für Princess Mary beiwohnte.«

»Ach … ja natürlich.« Miles fragte sich, ob er einen Schnitzer gemacht hatte, weil er sich auf diesen Mann, der Gast in seinem Hause gewesen war, nicht zu besinnen vermochte. Er beeilte sich, die Sache zu korrigieren. »Chevalier, ich habe Euch nicht erkannt.« Er lächelte lüstern und schief. »Ich hatte anderes im Sinn, müsst Ihr wissen …«

»Ja – ich verstehe«, murmelte Owen beschwichtigend. »Wir sind einander ja auch nicht förmlich vorgestellt worden.« Er lächelte. »Und ich hebe mich von der Menge nicht ab.« Miles, der sein Gegenüber nun genauer musterte, war nicht sicher, ob dies der Wahrheit entsprach; vielmehr hatte er den Eindruck, dass man den Chevalier nicht so leicht wieder vergaß, war man ihm einmal begegnet.

Owen setzte sich. Er streckte die langen Beine seitlich aus und stützte die Stiefel auf den Kaminbock. Miles ließ sich ihm gegenüber nieder.

»Trinkt Ihr einen Schluck mit mir, werter Sir?« D'Arcy

griff nach der Flasche, die auf einem Tischchen neben der Sitzbank stand.

»Ja … danke, Sir, sehr liebenswürdig.« Hastig beugte Miles sich vor und nahm den Becher, den Owen eingeschenkt hatte. Er sog den Duft des Weins ein und nickte. »Ja, sehr gut … wirklich hervorragend.«

Auch Owen nippte an seinem Becher. »Verzeiht meine Direktheit, Lord Bryanston, aber ich halte es für klüger, sofort zur Sache zu kommen.«

Miles hob seine Nase empor und sah sein Gegenüber mit verschwommenem Blick an. »Ja?«

»Es geht mir um Eure Schwägerin, Lady Pen Bryanston.« Der Chevalier zog die Zehen in den Stiefeln ein und lächelte gewinnend.

Miles' Miene zeigte eine eigenartige Mischung aus Verwirrung und plötzlich erwachender Aufmerksamkeit. »Was ist mit ihr?«

»Ich finde sie interessant.«

Der Klotz starrte in die Luft. »Warum?«

»Was überrascht Euch daran so?«, fragte Owen mit gewölbter Braue. »Euer Bruder beispielsweise …«

»Philip … sie hat Philip eingefangen, weil sein Titel sie lockte«, erklärte Miles; doch sein Blick schweifte seitlich ab, ehe er nach der Flasche griff und sich nachschenkte.

Owen zuckte die Achseln. »Alte Geschichten kümmern mich nicht, mein Freund. Mir ist an der Witwe gelegen.«

Miles sah ihn an, ganz Argwohn und Habgier. »Sie besitzt nichts vom Familienvermögen. Nicht einmal ihre Mitgift. Die wurde treuhänderisch für ihren Sohn verwaltet, und jetzt kann niemand das Geld anrühren, weil das Kind nicht mehr lebt. Nicht einmal Lady Kendal kann das Gesetz nach ihrem Willen beugen. Es war die Entscheidung ihrer Tochter. Da das Kind tot ist, hat auch sie keinen Zugriff mehr auf das Geld.«

Er leerte seinen Becher und schnalzte mit der Zunge. Sein Gastgeber füllte unaufgefordert nach.

»Kann mir nicht denken, warum sie Euch interessiert. Tatsächlich«, fuhr Miles mitteilsam zwischen langen Schlucken fort, »halte ich es in ihrer Nähe kaum aus. Sie glaubt, sie ist zu fein für uns.« Schluckend und rülpsend spähte er auf der Suche nach einem Tropfen, der ihm entgangen sein mochte, in seinen Becher. »Verdammt gut, dieser Wein! Hält die Kälte ab.«

»Allerdings.« Owen griff nach der Flasche. »Eure Familie billigte also die Wahl Eures Bruders nicht?«

Miles' glasige Augen blinzelten, er beugte sich zu Owen hinüber. »Sie war nicht die Wahl meiner Mutter«, lallte er bedeutungsschwer. »Zu eigenwillig, um ihr zu gefallen. Aber es war eine Liebesehe und fand die Billigung des Königs und Princess Marys. Was also hätte meine Mutter tun können? Ihr blieb nichts anderes übrig, als sich damit abzufinden. Meiner Seel, ihr Hass war gewaltig!«

»Es muss das Zusammenleben unter einem Dach sehr erschwert haben«, bemerkte Owen neutral.

»Ach, Ihr hättet sehen sollen, wie sich ihr alles sträubte!« Abermals griff Miles nach der Flasche und schüttelte sie. Er leerte den Rest des Inhalts in sein Trinkgefäß, scheinbar unbekümmert darum, ob für sein Gegenüber noch etwas drin war.

Owen gab der aufmerksamen Sally ein Zeichen, worauf diese die leere Flasche vom Tisch nahm und sich gefallen lassen musste, dass Miles angelegentlich ihre Kehrseite betatschte.

Seinen noch von vorher vollen Becher in Händen, lehnte Owen sich zurück. »Lady Pen erschien mir von sanfter Wesensart«, bemerkte er.

»Ach, Ihr kennt sie nicht, Chevalier. Sie ist schlau wie eine Natter. Meiner Mutter war sie unerträglich. Oft genügte ein

Blick. Sie und Philip ignorierten sie einfach. Das hält sie nicht aus, meine Mutter.« Miles reichte Sally, die nun mit einer neuen Flasche neben ihm stand, den Becher.

Sein Blick verschwamm immer mehr, als er den Kopf schüttelte und lallte: »Wer meine Mutter ignoriert, tut es auf eigene Gefahr. Das bekamen beide zu spüren.«

»Wie das?« Owen nahm einen Schluck. Sein dunkler Blick ruhte scheinbar beiläufig auf der verschwommenen Erscheinung seines Gesprächspartners.

Ein listiger Ausdruck trat flüchtig in Miles' braune Äuglein, als er sich an den Nasenflügel tippte. »Merkt Euch eines – und merkt es Euch gut!« Er lächelte finster. »Meiner Mutter kommt man nicht ungestraft in die Quere. Dies mussten die beiden am eigenen Leib erfahren.« In seiner Miene mischte sich Selbstzufriedenheit mit Bosheit.

»Ihr ratet mir also, mich nicht weiter um die Witwe zu bemühen?«, fragte Owen.

»Die würde ich nicht mit der Feuerzange anfassen«, platzte Miles in einer überraschenden Anwandlung von Energie heraus. »Sie ist nicht ganz richtig im Kopf.« Er sackte wieder in sich zusammen und brabbelte: »Und Mutter würde es nicht gefallen.«

Owens Ausdruck blieb unverändert gleichmütig, obwohl es ihn drängte, die Hände um Miles Bryanstons dicken Nacken zu legen und fest zuzudrücken. Fast vermeinte er den Puls der Halsschlagader unter den Fingern zu spüren. *Was wollte dieser widerliche dumme Tropf damit sagen?* Unter günstigeren Umständen hätte er ihm in kürzester Zeit die Wahrheit entlockt. Doch musste dieses Vergnügen – und ein Vergnügen würde es sein – warten.

Er bemerkte freundlich: »Für diesen Rat bin ich sehr dankbar. Ich nehme an, Lady Pen kehrte nach dem Tod Eures Bruders in den Schoß ihrer Familie zurück?«

»Aber nein.« Nachdrücklich schüttelte Miles den Kopf. Als eine Maus zu seinen Füßen über den Boden flitzte, trat er instinktiv nach ihr. »Mutter ließ es nicht zu.« Er blickte auf die betäubte Maus nieder und hob den schweren Stiefel, um sie zu vernichten.

Ohne zu wissen warum, fegte Owen die Maus mit einer raschen Fußbewegung unter die Bank. Er mochte Mäuse nicht, konnte aber nicht dasitzen und zusehen, wie Bryanston sie zu Tode trampelte.

Miles schien das Verschwinden seines erkorenen Opfers ohne Erstaunen hinzunehmen. Als wäre er nicht unterbrochen worden, fuhr er fort. »Pen war damals schwanger, was ziemlichen Wirbel verursachte. Mutter sagte, das Kind wäre ein Bryanston und müsste unter dem Dach der Familie auf die Welt kommen; doch die Kendals bestanden auf Lady Guineveres Anwesenheit bei der Entbindung. Mutter wollte sie nicht dabeihaben, da sie weiß, wie trickreich sie sind.«

Zur Bekräftigung nickte Miles heftig. »Sie wusste, man würde vermutlich alles versuchen, um Pen mitzunehmen, und das brachte sie in Rage. Das Kind war schließlich Erbe unseres Titels und Besitztums.« Er trank wieder, hustete, verschluckte sich und fuhr mit dem Handrücken über den Mund. »Zu guter Letzt aber fand sich alles.«

Die Lider des Chevaliers zuckten unmerklich. »Wie das?«

»Pens Wehen setzten einen Monat zu früh ein, lang ehe die Kendals eingetroffen waren. Mutter hatte alles arrangiert.«

*Was arrangiert? Die verfrühten Wehen oder nur die Entbindung?* Owens Miene blieb freundlich. »Und das Kind starb?«

Miles blickte jäh auf, er schien sich zu konzentrieren. »Ja. Warum?«, hakte er plötzlich angriffslustig nach.

»Ach, nur so. Es ist wohl kaum ein ungewöhnlicher Vorfall«, sagte Owen.

»Ja, es starb«, schloss Miles seinen Bericht. »Eine Totgeburt. Das ist bekannt. Alle wussten es.« Er fixierte Owen aus zusammengekniffenen Augen. »Hat Pen mit Euch darüber gesprochen?«

Owen schüttelte den Kopf. Seine Finger zuckten, wie von einem Eigenleben bewegt. »Nur flüchtig.«

Miles' Blick blieb unverändert, als er ihm mit dem Finger drohte. »Hört nicht hin, wenn sie darauf zu sprechen kommt! Sie hat sie nicht alle beisammen. Ich möchte Euch nicht entmutigen; aber nicht einmal ihre Familie mag hören, wenn sie davon anfängt. Ich sage ja, dass sie nicht ganz richtig ist im Kopf.«

»Lord Bryanston, ich danke Euch sehr für Euren Rat. Vielleicht hätte ich einen großen Fehler begangen.«

»Das hättet Ihr allerdings«, murmelte Miles. »Wie gesagt, nicht mit der Feuerzange möchte ich die anfassen. Denkt daran, Chevalier! Ein guter Rat.« Miles ließ sich gegen die Lehne zurücksinken und schloss die Augen. Im nächsten Moment drangen sonore Schnarchgeräusche zwischen seinen schlaffen Lippen hervor.

Owen nahm ihm den Becher aus den Fingern, ehe dieser zu Boden fallen konnte. Er betrachtete den schlafenden Trunkenbold mit wilder Verachtung; dann stand er auf und strich seine Beinlinge gewissenhaft glatt. Sein Blick begegnete jenem der Maus, die, wieder zu sich gekommen, ihr Näschen unter der Bank hervorstreckte. Ihre Barthaare zuckten.

»Ich würde mich zurückziehen, ehe das Glück sich wendet«, riet Owen ihr. »Entweder erwischt dich die Katze oder der Besen der Magd.« Die Maus schien zu überlegen, ehe sie hervorschoss und in ein Loch der Täfelung flitzte.

Tief in seinen Mantel gehüllt, strebte Owen mit raschen Schritten dem Palast von Westminster zu, wo er sein Pferd eingestellt hatte. Pen erwartete ihn bei dem Bankett, mit dem das Dreikönigs-Treiben eröffnet wurde – auf der Straße kam er schneller voran als per Boot.

Er hatte Pen nicht mehr gesehen, seit der König die Prinzessin und ihren Haushalt zu den Neujahrs- und Dreikönigsfestlichkeiten nach Greenwich Palace befohlen hatte. Obwohl er hoffte, dass sie inzwischen für ihn über Informationen verfügte, war dies nicht der Hauptgrund, weshalb er seinem Pferd so energisch die Sporen gab.

# 8

Princess Mary begutachtete sich prüfend im hohen Spiegel in ihrem Gemach zu Greenwich Palace. »Pen, was glaubt Ihr, den Rubin als Brustschmuck oder den Smaragd?«

»Den Rubin, Madam«, empfahl Pen, ohne zu zögern.

Mary hielt den Rubinanhänger an ihr Kleid aus eisblauem Satin. Der rote Edelstein funkelte vor dem hellen Untergrund und brachte die goldenen Unterärmel und das Unterkleid des Gewandes ideal zur Geltung.

»Wie Recht Ihr doch habt«, freute Mary sich. »Pen, Euer Geschmack ist unfehlbar. Wie der Eurer Mutter.«

Lächelnd half Pen der Prinzessin, den Anhänger zu befestigen. »Pippa dagegen hat einen völlig anderen Geschmack«, bemerkte sie.

»Ja, aber sie weiß, was ihr steht«, erwiderte Mary. Sie rückte das juwelenbesetzte Band ihres Kopfputzes mit kritischem Stirnrunzeln zurecht. Ihr Blick hielt jenen Pens im Spiegel fest, und ihre Falte wurde tiefer.

»Pen, in letzter Zeit seid Ihr so zerstreut. Sind die Weihnachtsfestlichkeiten in Greenwich nicht nach Eurem Geschmack?« Aus ihrem Ton sprach mehr als nur eine Andeutung von Spott. Die Prinzessin selbst hatte auf den Befehl ihres Bruders, sich von Baynard's Castle nach Greenwich Palace zu begeben, mit Unmut reagiert.

Den wahren Grund ihrer Zerstreutheit konnte Pen natürlich nicht eingestehen; dass sie nämlich wie auf Nadeln saß und darauf wartete, die Prinzessin möge endlich etwas Lohnenswertes für die Weitergabe an den französischen Agenten äußern – um ihren Teil des Teufelspaktes einzuhalten.

Sie entschied sich für eine Teilwahrheit. »Ich wäre lieber meiner Familie näher!« Anders als Greenwich Palace war Baynard's Castle vom Londoner Haus der Kendals in Holborn nicht weit entfernt.

»Mein Bruder nimmt keine Rücksicht auf diese Dinge«, seufzte Mary. »Obschon ich sicher bin, dass Mylord Northumberland bei der Entscheidung, mich herzubeordern, seine Hand im Spiel hatte.«

»Ja, das meine ich auch«, pflichtete Pen ihr bei.

Als Mary sich vor dem Spiegel umdrehte, war ihre Miene von Sorge gezeichnet. »Tatsächlich lebe ich hier in ständiger Angst. Seit zwei Wochen schon wird mir ein Besuch bei meinem königlichen Bruder verwehrt, so dass ich mich nicht selbst überzeugen kann, wie es um ihn steht. Wer weiß, welche Ränke indessen geschmiedet werden.«

Scheinbar geistesabwesend ließ sie ihren Rosenkranz durch die Finger gleiten. »Ich weiß sehr wohl, dass der Kronrat mich als Nachfolgerin meines Bruders ablehnt und ich befürchten muss, von Northumberland und den Ratsmitgliedern festgenommen und unter einem Vorwand im Tower eingekerkert zu werden. Als Tote kann ich nicht mehr Königin werden«, setzte sie spöttisch hinzu.

»Es heißt, dass der König heute am Bankett teilzunehmen gedenkt, Madam, wenn er sich auch vor den anschließenden Lustbarkeiten zurückzieht.«

Mary schüttelte den Kopf. »Ich bezweifle, dass wir ihn zu sehen bekommen. Man wird ihn von mir fern halten. Ich fühle mich wie eine Maus, die auf den Sprung der Katze wartet.«

Wieder seufzte sie und spielte mit den Ringen an ihren Fingern. Dann schaute sie auf und sagte entschieden: »Deshalb lege ich mich als krank ins Bett, um Zeit zu gewinnen. Mir wurde gesagt, dass der König mir nicht gestatten wird, nach Woodham Walter heimzukehren, und man nannte mir kein Datum, wann ich hier wegkönnte!« Ihr Ton verhärtete sich, als sie fortfuhr: »Der Herzog beschränkt sich darauf, zu lächeln und seine Finger knacken zu lassen. Wenn ich etwas Konkretes erfahren möchte, speist er mich mit Floskeln ab.«

Dazu schwieg Pen. Am liebsten hätte sie die Prinzessin beschworen, ihr das alles nicht zu verraten, da sie nicht mehr ihre Freundin und verschwiegene Vertraute sei – doch sie brachte kein Wort heraus.

Mary fuhr in ihrem vertraulichen Geständnis unbeirrt fort. »Nur Ihr und mein Arzt dürfen wissen, dass ich in Wahrheit völlig gesund bin. Keine meiner anderen Damen soll von dem Schwindel erfahren. Der Herzog wird mich nicht behelligen, solange ich in ärztlicher Pflege bin, und mein Bruder wird vielleicht so sehr in Sorge geraten, dass er mir eine Audienz gewährt. Wenn es mir glückt, einmal mit ihm ohne Dazwischentreten von Northumberland zu sprechen, wird er mir sicher gestatten, London zu verlassen.«

Pen nickte. Seit ihrer Pubertät war Mary kränklich gewesen und musste oft monatelang mit Fieber das Bett hüten, zumal im Winter – so dass sie zuweilen am Leben verzweifelte. Diese List würde ihr gewiss Zeit verschaffen und den König bewegen, ihr eine Audienz zu gewähren.

»Wenn die Londoner von Eurer Krankheit erfahren, Madam, wird es für den Herzog umso schwieriger, gegen Euch vorzugehen, solange Ihr hier seid.«

Mary lächelte beifällig. »Klug gedacht, Pen. Das Volk liebt mich! Nach dem Tod meines Bruders wird es sich um mich scharen. Wir müssen dafür sorgen, dass sich die Nachricht von meiner Erkrankung verbreitet.«

»Wenn Ihr ganz plötzlich erkrankt, in aller Öffentlichkeit …«, überlegte Pen laut.

»Noch heute Abend … bei der Tafel … vor den Augen aller Gäste«, malte die Prinzessin sich aus. »Die Nachricht wird sich rasch verbreiten. Ihr müsst auf mein Zeichen warten … Was soll es nur sein? Ach, ich werde meinen Fächer auf den Tisch fallen lassen … so.« Sie demonstrierte es mit ihrem zart bemalten italienischen Fächer.

»Wenn Ihr das Zeichen seht, eilt Ihr sofort herbei und verleiht Eurer Besorgnis Ausdruck… Eure Geistesgegenwart wird Euch die richtigen Worte eingeben.«

*Die Geistesgegenwart einer Verräterin.* Zustimmend neigte Pen den Kopf.

»Dann werde ich darauf bestehen, dass das Fest ohne mich seinen Fortgang nimmt, und ich werde die Tafel verlassen. Ihr begleitet mich zu meinem Gemach und berichtet dem Herzog und dem Kronrat, dass mich mein altes Leiden überfiel und ich unter ärztlicher Obhut das Bett hüten müsse. Das genügt doch, oder?«

»Ich denke schon, Madam.«

Mary fasste sie genauer ins Auge. »Ist *Euch* wohl, Pen? Ihr seid so blass.«

»Ach, ich fühle mich nur ein wenig müde«, sagte Pen. »Wie Ihr, Madam, schlafe auch ich hier schlecht.«

Die Prinzessin nickte verständnisvoll und trat an das Betpult am Fußende ihres Bettes. »Jetzt bin ich ruhiger, da ich einen Plan habe und auf Eure Hilfe bauen kann. Zieht Euch jetzt zurück. Ich möchte beten.« Sie kniete nieder und griff nach ihrem Gebetbuch.

Leise schloss Pen hinter sich die Tür. Im lang gestreckten, schmalen Vorraum zum Schlafgemach der Prinzessin herrschte trotz des Feuers und der zahlreichen Kerzen Kälte. Die Damen der Prinzessin waren mit ihrer Toilette für den Abend beschäftigt. In der zugigen Luft lag gedämpftes Stimmengewirr, während sie einander halfen, Mieder zu schnüren, Haare zu kräuseln und den Kopfputz zurechtzurücken.

»Benötigt die Prinzessin etwas, Pen?« Lady Matilda Harlow beugte sich näher zum Spiegel und versuchte bekümmert, einen Nasenpickel auszudrücken.

»Sie betet«, gab Pen zurück. »Wenn sie fertig ist, wird sie läuten.«

»Pen, was soll ich nur mit diesem Pickel machen?«, klagte Matilda leise. »Der ist ja riesig!«

»Heißes Wasser und Hamamelis«, riet Pen, um einen sorglosen Ton bemüht. Ihre Stellung als engste Vertraute der Prinzessin erregte keinen Neid unter den zwölf anderen Damen in Marys Diensten. Tatsächlich suchten sie oft Rat bei ihr wie bei einer Schwester, obwohl einige älter waren.

Sie setzte sich und griff nach dem Stickrahmen, in der Hoffnung, die Beschäftigung würde den Aufruhr in ihrem Kopf abklingen lassen. Owen würde am Bankett teilnehmen, und anschließend öffnete man wie gewohnt die Türen, um auch den Geringsten am Königshof Zutritt zum tollen Dreikönigstreiben zu gewähren. Der König selbst würde an dem ausgelassenen Fest nicht teilnehmen. Die Nacht, in der der Herr des Chaos in einem heidnischen Ritual das Zepter schwang, war in seinen Augen für gute Christen kein Anlass zum Feiern.

Da Owen sicher Wert darauf legte, über die Ängste der Prinzessin und die wahre Natur ihrer Erkrankung informiert zu werden, musste sie es irgendwie einrichten, ihm von ihrem Gespräch mit der Prinzessin zu berichten und sich dabei so locker und übermütig geben, wie es zu ihrer Tarnung gehörte.

Ihre Kopfhaut kribbelte, ihre Finger glitten aus, so dass sie sich mit der Nadel in die Fingerspitze stach. Blut färbte das feine Leinen, das sie bestickte.

An ihrem Finger saugend, schimpfte sie leise vor sich hin. Blut ließ sich so schwer aus dem Stoff entfernen. Sie arbeitete an einem Mützchen für die kleine Tochter einer von Pippas Freundinnen, einer jungen Frau, die in ihrer Mutterschaft aufging und ihr Erstgeborenes über alles liebte.

Pen legte den Stickrahmen aus der Hand. Ihre Kopfhaut kribbelte nicht mehr, ihr Herz war wieder kalt und entschlossen. Sie würde tun, was ihre Pflicht war. Sicher hatten die Franzosen mit Mary nichts Übles im Sinn. Sie benötigten Informationen, um rasch auf jede Situation reagieren zu können, die sich nach dem Tod des Königs ergäbe. Solange sie die Prinzessin nicht an die Spitzel Northumberlands verriet, war es ein harmloser Handel.

Aber angenommen, den Franzosen fiele es ein, Marys Pläne an Northumberland zu verraten?

Ihr Kopf schmerzte. Alle waren unaufrichtig, niemand vertrauenswürdig. Bis auf ihre eigene Familie. Sie verzehrte sich danach, mit den Ihren über das Abkommen, das sie eingegangen war, zu sprechen, konnte es aber nicht. In dieser Sache war sie so allein wie in den langen schrecklichen Stunden ihrer Wehen und deren furchtbaren Folgen.

Auf eigene Faust hatte sie mit Owen d'Arcy einen Teufelspakt geschlossen und wollte ihn halten.

Sie lehnte sich zur Seite und läutete nach einer Dienerin; als die Frau erschien, übergab sie ihr das befleckte Mützchen. »Versuche alles, um das Blut zu entfernen. Ich stach mich in den Finger.«

»Ach herrjeh, Mylady!« Ein wenig erstaunt, nahm die

Frau das Stück Leinen an sich. Kleine Mädchen stachen sich beim Nähen in den Finger, nicht aber in feinen Handarbeiten geübte Hofdamen.

Marys Tür öffnete sich, die Prinzessin betrat den Vorraum. Sie wirkte ruhig, wie immer nach ihren Gebeten. »Nun, meine Damen, sind wir alle bereit?«

Die Frauen scharten sich in ihren perlenbestickten Brokaten, bestickten Samten und pelzverbrämten Übergewändern um sie. Sie hatte ein Wort für jede, ein lobendes Wort für ihr Kleid, eine persönliche Frage hier, eine allgemeine Bemerkung dort. Diese Begleiterinnen waren ihr Bollwerk gegen die Machenschaften ihrer Feinde, und sie verstand es, sich ihre Loyalität zu sichern.

»Ich rufe den Herold, Madam.« Pen ging an die Tür, die auf den Korridor führte. Zwei Herolde mit bannergeschmückten Posaunen in Händen harrten des Befehls, den Einzug Princess Marys in den großen Bankettsaal anzukündigen.

Unter Fanfarenstößen schritten die Herolde, auf deren Bannern die Rose der Tudors prangte, voran. Mary und ihre Damen folgten. Am Fuße der Treppe warteten die Herolde, bis die Prinzessin und ihr Gefolge die Stufen heruntergestiegen waren, ehe sie erneut einen Fanfarenstoß ertönen ließen und die Herzöge Northumberland und Suffolk die Damen empfingen.

Pen sah Marys steife Erwiderung, als die Kronräte ihr falsch zulächelten. Sie nahm ihren Platz an der erhöhten Tafel neben dem hochlehnigen Stuhl ihres Bruders ein, auf dessen scharlachrotem Baldachin der englische Löwe in Gold schimmerte.

Pen setzte sich auf ihren Platz unterhalb der Hochtafel. Da sie weder dem Königshaus angehörte noch mit einem Mann von politischem Einfluss vermählt war, hatte sie keinen Anspruch auf einen Ehrenplatz; aber sie saß so nahe bei Mary, dass sie sehen und reagieren konnte, wenn diese ihr ein Zeichen gab.

Sie ließ den Blick durch die Halle wandern und betrachtete die anderen Gäste. Glücklicherweise war Robin noch nicht aufgetaucht, obschon er später kommen und Pippa zu den Festlichkeiten begleiten würde, die dem Bankett folgten. Es bekümmerte Pen sehr, dass sie sich auf ein Zusammentreffen mit ihm nicht mehr freute. Das falsche Spiel, das sie betrieb, brachte es mit sich, dass sie sich in seiner Gegenwart verlegen und fremd fühlte; zudem wusste sie, dass er ihren angeblichen Flirt mit Owen nicht billigte, wenn er darüber auch kein Wort mehr verlor.

»Lady Bryanston … darf ich mich setzen?«

Auf die leisen höflichen Worte hin drehte Pen sich ohne Erstaunen um und begrüßte d'Arcy. Sie hatte gewusst, dass er sich einen Platz an ihrer Seite ergattern würde, und schenkte ihm nun ein Lächeln, so hell und spröde wie die gefrorenen Pfützen im Hof unter den hohen Fenstern.

»Bitte, nehmt Platz, Chevalier. Es ist zu lange her, seitdem wir einander zuletzt begegneten.«

»Viel zu lange«, erwiderte er, ein Bein über die hohe Lehne schwingend, wobei er sich mit seinem Schwert so geschickt anstellte, dass Pen an die Nacht erinnert wurde, in der er ihr das Leben rettete.

Diese Erinnerung freute sie nicht.

»Hoffentlich seit Ihr wohlauf!« Er setzte sich auf der Bank neben ihr zurecht, schob behände Umhang und die schwarzen Samtärmel zurück und enthüllte perlgraues Futter. »Ihr seht gut aus, wenn ich das sagen darf.«

Das melodische Timbre seiner Stimme, die Wärme in seinen Augen wirkten unwiderstehlich auf sie. Da sie sich dies nicht anmerken lassen wollte, reagierte sie auf seine Worte nur mit der Andeutung eines Lächelns und wandte ihre Aufmerksamkeit der Hochtafel zu, wo Herolde zu beiden Seiten des Königssitzes darauf warteten, den Einzug des Monarchen anzukündigen.

Owen schluckte einen resignierten Seufzer hinunter. Er wollte sich nicht entmutigen lassen. Seitdem sie den Pakt geschlossen hatten, ignorierte er hartnäckig Pens Kälte, ihre gekünstelte Freundschaft während ihres Spiels. Und sie betrieb es untadelig, musste er zugeben. Doch in jeder anderen Hinsicht gab sie keinen Zoll nach. Er wusste, dass sie wie er die starke gegenseitige Anziehungskraft spürte, die eigenartige Unterströmung sinnlicher Energie zwischen ihnen; ebenso war ihm klar, dass sie ihm nur dank ihrer Willenskraft widerstand.

Sie hatte einen verdammt starken Willen.

Das Gespräch stockte, während das Warten sich in die Länge zog. Große radförmige Leuchter mit Wachskerzen flammten über den langen Tischen, Diener standen mit Wein und Met bereit. Butler warteten mit Messern an den Tranchiertischen. Bratenduft lag in der stickigen Luft. Und noch immer erfolgte kein Fanfarenstoß zur Begrüßung des Königs.

Pen blickte zu Mary auf, die bleich, aber gefasst dasaß, neben sich den leeren Sitz ihres Bruders, auf der anderen Seite die Duchess of Suffolk. Die Herzogin beugte sich zu ihr, um ihr etwas zu sagen. Ein Ausdruck von Mitleid lag auf ihrem bleichen, eckigen Gesicht. Mary nahm die Bemerkung ihrer Cousine mit gleichgültigem Nicken zur Kenntnis.

Die Herzogin bedachte die Gesellschaft insgesamt mit einem dünnen Lächeln und versetzte ihrer verträumten Tochter neben sich einen heftigen Stoß. Jäh aus ihren Gedanken gerissen, rieb Jane sich den Unterarm, vor Schmerz und Verlegenheit errötend.

»Was Seine Hoheit wohl aufhalten mag«, murmelte Owen.

»Vielleicht hat er seine Hose verlegt«, gab Pen ironisch zurück, ohne ihr Lächeln zu unterbrechen.

»Oh, wie scharfzüngig«, sagte Owen anerkennend. Er streckte die langen Beine unter dem mit Damast gedeckten Tisch aus und setzte sich bequem zurecht. »Ich gestehe, dass ich mir gern das Glas füllen lassen würde; aber während ich trocken dasitze, kann ich berichten, was ich heute getrieben habe.«

Pen wandte den Kopf. In ihren Augen blitzte es unwillkürlich neugierig auf. »Ihr habt etwas entdeckt?«

»Nun, es ist eher eine Bestätigung als ein Beweis.« Er sah, wie das Licht in ihren Augen erlosch.

»Eine Bestätigung wovon?«

»Bei der Geburt Eures Sohnes ging es nicht mit rechten Dingen zu.«

»Das sagte ich doch. Habt Ihr mir nicht geglaubt?«

»In dieser Hinsicht bin ich vorsichtig. Es war nicht so, dass ich Euch nicht glaubte; doch ehe ich mich auf eine Mission begebe, überzeuge ich mich, ob sie aussichtsreich ist.«

»So wie ich, Chevalier«, sagte sie.

»Ach.« Er sah sie nachdenklich an. »Ihr habt also Informationen für mich.«

»Vielleicht.« Sie begegnete seinem Blick, jetzt ohne zu lächeln. »Möglicherweise, Chevalier. Aber ich gebe nur in demselben Maße, wie ich empfange.«

»Anders habe ich es nicht erwartet. Soll ich beginnen?«

Sie wurde einer Antwort enthoben, als ein heller Fanfarenstoß einen Boten ankündigte, der sich in königlicher Livree von der Treppe her näherte.

Hinter dem Stuhl des Duke of Northumberland blieb er stehen und flüsterte ihm etwas ins Ohr. Der Herzog lauschte gleichmütig, dann entließ er den Mann. Dieser verneigte sich und trat zurück, um hinter dem Stuhl Aufstellung zu nehmen.

Northumberland erhob sich und überflog mit dunklem, brütenden Blick die Halle. »Mylords, ich bedaure, Euch melden zu müssen, dass Seine Majestät wegen dringender Geschäfte nicht erscheinen kann. Der König wünscht allen viel Vergnügen.« Er setzte sich wieder und bedeutete dem Pagen an seiner Seite ungeduldig, ihm den Pokal zu füllen.

Mary hat also Recht behalten, dachte Pen. Der Herzog hatte auf die Nachricht weder mit Überraschung noch mit Besorgnis reagiert. Er hatte Edwards Erscheinen gar nicht erwartet. Hatte er den König vom Kommen abgehalten, damit dieser keine Gelegenheit bekam, mit seiner Schwester zu sprechen? Oder stand es so schlecht um Edwards Befinden, dass er sich nicht mehr in der Öffentlichkeit zeigen konnte und der Kronrat seine Abwesenheit mit einem Vorwand entschuldigen musste?

»Interessant«, bemerkte Owen mit einem Blick zu Pen. »Hattet Ihr nicht auch das Gefühl, dass Northumberland auf die dringenden Geschäfte des Königs irgendwie vorbereitet war?«

Lady Bryanston hob eine Braue. Wie genau er ihre Gedanken erraten hatte. Sie verschob ihren Arm, um einem Pagen zu gestatten, ihren und den Weinpokal des Chevaliers zu füllen. Sie wartete, bis man ihr eine Portion Pfauenbraten serviert hatte, ehe sie sagte: »Ihr wolltet beginnen, Chevalier.«

Owen trank einen Schluck. »Zufällig traf ich heute Euren Schwager.«

»Und?«, warf sie mit bewundernswerter Ruhe ein.

»Das Kind war eine Frühgeburt, wie ich hörte.«

»Ja, es kam einen Monat zu früh.« Nein, über dieses Thema wollte Pen nicht sprechen, auch nicht mit jemandem, der in Aussicht gestellt hatte, ihr zu helfen. »Warum ist dies von Bedeutung?«

»Es wäre von Bedeutung, wenn die vorzeitigen Wehen mit Absicht eingeleitet wurden.« Sein Ton war nüchtern, fast distanziert, als sei ihm klar, dass er sich auf heikles Gebiet begab.

Ihr Kopf flog hoch. »Wie wäre das möglich?«

»Wenn Eurer Schwiegermutter daran lag, dass das Kind vor Ankunft Eurer Familie geboren wurde, hätte sie es so einrichten können.« Er bedeutete einem hinter ihm stehenden Diener, ihm etwas von dem Lerchenzungengericht zu geben, und ließ Pen somit Zeit, seine Eröffnung zu verarbeiten und sich zu fassen.

»Hat Miles etwas gesagt, das auf entsprechende Maßnahmen seiner Mutter hätte schließen lassen?«, fragte sie schließlich.

Er nickte. »Zwar war er betrunken, dennoch deutete er dergleichen zweifellos an. Wäre die Countess dazu fähig?«

Pen starrte das Fleisch auf ihrem Teller an, das kalt wurde. Sie hatte keinen Appetit mehr, ja, sie konnte sich nicht vorstellen, jemals wieder hungrig zu sein. »Durchaus«, bejahte sie. »Sie ist zu allem fähig.«

»Unter Umständen wollte sie, dass das Kind vor Eintreffen Eurer Eltern geboren wurde, damit sie sehen konnte, welches Geschlecht es hat. Ein Mädchen wäre ohne Bedeutung gewesen. Ein Knabe aber hätte Miles enterbt.« Owen hielt den Blick auf seinen Teller gerichtet und sprach in neutralem Ton.

»Du lieber Gott! Wie könnte sie …« Sie hob den Kopf und blickte ihn an. Ihre Augen loderten vor Leidenschaft. »Mein Kind, mein Sohn … kam lebend zur Welt. Das weiß ich.« An ihrer geballten Faust, die auf dem Tisch lag, traten die Knöchel weiß hervor.

»Dann werden wir die Wahrheit herausfinden.« Owen legte seine Hand auf ihre. Seine warmen, festen Finger zwangen ihre Faust auf, bis ihre Hand offen dalag. »Pen, versucht, Eure Gefühle unter Kontrolle zu halten.«

»Eure Verstellungskunst steht mir nicht zu Gebote«, höhnte sie, »da ich erst spät zum Spitzeldienst gedungen wurde.« Und doch machte sie nicht den Versuch, ihm ihre Hand zu entziehen. Die körperliche Berührung durchzuckte sie wie ein Blitz, und je länger ihre Hände sich berührten, desto unmöglicher schien es, sie zu trennen. Dann riss sie abrupt ihre Linke los und ließ sie in den Schoß fallen. »Wir haben einen Pakt geschlossen«, sagte sie knapp. »Das ist kein Grund, sich an den Händen zu halten.«

Er zuckte die Schultern. »Wie Ihr wollt – doch müssen wir zumindest den Anschein von Sympathie aufrechterhalten, wenn nicht gar ein wenig mehr.«

Pen griff nach ihrem Pokal. Nachdenklich fuhr sie mit dem Finger den Rand entlang, ehe sie Owen ein strahlendes Lächeln schenkte. »Chevalier, Eure Gesellschaft ist mir ein großes Vergnügen.«

»Ich weiß nicht, ob jemand das überzeugend finden würde«, erwiderte er trocken. »Euer Stirnrunzeln wirkte leider echter.« Zurückgelehnt ließ er den Blick durch den Raum schweifen. »Ihr habt also etwas Interessantes für mich?«, fuhr er im Plauderton fort.

Ihre Augen huschten zur Hochtafel, wo Northumberland und Suffolk thronten. »Hier kann ich es Euch nicht mitteilen.«

»Ich will Euch ein kleines Berufsgeheimnis verraten«, sagte er unverändert leichthin. »Eine Zusammenkunft in aller Öffentlichkeit ist der sicherste Ort, um die größten Geheimnisse auszutauschen. Solange es aussieht, als führten wir ein harmloses Gespräch, wird niemand uns Beachtung schenken. Sprecht mit Eurer normalen Stimme, aber gleichmäßig, fast monoton – so wie ich jetzt.«

»Das reicht, um mich einzuschläfern«, bemerkte Pen.

Erheitert lachte er auf. »Genau! Also, versucht es.«

Sie spielte mit ihrem Pokal. Was Owen ihr eben von seinem Verdacht gesagt hatte, erfüllte sie mit so kalter Wut, dass sie kaum an sich halten konnte, es gab nichts mehr, was sie daran hinderte, der Wahrheit auf den Grund zu gehen und sich an Philips Mutter zu rächen.

Indem sie ihre Stimme zu dem Ton mäßigte, der ihr half, sich von dem Gesagten zu distanzieren, berichtete sie ihm von Marys Ängsten und ihrer vorgetäuschten Erkrankung.

Owen nickte nur und zerkrümelte ein Stück Brot zwischen Finger und Daumen. »Sie hat Recht, sich von Northumberland bedroht zu fühlen.«

»Es ist eine Bedrohung, mit der sie ständig leben muss«, sagte sie kurz. »Aber die Krankheit ihres Bruders macht die Bedrohung noch akuter. Und da er nun heute nicht erschien ...« Die Besorgnis stand ihr ins Gesicht geschrieben.

Wieder nickte Owen, und Pen sagte: »Was werdet Ihr mit dieser Information anfangen?«

»Sie an den Gesandten weiterleiten.«

»Nicht an Northumberland?« Sie konnte sich weder die Frage noch ihren ängstlich angriffslustigen Ton verkneifen.

Er bedachte sie mit einem aufmunternden Blick. »Nein, mein Herz! Begreift Ihr noch immer nicht, dass wir ebenso wie Mary Northumberlands Pläne durchkreuzen wollen?«

Das leise Kosewort schockierte sie. Es war wie eine Bestätigung ihres Entgegenkommens, das ihm das Recht gab, sie anzureden wie ein Liebhaber. Seine Augen brannten, als sie sich auf ihr angespanntes bleiches Gesicht hefteten. »Es gibt keinen Grund, einander zu misstrauen«, behauptete er.

Ausweichend schüttelte Pen den Kopf. »Den gibt es sehr wohl.«

Er wechselte das Thema. »Eure Familie wurde nicht zum Fest des Königs geladen?«

»Doch – aber meine Schwester Anna fühlt sich nicht wohl, so dass sie sich entschuldigen.«

»Auch Lady Pippa?«

»Pippa wird später mit Robin zu den Lustbarkeiten erscheinen und die Nacht über bei mir bleiben.« Es war ein ganz normales, unverfängliches Gespräch, und Pen spürte, wie ihre Farbe wiederkehrte und ihr Herz nun langsamer schlug.

»Eure Schwester ist doch nicht ernsthaft krank?«

»Nein, es ist nur eine leichte Erkältung.« Pen lachte plötzlich auf. »Nach Pippas Brief zu schließen, hätte Anna getrost unter Tillys Obhut zu Hause bleiben können – Lord Hugh aber wollte nichts davon hören. Er tut so, als wäre sie zerbrechlich wie Glas.«

»Ein hingebungsvoller Vater«, lobte Owen, und seine Stimme klang plötzlich frostig.

Da in Pen ihr eigener Schmerz erneut aufwallte, entging es ihr. »Keiner könnte besser sein«, erwiderte sie tonlos. Das Gespräch war am toten Punkt angelangt.

Sie schaute zur Hochtafel und erhaschte Marys Blick. Plötzlich ließ die Prinzessin ihren Fächer fallen und führte ihr Taschentuch an die Stirn. Diese Übelkeit braucht sie gar nicht zu heucheln, dachte Pen. Mary war totenbleich.

Pen stieß einen leisen Schrei aus und erhob sich hastig, der vorgewarnte Owen kam ihr zu Hilfe. Ihre Tischnachbarn erhoben sich erstaunt mit ihr, Pagen rückten die Bank nach hinten, damit sie sich vom Tisch entfernen konnte.

Sie eilte an Marys Seite. »Die Prinzessin braucht Luft. Madam, hier, ein Schluck Wein.« Sie beugte sich über die Thronanwärterin, die nun mit halb geschlossenen Augen zurückgelehnt dasaß.

»Was ist?«, fragte Northumberland, als Lady Suffolk den zu Boden gefallenen Fächer aufhob und Mary damit energisch zufächelte.

»Die Prinzessin ist unwohl, Mylord«, erklärte Pen. »Sie klagte vorhin schon über Kopfschmerzen, wollte aber nicht zu Bett, um den König nicht zu enttäuschen.«

Mary murmelte: »Verzeiht, Mylords ... und Myladys! Ich muss mich zurückziehen.«

Ihre anderen Damen drängten zum Podium, wurden aber von Pen beiseite gewunken. »Ich kümmere mich allein um Ihre Hoheit.«

Der Herzog bestand jedoch darauf, Mary an seinem Arm aus dem Bankettsaal und bis vor ihr Schlafgemach zu geleiten. Unwillig registrierte er, wie sie in der Tür schwankte. »Gewiss werdet Ihr morgen wieder wohlauf sein, Madam!«

»Ich fürchte, die Prinzessin erlitt nochmals eine Fieberattacke«, bemerkte Pen glatt. »Würdet Ihr wohl die Güte haben und den Arzt kommen lassen, während ich ihr aus den Kleidern helfe?«

Nach einem Blick, der Pens Unschuldsmiene galt, verbeugte Northumberland sich mit den besten Empfehlungen.

»Gut gemacht, Pen«, flüsterte Mary, als Pen die Tür geschlossen hatte. Sie blieb stehen, die Hand am Herzen und noch immer so blass, dass Pen sich aufrichtig um sie sorgte.

»Madam, seid Ihr wirklich krank?«

»Nein, ich glaube nicht – aber wenn es möglich ist, vor Angst zu sterben, stehe ich fast an der Schwelle des Todes«, gab Mary zurück, deren Stimme nun fester klang. Ein kleines Lächeln lag in ihren Augen. »Wir haben Mylord Northumberland überlistet – momentan zumindest. Er wusste, dass mein Bruder nicht kommen würde.«

»Ja«, gab Pen ihr Recht. »Ich will Euch beim Zubettgehen helfen, ehe der Arzt eintrifft.«

Marys Arzt, der ihr treu ergeben war, wusste, welche Rolle er spielte – nicht zum ersten Mal. Über die wahre Natur der Krankheit seiner Patientin erfuhr er nichts. Ohne peinliche Fragen zu stellen, beschränkte er sich auf die Diagnose, die Prinzessin leide an gefährlichem Fieber und an einer Erkältung, die sich auf die Lunge zu schlagen drohe, wenn sie nicht auf der Hut war. Er schlug Einläufe und Aderlässe vor, und Mary war mit beidem einverstanden, da sie nach dieser Behandlung so schwach sein würde und ihr Kopfschmerz so stark, dass ein etwaiges Misstrauen des Herzogs im Keim erstickt würde. Sogar ihre Dienerinnen wären vom Ernst ihrer Krankheit überzeugt.

Als der Arzt seine drakonische Therapie beendet hatte und gegangen war, sagte Mary matt vom Bett aus: »Pen, ich möchte, dass Ihr an dem tollen Treiben teilnehmt; und richtet dem Herzog bitte aus, dass ich einige Tage lang keine Besucher empfangen kann. Sorgt dafür, dass möglichst viele Menschen von meiner Krankheit erfahren, und kommt morgen früh wieder.«

Pen knickste und verließ das verdunkelte Gemach. Von unten hörte man, wie Scharen von Dienern die Tische und Bänke aus der Bankethalle trugen, um für das ausgelassene Fest der Dreikönigsnacht Platz zu schaffen. Von der Galerie, die die ganze Halle umrundete, hörte man die Musiker ihre Instrumente stimmen. Die Bankettgäste, die nicht im Palast wohnten, würden sich erfrischen und ihre Kleider in den zwei langen, für sie reservierten Garderoben in Ordnung bringen.

Ob Owen unter ihnen war? Oder war er gegangen, nachdem er seine Aufgabe als Späher erfüllt hatte? War er schon unterwegs zum Gesandten, um ihre Information weiterzugeben?

Pen ging in ihr eigenes Gemach, wo sie auf Pippa warten wollte, ehe sie ihre Nachricht Northumberland und dem Rest des Hofes überbrachte.

# 9

»Pippa, du bist schon da?«, sagte Pen erstaunt, als sie das Schlafgemach betrat und dort ihre Schwester antraf, die vor dem Spiegel Stellung bezogen hatte.

»Wir kamen vor einer halben Stunde an.« Pippa drehte sich in einem Wirbel grün-gelb geblümten, türkisfarbenen Tafts um. »Man sagte uns, dass du bei der Prinzessin seist. Was für eine Aufregung herrscht! Ihr wurde bei der Tafel übel?«

»Ja, sie bekam einen ihrer Fieberanfälle. Sie muss ganz flach liegen«, gab Pen zurück. Hier wahrte sie vor ihrer Schwester, der sie kaum etwas vorenthielt, ein Geheimnis, das sie jedoch einem französischen Agenten enthüllt hatte – ein Gedanke, der sie schaudern ließ; also wandte sie abrupt ihre Aufmerksamkeit Muskatnüsschen zu, der sich gähnend streckte und auf den Rücken rollte, um ihr seinen Bauch zum Streicheln zu präsentieren.

»Das ist aber eine langweilige Maske«, mäkelte Pippa und deutete auf den fraglichen Artikel auf dem Frisiertisch. »Hättest du nicht etwas Ausgefalleneres auftreiben können?«

Sie legte an, was sie für sich selbst gewählt hatte: eine kunstvolle Katzenmaske aus grünem Samt mit aufgestickten grünen Barthaaren und geschlitzten Augenöffnungen. Die Maske entsprach dem raschen und wechselhaften Temperament ihrer Trägerin so perfekt, dass Pen lachen musste.

»Die passt wirklich zu dir, Pippa. Ich aber ziehe etwas Schlichteres vor.« Pen probierte die einfache elfenbeinfarbene Seidenmaske, die nur wenig von ihren Zügen verbarg. Der Herr des Chaos hatte für alle Gäste Masken angeordnet, und sein Wort war das einzige Gesetz, das an diesem Abend galt, wo nach althergebrachter Sitte Schabernack und Zügellosigkeit herrschten.

»Du solltest Robins Maske sehen.« Pippa beugte sich zum Spiegel vor und kniff sich in die Wangen, damit sie sich röteten. »Einen Löwenkopf mit voller Mähne. Hätte er mich um Rat gefragt, hätte ich ihm etwas anderes empfohlen.«

»Robin ist sein Äußeres gleichgültig«, sagte Pippa. »Wahrscheinlich entdeckte er die Maske zufällig und war der Meinung, sie genüge ihm.«

»Sehr wahrscheinlich.«

»Wie geht es Anna?«, fragte Pen nun.

»Sehr gut, doch ist sie ungehalten, weil Lord Hugh ihr nicht erlaubte, heute zu kommen. Dafür wollen dich alle morgen früh besuchen. Mama sagte, sie hätte dich schon zu lange nicht gesehen.«

Pen seufzte. »Ich weiß. Das Gefühl habe ich auch.« Sie sah auf die Messinguhr auf dem Kaminsims. »Wir sollten hinuntergehen.«

Pippa öffnete die Tür und spähte hinaus in den Korridor. »Die Musik spielt schon.« Sie warf Pen über die Schulter einen Blick zu. »Wird der Chevalier d'Arcy heute anwesend sein?«

»Vielleicht«, erwiderte Pen mit einem Achselzucken, das sehr glaubwürdig wirkte. »An der Tafel nahm er teil; ich weiß aber nicht, ob er beabsichtigt, zu den Lustbarkeiten zu erscheinen.«

»Warum sollte jemand am Bankett teilnehmen und anschließend nicht das tolle Treiben mitmachen?«

»Ich konnte ihn nicht fragen, ob er bleibt, weil der Prinzessin übel wurde und ich die Tafel plötzlich verlassen musste.«

»Ach so.« Pippa nickte. »Falls er annimmt, du kommst nicht zurück, geht er wahrscheinlich.«

»Was soll das wieder heißen?«

»Das weißt du sehr gut«, sagte Pippa von oben herab. »Du

flirtest ausgiebig mit ihm. Wir wollen uns jetzt hinunterbegeben und schauen, ob er da ist.« Sie hängte sich bei ihrer Schwester ein und zog sie mit sich.

Pen beließ es dabei. Sie und Owen hatten sich bemüht, den Eindruck zu erwecken, dass sie einander gern Gesellschaft leisteten; deswegen durfte sie sich nicht ärgern, wenn es ihnen geglückt war. Trotzdem wurmte es sie, weil es doch mit der Wahrheit so gar nicht übereinstimmte.

Die Atmosphäre in der großen Halle war überreizt, das Gelächter lauter als sonst, der Tanz zügelloser. Die Masken verliehen den Gästen ein Gefühl der Anonymität, obwohl über ihre Identität kein Zweifel bestehen konnte; aber mit der Maskerade war ein Gefühl der Freizügigkeit verbunden, als sei an diesem Abend ohne Rücksicht auf die Folgen alles gestattet.

Der Duke of Northumberland, der am Fuß der Treppe stand, sah die Schwestern herabsteigen, stellte einen Fuß auf die unterste Stufe und hinderte sie am Weitergehen. »Lady Bryanston!« Er warf einen kurzen Blick auf Pippa und begrüsste sie mit einem knappen Nicken, das deutlich seine Geringschätzung erkennen ließ.

»Wie geht es der Prinzessin?«

»Sie fiebert, Mylord. Der Arzt nahm einen Aderlass vor, und man kann nur hoffen, dass es ihr morgen besser geht.« Ernst schüttelte Pen den Kopf. »Es wäre gelogen, wenn ich sage, dass ich es für wahrscheinlich halte. Hier ist die Luft feucht, Mylord, und die Prinzessin ist ihrer Lunge wegen gegen Kälte sehr empfindlich … ähnlich wie Seine Hoheit, ihr Bruder«, setzte sie hinzu und beobachtete die Reaktion des Herzogs durch gesenkte Lider.

»Der Zustand des Königs bessert sich«, setzte der Herzog sie eisig ins Bild. »Ich hätte gedacht, Euer Platz, Lady Bryanston, wäre eher an der Seite der Prinzessin als bei diesem ausgelassenen Fest.« Verächtlich deutete er auf das Treiben hinter sich.

»Nun – ich gehorche dem Befehl der Prinzessin, Mylord«, sagte Pen mit liebreizendem Lächeln und wartete, dass er seinen Fuß wegzöge. Aus irgendeinem Grund hatte sie keine Angst vor Northumberland, obgleich sie wusste, dass es riskant war, seinen Zorn auf sich zu laden.

Der Herzog zögerte, dann trat er beiseite. Pen lächelte knicksend und schwebte mit Pippa an ihm vorüber.

»Ich verachte den Kerl«, schnaubte Pippa. »Aber ich würde ihn nicht erzürnen.«

»Wenn Robin ihn nicht fürchtet, wüsste ich nicht, warum wir es sollten«, gab Pen zurück.

Pippas Aufmerksamkeit wurde nun von einer Schar von Verehrern in Anspruch genommen, die sie zum Tanz entführten, ehe sie antworten konnte. Sofort verschwand sie im allgemeinen Getümmel.

Pen hingegen schlenderte durch die Räume, in denen sich verschiedene Gruppen plaudernd, lachend und scherzend zusammengefunden hatten; immer wieder blieb sie stehen, wobei sie darauf achtete, Leute anzusprechen, die gern klatschten und Neuigkeiten jenseits der Palastmauern verbreiten würden. Bei allen weckte sie den Eindruck, die Prinzessin sei ernsthaft erkrankt, während sie die ganze Zeit über angestrengt nach Owen Ausschau hielt.

Sie wollte ihn nicht suchen. Eigentlich interessierte es sie nicht, ob er da war. Da sie getan hatte, was sie tun musste, war es nun an ihm, seinen Anteil am Pakt zu erfüllen. Es erübrigte sich, das Flirtspiel fortzusetzen ... aus dem Owen allerdings das Maximum herausholte. Er berührte oder küsste sie mit einer zwanglosen Intimität, die für ihn ganz natürlich schien, und sie konnte ihn nicht von sich stoßen, ohne ungebetene Aufmerksamkeit zu erwecken.

Schlimmer noch, sie wusste, dass ein Teil ihres Ichs, das sie nicht beherrschte, sich nach diesem Kontakt sehnte … nach dem Duft seiner Haut, dem Gefühl seiner Hände, dem festen harten Druck seines Körpers.

In dem Bemühen, gegen ihre Sehnsucht anzukämpfen, versuchte sie sich Philip vor ihr geistiges Auge zu rufen; doch schien sie den Ton seiner Stimme vergessen zu haben, auch seine Gesichtszüge verschwammen an den Rändern, als entschwinde er in weite Ferne. Und das verschlimmerte ihre Wut und Verwirrung.

Sie würde nicht eher Ruhe finden, bis sie sich wieder von Owen d'Arcy distanzieren konnte – und das würde erst der Fall sein, wenn er ihr geholfen hatte. Und sie würde nicht rasten, ehe sie nicht die Wahrheit über ihr Kind herausgefunden hatte. Ganz ohne Frage hatte sie die einzig mögliche Entscheidung getroffen. Die Nervosität, das Verlangen, das Owen in ihr auslöste, war nur ein kleiner Preis, den sie zahlte, wenn er sie ein für allemal von ihrer Besessenheit kurierte.

»Ach, da seid Ihr. Was für ein tiefes, ärgerliches Stirnrunzeln?«

Seine Stimme erschreckte sie dermaßen, dass Pen zusammenzuckte und einen Schemel umwarf.

»Allmächtiger! Eine solche Wirkung erziele ich selten«, bekannte Owen und stellte den Schemel wieder auf. »Was bekümmert Euch?«

»Nichts … gar nichts. Ich habe mit Leuten gesprochen«, murmelte sie zerstreut.

»Nun, das tut man normalerweise bei Anlässen dieser Art«, bestätigte Owen. »Dies und tanzen. Letzteres wollen wir tun!« Er nahm ihre Hand, reihte sich mit ihr unter die Tanzenden ein und führte die exakten Figuren der Pavane mühelos aus.

»Nun, worüber habt Ihr mit den Leuten gesprochen?«

»Über die Prinzessin … ihre Krankheit … es erschien mir vernünftig, die Nachricht nach Möglichkeit zu verbreiten.«

»Sehr klug. Dabei kann ich helfen. Ich kenne den Herausgeber eines beliebten Flugblattes. Ein Wort in sein Ohr, und die Neuigkeit wird bis morgen Abend auf den Straßen Londons in aller Munde sein.«

Es war ein Angebot, das man nicht ablehnen konnte – nur weil es nicht selbstlos war. Es würde seinen eigenen Interessen dienen, obwohl Pen noch immer nicht genau wusste, wo diese lagen. Ebenso wenig konnte sie die Hand dafür ins Feuer legen, dass diese nicht plötzlich die Richtung änderten und er dann Prinzessin Mary seinen Beistand entzog. Sie begnügte sich mit ihrem hellen und spröden Lächeln und drehte sich anmutig im Rhythmus des Tanzes.

»Warum schaust du so säuerlich drein, Robin?« Pippa hüpfte munter auf ihren Stiefbruder zu, der in einer Fensternische herumhing, die Hände tief in den Taschen seines kurzen Gewandes aus pfauenblauem Samt. »Sogar unter deiner Maske ist dein Missmut zu erkennen.«

»Ich bin weder verdrossen noch übellaunig«, leugnete Robin. »Aber ich wünschte, Pen würde einen anderen Partner zum Flirten finden als diesen Owen d'Arcy.«

»Er ist sehr exotisch«, schwärmte Pippa. »Vermutlich bringt er ein wenig Abwechslung in ihr Leben. Seit Philips Tod war es für sie sehr öde … und dann das Kind …« Sie verstummte und biss sich auf die Lippe.

Robin drehte sich zu ihr um. Sein Blick blitzte aus den Augenöffnungen seiner Maske. Die üppige Löwenmähne wirkte bei seiner untersetzten und ein wenig nachlässigen Erscheinung eher unvorteilhaft. »Ist das alles, was sie sucht? Abwechslung? So seicht ist Pen nicht.«

»Ich weiß.« Pippa sah den Tanzenden zu. Pens rosa Gewand umflutete sie als heller Kontrast zu Owen d'Arcys silberverbrämtem schwarzen Samt. Sie hielten sich an den Händen und reckten die Arme im Tanz hoch.

»Tatsächlich weiß ich nicht, was Pen eigentlich will«, raunte Pippa ihrem Stiefbruder zu. »Siehst du, wie sie nur zum Schein lacht? Sie amüsiert sich nicht wirklich.«

»Wie kannst du das wissen?« Robin folgte ihrem Blick. Er registrierte das sanfte Glühen und die cremigen Stellen von Pens Teint, ihre braunen Augen, die das Licht auffingen und festhielten und deren satte Schattierungen von der elfenbeinfarbenen Maske betont wurden. »Sie wirkt strahlend.«

Pippa schüttelte den Kopf. »Nein – verkrampft! Deshalb ist sie gerötet und ihr Blick so nervös. Du kennst sie doch, wenn sie sich aufregt.«

Also stellte Robin seinen Eindruck in Frage. »Du glaubst, dass sie nicht glücklich ist?«

»Ich bin mir nicht sicher. Aber meiner Meinung nach wirkt sie angespannt ... sogar leidenschaftlich ... und zwar das erste Mal seit ... nun seit! Du weißt ja, wie es war, als sie gar nicht richtig vorhanden zu sein schien? Erinnerst du dich?«

»Ja, natürlich.«

»Nun, jetzt ist es anders. Aus welchem Grund auch immer. Etwas beschäftigt sie. Entweder ist sie zornig oder verliebt oder total durcheinander. Aber wenigstens reagiert sie mit Gefühlen.«

»Natürlich«, wiederholte Robin mit Nachdruck. »Um Himmels willen, Pippa. Ich bin ja nicht blind.«

Pippa zögerte, obwohl Robins Brüskheit sie nicht kränkte. »Er gefällt dir nicht?«

»Nein.«

Neugierig sah Pippa ihn an. »Weißt du etwas über ihn?«

Robin wich der Frage aus. »Mir gefällt die Wirkung nicht, die er auf sie ausübt. Ich kann mit ihr nicht mehr in einem Raum sein, ohne dass es zu einem Streit kommt. In alles, was ich von mir gebe, pickt sie Löcher hinein.«

Mit ihrer gewohnten Unverblümtheit sagte Pippa: »Du bist ähnlich, Robin. Du scheinst ständig auf Streit aus zu sein.«

Ihm lag eine ärgerliche Erwiderung auf der Zunge, doch Pippa sprach in der Tat die Wahrheit. Er sah zu Northumberland hin, der mit Suffolk am Rand der Tanzfläche stand.

Northumberlands kalter Blick glitt über die Halle und blieb kurz an Jane Grey hängen, die lustlos mit seinem eigenen Sohn Guildford Dudley tanzte. Robin argwöhnte, dass geplant war, die beiden zu verheiraten und die herzoglichen Häuser von Northumberland und Suffolk zu vereinen. Eine blendende Verbindung bis auf den Umstand, dass Jane bereits Lord Hertford versprochen war. Es musste zwingende Gründe geben, um ein solches Verlöbnis zu lösen.

Schmiedete der Herzog etwa Ränke? Schon seit einiger Zeit glaubte Robin Grund zu der Annahme zu haben, dass Northumberland nicht mehr die Interessen des Königs vertrat. Robin besaß Zugang zu den Vorzimmern und Schreibkammern der zwei großen herzoglichen Häuser, wo seine Anwesenheit so alltäglich war, dass sie kaum auffiel; und er hatte viel gesehen und gehört, was ihm in den letzten Wochen, seit sich der König nicht mehr öffentlich zeigte, permanent zu denken gab. War der Herzog aber ein Verräter, fühlte Robin sich nicht mehr an seinen Treueeid gebunden.

Deshalb bestand auch keine Verpflichtung mehr, Pen über d'Arcys Verbindungen im Unklaren zu lassen, wie der Herzog es gefordert hatte; er konnte sich aber nicht entscheiden, was er ihr sagen sollte, oder wie und wann. Nach allem, was er wusste, würde es sie vielleicht gar nicht erschüttern. Sie kannte das höfische Intrigenspiel seit Jahren und war vermutlich nicht leicht zu überraschen. Wenn sie aber ohne ihr Wissen benutzt wurde …

Wieder sah er sich das Tanzpaar genauer an. *War sie glücklich?* Auch aus dieser Entfernung spürte er die siedend heiße Anziehung zwischen Pen und Owen d'Arcy. Nein, nicht siedend heiß, wie er sich grimmig korrigierte, während er sie weiterhin beobachtete, sondern fast schon kochend. Pippa hatte Recht mit der Leidenschaft. Pen verströmte sie wie eine Aura. Aber es stimmte auch, dass Pen nicht glücklich wirkte.

Pippa linste wieder zu Robin hinüber und bemerkte, wie sein Blick unverwandt auf den Tanzpaaren ruhte. Sie überließ ihn seinen Gedanken und machte sich daran, sich einen Partner aus der Gruppe maskierter junger Männer zu suchen, die unter Stechpalmenzweigen und dichten Gebinden heller Mispeln, dem Wandschmuck der Halle, standen. Allesamt gerieten bei Annäherung der Katzenmaske merklich in Stimmung, und die Luft knisterte plötzlich vor Rivalität.

Pen spürte Robins kritischen Blick auf sich und wurde verlegen. Wenn sie ihm nur die Wahrheit sagen und ihn beruhigen könnte, dass sie alles über den Chevalier wusste …

Sie streifte Owen, als sie im Tanz aneinander vorbeiglitten, und ihre Kopfhaut zog sich zusammen. Unwillkürlich wandte sie ihm ihr Gesicht zu. Sein dunkler Blick schien sie zu verschlingen. Er hatte eine Adlermaske mit Raubvogelschnabel gewählt, aus deren Schlitzen seine Augen wie schwarze Lichtpunkte funkelten. Er war so gefährlich, so wild, so herrlich und faszinierend wie der Vogel, dessen Maske er trug. Und in diesem Moment kam Pen sich vor wie eine Spitzmaus, die den Raubvogel mit zum Zupacken bereiten Krallen über sich kreisen sieht.

*Lächerlich,* zankte sie sich aus. Doch war sie nicht im Stande, die Verbindung zu unterbrechen, die ihren Blick an seinen knüpfte. Und sie konnte die ironische Stimme in ihrem Innern nicht überhören, die sagte, dass die Maus sich vermutlich den Klauen freiwillig ergeben hätte, wären die Umstände anders gewesen.

Er hob ihre Hand und hielt sie kurz an sein Herz. Dann senkte er den Kopf, und seine Lippen streiften den Nacken hinter ihrem Ohr. Ihre Haut brannte an dieser Stelle, und ihre Schenkel bebten, als die Tanzfigur sie von ihm fortführte.

Owen kostete ihren Duft, ihren Geschmack auf seinen Lippen, wo diese ihre Haut berührt hatten. Ein weicher Tauduft mit salzigem Hauch. Das Blut floss heiß und schnell durch seine Adern. Er war besessen von Pen Bryanston und sein Blick plötzlich entrückt. Dort befand er sich in einem anderen Ballsaal, eine schöne, flirtfreudige Frau, die keine Ahnung von den Folgen des tödlichen Spiels hatte, das sie spielte …

»Was ist?«

Mit einem Ruck kehrte er in die Gegenwart zurück. Pen stand ihm wieder im Tanz gegenüber. Er bemerkte, dass ihre Stirn feucht war.

*Pen ist nicht Estelle und weiß um die Folgen. Keineswegs naiv, kannte sie sich selbst, ebenso wie mittlerweile auch ihn.*

Trotz eines Lächelns blieb sein Blick entrückt. »Nichts. Warum?« Er nahm ihre Hand und hielt sie hoch, als sie ihn graziös umkreiste.

»Euer Gesicht«, sagte sie und versank in einem Knicks.

»Mein Gesicht könnt Ihr nicht sehen.« Er richtete sie auf und wechselte mit ihr den Platz in der Tanzreihe.

»Mund und Augen schon«, gab sie zurück. »Und es war nichts Angenehmes, was Euch durch den Kopf ging. Schlägt der Wind um, werdet Ihr für den Rest Eures Lebens unleidlich wirken.«

»Ach, und dann wird sich vermutlich das bisschen Wohlgefallen, das Ihr mir entgegenbringt, verflüchtigen«, seufzte er bekümmert.

Darauf ging Pen nicht ein, sondern konzentrierte sich auf ihre Schritte. Der Ausdruck, den sie überraschend auf seinem Gesicht wahrgenommen hatte, erschreckte sie. Irgendwie hatte er verloren, ja verletzt ausgesehen.

Der Tanz war zu Ende, und sie betupfte ihre Stirn mit dem Hauch Spitze, der ihr als Taschentuch diente.

Sie erhaschte Robins Blick von der anderen Seite der Halle. Den ganzen Abend hatte er sich nicht aus der Fensternische gerührt und sie ständig im Auge behalten.

Sie riss ihren Blick von jenem Robins los und sagte brüsk: »Ich glaube, es wird Zeit, dass Ihr Eure Schuld begleicht, Chevalier. Meinen Beitrag habe ich geleistet.«

Owen winkte einem Diener, der ein Tablett trug. »Es ist eine längerfristige Schuld, doch bin ich einverstanden, dass wir meinen Anteil sehr bald diskutieren.« Er reichte ihr einen Pokal mit kühlem Rheinwein.

Pen ergriff ihn. Sie führte das kalte Glas an Nacken und Schläfen und spürte, wie ihr Körper sich abkühlte. »Am besten erledigen wir das sofort.« Ihr Ton war gleichmütig.

Der Chevalier nahm einen Schluck. »Muss denn das jetzt sein?«

»Dinge, die für Euch von Interesse waren, besprachen wir ebenfalls in aller Öffentlichkeit.«

»Das stimmt freilich.« Er streckte die Hand aus und berührte mit der Fingerspitze ein Tröpfchen Feuchtigkeit in ihrem Nacken. »Glaubt mir Pen, ich werde mein Versprechen halten und Euch verschaffen, was Ihr braucht.«

Sie hörte die Doppeldeutigkeit des leisen Versprechens

heraus. Die Stelle in ihrem Nacken brannte. Sie starrte ihn durch ihre Maske hindurch an.

Er erwiderte den Blick fest, und sie begriff, dass sie dieselbe Botschaft ausschickte.

*Einverständnis.*

Lautes Gebrüll ertönte von der Empore am anderen Ende der Halle, wo der Herr des Chaos in Satansmaske auf seinem Thron saß und einen Dreizack schwang. Im nächsten Moment sprang eine Schar kleiner Jungen in Teufelskostümen durch den Raum, den maskierten Gästen ausweichend, die wie angewurzelt stehen blieben und warteten, was der Herrscher befehlen würde. Die kleinen Teufel trugen auf langen Stangen Schneuzen zum Löschen der Kerzen, und in kürzester Zeit war der große Saal bis auf das Licht von den großen Kaminen an beiden Enden in Dunkelheit getaucht.

Es herrschte benommene Stille, dann folgten Geflüster und verhaltenes Lachen. Der Herr des Chaos befahl nun gebieterisch, alle sollten sich dreimal umdrehen, sechs Schritte zurücktreten, sodann die Hände ausstrecken und die nächste Person anderen Geschlechts festhalten, derer sie habhaft werden konnten. Lautes Gelächter brandete auf, als alle Maskierten seinem Befehl nachzukommen suchten, sich dabei anrempelten und einander auf die Zehen traten.

Pen spürte, wie Owen ihre Hand ergriff. Im Halbdunkel und Gedränge konnte sie nicht viel sehen, doch war sein Griff fest und warm und plötzlich drängend. Er führte, sie folgte; beide schlängelten sich durch die wilde Menge. Jeder hatte jemanden zu fassen bekommen. Hände griffen im Vorübergehen nach ihr, lüsterne Hände, die streichelten, tätschelten, ihre Hinterbacken betasteten. Gelächter, schrille Rufe, hin und wieder ein kleiner spitzer Aufschrei bezeugten das Chaos. Blindlings folgte Pen, wohin die Hand sie führte. Erregung brandete um sie auf, sie wurde Teil von ihr. Alles war unwirklich, unvorhersehbar. Aus irgendeinem Grund machte sie die Augen zu und schloss sich in die unwirkliche rote Welt hinter den Lidern ein.

Dann spürte sie kältere Luft auf dem Gesicht, und es herrschte Stille, als hätten sie eine andere Welt betreten. Sie öffnete die Augen; Owen ließ den Wandbehang fallen, den er beiseite geschoben hatte, einen Behang, der eine Tür zu einer fensterlosen, runden Kammer verdeckte. Eine einzige Kerze brannte in einem Leuchter hoch über ihnen.

Pen blickte sich um und blinzelte, bis ihre Augen sich an das diffuse Licht gewöhnt hatten. »Wo sind wir?«

»An einem Ort, wo wir meinen Anteil des Paktes fern von aufmerksamen Ohren besprechen können«, erklärte er, schloss die Tür und drehte den Schlüssel um.

Der Lärm von draußen setzte sich unvermindert fort. »Niemand wird uns vermissen.« Er löste seine Adlermaske und warf sie auf den Boden.

»Nein«, gab Pen ihm Recht, bemüht, ihre eigene Maske zu lösen. Ihre Finger zitterten, als frören sie, doch waren sie warm und ihre Haut vor Hitze gerötet. Als er auf sie zukam, schmiegte sie sich in seine Arme. Hier, in der Stille und Dunkelheit, flammte die Leidenschaft auf. Ihre eigene Besessenheit wurde zu einem bloßen Flackern … momentan.

»Du zitterst ja«, murmelte er und ließ seine Lippen zu ihrem Ohr gleiten, als er die Klammern ihres Kopfputzes herauszog.

»Du auch«, erwiderte sie und ließ ihre Hände in sein Wams gleiten, spürte seine Rippen, seine harten Muskeln unter dem feinen Seidenhemd.

»Richtig!« Er lachte leise. Ihre Haube glitt vom Kopf. Sein Atem streifte warm ihren Nacken, als er die zarte Haut hinter dem Ohr küsste.

»Ich begehre dich, Pen.« Seine Worte klangen leidenschaftlich, sein Griff wurde fester und sein Mund drängender, als er von ihren Lippen Besitz ergriff.

Pen spürte, wie sie unterging, mit seinem Körper verschmolz. Sein Mund lag heiß und hart auf ihrem, und sie atmete tief den ihm eigenen Duft ein, in dem sich warme Männlichkeit mit Lavendel und frischem, gebügeltem Batist mischten. Sie spürte seinen Leib, den harten Druck seines Penis durch ihre Damaströcke hindurch. Nun zwängte sie ihre Finger zwischen die winzigen Perlknöpfe seines Hemds, verzweifelt bemüht, seine Haut zu berühren. Sie sog an seiner Unterlippe, und ihre Zunge drang tief in seinen Mund ein. Ihre Augen waren fest geschlossen, und ihr Bewusstsein setzte aus, bis auf ihr Verlangen und die Spirale der Leidenschaft, die sich ständig steigerte. Schreie, Gepolter und schrilles Gelächter außerhalb der runden Kammer schienen von einem anderen Planeten zu kommen.

Owens Finger betätigten sich geschickt an den Schnüren ihres Mieders; ihr Gewand öffnete sich und glitt an ihr herunter, fast ohne dass sie es wahrnahm. Mit derselben flinken Geschicklichkeit löste er die Bänder ihrer spanischen Krinoline und warf das sperrige Gebilde beiseite. Sie stand in ihrem spitzenbesetzten Hemd und mit Seidenstrümpfen und Strumpfbändern da, in ihrer Wolke aus rosa Damast, die ihre Knöchel umgab.

Sie kämpfte mit den Bändern, die seine Kniehose mit dem Taillenband seines Wamses verbanden, während sie mit der anderen Hand über die Wölbung seiner Männlichkeit strich, von einem irren Verlangen getrieben, ihn festzuhalten.

Er kam ihr zu Hilfe, öffnete seine Hose, und sie ließ einen befriedigten Seufzer hören, als sie endlich hatte, was sie begehrte. Sie umschloss ihn und kostete das Gefühl des heißen Schafts aus, dessen hervortretende Venen in ihrer Hand pulsierten. Blind ertastete sie die Spitze und schob mit zwei Fingern die Vorhaut zurück. Als sie die Finger an den Mund führte, schmeckte sie den Tropfen, den sie bei ihrer Erkundung gesammelt hatte.

Seine Lippen drückten sich an die weiche Rundung ihrer Brüste, die sich aus dem Spitzenhemd wölbten. Er öffnete das Mieder und umfasste sie, küsste sie, eine Brust nach der anderen, sog an den Knospen, die sich seinem Mund hart entgegenreckten. Drängend teilten ihre Schenkel sich, während sie damit kämpfte, ihr Hemd zur Mitte hochzuschieben und ihre unteren Partien zu entblößen.

Owen hob sie an, und sie schlang die Beine um seine Hüften. Als sie in seine Unterlippe biss, schmeckte sie Blut.

Er trug sie zu einem Tisch in der Mitte des Raumes, und Pen, deren Beine noch immer um seine Hüften lagen, ließ sich zurücksinken. Jetzt griff er unter ihre Kehrseite und hob sie an, als er eindrang und mit einer glatten tiefen Bewegung zustieß. Selig aufstöhnend umschloss sie ihn und hielt ihn in sich fest.

Reglos flüsterte er: »Liebste, ich wage keine Bewegung. Du schaffst es, dass ich mich wie ein Anfänger fühle … als sei dies meine Einführung in die Liebe.« Er lächelte reuig, beschienen vom Kerzenlicht.

Pen öffnete die Augen, zum ersten Mal seit Stunden, wie ihr schien. »Aber ich bin keine Jungfrau und brauche dich *jetzt!«* Die Forderung erstaunte sie – schon im Moment, als sie sie aussprach. Nie zuvor hatte sie etwas Ähnliches geäußert, und als sie ihre Hüften anhob und ihre inneren Muskeln ihn umspannten, lachte sie laut vor Freude im Vollgefühl ihrer eigenen Macht.

Von der Erregung des Höhepunkts erfasst, stöhnte Owen lustvoll. Er besaß noch so viel Beherrschung, sich zurückzuziehen, ehe er völlig verloren war. Seine Finger gruben sich tief in ihr Gesäß und fassten schmerzhaft zu, als er sie festhielt, den Kopf zurückgeworfen, die Augen in Ekstase geschlossen.

Langsam kam Pen zu sich und spürte den Tisch hart unter ihrem Rücken, seine Hände unter sich, die Säfte der Liebe, die auf ihrem Leib trockneten. Sie blinzelte ins Kerzenlicht, das ihr sehr hell erschien, und berührte sein Gesicht.

Owen schlug die Augen auf und entzog ihr sanft seine Hände. Sie lag, im Moment unfähig, sich zu rühren und sich zu erheben, auf dem Tisch.

Er befestigte seine Hose, ergriff ihre Hände und zog sie hoch. »Das war ungeplant, Pen! Beim nächsten Mal mache ich es besser.« Dann bückte er sich, um ihr Gesicht in beide Hände zu nehmen und sie zu küssen.

*Beim nächsten Mal?* Pen saß auf dem Tisch. Ihr Körper schwelgte noch vor Befriedigung.

Langsam aber spürte sie die eisige Woge der Wirklichkeit.

*Himmel, was hatte sie getan?*

Sie hatte nachgegeben, ihre Beherrschung an den Nagel gehängt, sich vergessen, ihr Ziel aus den Augen verloren. In Lust und Leidenschaft hatte sie ihr Kind verraten. In ihrer animalischen Begierde. Sie hatte ihr Kind und Philip vergessen sowie ihr Gelübde, sein Gedächtnis zu ehren, indem sie der Wahrheit auf den Grund ging.

Pen blickte zu Owen auf, doch waren seine Züge verschwommen. Er erschien ihr wie ein Traumgebilde, die Erscheinung eines schrecklichen Trancezustands. Nun war nichts mehr von Ekstase zu spüren, nur Verwirrung und Ekel vor sich selbst. Kein Rest von Wonne. Ihr Körper fröstelte, sie fühlte sich in ihrer Halbnacktheit sehr verletzlich.

Sie glitt vom Tisch und hob mit verzweifelter Hast ihre Sachen vom Boden auf.

»Warte ... warte einen Moment.« Er nahm ihr die Kleider aus der Hand.

Langsam geriet er wieder klar in ihr Blickfeld, und Pen sah, dass seine Augen weich von den Nachwehen der Erfüllung waren, in seinem Blick aber wachsames Staunen lag, während er nicht aufhörte zu lächeln.

»Was ist passiert, Pen?«

»Nichts, ich weiß nicht … nichts«, murmelte sie und schob ihre Brüste mit bebenden Fingern ins Mieder. *Wie konnte sie Owen etwas erklären, das sie sich selbst nicht zu erklären vermochte?*

»Bereust du, was zwischen uns geschah?«

»Es hätte nicht geschehen dürfen.« Pen riss ihm den Reifrock aus den Händen und plagte sich mit den Haltebändern an der Taille ab. Sie spürte, dass sie durch ihre Hingabe an die wilde, verzehrende Leidenschaft irgendwie das moralische Recht verloren hatte, auf Lieferung seines Anteils an dem Abkommen zu bestehen. Es war unvernünftig und nicht gerechtfertigt, wie sie sehr wohl ahnte, und doch konnte sie offenbar nicht anders.

»Soll ich nicht …«, setzte er an, schob jedoch mit einer ungeduldigen Bewegung ihre Hände beiseite und knüpfte die Bänder selbst. Er spürte ihre Verzweiflung, auch wenn er sie noch nicht begriff. Ohne ein weiteres Wort half er ihr in das Kleid.

Pen strich die Röcke über den Reifen glatt und bückte sich nach ihrem Kopfputz. Sie konnte die Nadeln nirgends sehen, sie mussten irgendwo ins Dunkel außerhalb des Lichtscheins gerollt sein. Mit einiger Verblüffung fragte sie sich, wie sie die Seidenhaube ohne Nadeln aufsetzen sollte. Als ob das von Bedeutung gewesen wäre.

»Du musst dein Versprechen halten«, sagte sie und starrte über seine Schulter zur Tür, die zur großen Halle führte. »Deshalb sind wir hier.«

Das entsprach nicht den Tatsachen, und sie wunderte sich

deshalb nicht, als Owen ungläubig sagte: »Was für einen Unsinn redest du da, Pen?«

»Es ist kein Unsinn. Wir haben uns in diesen Raum zurückgezogen, um zu besprechen, wann du deinen Anteil am Pakt erfüllen wirst.« Noch immer konnte sie seinem Blick nicht standhalten.

»Wir sind hergekommen mit genau dieser Absicht«, stellte Owen fest, jedes Wort überdeutlich aussprechend: »Um uns leidenschaftlich zu lieben!« Er öffnete die Hände in einer Geste der Verwunderung. Nun mischte sich in seinem Blick Ärger mit Verwirrung. »Wir waren uns einig, ehe wir diesen Raum betraten.«

Er hatte Recht. Ganz und gar. Jener Moment, als ihre Augen in der großen Halle zueinander sprachen. Als sie die Macht der Lust erkannten und die unausweichliche Folge hinnahmen. Nun aber schob sie dieses Wissen von sich, da es wie eine Klinge der Reue und Selbstverachtung in ihr wühlte.

»Du sollst mir sagen, wann du dein Versprechen einlösen wirst«, forderte sie beharrlich, ohne auf seine Äußerung einzugehen.

»Du liebe Zeit, Pen! Es gibt Zeit und Ort für deine fixe Idee, aber hier ist weder das eine noch das andere gefragt. Nicht nach dem, was wir eben teilten.« Er bedauerte seine Barschheit, doch war es zu spät.

Sie erbleichte. Indem er ihr verzehrendes Verlangen wie alle anderen abtat, hinterging auch er sie. »Für mich zählt einzig und allein, die Wahrheit über mein Kind herauszufinden. Wir schlossen ein Abkommen. Ich möchte wissen, wann du deinen Teil erfüllst.«

Er kniff in seinen Nasenrücken, bis die Haut weiß wurde, als könnte er nur so seine Wut auf sich und seine Enttäuschung über sie beherrschen.

»Also … wann soll ich mich auf den Weg machen?«

Die einfache Frage war alles, was Pen brauchte. Sie verspürte Erleichterung, nicht aber den erwarteten Jubel oder gar Befriedigung.

Mit gefurchter Stirn überlegte sie. Nun war es früh am Morgen, er brauchte Schlaf. »Später. Bis nach High Wycombe sind es dreißig Meilen. Wenn du dich beeilst, schaffst du den größeren Teil der Strecke an einem halben Tag. Am nächsten Morgen erreichst du das Dorf und stellst Nachforschungen an. Ich schicke dir die Seite, die ich aus dem Rechnungsbuch kopierte. Wirst du bei Mistress Rider wohnen?«

»Sehr wahrscheinlich.«

Pen wandte sich zur Tür und hielt dann inne. »Nein, ich bringe dir die Seite auf der Stelle.«

Er zuckte die Schultern. »Tu das! Ich warte hier.«

Pen hörte Enttäuschung aus seinen Worten heraus – Enttäuschung und Resignation, doch sie ignorierte beides.

Sie schlüpfte durch die Tür und hob den Wandbehang. Dann bahnte sie sich ihren Weg zwischen den schemenhaften Paaren in der großen Halle hindurch und lief die Treppe zu ihrem Gemach hinauf. Nur ihr Ziel hatte sie im Sinn. Sie wollte nicht an das denken, was zwischen ihnen geschehen war, und bald würde ohnehin Gras darüber wachsen.

Ihrer Truhe entnahm sie die Aufstellung der Namen und Beträge. Diese Seite barg den Schlüssel, wie sie genau wusste. Und Owen d'Arcy würde ihn für sie finden.

Dann hielt sie inne. Wie konnte sie sicher sein, dass er sich mit aller Kraft für ihre Sache einsetzte? Warum auch? Weder war es sein Kind noch seine Sache. Und auch er hatte ihr Ziel als fixe Idee bezeichnet.

Wie konnte sie ihm jetzt noch trauen?

Langsam setzte Pen sich aufs Bett und blickte auf das Pergament in ihrer Hand. Wie konnte sie darauf bauen, dass jemand ihr zur Seite stand? Sie hatte so lange allein mit ihrer

Verzweiflung gelebt, mit ihrer stillen Überzeugung, die jede Minute ihrer Tage und jeden Traum ihrer Nächte füllte. Warum sollte sie untätig bleiben, während ein anderer, auch wenn er so geschickt im Spähen, im Aufspüren von Informationen war wie Owen, *ihr* Geheimnis enträtselte?

*Sie musste mit ihm gehen.* Es war die einfachste Antwort auf ihren Argwohn, eine, die ihr längst hätte einfallen können. Die Ausführung freilich würde ihr nicht so einfach gelingen. Wie sollte sie hier herauskommen? Wie sollte sie den Mauern des Palastes und der engen Welt von Marys Hofhaltung entrinnen? Wie dieses Unternehmen vor ihrer Familie geheim halten? Die würde es nie billigen. Das würde niemand.

Pen steckte den zusammengefalteten Bogen in ihr Leibchen und stand auf. Gegenwärtig kam es nicht in Frage, ihre Absicht mit ihm zu besprechen. Er war ohnehin schon verärgert und enttäuscht. Erst musste sie sich einen genauen Plan zurechtlegen. Owen würde leichter dafür zu haben sein, wenn sie ihn vor vollendete Tatsachen stellte.

Sie ging wieder in die Halle und blieb einen Moment am Rande stehen, um inmitten des wüsten Durcheinanders der Schatten eine günstige Gelegenheit zu finden, sich dem Wandbehang zu nähern.

»Pen?«

Ihr Herz sank. Zögernd drehte sie sich zu dem seitlichen Schatten um.

Robin hielte seine üppige Löwenmähne in der Hand. Sein lockiges Haar verlangte nach einem Kamm. Er stand so verlegen da, als wollte er unter keinen Umständen neben ihr gesehen werden.

»Wo warst du, Pen?«

»Eben jetzt? Oben. Ich brauchte etwas aus meinem Gemach.« Sie versuchte ein Lächeln, um ihre Ungeduld zu verbergen. Blieb sie zu lange aus, würde Owen nicht warten.

»Nein, vorhin. Du bist aus der Halle verschwunden.«

Als sie auflachte, klang es ihr selbst unnatürlich in den Ohren. »Es ist Dreikönigsabend, Robin. Alle treiben ihre Spiele. Frage mich nicht nach meinen!« Sie küsste ihn auf die Wange und verschwand in der Menge.

Wütend rammte Robin seine Maske gegen die Wandtäfelung hinter sich; dann drehte er sich um und überließ das Reich des Chaos seinen Tollheiten.

Pen schlüpfte unter den Türbehang und betrat das kleine Gemach. Owen hockte am Tischrand und ließ müßig ein Bein baumeln. Seine Miene zeigte eine Mischung aus Ärger und Ungeduld über die Verzögerung. Jetzt konnte er es kaum erwarten fortzukommen und die Sache hinter sich zu bringen.

»Hier.« Damit zog Pen das Pergament aus ihrem Mieder und reichte es ihm.

Es war warm und duftete nach ihrer Haut. Owen spürte, wie sein Ärger schmolz. »Liebes …«

»Nein!«, unterbrach sie ihn mit ausgestreckter Hand, wie um ihn abzuwehren. »Es kann nicht wieder geschehen, Owen. Wir sind Partner bei einem Pakt – das ist alles. Tu, was du versprochen hast.« Und fort war sie.

Er steckte den Bogen ein.

In der leeren Feuerstelle blitzte etwas golden auf, und er bückte sich nach dem Nadelbündel von Pens Kopfputz – hielt es auf der Handfläche und starrte es an.

# 10

Pen schlief unruhig. In ihren Träumen hörte sie dünnes Säuglingsgeschrei, sah die harten braunen Augen ihrer Schwiegermutter, hörte deren Stimme mit dem sonderbar selbstzufriedenen Unterton.

*Das Kind ist tot.*

Als Pippa kurz vor Tagesanbruch neben ihr ins Bett kroch, erwachte sie.

»Schläfst du, Pen?«

Sie gab keine Antwort. Im Moment war sie einem vertraulichen Zwiegespräch mit ihrer Schwester nicht gewachsen. Sie lag da und atmete tief und regelmäßig, bis Pippas Atem anzeigte, dass sie eingeschlafen war.

Als Pen sich lautlos erhob, bemühte sie sich, die Decken nicht zu verschieben, und schlüpfte in ihren pelzbesetzten Morgenmantel. Im Raum war es kalt, das Feuer nur ein schwaches Glimmern. Noch vor dem ersten Hahnenschrei würde eine Magd die Asche entfernen und die Glut mit frischem Holz anfachen, ehe die Damen aufstanden und sich ankleideten.

Sie ließ Pippa schlafend hinter den fest zugezogenen Bettdraperien zurück und huschte hinaus. Die Suite der Prinzessin lag hinter einer Tür am Ende des Korridors. Ein verschlafener Page kam mit zwei Deckeleimern voll der Entleerungen der Nacht auf sie zu, den Kopf gesenkt, mit Schritten, die über die gewachsten Dielenbretter schlurften. Er trat beiseite und drückte sich im engen Gang an die Wand, um ihr Platz zu machen.

Pen traf die Prinzessin, im Bett liegend, an, von einem Kissenberg gestützt, ein Gebetbuch in Händen. Bei ihrem Eintreten entließ Mary die Bedienstete, die den Raum säuberte, und legte ihr Buch weg.

Pen näherte sich dem Bett. »Ich wünsche einen guten Morgen, Madam.« Sie sah Mary, die tatsächlich krank wirkte, besorgt an. »Wie fühlt Ihr Euch?«

»Schwach. Die ärztliche Behandlung war zu rigoros. Habt Ihr gestern Northumberland gesprochen?«

»Ja, Madam. Er war nicht eben erfreut, doch ist nun Eure ernsthafte Erkrankung bekannt.«

»Gut ... sehr gut.« Mary schloss kurz die Augen. »Eine Woche werde ich so verbringen und täglich meinen Bruder um die Erlaubnis bitten, ihn besuchen zu dürfen, solange ich noch bei Kräften bin. Denn wenn ich ihn persönlich spreche, gestattet er mir sicher, nach Essex zurückzukehren.«

In der Nacht hatte Pen lange überlegt, wie sie ihre Bitte am geschicktesten vorbringen könnte. Sie wusste, wie der Verstand der Prinzessin arbeitete. Äußerte Pen ihr Anliegen zögernd und mit vielen Entschuldigungen, würde Mary ihrer Bitte wenig Bedeutung beimessen und sie abweisen; deshalb schlug sie einen Ton ruhiger Sicherheit an.

»Madam, da Ihr eine Woche in Abgeschiedenheit zu verbringen gedenkt, werdet Ihr meine Dienste nicht benötigen. Ich möchte Euch um die Genehmigung ersuchen, ein paar Nächte bei meinen Eltern bleiben zu dürfen.«

Mary runzelte die Stirn. Sie schlug Bitten selten ab; doch Pen war ihre Stütze, auf deren Rat und Freundschaft sie baute. Keine der anderen Damen verstand es, sie so zu trösten. Und keine der anderen Damen wusste von dem Schwindel.

»Meine kleine Schwester Anna war krank«, sagte Pen in die Stille hinein. Pippa hatte zwar berichtet, dass Anna wieder wohlauf sei, doch das wusste Mary nicht. Bis dahin stand nur fest, dass das Mädchen wegen Unwohlseins nicht an den Dreikönigsfestlichkeiten hatte teilnehmen können.

Mary zögerte noch immer, und Pen wartete stumm. Wenn

sie vor Marys missbilligendem Schweigen nicht kapitulierte, würde die Prinzessin schließlich nachgeben.

Diese seufzte tief. »Pen, ich kann Euch kaum entbehren – doch weiß ich, dass Ihr von Eurer Familie getrennt seid, seit wir nach Greenwich kamen.«

»Ich würde zu gerne eine Weile bei meinen Eltern sein, ehe wir nach Essex zurückkehren, Madam.«

»Nun, meinetwegen.« Die Prinzessin wandte den Kopf auf dem Kissen, und es sah aus, als würde sie schmollen. »Sicher werden mir die anderen Damen ebenso gut dienen. Aber nicht mehr als vier Tage!«

»Meinen Dank, Madam!« Pen knickste. »Wollt Ihr jetzt frühstücken?«

»Man darf mich doch nicht herzhaft essen sehen, solange ich im Krankenbett liege, entgegnete Mary unwirsch.

»Ein wenig Porridge vielleicht?«, schlug Pen vor. Sie kannte die Launen der Prinzessin – Mary verzichtete nicht gern auf ihre Gewohnheiten.

»Also gut.«

Pen läutete mit der Handglocke nach der Dienerin, die draußen wartete, und gab die Anweisung weiter, ehe sie zurück ans Bett der Prinzessin trat und ihr Haar mit beruhigenden Strichen bürstete; munter plauderte sie drauflos, bis sich Marys Stimmung wieder gehoben hatte.

»Ihr werdet mir fehlen«, klagte Mary, als ihr Frühstück gebracht wurde und Pen die Bürste aus der Hand legte. »Ihr seid der einzige Mensch, bei dem ich mich aussprechen kann.«

»Es sind ja nur vier Tage, Madam«, meinte Pen unerschütterlich, da sie den doppelten Appell an ihren Stolz und ihr Mitleid durchschaute. Sie stand auf und zog ihren Morgenmantel um sich. »Mit Eurer Erlaubnis gehe ich jetzt und kleide mich an.«

»Ihr müsst nicht noch einmal erscheinen, ehe Ihr Euch nach Hause begebt«, äußerte die Prinzessin nun und tunkte den Löffel in die Porzellanschüssel mit dem Porridge. »Sicher habt Ihr es eilig fortzukommen.« Sie sah den Löffel mit dem Porridge kritisch an. »Seid Ihr sicher, dass Honig darin ist?«

»Ganz sicher, Madam. Man kennt doch Euren Geschmack.« Knicksend verabschiedete sich Pen. Als die Tür hinter ihr ins Schloss fiel, atmete sie erleichtert auf.

Sie eilte zurück zu ihrem Gemach. Nun war heller Tag, ein dünner, frostiger Sonnenstrahl fiel durch das große Ostfenster auf der anderen Seite des Bettes auf den Boden. Pippa saß neben dem frisch entfachten Feuer und verzehrte mit Appetit Brot und Speck.

»Ach, da bist du ja. Warst du bei der Prinzessin?«

»Ja, es geht ihr nicht besser«, berichtete Pen, nahm ein knuspriges Stück Speck vom Teller und steckte es in den Mund. »Sie wird einige Tage das Bett hüten. Wann werden Mama und Lord Hugh heute eintreffen?«

»Um neun, denke ich.« Pippa bot ihr den Ale-Krug an.

Pen trank daraus und brach ein Stück Kruste vom ofenfrischen Brot, dessen feiner Duft sich mit jenem der brennenden Scheite und Pinienzapfen im Kamin mischte.

Verstohlen betrachtete sie ihre Schwester, die zwar ein wenig zerzaust war, aber so frisch und ausgeruht wirkte, als hätte sie die Nacht durchgeschlafen und wäre nicht erst im Morgengrauen ins Bett gefallen.

Pippa nahm noch eine Scheibe Speck und hielt sie zwischen Zeigefinger und Daumen. »Was war gestern mit dir los?«, fragte sie mit einem spitzbübischen Blitzen in den zusammengekniffenen Augen. »Ich verlor dich aus der Sicht.«

»Das allerdings. Die Kerzen wurden gelöscht«, rief Pen ihr ins Gedächtnis.

»Ja, aber dass du mit dem Chevalier hinter dem Türteppich verschwandest, sah ich noch.«

»Wie das?«, fragte Pen. »Es war doch dunkel.«

»Ich war eine Katze, und Katzen sehen im Dunkeln.« Pippa kicherte und vertilgte das Stück Speck. »Doch nachdem du hinter dem Türteppich verschwunden warst, entdeckte ich dich nicht wieder.«

Pen begnügte sich mit einem Schulterzucken und gestattete sich ein unmerkliches rätselhaftes Lächeln. Ihrem Plan kam es zugute, dass Pippa gesehen hatte, wie sie die große Halle verließen. Damit wurde ihr Motiv glaubwürdiger.

»Na, hattest du ein amüsantes Abenteuer? Eine Nacht ungezügelter Leidenschaft?« Pippas Augen glänzten.

»Das geht dich nichts an«, entgegnete Pen noch immer lächelnd.

»Du gehst mich etwas an«, gab Pippa zurück. »Wenn ich dich mit dem Chevalier sehe, kann ich nicht unterscheiden, ob du seine Gesellschaft genießt oder nicht.«

»Natürlich genieße ich sie!«, rief Pen aus. »Wäre es nicht so, würde ich nicht so viele Stunden mit ihm verbringen.«

»Wenn das so ist, freut es mich! Höchste Zeit, dass du aus dem Trübsalblasen herauskommst. Wir waren in großer Sorge um dich.« Nach kurzer Pause ergänzte sie zögernd: »Du warst sehr unglücklich, und wir machten uns große Sorgen, als du nur das Kind im Kopf hattest …« Sie sprach nicht weiter, als sie sah, wie Pens Miene sich verschloss und um ihren Mund ein harter Zug erschien.

Entschlossen wich sie ein wenig vom Thema ab und fragte in ebenso munterem Ton wie vorher: »Nun, ist er verheiratet?«

»Er behauptet, nein.« Pen setzte sich an den Frisiertisch und griff nach der Haarbüste.

Pippa furchte die Stirn. »Glaubst du ihm nicht?«

»Natürlich glaube ich ihm. Warum auch nicht?«

»Na ja, es hat sich ein wenig unsicher angehört.«

Als sie mit der Bürste durch ihr wirres Haar fuhr, sagte Pen nichts. Sie dachte an die sonderbaren Schatten, die sie in Owens Augen sah, als sie sich erkundigte, ob er verheiratet sei. Alles Licht war aus seinen Zügen gewichen.

Sie drehte sich auf dem Frisierschemel um. »Unsicher bin ich in keiner Weise, Pippa. Aber ich brauche deine Hilfe.«

Pippa machte große Augen und beugte sich eifrig vor. »Wie?«

»Du musst für mich lügen«, sagte sie schlicht. »Es geht um einige Tage. Ich habe die Erlaubnis der Prinzessin, vier Tage bei meiner Familie zu verbringen – was ich nicht tun werde. Du sollst Mama ausrichten, dass ich der Prinzessin während ihrer Krankheit nicht von der Seite weiche. Sag, dass Mary nicht auf mich verzichten kann, ehe sie sich nicht besser fühlt. Das war schon etliche Male der Fall. Es wird daher keine ganz große Unwahrheit sein.«

»Doch. Es ist eine schreckliche Lüge«, betonte Pippa.

Pen seufzte. »Ich weiß. Wirst du es tun?«

»Ja, natürlich. Aber wohin willst du?« Der durchdringende Blick der Jüngeren beinhaltete nun weder Schalk noch Lachen.

Die große Schwester drehte sich wieder zum Spiegel um. Der königliche Palast zu Greenwich war voll solcher Kostbarkeiten meist italienischer Provenienz. Ein seltener Luxus sogar für Pen, die sehr herrschaftlich aufgewachsen war.

Sie machte sich daran, ihr Haar zu flechten, und konzentrierte sich auf die Bewegungen ihrer Finger, die Ordnung in ihre braune Haarflut brachten. »Wirst du es dabei belassen, wenn ich sage, dass es sich dabei um den Chevalier handelt?«

Pippa stieß einen leisen Pfiff aus. Sie stand auf und trat

hinter ihre Schwester. »Du hast ein geheimes Treffen mit Owen d'Arcy? Ein viertägiges geheimes Stelldichein?«

Pen begegnete ihrem erstaunten Blick im Spiegel. »Ja.«

»Du bist ganz schön raffiniert«, lobte Pippa schließlich. »Man kann nur beten, dass es niemandem auffällt.«

»Ich wüsste nicht, wem, solange Mama und Lord Hugh nicht mit der Prinzessin sprechen. Zumindest bis ich zurückkomme. Wenn sie es dann erfahren, werde ich die Sache schon regeln.« Sie klang ruhig und entschieden.

Pippa starrte sie an. Das sah Pen so gar nicht ähnlich. Damit meinte sie nicht die ruhige Gefasstheit, denn die kannte sie an ihrer Schwester; doch dass Pen an einen solchen Betrug auch nur dachte, geschweige denn, ihn ausführte! Das war völlig untypisch. Pippa selbst hätte sich dergleichen nicht zugetraut, obwohl sie viel abenteuerlustiger als ihre Schwester war.

»Ist das nur Leidenschaft?«, fragte sie nach einer Weile ungläubigen Schweigens.

»Warum nicht?« Allmählich machte ihr die Reaktion ihrer Schwester Spaß. Pippa war nicht leicht aus der Fassung zu bringen. »Dir ist doch Leidenschaft nicht fremd, oder?«

Pippa überlegte. »Ich flirte und tändele, aber *Leidenschaft?* Nein.« Mit Bestimmtheit schüttelte sie den Kopf. »Ich kann ehrlich sagen, dass ich sie nie empfand.«

Pen zog eine Braue hoch. »Und Sex?«

Die Kleine schnitt eine Grimasse. »Nicht von der leidenschaftlichen Sorte, Pen. Nur ganz spielerisch. Ob du es glaubst oder nicht, ich bin sehr vorsichtig.«

Es wunderte die Ältere nicht, Pippa war trotz ihrer scheinbaren Flatterhaftigkeit nicht dumm.

Als ein Pochen an der Tür ertönte, drehten beide sich um, verärgert über die Unterbrechung. Ihre jüngste Schwester streckte den Kopf herein. »Ach, gut, beide sind wach!« Sie trat ein, ohne auf eine Einladung zu warten.

»Wir haben dich nicht so zeitig erwartet«, sagte Pen. Ihre Enttäuschung verbergend, stand sie auf, um Anna zu küssen. Sie hatte gehofft, schon unterwegs zu sein, bis die Kendals eintrafen, damit Pippas Geschichte umso glaubwürdiger klang.

»Ach, wir brachen schon im Morgengrauen auf«, berichtete Anna, die Pen und Pippa umarmte. Pippa nickte Pen viel sagend über den dunklen Kopf des Mädchens zu. Nun galt es, den Plan zu ändern.

»Für mich war Dreikönig langweilig«, beklagte Anna sich, im Gemach umherhüpfend, sich auf die verstreuten Habseligkeiten ihrer Schwestern stürzend, um sie zu untersuchen und dann weiterzuflattern wie eine Biene im Blumenbeet. »Nachmittags war ich wieder ganz gesund. Wir hätten leicht kommen können.« Sie schmollte ein wenig. »Mein Vater möchte wohl nicht, dass ich bei Hofe erscheine. Er sperrt mich unter allen möglichen Ausflüchten zu Hause ein.«

»Ach was, du sollst nur nicht zu rasch erwachsen werden«, widersprach Pen und wechselte einen Blick mit Pippa. Ihr Stiefvater himmelte seine Tochter an und fand es unerträglich, wenn sie auch nur eine Nacht unter einem fremden Dach verbrachte. Frau, Sohn und Stieftöchter fanden seine unermüdliche Fürsorge und Hingabe rührend und ein wenig komisch. Dem Objekt seiner Liebe aber, das sich als Kind darin gesonnt hatte, wurde diese allmählich lästig.

»Es ist nicht gerecht«, klagte Anna. »Jane Grey ist erst fünfzehn und darf schon seit Jahren Lustbarkeiten, Tanzereien und Feste besuchen.«

»Jane Grey ist eine Cousine des Königs«, stellte Pippa fest. »Von ihr erwartet man öffentliche Auftritte. Von dir nicht.«

»Das stimmt allerdings«, pflichtete Pen ihr bei. »Du kannst froh sein, dass du nicht Jane bist. Ihr Leben mit dieser schrecklichen Mutter ist die reinste Hölle. Ständig wird sie vor allen gegängelt und kritisiert. Sie wird den Mann heiraten müssen, der der Herzogin und dem Kronrat genehm ist. Dich wird niemand auf diese Weise zu etwas zwingen.«

»Nein, aber irgendwen muss ich heiraten, und wie kann ich jemanden kennen lernen, wenn mein Vater mich nicht aus den Augen lässt?«, erklärte Anna, die vor dem langen Spiegel eine Pirouette machte. »Gefällt euch mein Kleid? Ist es hübsch?«

»Sehr«, lobten ihre Schwestern.

Anna sprang zum Schrank. »Darf ich euch beim Ankleiden helfen? Was ziehst du an, Pen?«

Auch Pippa trippelte zum Schrank. »Ich denke, Pen sollte dieses da tragen.« Sie zog ein flammend orangefarbenes Samtkleid heraus.

Als sie Pens Stirnrunzeln sah, kam sie deren Widerspruch zuvor. »Ich weiß, dass du im Allgemeinen lebhafte Farben meidest, aber sicher möchtest du heute so gut wie nur möglich aussehen.« Sie zog viel sagend eine Braue hoch.

Pen warf ihr einen warnenden Blick zu, da sie spürte, dass ihre Schwester in Necklaune war. »Anna, reichst du mir mein Hemd?«

Anna gab ihr ein weißes, an Hals und Ärmelabschluss fein besticktes Batisthemd.

Pippa sagte: »Anna, Liebes, würdest du wohl Mama und Lord Hugh unsere Grüße überbringen und melden, dass wir in einer halben Stunde kommen?«

»Ach, das wissen sie«, sagte Anna munter.

»Mag sein, aber wir möchten der Form Genüge tun«, beharrte Pen. »Wir können ihre Ankunft nicht einfach ignorieren und daherschneien, wenn wir fertig sind. Das schickt sich nicht.«

»Na schön!« Widerstrebend machte Anna sich auf den Weg.

»Jetzt zieh dich rasch an«, riet Pippa. »Sobald du weg bist, gehe ich zu ihnen und behaupte, dass du dringend zur Prinzessin befohlen wurdest – nach Annas Auftauchen. Überdies lässt du ausrichten, du könntest nicht von ihrem Bett weichen … der Arzt sei in großer Sorge. Sie werden es nicht anzweifeln.«

»Nein. Und dann werden sie nach Holborn zurückkehren. Wenn sie mich nicht sehen können und auch die Prinzessin nicht, haben sie keinen Grund zu bleiben.«

»Und falls die Duchess of Suffolk aufkreuzen sollte, werden sie umso rascher die Flucht ergreifen«, fügte Pippa kichernd hinzu. »Mama hält es mit diesem Frauenzimmer in einem Raum nicht aus. Wirst du zu eurem Stelldichein reiten?«

»Ja«, sagte Pen. Sie hatte bereits entschieden, dass sie bei helllichtem Tag ungefährdet allein von Greenwich Palace in die City reiten konnte. Dazu würde sie weniger als eine Stunde benötigen, und sicherlich fände sie dort rasch Mistress Riders Taverne.

Owen würde sich gewiss mit seinem Aufbruch Zeit lassen. Er hatte nicht eben Ungeduld gezeigt, diese Aufgabe in Angriff zu nehmen. Falls er aber bereits unterwegs war, wollte sie ihm auf der Straße nach High Wycombe folgen und ihn einholen.

»Wenn du reitest, wirst du das brauchen.« Pippa reichte ihr gestärkte Unterröcke anstatt des Reifrocks, den man im Sattel unmöglich tragen konnte.

»Was musst du noch mitnehmen?«

»Nur Geld«, befand Pen. »In der Truhe ist eine Börse.« Sie schlüpfte in den Unterrock und steckte die Arme in das Kleid, das ihre Schwester bereithielt. Da keine Zeit blieb, um zu überlegen, was sie zu diesem Unternehmen alles benötigte, würde sie unterwegs allerlei besorgen müssen.

»Ich glaube, du solltest deinen Dolch mitnehmen«, empfahl Pippa ihr ernsthaft. »Du reitest allein. Man kann nicht vorsichtig genug sein. Besonders nach dem letzten Überfall!«

»Ein Dolch hätte mir bei dem Gesindel auch nicht geholfen«, meinte Pen wahrheitsgemäß. Aber Pippa hatte Recht. Der kleine silberne Dolch, den sie im Ärmel tragen konnte, würde ihr ein Gefühl der Sicherheit verleihen.

Ihr Herz schlug zu schnell. Sie zog den Bauch ein, als ihre Schwester die Schnüre ihres Mieders festzog.

»Jetzt ist mir übel«, erklärte sie.

»Du bist für Abenteuer nicht geschaffen«, bemerkte Pippa. »Aber mir ist auch übel, also bin ich wahrscheinlich auch nicht dafür geschaffen. Zumindest nicht für diese Art Abenteuer. Nicht für diese *echte* Art ... Komm, du musst dich beeilen, falls Anna zurückkommt. Wo sind deine Stiefel?«

Sie suchte im Schrank, während Pen ihr geflochtenes Haar mit einem Netz sicherte, damit es beim Reiten nicht aus der Kapuze ihres Umhangs glitt.

Pen nahm Pippa die Stiefel aus der Hand, zog sie an und strich ihre Röcke darüber glatt. Wenn auch ihr Aussehen für das vor ihr liegende Unternehmen ohne Belang war, konnte sie nicht umhin, einen Blick in den hohen Spiegel zu werfen.

Das orangefarbene Samtkleid öffnete sich über einem Unterrock aus schwarzem, mit winzigen grünen Blümchen bestickten Damast. Die Ärmel waren bis zu den Ellbogen gebauscht und umspannten Unterarme und Handgelenke ganz eng. Ein kleiner Stehkragen aus Spitze zierte den Nacken. Der tiefe Ausschnitt verlangte nach Schmuck; doch sie sagte sich, dass ihre Erscheinung nichts zur Sache täte und Geschmeide unter solchen Umständen lächerlich wirkte.

Aber auch ohne Juwelen war es eine sehr elegante Aufmachung. Das Orange schien ihre Haut zum Leuchten zu bringen und die Farbmischung in ihren Augen zu betonen – obwohl diese Wirkung vielleicht dem Fieber zuzuschreiben war, das sie in sich zu fühlen vermeinte.

»Hier ist dein Dolch.« Pippa reichte ihr die kurze Klinge. Sie hing an einem dünnen Lederriemen, den Pen um ihre Mitte schlang. »Und hier die Börse.«

Pen hängte den Lederbeutel an die Goldkette, die sie um die Taille trug. Sie war beruhigend schwer. Auch Geld stellte für sie eine Form von Schutz dar.

»Mantel und Handschuhe.« Pippa hielt ihr beides hin. Sie war ruhig und gewissenhaft und ließ sich ihre Angst nicht anmerken.

Die Ältere hüllte sich in den schweren, pelzbesetzten Samtumhang und zog die breite Kapuze über den Kopf. Dann streifte sie die Handschuhe über. »Bist du sicher, dass es dir nichts ausmacht, Pippa?« Sie schluckte schwer, da ihre Kehle eng geworden war.

»Ach, um Himmels willen, Pen. Geh schon!«, rief Pippa aus und schob sie zur Tür. »Wenn du lange zauderst, werden wir beide kalte Füße bekommen.«

Oh nein, Pen würde keine kalten Füße bekommen. So nervös, ja schuldbewusst sie war, weil sie Pippa dermaßen mitbelastete, stand ihr Entschluss fest. Sie würde tun, was sie tun musste. Was immer sie auf dieser Reise erfuhr, würde ihr Seelenfrieden bescheren.

Ein Ende, wenn es sein musste, vielleicht aber einen Neuanfang. Ja, einen Anfang …

Pippa öffnete die Tür und spähte hinaus. »Rasch«, drängte sie. »Niemand ist zu sehen. Und meide die Haupttreppe.«

»Das war meine Absicht«, bestätigte Pen. »In vier Tagen bin ich wieder da.« Sie drückte Pippa die Hand und eilte davon, fest in ihren Umhang gehüllt.

Pippa wartete, bis Pen auf der schmalen Treppe verschwunden war, die in die rückwärtigen Bereiche des Palastes führte; dann kehrte sie ins Gemach zurück, um sich selbst anzuziehen. Sie fasste ihr Haar zu einem Knoten zusammen und verbarg ihre ein wenig flüchtig wirkende Frisur unter einer Seidenhaube.

Ihre emsigen Finger, die im Begriff waren, die Haarnadeln festzustecken, hielten inne. Sie runzelte die Stirn, ohne ihr eigenes Spiegelbild wahrzunehmen.

*Was hatte Pen vor?*

Dieses Gefasel von einem geheimen Stelldichein ... Pippa glaubte keine Sekunde, dass dies der ganzen Wahrheit entsprach.

Nur einen Grund konnte Pippa sich vorstellen, der ihre praktische, nüchterne Schwester bewegen mochte, sich auf ein geheimes Unternehmen einzulassen – zumal auf eines, das so gefährlich und spontan geplant war.

*Ihr Kind.*

Und wenn dies zutraf – half sie ihr, oder machte sie alles noch schlimmer? Wenn Pen wieder in den schrecklichen Zustand verfallen würde wie nach dem Verlust ihres Kindes, dann tat die kleine Schwester ihr keinen Gefallen, wenn sie ihr Beihilfe leistete.

Pippas Herz verzagte. Ihre Mutter zu belügen, war unter allen Umständen schwer genug – doch wenn sie Pen damit schadete, war es unverzeihlich.

Aber sie hatte es versprochen. Und würde Pen nicht im Stich lassen ... ohne Rücksicht auf die Folgen.

# 11

An diesem strahlend sonnigen Morgen herrschte auf der Straße von Greenwich nach London so reger Verkehr, dass die Wagen der Händler Fußgängern den Platz streitig machten; Frauen waren mit flachen Körben auf den Köpfen unterwegs oder schleppten Lasten an schweren, von den Schultern hängenden Jochen; Männer schoben Handkarren voller Kohle, die Lastkähne an die Docks gebracht hatten.

Der eine oder andere mochte die in einen Kapuzenmantel gehüllte Frau auf ihrem gescheckten Wallach bemerken, doch erregte Pen kaum besondere Aufmerksamkeit. Ihr Tier war edel und ihr Mantel schwer und üppig, ihr Gesicht aber unter der Kapuze kaum zu sehen. Sie schaute geradeaus auf die Straße, ohne einen Blick nach rechts oder links zu werfen.

Pen ritt so schnell, wie es ratsam war, ohne aufzufallen. Obwohl ein Wallach, hatte William ein unberechenbares Temperament; doch war er das größte ihrer drei Pferde und verfügte auch über die größte Ausdauer. Er war ihr als beste Wahl für dieses Unternehmen erschienen, da ihr ein harter Ritt bevorstand. Ihrer Ansicht nach beherrschte sie das Tier völlig.

Es war eine Zuversicht, die etwas ins Wanken geriet, als er sich beim Anblick eines kleinen Jungen mit einem zottigen Bären an der Kette aufbäumte und zur Seite tänzelte. Eine Hundemeute stürzte sich bellend und kläffend auf den Bären. William warf schnaubend den Kopf hoch und biss heftig am Zaum.

Der Junge wollte die Hunde mit Steinwürfen vertreiben, worauf sich eine johlende Menge zusammenrottete und gutmütig seine verzweifelten Versuche, die Meute wegzuscheuchen, verhöhnte. Schließlich überwog bei einigen Männern das Mitleid mit dem Jungen, und sie halfen ihm, die knurrenden Tiere in die Flucht zu schlagen. Alle wussten, dass die Bärenhatz, ein kurzweiliges und lukratives Vergnügen, in einer Bärengrube und nicht am Straßenrand vor Zaungästen stattfinden sollte.

Pen beruhigte ihr Pferd und ließ die Zügel schießen, bis sie dem Durcheinander entkommen waren. Bewegung wirkte immer beruhigend auf William. Die Straße folgte den Windungen des Flusses, der zu ihrer Linken dahinströmte. Zwischen den winterkahlen Bäumen entlang des Ufers sah man die Felder und kleinen Weiler am anderen Ufer. Bald war das Läuten der unzähligen Kirchenglocken Londons zu hören, die nie zu verstummen schienen, und das Dächergewirr am Stadtrand kam ins Blickfeld.

Mistress Riders Taverne lag unweit von Westminster, wo die Bryanstons ihr Londoner Haus hatten. Eine Pferdefähre überquerte den Fluss an einer relativ schmalen Stelle, kurz hinter Lambeth Palace am Südufer, und brachte ihre Passagiere nach Westminster auf der gegenüberliegenden Seite. Die London Bridge, die einzige Brücke über die Themse, lag viel weiter flussaufwärts. Obwohl die Brücke sicherer und angenehmer war, wollte Pen den Zeit raubenden Umweg vermeiden.

Vor Lambeth Palace lenkte sie ihr Pferd zum Fluss, um am Ufer mit einer Gruppe Händler und Arbeiter auf die stabile flache Fähre zu warten, die von der anderen Seite herüberkam.

Die Fähre legte an. Die Passagiere gingen unter Flüchen und gebrüllten Anweisungen der Fährleute an Bord. William scheute und schlug gegen ein anderes Pferd aus, als sie mit ihm auf die schwimmende, schwankende Fläche zu reiten versuchte. Beide Tiere warfen die Köpfe mit geblähten Nüstern zurück.

»Ihr müsst ihn führen!«, schrie ein Mann sie an, der den

Penny Fährgeld von ihr in Empfang nahm. »Sonst schmeißt er uns alle noch ins Wasser!«

Hochrot vor Verlegenheit über Williams schlechtes Benehmen und ihre offenkundige Unfähigkeit, stieg Pen aus dem Sattel. Bisher hatte sie dies nur einmal getan, und da war ein Bursche zur Stelle gewesen, der das Pferd übernahm. Sie führte es auf die Fähre und hielt es knapp über dem Biss fest, leise auf das Tier einredend, während es tänzelte und schnaubte und die anderen Pferde, die sich hier offenbar völlig zu Hause fühlten, argwöhnisch beäugte.

»Der wird wohl zum ersten Mal übergesetzt?«, fragte ein stämmiger Passagier in grob gewebtem Wams herzlich. »Sieht mir ein bisschen temperamentvoll aus. Aber aus guter Zucht.« Er strich dem Ross fachmännisch über den Widerrist. »Hübsches Stück Leder!«

Pens Sattel war aus schönem, geprägtem Leder; die silbernen Steigbügel blitzten in der Sonne. Sie spürte einen Anflug von Nervosität. Ihr Pferd schien es zu fühlen und stampfte aufgeregt. Die Fähre ächzte und schwankte, einer der Fährleute schrie eine Obszönität.

Der Mann mochte nichts Böses im Sinn haben; doch spürte sie seinen neugierigen Blick auch auf sich, als sie wegschaute und ihre Kapuze tiefer ins Gesicht zog.

»Na, wohin des Weges, Gnädigste?«

Sie ignorierte die Frage.

»Hm, allein zu reisen ist wohl ungewohnt, wenn ich nicht irre«, bemerkte er und legte eine Hand auf den Sattel. »Ist kein Stallbursche dabei?«

Pen schwieg beharrlich und starrte stur in das trübe Wasser, das unter ihnen dahinglitt. Die lederne Börse unter dem Mantel kam ihr plötzlich sehr schwer und auffällig vor, obwohl sie gut verborgen war. Hatte er sie gesehen, als sie das Fährgeld bezahlte?

Endlich verstummte der Mann; seine Hand aber verharrte auf dem Sattel, während er tonlos durch eine breite Lücke zwischen den geschwärzten Stummeln seiner Vorderzähne pfiff. Die Fähre näherte sich dem gegenüberliegenden Ufer.

Die anderen, mit der Routine vertrauten Pferde bewegten sich vorwärts. William scheute unsicher beim Geräusch der Hufe um ihn herum. Pen fühlte sich sehr verletzlich inmitten dieser kraftvollen, nervigen Tierleiber, während der Mann neben ihr noch immer pfiff und sie nicht aus den Augen ließ. Das Gefühl der Bedrohung wurde übermächtig und steigerte sich zu einer Vorahnung von Gefahr.

Die Fähre stieß an den hölzernen Landesteg, die Männer am Ufer fingen die Taue auf. Pen fasste die Zügel fester. So eilig sie es hatte, von Bord zu kommen, musste sie doch warten, bis die meisten ausgestiegen waren, wenn sie nicht riskieren wollte, niedergetrampelt zu werden. Ihre Mitpassagiere verließen unter Hufgeklapper die Fähre und betraten das Dock. Der Mann im groben Wams blieb zurück, die Hand noch immer auf Pens kostbarem Sattel.

»Komm, William!« Sie zerrte an den Zügeln, während ihre Kehle vor Angst wie zugeschnürt war. Inzwischen stand fest, dass der Mann versuchen würde, sie aufzuhalten, und ohne Block konnte sie nicht aufsitzen. In seiner Ungeduld, festen Boden unter die Hufe zu bekommen, machte der Wallach einen Satz; Pen verlor das Gleichgewicht und wäre beinahe unter seine Hufe geraten.

»Ganz ruhig«, sagte der Mann und umfasste mit derber Hand ihre, die auf dem Zaum lag. Dabei neigte er den Kopf, dass sein nach rohen Zwiebeln und schalem Bier stinkender Atem sie streifte und sie auszuweichen versuchte. »Lasst Euch helfen, Gnädigste, wenn Ihr allein seid!«

Unvermittelt stieß sie ihm den Ellbogen in den Leib. In dem Moment, den er benötigte, um sich zu fassen, löste sie ihren Dolch vom Riemen und stach in die Hand des Mannes, als dieser wieder nach dem Zaum greifen wollte.

Mit einem üblen Fluch wich er zurück und fasste nach seiner Hand. Blut strömte aus der Wunde. Er schrie, als sie mit William aufs Dock sprang. Ihre Röcke behinderten sie um die Fesseln, ihr Mantel schwang aus und machte sie schwerfällig. Gesichter starrten sie an, Männer wollten sich nähern.

Noch immer hielt sie das blutige Messer in einer Hand, als sie William zu einem umgedrehten Holzklotz zerrte. Den Messergriff zwischen die Zähne geklemmt, kletterte sie eher hastig als elegant in den Sattel und beugte ihr Knie über das Horn des Damensattels, ehe sie dem Pferd fest in die Flanken stieß.

Überrascht preschte William mit einem Satz los und sprengte den schmalen Weg entlang, die Uferböschung hinauf. Hinter sich hörte Pen Verwünschungen und Laufschritte, während sie rasch Vorsprung gewann.

Ihr Ziel lag in unmittelbarer Nähe der Wassertreppe der Pferdefähre unweit des Fährendocks; nun aber konnte sie nicht wie beabsichtigt auf direktem Weg dorthin gelangen. Sie musste warten, bis der Aufruhr sich gelegt hatte.

Erst als sie das Gewirr der Straßen und Gassen in einiger Entfernung vom Fluss erreicht hatte, nahm sie das Messer aus dem Mund, behielt es aber in der Hand, weil sie sich damit sicherer fühlte.

Jetzt befand sie sich auf vertrautem Gelände, in dem Viertel, in dem das Haus der Bryanstons lag. Die Erinnerung an den Angriff vom Abend vor Weihnachten jagte ihr Schauder über den Rücken, obwohl es heller Tag war und sie sich in einer belebten Straße befand. Für eine Frau ohne Begleitung ist es eine gefährliche Welt, dachte sie gereizt – für einen vernünftigen Menschen keine überraschende Erkenntnis; ein vernünftiger Mensch aber brachte sich nicht in eine Lage, in der er gezwungen war, mit einem Dolch auf andere einzustechen.

Als sie die Portale des Bryanstons-Hauses passierte, straffte sie unwillkürlich die Zügel und zog die Kapuze tiefer in die Stirn. Ein Blick zu den Türmchen zeigte ihr, dass die Familienbanner im frischen Wind flatterten. Es war die Bestätigung dessen, was sie bereits wusste, dass nämlich die Bryanstons in London weilten – für sie eine große Beruhigung. Sie hätte auf dem Land nicht ungehindert Nachforschungen anstellen können, wenn diese Sippschaft auf ihr Gut zurückgekehrt wäre. So aber lagen über dreißig Meilen zwischen ihnen und High Wycombe, und sie durfte sich unter den Pächtern umhören, ohne befürchten zu müssen, dass man ihr Hindernisse in den Weg werfen würde.

Sie brachte einige Straßen hinter sich und wendete dann das Pferd, um aus der anderen Richtung zur Horseferry-Treppe zu gelangen. An einer Ecke zügelte sie ihr Pferd und spähte unter einem überhängenden Giebel themseabwärts. Der Flussverkehr war rege, Kinder stöberten im Uferschlamm nach Aalen, Muscheln oder Schnecken. Die Fähre schwamm schon in der Flussmitte, mit neuer Fracht unterwegs nach Lambeth. Am Dock herrschte Ruhe.

Pen wagte sich weiter aus der Gasse heraus. Die Taverne war genau dort, wo sie sie in Erinnerung hatte: von den Wasserstufen ein wenig zurückgesetzt, umgeben von einem Garten. Rauch stieg vom Strohdach auf, die Fenster waren gegen den kalten Morgen mit Läden verschlossen.

An der Gartenpforte saß sie ab und führte William an die Haustür. Der Klopfer aus Messing schimmerte an dem schweren Eichenholz. Pen klopfte und wartete. Am Ziel angelangt, stellte sie fest, dass sie bemerkenswert ruhig war. Sie hatte ihre Fassung wiedergefunden und wusste genau, was sie zu tun hatte und wie.

Ein kleines Mädchen öffnete und schaute, einen Finger im Mund, zu ihr auf.

»Ist Mistress Rider da?«

Als Antwort rief das Kind »Mama!« über die Schulter und sah die Besucherin wieder mit großen Augen an.

Mistress Rider erschien. »Geh wieder zu deinen Töpfen, Ellie«, befahl sie der Kleinen und schob sie von der Tür weg. Sie sah Pen prüfend an. »Ach, die junge Dame, die mit dem Chevalier kam«, erinnerte sie sich. »Ihr wart verletzt.«

»Ja, das stimmt. Ist der Chevalier da, Mistress?«

»Er schläft noch. Kam erst nach Tagesanbruch, ging direkt zu Bett. Auch der junge Cedric.«

Also war er nicht gleich in der Frühe losgeritten, um sein Versprechen einzulösen. Nun, sie hatte es nicht erwartet. Warum sonst war sie hier …

Pen trat um Mistress Rider herum in die Diele. »Ich gehe hinauf«, erklärte sie ruhig. »Würdet Ihr Cedric bestellen, er soll sich um mein Pferd kümmern? Ach, und der Chevalier wird ein Frühstück und heißes Wasser zum Waschen brauchen. Er geht für ein paar Tage auf Reisen.«

Mistress Rider blieb buchstäblich der Mund offen. Ihr Blick hing wie festgenagelt an dem Dolch, den Pen noch immer in der Hand hielt. »Zu mir sagte er nichts davon, Madam!«

»Nein. Er war sicher sehr müde, als er heute Morgen eintraf. Aber Ihr werdet sehen, dass es genauso geschehen wird. Wenn Ihr also das Frühstück hinaufschicken würdet … Ihr kennt sicher seine Leibspeisen.« Mit liebreizendem Lächeln eilte Pen weiter.

Sie wusste noch, wo sich die Kammer des Chevaliers befand, und klopfte laut an, ehe sie den Riegel hob. Die Tür schwang auf, sie trat ein.

»Cedric … Herrgott, Junge, ich habe dich nicht gerufen!«, drang eine erboste Stimme hinter den Bettvorhängen hervor.

Pen schob sie auseinander. »Guten Morgen, Owen!«

Owen fuhr auf, sofort hellwach und im Vollbesitz seiner Sinne. »Pen! Was zum Teufel soll das?« Sein Blick fiel auf den Dolch. Er kniff die Augen zusammen, sein dunkler Blick schärfte sich. »He – und ein Messer!«

»Ach, das.« Pen warf einen Blick auf die Klinge. Mittlerweile hatte sie das Messer so lange in der Hand gehalten, dass es sich anfühlte wie eine Verlängerung derselben. »Auf der Pferdefähre war ein Mann, dem ich böse Absichten zutraute. Ich wollte kein Risiko eingehen.« Sie legte den Dolch auf den Tisch neben dem Bett.

Owen schob die Überdecke beiseite, als er seine Füße auf den Boden schwang. Er war nackt. Kraftvoll und schön. Letzte Nacht in der runden Kammer hinter dem Türbehang hatte sie ihn nicht nackt gesehen. Pen wandte den Blick ab. Ein loses Gewand hing an einem Haken neben der Tür. Sie nahm es und hielt es ihm wortlos hin.

Einen Moment länger als nötig wartete Owen, ehe er es in Empfang nahm – in der Meinung, sie bedauerte ihren abrupten Rückzug nach dem Liebesakt. Und nun hatte sie ihn praktisch überfallen, um zwischen ihnen alles wieder ins Lot zu bringen. Sein Blut geriet in Wallung, als er sie anblickte und deutlich zu sehen vermeinte, wie sie reagiert hatte, welcher Glanz in ihren Märchenaugen gelegen hatte, als sie sich unter ihm bewegte.

Mit trägem Lächeln schlüpfte er in das Gewand. »Das nenne ich eine unerwartete Überraschung, Liebste ... aber eine köstliche!«

»Es ist nicht, was du denkst.« Pen wich rasch zurück, als er nach ihr fassen wollte. Sie trat ans Feuer und stocherte energisch darin, ehe sie Holz nachlegte.

Owen verspürte eine Aufwallung von Ernüchterung und erneuter Wut, gefolgt von glühender Enttäuschung. Es sah aus, als sei die Distanz heute so unüberwindbar und kalt wie am Abend zuvor. Was also wollte sie hier?

Wieder fiel sein Blick auf den kleinen silbernen Dolch. Mit einer Mischung aus Entsetzen und Zerstreutheit registrierte er rostrotes Blut an der Klinge. »Du hast ihn benutzt?« Er griff nach dem Dolch. Das Blut war getrocknet, aber noch klebrig.

»Es hat wenig Sinn, ein Messer bei sich zu tragen, wenn man nicht bereit ist, es einzusetzen«, schnappte Pen. »Du gibst mir doch sicher Recht.«

*Sie gab sich kalt wie eine Hundeschnauze!* Nun, er würde nicht zurückstehen.

»Gewiss«, entgegnete er trocken und setzte in belehrendem Ton hinzu: »Aber man sollte seine Waffe nach Gebrauch säubern. Die Klinge wird fleckig, wenn man es unterlässt. Das musst du wissen, falls du es dir zur Gewohnheit machen willst, Menschen zu erstechen.«

Er nahm einen Lappen vom Waschtisch und wischte das Blut von der Klinge, ehe er den Finger darüber gleiten ließ. Owen hob eine Braue. »Nun, scharf ist sie wenigstens.« Und reichte ihr das Corpus delicti zurück. »Hier. Wo trägst du es?«

»Im Ärmel.« Pen steckte die Waffe in die Riemenhalterung. »Aber ich habe nicht die Absicht, mir den Gebrauch zur Gewohnheit zu machen. Ehrlich gesagt, trage ich den Dolch nur selten; aber meine Mutter brachte uns bei, wie man sich verteidigt. Pippa redete mir zu, ich solle ihn mitnehmen, und ich bin froh darüber.«

Einen Moment hatte sie geklungen wie sonst. Sie schien bei ihm Stimmung und Verhalten ständig zu ändern, und es war ihm immer noch schleierhaft, was hinter diesem Besuch steckte.

Nun fragte er in leicht ironischem Ton: »Bitte, kläre mich

auf, Pen. Warum hast du dich diesem Gesindel auf der Pferdefähre auf Gedeih und Verderb ausgeliefert – um mich aus dem Schlummer zu reißen?«

Eine direkte Antwort verweigerte Pen ihm. »Ich weiß, dass du sehr spät ins Bett gekommen bist; doch hätte ich gedacht, dass du inzwischen zumindest reisefertig sein würdest.«

»Ach!« Verstehen glomm auf, und ihm gefiel nicht, was er verstand. »Du bist gekommen, um mich auf den Weg nach High Wycombe zu schicken?«

»Beinahe«, sagte Pen zögernd. »Ich bin gekommen, um dich dorthin zu begleiten.«

Dies verarbeitete Owen vorerst einmal wortlos. Pen konnte ihn reizen, erregen, amüsieren und verwirren; bis gestern aber hatte sie ihn noch nie geärgert. Jetzt sah er ihre ruhige, entschiedene Miene und begriff, dass sie ihm in dieser Sache keinen Spielraum ließe. Sie würde ihn zwingen zu tun, was sie wollte, wann sie wollte.

Gewiss, er hatte einen Pakt geschlossen; doch hatte er nicht erwartet, wie ein Ochse vor dem Pflug angetrieben zu werden. »Lass mich eines klarstellen«, begann er langsam. »Trifft meine Annahme zu: du traust mir nicht, dass ich meiner Verpflichtung nachkomme?«

Pen ließ sich durch seinen gelassenen Ton nicht täuschen. Da sie wusste, dass sie ihn beleidigt hatte, beeilte sie sich zu erklären: »Das ist es nicht, Owen, wirklich nicht – doch finde ich, dass ich dabei sein sollte. Es geht um *mein* Anliegen, während es für dich nur Teil eines Vertrages ist. Ich brauche deine Hilfe, muss aber meine Rolle dabei selbst übernehmen, wie mir jetzt klar geworden ist.«

»Und wie willst du die Prinzessin für so lange verlassen?« Er hatte die spöttische Frage noch nicht ganz ausgesprochen, als er begriff, dass Pen natürlich alle Einzelheiten längst geregelt hatte.

»Darum habe ich mich bereits gekümmert«, sagte sie wegwerfend.

Ein Pochen an der Tür unterbrach ihr Gespräch. Er drehte sich um, und als er öffnete, ließ er seine übliche Beherrschung vermissen.

Cedric stand mit einem Krug voll heißem Wasser und einer Waschschüssel da. »Ich brachte Myladys Pferd in den Stall. Sie sagte, wir würden einen Ritt über Land unternehmen, Sir.« Sein Blick wanderte um Owen herum zu Pen, die ins Feuer starrte.

»Cedric, lass das Wasser da, und führe auf der Stelle die Pferde vor«, fuhr Owen ihn an.

»Auch das Pferd von Mylady?«

»Ja, auch das Pferd Lady Bryanstons! Lady Bryanston kehrt in den Greenwich Palace zurück. John Rider wird sie begleiten. Sag ihm, er solle sofort ein Pferd satteln.«

»Ja, Sir.« Cedric stellte Krug und Wasserschüssel ab und warf Pen einen interessierten Blick zu. Die knappen Anweisungen des Chevaliers verrieten dem Pagen, dass sein Herr bedrohlich knapp vor einem Wutanfall stand, und Cedric konnte nur annehmen, dass die Dame der Grund dafür war.

»Nein«, sagte Pen, als sich die Tür hinter dem Pagen schloss. »Ich komme mit, Owen.«

»Mach dich nicht lächerlich!« Er schüttete heißes Wasser in die Waschschüssel. »Das ist völlig überflüssig. Ich kann deine Angelegenheit allein erledigen. Du kehrst nach Greenwich zurück. Mistress Riders Sohn wird dir auf der Fähre mehr als angemessenen Schutz bieten können.«

»Nein!« sie blieb unverändert entschlossen. »Niemand anderer kann es für mich tun. Ich brauche deine Begleitung … und deine …«, sie zögerte und wählte ihre Worte mit Bedacht, »… deine berufliche Erfahrung. Ich half dir – jetzt hilfst du mir.«

Owen tauchte ein Handtuch ins heiße Wasser und hielt es an sein Gesicht. Zu wütend über ihren kompromisslosen Ton, um sofort zu antworten, konzentrierte er sich auf den methodischen Ablauf seiner Morgentoilette. Er legte sich das Handtuch um den Hals und machte sich daran, das Rasiermesser an einem Lederriemen zu schärfen.

Zu ihrer Enttäuschung bemerkte Pen, dass die Intimität seiner Aktionen sie beunruhigte – eine Intimität, die sich vertiefte, als er sich zu rasieren begann. Philip hatte einen Bart getragen, einen exakten dreieckigen Bart, der zu seinem schmalen Gesicht passte. Sie hielt Philips Bild fest, beschwor die Erinnerung an die Zeiten herauf, als sie ihm beim Rasieren zugeschaut hatte; langsam gewann sie ihre Fassung wieder. Sie tat es für ihn. Für ihr gemeinsames Kind.

Pen legte den Umhang ab und setzte sich auf einen Schemel am Kamin. Es war derselbe, auf dem sie gesessen hatte, als Owen ihre Wunde verband.

Die Erinnerungen kamen und gingen. Sie wartete ruhig. Er war wütend, doch das tat nichts zur Sache. Tatsächlich half es, die Distanz zwischen ihnen zu vergrößern, die sie so verzweifelt brauchte, wenn sie sich unbeirrt auf ihr Ziel konzentrieren wollte. Die Antworten waren nun greifbar nahe, und das allein zählte.

Owen warf das lose Gewand beiseite und griff nach seiner Hose. Pen starrte beharrlich ins Feuer und zwang sich, an alles, nur nicht an Owen d'Arcy und seine Nacktheit, zu denken.

Der Chevalier riskierte einen Seitenblick, und sein Ärger ließ nach. Er konnte ihre Reaktion so deutlich sehen, als wäre sie ihr ins Gesicht geschrieben. Jeder Muskel ihres starren Rückens verriet ihm, wie sehr sie darum kämpfte, seine Nähe abzuwehren. Ganz klar, diese Situation hatte sie nicht durchdacht. Sie war nicht auf den Gedanken gekommen, was es bedeutete, im Schlafgemach eines Mannes zu warten, während er mit persönlichen Verrichtungen befasst war.

Seine Lippen zuckten in einem leichten, wenn auch zögernden Lächeln. Trotz ihrer Zielstrebigkeit hatte sie nicht jedes mögliche Problem vorausgesehen.

Während er sein Hemd zuknöpfte, überlegte er. Was konnte es denn schaden, wenn sie ihn begleitete, zumindest auf der ersten Etappe der Reise? Bei seinen Nachforschungen auf dem Gut der Bryanstons konnte sie natürlich nicht dabei sein, weil man sie erkannt und nicht aufrichtig geantwortet hätte. Bis dahin aber stand ihrer Gesellschaft nichts im Wege.

Nach einigen Tagen des engen, ja vertrauten Beisammenseins würde er sicher im Stande sein, den Widerstand zu überwinden und Pen Bryanston von neuem zu verführen.

Und was Owen d'Arcy diesmal vorschwebte, hatte nichts mit französischer Geheimdiplomatie zu tun.

»Nun, wenn du unbedingt musst – meinetwegen«, sagte er obenhin und setzte sich, um seine Stiefel anzuziehen.

Von dieser plötzlichen Kapitulation überrascht, drehte Pen sich abrupt um. »Was bewog dich zu deiner Meinungsänderung?« Sie schaute ihn argwöhnisch an.

Owen schüttelte den Kopf. »Mir scheint, ich kann dir auch gar nichts recht machen. Erst beharrst du auf deinem Willen. Und jetzt, wo ich einverstanden bin, stellst du meine Beweggründe in Frage.«

»Du bist also nicht beleidigt?«, fragte Pen. »Nicht mehr, meine ich?«

Er zuckte die Schultern. »Wie du richtig sagtest, ist es dein Anliegen. Du hast das Recht mitzuwirken.«

»Danke«, murmelte Pen, der nun der Wind aus den Segeln genommen war.

Owen nickte lediglich, worauf Schweigen eintrat. Er zog

sich fertig an, und als Mistress Rider ihm ein herzhaftes Frühstück brachte, verzehrte er es ebenso wortlos. Einmal deutete er einladend auf den Tisch, Pen aber schüttelte den Kopf. Sie konnte den Aufbruch kaum erwarten, da sie nur vier Tage Zeit hatte. Eineinhalb Tage hin, ebenso lange zurück. Zu wenig Zeit, um sie an gekochte Eier und Lendenstückchen zu verschwenden.

Also blieb sie auf dem Schemel sitzen und starrte ins Feuer, von der Frage bewegt, warum er ohne weitere Widerrede nachgegeben hatte. Er war so entschieden wütend gewesen. Was hatte diesen Sinneswandel bewirkt? Ein vager Verdacht nagte an ihr; sie war aber ratlos, wie sie das Thema aufs Tapet bringen sollte, ehe er es tat. Schließlich wollte sie sich keine demütigende Abfuhr holen. Wenn sie aber nichts sagte, wurde dies womöglich als Einverständnis aufgefasst. Und ein solches war es ganz und gar nicht!

Owen beendete sein Frühstück und suchte seine Habseligkeiten zusammen. Ein Nachthemd, Wäsche zum Wechseln, ein Rasiermesser und ein paar Stiefel wanderten in eine Ledertasche.

Pen kehrte dem Kamin den Rücken und sah neugierig seinen Vorbereitungen zu. Wenn sie sich auf seine Tätigkeit konzentrierte, wurde sie von seiner Anwesenheit weniger verunsichert.

Er entnahm der Kommode eine lederne Schreibmappe und packte sie in die Tasche. Pen wunderte sich, warum er auf einer solchen Reise Briefe zu schreiben gedachte, fragte ihn aber nicht danach.

Cedric kam wieder und kündigte an, dass die Pferde gesattelt bereit stünden. »Dem Pferd von Mylady gab ich ein wenig Hafer – es scheint mir sehr nervös.«

»Wenn er irgendwo fremd ist, verlassen ihn die Nerven«, setzte Pen ihm auseinander. »Danke für deine Mühe.«

Cedric wurde rot. »Es ist mir ein Vergnügen, Mylady.«

»Ich werde einen Vogel mitnehmen müssen, Cedric«, teilte Owen ihm mit und hakte seinen kurzen Umhang am Hals zu. »Du kannst den Käfig tragen. Meine Tasche schnalle aufs Pferd. Wir sind in einer Minute unten.«

»Sehr wohl, Sir!« Cedric nahm die Tasche und eilte hinaus.

Nun ließ Pens Neugierde sich nicht mehr zügeln, und sie brach ihr entschlossenes Schweigen. »Einen Vogel?«

»Eine Brieftaube«, erklärte er. »Ob du es glaubst oder nicht, vor mir liegt Arbeit, die nicht nur deine Interessen betrifft.«

»So«, entfuhr es ihr. Jetzt war ihr klar, warum er unterwegs die Schreibmappe brauchte. »Du musst wohl Berichte und Nachrichten und dergleichen abfassen?«

»Genau.«

Er hatte gehofft, sie mit der Andeutung, wie ungelegen sie gekommen war, etwas aus der Fassung zu bringen – vergebens.

Pen meinte nur: »Nun, dann ist es ja gut, dass du alles Nötige bei dir hast. Wir erreichen High Wycombe erst morgen, so dass du den heutigen Abend deinen Pflichten widmen kannst ...«

Sie zögerte und hoffte inständig, ihr Ton würde sie nicht verraten. »Du wirst sicher froh sein, den Abend für deine Berichte zu haben ... wo immer wir pausieren ... zum Übernachten. Ich werde dir nicht Gesellschaft leisten, fürchte ich.«

Das müsste eigentlich reichen, dachte sie.

Owen zog seine Handschuhe an. Aus seinen schwarzen Augen blitzte Belustigung. »Ach?«, murmelte er, ehe er sich umdrehte und den Raum verließ.

Verwirrt legte Pen ihren Umhang um die Schultern und folgte ihm über die Treppe hinunter. Das Gespräch war nicht wie geplant verlaufen. Sie würde ihm rundheraus sagen müssen, dass – falls er entsprechende Vorstellungen hegte – diese sich nicht mit den ihren deckten.

Mistress Rider eilte geschäftig aus den Küchenregionen herbei, als sie die beiden auf der Treppe hörte. »Ihr verreist für ein paar Tage, Sir?«

»Ja. In Kürze bin ich wieder da.«

»Ja, Cedric sprach davon. Unser John steht bereit, die Dame zu begleiten.«

Pen lächelte Mistress Rider zu. »Euren Sohn werde ich nicht brauchen. Ich reite mit dem Chevalier.«

Die Wirtin sah verwirrt drein. »Aber der Chevalier sagte doch …«

»Mein Irrtun, Mistress Rider«, bekannte Owen aufgeräumt. »Sieht aus, als hätte ich die Situation missverstanden.«

Ein junger Mann, der William festhielt, stand auf der Straße vor dem Vorgarten. Eine lammfromme, breitrückige Stute zupfte am trockenen Wintergras des Straßenrandes. Cedric schnallte Owens Gepäck hinter dem Sattel eines prächtigen Rappens fest. Ein Käfig mit einer beringten Taube stand auf dem Boden neben dem kleineren Reittier des Pagen.

Pen schritt den Weg entlang. »Vielen Dank, Master Rider, aber ich werde Eure Dienste doch nicht benötigen. Das erklärte ich schon Eurer Mutter. Aber wenn Ihr so gut seid, könnt Ihr mir beim Aufsitzen helfen.«

»Lass nur, John. Ich bin für die Dame zuständig«, rief Owen, so aufgeräumt wie zuvor. »Kommt, Lady Bryanston!« Er umfasste ihre Taille und hob sie mit Schwung in den Sattel.

Pen stockte der Atem ob seiner unkonventionellen Hilfestellung; doch ging alles so rasch und glatt vonstatten, dass sie lieber den Mund hielt, ihr rechtes Bein über das Horn des Damensattels legte und ihre Röcke malerisch drapierte. William warf wiehernd den Kopf hin und her.

Der Chevalier furchte die Stirn. »Mir gefällt nicht, wie dein Pferd sich gebärdet. Konntest du kein besseres finden?«

»Er ist der schnellste«, gab Pen zurück. »Und ich dachte, es käme vor allem auf Eile an …«

»Übereilen bringt Verweilen«, bemerkte Owen noch immer stirnrunzelnd. »Ein Sprichwort, das oft zutrifft.«

»William kann auch vorbildlich sein«, verteidigte Pen ihn und griff nach den Zügeln. »Wir werden Euch nicht aufhalten, Chevalier. Das verspreche ich.«

»Nun, dann denke daran, dass du es so gewollt hast«, sagte er trocken. »Das Pferd fällt in deine Verantwortung.«

Er saß auf und wendete sein Tier in der engen Gasse. Cedric gesellte sich an seine Seite, und Pen folgte auf William.

## 12

»Ein Jammer, dass wir Pen heute Morgen nicht mehr antrafen«, bedauerte Guinevere, als sie vor ihrer Residenz in Holborn, einem gemauerten Fachwerkhaus, aus dem Sattel stieg. Im Vergleich zu den großen Herrenhäusern, die in den letzten Jahren an den Ufern der Themse errichtet worden waren, wirkte es bescheiden. Guinevere und Hugh verachteten die Neureichen, die ihr Vermögen zur Schau stellten – einen Reichtum, den sie sich größtenteils von jenen angeeignet hatten, die ihn durch die wetterwendische Regierung der Tudors zugleich mit Macht und Einfluss eingebüßt hatten.

Dennoch hätte niemand von der unauffälligen Londoner Bleibe der Kendals auf einen Mangel an Mitteln geschlossen. Guinevere beteiligte schon seit langem ihren Gemahl an ihrem großen Vermögen; außerdem nutzte sie ihr juristisches

Wissen und ihre Erfahrungen in Rechnungswesen und Verwaltung zur Führung und Vermehrung der gemeinsamen Güter.

»Die Prinzessin muss ernsthaft erkrankt sein«, sagte Pippa, die neben ihre Mutter absaß, »weil sie Pen die ganze Zeit über bei sich haben möchte.« Sie strich ihre Röcke glatt und senkte den Kopf, um ihren Blick zu verbergen. Pippa wünschte, sie könnte besser lügen. Aber Lug und Trug waren nie notwendig gewesen, so dass es ihr darin an Übung fehlte.

»Du bist aber früh zurück.« Robin kam die Treppe herunter. »Ich dachte, ihr wolltet bei Pen bleiben.«

»Ach, Pen muss der Prinzessin Gesellschaft leisten«, eröffnete Anna ihrem Bruder wichtigtuerisch. »Die Prinzessin sagte, sie könne es nicht ertragen, wenn Pen nicht bei ihr sei.«

»So dramatisch hat sie es nicht ausgedrückt, Anna!«, mischte sich Pippa ein. »Pens Botschaft besagte nur, dass sie nicht fort könnte. Es hatte wenig Sinn, dass wir blieben, da Mama weder Pen noch die Prinzessin besuchen konnte.«

»Und die Duchess of Suffolk war auch da«, rief Anna mit heller Stimme. »Deshalb empfahlen wir uns rasch wieder, ehe Mama mit ihr ein Gespräch anfangen musste.«

»Anna, du darfst solche Dinge nicht sagen«, schalt Guinevere die Kleine sanft, als sie sich auf das Hauptportal zubegaben.

»Aber ich sagte es doch nur zu Robin«, protestierte das Mädchen.

»Das mag sein, trotzdem ist es indiskret«, erklärte ihr Vater, der sie vor sich ins Haus schob.

Robin verharrte auf der Treppe und sah Pippa mit gefurchter Stirn an. »Die Aufforderung der Prinzessin muss ganz plötzlich gekommen sein. Pen amüsierte sich so sehr bei den Festlichkeiten, dass man nie vermutet hätte, sie sei in Sorge um Marys Gesundheit.«

»Zu jenem Zeitpunkt vielleicht noch nicht«, nuschelte Pippa und schob sich an ihm vorüber ins Haus. »Mary befahl sie erst am Morgen zu sich.«

Je mehr sie über das Thema sprechen musste, desto größer wurde die Wahrscheinlichkeit, dass sie sich verriet, vor allem vor Robin. »Ich muss ein paar Briefe schreiben.« Damit hastete sie die Stiege hinauf, um in ihrem Zimmer Zuflucht zu suchen.

Doch sie blieb nur so lange für sich, um die zierliche silbergraue Katze zu begrüßen, die zusammengerollt auf dem Fenstersitz lag. Pippas Mondschein, gleich alt wie ihr Bruder Muskatnüsschen, war trotz unzähliger Nachkommen und ihres Alters viel flinker. Dieses schlanke, geschmeidige Katzentier schloss nun die Augen und hob das Kinn in Erwartung der gewohnten Liebkosung.

Nach einem flüchtigen Klopfen trat Robin ein.

»Aber Robin, ich hätte im Hemd dastehen können!«, tadelte Pippa ihn, die auf dem Fenstersitz neben der Katze saß.

»Ich war dir auf den Fersen. Du hättest kaum Zeit gehabt, die Handschuhe abzustreifen.« Robin, der mit seinen Stiefschwestern immer so ungezwungen umgegangen war wie sie mit ihm, sagte es beiläufig. Er blieb, an die Tür gelehnt, stehen und fuhr sich mit beiden Händen durchs Haar, das sich aufstellte und wie eine Gloriole seinen Kopf umgab. »Wo ist Pen?«

Unwillkürlich fuhr Pippa zusammen. Die Katze reagierte mit Unmut, und Pippa setzte eifrig ihre Liebkosungen fort.

»Das sagte ich bereits. Pen wacht am Bett der Prinzessin.«

»Da stimmt etwas nicht«, stellte Robin fest. »Pippa, mich kannst du nicht hinters Licht führen. Was geht hier vor?«

Pippa zog sanft an den Katzenohren. Die Bürde zu teilen, würde eine große Erleichterung sein, und Robin würde Pen ebenso wenig verraten wie sie selbst. Doch stand Robin

Owen d'Arcy feindselig gegenüber, und zwischen ihm und Pen gab es deswegen schon seit Wochen Verstimmung ... Falls aber diese Flucht tatsächlich mit Pens totem Kind zusammenhing, würde Robin vielleicht eine Ahnung haben, wie Owen d'Arcy damit verquickt war.

»Es wird dir nicht gefallen«, sagte sie nach kurzer Überlegung.

»D'Arcy?«, hakte er nach.

Pippa nickte. »Sie sagte, es sei ein geheimes Treffen. Vier Tage der Leidenschaft.«

*»Leidenschaft!«*, schnaubte Robin angewidert. »Pen würde nie etwas so ... so Unerhörtes von sich geben.«

Pippa zuckte die Achseln. »Nun, es stimmt leider.« Und dann sagte sie wie im Selbstgespräch, als sei es nicht für Robin bestimmt: »Aber ich glaube nicht, dass sie es so meinte. Ich halte es für einen Vorwand.«

Robins Blick ruhte mit geradezu hypnotischer Intensität auf ihrem Gesicht. »Einen Vorwand wofür?«

Inzwischen drängte es sie, sich Robin anzuvertrauen, da sie seine Meinung hören wollte. Unverändert leise fuhr sie fort: »Ich fürchte, dass es mit ihrem Kind zusammenhängt.«

Unter seinem wettergebräunten Teint erbleichte Robin. »Doch nicht schon wieder?«

»Ich glaube nicht, dass sie jemals darüber hinweggekommen ist«, sagte Pippa. »Sie spricht nicht mehr davon, weil wir uns alle immer so aufregen – aber es wühlt noch immer in ihr.«

In der nun eingetretenen Stille, die ihr verriet, dass auch Robin der Meinung war, Pen hätte sich von ihrer fixen Idee nie gelöst, kaute sie an ihrer Unterlippe. Nur ganz zögernd schnitt Pippa jenen Aspekt des Themas an, den noch nie zuvor jemand berührt hatte: »Robin, hältst du es für möglich ... ich frage mich manchmal ...«

»Was denn?«, unterbrach Robin sie scharf. Pippa sah es gar nicht ähnlich, wie eine Katze um den heißen Brei herumzuschleichen.

Das junge Mädchen holte tief Luft. »Ich frage mich, ob etwas daran sein könnte … an Pens fixer Idee, meine ich.«

Robin starrte sie an. »Was redest du da, Pippa?«

Sie begegnete seinem festen Blick. »Du weißt es sehr wohl, Robin. Warum sollte Pen die ganze Zeit über so unbeirrt daran festhalten, wenn absolut nichts dran ist? Schließlich hat sie nicht den Verstand verloren. Sie ist der vernünftigste Mensch, den ich kenne – vernünftiger als du.«

Robin seufzte wie ein Mensch, der die Last der Welt auf seinen Schultern trägt. »Ich will nicht sagen, dass dieser Gedanke mir nie gekommen wäre«, murmelte er. »Aber es ergibt keinen Sinn. Warum sollten alle ihr einreden, ihr Kind sei eine Totgeburt, wenn es nicht stimmt?«

»Vielleicht will sie die Antwort darauf finden«, sinnierte Pippa laut. »Aber wie kann Owen d'Arcy ihr dabei helfen?«

»Genauer gesagt, warum.«

»Aus Leidenschaft?«, mutmaßte Pippa und wünschte sofort, sie hätte ihren boshaften Humor gezügelt. Robin wirkte alles andere als amüsiert; andererseits war es keine ganz unbegründete Vermutung. Zwischen Pen und dem Chevalier ging etwas vor, das sehr intensiv war und aus dem Rahmen fiel.

Nun fing Robin an, den Raum vom Fenster zur Tür zu durchmessen. Seinen Entschluss, Pen zu sagen, was er über d'Arcy wusste, hatte er nicht in die Tat umsetzen können, da sie mit dem Mann verschwunden war, ehe er dazu kam, den Mund aufzumachen. Und Pippa konnte er die Wahrheit über den Franzosen nicht verraten, ehe er die Sache nicht mit Pen besprochen hatte. Alles war so verdammt kompliziert.

»Uns bleibt nichts übrig, als auf Pens Rückkehr zu warten«, entschied Robin. »Was sollen wir sonst tun? Ich wüsste nicht, wo ich beginnen sollte, nach ihr zu suchen.«

Pippa hörte seine Verzweiflung heraus. Sie ging zu ihm und legte ihm eine Hand auf die Schulter. »Robin, alles wird gut ausgehen. Pen ist stärker, als wir glauben.«

Damit rechnete Robin nicht. Tatsächlich wollte er sich Owen d'Arcy einmal vorknöpfen. Er kannte jemanden, der ihm jedes eventuell vorhandene schändliche Geheimnis des französischen Spitzels verraten würde. Wenn Pen sich entschloss, ihrer *Leidenschaft* – das Wort drohte ihm in der Kehle stecken zu bleiben – weiter zu frönen, dann sollte sie es offenen Auges tun.

Er klang sehr ernst und aufrichtig: »Pippa, ich schwöre dir, dass ich d'Arcy meinen Degen in den Leib jage, sollte er ihr etwas antun.« Er legte die Hand an den Schwertgriff, wie um seinen Worten Nachdruck zu verleihen; dann drehte er sich ohne ein Wort des Abschieds um und verließ Pippa.

*Also ob dies eine Lösung wäre,* dachte Pippa. Typisch männlich in einer Situation, die feinstes Fingerspitzengefühl erforderte.

»Ich glaube nicht, dass er bei Owen damit weit kommen wird«, vertraute sie der Katze an. Der Chevalier war in ihrer Gegenwart immer nur charmant gewesen; aber Pippa hatte, wie Pen, die Drohung, die gebändigte Kraft unter der vornehmen, eleganten Fassade gespürt.

Owen beschloss, London durch Aldersgate zu verlassen. Das Gedränge an der Fleet Street war dicht, und Pen musste ihr Pferd knapp am Zügel halten, da es bei jedem fremden Geruch und jeder unerwarteten Bewegung im Gedränge, in das sie häufig gerieten, scheute und tänzelte. Als sie in der Menge steckten, die darauf wartete, die London Bridge mit ihrer grausigen Zier aufgespießter, auf den Fluss starrender Häupter zu überqueren, wurde Pen klar, dass sie besser daran getan hätte, ihre fromme Stute Lightfoot zu wählen.

Die Ausfallstraßen waren noch vom örtlichen Verkehr belebt; doch als sie London hinter sich gelassen hatte, ritten sie inmitten beladener Packwagen und Gruppen reich gekleideter Händler, die den schimmernden Türmen Oxfords zustrebten, während aus der Gegenrichtung Bauernkarren mit Rüben und Kohl die Märkte Londons ansteuerten.

Es war fast Mittag, als sie Aldersgate passiert hatten, und Owen ritt so rasch, wie der Verkehr es zuließ. Vor Einbruch der Dunkelheit wollte er in Gerrards Cross, zwanzig Meilen außerhalb Londons, Halt machen – eine Strecke, die für die Pferde leicht zu bewältigen war. Am nächsten Morgen galt es dann nur mehr zwölf Meilen zu überwinden. Ein Tag in High Wycombe musste das Gewünschte ans Licht bringen, falls es denn tatsächlich etwas zu entdecken gab.

D'Arcy blickte über die Schulter zu Pen, die sich am Straßenrand hielt, wo ihr launisches Pferd weniger abgelenkt und gestört wurde. Das Tier war der reinste Teufel. Pen hatte so viel damit zu tun, es zu bändigen, dass sich keine Gelegenheit für ein Gespräch ergab. Und ohne Gespräch konnte man nicht erwarten, eine intime Beziehung wieder zu beleben. Er würde bei Tisch etwas unternehmen müssen.

»Gibt es bald Essen, Sir?« Cedric sprach Owens Gedanken mit unheimlicher Treffsicherheit aus.

Owen lachte. »Du hast schon Hunger, Junge?«

»Na ja, es wird bald zwei Uhr, und ich dachte, die Pferde könnten Wasser und Hafer vertragen.«

»Die Pferde«, sagte Owen ernst. »Gut, dass du mich erinnerst. Wir halten in Northolt an, das ist das nächste Dorf.«

Wieder warf er einen Blick auf Pen. Wann sie zuletzt gegessen haben mochte? Von seinem Frühstück hatte sie ja nichts haben wollen.

Er rief ihr leise zu, um ihr Pferd nicht scheu zu machen. »Pen, wir halten in Northolt zum Essen an. Hast du Hunger?«

»Ich bin schon fast verhungert«, knurrte sie. Es war eine Ewigkeit her, seit sie bei Morgengrauen Brot und Speck mit ihrer Schwester geteilt hatte. Pen zog Williams Zügel fester.

Sie näherten sich dem Dörfchen Northolt, als Glockengeläut über die Felder klang. An der Wegkreuzung erhob sich ein Galgen, ein nahezu skelettierter Leichnam hing in Ketten daran und schwang verloren im Wind. Auf dem Querbalken hockende Krähen erhoben lautes Gekrächze, als die Reiter sich näherten.

William scheute und tat einen Satz vom Rand mitten auf die Straße. Pen riss an den Zügeln, und das Pferd bäumte sich erschrocken auf, als die Krähen noch lauter krächzend aufflatterten, um zu retten, was von ihrem Schmaus übrig geblieben war.

Bis William wieder alle vier Hufe auf den Boden brachte, klammerte Pen sich mit aller Kraft an seine Mähne. »Was für ein widerspenstiges Biest!«, erklärte Owen, der sich zu ihr hinüberbeugte und die Zügel erfasste. »Als Reitpferd für eine Frau wenig geeignet!«

»Auf vertrautem Terrain ist er ganz fügsam«, beteuerte Pen. »Ihr braucht seine Zügel nicht zu halten, Chevalier!« Indigniert schlug sie mit der Gertenspitze nach seiner Hand.

Owen entwand ihr die Gerte. »Es gibt Dinge, die ich unfreundlich aufnehme«, bemerkte er frostig. »Entweder du suchst dir während unserer Mittagsrast ein anderes Pferd, oder die Reise ist für dich zu Ende.« Er gab ihr die Gerte zurück und ritt voraus.

Pen verzog ihre Miene ob dieser unmissverständlichen Anweisung, verkniff sich aber eine Bemerkung. Der verächtliche Schlag mit der Gerte, eine mechanische, aber unkluge Reaktion, tat ihr sehr Leid.

Das *Rising Sun* auf dem Dorfanger von Northolt war ein einladendes Wirtshaus, ideal gelegen, um Reisenden auf der frequentierten Straße von London nach Oxford als Station zu dienen. Owen saß vor dem Eingang ab und übergab sein Pferd einem Knecht, der aus den Stallungen herbeirannte.

»Ich komme nach«, sagte Pen ziemlich gedämpft. Ohne auf Antwort zu warten, ritt sie um das Haus herum zum Stall.

Die Verhandlungen und Anweisungen Williams Pflege betreffend erforderten Zeit und etwas Geld; als Pen den vollen Schankraum des Wirtshauses betrat, fand sie Owen und Cedric am allgemeinen Tisch vor, wie sie sich bereits über ein Frikassee aus Hammelfleisch, Buttergemüse und gebratenen Kastanien hermachten.

Sie stand im Eingang und schob ihre Kapuze zurück, ehe sie den Umhang aufhakte. Beim Anblick der ländlichen Gerichte auf dem Tisch lief ihr das Wasser im Mund zusammen. Owen winkte sie zu sich und rutschte auf der Bank weiter, um ihr Platz zu machen.

Pen zögerte, doch konnte sie keine Spur der Verärgerung von vorhin in seinen ruhigen Zügen entdecken. Es sah aus, als sei ihr die unüberlegte Geste verziehen worden.

Sie hängte ihren Mantel an einen Haken neben der Tür und raffte ihre orangefarbenen Röcke hoch, um über die Bank zu steigen.

»Das ist aber eine elegante Robe«, bemerkte Owen, als sie die Röcke um sich ordnete. »Für einen Palast passender als für eine Kneipe.« Er steckte die Spitze seines Dolches in eine dicke Brotscheibe auf dem Brett vor sich und reichte sie ihr.

»Für Kneipen besitze ich keine passenden Kleider«, begann Pen, die nun bedauerte, dass sie Pippas Vorschlag gefolgt war. Im Schankraum mit den dunklen Deckenbalken inmitten der groben, handgewebten und in gedeckten ländlichen Farben gehaltenen Kleidung der anderen Gäste wirkte ihr Gewand so auffallend wie ein Sonnenstrahl am Gewitterhimmel.

»Warum solltest du auch?«, erwiderte Owen mit nichtssagendem Lächeln. »Hast du ein Ersatzpferd gefunden?«

Bei Tisch gab es kein Besteck. Ehe sie antwortete, klappte Pen ihr Brot geschickt zu einem schaufelartigen Gebilde zusammen. Sie tauchte dieses in die Schüssel und führte eine großzügige Portion Fleisch und Soße zum Mund.

»Ja«, antwortete sie noch kauend, ehe sie Gemüse auf ihr Brot schob. »Ein braves Tier, das an Turbulenzen gewöhnt ist.« Bekräftigend nickte sie. »Es wird keinen Ärger machen. Würdest du mir den Ale-Krug reichen?«

Owen kam der Aufforderung nach. »Dann können wir unseren Ritt etwas gesprächiger fortsetzen«, freute er sich.

Pen sah nicht, wie das zu verhindern wäre; doch gedachte sie die Zeit zu nutzen, um zu besprechen, wie sie in High Wycombe vorgehen sollten. Sie fragte sich, ob er einen Plan hatte. Jedenfalls hatte sie eigene Ideen. Es galt nun, die Vorschläge zu kombinieren, um Sicherheit und Erfolg ihrer Unternehmung zu gewährleisten.

Sie trank aus dem Krug, nahm dann ihren Dolch aus dem Ärmel und spießte ein besonders saftiges Stück Fleisch aus dem Topf auf. Mit der Messerspitze schnitt sie die Knorpelteile ab und verspeiste den Leckerbissen. Klingen sind nicht nur zur Verteidigung nützlich, überlegte sie. Kein Wunder, dass ihre Mutter ihren Töchtern immer befahl, Dolche mit sich zu führen. Natürlich war Pen es nicht gewöhnt, sich ohne Besteck am allgemeinen Tisch eines Straßenwirtshauses zu bedienen.

Das Essen aber schmeckte gut. Pen, die Hunger hatte wie ein Wolf, wich seitwärts aus, um einer stämmigen Schankmaid Platz zu machen, damit diese über sie hinweg einen enormen Feigenpudding auf den Tisch stellen konnte. Das Mädchen wischte sich mit dem Ärmel die schweißnasse Stirn und steckte einen Löffel in die Mitte des Puddings. Dampf entwich zischend.

Der Pudding wurde nun den Tisch entlang weitergereicht und mit ihm der allgemeine Löffel. Pen beobachtete ihre Tischgenossen, und als der Pudding bei ihr anlangte, war ihr inzwischen doch der Appetit vergangen.

Auch Owen lehnte ab; aber Cedric griff nach dem Löffel, als die Reihe an ihn kam, und aß mit Begeisterung.

»Jugend ist nicht wählerisch«, murmelte Owen. »Sie hat immer Kohldampf!« Pen lächelte und vergaß einen Moment, Distanz zu halten. Man wurde allzu leicht sorglos, wenn man freundschaftlich und ungezwungen beisammensaß.

Er berührte ihren Nacken knapp hinter dem Ohr, ein leichter Druck seiner Fingerspitze hinter der Linie des zarten gefältelten Stehkragens im Nacken. Pen bewegte sich nicht. Sein Finger verharrte auf ihrer Haut. Sie spürte seinen Puls und hielt den Atem an. Dann drehte sie den Kopf, und seine Hand sank herab.

»Wir sollten aufbrechen«, ordnete er aus heiterem Himmel an, als hätte es den Augenblick nie gegeben. »Komm, Cedric, du hast genug gegessen, um einen Lastkahn zu versenken. Lass die Pferde nach vorne bringen. Lady Bryanston hat sich Ersatz für ihren erregbaren Wallach besorgt.«

Cedric kletterte über die Bank und griff nach seiner Mütze, die zu Boden gefallen war. Im Davonlaufen suchte er nicht zu definierende Speisereste von der flachen Krempe.

»Ich komme gleich nach«, sagte Pen. »Ich brauche nicht lange.«

»Neben dem Hühnerstall ist ein Abtritt«, bemerkte Owen hilfsbereit. »Gib mir unterdessen deinen Mantel.«

»Meinen Dank, Chevalier!« Sie knickste übertrieben und

begab sich in den dunklen, übel riechenden Schuppen neben der Schänke.

Da es kein Ort war, der zum Verweilen einlud, kam sie sehr rasch wieder und lief den Weg entlang, der um das Haus herumführte.

Owen begutachtete das gedrungene, breitrückige Pferd, das Pen gemietet hatte. Er stellte den Huf hin, den er mit der Spitze seines Dolches untersucht hatte. »Ich glaube, es hält durch. Es ist entsprechend beschlagen.«

»Ich kenne mich bei Pferden einigermaßen aus«, informierte Pen ihn mit einem Anflug von Schärfe.

Er nahm es mit einem Kopfnicken zur Kenntnis und verkniff sich einen Kommentar zu ihrem Wallach und dessen Unvermögen, sich im dichten Verkehr der Überlandstraße zu behaupten.

»Soll ich dich hinaufheben, oder ist dir der Block lieber?«

Fast wie im Reflex berührte Pen ihren Nacken. Sie dachte daran, wie er sie am Morgen in den Sattel gehoben hatte. »Mir ist der Aufsteigeblock lieber.«

»Wie du wünschst!« Er bedeutete dem Stallknecht, das Pferd zum Block zu führen, und schwang sich in den Sattel seines Tieres.

Pen saß auf. Das Pferd trug ihren eigenen Sattel, so dass es ihr nicht ganz fremd vorkam; doch dauerte es eine Weile, bis sie sich an seinen Gang gewöhnt hatte. Sie zockelte langsam los, und Owen ließ nach einem gemurmelten Wort zu Cedric auch sein Pferd im Schritt gehen.

»Wir haben Zeit«, erklärte er. »Cedric reitet voraus, um uns im *Bull* Quartier zu besorgen.«

Zwar spitzte Pen die Ohren nach einem selbstgefälligen oder gönnerhaften Ton, konnte aber keinen heraushören. Er war so charmant und aufmerksam, als hätte er sie zu dieser Reise eingeladen.

Am Abend zuvor war er der Falke mit Raubtierschnabel und scharfen, zupackenden Fängen gewesen. Am Abend zuvor hatte sie sich diesen Fängen geöffnet, hatte sich von der Woge des Verlangens mitreißen lassen, von der Faszination des Mannes, der eine Maske trug.

An diesem hellen kalten Nachmittag aber gab er sich so warmherzig, kameradschaftlich und umgänglich wie Robin.

Wieder berührte sie die Stelle hinter dem Ohr mit ihrer behandschuhten Hand.

*Nein, nicht wie Robin. Nicht im Entferntesten wie Robin!*

## 13

Der Mond war an einem bewölkten Himmel aufgegangen, als sie das stattliche Dorf Gerrards Cross erreichten. Pen hatte versucht, von Owen zu erfahren, wie er seine Nachforschungen in High Wycombe durchzuführen plante; er aber hatte sich auf ausweichende Antworten beschränkt, und als sie von ihren eigenen Vorstellungen sprach, hatte er nur stumm eine Braue hochgezogen. Es sah aus, als sei er bereit, über alles zu sprechen, nur nicht über den eigentlichen Grund dieser Reise.

Schließlich war auch Pen verstummt, und Owen unterließ jeden Versuch, eine Unterhaltung anzufangen. Pen spürte, dass er sich insgeheim amüsierte – doch wollte sie verdammt sein, wenn ihr auch nur ein Wort entschlüpfte. Die ganze letzte Stunde, als es schon dunkelte, ritten sie schweigend dahin, und Pen ertappte sich bei Träumen … Abendessen, ein loderndes Feuer, heiße Milch mit Brandy, gewürzt mit Muskat und Zimt, und dann ein Federbett.

Das letzte Bild riss sie aus ihren Gedanken. Unwillkürlich

warf sie ihrem Begleiter einen Blick zu, dankbar für das schwindende Licht – denn plötzlich glühten ihre Wangen.

Owen wandte sich ihr sofort zu. »Müde?«

»Eine Untertreibung«, erwiderte Pen so kühl, wie sie es fertig brachte. *Er hatte doch nicht ihre Gedanken erraten?*

»Nun, das Ende ist schon in Sicht.« Mit der Gerte deutete er auf ein großes Fachwerkhaus, das ein wenig abgerückt von der Hauptstraße stand. Die Lichter der vorderen Fenster, deren Läden noch offen standen, durchdrangen die Dämmerung, die sich immer mehr vertiefte. Pens Pferd schritt rascher aus, als wittere es den Stall, und Owens Tier folgte seinem Beispiel.

»Wenn Cedric seine Sache gut gemacht hat, wird alles für unseren Empfang bereit sein.« Owen sah sie an. »Es wäre übrigens am vernünftigsten, dich als meine Schwester auszugeben, die ich zu Verwandten nach Oxford begleite.«

Sofort vergaß Pen ihre momentane Verlegenheit ob dieser Absurdität. »Wir sehen nicht annähernd wie Geschwister aus«, protestierte sie. »Ich hätte gedacht, einem Spion würde etwas Originelleres einfallen.«

Er verbeugte sich spöttisch im Sattel. »Verzeih, aber ich bin müde. Ehe du mich entgegen allem Anstand wecktest, hatte ich kaum zwei Stunden geschlafen.«

»Und ich selbst noch weniger«, schnappte sie zurück und wünschte sofort, sie hätte den Mund gehalten.

»Du hast schlecht geschlafen?« Er hob eine Braue, doch konnte sie seine Miene nicht erkennen. »Und warum?«

Glücklicherweise wurde sie einer Antwort enthoben, als sie in das aus den Fenstern der Herberge dringende Licht gerieten und zwei Stallburschen aus der Dunkelheit gelaufen kamen, um ihre Pferde zu übernehmen.

Pen versuchte, ihre letzte Kraft zum Absitzen zu mobilisieren; doch verweigerten ihre Gliedmaßen ihr den Dienst, so dass sie nicht widersprach, als Owen sie wortlos heruntersprach hob.

Er stellte sie auf die Füße, ohne ihre Taille loszulassen. Einen Moment rührte sich keiner von beiden, dann wisperte er; »Und warum hast du schlecht geschlafen, Pen? Waren deine Gedanken in Unruhe geraten?«

Sie zögerte. Sein Blick ruhte so durchdringend auf ihr, dass sie das Gefühl hatte, er könne ihre Gedanken lesen. »Vielleicht«, antwortete sie vage. »Es gibt viel, das mir den Schlaf raubt, Chevalier. Ich stehe kurz davor, die Wahrheit über mein Kind herauszufinden.« Sie trat zurück. »Gehen wir hinein.«

Er folgte ihr in die Helligkeit und Wärme der Herberge, in der sie von einem wahren Hünen begrüßt wurden, dessen rotes Gesicht verriet, dass er seit Jahren sein bester Gast war. Seine Stimme polterte so tief, als sei sie im Port ertränkt worden.

»Willkommen im *Bull*, Sir! Mylady!« Er verbeugte sich. »Wie wäre es mit einem Gläschen zum Aufwärm…?«

»Ich möchte sofort auf mein Zimmer«, fiel Pen ihm rasch ins Wort. »Bringt Ihr mir ein heißes Bad und das Abendessen hinauf?«

»Sehr wohl, Madam. Ich schicke Euch Mary zur Hilfe. Unverzüglich wird sie sich um Euer Gepäck kümmern.«

Pen hielt inne. Sie hatte nicht in Betracht gezogen, wie peinlich es war, in einem anständigen Wirtshaus ohne Gepäck abzusteigen. Nicht einmal eine Haarbürste hatte sie mitgenommen.

»Leider wurde das Gepäck meiner Schwester vom Pferd herunter gestohlen, während wir heute unser Mittagsmahl einnahmen«, warf Owen rasch ein. »Schafft meine Tasche auf ihr Zimmer.« Er wandte sich an Pen. »Meine Liebe, du kannst dir nehmen, was dir brauchbar erscheint.«

»Meinen Dank, Sir«, sagte sie mit einem kleinen Knicks.

Er streckte eine Hand aus und fasste ihr auf eine Art unters Kinn, die alles andere als brüderlich war. Dann hob er ihr Gesicht, dass sie seinem warmen und stetigen Blick begegnen musste. Um seine Lippen lag ein unmerkliches Lächeln, seine Miene war ganz Verheißung. Seine Hand unter ihrem Kinn schien jeden Zoll ihrer Haut überempfindlich zu machen.

»Wir werden zusammen zu Abend speisen. Schick die Magd zu mir, wenn du bereit bist, mich zu empfangen.«

»Ich bin sehr müde, *Bruder«*, entgegnete sie und entzog ihr Kinn seiner Berührung.

»Trotzdem musst du essen«, gab er leichthin zurück. »Und wir sollten unsere Pläne für morgen besprechen.«

»Eigentlich wolltest du das doch gar nicht. Den ganzen Nachmittag hattest du offensichtlich keine Lust dazu.«

»Meine Pläne waren noch nicht ganz ausgefeilt«, erklärte er leise. »Jetzt können wir sie besprechen ... beim Abendessen.«

Pen fühlte sich wie ein Wurm am Angelhaken. Vor dem Wirt, der sie interessiert beobachtete, konnte man keine Debatte anfangen.

»Wie du möchtest, *Bruder«*, sagte sie, während ihre Blicke Feuer sprühten. »Unser Gespräch darf jedoch nicht zu lange dauern, sonst kippe ich noch kopfüber in die Suppe.« Sie drehte sich um und ging auf die Treppe zu.

»Führt die Dame hinauf. Ich genehmige mir inzwischen einen Humpen Ale im Schankraum«, wandte Owen sich an den Wirt.

»Ganz recht, Sir! Hier entlang, Madam!« Der Wirt stieg vor Pen die Treppe hinauf, um die Tür zu einem geräumigen Zimmer zu öffnen. »Hoffentlich sagt es Euch zu, Madam!«

»Ja, es gefällt mir gut!«

»Ich werde Mary mit der Tasche seiner Lordschaft heraufschicken.« Unter vielen Bücklingen verließ der Mann den Raum.

Pen hakte ihren Umhang auf und hängte ihn an einen Kleiderhaken neben der Tür. Unwillkürlich seufzte sie.

*Sie wollte ihm nicht widerstehen.* Die Mühe hätte sie zu sehr erschöpft. Doch sie konnte nicht schon wieder dem Verlangen nachgeben. Damit hätte sie ihre Mission und Philip verraten, da sie auf diese Weise eindeutig ihre eigenen Bedürfnisse vor jene ihres Kindes stellte.

Jetzt war sie der Wahrheit nahe, das spürte sie. Schon am Morgen hatte sie eine geradezu übernatürliche Vorahnung gehabt.

Ein Pochen an der Tür ertönte, und eine freundliche junge Frau trat mit Owens Reisetasche ein. Ihr folgten drei stämmige Burschen mit einem Holzzuber und einigen Kupferkesseln voll dampfenden Wassers.

»Der Herr sagte, Ihr wollt ein Bad, Madam«, meldete das Mädchen mit einem Knicks.

»Ja, danke.« Pen befreite ihre Zöpfe aus dem Netz, als die Männer den Zuber vors Feuer stellten und das heiße Wasser hineinschütteten.

Sie lächelte der jungen Frau zu. »Mary, nicht wahr?«

»Ja, Madam. Zu Euren Diensten!« Die Magd überwachte kritisch die Vorbereitung des Bades, dann scheuchte sie die Männer mit einer befehlsgewohnten Geste hinaus. Einer zwinkerte ihr zu, worauf sie errötete.

»Ich helfe Euch beim Entkleiden, Madam.«

»Danke.« Pen überließ sich Marys geschickten Händen und wurde rasch von all ihren Hüllen befreit.

»Was für ein schönes Stück«, bemerkte Mary, glättete den orangefarbenen Samt und schüttelte die Falten des Damastunterkleides aus.

»Es sollte mit einem Schwamm gereinigt und dann gebügelt werden«, ordnete Pen an und steckte ihre Flechten am Hinterkopf fest, um sie vor Nässe zu schützen.

»Ich werde sofort dafür sorgen, Madam.«

»Würdest du mir wohl einen Becher Wein bringen? Ich möchte mir im Wasser Zeit lassen.«

Mary knickste und enteilte in die Küche, um den Wein zu holen. Pen legte sich im Zuber zurück und schloss die Augen. Sie wollte an nichts denken. Als die Magd wieder eintrat, nippte sie am Wein – die Augen noch immer geschlossen –, um Kraft für den bevorstehenden Kampf zu sammeln. Einen Kampf, den sie allein mit sich selbst auszufechten hatte.

Als die Uhr acht schlug, wurde sie aus ihren Gedanken gerissen. Mary sagte zögernd: »Ich dachte, Ihr wäret eingeschlafen, Madam, und wollte Euch nicht wecken.«

»Wahrscheinlich war ich wirklich eingeschlafen.« Pen stellte den leeren Becher auf den Boden. Sie erhob sich und nahm das Handtuch, das Mary ihr reichte.

Nun entdeckte Pen, dass Mary vor den Kamin einen niedrigen Tisch und zwei Hocker gestellt hatte, während sie eingenickt war. Für das Abendessen *à deux* stand alles bereit.

Langsam trocknete sie sich ab und machte sich dann, in ein Handtuch gewickelt, daran, den Inhalt von Owens Reisetasche zu untersuchen. Er hatte ein sauberes Seidenhemd eingepackt, das jedoch kaum ihre Knie bedeckte. Unter den gegenwärtigen Umständen kann ich kaum halbnackt mit ihm speisen, dachte sie feixend. Es würde ganz entschieden einen falschen Eindruck erwecken. In seinem großen Nachthemd wiederum würde sie fast verschwinden – doch ein Eindruck, der definitiv wünschenswerter war.

Sie zog es an und entfernte die Haarnadeln aus den hochgesteckten Flechten, die ihr nun in zwei langen Zöpfen über den Rücken fielen. Dann löste sie die Bänder und benutzte die Finger, um die Flechten zu glätten. Da sie keine Bürste bei sich hatte und der Chevalier auch nicht, würde ihr Haar so wirr bleiben müssen. Plötzlich wurde sie lebhaft an den Morgen in Mistress Riders Taverne erinnert, als sie zum Kämmen auch nur die Finger benutzt hatte.

»Mary, du kannst jetzt das Essen bringen.«

Diese eilte davon, und Pen trat ans Fenster. Sie öffnete es, beugte sich hinaus und atmete tief die kalte Luft ein. Wolken bedeckten den Mond, man sah keine Sterne. Nach dem Lärm und Getriebe Londons war es sehr dunkel und still. Sie drehte sich um, als Mary mit einem Tablett zurückkehrte.

»Das Dinner, Madam! Überbackene Austern, Kapaunenbrust mit Sauerampfersoße und Puddingtörtchen.« Das Mädchen zählte jeden einzelnen Gang mit sichtlicher Befriedigung auf, als es die Teller auf das Tischchen stellte. »Die Köchin sagte, alles würde auch dem anspruchsvollsten Gaumen gerecht.«

»Und meiner ist alles andere als anspruchsvoll ... Was für ein Festmahl!« Anerkennend musterte Pen den Tisch. »Ich bin halb verhungert.«

»Mylord d'Arcy bestimmte die Speisenfolge«, sagte Mary, die hinauslief, um sofort mit einer Flasche Burgunder und zwei Zinnbechern wieder aufzutauchen. Sie hielt die Flasche hoch. »Der Beste aus dem Keller! Euer Bruder hat ihn selbst ausgewählt.«

Sie arrangierte Becher und Flasche schwungvoll auf der kleinen Tafel.

»Sehr hübsch, Mary«, lobte Pen. »Hat man dich nach der Prinzessin benannt?«

»Ja, Madam«, erwiderte Mary knicksend.

»Deine Eltern sind wohl sehr loyal«, bemerkte Pen. »Ein schöner Name.« Das Mädchen errötete und knickste abermals.

»Würdest du meinem Bruder ausrichten, dass ich bereit bin, ihn zu empfangen?«, sagte Pen, den Gedanken verdrängend, dass sie nie weniger bereit gewesen war, es mit Owen d'Arcy aufzunehmen.

Mary warf einen letzten Blick in die Runde und nickte beifällig, ehe sie sich auf die Suche nach dem Chevalier machte.

Pen goss Wein in die zwei Becher. Der tiefrote Strahl glühte im Kerzenschein wie ein Rubin in der Sonne. Ihr lief das Wasser im Mund zusammen. Woher wusste Owen, dass überbackene Austern ihr Lieblingsgericht waren? Oder handelte es sich um einen glücklichen Zufall?

»Herein«, rief sie, als an die Tür geklopft wurde. Sie drehte sich um, den Pokal in der Hand, um Owen mit einem Lächeln zu empfangen, das, wie sie hoffte, kühl und höflich ausfiel.

In der Tür stehend, betrachtete er sie mit einer Miene abschätzenden Beifalls, der sie wie ein Blitz traf. Entschlossen konzentrierte sie sich darauf, die Gedecke neu zu arrangieren, die Mary so sorgfältig aufgelegt hatte.

»Im Nachthemd verlierst du dich«, bemerkte Owen lächelnd. »Wäre das Hemd nicht geeigneter?«

»Ich bin nicht gewillt, mit blanken Beinen bei Tisch zu sitzen«, sagte Pen spitz und bereute sofort, ein solches Bild heraufbeschworen zu haben. Sie bemerkte aufflammendes Begehren in seinen Augen, und sein Lächeln verwandelte sich in ein unmissverständlich einladendes Grinsen.

Sie räusperte sich und äußerte so unbeteiligt möglich: »Chevalier, ich muss Euch zur exzellenten Wahl der Speisenfolge gratulieren.«

»Irgendwie ahnte ich, was dir zusagen würde«, bemerkte er und kam mit seinem leisen, raschen Schritt näher. Er fasste mit gewölbter Hand unter ihr Kinn und küsste sie auf den Mund. Dann fuhr er mit den Händen durch ihr offenes Haar und drapierte es locker um ihr Gesicht.

»Heute siehst du noch schöner als sonst aus, Liebling. Müdigkeit scheint dir zu bekommen.« Seine Augen glühten vor Einladung und Verheißung.

*Lieber Himmel, wie würde sie dies durchstehen?*

»Ich kann mir nicht vorstellen, woher du weißt, was mir schmeckt.« Pen drehte sich um und griff nach dem anderen Pokal. »Wein, Sir?«

»Meinen Dank, Madam,«, erwiderte er mit ähnlicher Förmlichkeit und nahm den Becher. Er trank und beobachtete sie über den Rand des Gefäßes mit verständnisvollem Lächeln in den tiefschwarzen Augen.

»Inzwischen habe ich dir beim Essen des Öfteren zugeschaut«, erläuterte er. »Mir fiel auf, was du wählst. Bei Geflügel magst du die Brust, bei Rindfleisch zeigst du Zurückhaltung, und eine Auster lässt du dir nie entgehen.« Er lachte, erfreut über seine Beobachtungsgabe.

»Die Tricks eines Spitzels«, rieb Pen ihm hin.

»Oder eines Liebenden.«

»Nein«, sagte sie mit Entschiedenheit. »Ein Augenblick der Schwäche, Chevalier, macht noch kein Liebespaar.« Sie setzte sich an den Tisch und deutete auf den Schemel gegenüber. »Wollen wir anfangen?« Sie griff nach einem Servierlöffel und nahm von dem Austerngericht.

»Sehr gern.«

Owen setzte sich und blickte sie, mit dem Becher in der Hand, an. »Für mich war es kein Augenblick der Schwäche, Pen. Worauf ich mich da einließ, war für mich eine Quelle der Wonne.«

»Dann hast du dir nichts vorzuwerfen«, bemerkte Pen. Sie brach den Leib Gerstenbrot auseinander und bestrich ein Stück dick mit Butter. Offenbar hatte sie vor, mit ihrem Verstand als einziger Waffe um ihr Leben zu kämpfen.

Owen zog eine Braue in die Höhe und schnitt eine Scheibe vom Kapaun ab, die er ihr auf den Teller legte. »Im Allgemeinen tue ich nichts, dessentwegen ich mir etwas vorwerfen müsste.«

Pen spießte eine Auster mit einer Gabel auf. »Die Köchin beherrscht ihr Metier«, bemerkte sie. »Selten habe ich so köstliche Austern gegessen. Auch die Bachforellen sind hier ausgezeichnet. Du solltest sie versuchen, solange wir in der Gegend sind.«

Owen füllte seinen Becher nach und betrachtete sie eine Weile schweigend. Mit Wortgefechten würde er nichts erreichen. »Du hast also einem Augenblick der Schwäche nachgegeben – warum, Pen? Eigentlich machst du nicht den Eindruck, leicht die Beherrschung zu verlieren.«

Sie goss Sauerampfersoße über ihren Kapaun. »Vielleicht hatte ich zu viel getrunken«, mutmaßte sie. »Außerdem ist es von altersher Sitte, zu Dreikönig alle Skrupel abzulegen und die unwahrscheinlichsten Dinge zu tun. Die Atmosphäre muss mir wohl zu Kopf gestiegen sein.«

»Ach, Pen …« Tadelnd schüttelte er den Kopf. »Ich kann manches ertragen, so offenkundige Unwahrheiten aber nicht.«

»Das ist die Antwort, die Ihr bekommt, Chevalier!« Sie sah ihn über den Tisch hinweg streng an. »Sollten wir jetzt nicht besprechen, wie wir morgen mit meiner Namensliste vorgehen wollen?«

»Immer der Reihe nach, wie es meine Gewohnheit ist«, gab er zurück. Er beugte sich vor und legte seine Hände auf ihre, wobei er den nötigen Druck ausübte, um ihre Hände ruhig auf dem Tisch zu halten.

Wieder nahm Pen das merkwürdige Gefühl wahr, dass jener Teil ihres Körpers, der seinen berührte, nicht mehr selbstständig zu existieren schien. Von seinem umschlossen, verschmolz er mit ihm, und seine Wärme wurde ihre.

»Pen?«, fragte er leise.

»Nein«, antwortete sie fest. »Nein, ich möchte nicht.«

Er nahm seine Hände von ihren. Seine Miene war eindringlich, seine Augen so durchdringend wie eh und je, und sie kam sich nackt vor – als könne sie sich nirgends verbergen, als lägen ihre wahren Gedanken und Gefühle vor ihm blank.

»Lüge mich nicht an, Pen. Du magst sagen, dass du dich entschlossen hast, nicht intim zu werden; rede mir aber ja nicht ein, dass du es nicht möchtest.«

Sie hatte Mann und Kind verloren. Schmerz ertrug sie nicht mehr, sie hatte für ihr ganzes Leben genug ertragen müssen. Und konnte keinen Spitzel lieben, ein Irrlicht, das sie in den Sumpf des Leidens und Betruges locken würde. *Es kam nicht in Frage …*

»Also gut«, flüsterte sie. »Ich entschloss mich, es nicht zu tun.«

Er saß reglos da, seine Hände auf dem Tisch. »Wirst du mir sagen, warum?«

So viele Gründe, ein solches Wirrwarr von Gründen! Pen griff nach jenem, den sie am leichtesten erklären konnte und den er glauben musste.

»Weißt du es nicht?«, fragte sie in einer Aufwallung von willkommenem Zorn. »Ihr habt mir eine widerwärtige Entscheidung aufgezwungen, Chevalier, aber unser Abkommen ist fast erfüllt. Sobald Ihr Euren Teil des Paktes erledigt habt, werde ich Euch freiwillig nicht wiedersehen.«

»Moment …«, setzte er an, sie aber fegte seinen Protest mit einer heftigen Bewegung beiseite.

»Owen, ich traue dir nicht. Sprichst du die Wahrheit, wenn du sagst, dass die Franzosen Marys Thronanspruch unterstützen wollen? Oder lügst du einfach, um dich meiner Hilfe zu versichern? Und selbst wenn das nicht der Fall ist, könnte deine Regierung ihren Standpunkt jederzeit ändern.«

Ungeduldig strich sie eine Locke zurück, die ihr ins Gesicht gefallen war. »Würdest du mich informieren?«, fragte sie herausfordernd. »Würdest du es mir sagen, wenn die Lage sich änderte und meine Auskünfte plötzlich nicht mehr den Interessen der Prinzessin dienten? Nein, natürlich nicht.« Sie beantwortete ihre eigene Frage in verächtlichem Ton.

»Ich kann mich nicht einem Mann hingeben, dem ich nicht traue … einem Mann, der mich und meine Verzweiflung für seine Zwecke ausnutzt. Ihr seid verachtenswert, Chevalier!«

Sie hörte den bitteren, beleidigenden Wortschwall, als käme er nicht von ihr, sondern von einer anderen Person. Pen hatte sich gesagt, dass im Falle einer erneuten liebenden Vereinigung eine Trennung in Zorn und Enttäuschung unvermeidlich war. Und jetzt hatte sie dieses Ende ohnedies herbeigeführt. Besser gleich als später.

Owen erhob sich. Wortlos verließ er sie und schloss leise die Tür hinter sich.

Heiße Tränen brannten ihr in den Augen, und Pen schlug die Hände vor das Gesicht.

D'Arcy floh aus dem Haus und ließ die Tür mit einem lauten Knall hinter sich ins Schloss fallen. In fast verzweifelter Hast lief er die Dorfstraße entlang, als könne er Wut, Schmerz und Verwirrung hinter sich lassen. *Wie konnte sie es wagen?*

*Wie konnte sie es wagen, solche Dinge zu sagen?* Er war immer aufrichtig zu ihr gewesen. Gewiss, sie hatten ein Abkommen getroffen, einen Teufelspakt, gewiss – aber keinesfalls hatte er versucht, sie zu hintergehen. Und das wusste sie.

Sie hatte sich hineingesteigert. Dieser Schwall von Anklagen war von irgendwoher, aber nicht aus ihrem Herzen gekommen. Glaubte sie wirklich, ihn dergestalt herausfordern zu können? Oder glaubte sie, er würde aufgeben, wenn sie ihn nur genügend erzürnte?

*Was fürchtete sie?*

Am anderen Ende der Dorfstraße blieb er stehen und blickte zum bewölkten Himmel empor. Ein eisiger Windstoß traf seinen bloßen Kopf, doch spürte er nichts.

Vermutlich sollte er diese Abfuhr hinnehmen und froh darüber sein. Sonst ließe er sich bloß zu tief mit dieser Frau ein.

*Vermutlich sollte auch er sich fürchten.*

In seinem Leben war kein Platz für eine feste Bindung, für die Liebe und Hingabe, die Pen verdiente. Eine solche Beziehung würde ihn und sie gefährden. Es war einmal geschehen und würde wieder geschehen … der Preis für das Leben, für das er sich entschieden hatte.

Ständig nahm er Risiken auf sich, kalkulierte Risiken freilich, nie unbedachte. Alles, was er tat, diente diesem Zweck, und zwar einem, der seine Arbeit förderte. Doch was er nun zu tun im Begriff stand, war tollkühn und half ihm bei seiner Mission nicht weiter – im Gegenteil, es konnte ihm sehr hinderlich werden.

Doch es kümmerte ihn keinen Deut.

Er machte auf dem Absatz kehrt und rannte zum Wirtshaus zurück. Wieder krachte die Tür hinter ihm zu, und der Wirt steckte den Kopf aus dem überfüllten Schankraum. »Alles in Ordnung, M'lord?«

Owen, der zwei Stufen auf einmal nahm, gab keine Antwort.

Mary kam aus Pens Zimmer, ein Tablett mit gebrauchtem Geschirr und den Resten des Abendessens in Händen. Sie erschrak, als der Chevalier die Tür erreichte, ehe sie diese hinter sich schließen konnte.

»Du große Güte«, murmelte sie und starrte ihn ängstlich an. Der Bruder der Dame war tüchtig in Rage.

Er winkte Mary aus dem Weg und marschierte an ihr vorüber in Pens Zimmer.

»Nein«, erklärte Owen mit dem Rücken zur Tür. »Nein, Pen, das akzeptiere ich nicht. Ich will die Wahrheit hören, falls du sie selbst kennst; aber kein Wort mehr von diesem Unsinn, der eine Beleidigung für uns beide darstellt!«

## 14

Pen, die auf dem Bett saß, sah ihn wortlos und wie betäubt an.

»Ich verstehe wohl nicht«, brachte sie schließlich heraus.

»Doch, das tust du!«

Er klang wütend, und trotzdem ging keine Wut von ihm aus. Sein Blick war stetig und ruhig, wenn sie auch die Anspannung um seinen Mund sah, sein angriffslustig vorgeschobenes Kinn.

Als er entdeckte, dass ihre Augen leicht gerötet waren und Tränen in ihren braunen Tiefen schimmerten, erfassten ihn Gefühle, die er nicht zu benennen vermochte; er wusste, dass es nicht nur simple Lust war. Es war Verständnis, sogar Mitleid – sowie Liebe und das tiefe Verlangen, sie zu halten, ihren Kummer und ihre Verwirrung wegzuküssen … sie zu heilen.

Also näherte er sich dem Bett, kniete vor ihr nieder und nahm ihre Hände, die er an die Lippen führte, um die Handflächen zu küssen. »Meine arme Pen! Wie viel du ertragen musstest«, flüsterte er. »Ich möchte dir nicht noch weiteren Kummer bereiten, Liebling.« Er lächelte und löste seine Rechte, um ihre Wange zu streicheln, eine Haarsträhne wegzuschieben, die nass von Tränen war. »Nichts wird gegen deinen Willen geschehen.«

Owen setzte sich neben sie und zog sie in seine Arme. Als

sie seufzte, war es ein tiefes Ausatmen, das eine Lawine des Schmerzes und der Verwirrung von ihr zu nehmen schien. Während sie den Kopf an seine Schulter legte, entspannte sie sich merklich.

Pen spürte die gleichmäßige Atmung, den Duft seiner Haut, die Wärme seines Körpers. Das war nicht die wilde, impulsive Nacht von Dreikönig; dies war das Auskosten seiner Nähe und das Bedürfnis danach. Sie schob die dummen Zweifel und die Unsicherheit von sich. Dies würde nicht ihre Qualen steigern. Sie brauchte es so sehr, und es würde ihr so viel Glück und Freude bescheren.

Ihre Finger glitten über die Knöpfe seines Wamses und öffneten es, damit sie hineinfassen und den starken, rhythmischen Schlag seines Herzens spüren konnte, das nun mit ihrem eins zu werden schien.

Mit einer Schulterbewegung entledigte Owen sich des Kleidungsstückes, während er ihr Gesicht umfasste und sie küsste. Geschickt löste sie die Bänder seines Hemdes und entblößte seinen Hals. Sie legte den Puls ihres Daumens auf den Puls an seinem Hals. Es gab keine Worte, nur den stummen Austausch ihrer Herzen, die gemeinsam schlugen.

Owen, der seine Lippen kurz von ihrem Mund löste, zog seine Schuhe ohne Zuhilfenahme der Hände aus. Dann richtete er sich auf und stand in bestrumpften Füßen da, groß und schmal.

Pens Augen hingen wie gebannt an den straffen Linien seines Körpers in der knapp sitzenden Hose, an der Wölbung seines Geschlechts, an der kraftvollen Säule seines Halses, der breiten, unter dem geöffneten Hemd sichtbaren Brust.

Der Atem stockte ihr; eine Woge purer Lust erfasste sie tief im Inneren und überrollte die Poesie der letzten Momente. Sie spannte ihre Schenkel an, als ihre Lenden sich zu öffnen und zu füllen schienen.

Nun hakte sie ihr Kleid am Hals auf und ließ es auseinander fallen. So stand sie da, mit hängenden Armen, in Erwartung seiner Berührung.

Owen nahm ihre Hände und hielt sie kurz fest, ehe er sie mit der offenen Fläche nach oben hielt und wieder seine Lippen darauf drückte. Er strich ihre Arme unter den losen, breiten Ärmeln hinauf und umfasste ihre Ellbogen, um weiter der Linie der Oberarme und Schultern zu folgen.

Als er sie küsste, bewegte sich seine Zunge behutsam in ihrem Mund. Ihre Zungenspitzen neckten sich, und sie kicherte vor Wonne über das sonderbare Gefühl. Ihr war, als würde nun nichts mehr existieren … nur sie beide in diesem vom Feuer erhellten Gemach, verloren im Bann der Liebe und des Begehrens, den nichts zu brechen und zu stören vermochte.

Sie löste das letzte der Bänder und schob das Hemd von den Schultern, um ihren Mund an seine Brust zu drücken. Ihre Zunge umspielte seine Brustwarzen, bis diese zu harten, festen Knospen wurden, die sie küsste. Pen ließ ihre Zunge seine Brust hinaufgleiten, in die Höhlung seiner Kehle, und umfasste dabei seine Hüften. Langsam glitt sie an ihm hinunter, bis sie sich kniend an der Verschnürung seiner Hose zu schaffen machte, während ihre Zunge die tiefe Senke seines Nabels erreichte. Und schob die Hose hinunter, bis zu den Knöcheln, über die Schuhe … ihres Tuns sicher, ach so sicher.

Reglos stand er da, als ihre Zunge seinen Leib hinunterglitt, der dunklen Spur des Haares folgend. Sie nahm seinen Penis in den Mund und ließ ihre Zunge über die Spitze tanzen. Ihre Zähne streiften den Schaft, während ihre Hände seine Hoden umfassten und sie sanft, aber fest drückten.

Owens Finger verkrallten sich in ihrem Haar, strichen ihren gebeugten Nacken hinunter und unter das lockere Kleid, um sich um ihre Schultern zu klammern. Er blickte auf sie hinunter, beobachtete, wie ihr Mund über sein Geschlecht glitt, die dunklen Bögen ihrer Wimpern auf den bleichen Wangen. Und er glaubte, noch nie etwas Erotischeres gesehen und oder erlebt zu haben.

Pen schaute zu ihm auf, sein Geschlecht in ihrer Hand haltend. Ihre Lippen waren feucht, ihre Wangen nun leicht gerötet, ihre Augen leuchtend. »Gefällt es dir?« Der Ton ihrer Stimme wirkte nach der langen, seidenweichen Stille ihrer Körper wie ein Schock.

»Unsäglich!« Er zog sie hoch, schob sein Nachtgewand von ihren Schultern und warf es beiseite. Er betrachtete ihren Leib, und sie machte keinen Versuch, sich seinem eindringlichen Blick zu entziehen.

In seinen Augen fühlte sie sich schön, da die Unvollkommenheiten ihres Körpers bedeutungslos wurden. Und als er sie berührte, glühte ihre Haut unter den lang gezogenen geschmeidigen Streichelbewegungen seiner liebkosenden Hände. Ihre Schenkel teilten sich unter seinem Druck, sein Mund fand die vollen, geöffneten Lippen ihres Geschlechts und befriedigte sie wie sie ihn – sie gab sich Woge um Woge köstlicher Liebe hin.

Zusammen fielen sie aufs Bett, und Pen hatte das Gefühl, als würden sie sich in den gemessenen, anmutigen Schritten einer Pavane zu melodischen Lautenklängen bewegen. Er lag da und sah sie an, berührte Wangen, Augen, Nase und Lippen mit winzigen Bewegungen seiner Fingerspitzen. Sie legte die Arme um ihn, drückte ihre Lenden an seine, ohne Drängen jedoch, und ließ zu, dass das vertraute Gefühl der Vereinigung ihrer Körper sie langsam durchströmte. Er schlang ein Bein über ihre Hüfte und drang mit einer geschmeidigen Drehung ein, ohne den Blick von ihrem Gesicht zu wenden. Mit einer Hand ihre Wange umfassend, zeichnete er die Wölbung ihres Mundes nach, während er sich in ihr bewegte.

Es war ein langsames, herrliches Gleiten in die Erfüllung.

Danach lagen sie reglos da und sahen einander aus großen Augen an. Beide lächelten und kosteten die tiefe Befriedigung ihrer Vereinigung aus.

Owen berührte ihren Mundwinkel mit einer Fingerspitze. »Du bist müde, Liebling. Du solltest jetzt schlafen.«

»Danke«, sagte sie leise. »Danke, dass du mir nicht geglaubt hast.«

Schweigend küsste er ihre Augen. Zuletzt verließ er widerstrebend, aber entschlossen ihr Bett. Er drückte sie noch einmal an sich, als er die Decke zurückzog, dann breitete er sie wieder über sie. »Schlaf, Pen!«

»Musst du gehen?« Von köstlicher Trägheit erfasst, schloss sie die Augen.

»Ich habe eine Aufgabe zu erledigen«, sagte er mit bedauerndem Lächeln.

»Ach ja«, sagte sie verträumt. »Ich weiß. Und ich sagte, du würdest ausreichend Zeit dafür haben, da ich dir heute nicht Gesellschaft leisten könne.«

»Das sagtest du«, gab er ihr ernsthaft Recht, als er sich anzog. »Nun, wir alle können uns irren.«

Pens Auflachen war kaum hörbar.

Owen schlüpfte in die Schuhe und löschte die Kerzen, ehe er seine eigene Kammer aufsuchte, wobei er merkte, dass seine Mattigkeit sich verflüchtigt hatte. Er fühlte sich frisch und ausgeruht und voll neuer Energie.

In seinem Zimmer traf er Cedric an, der vor dem Feuer saß, während die Taube still in ihrem zugedeckten Käfig hockte.

Sein Herr begrüßte ihn munter. »Hast du tüchtig zu Abend gegessen, Junge?«

»Ja, Sir. Ich aß in der Küche mit dem Gesinde. Eingelegte Zunge und ein Hammelfleischgericht«, berichtete Cedric mit einer Begeisterung, die nur leicht von einem ausgiebigem Gähnen beeinträchtigt wurde.

»Das klingt ja lecker«, murmelte Owen. »Hat dir die Gesellschaft behagt?«

Cedric errötete. »Diese Mary ist ein keckes Ding, Sir. Manchmal vergisst sie, wer sie ist.« Das klang missbilligend, Owen aber ließ sich nicht täuschen. Cedric war in einem Alter, in dem er Mädchen zwar zur Kenntnis nahm, die Neugierde, die sie in ihm erregten, jedoch mit spöttischer Kritik tarnte. Noch ein Jahr, dachte Owen, und der Junge wird das andere Geschlecht mit neuen Augen sehen.

»Vielleicht wollte sie dir imponieren«, gab er zu bedenken.

Cedrics Röte vertiefte sich. Er drehte sich um und zog die Überdecke vom Himmelbett.

»Soll ich Euch beim Zubettgehen helfen, Sir?«

»Nein, ich habe noch etwas vor. Du kannst dich zur Ruhe begeben.« Owen deutete auf die Klappe unter dem Himmelbett.

Der Page zog die Schuhe aus, ehe er die Pritsche hervorholte. Er ließ sich darauf fallen, raffte die Decken über sich, und schon schlief er wie ein Murmeltier.

Owen lächelte, als die regelmäßigen Atemzüge des Jungen den Raum erfüllten. Vor fünf Jahren hatte er den damals Sechsjährigen auf den Straßen von Le Havre aufgelesen.

*Sechs.* Auch Andrew wurde in diesem Jahr sechs.

Wie versteinert wartete Owen, bis der Schmerz nachließ. Das tat er mit der Zeit immer. Eines Tages würde er seine Kinder besuchen können – aber erst, wenn es ohne Gefahr möglich war. Doch dann würde er für sie ein Fremder sein und ihr Heranwachsen längst versäumt haben.

Er setzte sich an den Tisch unter dem Fenster und entnahm der Innentasche seines Wamses ein kleines rundes Silberetui, dessen Verschluss er öffnete. Eine doppelseitige Miniatur wurde sichtbar. Er zog die Kerze näher heran und betrachtete die Gesichter seiner Kinder, süßer lockenköpfiger Babys mit ernsten Augen und Stupsnasen. Im Alter waren sie ein Jahr auseinander. Estelle hatte mit großem Unwillen reagiert, als sie Lucy so rasch empfing, nachdem sie Andrew das Leben geschenkt hatte – da sie um ihre Figur fürchtete.

Owen betrachtete die Miniaturen lange, ehe er sie zusammengeklappt in dem Silberetui verschwinden ließ. Er steckte es wieder in die Tasche und griff nach einem Federkiel, den er mit seinem Dolch spitzte. Dann nahm er einen kleinen Block und machte sich daran, einen verschlüsselten Brief an den Gesandten abzufassen, in dem er ihm von Princess Marys Befürchtungen und ihrer vorgetäuschten Krankheit berichtete.

Er hatte beabsichtigt, de Noailles an diesem Morgen aufzusuchen und ihm die Information persönlich zu überbringen; doch hatte ihn Pens überraschendes Auftauchen bei Mistress Rider zu einer Änderung seiner Pläne gezwungen.

Vorübergehend ließ er den Federkiel beiseite und versuchte, die köstliche Nachglut ihrer Liebe in sich aufleben zu lassen; doch drängten sich die Bilder seiner Kinder immer wieder dazwischen und mit ihnen das Wissen, dass er in seiner Wachsamkeit nachgelassen und Gefühlen nachgegeben hatte – was möglicherweise Pen in Gefahr brachte wie seinerzeit Estelle.

Entschlossen griff er erneut zur Feder. Arbeit war ein verlässliches Mittel gegen Schmerz, und die Verschlüsselung so schwierig, dass sie seine ganze Konzentration erforderte.

Mit dem Fortschreiten der Nacht stand er ein- oder zweimal auf, um Holz ins Feuer zu legen; seine Gedanken aber blieben bei seiner Arbeit. Als das Morgengrauen durch die Ritzen in den Fensterläden drang, schüttete er Sand auf den Briefbogen, der auf beiden Seiten mit Buchstabenfolgen und

Ziffern bedeckt war, rollte ihn fest zusammen und steckte ihn in einen kleinen bronzenen Zylinder.

Er holte die Taube aus dem Käfig, befestigte den Zylinder am Beinring und trug sie ans Fenster. Die geöffneten Läden ließen einen kalten Luftschwall ein; doch hatten sich die Wolken verzogen, demnach gäbe es keinen Schnee. Als die Taube losflog, sah Owen, wie sie, ihrem geheimnisvollen Instinkt folgend, pfeilgerade davonflog. Am Abend würde sie in London sein.

Er legte sich in Hemd und Hose aufs Bett, verschränkte die Arme hinter dem Kopf und fiel in einen tiefen Schlummer.

Auch Pen schlief so fest wie noch nie im Leben. Im Traum rollte sie sich zu einer Kugel zusammen wie jede Nacht, wenn Muskatnüsschen ihr Bett teilte. Seit das Alter seinen nächtlichen Jagd- und Liebesabenteuern ein Ende gemacht hatte, schlüpfte der Kater allnächtlich unter ihre Decke und schmiegte sich an sie.

Nächtens fühlte sie sich durch die regelmäßigen Atemzüge des Tieres beruhigt, durch seine Wärme, sein Bedürfnis nach ihr und den Trost, den er ihr brachte. Und wenn sie im dunklen Raum erwachte, in dem das Feuer zu trüber Glut heruntergebrannt war, lächelte sie bei dem Gedanken, dass der Kater Philip zutiefst abgelehnt hatte, da dieser ihn nicht unter die Decke ließ, obwohl er nach einem vergeblichen Versuch, ihn aus dem Bett zu verbannen, klugerweise nachgegeben hatte und ihm einen Platz am Fußende genehmigte.

Die wirren Traumgebilde verblassten, und Pen glaubte, Philip deutlich vor sich zu sehen, als wäre er wieder bei ihr.

Sie setzte sich auf und fragte sich, ob ein Schuldgefühl sie geweckt hatte. War es Betrug an Philip, wenn sie Owen liebte? Diese Frage untersuchte sie so gründlich, als würde sie mit der Zunge einen schmerzenden Zahn abtasten. Und doch konnte sie keinen gereizten Nerv entdecken.

Philip hätte nicht gewollt, dass sie den Rest ihres Lebens trauerte. Es wurde Zeit, dass sie ihren Kummer überwand. Sobald sie die Wahrheit über ihr Kind herausgefunden hatte, konnte sie die Vergangenheit ruhen lassen.

Sie umfasste ihre Knie und stützte ihr Kinn darauf. Philips Tod war so grausam und so plötzlich gekommen, praktisch von einem Tag auf den anderen. Eben noch hatte er sich bester Gesundheit erfreut, war kräftiger als je zuvor, und plötzlich …

Als ein Klopfen an der Tür ertönte, öffnete sie sofort. Owen trat mit einem großen Bündel ein, das wie Stoff aussah.

Pen lächelte ihm verträumt zu. »Du hast mir gefehlt. Bist du mit deiner Arbeit fertig?«

»Ja. Ich konnte sogar eine Stunde schlafen«, gestand er. »Aber ich hätte nicht gedacht, dass du so zeitig aufwachst.« Er legte seine Last auf die Truhe am Fußende des Bettes und öffnete die Läden.

Sonne durchflutete den Raum. »Wie – so spät ist es schon?«, schreckte Pen hoch.

Er kam ans Bett, beugte sich über sie und liebkoste sanft die Rundungen ihrer Wange. In seinem fragenden Blick lag ein Anflug von Angst. Sie fasste nach seiner Hand.

»Gewissensbisse, Liebling?«, fragte er leise.

»Nein«, erwiderte sie entschieden. »Keine Gewissensbisse, keine Schuldgefühle!«

Sie war so ehrlich, so aufrichtig. Und hatte insofern Recht, als er diese Geradlinigkeit ausnutzte, indem er ihr seinen Handel aufzwang.

Pen glitt vom Bett und legte die Arme um ihn. Sie spürte seinen Herzschlag unter der bloßen Brust, als sie den vollen männlichen Duft seiner Haut einatmete. Es war nur eine Umarmung; mehr wollte sie nicht, und Owen reagierte, indem er sie innig umfing und sie auf den Kopf küsste.

Schließlich zog sie sich zurück und blickte zu ihm auf. »Du siehst besorgt aus.«

»Das bin ich«, antwortete er mit reuigem Lächeln. »Ich stelle einmal getroffene Entscheidungen nur selten in Frage – du aber, mein Liebling, krempelst mein Leben gründlich um.«

»Soll das ein Kompliment sein?«

Noch immer lächelnd, schüttelte er den Kopf. »Ich weiß es nicht, Pen ... wirklich nicht.«

»Aber ist es für dich gut?«, bohrte sie weiter.

Er trat langsam zurück. »Auch das weiß ich nicht. Es mag gut für meine Seele sein, meinem Gleichgewicht aber tut es nicht gut.«

Der Chevalier ging daran, das Feuer anzufachen. Pen griff nach dem zusammengeknüllten Nachtgewand und hüllte sich gegen die Morgenkälte darin ein, während sie seine geschickten und geübten Bewegungen beobachtete, die gebändigte Kraft seines sehnigen, harten Körpers. Dabei fragte sie sich, was er mit seinem Gleichgewicht gemeint hatte; doch etwas hielt sie ab, die Frage auszusprechen, nicht zuletzt, weil sie in etwa ahnte, dass sie es vielleicht gar nicht wissen wollte.

Pen suchte nach einem unverfänglichen Thema, um das plötzlich verlegene Schweigen zu brechen – als ihr Blick das Bündel auf der Truhe streifte.

»Was hast du da gebracht?«

Da das Holz Feuer fing, richtete er sich auf. »Ach ja, ich habe überlegt, und da fiel mir in Anbetracht deiner – sagen wir, Entschlossenheit – ein, dass du vermutlich nicht gewillt sein wirst, hier geduldig zu warten, während ich in High Wycombe Nachforschungen anstelle.«

»Nein, natürlich werde ich nicht warten«, bestätigte Pen mit einem Anflug von Herbheit.

Der Chevalier trat auf sie zu. »Überleg doch«, sagte er und umfasste ihre Schultern. »Wenn es eine schlimme Geschichte zu berichten gibt, wird in deiner Gegenwart kein Mensch damit herausrücken. Das müsstest du einsehen.«

»Aber ich kann nicht dasitzen und Daumen drehen, während du die ganze Spannung hast.«

»Spannung?« Er wölbte eine Braue.

»Nun, ich meine die ganze *Arbeit«*, erklärte sie. »Ich möchte auch etwas tun. Schließlich geht es um meine Angelegenheit.«

»Zufällig sah ich genau diese Reaktion voraus.« Er lehnte sich an die Truhe. »Mir fiel ein, dass Cedric etwa deine Größe hat. Hier sind seine Reservesachen. Ich bewog ihn, sie dir zu überlassen. Glaubst du, dass du die Rolle eines Dieners spielen könntest?«

Pens Augen leuchteten, als sie Hose, Hemd und Wams in Empfang nahm. »Natürlich. Was für eine glänzende Idee, Owen! So kann ich dich begleiten und mir selber über das Gehörte ein Bild machen. Und ich kann dir zuflüstern, was du fragen sollst, wenn mir noch etwas einfällt. Aber was mache ich mit meinem Haar?«, schloss sie stirnrunzelnd.

Owen hob eine schwere Strähne ihres dichten braunen Haares, wickelte es um sein Handgelenk und zog es an sich. »Wenn es geflochten und aufgesteckt ist, wird es unter Cedrics Mütze verschwinden. Dann ziehst du diese Kopfbedeckung tief in die Stirn und hältst dich wie ein Diener im Hintergrund – so wird niemand dich eines zweiten Blickes würdigen.«

Sie sah ihn mit hellen Augen und spitzbübischer Erregung an. »Genau die Lösung, die ich von einem Spion erwartet hätte!«

Seine Miene wurde plötzlich ernst. »Vielleicht, Pen. Aber eines sollte dir klar sein. Wenn du die Nachforschungen gefährdest, musst du akzeptieren, dass ich meinen Anteil des Abkommens als erfüllt betrachte. Übermorgen erwartet man mich in London zurück, deshalb ist dies die einzige Chance. Hast du verstanden?«

»Sicher doch«, erwiderte sie ungeduldig. »Und selbstverständlich werde ich nichts gefährden. Wofür hältst du mich?«

»Für ein eigensinniges Frauenzimmer«, erwiderte er, nahm noch eine Strähne um sein Handgelenk, so dass ihr Kopf an seiner Brust lag.

»Die Tochter meiner Mutter«, entschuldigte Pen sich und hob ihr Gesicht dem Kuss entgegen, der jetzt kommen würde.

Es war ein langer Kuss, einer, der sie völlig in Besitz nahm, und als er sie schließlich losließ und ihr Haar von seinem Handgelenk wickelte, berührte sie ihre Lippen mit den Fingerspitzen – sie waren wie nach dem Stich einer Biene angeschwollen.

»Chevalier, lasst ja niemanden sehen, dass Ihr Euren Pagen so küsst. Das würde zu Gerüchten führen.«

Lachend schritt er zur Tür. »Deine eigenen Stiefel und Reithose müssten genügen. Nach dem Frühstück treffen wir uns beim Stall.«

Kaum war er gegangen, als Pen nach Mary läutete und sie bat, ihr Brot und Fleisch zu bringen. »Ach, und einen Krug Dünnbier, bitte«, setzte sie hinzu und legte ihre geborgte Ausstattung aufs Bett.

Mary starrte die Sachen an. »Allmächtiger, Madam, Ihr werdet diese Sachen doch nicht tragen?«

»Doch«, versicherte Pen ihr seelenruhig. »Wenn du wiederkommst, kannst du mir sagen, wie gut sie mir stehen.«

»Es schickt sich nicht!«, erklärte Mary entrüstet. »Es

schickt sich nicht für eine christliche Dame, noch dazu eine hochgeborene, in dieser Aufmachung herumzulaufen!«

Pen grinste frech. »Sei ein braves Mädchen, Mary, und bring mein Frühstück!«

Am selben Morgen war es in London kalt und frostig; Robin aber achtete nicht auf die Pracht des strahlend blauen Himmels, auf die frische, von den üblen Gerüchen der Stadt befreite Luft. Er fühlte sich nicht allzu gut und gestand sich grimmig ein, dass er selbst daran schuld war. Den Abend zuvor hatte er damit zugebracht, sein Gewissen mit einem Humpen Glüh-Ale zu beschwichtigen. Danach hatte er tief, aber nicht friedlich geschlafen.

Entweder würde Pen ihn hassen für das, was er zu tun im Begriff stand, oder sie würde ihm am Ende dankbar dafür sein. Doch hatte er sich geschworen, alles, was es über den Chevalier d'Arcy zu entdecken gab, herauszufinden. Falls Pen den Chevalier in ihre fixe Idee das Kind betreffend einbezogen hatte, hatte sie ihm wohl auch etwas anvertraut, was man nur einem sehr intimen Freund mitteilte. Ob nun Leidenschaft Triebfeder oder Folge dieser Beziehung war – sie befand sich in Gefahr, da man Owen d'Arcy keinesfalls trauen konnte.

Wenn dieser d'Arcy finstere Geheimnisse hatte, würde Simon Renard, der spanische Gesandte, sie kennen. Er würde auch wissen, dass d'Arcy für de Noailles arbeitete, da der Einsatz von Spitzeln ein offenes Geheimnis war und es zu seiner Aufgabe gehörte, alles Wissenswerte über den Spitzelagenten des Gegners in Erfahrung zu bringen. Das bedeutete natürlich noch lange nicht, dass er bereit sein würde, sein Wissen mit einem so unbedeutenden Zeitgenossen wie Robin of Beaucaire zu teilen.

Robin ließ sein Pferd in der Obhut eines Knechts im Stall hinter dem schmalbrüstigen hohen Haus des spanischen Gesandten in Cheapside zurück und wurde von einem schlicht gekleideten Menschen eingelassen, dessen düstere Miene jener seines Herrn ähnelte.

Er geleitete den Besucher in einen Salon, in dem üppige Vorhänge und dunkel getäfelte Wände eine düstere Atmosphäre schufen, die das durch rautenförmige Butzenscheiben schräg einfallende Sonnenlicht nicht milderte. Das einzige aufheiternde Element war das Feuer im Kamin, vor dem Robin dankbar Stellung bezog und seine Kehrseite wärmte.

Obwohl Renard ihm auf seinen Brief mit der Bitte um ein Gespräch sehr freundlich geantwortet hatte, war er nervös. Demgemäß hielt Robins Zuversicht sich in Grenzen. Er wischte seine feuchtkalten Hände mit dem Taschentuch ab, als die Tür aufschwang.

Da er das Tuch so hastig in die Tasche seines Wamses steckte, hing es zur Hälfte als schlaffer, zerknüllter und alles andere als sauberer Zipfel heraus. Der Blick des Gesandten erfasste seinen Besucher. Ihm entging nichts, von den kummervollen Augen bis zu dem achtlos eingesteckten Lappen. Doch was er über Robin of Beaucaire wusste, und es war viel mehr, als Robin mutmaßte, war interessant. Der junge Mann erfreute sich wegen seines raschen Verstandes und seiner Redlichkeit großer Wertschätzung. Gut möglich, dass er sich irgendwann als nützlich erweisen konnte.

Simon Renard nickte Robin zu. »Willkommen, mein Freund! Bitte, nehmt Platz. Ein Schlückchen Wein?«

Robin murmelte Dankesworte und ließ sich auf dem angebotenen Stuhl nieder. Renard schenkte Wein in venezianische Kristallkelche und reichte einen seinem Gast, ehe er sich setzte, seine elegant beschuhten Füße an den Fesseln kreuzend.

»Nun, was kann Simon Renard für Robin of Beaucaire tun?« Seine Stimme war leise, er sprach mit leichtem Akzent.

Trotz seines Lächelns wirkte sein Blick scharf und berechnend.

Nach einem Schluck Wein kehrte Robins Mut zurück. Er räusperte sich. »Sir, ich habe ein gewisses Interesse an Owen d'Arcy.«

»Ach so!« Renard nickte bedächtig. »Ihr kommt also sofort zur Sache. Das weiß ich zu schätzen. Aber ich frage mich, warum Ihr Euch ausgerechnet an mich wendet.«

Der junge Mann überlegte kurz. Es war unmöglich, Renard hinters Licht zu führen; jeder Versuch müsste kläglich scheitern, ganz zu schweigen davon, dass es den Gesandten verstimmen würde – was wiederum der Sache nicht diente.

»Der spanische Gesandte ist über Frankreichs Spitzel sicher gut informiert«, gab er zurück.

Renard lachte auf, ein Geräusch, das Robin als scheppernd empfand. »Nun, Ihr tut gut daran, ohne Umschweife zu sprechen, mein Freund. Und was interessiert Euch an dem Mann?«

Am besten, er fuhr so offen fort, wie er begonnen hatte. »Er umwirbt meine Stiefschwester Penelope, Lady Bryanston, mit großer Beharrlichkeit. Da ihr Wohlergehen mir am Herzen liegt, möchte ich sicher sein, dass er ihr nicht übel will.«

Wieder nickte Renard und nippte nachdenklich an seinem Kelch. »Es handelt sich also um eine Sache privater Natur?«

»Ja, Sir.«

»Nun, man kann davon ausgehen, dass hinter allem, was d'Arcy einfädelt, berufliches Interesse steckt«, erklärte der Gesandte. »Ohne Absicht tut er nichts, und seine Absichten sind mit Frankreichs geheimen diplomatischen Schachzügen aufs Engste verquickt. Wenn er der Dame den Hof macht, geschieht es auf Geheiß de Noailles.«

Robin ließ den Wein in seinem Kelch kreisen. »Das hatte

ich erwartet. Aber ich frage mich, ob Ihr noch etwas Persönliches über d'Arcy wisst, Sir.«

»Etwas, das die Dame veranlassen könnte, sich einem anderen Anbeter zuzuwenden?«, hakte der Gesandte nach.

»So ist es, Sir.«

Als in dem nun folgenden Schweigen Renard sein Glas zwischen den Fingern drehte, fing sich ein Sonnenstrahl im Kristall und ließ es in allen Regenbogenfarben funkeln. Die gewünschte Auskunft könnte er Robin of Beaucaire durchaus liefern und sich ihn zugleich verpflichten, was sich oft als nützlich erwies. Außerdem sah er keine Gefahr, das prekäre Gleichgewicht zwischen der spanischen und französischen Gesandtschaft am Hofe von St. James zu gefährden, wenn er den alten Skandal zur Sprache brachte, bei dem es nicht um eine Staatsaffäre, sondern um eine spezielle Angelegenheit gegangen war – eine verjährte Geschichte, von Klatsch und boshaften Gerüchten genährt, aber auch nicht völlig erfunden.

Langsam fing er zu sprechen an und fuhr fort, den Kelch in seiner Hand zu drehen.

»Ich will Euch etwas von früher erzählen. Was Ihr damit macht, ist Eure Sache. Also … es war einmal ein junger Mann am französischen Hof, ein sehr kluger Hoffnungsträger von vornehmer Herkunft. Seine Mutter, eine Waliserin, gehörte zum edelsten Geblüt – falls der Begriff auf dieses barbarische Gemisch von Clans und Stämmen anwendbar ist.« Angewidert rümpfte Renard die Nase.

»Sein Vater aber war mit dem Duc de Guise verwandt und daher auch dem Königshaus eng verbunden. Der Mann hatte zumeist in Frankreich gelebt und die Heimat seiner Mutter nur gelegentlich besucht. Für das Leben eines Höflings erzogen, obwohl seine Talente auf anderem Gebiet lagen, machte er kein Hehl daraus, dass ihn die Hocharistokratie anödete. Er war ein Mensch, der Arbeit brauchte und seinen Verstand betätigen musste.«

Der Spanier erhob sich, griff nach der Flasche und schenkte nach, während Robin mit kaum verhüllter Ungeduld dasaß.

»Nach angemessener Zeit nahm der junge Mann sich eine Gemahlin. Von Anfang an war klar, dass die beiden nicht zusammenpassten, doch hatten sein Vater und der König die Heirat befürwortet.« Er ließ ein Achselzucken folgen. »Wie könnte man sich so großem Druck widersetzen? Außerdem bekam die Dame eine stattliche Mitgift.« Wieder auf seinem Stuhl, strich er eine Falte in seinem seidenen Strumpf glatt.

»Dieser Monsieur machte aus seinem Widerwillen gegen das Hofleben in der Tat kein Geheimnis – auch nicht daraus, dass ihm die Leichtlebigkeit seiner Gattin missfiel. So kam es, dass er immer mehr Zeit in Burgund verbrachte, angeblich, um seine Besitzungen zu verwalten. Aber wer es wissen wollte, wusste, dass er dies nur als Fassade für seine Tätigkeit als Spitzel des Königs benutzte. Er war ... ist ... sehr gut, wahrscheinlich der Beste seines Metiers und kennt keine Skrupel, wenn es darum geht, sich Informationen zu verschaffen.«

Als Renard an den Kelchrand tippte, erklang ein Ton, der Echtheit und Reinheit aussandte.

Robin sah zu, fasziniert vom Spiel der schlanken Finger am Glas, von den bedeutungsvollen Anspielungen in Renards Geschichte.

»Seine Gemahlin blieb bei Hofe, während er seine angeblichen Inspektionen auf seinen Gütern absolvierte. Über die Entfremdung des Paares tuschelte man viel. Da die Frau bildschön war, hatte sie die Wahl unter einer Vielzahl von Anbetern, die sie heftig begehrten. Bewunderung ist verführerisch, zumal in Paris, wo man diskreten Affären mit Nachsicht begegnet.« Renard vollführte eine Handbewegung, die besagte: *Was kann man schon von einem so freizügigen Hof wie dem französischen erwarten?*

Der spanische Gesandte scheint wenig Verständnis für fremde Sitten zu haben, dachte Robin bei sich, nickte jedoch zustimmend, da er wusste, was für ein strikter Moralkodex unter Karl V. galt. Es war nicht das erste Mal, dass er hörte, wie ein Spanier sich über die laxen Gepflogenheiten der Franzosen mokierte.

»Als die Frau zwei Kinder gebar, einen Jungen und ein Mädchen, war der Mann ein überaus zärtlicher Vater. Man könnte auch sagen, dass er die offenkundige Gleichgültigkeit der Mutter ausgleichen wollte. Für sie bedeuteten die Kinder nur Peinlichkeit, da sie der Meinung war, Mutterschaft mache eine Frau zur Matrone – und als solche wollte die Dame um nichts in der Welt gelten.«

Wieder machte Renard eine Pause und kostete die Blume seines Weines aus, ehe er fortfuhr: »Wie erwartet, wurde viel über die Treulosigkeit der Frau gemunkelt, da sie häufig allein war und gern flirtete. Der Mann schien dem Klatsch über seine Gemahlin mit ebenso viel Gleichgültigkeit zu begegnen wie der Frau selbst. Hielt er sich zu Hause auf, war er ein unverändert liebevoller Vater. Dann aber trat plötzlich eine Wende ein. Der Mann verbreitete, dass er seine Frau *in flagranti* ertappt hatte.«

Ein dünnes Lächeln umspielte den Mund des Gesandten. »Ihr müsst wissen, dass eigentlich nur zum Vergnügen geklatscht und am Hof niemals wirklich geglaubt worden war, sie hätte einen Liebhaber. Es gab seinerzeit keine Anzeichen für Ehebruch; zudem galt sie als zu dumm für eine diskrete Affäre. Ihren mangelnden Verstand erwähnte man auch als einen der Hauptgründe für die Gleichgültigkeit des Gatten. Umso überraschender kam seine Enthüllung.«

Neugierig beugte Robin sich vor und umklammerte den Stiel des Kelches fester.

Der Gesandte nahm einen Schluck. »So erstaunlich die Ankündigung auch war, wurde sie von der Grausamkeit seiner Vergeltung noch übertroffen.«

Er beugte sich zur Seite und stellte sein Glas auf ein Tischchen neben sich. »Der Liebhaber, der offenbar halb bekleidet geflüchtet war und verschwunden blieb, wurde nicht genannt. Der Mann bezeichnete ihn als Feigling, der vor dem unausweichlichen Duell die Flucht ergriffen hatte. Das leuchtete jedem ein. Unser Mann war ... ist ... Fechter von Rang, mit dem man sich lieber nicht anlegen sollte, wie ich Euch warnen möchte.« Viel sagend nickte Renard Robin zu. Dieser errötete, gab aber keinen Kommentar ab.

»Der Mann ließ sich scheiden, verstieß Frau und Kinder in aller Öffentlichkeit und brachte sie fort. Seither hat man von ihr nichts gesehen oder gehört.«

»Er hat sie getötet?« Die Frage kam als ein erschrockenes Flüstern.

Renard verkniff sich ein halbes Lächeln und zuckte die Schultern. »Vielleicht. Gerüchte wollen wissen, dass er sie in ein Kloster in den Pyrenäen steckte, in einen strengen Orden, dessen Regeln Armut und Schweigen fordern. Ein schreckliches Dasein für eine Frau, für die das luxuriöse und aufregende Hofleben das Lebenselixier war und die mit jedem Atemzug Bewunderung einsog. Gewiss hätte sie den Tod vorgezogen. Gerüchten zufolge legte sie selbst Hand an sich.«

Robin sagte nichts. Ihm wollte keine passende Bemerkung einfallen.

»Sicher gebt Ihr mir Recht, dass es eine besonders grausame Strafe war«, fuhr Renard aalglatt fort. »Auch für eine Treulose ... falls sie es denn war.« Der Gesandte zog eine

Braue hoch. »Nur wenige glaubten an ihre Schuld, die sie bis zum letzten Atemzug bestritt. Man war der Meinung, der Mann hätte die Anschuldigung erfunden, um sie loszuwerden. Des Weiteren nahm man an, dass eine Nebenbuhlerin existierte.

Wieder hob Renard die Achseln. »Wenn es sich so verhielt, trat sie doch nicht in Erscheinung. Jedenfalls übernahm er die Kinder, die er öffentlich zu Bastarden erklärte. Niemand weiß, wohin er sie brachte, und es heißt, er habe sie seither nicht mehr gesehen. Aber schließlich mied er die Gesellschaft insgesamt, aus der er so gut wie verstoßen war. In Paris ließ er sich nurmehr blicken, wenn er geschäftlich dort zu tun hatte … Für den französischen Hof ist er praktisch unsichtbar geworden und geriet in Vergessenheit – da der Franzose das Gedächtnis einer Mücke besitzt! Natürlich taucht er in London und anderswo auf, wenn seine Tätigkeit es erfordert. Doch nur wenige Menschen kennen seine unerquickliche Vergangenheit!«

Renard griff erneut zu seinem Glas. »So, das wäre meine kleine Eröffnung, mein Freund. Wie ich schon sagte, könnt Ihr damit anfangen, was Ihr wollt.«

Robin schwieg länger, als der Anstand es erlaubte, ehe er sich fasste. »Meinen Dank, Sir!« Sein grübelnder Blick kehrte zu dem Glas in seiner Hand zurück.

Der Gesandte deutete abermals Belustigung an. »War es das, was Ihr hören wolltet, Lord Robin?«

Letzterer schaute wieder auf, seine Augen waren leer. »Vielleicht, Sir. Nun, ich möchte jenen, die ich liebe, keinen Schmerz zufügen.«

»Oh … das macht einen Menschen in unserer Welt verwundbar. Und gefährdet ihn.« Als Renard aufstand, verstand Robin den Wink mit dem Zaunpfahl.

»Ich danke Euch, Sir, dass Ihr für mich Zeit gefunden habt,

und bin Euch sehr verbunden.« In seiner Hast stellte er das Glas so ungeschickt hin, dass es über den Rand zu fallen drohte. Im letzten Moment fing er es auf und platzierte es mit übertriebener Vorsicht in die Mitte des Tisches.

»Keine Ursache! Es freut mich, wenn ich Euch einen Gefallen tun kann. Mein Diener wird Euch hinausgeleiten.« Renard verbeugte sich knapp und machte auf dem Absatz kehrt, während Robin noch immer in einer tiefen Verbeugung verharrte.

Der finstere Bedienstete ließ sich sofort blicken und begleitete den Gast seines Herrn schweigend an die Tür. Robin stand auf der Straße und blickte zum Haus hoch, das ihm nun so dunkel, ungewöhnlich und geheimnisvoll erschien wie seine Bewohner. Renard war so mitteilsam gewesen, wie Robin es sich nur wünschen konnte; doch kannte er sein eigenes Metier zu gut, um nicht zu wissen, dass der Gesandte ihn gegebenenfalls an seine Schuld erinnern würde.

Er hatte Robin gewarnt, einen überlegenen Fechter offen herauszufordern – eine Warnung, die an Robins Stolz kratzte, die er jedoch beherzigte. Selber konnte er auch mit der Klinge recht gut umgehen, durfte sich allerdings nicht zur ersten Kategorie der Fechter zählen.

Doch dieser Situation wollte er sich dann stellen, wenn es so weit war. Seine erste Verpflichtung galt nun Pen, und das war schlimm genug. Wie brachte man seiner vertrauten Freundin bei, dass ihr Geliebter ein Unmensch war?

# 15

Owen wieherte förmlich, als Pen im Stallhof erschien.

»Was ist denn so komisch?« Pen zog sich Cedrics Mütze tiefer in die Stirn. »Mary erklärte, dass es skandalös sei, aber komisch fand sie meine Erscheinung nicht.«

»Du wirkst nicht ganz überzeugend«, gluckste Owen. »Viel zu hübsch für einen Pagen!«

Sollte sie dies als Kompliment oder als Kritik an ihrer Verkleidung auffassen? Sie entschied, dass es wohl beides sein musste. »Nun, viel kann ich daran nicht ändern«, stellte sie fest und zupfte am Saum von Cedrics kurzem Wams, um es irgendwie zu verlängern und ihre Schenkel besser zu verdecken.

»Es hat seine verführerischen Aspekte«, bemerkte Owen. »Mir war gar nicht klar, dass du eine so köstlich gerundete Kehrseite besitzt.«

Bei anderer Gelegenheit hätte sie sich geschmeichelt gefühlt, nicht aber auf einem Stallhof. Pen errötete bis an die Haarwurzeln. »Jemand wird dich hören!«

»Es ist niemand da«, beruhigte er sie. »Der Knecht holt Cedrics Pferd für dich. Ich glaube, wir kommen schneller voran, wenn du Nugget reitest.«

»Hat Cedric nichts dagegen?«, fragte Pen zögernd.

»Nicht mehr als dagegen, dir seine zweite Garnitur Kleider zu borgen und für den Tag von seinem Dienst befreit zu sein. Wenn er unbedingt reiten möchte, kann er dein Pferd nehmen, wiewohl ich bezweifle, ob er diese Peinlichkeit auf sich nimmt.« Owen lächelte liebevoll.

Pen hatte sowohl Cedrics Bewunderung für seinen Herrn bemerkt als auch Owens väterlichen Umgang mit dem Jungen. Zwischen Herrn und Pagen musste eine starke Bindung bestehen – eines der Rätsel um Owen d'Arcy.

Als der Knecht mit Cedrics braungrauer Stute aus dem Stall kam, würdigte er den Pagen kaum eines Blickes. »Als Nächstes bringe ich den Rappen, Mylord!«

Owen nickte und wandte sich an Pen. »Lass dich hinaufheben.«

Pen traute seinem ein wenig boshaften Lächeln nicht; doch war der Graue zu hoch, als dass sie ohne Hilfe hätte aufsitzen können. In ihrem momentanen Kostüm durfte sie wenigstens rittlings aufs Pferd. Die neuen Seitsättel, die bei vornehmen Damen als unbedingtes Muss galten, mochte sie nicht, da sie die Bewegungsfreiheit einschränkten.

Sie beugte ihr Knie, damit Owen sie hochheben konnte. Wie erwartet, nutzte er die Gelegenheit und strich über ihr Gesäß, und einen atemberaubenden Moment ließ er seine Hand in einer flüchtigen Liebkosung zwischen ihre Schenkel gleiten, ehe er sie hinaufhob.

»Nett«, bemerkte er mit demselben spöttischen Lächeln. »Wirklich sehr nett!«

Aber Pen verspürte nicht das leiseste Verlangen nach erotischen Spielchen. Die vor ihnen liegende Angelegenheit war zu ernst, und doch benahm Owen sich, als würden sie einen Ausritt zum Vergnügen unternehmen. Sie verweigerte ein Lächeln und starrte geradeaus.

Owen stieg nun auf sein Pferd, noch immer in bester Laune und ohne den Versuch, ihr eine Antwort zu entlocken. Er wendete im Stallhof und ritt hinaus auf die Straße nach High Wycombe.

Es war kurz vor sieben, trotzdem rührte sich die Welt bereits. Sie passierten ein Milchmädchen mit vollen Eimern und einen jungen Ziegenhirten, der gähnend seine Herde durch das Dorf auf die Felder dahinter trieb. Eine Horde zerlumpter Kinder drängte sich um den Brunnen, bewarf einander mit Steinen, lachte und spielte Haschen – bis eine zornige

Anwohnerin besenschwingend auf die Rangen zulief. Die ersten zwei Kinder erwischten schallende Backpfeifen, worauf die anderen sich mit ihren Eimern prompt und artig in einer Reihe aufstellten.

Türen standen offen, während Frauen den Unrat auf die Straße fegten; der Rauch von Herdfeuern kräuselte sich in der kalten Luft. Ein kleines, an einem Stück Schwarzbrot knabberndes Mädchen rannte barfüßig auf der Jagd nach einem Huhn blindlings drauflos. Es übersah die Pferde, die dahergeritten kamen, und wich plötzlich bei dem Versuch, dem Huhn den Weg abzuschneiden, seitlich aus.

Owen, der sein Pferd auf die Hinterbeine zwang und das Kind nur um Haaresbreite verfehlte, stieß einen Schwall französischer Flüche aus, die für Pen, die diese Sprache eigentlich beherrschte, kaum verständlich waren.

Die Kleine rappelte sich auf und schien erst jetzt zu begreifen, welcher Gefahr sie knapp entronnen war. Owen verfiel ins Englische, als er sie schalt wegen ihrer Schusseligkeit.

Zu Tode erschrocken, starrte das Kind zu dem zornigen Mann auf dem großen Hengst hoch; dann schoss es zurück in sein Haus – das Ausreißerhuhn war vergessen.

Reglos saß Owen im Sattel, als sein Pferd sich beruhigte. Er schien zutiefst aufgewühlt, die Farbe war ihm aus dem Gesicht und sogar den Lippen gewichen. In seinem Blick stand blankes Entsetzen. Ob es sich um Wut oder Schreck über das knappe Entkommen des Kindes oder beides handelte, konnte sie nicht unterscheiden; doch wusste sie, dass sie ihn noch nie so erschüttert gesehen hatte.

Sie selbst vermochte es noch immer nicht zu fassen, dass das Kind unversehrt entkommen war. Die bestürzende Schnelligkeit von Owens Reaktion, die Kraft in seinen Händen, als er das Pferd hochriss, hatten ihr den Atem genommen. Es war, als sei das Pferd mit ihm verschmolzen und würde von ihm wie ein Instrument benutzt, das er beherrschte wie sein Rapier. Geübt, sicher, tödlich. Wenn er jedoch sein Rapier geschwungen hatte, strahlte er anschließend immer eine Ruhe aus, als sei nichts geschehen. Nun aber reagierte er ganz anders, so dass sie nicht wusste, was sie davon halten sollte.

Owen blickte in die Vergangenheit. Er sah sein Söhnchen Andrew, erst zwei Jahre alt, im sonnigen Hof des Schlosses in Burgund, wie er unsicheren Schrittes mit seinem kleinen Holzschwert herumfuchtelte. Der Knabe, der den Vater von der Jagd kommen gesehen hatte, war mit vergnügtem Krähen auf ihn zugewackelt. Plötzlich stolperte er und geriet direkt vor die Hufe von Owens großem Ross, dessen Kraft ausreichte, einen Mann in voller Rüstung zum Turnier oder aufs Schlachtfeld zu tragen. Das Pferd hatte sich aufgebäumt, als Owen es entsetzt zurückriss, ein beschlagener Huf hatte das Kind an der Schulter nur gestreift, ihm jedoch trotzdem das Gelenk ausgekugelt. D'Arcy glaubte die Schreie seines Sohnes jetzt noch zu hören.

Pen ertrug das Schweigen nicht mehr. Erschrocken über seine Miene, beugte sie sich zu ihm und fasste nach seinem Arm. »Owen?«

Er schrak zusammen und sah sie abweisend an.

»Schon gut!«, sagte sie und drückte seinen Arm. »Dem Kind ist nichts geschehen. Du hast so rasch reagiert … wie der Blitz. Es ist unversehrt.«

Ihre Worte und ihre Berührung durchdrangen den Schock der Erinnerung. Sein Blick wurde wieder klar, in seine Wangen kehrte Farbe zurück, sein Mund entspannte sich. »Ja, du hast Recht. Los, wir wollen weiter.«

Sie indessen setzte ihr Pferd nicht sofort in Bewegung. Es war ein schlimmer Moment, noch nie hatte sie Owen so verloren erlebt. Niemals wäre ihr in den Sinn gekommen, dass er so sein konnte. Er hatte die Situation mit gewohnter Bravour bewältigt, und doch wirkte er immer noch niedergeschmettert. Je länger sie mit ihm zusammen war, desto weniger schien sie von ihm zu wissen.

»Pen!«

Auf seinen befehlsgewohnten Ruf hin stieß sie dem Pferd die Fersen in die Flanken und ließ es antraben. Owen erklärte: »Für Tagträume ist keine Zeit.«

Sie verzichtete auf eine Rechtfertigung.

Er ritt schnell; aber Pen, nun bequem und rittlings auf einem jungen und ruhigen Pferd, hielt leicht Schritt mit ihm. Da es bis High Wycombe nur zwölf Meilen waren, erreichten sie ihr Ziel in weniger als zwei Stunden.

»Wohin gehen wir zuerst?«, fragte Pen, die sich im Dorf umsah, die Krempe ihrer Mütze tief in die Stirn gezogen.

»In die Dorfschänke, zur Quelle allen Klatsches.« Seit sie Gerrards Cross verlassen hatten, war er stumm geblieben, und Pen hatte ihn nicht aus seinen Gedanken gerissen. Momentan verdrängte sie das Ereignis, um sich ihren eigenen Gedanken hinzugeben; mittlerweile näherten sie sich immer mehr dem Ort, der für sie so viele Erinnerungen barg – wobei die schlimmen die glücklichen fast auslöschten.

»Ist das das Haus der Bryanstons?« Owen deutete mit seiner Gerte auf geschlossene eiserne Torflügel in einer hohen Mauer am Rand des Dorfes.

»Ja, das Herrenhaus«, bestätigte Pen mit innerem Frösteln. Seit ihre Mutter und Hugh sie nach der Geburt des Kindes heimgeholt hatten, war sie nicht wieder hierher zurückgekehrt. Sie und Philip hatten das Landleben genossen und viel getan, um Bryanston Manor schön und wohnlich zu machen. Jetzt fragte sie sich, ob Miles weitere Verbesserungen vorgenommen hatte … Miles und seine Mutter.

»Das *Bryanston Arms* steht auf dem Anger«, ergänzte sie.

Owen ritt auf die ausgedehnte Grünfläche inmitten des Dorfes zu, auf der sich Schandpfahl und Fußblock befanden. Ein jämmerlich aussehender Landstreicher, reichlich mit Unrat überschüttet, war dort angekettet.

»Hier ändert sich nichts«, murmelte Pen, die den alten Tom erkannte, den sein Herumstreunen und seine Dieberereien regelmäßig an den Pranger brachten.

Die Dorfschänke war klein, das Strohdach löchrig. Pen fiel insgesamt auf, wie vernachlässigt das Dorf wirkte, ganz anders als zu Philips Lebzeiten. Zu den Pflichten des Earls oder vielmehr seines Verwalters und Abgabeneinnehmers gehörte es, die Häuser der Pächter in gutem Zustand zu halten; doch sah man hier schiefe Dächer, wacklige Pforten, abbröckelnde Mauern und dichtes Unkraut entlang der Hecken. Das alles deutete darauf hin, dass der Gutsherr es an Umsicht fehlen ließ.

Als sie Owen darauf hinwies, meinte er: »Umso besser für uns. Wenn die Familie sich hier nur selten sehen lässt und die Pächter Grund zur Klage haben, wird es ihre Zungen lösen.«

Er zügelte sein Pferd vor der Ale-Bank des Wirtshauses und schwang sich aus dem Sattel. »Bring die Pferde zum Stall und sorge dafür, dass sie gefüttert und getränkt werden. Ich gehe indessen hinein, um ein paar Beschwerdeführer zu finden.«

»Warte!«, rief Pen und schwang sich vom Grauen. »Ich komme mit. Deshalb habe ich mich verkleidet.«

Als er sich umdrehte, blitzten seine Augen wieder vor Heiterkeit, und Pen sah zu ihrer größten Erleichterung, dass die Stimmung von vorhin sich verflüchtigt hatte.

»Leider bist du weniger überzeugend, als ich hoffte«, erklärte er. »Deine Rolle als Diener macht aber eine ansonsten unglaubwürdige Geschichte vielleicht wahrscheinlicher.«

»Ich bin Page und nicht Pferdebursche.«

Owen lachte. »Sei nicht böse, Liebling – doch abgesehen von deinem hübschen Äußeren, bist du auch ein wenig zu alt, um einen überzeugenden Pagen abzugeben. Na ja, rede einmal mit den Knechten und Pferdeburschen, möglicherweise kannst du etwas von ihnen erfahren. Achte darauf, an niemanden zu geraten, der dich in deiner üblichen Aufmachung kannte.«

Damit ging er gemächlich ins Wirtshaus und ließ Pen, die zwischen Entrüstung und der Einsicht schwankte, dass er vermutlich Recht hatte, allein zurück.

Sie fasste nach den Zügeln und führte die Pferde ums Haus herum zu den Stallungen. Auf den ersten Blick sah es aus, als wären diese verlassen; vor allem aber hatte sie sie in wesentlich gepflegterer Erinnerung. Das Pflaster war glitschig von Mist, das Stroh verrottet, und es roch faulig. Sie führte die Pferde an den Trog und brach die Eisschicht mit ihrer Reitgerte auf, um darunter auf grünes und brackiges Wasser zu stoßen.

»Was willst du hier?«

Beim Ton der rauen Stimme drehte sie sich blitzartig um und sah sich einem Mann gegenüber, den sie vage erkannte. Jung, mit mürrischem Gehabe, war er vier Jahre zuvor wenig mehr als ein Knabe gewesen.

»Frisches Wasser für die Pferde«, bat sie mit verstellter Stimme, die dennoch heller klang, als ihr lieb war.

»Der Brunnen ist auf dem Anger«, knurrte er. »Und dort gibt es einen Eimer.« Er deutete in die Ecke des Hofes.

Pen zögerte. Den Jungen kannte sie nicht, wie ihr einfiel – dafür aber seinen Vater oder vielleicht seinen Onkel. Auch dieser hatte einen mürrischen Zug um den Mund und einen fettigen, in die Stirn fallenden Haarschopf gehabt, war aber damals viel gefälliger gewesen, als die miserable Entlohnung es erwarten ließ.

»Seit ich zuletzt hier war, ist alles anders geworden«, bemerkte sie und holte den Eimer.

Der Junge spuckte aufs Pflaster. »Ja … die oben im Herrenhaus, die tun nichts mehr für uns.«

»Ihr braucht die doch nicht, um die Ställe auszumisten«, höhnte sie.

»He, hüte deine Zunge!« Er tat einen Schritt auf sie zu; mit dem Eimer ausgerüstet, eilte Pen klugerweise davon. Ein Streit hätte nichts gebracht.

Sie holte Wasser vom Brunnen und schleppte ihre Last zum Stall zurück, wobei sie sich fragte, was Marys Damen bei ihrem Anblick wohl gesagt hätten. Die Vertraute der Prinzessin bis zu den Ellbogen in Mist und Dung!

Als sie die Pferde getränkt hatte, führte sie sie in den Stall, häufte mit der Gabel unappetitlich feuchtes Heu in ihre Raufen und begab sich in die Schänke – weil sie sehen wollte, wie es Owen erging, und sie Durst hatte.

Owen hielt an der Theke im Schankraum Hof, umgeben von Dorfbewohnern mit schäumenden Humpen in Händen. Sogar der Wirt hatte ein Bier, als er sich über die fleckige Theke beugte.

»Und warum sucht Ihr Granny Wardel, Sir?«, fragte der Wirt, als Pen in den halbdunklen Raum schlüpfte. »Ein feiner Stadtmensch wie Ihr?«

»Ich bin Anwalt«, eröffnete Owen ihm. Seine Stimme klang anders, noch wohltönender und einen Akzent vortäuschend. »Es gibt Neuigkeiten für sie … eine gute Nachricht«, setzte er mit vertraulichem Zwinkern hinzu.

»Allmächtiger!«, rief ein Bauer aus. »Nellie Wardel hat's zu Vermögen gebracht …«

»Nicht ganz«, schränkte Owen ein. »Aber wenn Ihr mir die Richtung weisen könntet …«

Sein Blick fiel auf Pen, die plötzlich am anderen Ende der

Theke stand. Sie trat einen Schritt auf ihn zu, er aber winkte sie mit kaum wahrnehmbarer Handbewegung zurück.

»Wirt, für meinen Diener einen Schoppen, wenn ich bitten darf!« Er warf eine Münze auf die Platte. Der Wirt zapfte Ale vom Fass und ließ den Humpen über den Schanktisch zu der Stelle schlittern, wo Pen einsam stand.

Wortlos griff sie zu und trank durstig. Der Name Nellie Wardel hatte auf der Seite des Rechnungsbuches ganz oben gestanden. Pen hatte ihn nie gehört; doch sah es aus, als sei sie hier bekannt als Granny Wardel. Sie versuchte sich zu erinnern, sich die Gesichter ins Gedächtnis zu rufen, die sich um ihr Schmerzenslager gedrängt hatten. War eines darunter, auf das der Beiname Granny passte?

Ihr wollte es nicht einfallen. Alle ihre Erinnerungen an jene schreckliche Nacht lauerten in den Schatten von Schmerz und Angst.

Owen wandte sich um und kam zu ihr. Sein Nicken zeigte an, dass sie austrinken und ihm folgen sollte. Pen leerte den Humpen und stapfte hinter ihm hinaus.

»Ich lasse die Pferde ungern in diesem Stall … ein wahrer Schandfleck«, flüsterte sie.

»Wir brauchen sie ohnehin, wenn wir Granny Wardel aufsuchen wollen. Sie lebt etwa zwei Meilen außerhalb des Dorfes, quer über die Felder.« Sein Ton war wieder der alte.

Pen brauchte keine Extraanweisung. »Dann hole ich sie.« Mit einer spöttischen Verbeugung entfernte sie sich.

Sie wartete, bis sie im Sattel saßen und die Landstraße erreichten, ehe sie ihn fragte: »Was ist mit den anderen Namen? Kennt sie jemand?«

»Nein, es waren keine Einheimischen und die Personen offenbar bei den Dorfbewohnern von High Wycombe nicht wohl gelitten.«

»Das ist in allen Dörfern dieser Gegend so. Außer an den

Markttagen bleibt man unter sich, und auch an diesen ist man beim Feilschen sehr misstrauisch.«

»Hm!« Owen schien zu überlegen. »Könnte nützlich sein …«

»Wie das?«

»Teile und herrsche!«, zitierte er. Er schien in Gedanken; Pen überließ ihn seinen Überlegungen und verschonte ihn mit den Fragen, Gedanken und Möglichkeiten, die sich ihr auf die Lippen drängten. Wortlos ritt sie neben ihm einher, als sie drei Felder querten und sich einem Häuschen näherten, das in einem winzigen Garten stand. Daneben lag ein Weiher, auf dem Enten übers Eis watschelten.

»Du kannst mit mir eintreten. Solltest du die Frau erkennen, wird das die Bestätigung sein, dass sie bei der Geburt zugegen war; und du musst sofort wieder gehen, damit sie dich nicht erkennt.« Er sagte es höchst entschieden. Pen murmelte nur eine Bejahung.

Sie banden die Pferde an einer Hecke fest, wo sie etwas Wohlschmeckenderes von den Zweigen zupften als das schale Heu in den Stallungen des *Bryanston Arms*. Owen ging eilig den Gartenweg voraus und klopfte, während die hinter ihm stehende Pen sich möglichst klein und unscheinbar machte.

Ächzend öffnete sich die Tür. Ein verrunzeltes Gesicht lugte heraus. »Was ist?«

»Mistress Wardel?«, erkundigte sich Owen höflich.

»Wer seid Ihr?«

»Esquire Rhoscolyn«, sagte Owen in ähnlichem Ton wie in der Schänke.

*Walisisch!*, fiel Pen ein. Ein waschechter walisischer Akzent. Sie konnte die Frau kaum ausmachen, da diese noch immer im Haus stand und die Tür nur einen Spaltbreit geöffnet war.

»Könntet Ihr wohl einen Augenblick für mich erübrigen, Mistress?« Sein Lächeln war warmherzig und arglos. »Meines Wissens hattet Ihr einen Bruder in Highgate.«

»Ja?« Noch immer argwöhnisch, öffnete sie die Tür ein wenig weiter. »Unser Ned. Was ist mit ihm?«

»Er bat mich, Euch etwas zu überbringen. Ich bin Anwalt«, stellte Owen sich vor. »Wenn wir ins Haus dürften ... es ist so windig hier draußen ...«

Widerstrebend öffnete Granny Wardel die Tür weiter, und Owen betrat das reinlich gefegte Innere der einräumigen Kate. Er blickte über die Schulter und sah, dass Pen, die nun die Frau deutlich sehen konnte, auf dem Weg verharrte.

Granny Wardel war an jenem Nachmittag zugegen gewesen. Sie hatte Pens Stirn in einem ihrer klareren Momente mit Lavendelwasser benetzt.

Pen erfasste eine gewisse Erregung, wenn auch Angst und Verzweiflung der Vergangenheit sie zu überwältigen drohten. Die Frau war dabei gewesen. Sie würde, musste, etwas wissen ...

Nach einer halben Stunde kam Owen wieder heraus. Seine Miene war abwesend, seine Börse leichter als vor der Unterredung mit Granny Wardel.

»Was hat sie gesagt?«, bestürmte ihn Pen, die nicht an sich halten konnte. »Weiß sie, was aus dem Kind wurde?«

Owen schüttelte den Kopf. »Im Moment des Gebärens war sie nicht da – doch hielt auch sie es für eine Totgeburt.«

Pen empfand die Enttäuschung wie eine erstickende schwarze Hülle. »Dann konnte sie dir nichts sagen.«

»Das meine ich nicht damit.« Er sah Pen an, die so verzweifelt wirkte, als würde man ihr Leben und Energie abpressen.

Deshalb ergänzte er eilig: »Wir müssen noch einen Besuch machen, einen, der sicher Früchte tragen wird.«

Wortlos bestieg Pen den Grauen. »Wohin geht es jetzt?«, fragte sie schließlich, als sie das Haus hinter sich ließen.

»Nach Wycombe Marsh. Dort lebt eine Frau namens Betsy Cosham.«

Der dritte Name auf der Buchseite. »Betsy Cosham bekam für ihre Dienste mehr als die anderen Frauen«, äußerte Pen, die die Liste deutlich vor sich zu sehen glaubte.

»So ist es. Eine Tatsache, die Granny Wardels überaus erhellende Meinung von Betsy Cosham nicht eben hob …« Er lenkte sein Pferd durch eine Lücke in der Hecke am Straßenrand. »Hier gibt es wohl eine Abkürzung. Sagt dir der Name Mistress Goodlow etwas?«

Pen furchte die Stirn. »Ja, sie ist Lady Bryanstons Beraterin und bewohnt ein Haus mit eigenem Kräutergarten auf dem Gutsgelände. Den ganzen Haushalt kuriert sie.«

»War sie bei der Geburt anwesend?«

»Ich kann mich nicht erinnern; da sie aber bei Krankheiten immer zugezogen wurde, hätte ich sie ohnehin nicht wahrgenommen. Sie gab mir während meiner Schwangerschaft eine Arznei, da ich ständig an Übelkeit litt. Hat Granny Wardel sie erwähnt?«

»Nur flüchtig. Mir scheint, sie ist in der Umgebung so unbeliebt wie Betsy Cosham. Sie sind vom gleichen Schlag … oder demselben Hexenkessel entsprungen – um Grannys anschaulicheren Ausdruck zu benutzen«, setzte er hinzu und schüttelte den Kopf. »Die Anklage der Hexerei ist leicht zur Hand; doch kann man nicht leugnen, dass die Gabe, Gutes zu tun, sich auch rasch ins Gegenteil verkehrt. So oder so – zwischen den Hebammen von High Wycombe und allen, die in ihrem Revier wildern, herrscht Rivalität.«

»Deshalb war Granny Wardel so redselig?«

»Ja, und wegen des Geldes. Goldsovereigns lösen alle Zungen«, gab er ironisch zurück. »Sie glaubte, das Geld käme von ihrem Bruder Ned, der sich endlich seiner Verpflichtung der armen Schwester gegenüber entsann.«

»Ach, das muss ich dir zurückgeben«, sagte Pen hastig. »Ich habe Geld dabei … es ist mit meinen Kleidern im Gasthaus in Gerrards Cross geblieben.«

»Dann steht uns ja eine Abrechnung bevor«, meinte er sachlich.

Pen hörte den gespielten Ernst heraus. »Allerdings!«

»Ganz sicher. Vielleicht werde ich dir meine Dienste auch in Rechnung stellen.«

»Die sind bereits ausgeglichen«, sagte Pen mit erzwungenem Lächeln.

Owen hatte einen sinnlich gefärbten Scherz machen wollen, um ihre Laune zu heben. »Ich dachte, das hätten wir letzte Nacht bereinigt …«

»Ja«, pflichtete Pen ihm leise bei. »Das haben wir. Eingefahrene Gewohnheiten lassen sich nur schwer ändern.«

»Vermutlich«, erwiderte er kalt.

Schweigend legten sie die Strecke zum Weiler Wycombe Marsh zurück, und Owen hielt ohne zu zögern vor einem stattlichen Haus am Ortsrand an.

»Diese Frau ist nicht unbemittelt und meidet Nachbarn«, bemerkte er wie im Selbstgespräch. Sie saßen ab und machten ihre Pferde am Pfosten der Gartenpforte fest. »Komm mit, und wenn du sie erkennst, geh sofort wieder.«

Betsy Cosham öffnete beim ersten Pochen. Schlampig, in mittleren Jahren, musterte sie Owen mit kleinen hellen Augen genau. »Was wollt Ihr, Sir? Ich habe alles. Und ich kann anderes beschaffen.«

»Darf ich eintreten?«, fragte Owen, wieder mit walisischem Akzent.

Sie nickte und hielt ihm die Tür auf. Nach einem listigen Blick, der Pen galt, nickte sie abermals. »Tretet ein!«

Demonstrativ ließ sie die Tür offen, damit Pen folgen konnte.

Im düsteren Hausinneren setzte Betsy Cosham sich an den Tisch und betrachtete ihre Besucher. »Das Mädel ist also in Schwierigkeiten? Aus guter Familie? Und deshalb kommt sie in Knabenkleidern zu Betsy Cosham?« Betsy warf den Kopf in den Nacken und brach in schallendes Gelächter aus. »Mädchen, mich kannst du nicht hinters Licht führen! Nicht Betsy Cosham!«

*Aber heute wirst du an der Nase herumgeführt*, dachte Pen, die sich scheu in den Schatten drückte und eine verschämte Haltung einnahm. Sie erkannte die Frau nicht, was aber nicht bedeutete, dass diese sich nicht im Geburtsraum aufgehalten hatte; doch war anzunehmen, dass die Person in der schattenhaften Erscheinung unmöglich Lady Bryanston erkennen konnte, die damals mit schmerzverzerrten Zügen in den Wehen lag und kaum bei Sinnen war.

Owen ging auf deren Selbstgefälligkeit nicht ein. »Was könnt Ihr tun?«

»Kommt darauf an, wie weit sie ist.« Als Betsy aufstand, scharrte ihr Schemel über die Bodenfliesen. Sie trat an ein Bord mit verstaubten Phiolen und kleinen Dosen. »Wie weit bist du, Mädchen? Weniger als drei Monate? Dann ist es noch leicht.«

Pen schüttelte in stummer Verzweiflung den Kopf, und Owen sagte brüsk: »Sechs.«

»Nein, niemals!«, rief Betsy aus. »Nie habe ich jemanden gesehen, der im sechsten Monat so schlank ist.«

»Es ist nicht für sie, sondern für ihre Schwester«, berichtigte Owen.

Betsy kniff die Augen zusammen. »Ich hab' auch etwas, das eine Frühgeburt einleitet. Ein Sechsmonatskind überlebt nicht.«

Auf einmal wurde Pen so kalt, dass sie glaubte, sie müsste

sterben – hier in diesem schaurigen Haus, mit den Regalen voller übler Tränke. Hatte Philips Mutter sich von Betsy etwas geholt, das verfrüht Wehen auslöste? Oder hatte sie Mistress Goodlow geschickt?

»Und wenn es doch überlebt?«, erkundigte Owen sich. »Was, wenn es mehr als sechs Monate hat und es schafft?«

»Das ist nicht meine Sache«, murmelte Betsy. Das jähe Aufflammen von Argwohn in ihren Augen wirkte wie ein Blitz in der Düsterkeit des Hauses.

»Setzt Euch wieder, Betsy«, befahl Owen, auf den Schemel deutend. Sein Ton ließ die Spannung im Haus spürbar steigen. Pen trat weiter in die Schatten zurück, und Betsy ließ sich verdattert auf den Schemel sinken.

»Es geht Euch sehr wohl an«, fuhr Owen seidenweich fort. »Angenommen, vor zweieinhalb Jahren wurde ein Achtmonatskind gewaltsam in die Welt hinausgezwungen, überstand die Geburt und blieb wider Erwarten am Leben. Was glaubt Ihr, dass mit dem Kind geschah?«

Betsy war kreidebleich geworden. Sie starrte Owen an, ihre Zunge fuhr über die Lippen. Eine Speichelflocke hing in einem Mundwinkel. »Weiß gar nicht, wovon Ihr redet.«

»Nein?« Er nahm eine Börse aus seinem Wams und legte sie auf den Tisch. Die Münzen klirrten leise. Dann zog er seinen Dolch aus der Scheide an der Hüfte und legte ihn neben die Börse. »Madam, ich möchte Eurem Gedächtnis auf die Sprünge helfen!«

Wie gebannt hing Betsys Blick an Börse und Dolch sowie den eleganten weißen Händen daneben. Edel, aber voller Kraft.

»Bitte. Ihr könnt wählen. Beantwortet Ihr meine Fragen korrekt, gehört die Börse Euch. Oder Ihr wählt das andere …« Er verschränkte die Hände leicht auf dem Tisch und schaute sie an.

Der Dolch war schlicht, ein bloßes Werkzeug. Kein edelsteinbesetzter Griff, nur eine scharfe Klinge. Pen sagte sich, dass er das Messer nie benutzen würde. Natürlich würde er eine solche Drohung nicht wahr machen.

Aber dann wurde ihr klar, dass sie es nicht wusste ... sie wusste nicht, ob er ihn benutzen würde, ebenso wenig wie sie wirklich etwas von Owen d'Arcy wusste. Er war Spion und ging mit dem Rapier um wie ein Meuchelmörder. Wie konnte sie wissen, wozu er im Stande war?

Sie spürte Betsys Angst, spürte die Gewissheit der anderen Frau, dass dieser Fremde in seiner dunklen Kleidung mit den eindringlichen dunklen Augen und der sanften Stimme den Dolch sehr wohl einsetzen würde.

»Betsy, ich frage noch einmal. Was glaubt Ihr, dass diesem Kind widerfuhr?«

Die Hebamme leckte sich die Lippen, erwischte die Speichelflocke. Aus ihren Augen sprach Furcht, ihre Haut wirkte teigig und fahl. »Es gibt Orte«, stieß sie schließlich hervor. »Orte, wo man ein solches Kind unterbringt ... ein unerwünschtes Kind ...«

*Unerwünscht.* Das Wort hallte durch Pens Kopf, doch blieb sie reglos stehen und wagte kaum zu atmen.

»Wer nahm das Kind an sich?« Plötzlich zuckten Owens Finger, berührten leicht die Klinge, schienen den Griff zu liebkosen. Betsy schauderte es.

»Mylord«, stammelte sie. »Mylord nahm es mit. Wickelte es in Flanell und nahm es. Mehr weiß ich nicht, ehrlich. Und man wird mich töten, wenn die herausbekommen, dass ich es ausplauderte.«

»Das wird man nicht«, winkte Owen ab. »Wohin brachte man das Kind?«

»Weiß nicht. Ehrlich, ich weiß es nicht«, stammelte die Frau mit vor Schreck geweiteten Augen.

»Dann ratet!« Die Messerspitze bohrte sich in den Tisch. Die Bewegung war so rasch, dass sie sogar Pens unbeirrtem Blick entging.

Entsetzt fuhr Betsy zusammen. »Ich hörte, wie die Rede von London war.«

Owen steckte den Dolch ganz langsam in die Scheide. Ebenso langsam schob er die Börse über den Tisch. Dann erhob er sich und ging ohne ein Wort des Abschieds zur Tür. Einen Arm um Pens Schulter legend, schob er sie vor sich aus dem Haus.

»Du hättest es nicht getan, oder?«, fragte Pen, zu benommen, um Betsys Information richtig aufzunehmen – zu aufgewühlt von dem, wobei sie Owen beobachtet hatte.

»Was getan?«

»Der Dolch … du hättest ihr doch nichts angetan?«

»Ich wusste, dass es nicht nötig sein würde«, versicherte er ihr.

Pen war klar, dass er ihre Frage nicht beantworten wollte; deshalb würde sie sie auch nicht wiederholen. Es war besser, wenn man gewisse Dinge nicht wusste.

Langsam ging ihr auf, was sie gehört hatte. »Mein Kind«, murmelte sie. »Sie sagte, dass das Kind lebte.«

»Ja.« Nach kurzem Zögern setzte er hinzu: »Aber das heißt nicht, dass es jetzt noch lebt.«

»Mein Kind lebt«, erklärte sie fest. »Ich muss es nur finden.« Ihr Ton war ruhig und von einer Überzeugung getragen, die kein Zweifel seinerseits zu erschüttern vermochte, wie Owen wusste.

»Wie konntest du sicher sein, dass sie log, als sie sagte, sie wüsste nichts?«, fragte sie, am Ende des Weges angelangt.

»Ein Berufstrick«, gab Owen zurück. Er bedachte sie mit einem kühlen Blick. »Ein Trick des Spitzelberufes. Ich habe ein untrügliches Gefühl dafür, wenn jemand mir etwas verschweigt. Wolltest du nicht eben deswegen meine Mithilfe … meine Berufserfahrung, wie du es formuliertest? Du solltest meine Methoden nicht schmähen!«

»Entschuldigung«, bat Pen. »Es liegt kein Grund vor, auf unser Abkommen zu sprechen zu kommen – zumal in diesem Ton. Aber ich kann verstehen, dass es dich kränkt.«

Forschend sah Owen sie an. Er staunte selbst, wie verletzt und enttäuscht er war, weil sie das alte Streitthema aufgriff, doch las er in ihrem offenen Blick echtes Bedauern.

Schließlich lächelte er, und Wärme kehrte in seine Augen zurück. »Dann wollen wir es vergessen.«

Erleichtert erwiderte sie sein Lächeln. Sie banden die Pferde los und machten sich auf den Weg zur Straße nach Gerrards Cross.

»Wir werden also das Kind in London suchen«, fasste Owen zusammen.

»Aber wo? Die Stadt ist riesengroß.«

»Ich will darüber nachdenken.« Es war eine Ausrede, da er zu wissen glaubte, wo Pens Kind, wenn es noch am Leben war, festgehalten wurde. Er dachte daran, wo er Miles zwischen den Bordellen am South Bank begegnet war. Es gab nur wenig Gründe, die einen Mann von Miles Bryanstons Herkunft und Stellung in die verrufenen und verseuchten Kaschemmen von Southwark führen konnten.

Jedenfalls dachte Owen sich sein Teil, und es packte ihn eine kalte und wilde Wut.

# 16

Der Duke of Northumberland durchmaß den Vorraum zum Krankenzimmer des Königs. Bald würde Mittag sein. Aus dem Hof unter den Fenstern der königlichen Gemächer drang der ungestüme Lärm der Menge, die sich eingefunden hatte, um ihrem Souverän zu huldigen. Täglich warteten hier viele Menschen in der Hoffnung, einen Blick auf Edward zu erhaschen. Und seit Wochen schon waren sie enttäuscht worden.

»Heute müssen wir ihn präsentieren«, sagte Northumberland besorgt. Die königlichen Leibärzte waren an Edwards Bett gerufen worden, und der Kronrat harrte draußen ungeduldig der Diagnose. Ließen die Kräfte des Königs es zu, dass er sich dem Volk zeigte?

Der Duke of Suffolk zupfte an seinem kurzen Bart, als er zu Northumberland trat. »Die Leute fordern immer lauter, er möge sich am Fenster zeigen«, murmelte er.

»Ich habe selbst Ohren und höre sie«, äußerte Northumberland gereizt. Wie so oft vermochte er seine Ungeduld mit seinem Verbündeten, der ziemlich begriffsstutzig war, kaum zu bezähmen. Der etwas minderbemittelte Suffolk konnte sich an Intelligenz mit Northumberland nicht messen.

Was der gute Suffolk nicht krumm nahm. Die gelegentlichen spitzen Bemerkungen des Herzogs waren gar nichts im Vergleich zur bösen Zunge seiner Gemahlin.

»Vielleicht könnten wir ihn noch ein paar Monate im Bett halten«, schlug Suffolk vor. »Die Gefahren der Kälte, einer winterlichen Influenza ... die Menschen würden Verständnis dafür haben.«

»In einigen Monaten könnte er tot sein. Dann wird Mary Philipp von Spanien heiraten, und das Land fällt den verdammten Katholiken in die Hände.«

Beide schwiegen in Anbetracht dessen, dass sie einen stattlichen Teil ihres Privatvermögens einbüßten, wenn Mary den Katholizismus wieder etablierte – was mit Sicherheit geschehen würde. Der gesamte Hofstaat des Königs hatte von der Enteignung der Kirche profitiert und sich bereichert, indem man Ländereien, Güter und Kostbarkeiten an sich raffte, ganz zu schweigen von Macht und Titeln. Folgte Mary Edward auf den Thron, hatten sie zu viel zu verlieren.

»Vielleicht ließe sich der König überreden, Elizabeth anstatt Mary als Nachfolgerin zu benennen«, überlegte Suffolk nun laut. »Aus religiösen Gründen – für diese ist er am ehesten zugänglich. Als überzeugter Protestant kann er unmöglich wollen, dass seine katholische Schwester ihm auf den Thron folgt. Elizabeth hingegen als gläubige Protestantin …«

»Elizabeth ist eine ausgekochte Intrigantin«, unterbrach Northumberland ihn heftig. »Sie gibt immer nur das von sich, was sie für politisch opportun hält. Niemand kennt sie wirklich, und sie sorgt dafür, dass es so bleibt. Ihrem Bruder gegenüber ist sie ganz Pflichtgefühl und Fürsorge, und ihrer Schwester begegnet sie heuchlerisch und voller Verständnis. Was aber in ihrem rothaarigen Schädel vorgeht, weiß niemand. Lasst Euch gesagt sein, Suffolk, dass sie viel klüger ist, als sie einen glauben machen will.«

»Ihr denkt also, sie ließe sich nicht manipulieren? Schließlich ist sie kaum zwanzig.«

»Vielleicht wäre sie leichter zu beeinflussen als ihre Schwester«, gab Northumberland ihm Recht. »Aber wenn ich es verhindern kann, werden wir es mit keiner der beiden zu tun haben.«

Suffolk war anzusehen, wie tief er erschrak. »Aber Ihr könnt die Thronfolge nicht außer Kraft setzen!«

»Nein, das nicht. Aber den armen Kranken dort drinnen könnte man dazu bewegen«, murmelte Northumberland.

Seine Stimme klang leise, in seinen Augen aber loderte Fanatismus.

Suffolks Miene nahm einen gewitzten Ausdruck an. Er strich sich wieder über den Bart und zupfte an den kurzen ergrauten Haaren. »Schließt er seine Schwestern von der Thronfolge aus, ist meine Frau als Nichte seines Vaters die Nächste in der Erbfolge.« Er ließ ein schlaues Blinzeln folgen.

»Ja«, bestätigte Northumberland gelassen. »Doch wäre diese Lösung für mich nicht völlig befriedigend, Suffolk. Erst die Heirat, von der wir sprachen, würde die Krönung bedeuten.«

»Jane und Euer Sohn?« Suffolk machte ein erstauntes Gesicht.

»Genau.« Northumberland gebot ihm zu schweigen, als die Tür zum Gemach des Königs sich öffnete und eine Prozession schwarz gekleideter Ärzte heraustrat, von denen einer kopfschüttelnd ein mit einem Deckel verschlossenes Nachtgeschirr vor sich hertrug.

»Schlimm, Mylord Duke. Seiner Hoheit geht es sehr schlecht«, äußerte der führende Leibarzt. »Leider übte das Stärkungsmittel, von dem wir hofften, es würde ihm ermöglichen, das Bett zu verlassen, eine schlechte Wirkung aus.«

»Wie das?«, herrschte der Herzog ihn an. »Abgesehen davon, dass es nichts nützte?«

»Es scheint überraschend eine Darmentzündung hervorgerufen zu haben.« Der Arzt deutete auf das Nachtgeschirr. »Seine Hoheit hat viel Blut verloren.«

Northumberland schnitt eine Grimasse. »Kann man ihn nicht ans Fenster bringen?«

»Ich würde es nicht empfehlen, Euer Gnaden.«

»Verdammte Empfehlungen!« Northumberlands Donnern ließ alle Anwesenden verstummen.

»Pembroke, weist die Diener des Königs an, sie sollen ihn gut einhüllen und hinaustragen!«

»Dem muss ich entschieden widersprechen, Euer Gnaden! Seine Hoheit wird einen Rückfall erleiden«, protestierte der Arzt, als der Earl of Pembroke sich beeilte, der Anordnung des Herzogs nachzukommen.

»Diesen Rückfall erlitt er bereits«, erklärte Northumberland in eisigem Ton. »Möge Gott uns vor Ärzten schützen!«

Der Doktor richtete sich zu voller Körpergröße auf. »Ich gelte als der beste meiner Profession, Mylord.«

»Nun – Euer Ruf spricht nicht für Eure Profession!«, schleuderte der Herzog ihm rüde entgegen und drehte dem Mann den Rücken zu. Der Arzt verließ den Vorraum mit einer Miene selbstgerechter Entrüstung.

Jemand machte sich neben Northumberland mit einem diskreten Hüsteln bemerkbar. »Mylord …«

Der Herzog musterte den Mann, der plötzlich an seiner Seite aufgetaucht war. Er runzelte die Stirn, als bemühte er sich angestrengt, sich den Namen ins Gedächtnis zu rufen.

»Bryanston, Mylord Duke«, half Miles mit einschmeichelndem Lächeln nach.

»Ach«, sagte Northumberland gereizt. »Und was führt Euch ins Vorzimmer des Königs?«

Miles wusste, dass nur die Mitglieder des Kronrates uneingeschränkt Zutritt zum Allerheiligsten hatten. Eingedenk des Befehls seiner Mutter, der ihm noch deutlich in den Ohren klang, begann er mutig: »Mylord Duke, die Ärzte Seiner Hoheit sind vielleicht mit ihrer Weisheit am Ende. Und mir scheint, dass Ihr dieses Gefühl teilt.« Er rieb sich nervös die Hände, weil er spürte, dass ihm der Schweiß ausbrach.

»Und wenn es so wäre?«

»Es gäbe andere Wege, Mylord.« Miles wischte sich das Gesicht mit seinem türkisfarbigen Brokatärmel ab, ehe er sich umdrehte und eine ältere Frau nach vorne schob, die bis jetzt hinter seiner ausladenden Erscheinung verborgen geblieben war. »Eine alte Pächterin meiner Familie versteht sich auf die Heilkunde. Sie kennt viele Geheimnisse und möchte ihre Dienste dem König anbieten.«

Northumberland starrte die Alte an, die seinem Blick zu seiner Verwunderung mit ihren ausgewaschenen grauen Augen standhielt. Sie strahlte etwas Selbstsicheres und Vertraueneinflößendes aus. »Euer Name, Gevatterin?«, fragte der Herzog.

»Mistress Goodlow, Euer Gnaden«, antwortete Miles für sie. »In der Heil- und Kräuterkunde sehr bewandert. Meine Mutter glaubt …«

»Mich interessiert nicht, was Eure Mutter glaubt, lasst die Frau für sich sprechen«, unterbrach der Herzog ihn.

»Ich habe die Gabe, Euer Gnaden«, sagte die Frau leise. »Schon viele, bei denen es um Leben und Tod ging, heilte ich.«

»Euer Gnaden, es kann doch nicht schaden, wenn sie den König untersucht, da die Ärzte nicht viel Gutes zu bewirken scheinen«, warf Miles eifrig ein.

»Das ist gewiss der Fall«, erklärte Suffolk mit einem nachdenklichen Blick, der Northumberland galt. »Wir haben wenig zu verlieren.«

Northumberland fasste den Earl of Bryanston gründlich ins Auge, der ihm wie ein großer und übereifriger junger Hund vorkam, begierig darauf lauernd, von der Leine gelassen zu werden. »Ihr und Mistress Goodlow wartet im äußeren Vorzimmer. Nachdem der König sich dem Volk zeigte, sprechen wir weiter.«

Miles strahlte. Endlich würde seine Mutter zufrieden sein. Nun hatte er Zutritt zum wahren Sitz der Macht. Er würde sich Northumberland und dem Kronrat unentbehrlich machen. Und Mistress Goodlow würde sich um den König bemühen – die Heilerin, die *er* ans Bett des Königs gebracht hatte. Von nun an war seine Position gesichert!

Die Tür zum königlichen Schlafgemach öffnete sich, ein kräftiger Diener trat mit einem in Decken gehüllten Bündel auf den Armen heraus.

Northumberland durchquerte das Vorzimmer und sprach leise auf das Bündel ein. »Hoheit, das Volk ruft nach Euch!«

»Es sind meine Untertanen«, hauchte Edward mit dünner Stimme. »Ich möchte ihnen zuwinken. Bring mich ans Fenster, Samuel!«

Northumberland gab das Zeichen, die hohen Fensterflügel zu öffnen, und als er sich näherte, ertönte es laut von unten: »Der König! Der König!«

Der Herzog trat beiseite, um dem Diener mit dem jungen König Platz zum machen. Mützen wurden in die Luft geworfen, anschwellender Jubel schreckte Tauben hoch, die unter lautem Flügelschlagen aufflatterten.

Edward konnte nicht stehen, bestand aber darauf, dass die Decke heruntergezogen wurde, um der Menge sein Gesicht zu zeigen – eine Fehlentscheidung, wie sich herausstellte; denn die Leute verstummten jäh beim Anblick der abgezehrten Züge. Edward versuchte zu winken, doch war die Anstrengung zu viel für ihn. Ein heftiger Hustenanfall schüttelte ihn.

Northumberland bedeutete dem Diener, den Jüngling zurück ins Vorzimmer zu tragen, und schloss selbst die Fenster vor der Menge, die sich in betretenem Schweigen zerstreute.

»Bring ihn zu Bett«, wies er den Diener an und begleitete ihn zum Gemach des Königs, dicht gefolgt von Suffolk. Sie warteten auf der Schwelle, bis Edward wieder in das riesige Himmelbett gelegt wurde.

Sein Körper bildete eine kaum sichtbare Erhebung unter

den Decken. Die Luft im Raum war abgestanden und roch nach Krankheit. Die Fenster hatte man dicht geschlossen, ein Feuer loderte im Kamin.

Ehrerbietig näherten sich die Herzöge dem Lager. Als Edward matt aufkeuchte, ließ sein fauliger Mundgeruch die Besucher zurückweichen.

»Verzeiht, Northumberland, es muss hinaus«, flüsterte er.

Der Herzog winkte den Mann am Bett beiseite und trat, ungeachtet der ekelerregenden Ausdünstung, näher.

»Northumberland, ich sterbe«, stieß der König im Flüsterton hervor. »Aber vorher habe ich noch einiges zu regeln.«

»So ist es, Hoheit!« Northumberland sagte es ganz ruhig. Es war weder Zeit, noch hatte es Sinn, die Wahrheit zu leugnen, da der König selbst sich mit ihr abgefunden hatte. »Ihr müsst Euch gut überlegen, ob Ihr Princess Mary als Eure Nachfolgerin einsetzen wollt.«

»Das hat bereits mein Vater verfügt«, gab Edward zu bedenken.

»Ihr seid jetzt König«, rief Northumberland ihm ins Gedächtnis, seine Duftdose an die Nase haltend. »Ihr herrscht über ein protestantisches Reich. Wollt Ihr, dass es wieder katholisch wird? Eure Schwester wird Philipp von Spanien heiraten – dann fällt das protestantische England den Feuern der Inquisition anheim!«

Edward stöhnte auf. »Lieber brenne ich selbst in der Hölle … Aber wie kann ich es verhindern?«

»Ich will es Euch erklären, Hoheit. Sobald Ihr Euch etwas kräftiger fühlt.« Der Herzog trat vom Bett zurück und nickte Suffolk zu. Beide verließen leise das königliche Schlafgemach.

Northumberland drängte sich durch die Menschen im Vorraum, ohne ihre Fragen zu beachten. Er ging an Miles Bryanston und der Alten vorüber, nahm sie aber nicht zur Kenntnis. Stattdessen begab er sich zu einem Schreibzimmer am Ende des Ganges, schloss die Tür, nachdem Suffolk eingetreten war, und machte sich rasch und wortlos an die Arbeit. Er blickte hinter jeden Gobelin, rückte Bilder zur Seite, um die Wände dahinter zu untersuchen, lugte in den Kamin und klopfte mit den Fingerknöcheln an die Täfelung.

»Man kann nie sicher sein«, erklärte er. »Immer wenn ich aus diesem Raum gehe, muss ich befürchten, dass jemand ihn unsicher macht.« Er strich über eine Erhebung in der Täfelung, runzelte die Stirn und versuchte sich zu erinnern, ob sie zuvor schon da gewesen war. Darunter konnte sich ein Guckloch verbergen.

Endlich aufatmend, setzte er sich in einen geschnitzten Stuhl hinter einem massiven Tisch und trommelte mit den Fingern auf das Eichenholz. »Der König darf nicht sterben, ehe die Thronfolge nicht unseren Wünschen entspricht.«

Er griff in sein purpurnes Seidenwams nach einem Schlüssel und schloss eine Lade im Tisch auf. Darin tastete er nach der Feder, die den falschen Boden freigab, und holte dann ein versiegeltes Päckchen heraus. Dieses legte er vor Suffolk auf den Tisch.

»Wie besprochen, habe ich Ehekontrakte für Eure Tochter Lady Jane und meinen Sohn Guildford Dudley aufgesetzt. Ihr und Eure Gemahlin solltet sie sorgfältig studieren – doch werdet Ihr feststellen, dass sie genau unseren Abmachungen entsprechen.«

Gierig griff Suffolk nach dem versiegelten Päckchen und schlug damit gegen die andere Handfläche. »Ich nehme an, die Heirat sollte rasch stattfinden.«

»Binnen weniger Wochen.«

Suffolk nickte. »Lady Frances wird Jane davon in Kenntnis setzen. Das Mädchen mag törichte Einwände bringen, da es einen Vorvertrag mit Lord Hertford gibt – aber meine liebe Frau wird jeden Widerstand mühelos brechen.«

»Da bin ich sicher«, fand auch Northumberland. Er bezweifelte nicht, dass die energische Herzogin sich bei ihrer Tochter, einem schüchternen Geschöpf, durchsetzen würde. »Bis dahin sollten wir vielleicht das Wissen der Kräuterfrau der Bryanstons nutzen. Der König muss noch so lange leben, dass er das Tudor-Testament zu Gunsten seiner Cousine Jane ändert. Er muss seine Schwestern von der Thronfolge ausschließen und die Krone Jane überlassen.«

»Und somit auch Ihrem Gemahl, Eurem Sohn«, äußerte Suffolk rein theoretisch.

»Und meinem Sohn«, stimmte Northumberland zu. »In der Zwischenzeit müssen wir die schwachen Nerven der Franzosen beruhigen, die fürchten, dass Mary Philipp von Spanien heiraten wird, wenn Edward auf dem Totenbett liegt. Niemand darf eine Ahnung von unseren Absichten haben. Ich schlage vor, wir informieren die Franzosen dahingehend, dass wir Marys Heirat mit dem Duc d'Orleans planen. Es wäre eine Verbindung, die sie schon seit langem anstreben. Das dürfte de Noailles eine Weile beschäftigen.«

Suffolk sah ihn scharf an. Ihm war klar, dass Northumberland wusste, wohin das führen konnte. »Und?«, drängte er.

»Hier kommt Beaucaires Schwester ins Spiel«, fuhr Northumberland fort und presste die Fingerspitzen gegeneinander. »Sie hat sich mit einem französischen Agenten eingelassen ... eine nützliche Verbindung, denke ich. Deshalb riet ich Robin, der Sache ihren Lauf zu lassen, damit sie sich entfalten kann.«

»Ihr würdet sie benutzen, um Informationen an die Franzosen weiterzugeben?«

»Genau. Robin steht ihr sehr nahe – sie würde nie in Frage stellen, was er von sich gibt. Und er wird ihr das sagen, von dem wir wollen, dass die Franzosen es erfahren.« Northumberland zeigte sein sparsames Lächeln. »Praktisch, meint Ihr nicht auch, Suffolk?«

»Sehr.«

»Bis dahin müssen wir dafür sorgen, dass Mary im Palast bleibt und wir sie ständig beobachten können. Sie behauptet noch immer, sie sei zu krank, um ihre Gemächer zu verlassen; außerdem bedrängt sie den König ständig um eine Audienz, doch gelangt natürlich keine ihrer Botschaften in die Hände ihres Bruders.«

Abrupt erhob Northumberland sich, als hätte er zu diesem Thema alles gesagt. »Wir wollen uns noch einmal die Goodlow ansehen. Sollte sich der König dank ihrer Heilkunst erholen, wird dieser Tölpel Bryanston gewiss eine Gunst erwarten. Nun, man treibt sicher für ihn eine Grafschaft oder sonst etwas auf.« Er verließ den Raum in seiner üblichen energischen Art, gefolgt von Suffolk.

Pen reckte sich und gähnte träge. Der Morgen dämmerte. Die Asche glühte noch; ihre Schlafkammer im *Bull* war warm und ruhig und abgeschlossen wie ein Mutterschoß. Sie drehte sich auf die Seite, drückte die Lippen in die Höhlung von Owens Schulter und schmeckte den Salzgeruch seiner Haut, während er schlief.

Er murmelte etwas und schob einen Arm unter sie, um sie an sich zu drücken.

»Schläfst du noch?«, fragte sie an seinem Hals. »Kann ich dich nicht wecken?«

»Ich schlafe den Schlaf des Gerechten«, knurrte er, und sie hörte sein Lächeln heraus. »Es wäre nur gerechtfertigt, wenn man mich zu meinen Träumen zurückkehren ließe.«

Jetzt schob sie eine Hand zwischen die Decken. Sie erwiderte sein Lächeln, als sie spürte, wie sein Fleisch unter ihrer Berührung wuchs. »Gerechtfertigt wäre, dass ich mir das mir zustehende Dessert hole.« Sich auf ihn rollend, kam sie rittlings auf seinen Schenkeln zu sitzen. Sie strich über seinen

Leib, über die Rippen und drückte ihre heiße feuchte Körperfurche auf sein hartes, vorstehendes Geschlecht. »Ich glaube dir nicht, dass du noch schläfst.«

»Nein, sieht aus, als wäre es nicht mehr der Fall«, gestand Owen. Ihre Knie umfassend, strich er ihre Schenkel entlang und hielt ihre Hüften fest.

Pen hob sich ein wenig an und führte ihn ein. Ihr Körper umschloss ihn; sie hielt still und genoss das Gefühl, ihn in sich wachsen zu spüren, als er in sie eingedrungen war.

Owen streckte die Hände über den Kopf, hob ebenfalls seine Hüften und bewegte sich langsam in ihr. Pen lachte leise und passte sich seinem Rhythmus an, als die Lust sich unaufhaltsam steigerte. Es war erst das vierte Mal, dass sie sich liebten; doch hatte sie das Gefühl, seinen Körper so intim zu kennen wie den eigenen. Sie wollte den Höhepunkt zurückhalten, noch eine köstliche Sekunde in der Schwebe bleiben – musste aber der Woge der Lust nachgeben und sich von ihr mitreißen lassen.

Sie begrub ihr Gesicht an seiner Schulter und schmeckte den Schweiß seiner Erfüllung. Die Luft roch nach körperlicher Liebe und Leidenschaft. Sie spürte sein Glied nun klein und schlaff in sich. Langsam, zögernd rollte sie sich von ihm und blieb neben ihm liegen.

Er strich über die Rundung ihrer Wange, griff in ihre Haarflut, die sich über seine Schulter ergoss.

»Diesmal waren wir nicht auf der Hut«, flüsterte Pen. »Mir ist es so lieber.«

»Mir auch«, gab er zu. »Aber ich möchte keine unerwünschten Folgen.« Er stützte sich auf einen Ellbogen und beugte sich über sie. »Du sicher auch nicht, Pen.«

»Vorläufig.« Sie blickte ihn fragend an. »Aber was ist mit dir, Owen? Möchtest du einmal ein Kind?«

Owens Miene verschloss sich, und während seine Haltung

unverändert blieb, spürte sie seinen jähen Rückzug. »In meinem Leben ist kein Platz für Kinder«, blaffte er, setzte sich auf und warf die Decke von sich.

*Lucy und Andrew. Beide haben die Augen ihrer Mutter. Moosgrün.*

Pen lag reglos da, während er stumm dasaß und vor sich hin starrte. Ihre Haut war kalt und ihr Gemüt plötzlich von Enttäuschung beschwert. Eine so intime Frage hätte sie nicht stellen dürfen. Sie waren ein Liebespaar, doch gab es noch so viel, was sie von ihm nicht wusste. So vieles, das er ihr nicht enthüllen wollte. War es nur die übertriebene Vorsicht, die das Leben eines Spions erforderte? Oder war es etwas anderes, Persönlicheres?

Sie streckte eine Hand aus und berührte seinen Rücken. Seine Haut war so kühl wie die ihre kalt. Er entglitt ihr irgendwie, signalisierte Schmerz durch seine Haut hindurch. Es war, als wäre er wieder so verloren wie am Tag zuvor, als sein Pferd das Kind fast niedergetrampelt hätte.

»Owen, was bedrückt dich?«, fragte sie leise, weil sie sich nicht zurückhalten konnte.

Einen Augenblick wünschte sie, sie hätte geschwiegen; gleich darauf aber schien er gleichsam körperlich seine Beklemmung abzuschütteln. »Nichts … eine alte Geschichte.« Er beugte sich zu ihr und schlug ihr leicht auf die Flanke. »Komm, steh auf. Wenn es tagt, sollten wir unterwegs nach London sein.«

*Welche alte Geschichte?* Sie wollte es wissen; doch selbst wenn er das Thema nicht fallen gelassen hätte, war jetzt keine Zeit, es weiter zu verfolgen. Je eher sie London erreichten, desto eher würde sie ihr Kind finden. Owen umgaben zu viele Rätsel, als dass man sie in einem einzigen Moment hätte lösen können. Auch dieses Geheimnis musste warten.

Sie sprang vom Bett auf, lief zur Truhe, um Hemd und

Strumpfhose zu holen, die Mary für sie gewaschen und am Vortag in Lavendel gelegt hatte, während sie in Cedrics Sachen das Land durchstreifte.

Wie sie sich über die offene Truhe beugte, erregten Owen wieder der Perlglanz ihrer nackten Haut, die köstlichen Rundungen ihrer gewölbten Kehrseite, die Linie ihres Rückgrats, die Vertiefungen der Kniekehlen.

Pen richtete sich mit den Sachen auf und drückte sie an sich, als sie sich zu ihm umdrehte.

»Du könntest es wieder tun?«, fragte sie, nicht wenig erstaunt, als sie seine Erregung sah.

»Sehr leicht.«

»Wir haben keine Zeit!« Hastig zog sie ihr Hemd über den Kopf, um ihre Nacktheit zu bedecken. Dann setzte sie sich auf die Truhe am Fußende des Bettes, um die Schuhe anzuziehen. »Soll ich Mary rufen, oder schnürst du mir das Mieder?«

»Ruf Mary. Ich würde es ja gerne tun, muss mich aber selbst anziehen.« Vorerst schlüpfte er in sein Nachthemd und wollte zur Tür.

»Ich weiß, dass du nur nach nebenan gehst – wäre aber nach einer solchen Nacht nicht ein Abschiedskuss fällig?« Lächelnd streckte sie die Arme nach ihm aus. Sich nach langen, köstlichen Stunden der Liebe so hastig zu trennen, erschien ihr allzu unromantisch.

Owen drehte sich um. »Ich wollte der Versuchung widerstehen.« Seine Hand um ihre Taille legend, küsste er sie auf den Mund. Sie schloss die Augen und öffnete sie jäh wieder. Etwas stimmte nicht. Sie hatte das Gefühl, er sei nicht wirklich da. Owens Augen waren weit geöffnet, er schien durch sie hindurchzusehen, obwohl sein Mund warm und fest auf ihr lag.

Fröstelnd zog Pen sich zurück und lachte verlegen auf. »Du bist in Gedanken weit weg.«

»Verzeih, ich war abgelenkt«, gestand Owen. Er lächelte reuig. »Meine einzige Entschuldigung ist die, dass mir dein Anliegen nicht aus dem Kopf geht. Ich kann es kaum erwarten aufzubrechen.«

»Genau wie ich«, stimmte Pen ihm zu und wich zurück. Sie glaubte ihm; doch war ihr der Gedanke noch immer unbehaglich, dass er ihr so nahe und in Wahrheit Welten entfernt sein konnte. »Sobald ich angezogen bin, komme ich hinunter.«

Owen zögerte erst, als wolle er noch etwas sagen; dann küsste er sie flüchtig und verschwand.

In seiner Kammer weckte er Cedric und zog sich eilig an. Zuweilen konnte sich seine Fähigkeit, Verstand und Tun zu trennen, nachteilig auswirken. Er hatte Pen geküsst, weil sie ihn darum bat, während seine Gedanken in die Ferne schweiften. Den meisten Frauen wäre es nicht aufgefallen; Pen aber besaß ein anderes Gespür, und bis zu diesem Moment hatte ihr Liebesspiel ihn immer völlig in Anspruch genommen. Kein Wunder, dass sie seine Zerstreutheit bemerkt hatte, als er sich angestrengt den nächsten Schritt in ihrer Angelegenheit überlegte.

Es bedurfte einer List, wenn er nicht zu auffällig in den Kaschemmen von South Bank herumschnüffeln und mit seiner Suche nach verlorenen Kindern den Argwohn der Brystons wecken wollte. Er brauchte einen Vorwand, um ein Bordell nach dem anderen aufzusuchen, und der einzige narrensichere Plan, der ihm einfallen wollte, schloss Pen ein. Allerdings hatte er ihr noch nicht verraten, wo er ihr Kind vermutete, und er wusste auch noch nicht, wie er es ihr beibringen sollte – doch musste sie es erfahren.

Und dann standen sie vor dem nächsten Problem. Konnte Pen ihr zweijähriges Kind erkennen, das sie nur als Neugeborenes gesehen hatte?

# 17

Es war früher Abend, als sie Greenwich Palace erreichten und Owen Pen am Tor absetzte. Hier am Hintereingang herrschte noch immer lebhaftes Kommen und Gehen. Menschen drängten durch die Tore hinaus oder herein, Händler und Lieferanten, Wäscherinnen und Köche, Herolde und Stallburschen, kurzum alle, die den Bedürfnissen des Palastes dienten.

»Um acht an der Wassertreppe«, flüsterte Owen. »Wirst du am Abend frei sein?«

»Wahrscheinlich schon. Auch wenn Mary nicht krank ist, zieht sie sich meist sehr früh zu ihrer Andacht und ein paar Stunden stiller Studien zurück ... Ach, halte still, William!«, rief sie aus, als der Wallach an den Zügeln zerrte, begierig, in den vertrauten Stall zu gelangen.

»Ich wäre sehr froh, wenn ich dieses Tier nie wiedersehen müsste«, mäkelte Owen und beäugte das widerspenstige Pferd mit deutlicher Missbilligung. Nachdem sie ihn in Northolt abgeholt hatten, war dank William die letzte Etappe ihres Rittes unerwünscht abwechslungsreich verlaufen.

»Auf dem Land benimmt er sich einwandfrei«, verteidigte Pen ihn.

»Das glaube ich nicht. Je eher du ihn gegen einen besonneneren Gaul eintauschst, desto besser. Er ist zu unberechenbar.«

»Ich muss gestehen, dass ich ihn für braver gehalten habe«, seufzte Pen.

»Nun, heute Abend nehmen wir den Wasserweg. Zieh einen warmen Mantel an, es wird kalt.«

»Und wenn ich um acht nicht aus dem Haus kann ...?« Sie sah ihn fragend an.

»Bis neun warte ich. Danach ist es zu spät. Wir müssen es dann ein anderes Mal versuchen.«

»Ich kann nicht noch eine Nacht verstreichen lassen«, begehrte Pen auf. In ihrem Ton schwang Ungeduld mit. »Aber wo beginnen wir mit der Suche? Du hast sicher einen bestimmten Plan, eine Idee …«

Owen zögerte. Den ganzen Tag über war es ihm geglückt, ihren Fragen auszuweichen, weil er den Schmerz nicht ertragen konnte, den die Wahrheit ihr zufügen würde. Sie würde zu lange darüber nachgrübeln und sich alles lebhaft ausmalen. Und zu lange würde sie die Qual der Untätigkeit ertragen müssen.

Pens klarer Blick hing an seinem Gesicht. Das plötzliche Aufflammen von Wut in seinen Augen ließ sie jäh zurückweichen, und William schnaubte und stampfte.

»Einen Plan habe ich allerdings«, bestätigte er. Sein entschiedener Ton vermochte seinen Anfall von Jähzorn nicht zu dämpfen. »Da er noch ausgefeilt werden muss, werde ich ihn im Moment für mich behalten.«

Er lächelte ihr zu, und seine Miene war wieder ruhig und scheinbar unbesorgt. »Es ist mir nicht wohl, wenn ich über meine Schritte spreche, ehe sie zur Gänze durchdacht sind. Leider gehört dies zu den Prinzipien meines Berufs.«

»In Ordnung«, sagte sie verständnisvoll. »Wir treffen uns um acht an der Wassertreppe.«

»Bis später also.« Er beugte sich vor und streifte leicht ihre Lippen mit seinem Mund, ehe er sein Pferd wieder auf die Straße nach London lenkte.

Pen schloss sich der Menge an, die durch das Tor in den hinteren Hof des Palastes strömte. Niemand beachtete sie. Als ihr vor dem betriebsamen Stall ein Knecht das Pferd abnahm und nach dessen Zaum fasste, schüttelte William aufsässig den Kopf und strebte ungeduldig seiner Box zu.

Kaum im Palast, huschte sie zu ihrem Gemach, den Kopf unter der Kapuze gesenkt. Sie wollte nicht erkannt werden, ehe sie ihr Äußeres, das freilich alles andere als hoffähig war, in Ordnung gebracht hatte.

Ihr Kater lag wie immer am Fußende ihres Bettes. Er öffnete ein Auge und drehte ihr zum Zeichen seiner Missbilligung wegen ihrer Abwesenheit den Rücken zu.

Sie kraulte seine Ohren und kitzelte ihn unterm Kinn, bis er sich erweichen ließ und ihr zur Begrüßung mit rauer Zunge und schnurrend die Hand leckte. »Dummer Kater«, schimpfte sie. »Du weißt doch, dass ich immer wieder zurückkomme!«

Pen läutete das Handglöckchen nach ihrer Zofe, warf ihren Umhang beiseite und betrachtete ihr Spiegelbild. Ihr Argwohn war berechtigt. Der Volant ihres Kleides war verschmutzt, der Saum des gemusterten seidenen Unterkleides von Straßenkot bespritzt. Normalerweise hätte sie sich mit einer Schutzhülle vor dem Ärgsten bewahrt; doch die war in der Eile vergessen worden.

Ellen murrte, als sie den äußeren Zustand ihrer Herrin erfasste, und verlieh ihrem Erstaunen Ausdruck; wie konnte Lady Pen ihre Eltern in Holborn besuchen, ohne ihre Zofe mitzunehmen und auch nur ein Wort zu sagen oder für Übernachtungsgepäck zu sorgen?

»Es war ganz plötzlich, Ellen, und ich habe zu Hause genug anzuziehen«, versuchte Pen sie zu beruhigen. »Du weißt ja, dass Tilly mit Argusaugen über meine Belange wacht.«

Das entsprach so exakt der Wahrheit, dass Ellen ein wenig besänftigt war – obwohl sie in gekränktem Schweigen verharrte, während sie heißes Wasser und Handtücher holte und dann Pen beim Umziehen und Frisieren half.

»Nur eine einfache Leinenhaube und einen schlichten Kopfputz«, wies Pen sie an. »Ich speise heute Abend allein.«

In ihrem dezenten grauen Damastkleid mit der weißen gebügelten Halskrause kam Pen sich wie eine Nonne vor. Mary würde diese Aufmachung für einen Krankenbesuch gewiss billigen, überlegte sie, als sie die Falten ihrer Röcke glatt strich.

»Ellen, nach dem Besuch bei der Prinzessin möchte ich allein mein Abendessen einnehmen und mich sehr früh zurückziehen. Nach sieben Uhr werde ich dich nicht mehr brauchen.«

»Sehr wohl, Mylady. Ach, Lord Robin war da und fragte nach Euch. Er wollte wissen, ob Ihr schon zurück seid. Im Übrigen war er ganz schön erstaunt. Eigentlich hätte er wissen müssen, wann Ihr kommt – da er Euch doch in Holborn traf.«

Pen überlegte rasch. Pippa musste Robin die Wahrheit gesagt haben, andernfalls hätte er wie der Rest der Familie angenommen, sie weile am Krankenlager der Prinzessin. Aber verraten würde er sie nicht.

»Ach, Lord Robin wurde vom Herzog in Anspruch genommen«, meinte sie vage. »Sicher werde ich ihm später über den Weg laufen.«

Bei der eiligen Planung hatte alles so einfach ausgesehen; doch nahmen nun die Schwierigkeiten, die sie so kühn verdrängt hatte, in ihrem Alltag mit den vielfachen Verpflichtungen neue Dimensionen an. Sie hatte keine Ahnung, wie sie ihre Eltern sowie die Prinzessin weiterhin über ihren Verbleib in den letzten Tagen täuschen sollte. Wenn Ellen etwas über den ungewöhnlichen Aufbruch ihrer Herrin verlauten ließ, konnte es Guinevere leicht zu Ohren kommen.

Aber wenn sie ihr Kind fand, würde das alles keine Rolle mehr spielen. Damit wären die Ungereimtheiten erklärt. Sogar Mary würde Verständnis aufbringen müssen.

Doch falls sie ihren Sohn nicht fand …

Nein, an diese Möglichkeit wollte sie keinesfalls denken.

»Ich gehe jetzt zu Princess Mary.« Sie enteilte in die Gemächer der Prinzessin, ehe Ellen noch weitere peinliche Fragen stellen konnte.

Ein lauter Stimmenchor empfing sie, als sie den Vorraum betrat.

»Ach Pen, der Prinzessin geht es ja so schlecht«, rief Lady Matilda aus und sprang auf. Stickseiden in allen Regenbogenfarben glitten von ihrem Schoß. »Keine von uns durfte zu ihr. Sie empfängt nur ihren Leibarzt und Lucy.«

Marys Kammerzofe Lucy, ihrer Herrin so bedingungslos ergeben wie der katholischen Kirche, hatte geschickte Hände und eine verschwiegene Zunge.

»Und wie schlecht es erst dem König geht«, klagte eine andere Dame. »Man brachte ihn ans Fenster, um ihm dem Volk zu zeigen, das nach ihm rief. Da er zu schwach war, um auf eigenen Füßen zu stehen, bestand der Herzog darauf, dass er getragen würde. Als die Leute seine Gesicht sahen, verstummte der Jubel, und niemand warf seine Mütze hoch.« Theatralisch rang sie die Hände. »So krank sah er aus!«

Die Flut der Neuigkeiten ließ die junge Frau verzagen, da nichts davon sie berührte. Sie hatte sogar das Gefühl, dass die Pen, die noch vor vier Tagen Interesse daran gezeigt hätte, nicht mehr existierte. Dieses Geschwätz stand ihrer einzigen Sorge im Wege. Alle ihre Energien galten ausschließlich dem Problem, ungehindert um acht Uhr an der Wassertreppe zu erscheinen. Und doch musste sie dem Gerede die erwartete Aufmerksamkeit zollen, da der Zustand des Königs für Mary von enormer Bedeutung war, während es Pen im Moment auch nicht gekümmert hätte, wenn Edward in ihrer Abwesenheit verschieden wäre.

»Verzeiht, aber ich muss sofort zur Prinzessin.« Sie unterbrach das Gerede mit einer ungeduldigen Geste und betrat Marys Schlafzimmer.

»Madam, seid Ihr wirklich krank?«, rief sie und eilte ans

Bett. Momentan war über der Sorge um das Befinden der Prinzessin ihr eigener innerer Aufruhr vergessen. Mary lag, von Kissen gestützt, da, im Gesicht weißer als das feine Leinen, auf das sie gebettet war. Unter ihren tief in den Höhlen liegenden Augen zeichneten sich dunkle Ringe ab.

»Ach, Pen, ich brauche Euch so sehr«, sagte sie matt. Ihre Hand war wie ein Skelett, als Pen danach fasste.

Da Mary aussah, als hätte ihre letzte Stunde geschlagen, galt Pens erster Gedanke der Möglichkeit einer Vergiftung. »Habt Ihr etwas Ungewohntes zu Euch genommen, Madam?«

»Nichts, was Lucy nicht gekostet hätte«, gab Mary Auskunft. »Nein, ich glaube, der gute Doktor hat es mit Purgieren und Schröpfen zu weit getrieben. Ich kann mich kaum rühren.«

»Warum habt Ihr nicht protestiert? Ihr hättet Euch wehren sollen.«

Unmut huschte über die verhangenen Augen Ihrer Hoheit. »Da Northumberland mich heute Nachmittag besuchte, blieb mir nichts übrig, als ihn vom Ernst meines Zustandes zu überzeugen. Sicher hättet Ihr die Situation besser in den Griff bekommen, wäret Ihr zur Stelle gewesen.«

Pen gab keine Antwort. Obwohl über den Zustand der Prinzessin erschrocken, hatte sie nicht die Absicht, durch wortreiche Entschuldigungen Mary in ihrer Missbilligung noch zu ermutigen.

»Wurde Eurem Wunsch, den König zu besuchen, stattgegeben?«, fragte sie in sachlichem Ton.

»Ich glaube nicht, dass Northumberland meine Bitten weiterleitet«, erklärte Mary, die immer kräftiger klang. »Aber ich glaube, dass er zu mir kam, um sich selbst ein Bild von meinem Zustand zu machen.«

»Da er den Ernst Eurer Krankheit nicht leugnen kann,

wird er Euer Gesuch an den König vielleicht doch weiterleiten.«

»Nein«, widersprach Mary mit Entschiedenheit. »Das wird er nicht. Aber jetzt möchte ich etwas zu mir nehmen, Pen. Es wird Zeit, dass ich wieder zu Kräften komme.«

Unverzüglich holte Pen die silberne Schüssel mit Haferschleim und setzte sich ans Bett, während Mary ein paar Löffel aß.

»Ich hörte, dass der Herzog darauf bestand, Euren Bruder der Menge zu zeigen«, sagte sie und reichte Mary einen Pokal mit Wein. Erleichtert sah sie, dass die Wangen der Prinzessin sich nach einigen Schlucken rosig färbten. »Dem Auftritt war kein Erfolg beschieden«, setzte sie hinzu.

»Nein, Lucy berichtete mir davon«, antwortete Mary, deren Stimme schon viel fester klang. Sie trank noch einen Schluck. »Da mein Bruder dem Tod nahe ist, muss ich unbedingt einen Weg finden, hier rasch hinauszugelangen. Am besten gleich morgen, und Ihr sollt mir dabei helfen. Wir müssen uns überlegen, wie ich unentdeckt verschwinden und zurück nach Essex flüchten kann. Die Schiffe meines Vetters warten vor der Küste. Sollte die Lage für mich zu gefährlich werden, bringen sie mich nach Flandern. Nach Edwards Tod kann ich als rechtmäßige Königin, von der kaiserlichen Armee eskortiert, zurückkehren!«

Ihr Blick glänzte wie im Fieber, als sie Pen mit ihren grauen Augen durchbohrte und entschlossen erklärte: »Northumberland wird mich nicht bezwingen!«

Pen wollte diese Gewissheit nicht durch Zweifel trüben. Sie selbst hielt es für sehr fraglich, ob der Kaiser des Heiligen Römischen Reiches, ein kühl kalkulierender Herrscher, bereit sein würde, seiner Cousine den Thron mittels eines blutigen Krieges zu sichern. Anstatt Truppen zu opfern, würde er es womöglich vorziehen, Mary nach Belieben und im

Interesse einer wünschenswerten Allianz zu verheiraten, wenn sie bei ihm Schutz suchte.

Voraussetzung für Marys Thronanspruch war, dass sie auf englischem Boden ausharrte – ein Gedanke, den Pen aber für sich behielt.

»Nein, Madam«, sagte sie. »Das wird er nicht. Ich will mir überlegen, wie wir am besten vorgehen können.« Sie stand auf. »Sicher wird sich ein Weg finden. Wenn Ihr mich jetzt nicht mehr braucht, ziehe ich mich zurück, da ich erschöpft bin.«

Nun war es an Mary, besorgt auszusehen. »Hoffentlich habt Ihr Euch nicht erkältet, Pen. Ich hätte gedacht, Lady Kendal kümmert sich um Euer Befinden.«

Pen lachte leise. »Nein, Madam. Ich bin nicht erkältet; da aber meine Schwester mit wenig Schlaf auskommt, bleiben wir meist sehr lange auf. Obwohl ich Pippa lieb habe, macht sie mich müde.« Die Lüge kam ihr mit erstaunlicher Lockerheit über die Lippen. Nie hätte sie sich solche Falschheit zugetraut.

»Nun, wenn das alles ist …« Mary schien erleichtert. »Begebt Euch zur Ruhe, Pen. Morgen wollen wir meinen nächsten Schritt erwägen.«

*Morgen werde ich vielleicht mein Kind in Armen halten.*

Bei dem Gedanken schwindelte Pen und sie griff Halt suchend nach dem kunstvoll geschnitzten, vergoldeten Bettpfosten. Fand sie in der Nacht ihr Kind, brauchte sie nicht mehr zu lügen. Mary würde trotz der Gefahr, in der sie schwebte, Verständnis für Pens Betrug aufbringen *müssen.* Als echte Tochter ihres Vaters war Mary selbstsüchtig, arrogant und launenhaft, doch auch anständig und gerecht … und ihren Getreuen gegenüber loyal.

Als Königin würde Mary absolute Macht über ihre Untertanen ausüben … und über Todesurteile oder Gnadengesuche entscheiden.

Sie würde auch die Macht haben, einer Freundin beizustehen, indem sie die Legitimität eines geraubten Kindes bestätigte und die Diebe bestrafte.

Das Schwindelgefühl ließ nach, und Pen registrierte mit Erleichterung, dass Mary nichts bemerkt hatte. Knicksend verabschiedete sie sich. Im Vorraum bedrängten die Damen sie, mit ihnen zu Abend zu essen.

»Nein … ich bin sehr müde«, lehnte sie ab. »Ich möchte allein speisen.« Begleitet von einem Chor von Gutenachtwünschen, ging sie hinaus. Sie zwang sich, ihren Schritt nicht zu beschleunigen, sondern Bekannten, denen sie auf den Gängen begegnete, zuzunicken und mit anderen höfliche Grüße zu wechseln. Da sie allen sagte, dass sie für die Prinzessin etwas zu erledigen hätte, versuchte niemand, sie aufzuhalten.

Ellen brachte ihr das Dinner und dazu ein Tellerchen mit gehacktem Hasenfleisch für Muskatnüsschen, der erst gähnte, dann lässig einen Buckel machte, ehe er vom Bett sprang und sich dem Teller hochmütig näherte.

»Gut, Ellen, das wäre es für heute«, sagte Pen, die eine Scheibe Weißbrot mit Butter bestrich. »Es genügt, wenn du erst morgen früh wieder erscheinst.«

»Soll ich Euch nicht beim Auskleiden helfen, Madam?«

»Nein … nein, ich komme allein zurecht, danke.« Pen griff zu einer Hähnchenkeule und entließ das Mädchen mit einem Lächeln.

Kaum war Ellen gegangen, als Pen die Keule angewidert aus der Hand legte. Sie hatte keinen Appetit, da ihr Magen vor Erregung und Angst rebellierte.

Sie saß da und behielt die Uhrzeiger im Auge.

Das Pochen an der Tür kam so unerwartet, so erschreckend und unwillkommen, dass Pen zunächst gar nicht reagierte. Das zweite Pochen war von Robins Stimme begleitet.

»Pen? Pen, ich weiß, dass du da bist. Ich muss mit dir sprechen.« Und schon öffnete er die Tür, die Hand noch auf der Klinke, als erwarte er die Erlaubnis einzutreten – für ihn ungewöhnlich, da Pen ihm nie den Zutritt verwährt hätte; diesmal aber zögerte er. Die Pen, die er kannte, hatte sich verändert, und er war nicht mehr sicher, ob noch die alten Regeln galten – beziehungsweise deren Nichtvorhandensein. Was er ihr zu sagen hatte, war ihm dermaßen zuwider, dass er sich zusammennehmen musste und das sonderbare Gefühl nicht loswurde, er dränge sich ihr auf.

Pens Blick wanderte zur Uhr. Kurz vor sieben. In einer halben Stunde musste sie gehen. Bis zur Wassertreppe war es eine Viertelstunde, und sie wollte etwas Spielraum. »Ich bin sehr müde, Robin«, hauchte sie, den Kopf mit leerem Lächeln an die Rückenlehne stützend. »Hat es nicht bis morgen Zeit?«

»Es wird nicht lange dauern.« Entschlossen trat er nun ganz ein und machte die Tür in seinem Rücken zu.

Sie hörte es mit ziemlicher Verzweiflung, da sie ihn unbedingt loswerden musste. »Robin, bitte, hat es nicht Zeit.«

»Nein. Du musst mir glauben, Pen, dass ich dich nur ungern ins Bild setze.« Er zog die Handschuhe aus und blies auf seine Hände, während er stirnrunzelnd ins Feuer sah. »Aber ich kann einfach nicht tatenlos zusehen. Ich habe dich zu lieb, um zu schweigen.«

»Vermutlich geht es um Owen d'Arcy.« Ihr Ton war eisig. Ihr wollte nichts anderes einfallen, ihn abzuwimmeln. »Wie ich schon sagte, ist das meine Sache.«

»Wo warst du mit ihm?«

»Auch das ist meine Sache. Wenn du deswegen gekommen bist, vernimm hiermit, dass ich nichts mehr davon hören möchte.« Wieder glitt ihr Blick zur Uhr. »Ich möchte keinen Streit, aber über Owen spreche ich nicht mit dir.«

»Das brauchst du nicht. Sprechen werde ich, mach einfach deine Ohren auf.« Robin ließ ihr keine Zeit zur Antwort.

»Der Chevalier ist Geheimagent im Dienst des französischen Gesandten …«

»Das weiß ich«, fiel Pen ihm ins Wort. »Das verriet er mir selbst … wohl um anderen zuvorzukommen«, setzte sie spöttisch hinzu. Jetzt galt es, in der Offensive zu bleiben.

Robin errötete, und sein Unbehagen verwandelte sich in Angriffslust. »Hat er dir auch von seiner Frau erzählt? Von seinen Kindern?«

Momentan stockte Pen der Atem. »Er sagte, er wäre nicht verheiratet …«

»Nicht mehr … jetzt nicht mehr.« Robin sah, dass er nun ihre Aufmerksamkeit besaß. Er fing an, den Raum zu durchmessen, mit der Faust gegen die flache Hand schlagend. »Tut mir Leid, aber du musst mich anhören, Pen!«

»Sprich«, sagte sie tonlos. Abrupt erhob sie sich, als könne sie stehend einem Schlag eher standhalten, und verschränkte die Arme unbewusst vor der Brust. Robin lief auf und ab, während er Simon Renards Mitteilungen wiederholte, ohne etwas hinzuzufügen oder wegzulassen.

»Er erklärte seine Kinder zu Bastarden?«, Pen flüsterte es vor sich hin, ohne eine Antwort zu erwarten.

»Soviel ich weiß.«

»Und er hat sie seither nicht mehr gesehen?« Ihr schauderte, sie verschränkte die Arme fester.

»Das sagt man. Mein Informant ist … verlässlich.«

»Auch ein Spitzel?«

»Wie man es nimmt.«

»Genau wie du!«, stellte Pen fest. Eine Bestätigung war nicht nötig. Es wurde zum ersten Mal offen zwischen ihnen ausgesprochen.

»Aber behalte dieses Wissen für dich«, bat er.

Ungeduldig schüttelte Pen den Kopf. Robin wusste, dass sie ihn nie verraten würde.

Ebenso wie sie wusste, dass er sie nie belügen würde. Sie musste ihm glauben. Nie würde Robin eine Geschichte wie diese erfinden. Sie war auch die Antwort auf viele Fragen, löste so viel von der Rätselhaftigkeit, die Owen umgab. Aber war er zu einer solchen Grausamkeit fähig? Sie hatte ihn bezichtigt, ihr Unglück für seine Zwecke zu nutzen. Und das stimmte natürlich auch. Aber er hatte nie vorgegeben, ein anderes Motiv zu haben.

Owen hatte nicht von Kindern sprechen wollen, hatte behauptet, in seinem Leben sei kein Platz für sie. Und er war über das kleine Mädchen zu Tode erschrocken, das ihm gestern in den Weg sprang …

Schuldgefühle … Reue … Bedauern. War es das, was ihn quälte, wenn er so verletzt und verloren wirkte? Half er ihr bei der Suche nach ihrem Kind, weil ihn Gewissensbisse wegen seiner eigenen Kinder plagten?

Unwillkürlich warf sie wieder einen Blick auf die Uhr. Sie schlug die halbe Stunde. *Seine Gründe spielten keine Rolle.*

»Pen?« Als Robin auf sie zutrat, schüttelte sie den Kopf.

»Nein … Geh jetzt, bitte.«

»Pen … Pen … es tut mir Leid. Ich wollte dir nicht wehtun.«

»Ich weiß. Aber jetzt reicht es!« Sie hob die Hand, wie um ihn hinauszuweisen. »Ich möchte allein sein.«

Robin zögerte, unsicher, nicht gewillt, sie allein zu lassen, da sie so bleich und verzweifelt aussah. Er wollte sie trösten, wollte bei ihr bleiben, bis sie sich gefasst hatte.

Pen sah, wie der große Uhrzeiger sich auf die Sieben zubewegte. *»Hinaus.«*

Endlich hatte Robin verstanden – auch wenn er sich grässlich fühlte. Er drehte sich um und verließ sie ohne ein weiteres Wort.

In fieberhafter Eile hüllte Pen sich in den Umhang und zog

Handschuhe an. Wie es auch um Owen d'Arcys Vergangenheit bestellt sein mochte, sie brauchte ihn. Bis sie ihr Kind in den Armen hielt, wollte sie ihn nicht als den Mann sehen, der im Stande war, sein eigenes Fleisch und Blut zu verleugnen. Und die Grausamkeit traute sie ihm ebenfalls kaum zu, die er einer vor den Augen der Welt schuldlosen Frau angetan haben sollte. Sie wollte überhaupt nichts in ihm sehen außer ein Mittel zum Zweck.

*Warum, um Himmels willen, hatte Robin sich ausgerechnet heute Abend aussuchen müssen, um ihr so ein Debakel zu präsentieren?*

*Nein!* In ihrem Kopf hatte nur das Platz, was diese Nacht noch bringen würde. Sie zog die Kapuze über den Kopf und öffnete die Tür, um den Korridor entlangzuspähen, wobei sie halb befürchtete, Robin hätte sich irgendwo auf die Lauer gelegt. Doch er war nirgends zu sehen.

Wie schon zuvor verließ sie den Palast durch abgelegene Korridore, die meist nur vom Gesinde benutzt wurden. Als sie aus dem Gebäude trat, hatte kalter Nieselregen eingesetzt. Mit einem Blick zum mondlosen Himmel fragte sie sich flüchtig, ob dieses Wetter Owens Plänen entgegenkäme ... was immer er sich ausgedacht hatte.

Sie lief den mit Backsteinziegeln belegten Pfad unter der triefenden Eibenallee entlang. Pechfackeln erhellten den Weg, der zum Fluss führte. Die Bordlichter der Barken am Dock, der Kähne und Jollen, die mitten auf dem Strom auf Passagiere warteten, flackerten. Der Fluss war bei Nacht ebenso belebt wie bei Tag.

Als sie aus den Schatten trat, sah sie Owen sofort. Er stand am Rand des Docks und beobachtete den Weg, der vom Palast hierher führte. Er hob eine Hand, als er sie entdeckte, eine fast unmerkliche Geste der Begrüßung und Warnung – als ob es dieser bedurft hätte, dachte Pen.

Nun musterte sie die verschiedenen Gruppen, die an der Anlegestelle darauf warteten, nach London gebracht zu werden. Erleichtert sah sie, dass sie niemanden kannte. Sie versteckte sich noch tiefer unter ihrer Kapuze und ging unauffällig zum Kai auf Owen zu.

Ohne Kommentar bestieg er eine große Barke, die über den Luxus einer Kabine verfügte. Es musste ein Privatboot sein. Wem mochte es gehören?

Genauso selbstverständlich wie er begab sie sich an Bord. Als die Ruderleute sie sahen, rief der Steuermann einen Befehl, kaum dass ihr Fuß das Deck berührte, worauf die Besatzung die Barke losmachte. Pen bückte sich und betrat die Kabine. Sie spürte, wie sich das Boot unter ihr bewegte, als es ablegte.

»Gut, du bist früh dran«, bemerkte Owen, als Pen in die Kabine trat, die nur von einer schwankenden, von der niedrigen Decke hängenden Öllampe erhellt wurde. Sein Ton war knapp, seine Miene zerstreut, doch Pen kam die Distanz sehr gelegen. Küsse und sanfte Worte hätte sie nicht ertragen.

Als sie ihn im spärlichen Licht der flackernden Lampe anschaute, fiel ihr auf, dass er irgendwie verändert wirkte. Er war in einen langen, schweren schwarzen, mit einem undefinierbaren dunklen Pelz besetzten Umhang gehüllt. Sie sah, dass der Edelstein an der zurückgeschlagenen Krempe seiner schwarzen Mütze falsch war. Und dann sah sie die verblasste Narbe auf einer Gesichtshälfte, den sonderbar verzerrten Zug um den Mund. Sogar seine Kinnpartie stand merkwürdig vor.

D'Arcy sieht heruntergekommen aus, gewahrte sie erschrocken. Der elegante Franzose hatte sich in einen schäbigen, etwas schmuddeligen Kerl in billiger, unscheinbarer Kleidung verwandelt. Und es war nicht die Aufmachung allein, sondern seine Haltung, sein ganzes Auftreten. Der unstete Blick verstärkte den Eindruck, dass man es mit jemandem zu tun hatte, der sich mit unsauberen Geschäften abgab.

*Unschwer konnte man sich vorstellen, dass dieser Mann Frauen und Kinder hinterging.*

Sie schob diesem Gedanken einen Riegel vor, wie um ein Leck abzudichten, und sah sich in der kleinen Kabine um. Vor den Bullaugen hingen Vorhänge, die Bänke entlang der Rumpfwände waren mit weichen Kissen belegt. Die Ausstattung ähnelte dem Luxus auf einem Schiff des Königs.

»Wem gehört die Barke?«

»Dem Gesandten«, antwortete er. »Meine Verbindungen bieten gewisse Vorteile.«

Pen nickte nur. Sie war so angespannt wie eine aufgezogene Feder, ihre Gefühle ein Durcheinander von Verwirrung, Aufregung, Entschlossenheit und Überzeugung. Es hätte sie auch nicht gekümmert, wenn sich der Gesandte persönlich mit einer ganzen Armee französischer Agenten an Bord befunden hätte – solange man ihr keine Hindernisse in den Weg legte.

In der von einem Glutbecken erwärmten Kabine war es so warm, dass sie ihren Umhang lockerte. Owen lächelte plötzlich und sah zum ersten Mal wieder vertraut aus. »Du bist wie fürs Kloster gekleidet, Liebling. Völlig unpassend für die Rolle, die ich dir heute zugedacht habe.«

»Welche Rolle ist das?« Ihre Hände waren so verkrampft, dass die Nägel in ihr Fleisch schnitten. Er durfte sie nicht anfassen. Sie hätte es nicht ertragen.

Doch er machte keinerlei Anstalten, sondern sagte nur: »Die einer Hure. Zum Glück habe ich das Kostüm mitgebracht.«

»Und welche Rolle spielst du dabei?«, fragte sie. Ihr Körper spannte sich wie eine Bogensehne.

»Einen Zuhälter«, erwiderte er, als sei es die natürlichste Sache der Welt.

Langsam atmete Pen ein. Das erklärte allerdings sein verändertes Aussehen. Obwohl sie wissentlich nie einem Zuhälter begegnet war, machte sich dieser verkommene, leicht bedrohliche Kerl, in den sich der elegante Owen verwandelt hatte, nach ihrem Dafürhalten gut in seiner Rolle. Trotzdem kam ihr alles sehr ungewöhnlich vor.

»Ist das dein Ernst?«

»Und ob. Wenn man Freudenhäuser besucht, ist es ratsam, entsprechend aufzutreten.«

Pen starrte ihn an, als ihr die Bedeutung seiner Worte aufging. »Mein Sohn befindet sich in einem Freudenhaus?«

»Wenn ich Recht behalte«, meinte er. Leise berichtete er ihr nun, wie er Miles Bryanston aus einer der Kaschemmen im South Bank hatte kommen sehen. Owen hatte dieser Eröffnung mit Bangen entgegengeblickt, merkte nun aber zu seiner Verwunderung, dass Pen nicht besonders geschockt wirkte.

Sie lauschte wortlos. Owens Verdacht vermochte ihr keinen Schrecken einzujagen. Zwei Jahre hatte sie mit so quälender Ungewissheit leben müssen, dass das Wissen selbst, mochte es auch schrecklich sein, fast eine Erleichterung bedeutete.

»Diese Häuser nehmen unerwünschte Kinder auf«, sagte sie wie im Selbstgespräch, als er geendet hatte. Ihr Blick flog zu seinem Gesicht und suchte darin eine Reaktion auf ihre Feststellung. Weder seine Miene noch seine Augen änderten sich.

»In den meisten Fällen dürfte es sich um unglückliche Folgen des Berufes ihrer Mütter handeln«, bemerkte er trocken. »Ein Kind mehr oder weniger spielt da keine Rolle, und ich bin sicher, dass die Bryanstons für die Mühe und das Schweigen eine Menge Geld bezahlen.«

Pen knetete ihre Ellbogen. »Und wie sieht dein Plan aus?«

»Ich werde dich an den Meistbietenden verkaufen.«

Verständnislos schaute sie auf. »Was meinst du damit?«

»Wir suchen jedes einzelne Etablissement auf, und in jedem werde ich dich zum Verkauf anbieten. Der Preis wird mir nie zusagen, deshalb gehen wir zum nächsten, bis wir das Gesuchte gefunden haben.«

»Kinder?«

»Oder Hinweise auf solche. Sobald das Feld eingeengt ist, werden wir entscheiden, wie wir am besten vorgehen.«

»Wenn ich mein Kind heute finde, nehme ich es gleich mit«, erklärte sie mit blitzenden Augen.

»Wirst du ihn denn erkennen?«, hakte Owen nach.

Sie schüttelte den Kopf. »Ich weiß es nicht«, und das Blitzen in ihren Augen erlosch unter einer Woge der Verzweiflung. »Wie denn? Wo ich ihn doch nie richtig gesehen habe.«

»Nun, darüber zerbrechen wir uns den Kopf, wenn es so weit ist«, sagte Owen zuversichtlich. »Jetzt müssen wir Vorbereitungen treffen.« Er hob eine Ledertasche auf den Tisch, der in der Mitte der Kabine am Boden festgeschraubt war.

Pen sah zu, wie er ein zerfetztes blaues Leinenkleid und einen schmutzigen Unterrock hervorzog. »Das soll für mich sein?« Der Geruch, der den Sachen entströmte, ließ sie unwillkürlich die Nase rümpfen.

»Du musst überzeugend aussehen. Lass mich dein Mieder aufschnüren.«

Obwohl ihre Muskeln sich zusammenzogen, als sie seiner Berührung auf ihrer Haut harrte, gehorchte Pen. Seine Finger waren geschickt und erledigten die Aufgabe rasch und ohne Abschweifungen. Pen begriff, dass ein Spion bei der Arbeit keine Zeit für die Liebkosungen eines Anbeters hatte.

Sie entspannte sich leicht, konnte aber ein Schaudern nicht unterdrücken, als sie Unterrock und Kleid anzog. »Woher sind die Sachen? Sie könnten verlaust sein.«

»Nein, sei beruhigt – sie sehen schlimmer aus, als sie sind.« Owen schnürte das blaue Gewand zu, das so tief ausgeschnitten war, dass es kaum ihre Brustspitzen bedeckte.

Pen starrte auf die weißen Rundungen, die sich aus ihrem Ausschnitt wölbten. »Ich wusste gar nicht, dass ich so gut bestückt bin«, murmelte sie.

»Das Kleid macht viel her«, erläuterte er.

Unter anderen Umständen hätte Pen auf diese wenig schmeichelhafte, wenn auch ehrliche Bemerkung mit Humor und Ironie reagiert. Heute aber war ihr nicht nach Lachen zumute.

Owen wandte sich wieder der Tasche zu und zog ein Döschen hervor. »Komm zum Licht.«

Sie ließ sich nicht lange bitten. Er öffnete das Döschen und entnahm ihm eine Bürste, etwas schwärzlichen Puder und eine kreidige graue Paste. Nun richtete er ihr Gesicht nach oben und fing an, es zu bearbeiten.

»Was machst du da?«, fragte Pen, als er Puder unter einem Auge verstrich.

»Du sollst aussehen wie eine misshandelte Frau.«

Pen schnitt eine Grimasse, stellte aber keine weiteren Fragen.

Schließlich trat er zurück und begutachtete sein Werk. »Ich denke, das dürfte ziemlich echt wirken.«

»Schade, dass ich keinen Spiegel habe.«

»Was du siehst, würde dir nicht gefallen – aber wenn du unbedingt möchtest ... hier bekommst du eine Ahnung.« Er entnahm seiner Tricktasche eine kleine Scheibe aus getriebenem Kupfer und hielt die schwankende Öllampe fest.

Pen sah einen Teint, grau vor Schmutz und Verlebtheit. Ein Auge trug eine beängstigend gerötete Schwellung, die sich über die Wange fortsetzte. Ihre Lippen waren leicht aufgedunsen. »Wie schrecklich!«, flüsterte sie.

»Das soll es auch sein.« Plötzlich klang er abwesend. »Die Frauen sind ja nicht freiwillig dort. Sie kommen aus der Gosse und wissen nicht, wohin. Wenn du da auftauchst und frisch und unberührt aussiehst, würde es sofort Argwohn erregen. Sprechen brauchst du nicht. Halte dich hinter mir, mach ein ängstliches Gesicht, duck dich ... was immer dir als passend erscheint. Richte dich ganz nach dem, was ich tue.«

Nickend wandte sie sich von dem Furcht erregenden Spiegelbild ab. Nun war ihr erst richtig klar, was ihr bevorstand, und die harte Wirklichkeit jagte ihr Angst ein. In welchem Zustand würde sie ihr Kind antreffen, falls es noch am Leben war? Vernachlässigt, misshandelt ...

Lieber Gott, ein unerträglicher Gedanke!

# 18

»Robin? Gut, dass ich dich treffe. Ich muss mit dir sprechen.« Aus den Schatten der großen Halle trat der Duke of Northumberland, der hinter einer Säule gestanden hatte. Fast so, als hätte er auf der Lauer gelegen, dachte Robin insgeheim.

Der junge Mann blieb stehen – irgendwie froh, dass er von seinem eigenen in Aufruhr befindlichen Inneren abgelenkt wurde.

»Mylord?«

Northumberland blickte sich um. Die Halle war auch um diese Zeit voller Menschen. »Komm in einer halben Stunde in mein Privatgemach.« Nach dieser Anweisung entfernte er sich.

Robin zuckte die Achseln. Für eine solche Aufforderung war es schon recht spät, auch wenn sie von Northumberland geäußert wurde, dessen Intrigenspiel an keine Zeit gebunden war; im Grunde handelte es sich natürlich um einen Befehl.

Genau eine halbe Stunde später präsentierte er sich dem Posten, der an der Tür zum Privatgemach des Herzogs stand. Der Mann war offenbar informiert und öffnete ihm sofort.

Die drei Herren im Raum setzten ihr Gespräch fort und nahmen sein Eintreten nicht sofort zur Kenntnis.

»Das Heiratsdatum ist für Pfingstsonntag festgesetzt«, sagte Northumberland. »Bis dahin können die jungen Leute ihre Bekanntschaft vertiefen. Guildford wird in den nächsten Tagen Jane seine Aufwartung machen … Ach, Robin, da bist du ja. Sehr gut!« Northumberland, der auf einem geschnitzten Stuhl hinter dem massiven Eichenschreibtisch thronte, bedeutete ihm, auf einem lehnenlosen Stuhl Platz zu nehmen.

Robin verbeugte sich vor dem Duke of Suffolk und dem Earl of Pembroke, die zusammen am Bogenfenster standen, von dem aus man auf den von Fackeln erleuchteten Hof hinunterblickte.

Sie nickten Robin zu und nahmen zu beiden Seiten des Schreibtisches Platz. Er hatte den Eindruck, dass sie angespannt waren – ja, dass im Raum erwartungsvolle Stimmung herrschte.

Ohne sich seine Überlegungen anmerken zu lassen, setzte Robin sich. Er hatte schon lange vermutet, dass Northumberland plante, seinen jüngsten Sohn mit Lady Jane Grey, Suffolks Tochter, zu vermählen, und jetzt hatte er die Bestätigung. Aber welchem Zweck diente diese Heirat wirklich, wenn man davon absah, dass es eine äußerst vorteilhafte Verbindung zweier Adelsfamilien war? Robin argwöhnte, dass Northumberlands Absichten darüber hinausgingen.

»Gilt es eine Hochzeit zu feiern, Mylord?«, fragte er ruhig.

»Ja, mein Sohn und Lady Grey werden heiraten«, verkündete Northumberland und rieb sich das Kinn. »Der König hat seinen Segen dazu gegeben.«

»Meinen Glückwunsch beiden Familien«, sagte Robin, der sich fragte, wie die arme kleine Jane die Nachricht von ihrer bevorstehenden Vermählung wohl aufnehmen würde. Vermutlich nicht gut, da sie keinem der groben Dudley-Söhne, die sie als Kind oft tyrannisiert hatten, Sympathie entgegenbrachte.

Zielte diese Unterredung tatsächlich auf die nächste royale Hochzeit ab? Im Moment vergaß er seine Sorge um Pen und ihre Beziehung zu Owen d'Arcy. Diese drei Männer waren die prominentesten Mitglieder des Kronrates. Er kannte sie gut, war aber noch nie eingeladen worden, an ihren Beratungen teilzunehmen.

»Nun, genug davon«, entschied Northumberland und legte die Fingerspitzen aneinander. »Robin, wir möchten über deine Schwester sprechen.«

Sein eigentliches Problem trat wieder in den Vordergrund. Robin schwieg vorläufig, war aber von Kopf bis Fuß angespannt.

»Lady Pen hält noch immer engen Kontakt mit Chevalier d'Arcy«, fuhr Northumberland fort und zog fragend eine Braue in die Höhe. »Ich glaube zumindest, dass es der Fall ist. An Weihnachten waren sie viel beisammen.«

»Ja, sie gingen auf Tuchfühlung«, warf Suffolk ein. »Lady Pen zeigte große Vorliebe für die Gesellschaft des Chevaliers.«

»Und wenn schon, Mylord!« Roberts Ton grenzte an Ungezogenheit.

Northumberland gebot Suffolk mit einer Handbewegung Schweigen und sagte wie als Antwort auf Robins Frage: »Der Chevalier ist französischer Agent.«

*Ach, darum ging es also? Endlich hatte Northumberland eine Möglichkeit gefunden, sich Pens Beziehung zu dem Spion nutzbar zu machen.* Grimmig wartete Robin auf weitere Erklärungen.

Northumberland beugte sich über den Schreibtisch. »Weiß es deine Schwester?«

»Natürlich nicht, Mylord Duke«, erwiderte Robin. Sein Blick war klar, seine Miene ruhig wie ein Mühlweiher, während er trotz seines inneren Aufruhrs angestrengt nach der besten Art und Weise suchte, Pen zu schützen.

»Meine Schwester ist ahnungslos, was Spionage betrifft. Mir will scheinen, dass der Chevalier ihr eine gewisse Ablenkung nach den schweren persönlichen Tragödien der letzten Jahre bietet. Unsere Familie hat nichts dagegen einzuwenden.« Seine Stimme verriet nichts. Nur wer ein Ohr dafür hatte, nahm den herausfordernden Unterton wahr.

Aber Northumberland entging dieser. Inzwischen trommelte er mit den Fingern auf die Schreibtischplatte. Der große Rubin an seinem Finger schimmerte rötlich im Lampenschein. »Ich wüsste, wie uns diese Situation zum Vorteil gereichen könnte. Wir müssen den Franzosen gewisse Informationen zuspielen … Informationen, die nicht ganz der Wahrheit entsprechen.« Ein dünnes Lächeln zuckte um seinen Mund.

Robins Nasenflügel bebten, da er ahnte, was nun kommen würde; doch wartete er mit allem Anschein höflicher Aufmerksamkeit ab.

Der Herzog fuhr fort, indem er sich gestikulierend an Suffolk und Pembroke wandte. »Mylords, also habe ich beschlossen, Lady Pen in diese Sache einzubeziehen. Was immer sie dem Chevalier im Hinblick auf französische Interessen erzählt, wird dieser unweigerlich an seine Auftraggeber weiterleiten. Im Moment müssen wir ihnen etwas liefern, das sie beschäftigt, damit sie keine Zeit haben, unsere tatsächlichen Pläne zu vereiteln.« Sein Lachen war finster.

»Deshalb wirst du, Robin, dafür sorgen, dass gewisse Informationen durch deine Schwester zur Kenntnis ihres Liebhabers gelangen.«

Er rieb sich die Hände, der Rubin sprühte Feuer. »Durch deine Schwester sollen die Franzosen erfahren, dass wir eine Heirat Marys mit dem Duc d'Orleans anstreben. Das ist ein Projekt nach ihrem Herzen und wird sie von der richtigen Fährte ablenken. Durch Lady Pen werden sie auch regelmäßig über den Gesundheitszustand des Königs auf dem Laufenden gehalten ... dass er im Moment kräftiger ist ... und dass seine Schwester nun endgültig eine französische und keine spanische Ehe ins Auge fasst.«

»Eine vortreffliche Ablenkung«, nickte Suffolk beifällig. »Nichts wäre Frankreich lieber, als auf dem Grab einer englisch-spanischen Allianz zu tanzen!«

Robin zupfte seine Halskrause zurecht, die sich seitlich verschoben hatte. Hing dies alles mit Janes Heirat mit Dudley zusammen? Es musste so sein, da sich Northumberlands Intrigen immer auf ein bestimmtes Ziel richteten.

»Und wie sehen Eure Pläne wirklich aus, Mylord?«

Der Herzog schien zu überlegen, ehe er mit allem Anschein von Jovialität sagte: »Alles zu seiner Zeit, Robin! Du wirst es bald erfahren. Im Moment wollen wir uns auf die Rolle deiner Schwester konzentrieren.«

Flüchtig fragte Robin sich, ob Pen nun einwilligen würde, da sie die Wahrheit über ihren Geliebten kannte. Nicht dass er es herauszufinden gedachte ... Schon seit Monaten bezweifelte er, dass es Northumberland in erster Linie um das Wohl des Landes ging – und seit Jahren wusste er, wie weit der persönliche Ehrgeiz des Herzogs reichte. Als Folge seiner engen Beziehung zu Suffolk, in dessen Haus er einen Teil seiner Jugend verbracht hatte, war er in den Dienst Northumberlands getreten. Nun aber war der Zeitpunkt gekommen, solch unverdiente Loyalität zu begraben.

Was immer er von Pens Beziehung zu d'Arcy hielt – Robin war nicht gewillt, seine Stiefschwester in die schmutzigen Machenschaften des Herzogs zu verwickeln, die allein dazu dienten, Ruhm und Ansehen des Hauses Northumberland zu mehren. Sollte sich dieser doch etwas anderes einfallen lassen, den französischen Spitzel zu manipulieren.

Er stand ruhig, aber entschieden auf. »Meine Schwester ist keine Spionin, Mylord. Und ich werde keine aus ihr machen!«

Fassungslos starrte Northumberland ihn an. Wann hatte es eigentlich jemand zum letzten Mal gewagt, ihm zu widersprechen? »Was sagtest du eben?«, fragte er, eine Hand am Ohr, als traue er seinem Gehör nicht.

»Ich sagte, Mylord Duke, dass ich meine Schwester weder wissentlich noch unwissentlich mit einer solchen Sache behelligen werde.«

Einem lauten Atemholen folgte angespannte Stille im Raum. Das Feuer knisterte, Kerzenwachs tropfte auf den Tisch. Robin hielt dem zornigen Blick des Herzogs stand.

Als Northumberland zu sprechen anfing, war sein Ton leise und drohend. »Beaucaire, irrt Euch ja nicht! Falls Eure Schwester diese Information nicht weitergibt, wird sie sich im Tower wieder finden. Es bestehen genug Gründe, derentwegen man sie als engste Vertraute der Prinzessin verhaften könnte. Gelingt es Euch nicht, sie zur Mitarbeit zu bewegen, wird sie den vollen Preis für Hochverrat bezahlen! Nicht einmal ihre Familie wird sie schützen können.«

Robin zweifelte nicht daran, dass der Herzog seine Drohung wahr machen würde. Und sie war viel wirksamer, als wenn er Robin selbst gedroht hätte. Da gab es wenig, was er darauf sagen konnte, er verbeugte sich und ging.

Mit gerunzelter Stirn starrte Northumberland die geschlossene Tür an. Dann schüttelte er den Kopf und tat die unsinnige Vermutung ab, seine Drohung hätte womöglich nicht ausgereicht, ihm Robins Mitarbeit zu sichern.

»Der König arbeitet an einer *Korrektur der Thronfolgeordnung*, wie er es nennt«, begann er schließlich wieder. »Damit soll gewährleistet werden, dass Suffolks Tochter ihm auf den Thron folgt. Das neue Gesetz muss jedoch vom gesamten Kronrat unterzeichnet und ratifiziert werden, ehe der König stirbt.«

Der Earl of Pembroke seufzte. »Das Einverständnis des Kronrats wird nicht so leicht zu bekommen sein.«

»Ach, alle werden zustimmen«, meinte der Herzog ungeduldig. »Schließlich geht ihnen der getreue Earl of Pembroke mit gutem Beispiel voran.«

Der Genannte errötete leicht, sagte aber nichts und erhob sich. »Ich wünsche eine gute Nacht, Mylords.«

»Dieses Frauenzimmer ... diese Goodlow ... meint Ihr, dass sie dem König helfen kann?«, fragte Suffolk, als die Tür sich hinter dem Earl geschlossen hatte.

»Genau betrachtet, geht es ihm jetzt schlechter. Aber irgendetwas hält ihn am Leben«, murmelte Northumberland. »Wie besessen arbeitet er mit letzter Kraft an der Gesetzesänderung. Die eiserne Entschlossenheit, sein Land nicht den Katholiken zu überlassen, stärkt ihn wohl ...«

Suffolk schüttelte den Kopf. »Seine Leiden sind so groß, dass ich sie kaum mit ansehen kann.«

»Nun, solange er tut, was nötig ist, ehe Gott sich seiner erbarmt ...«, fertigte der andere ihn kalt ab.

»Nach seinem Tod wird es endlich mit dem lästigen Getue dieses Trunkenbolds Bryanston ein Ende haben. Da jetzt seine Vertrauensperson den König pflegt, kann er sich rühmen, Zutritt zu den höchsten Würdenträgern des Hofes zu haben. Er gibt sich als mein engster Freund und Vertrauter aus, heftet sich mir ständig an die Fersen, flüstert mir ins Ohr, wirft

Blicke um sich, um festzustellen, ob sein enger Umgang mit Northumberland gebührend wahrgenommen wird.« Er kniff verächtlich den Mund zusammen.

»Sicher wird Euch etwas einfallen, um ihn in den Tower zu werfen«, bemerkte Suffolk trocken.

»Keine Sorge!« Northumberland stand auf. »Ich nehme an, es gab mit Jane keinen Ärger wegen der Verlobung?«

»Ein gewisser Widerstand war vorhanden, den ihre Mutter und ich aber brechen konnten.« Suffolk folgte ihm hinaus. »Die Hochzeitspläne nehmen Gestalt an.«

Robin pochte an die Tür zu Pens Gemach. Als er keine Antwort bekam, öffnete er leise und schlüpfte in den verdunkelten Raum. Sofort wusste er, dass Pen nicht da war. Von ihr gab es keinerlei Spur. Die Katze auf dem Bett öffnete kurz ein Auge und schloss es wieder.

Ob sie sich bei der Prinzessin aufhielt?

Während eines Rundblicks bemerkte er mit einem Anflug verzweifelter Enttäuschung, dass ihr Umhang nicht am Haken hing. Sein einziger Gedanke galt der Notwendigkeit Pen bis zum Morgen aus dem Palast und ins Haus ihrer Familie zu schaffen. Der Earl of Kendal konnte sie selbstverständlich vor Northumberland schützen, mochte der Herzog auch das Gegenteil behaupten. Man musste sie nur aus London fortschaffen – möglichst weit weg, außer Reichweite des herzoglichen Arms; Lord Hugh würde sicher den richtigen Entschluss fassen.

*Zum Donnerwetter, wo steckst du?*, fragte er den leeren Raum und den gelangweilten Kater. Doch kannte er die Antwort. Sie war bei diesem verdammten Spion. Ertrug sie denn nicht einmal eine Nacht ohne ihn? Oder wollte sie ihn zur Rede stellen, ihn fragen, wie es sich mit der Geschichte verhielt, die sie von Robin erfahren hatte?

So oder so, sie war nicht da. Aber bis zum Morgen musste sie zurückkommen.

Er setzte sich, um am Feuer auf sie zu warten.

*Was steckte hinter der Heirat von Suffolks Tochter mit Northumberlands Sohn?*

Dieses Rätsel fesselte ihn dermaßen, dass es seinen unruhigen Geist die halbe Nacht hindurch beschäftigte.

»Welches Haus?« Angestrengt starrte Pen in die dunkle, unheimliche Gasse, die, ein wenig zurückgesetzt, vom Südufer der Themse abging. Der Boden unter ihren Füßen war weich und übel riechend vor Schlamm und dem Inhalt der überfließenden Gosse. Die Spitzgiebeldächer gegenüberliegender Häuser in der engen Gasse stießen fast aneinander und boten etwas Schutz vor dem Nieselregen.

»Wir fangen mit dem ersten an.« Owen deutete auf den nächsten zweier erhellter Eingänge.

Pen fröstelte. Noch nie hatte sie einen so elenden, so verkommenen und bedrohlichen Ort gesehen. Zu Owen aufblickend, bemerkte sie, dass er ein Messer in der Hand hielt. Sie spürte seinen Körper dicht neben sich. Seine angespannten Muskeln und Sehnen standen im Gegensatz zu der gebeugten und ein wenig verstohlenen Haltung, die er mit seiner Verkleidung angenommen hatte.

Als sie sich dem ersten Eingang näherten, drückte sich ein Mann an ihnen vorbei, der in die feuchte Nacht hinausstrebte. Er rückte sein Wams zurecht und schnürte sich im Gehen die Hose zu, während er Pen einen raschen abschätzenden Blick zuwarf.

»Spar dir die Blicke, sie gehört mir«, quetschte Owen in einem so harten und heiseren Ton heraus, dass Pen kaum seine Stimme wieder erkannte. Er griff nach ihrem Handgelenk und hielt es fest. »Komm her.«

Sie gehorchte dem scharfen Ruck mit erschrockenem Gewimmer. Der Fremde lächelte anzüglich. »Könnte es sein, dass ich sie demnächst hier antreffe?«

»Ja, schon möglich«, knurrte Owen und betrat den spärlich erhellten Flur, Pen hinter sich herziehend.

»Nun, was kann ich für Euch tun, werter Sir?«, fragte eine Frau, die in der Tür zu einem der Räume stand. »Tretet ein und seht, was ich habe.« Sie deutete hinter sich, während sie mit geröteten Augen scharf und berechnend ihre Besucher taxierte.

»Ich will verkaufen und nicht kaufen«, stellte Owen richtig, »aber ich sehe mir gern an, was Ihr habt.« Er betrat den Raum, Pen wie einen Hund an der Leine hinter sich herziehend.

Sie hielt den Kopf gesenkt und seitlich gegen die Schultern gedrückt. In dieser Umgebung fiel es ihr erschreckend leicht, die misshandelte Frau zu mimen. Dabei lauschte sie angestrengt nach Lauten, die auf die Anwesenheit von Kindern hindeuteten.

Als aus einem der oberen Geschosse ein Schrei drang, hielt sie inne und widersetzte sich Owens Hand. Er zerrte sie mit einem Ruck nach vorne und holte gegen sie aus, worauf sie zurückwich. Wieder ertönte der Schrei, doch war es nicht der eines Kindes. Pen wurde eiskalt, und sie verspürte Übelkeit bei dem Gedanken, was dort oben vor sich gehen mochte.

Der Salon, wenn man den Raum so nennen konnte, war ein spärlich eingerichtetes Zimmer. Ein schwaches Feuer glomm im Kamin, Talgkerzen flackerten in Wandhaltern. Es roch nach billigem Parfüm und ungewaschenen Körpern.

Drei Frauen saßen auf Schemeln vor dem Feuer, nur mit einem Hemd bekleidet, das vorne klaffte und ihre Brüste enthüllte. Sie betrachteten die Neuankömmlinge ausdruckslos mit trüben Augen, die unter wirren Mähnen strähniger, fettiger Haare hervorblinzelten.

»Hier!« Owen zog Pen mit einem Ruck unter das Licht einer der Kerzen. Er griff nach ihrem Kinn und hob es an. »Was haltet ihr von ihr?«

Die Chefin trat näher. »Mistress Boulder mein Name«, stellte sie sich vor und blickte Pen an. »Sieht aus, als käme sie aus dem Krieg. Sie ist wohl ein wenig widerspenstig?«

»Man muss ihr zeigen, wo es ›langgeht‹«, sagte Owen kurz. »Aber jetzt weiß sie es.«

»Na, na, Schätzchen!« Mistress Boulder umrundete Pen und kniff sie in die Oberarme. Unwillkürlich wich Pen zurück.

Mistress Boulder stieß ein raues Lachen aus. »Die macht nicht den Eindruck, als könnte sie mit den Kunden umgehen, die wir hier haben. Was verlangt Ihr für sie?«

Eine Weile schien Owen zu überlegen, ehe er sagte: »Erst sehe ich mich um, Mistress. Mal schauen, ob es ihr hier gefällt.« Er zwinkerte, und die Frau lachte.

»Ach, ich weiß, was Ihr wollt, Sir. Ihr wollt gucken, was oben ist? Na, oben hab' ich noch ein, zwei leckere Stücke – aber die sind im Moment beschäftigt.«

»Ich schau' mal«, krächzte er. »Dann reden wir vom Geschäft.« Abrupt ließ er Pen los und stieß sie in die Ecke des Raumes. »Rühr dich nicht!« Damit folgte er der Puffmutter hinaus auf die wacklige Treppe, die ins Obergeschoss führte.

Pen drehte sich langsam um. Die drei Frauen vor dem Kamin musterten sie mit unfreundlichen Blicken. Vermutlich aus Angst vor Konkurrenz. Sie fuhr sich mit dem Handrücken über die Augen, als müsse sie Tränen fortwischen. Es war ein Werben um Mitgefühl, das auf unfruchtbaren Boden fiel.

»Ich hab' ein Baby!«, flüsterte sie. »Wird sie zulassen, dass ich es behalte?«

Eine der Frauen spuckte ins Feuer. »Mädchen, hier bringt man kein Kind her.«

»Aber würde sie es erlauben?«

»Nee! Kinder haben bei uns keinen Platz, wenn nicht jemand für sie aufkommt.«

Ihr Herz machte einen Sprung. Im gleichen Flüsterton fuhr sie fort: »Hat sie Kinder in Pflege? Meines wäre reines Gold. Ich würde aus meinen Einkünften den Unterhalt zahlen und mithelfen, die anderen zu beaufsichtigen.«

Die Frauen schüttelten die Köpfe. »Du bist wohl neu?«, bemerkte eine. »Richtig vornehme Sprache – was du hast.«

»Ja, sicher die Zofe einer feinen Dame«, bemerkte eine ihrer Schicksalsgenossinnen. »Kriegt einen runden Bauch und wird auf die Straße gesetzt.«

Sie sprachen über sie, als wäre sie nicht anwesend. Aber das, was sie sagten, klang aufrichtig – was man sich beim nächsten Versuch zunutze machen konnte, falls sie unverrichteter Dinge abziehen mussten. »Gibt es hier denn überhaupt Kinder? Wenn ja, sage ich meinem Mann, dass ich bleiben möchte.«

Darauf lachten alle lauthals. »Nein, jetzt sind keine da. Vor ein paar Wochen schon. Und du glaubst, du könntest deinem Kerl sagen, wo du bleiben möchtest?« Wieder lautes Gewieher.

Owen kehrte zurück. Er gab Pen mit dem Kopf ein Zeichen; sie beeilte sich hinauszugelangen und duckte sich im Vorübergehen wie in Erwartung eines Hiebes. Im Freien kam ihr nun sogar der Gossengeruch frisch und sauber vor.

»Keine Kinder«, teilte er ihr knapp mit.

»Das sagten sie auch. Aber mal war eines da.«

»Versuchen wir es anderswo.« Er blieb kurz stehen und musterte sie. »Na, wie geht es?«

»Recht gut«, beruhigte sie ihn, da frische Energie sie durchströmte, weil sie es nun mit der Realität zu tun hatte. Sie würde heute ihr Kind finden. Falls ihr Sohn hinter einer dieser schrecklichen Türen in diesen schrecklichen Gassen lebte, würde sie ihn finden und mitnehmen!

»Komm jetzt.«

Das nächste Freudenhaus ähnelte dem ersten. Pen vertraute ihre Geschichte den Frauen an, während Owen mit der Puffmutter das Haus besichtigte. Auch hier gab es keine Kinder.

Schließlich stieg Owen die Außentreppe hinunter und beschuldigte die Besitzerin in zornigem Ton, ihn übers Ohr hauen zu wollen. Er rief nach Pen, und sie lief hinaus auf die Straße. Die Frau stand auf der Treppe, einen Schwall von Flüchen auf den Lippen.

»Sieht ganz danach aus, als würdest du für mich zu viel fordern«, bemerkte Pen mit Galgenhumor.

Owen gab keine Antwort. Sein Gesicht war grimmig, als er auf der Straße stand und Regen von der aufgestellten Krempe seiner Mütze floss. Er hatte ausreichend mit Huren zu tun gehabt, um zu wissen, was für ein Leben sie führten; doch hatten ihn diese zwei Häuser mit heftigem Abscheu erfüllt.

»Wohin jetzt?«

»Ich überlege …«, sann er nach. »Gehen wir zurück zum Fluss.« Rasch schlug er die Richtung zum Südufer ein. Aus den Fenstern der größeren Etablissements schimmerten Lichter durch den Nebel. Er blickte um sich und versuchte sich den Augenblick zu vergegenwärtigen, als er Miles Bryanston aus einer der Gassen hatte kommen sehen … unverwandt starrte er in die Richtung, an die er sich zu erinnern glaubte – in der Hoffnung, etwas würde seinem Gedächtnis auf die Sprünge helfen.

In ihren durchnässten Umhang gehüllt, wartete Pen, der nun erst bewusst wurde, wie abhängig sie von Owen war. Ohne ihn hätte sie sich nie in diese Gegend gewagt. Wer oder was er auch sein mochte, oder weshalb er ihr beistand – er war alles, was sie hatte.

Alle verdammten Gassen sehen gleich aus, dachte Owen. Besonders im Regen. Doch das Haus an der Ecke der Gasse direkt vor ihnen stach ihm irgendwie ins Auge, da es so windschief war und eine Seite so weit vorragte, dass man den Eindruck hatte, es könne jeden Moment kopfüber stürzen.

Je länger er hinsah, desto sicherer wurde er seiner Sache. Bryanston war aus dieser Gasse gekommen.

»Hier entlang.« Er fasste nach Pens Ellbogen und schob sie vor sich her. Hier hing nur eine Laterne, und es sah aus, als sei die Gasse noch übler als jene, aus der sie gekommen waren.

Die Tür unter der Laterne ließ sich nicht aufmachen. Owen drückte auf den Riegel, doch war er von innen blockiert. »Hier ist man auf Kunden nicht erpicht«, murmelte er und pochte gebieterisch mit dem Schwertgriff.

Nach einer Weile hörte man schlurfende Schritte und grollendes Gemurmel. Die Tür wurde einen Spaltbreit geöffnet. Eine runzlige Alte spähte im Laternenlicht heraus.

»Habt Ihr offen, Frau?«, fragte Owen in dem rauen Krächzton, dessen er sich schon den ganzen Abend bediente. »Das Licht brennt.«

»Kommt darauf an«, schnatterte die Alte. »Was habt Ihr da?«

»Ein Mädchen. Wenn du sie willst und der Preis stimmt, gehört sie dir.« Er zog Pen ins Licht. »Frischfleisch. Sie wird hübsch was einbringen ... das Richtige für deine wählerischen Kunden.« Owen stieß ein kurzes Lachen aus und betrat das Haus, indem er die Frau beiseite stieß, ob sie wollte oder nicht.

Er blicke sich in dem anscheinend einzigen Raum des Erdgeschosses um. Leere. »Ruhige Nacht!«

»Ich hab' Stammkunden da«, erklärte die Alte. »Rückwärts hinaus.« Sie musterte Pen. »Ich brauch' keine, die Ärger macht«, zischte sie, auf Pens verunstaltete Züge deutend.

Pen drückte sich hinter Owen. Ihr Blick schoss im Raum hin und her, und ihr Herz schlug ihr bis zum Hals. Auf dem Tisch stand eine Tasse Milch mit einem Lappen darin. Eine Erinnerung meldete sich, frisch und lebhaft, aus ihrer Kindheit in Derbyshire. Eine Frau in der Sonne sitzend, auf dem Schoß ein Baby, dem sie aus einem feuchten Tuch Milch in den Mund tropfen ließ. Tilly hatte gesagt, dass die Frau ihr Kind nicht stillen konnte, da ihre Milch versiegt war.

»Ihr habt ein Kind im Haus, Mistress?«, fragte sie einschmeichelnd und zupfte Owen am Ärmel. »Bitte, Sir, fragt sie, ob sie auch mein Kleines nimmt. Bitte.«

Owen fuhr herum, und sie duckte sich, hielt die Hände vors Gesicht.

»Auf der Straße hörte ich, Mistress, dass Ihr daneben noch ein kleines Geschäft betreibt«, begann er und rieb sein Kinn. »Ihr nehmt Kinder in Pflege.«

»Und wenn schon?« Die Augen der Alten bewegten sich unmerklich. »Habt Ihr etwas von der Sorte, das Ihr versorgen lassen wollt?«

Mit einer Kopfbewegung deutete Owen auf Pen, die noch immer das Gesicht mit Händen bedeckte. »Könnten wir ungestört sprechen, Mistress?«

Die Alte warf Pen einen Blick zu; dann schlurfte sie in den rückwärtigen Teil des Raumes, wo Owen ihr durch eine schmale Tür in eine vor Schmutz starrende Spülküche folgte.

Er senkte die Stimme. »Ich möchte mit Euch eine Abmachung treffen. Eine lukrative – um ihr Kind loszuwerden. Es ist ihr bei der Arbeit im Weg, und sie denkt an nichts anderes. Nehmt sie und das Kind, und seht zu, dass das Gör verschwindet. Wenn es weg ist, könnt ihr sie umsonst haben, und ich bezahle Euch noch für gute Arbeit.«

»Viel Aufwand für eine Hure«, murmelte die Alte. »Ist was Besonderes an ihr?«

Owen lächelte, und es war ein sehr unangenehmes Lächeln. »Sie hat gewisse Talente und bedient gewisse Vorlieben. Ihr könnt sicher sein, dass dafür einiges hingelegt wird. Aber mit dem Kind war sie zu nichts mehr nütze.«

»Warum lasst Ihr es nicht selbst verschwinden?«

Kopfschüttelnd meinte Owen: »Das liegt mir nicht. Da zahle ich lieber, dass es erledigt wird.« Er griff in die Tasche und warf eine Hand voll Sovereigns auf den Tisch.

Die alte Vettel starrte die Münzen an. »Und das Mädchen bekomme ich umsonst?«

»Jawohl«, bestätigte er. »Wenn das Kind weg ist, machen wir einen anständigen Preis aus, falls Ihr sie noch immer brauchen könnt.«

»Na, mal sehen.« Die Alte wollte die Münzen einstreifen.

Owen legte die Hand auf das Geld. »Erst müsst Ihr reden, Mistress. Ich möchte wissen, wofür ich bezahle.«

## 19

Pen wartete, bis die Tür sich hinter ihnen geschlossen hatte, dann rannte sie hinaus. Sie blieb stehen und blickte zum Obergeschoss hinauf, wo sie zwei winzige Fenster hinter angelehnten Läden sah. Nun hastete sie die Außentreppe hoch und hielt sich am zerbrochenen Geländer fest, als eine morsche Stufe unter ihr nachgab. Oben war eine Tür.

»Bitte, lass sie unversperrt sein«, sandte sie ein Stoßgebet in den Regen. Sie hob den Riegel an. Die Tür öffnete sich ächzend, und Pen sah sich vor einem dunklen, widerwärtig stinkenden Raum, der kalt wie eine Gruft war.

Sekundenlang stand sie da. Die Angst vor dem, was sie vorfinden mochte, lähmte sie ... oder vor dem, was sie nicht finden würde ... dass es trotz allem vergebens gewesen sei. Doch dann durchströmte sie neue Kraft und damit die Überzeugung, bald zu finden, was sie suchte.

Da sie keine Laterne hatte, ließ sie die Tür hinter sich angelehnt. Ihre Augen hatten sich bereits auf der Straße an die Dunkelheit gewöhnt, so dass sie in der Finsternis drei Bündel auf dem Boden ausmachen konnte.

»Was is'n?« Die erschrockene Frage kam von einem dieser Bündel, und Pen trat vorsichtig auf die unebenen Dielenbretter, verzweifelt bemüht, kein Geräusch zu verursachen, das man unten hören konnte.

Sie kniete neben dem ersten Bündel nieder. Ein abgezehrtes Mädchen blinzelte sie an. Die Augen wirkten riesig im schmutzigen Gesicht. Neben ihm schlief ein winziges Baby. »Schon gut«, flüsterte Pen und setzte absurderweise hinzu: »Ich bin es nur«, ehe sie sich auf den Knien zum nächsten Bündel weiterbewegte.

Ein kleiner Junge schlief zusammengerollt auf einem Strohhaufen, der seine Lagerstatt darstellte. Sie blickte auf ihn hinunter. Zaundürr war er unter dem Lumpen, der als Decke diente; zwar versuchte sie sein Alter zu schätzen, konnte aber in der Finsternis ihrer Sache nicht sicher sein.

Sie kroch zum dritten und letzten Strohsack. Noch ein kleiner Junge. Aber dieser war wach. Er starrte sie an und lutschte an seinem schmutzigen Daumen.

Verzweiflung erfasste sie mit der Gewalt einer Gezeitenwoge und drohte ihre Überzeugung, ihre Träume, ihre Entschlossenheit zu ertränken. Wie sollte sie jetzt mit Sicherheit erkennen, welches Kind ihr gehörte? Ein Kind, das sie acht Monate getragen hatte, das sie nach stundenlangen Wehen lebendig auf die Welt gebracht hatte, als dann …

*Es musste doch einen Mutterinstinkt geben, der sie ihren eigenen Sohn erkennen ließ.*

Vor dem Kleinen kauernd, kämpfte Pen gegen Tränen an. Die hätten ihr nichts genützt. Wie viel Zeit blieb noch? Wie lange konnte Owen die Frau am Sprechen halten? Nicht einen Moment dachte sie an die Möglichkeit, dass womöglich keines dieser Kinder ihr gehörte.

Pen beugte sich vor und hob den Knaben auf, der auf feuchtem Stroh lag und nur ein zerfetztes Hemd am Leib trug. Erschrocken starrte er sie an. »Pst … pst, Kleiner«, flüsterte sie und umarmte ihn. Sein Daumen entglitt dem Mund; doch begann er nicht zu schreien, wie sie befürchtet hatte.

Sie ging mit ihm zur Tür, wo mehr Licht war, und sah in sein schmutziges Gesicht, suchte nach Philips Augen, seiner Nase, seinem Mund, doch konnte sie nichts finden – nicht die entfernteste Ähnlichkeit. Mit keuchendem Atem drückte sie ihn an sich und fragte sich, ob sie etwas spüren würde – eine Verwandtschaft –, doch empfand sie nur großes Mitleid mit dem Häufchen Elend, das sie in den Armen hielt.

Vor der Tür stellte sie ihn ab, und er stand wacklig da, sah sie in stummer Teilnahmslosigkeit daumenlutschend an. Pen hob den zweiten Jungen hoch und trug ihn zur Tür. Er erwachte und blinzelte erschrocken, dann voller Angst. Sein Mund öffnete sich zum Schreien.

»Pst!« Sanft legte Pen ihm die Hand auf die Lippen. »Schon gut.« Sie sah ihm ins Gesicht, suchte nach Ähnlichkeiten, und fand wieder keine.

Was für eine Mutter ist das, die ihr eigenes Kind nicht erkennt?, dachte sie jammervoll.

Nun standen die beiden Jungen nebeneinander. Sie waren etwa gleich groß, beide spindeldürr, vernachlässigt und ungefähr zwei Jahre. Sie ging vor ihnen in die Knie. »Wie heißt du?«, fragte sie flüsternd den Daumenlutscher.

Er schüttelte den Kopf.

»Der hat keinen Namen nich.« Aus der Dunkelheit drang plötzlich die Stimme des Mädchens, und als es an die Tür kam, sah Pen, dass es älter war, als sie gedacht hatte. Etwa sechs oder sieben. Sie drückte das Baby an die knochige Brust.

»Ich glaub' nich', dass er so lange bleibt, dass er einen kriegt«, berichtete die Kleine. »Ich pass auf sie auf. Was wollt Ihr mit ihnen?«

»Woher kommt ihr alle?«

»Meine Mama arbeitet in den Häusern dahinten«, sagte das Mädchen und deutete in die Dunkelheit. »Und dies ist meine Schwester.« Sie hielt ihr das Baby entgegen, das einen dünnen Schrei ausstieß.« Von den beiden anderen weiß ich nichts. Sie sind noch nicht lange da.« Hungrig sah sie Pen an. »Habt Ihr was zum Beißen dabei?«

Pen wünschte, sie wäre so vorausblickend gewesen und hätte etwas mitgebracht; aber wie hätte sie sich so etwas vorstellen können? Owen hatte sie erst gewarnt, als sie an Bord waren, und auch da wäre sie niemals auf diesen Albtraum von grässlicher Welt gekommen.

Ihre Verzweiflung hatte sich während des Gesprächs mit dem Mädchen verflüchtigt; sie wusste nun, was sie zu tun hatte. Sie hob je einen Jungen auf eine Hüfte und machte sich daran, mit ihrer Last die wackelige Treppe hinunterzuklettern.

»He, Ihr dürft sie nicht wegbringen, ich passe auf sie auf«, rief das Mädchen aus. »Die Alte wird mich schlagen!«

»Noch nehme ich sie nicht mit«, beschwichtigte Pen sie über die Schulter. »Komm doch auch, wenn du willst.«

»Was bleibt mir anderes übrig«, entgegnete das Mädchen, das ihr auf dem Fuß folgte. »Ich soll sie nicht aus den Augen lassen.«

Ohne Zwischenfall kamen sie auf der Straße an. Pens zwei Lasten waren so leicht, dass sie sie kaum spürte – hauchdünn wie Papier und so zart und leicht zerreißbar. Die Tür, die sie angelehnt gelassen hatte, öffnete sie nun mit dem Fuß zur Gänze und trat ein.

»Owen?« Ihr Ton war beiläufig, als sie zur Tür im hinteren Teil des Raumes ging und auch sie mit einem Tritt öffnete.

Owen und die Alte drehten sich um. »Ach«, krächzte er.

»Was fällt Euch ein?«, fuhr die Frau sie an. »Das sind meine Kinder. Nellie!« Sie griff nach einer Holzkelle und rückte dem Mädchen zu Leibe, das sich hinter Pen duckte. »Wie oft sagte ich, du sollst niemanden in die Nähe lassen?« Drohend schwang sie die Kelle.

Das Mädchen klammerte sich an Pens Umhang. »Es war nicht meine Schuld. Ehrlich nicht.«

»Schon gut, das reicht!« Owens Stimme drang stahlhart und eisig durch den Raum. Er erfasste den erhobenen Arm der Frau und entwand ihr geschickt die Kelle, ohne Pen auch nur einen Moment aus den Augen zu lassen. So hatte er sie noch nie erlebt; vor spröder Verzweiflung glühend, als sie die zwei Kinder fester umfasste.

Es wunderte ihn nicht, da ihm der Grund ihrer Verzweiflung sofort klar war. Von ihr zu erwarten, dass sie ihren Sohn auf den ersten Blick erkannte, wäre zu viel verlangt – wenn das Kind nicht über unverwechselbare Merkmale verfügte. Pen aber hatte das Unmögliche von sich erwartet, und sein Herz floss über vor Mitleid. Aber Mitleid allein genügte nicht, um sie sicher und erfolgreich aus dieser Situation zu führen.

Offensichtlich hatte Pen die Absicht, der Alten die Wahrheit mit Gewalt zu entreißen, und Owen sah auch keinen besseren Weg, um rasch ihr Ziel zu erreichen. Er konnte nur hoffen, dass eines dieser elenden Würmchen tatsächlich der rechtmäßige Earl of Bryanston war. Wenn nicht, dann stand ihnen eine weitere verdammt schwierige Suche bevor, da nun in sämtlichen Freudenhäusern in Southwark die Alarmglocken schrillten.

»Einer dieser Jungen ist mein Kind«, verkündete Pen fest und trat auf die Frau zu. »Einer von ihnen wurde von dem Mann zu Euch gebracht, der sich Lord Bryanston nennt. Welcher?« Sie fixierte die Alte mit einem Blick von so durchdringender Intensität, dass die Bordellwirtin zurückwich.

»Ich weiß nicht, wovon Ihr redet«, zeterte sie. »Das sind meine Kinder, und mit ihnen habt Ihr nichts zu schaffen.«

Sie blickte Pen finster an, doch flackerte eine gewisse Unsicherheit aus ihren zusammengekniffenen Augen. Rein äußerlich glich ihre Besucherin noch immer einer misshandelten Hure. Aber alles andere an ihr hatte sich völlig verändert. Aufgerichtet stand sie da; ihr Körper war angespannt wie der einer Bogenschützin vor dem Abschuss ihres Pfeils. Feuer loderte in den brauen Augen. Um ihren Mund lag ein verächtlicher Zug, ihr Kinn war entschlossen vorgeschoben. Gegenwärtig sah sie aus, als sei sie sogar zu einem Mord fähig.

Pen setzte die Kinder auf den fleckigen Schragentisch und wandte sich wieder der Frau zu. »Welcher?«, fragte sie in kaltem und fast unbeteiligtem Ton. »Mein Freund geht mit einem Messer sehr gut um. Sicher wollt Ihr nicht, das ich ihn um Hilfe bitte.«

Und sie scheint ohne diese gut zurechtzukommen, dachte

Owen anerkennend; trotzdem hielt er das Messer in der Hand hoch. Er wählte lieber Bestechung als Drohungen; doch hatte Pen den Kurs vorgegeben, und im Moment würde er ihr folgen.

Die Frau sah Owen über die Schulter an, und ihr Blick blieb an der Klinge hängen. »Weiß gar nicht, was Ihr da redet«, murmelte sie.

Der Chevalier verschob den Messergriff bedeutungsvoll. »Oh, ich glaube, das wisst Ihr sehr wohl, Mistress! Sagt uns, welches der Kinder vom Earl of Bryanston gebracht wurde.«

»Ich weiß nichts von einem Earl«, winselte sie zurückweichend, während ihr Blick an der Waffe hing. Von ihrer angeblichen Mutterschaft schien sie abzurücken. »Er nannte keinen Namen. Das tun die nie.«

»Dick, rotes Gesicht, böse kleine Augen«, warf Pen prompt ein.

Die Kinder hinter ihr begannen zu wimmern. Das Mädchen Nellie, das die Szene in der Küche fasziniert beobachtete, stand mit dem Baby auf dem Arm zur Flucht bereit in der Tür.

Die Alte wich noch einen Schritt zurück, auf eine wacklige Kommode zu, und griff hinter sich. Owen bewegte sich mit jener blitzartigen Geschwindigkeit, die Pen mittlerweile an ihm kannte. Die Frau kreischte auf, das schwere Küchenmesser, nach dem sie gegriffen hatte, fiel zu Boden. Owen drehte ihr den Arm auf den Rücken und hielt ihr sein Messer mit scheinbarer Gleichgültigkeit an die Kehle.

Das Gewimmer der Kinder steigerte sich zu lautem Geschrei, ein herzzerreißendes Geräusch, das die schmutzige Küche erfüllte.

Pen trat auf die reglos gewordene Vettel zu. Sie näherte ihr Gesicht jenem der Frau trotz deren abstoßendem Geruch und wiederholte langsam: »Dick. Rotes Gesicht. Kleine braune Augen. Kurz geschnittenes Maushaar. Sicher war er kostbar gekleidet und hatte ein Schwert bei sich. Wahrscheinlich roch er nach Alkohol. Also – welchen Jungen brachte er?«

Der Blick der Alten huschte zu den schreienden Kindern; mit seinem untrüglichen Gefühl für den richtigen Moment ließ Owen ihren Arm los und steckte sein Messer ein. Nun war der Zeitpunkt für das Zuckerbrot gekommen.

Erstaunt und entrüstet sah Pen ihn an; er aber nickte ihr kurz und beruhigend zu und wandte sich wieder an die Frau.

»Mistress, wir wollen nicht mehr von Messern reden«, schlug er freundlich vor. »Reden wir lieber von Geld. Ich nehme Euch das Kind ab und bezahle Euch das Dreifache dessen, was Ihr von Bryanston bekommt. Ihr könnt ihm sagen, dass das Kind an Fieber verstarb. Ich bezweifle, ob er es hier in Frage stellen wird.« Verächtlich schaute er sich in der Küche um.

Plötzlich trat Stille ein, sogar das Kindergeschrei reduzierte sich auf Schluckauf und ein gelegentliches Schluchzen.

Pen drehte sich zu den Kindern um und drückte sie trotz der rinnenden Nasen und schmutzigen nassen Gesichter an ihr Hurenkleid.

Owen streifte sie mit einem Blick, um in unverändert freundlichem Ton fortzufahren: »Mistress, wir wollen uns einigen!«

Erneut hob Pen die Kinder auf ihre Hüften und lehnte sich Halt suchend an den Schragentisch. Dabei ließ sie die Alte nicht aus den Augen und fixierte sie so eindringlich, dass die Frau wankend zu werden schien und den Blick unstet durch den Raum wandern ließ.

»Welcher?«, drängte Pen abermals.

Gemächlich zog Owen einen Lederbeutel aus der Tasche, der jenem ähnelte, den er Betsy Cosham überreicht hatte. Sofort fiel Pen ein, dass sie ihm bereits etliche Aufwendungen schuldete.

Der Blick der Frau blieb an dem Beutel hängen, den Owen in der Hand hielt. »Wie viel?«, fragte sie mit belegter Stimme.

»Fünf Guineas.«

Ihre Augen wurden schmal und förderten ein habgieriges, berechnendes Funkeln aus den flachen Tiefen zu Tage. »Der Lord zahlt zwei Guineas im Monat für den Unterhalt.«

»Unsinn!«, rief Pen unwillkürlich aus. »Das hätte seine Mutter nie zugelassen.« Lady Bryanstons Geiz kannte Pen bis zum Überdruss.

Owens Haltung änderte sich jäh. Alle Anzeichen von Umgänglichkeit verschwanden, seine Augen waren schwarze Steine in einer plötzlich unnachgiebigen Miene. »Mit zwei Guineas im Monat könnte man eine ganze Kinderschar durchfüttern«, erklärte er kalt. »Ihr aber scheint nicht einmal ein einziges Kind anständig aufziehen zu können. Ich zahle Euch fünf Guineas. Oder sollen wir zur anderen Methode greifen?«

Die Alte betrachtete die zwei Kinder in Pens Armen. Pen wartete mit angehaltenem Atem.

»Der Lord brachte den da.« Sie deutete auf den Jungen, der wieder am Daumen lutschte. »Er versprach mir zwei Guineas im Monat.« Sie drehte sich um und spuckte in die Sägespäne auf dem Boden. »Nicht mal die Hälfte hab' ich zu sehen gekriegt!«

»Jetzt bekommt Ihr fünf Guineas«, teilte Owen ihr mit und zog die Schnüre des Beutels auf. Er schüttelte fünf Goldstücke heraus und legte sie auf den Tisch.

Pen sah ihrem Kind, das, am Daumen lutschend, schläfrig ihrem Blick begegnete, in das schmutzige Gesichtchen. Seine Augen sind braun wie jene Philips, dachte sie. Sie erwartete eine Aufwallung mütterlicher Liebe, spürte jedoch nichts außer merkwürdiger Fremdheit. Ihre Suche war beendet. Sie hatte ihr Kind. Es lebte und würde sich von allem erholen. Trotzdem empfand sie keine Erleichterung, nur ein Gefühl der Abwesenheit – irgendetwas fehlte.

Sie sah Owen an. Er kam ihr so ruhig vor, fast gleichgültig … Gleichgültig in diesem wundersamen Moment, in dem sie ihr Kind zum ersten Mal im Arm hielt. Der Chevalier hatte sein Versprechen gehalten. Bedeutete es ihm nichts mehr? Aber natürlich gab es in seinem Leben keinen Platz für Kinder, nicht einmal für die eigenen.

Da nun das Ende abzusehen war, trat Robins Geschichte wieder in den Vordergrund, die sie in der Hektik der Nacht verdrängte hatte. Pen sah nun Owen, ihren Geliebten, mit den Augen einer Fremden. Sie kannte diesen Mann nicht, hatte ihn nie gekannt. Er war eine Person, mit der sie ein inzwischen erfülltes Abkommen verband. Jetzt schien er nur ein Fremder, dem sie Geld schuldete.

Ihr Blick fiel auf das zweite Kind, das sie trug und das sich schniefend an ihre Brust drückte. »Bezahl auch für diesen Kleinen«, sagte sie tonlos.

Owen stockte der Atem. »Ich soll *was?*«

Kämpferisch hielt sie seinem Blick stand. »Anders als du kann ich ein Kind nicht im Stich lassen, Owen.«

Sie hatte es nicht sagen wollen, doch waren ihr die Worte unwillkürlich entschlüpft. Sofort bereute sie es. Am Beginn dieser Nacht hatte sie sich vorgehalten, dass Owens Vergangenheit, die Vergangenheit des Spitzels, sie nichts anging, nichts bedeutete. Sobald sie ihr Kind hatte, war alles erledigt. Sie brauchte ihn niemals mit ihrem Wissen zu konfrontieren, brauchte ihrem Abscheu, der nun mit voller Kraft in ihr aufwallte, nie Ausdruck zu verleihen. Still würden sie sich trennen und dem ein Ende setzen, was nur eine kurze Idylle hatte sein können – ehe der Spitzel seinen Beruf anderweitig ausübte.

In ihre Liebe hatte sich unleugbar Lust gemischt; doch hatte sie immer akzeptiert, dass es eine Liebe ohne Zukunft war und ihr davon einzig die Erinnerung an Lust und Befriedigung bleiben würde. Nur das. Nicht mehr. Doch auf einmal wurde ihr klar, dass sie einer Selbsttäuschung erlegen war. Es bedeutete sehr wohl etwas. Ihre Erinnerung würde auf ewig durch das Wissen von jenem Teil seiner Vergangenheit befleckt sein. Außerdem wollte sie verstehen, warum er sich so verhalten hatte.

Owen starrte sie lange an. In seinen Augen stand eine Frage. Dann wurde sein Blick hart und sein Mund schmal.

*Wer hatte es ihr verraten?*

»Bezahl ihr, was sie für das Kind will«, forderte Pen, die diese Verhandlungen schleunigst beenden wollte. Was sich nun zwischen ihr und Owen abspielte, konnte nicht hier stattfinden.

»Und die anderen?« Sein Ton und Blick blieben hart.

»Die haben immerhin eine Mutter«, flüsterte Pen heiser. »Aber diesen hier lasse ich nicht da.«

Die Alte blickte scharf und gierig von einem zum anderen. »Zwölf Guineas für beide!« Sie verlegte sich aufs Jammern. »Wenn jemand sie holen will, gibt es Ärger.«

»Bezahl sie! Ich werde doch nicht um das Leben eines Kindes feilschen«, fuhr Pen ihn an. Sie drehte sich um, zwängte sich durch die Küchentür und hastete hinaus auf die Straße, die Kinder an sich drückend.

Draußen nahm sie ihren Umhang ab und hüllte beide darin ein. Es fiel ihr schwer, sie so eingewickelt zu tragen; doch schwang sie sie auf die Schulter und marschierte, ohne auf Owen zu warten, die Gasse Richtung Ufer hinunter.

Owen warf Geld auf den Tisch, und als er an dem Mädchen mit dem Baby vorüberging, drückte er ihr ein Six-Pence-Stück in die klauenartige Hand. Mehr konnte er nicht tun.

Es war ausgeschlossen, alle halb verhungerten Kinder aus ihrem elenden Leben auf den Straßen Londons zu erretten. Das schien auch Pen einzusehen.

Draußen fand er die Gasse verlassen vor. Mit einem gedämpften Fluch wandte er sich dem schwachen Licht des Ufers zu.

*Wer hatte es ihr gesagt? Wer hatte ihr diese verzerrte Version der Wahrheit aufgetischt?*

Natürlich konnte sie nicht die Wahrheit gehört haben, da nur er und seine Mutter sie kannten. Wenn sich jemand jetzt noch des Skandals entsann, tat er ihn achselzuckend ab. Estelle war gestorben; er selbst ließ sich am französischen Hof nicht mehr blicken. Jemand musste seine diebische Freude daran haben, die Vergangenheit wieder auszugraben! Warum?

Er holte sie rasch ein, da ihre Last sie behinderte. Sie war klatschnass, das Kleid klebte ihr am Leib. Ihr Haar, das nun nicht mehr von der Kapuze geschützt wurde, hatte sich aus den Nadeln gelöst und fiel ihr in Strähnen über den Rücken.

Unverzüglich hakte er seinen Umhang auf und schwang ihn ihr um die Schultern. »Zu spät … du bist schon völlig durchnässt«, murmelte er. »Gib mir die Kinder.« Der Chevalier nahm sie ihr ab, ehe sie protestieren konnte, und lief mit ihnen durch den Regen an den Kai, wo noch immer die Barke des Gesandten lag.

Pen musste rennen, um mit ihm Schritt zu halten, und sprang hinter ihm an Deck. Die Laterne aus der Kabine spendete einen schmalen Lichtstreifen.

Owen duckte sich mit seiner Last in die Kabine, und Pen, die in ihrer Hast strauchelte, wäre hinter ihm fast gestürzt. Die Glutpfanne brannte hell. Ihre Wärme und das Licht der Laterne schufen einen Ort, der wie eine kleine Zauberhöhle wirkte.

Nun stellte er die Kinder auf den Boden. Dann drehte er sich zu Pen um, die zitternd vor den Jungen kniete und sie auswickelte.

Aus einem Schrank kramte er einen Stapel Tücher und zwei Decken hervor. »Hier!« Er warf sie ihr zu. Seine Stimme war knapp, seine Bewegungen schroff. »Trockne sie zuerst ab, dann zieh dich selbst um.«

Owen frottierte sein Haar, ehe er das nasse handgewebte Wams auszog, das er unter dem Umhang getragen hatte. Auch sein Hemd landete auf dem Boden, als er sich, über die wärmende Kohlepfanne gebeugt, trockenrieb.

Pen nahm ihn kaum wahr, als sie die Kinder von ihren Hemdchen befreite und ihre dünnen, abgemagerten Körper sah, an denen wenigstens keine Spuren von Misshandlungen zu entdecken waren. Sie hüllte jeden in eine dicke Decke und setzte sie auf die mit Samt bezogene Bank an der Schiffswand.

»Ich wünschte, wir hätten etwas zum Essen dabei, Milch … irgendetwas, das man ihnen geben könnte.«

»Im Schrank sind Brot und Käse, Milch und Ale«, zählte er mit einer entsprechenden Kopfbewegung auf. »Aber zuvor trockne dich ab. Mit einer Lungenentzündung wirst du den beiden nicht helfen.«

Das stimmte – Pen streifte rasch ihre nassen Sachen ab und hüllte sich in ein Handtuch. Sie hatte keinen Gedanken an die kindlichen Bedürfnisse verschwendet, Owen aber schon. Ihre Verwirrung wuchs über den Punkt hinaus, an dem sie hätte anfangen können, den Knoten zu entwirren.

Die Kinder saßen mucksmäuschenstill und ernst Seite an Seite da. Sie sahen stumpf und abweisend aus – irgendwie resigniert –, als seien fremde Gesichter und plötzliche Ortswechsel in tiefer Nacht in ihrem kurzem Leben nicht ungewöhnlich.

»Hier.« Owen reichte Pen eine Flasche Branntwein. Sie trank mutig und verschluckte sich, als die feurige Flüssigkeit ihr durch die Kehle rann; langsam aber stetig stieg Wärme in ihr auf, und ihr Zittern ließ nach.

Sie machte sich daran, wieder die Sachen anzuziehen, die sie vor ihrem Abenteuer getragen hatte, herrlich warme und trockene Kleidung. Nun erst fiel ihr auf, dass auch Owen sich umgezogen hatte und dunkle Wollbreeches, ein Leinenhemd sowie ein schlichtes Wams trug.

Er half ihr mit den Schnüren des Mieders, sozusagen geschäftsmäßig, ohne zu fragen, ob sie Hilfe brauchte; als sie ihre Ärmel zuknöpfte, holte er Brot und Käse aus dem Schrank. Mit einem Messer schnitt er Scheiben ab und reichte sie den Kindern auf der Bank.

Verwundert und mit großen Augen starrten sie auf die Gaben, sahen erst Owen, dann Pen an, als erwarteten sie, diese Köstlichkeiten würden ihnen so rasch wieder weggeschnappt, wie sie aufgetaucht waren.

»Esst«, forderte Pen sie leise auf. Sie kam zu ihnen und kniete lächelnd nieder. »Esst. Habt ihr keinen Hunger?«

Beide nickten eifrig und stopften gleichzeitig Brot und Käse in ihre Münder.

»Sie haben noch kein Wort gesagt«, bemerkte Pen. »Ob sie sprechen können?«

»Keine Ahnung! Wahrscheinlich wurde nicht viel mit ihnen geredet«, gab Owen zurück.

Pen zuckte unter der kalten Gleichgültigkeit seines Tones zusammen. Die Abrechnung stand noch bevor. Aber nicht jetzt. Nicht mit zwei frierenden, hungrigen, verstörten Kindern.

Unverändert kühl fuhr Owen fort: »Was willst du mit ihnen jetzt anfangen? Die Barke des Gesandten kann nicht ewig hier liegen bleiben.«

Sie hatte sich nicht überlegt, was geschehen sollte, wenn sie ihr Kind gefunden hatte. Nun kam ihr der Gedanke, dass sie ihren Sohn zu ihrer Mutter bringen musste ... zu seinen Großeltern. Guinevere und Hugh würden ihn behüten. Aber wie sollte sie ihn ... sie ... allein und mitten in der Nacht zu ihnen schaffen? Und selbst musste sie am Morgen wieder in Greenwich sein; schließlich hatte sie Mary versprochen, ihr bei der Flucht aus dem Palast zu helfen, der ihr zum Kerker geworden war.

Diese Flucht stellte nun für Pen ein dringendes persönliches Anliegen dar. Marys Unterstützung konnte den Ausschlag geben, wenn es darum ging, die Identität ihres Sohnes zu bestätigen. Als Erbin eines Thrones, den ein todkranker König innehatte, würde es bald in Marys Macht stehen, Philips Sohn als rechtmäßigen Earl anzuerkennen. Aber solange Northumberland sie praktisch gefangen hielt, hatte sie weder Macht noch Einfluss. Sobald sie ihre Freiheit erlangt hatte, erhielt sie die Unterstützung des Volkes, das Mary treu ergeben war und sich machtvoll um sie scharen und Northumberlands Intrigen zunichte machen würde.

*Aber zuerst muss sie wieder Herrin ihrer selbst sein, und dazu war Owens Hilfe nötig.*

Pen wandte sie wieder den Kindern zu und bot ihnen Milch an; ihr Gesicht entzog sie Owens kritischer Musterung.

Konnte sie noch einmal die Hilfe des Spitzels in Anspruch nehmen – trotz allem, was sie von ihm wusste, und trotz der Kluft, die sich zwischen ihnen aufgetan hatte? Doch wenn seine Regierung ein wahres Interesse daran hatte, Marys Thronanspruch zu stützen, würde er ihr gewiss trotz aller Differenzen beistehen.

Owen lehnte sich an den Tisch in der Mitte der Kabine und kreuzte die Beine an den Knöcheln. »Die Ruderknechte warten auf meine Anweisungen. Fahren wir nach Greenwich zurück?«, fragte er mit einem Anflug von Ungeduld.

»Ja … das müssen wir«, meinte Pen. »Ich wüsste nicht, was ich sonst tun sollte. Die Kinder möchte ich zu meiner Mutter nach Holborn bringen – kann es aber erst tun, wenn ich die Flucht der Prinzessin aus Greenwich bewerkstelligt habe.«

Sie stellte die Milch hin und drehte sich zu ihm um, während sie sich langsam erhob. »Du weißt so gut wie ich, dass Northumberland sie praktisch als Gefangene hält. Da er ihren Bruder gegen sie aufhetzt, lebt sie in ständiger Angst vor dem Tower. Northumberland könnte es jeden Tag gelingen, den König zu einem Prozess gegen sie zu überreden. Ist sie aber außerhalb seiner Reichweite, wird es nicht mehr so einfach sein. Ich brauche deine Hilfe, um ihr die Freiheit zu verschaffen. Dann, als Thronerbin und nach Edwards Tod, der bald eintreten wird, steht es in ihrer Macht als Königin, Philips Sohn das rechtmäßige Erbe zuzusprechen.«

Mit hängenden Armen stand sie vor ihm, ohne ihn aus den Augen zu lassen. Als er nichts sagte, sprach sie fest und entschlossen in sein Schweigen hinein: »Wenn deine Regierung wirklich Marys Sache befürwortet, wirst du mir helfen.«

Dies schleuderte Pen ihm wie eine Herausforderung entgegen. Würde er nun in Abrede stellen, dass es im Interesse Frankreichs lag, der Prinzessin beizustehen? Würde er ihr jetzt eröffnen, dass er sie die ganze Zeit über belogen hatte?

Sie fühlte sich bleischwer und entmutigt wie nie zuvor. Auch als sie zum Bett und ihrem Kind blickte, wurde ihr nicht leichter ums Herz. Von diesem Menschen wusste sie leider so wenig. Gewiss, sie kannte seinen Körper; doch der Mann selbst und was ihn bewegte, war ihr fremd.

Owen ging auf die Herausforderung nicht ein. »Mit Kindern behaftet, kannst du nichts unternehmen«, erklärte er.

»Ich bringe dich nach Greenwich und die Kinder zu deiner Mutter. Anschließend besprechen wir Marys Situation.«

»Nein!«, rief Pen unwillkürlich aus. »Du wirst die Kinder nicht mitnehmen!« Wie konnte sie ihm, der seine eigenen Kinder verleugnete, diese beiden hilflosen Wesen anvertrauen?

»Und warum nicht?« Sein Ton war pures Eis, seine Miene wirkte beängstigend auf sie.

Hastig sagte sie: »Wie soll ich meinen Sohn aus den Augen lassen, wenn ich ihn eben erst fand?« In seinem Blick las sie, dass er ihr nicht glaubte. Selbstverständlich wusste er, was hinter ihrer impulsiven Zurückweisung steckte.

Owens Mund verzerrte sich, seine Augen waren dunkel und abweisend. Er drehte sich um und rief den Ruderleuten zu: »Greenwich!«

»Sehr wohl, Mylord!« Es folgte hektische Aktivität, die Barke nahm Kurs auf die Flussmitte.

Erneut lehnte Owen sich an den Tisch. »Nun?« Das einzelne Wort fiel wie ein Stein in die bedrückende Stille.

Er forderte eine Erklärung, und Pen fand keine Worte, um ihn mit einer so schwer wiegenden Anklage zu konfrontieren.

Sie wandte sich wieder zu den Kindern um. »Ich glaube, du weißt es.« Ihr Ton war leise, als sie die Jungen hinlegte und sie zudeckte. »Deine Frau … deine Kinder …?«

»Das geht dich nichts an«, erklärte er, und aus seinem Ton sprach eine Andeutung von Verachtung, die sie erstaunte: Was nahm sie sich mit dieser Beschuldigung eigentlich heraus? Er stritt nichts ab und verteidigte sich auch nicht. Diese Geschichte aus seiner Vergangenheit hatte sie nicht aufspüren wollen; doch musste sie in gewissen Kreisen bekannt sein, sonst hätte Robin nicht darauf stoßen können.

»Nein«, pflichtete sie ihm mit einem willkommenen Aufflammen von Zorn bei. »Natürlich haben sie nichts mit dir und mir zu tun!« In ihrem Ton schwang Sarkasmus mit. »Wie kann deine Vergangenheit etwas mit deiner Gegenwart zu tun haben? Aber ich verstehe jetzt vieles.«

*»Du?«,* fragte er mit beleidigender Ungläubigkeit. *»Du?* Du verstehst nichts ... *gar nichts!*« Er griff nach seinem nassen Umhang und verschwand.

Pen setzte sich auf die Bank den Kindern gegenüber. Sie schienen zu schlafen. *Was verstand sie nicht?*

Niemals würde Robin sich so eine Geschichte aus den Fingern saugen; gewiss verfügte er über verlässliche Quellen. Und alles passte zu gut zusammen. All die kleinen Rätsel und großen Geheimnisse erklärten eine solche Tragödie. Und auch das Schuldbewusstsein und die Reue der ganzen Welt konnten eine solche Tragödie nicht ungeschehen machen.

Sie erhob sich und betrachtete ihren Sohn. Er war von seinem Gefährten leicht zu unterscheiden, dessen Haar, soweit sie es bei dem Schmutz beurteilen konnte, karottenrot sein musste. Pen beugte sich über das Kind, sog es förmlich in sich ein, wartete auf den Augenblick des Erkennens, den Moment absoluter Sicherheit, auf die Flut der Liebe, die keine Grenzen kennt.

Schließlich wandte sie sich ab, noch immer unbefriedigt von ihrer Reaktion. Mit dem Umhang über den Schultern ging sie an Deck. Owen stand am Heck, den Blick auf die flackernden Lichter der zurückbleibenden Stadt gerichtet.

*Was verstand sie nicht?*

Sie musste es wissen. Immerhin ... hatte sie ihn geliebt. Auch wenn es für sie keine Zukunft gab, wollte sie es dennoch verstehen.

Es erforderte Mut, sich ihm zu nähern, so abweisend wirkte er.

»Warum also?«, fragte sie und blieb hinter ihm stehen. »Wie kam es dazu?«

Er drehte sich nicht um, und seine Stimme war eisenhart und scharf wie ein Rapier. »Du weißt *nichts* von meiner Welt. Wie kannst du dir ein Urteil anmaßen! Geh hinein.«

Sie hörte den großen Schmerz und wusste, dass sie einen deutlichen Fehler begangen hatte. Ach herrjemine, wie sollte sie ihn wieder gutmachen? Wenn er sich doch weigerte, mit ihr zu sprechen? Und wie sollte sie ihn verstehen, wenn er ihr nichts erklären wollte?

Niedergeschmettert schlich sie zurück in die Kabine zu den schlummernden Kindern und setzte sich auf die Bank, die Hände im Schoß gefaltet. So wartete sie, bis die Barke gegen das Dock in Greenwich stieß und der Himmel sich mit der Verheißung von Morgenlicht färbte.

Mit einem plötzlichen Ruck erwachte Robin, vom leisen Stundenschlag der Messinguhr auf dem Kaminsims aus seinem unruhigen Dösen gerissen. Er schaute auf die Uhr. Es hatte fünf geschlagen.

Von Pen fehlte noch immer jede Spur. Irgendwann während der langen Nachtstunden war ihm ein Motiv für Northumberlands Bestreben, seinen Sohn mit Jane Grey zu vermählen, eingefallen. Es war ein kühner, an Hochverrat grenzender Plan, der jedoch Northumberlands überbordendem Ehrgeiz und den Winkelzügen seines scharfen Verstandes entsprach.

Ohne Mitwirkung des Königs ließe er sich allerdings nicht verwirklichen; aber Northumberlands Einfluss auf den kranken und schwachen Edward war unbegrenzt. Das bedeutete, dass Mary und ihre Halbschwester Elizabeth sowie alle, die sich zu ihren Freunden zählten, in großer Gefahr schwebten.

Robin kam steif auf die Beine und streckte sich verkrampft und fröstelnd. Er trat ans Fenster und blickte hinaus in die graue Dämmerung. Northumberland nahm sicher an, dass die Franzosen den Plänen des Kronrates nur geringe Beachtung schenken würden, wenn man sie mit dem Versprechen einer ehelichen Verbindung Marys mit dem Duc d'Orleans ablenkte.

Hatte der Herzog einmal sein Ziel erreicht, konnten die Franzosen noch so laut Klage führen und mit Vergeltung drohen. Selbst den vereinten französischen und spanischen Heeren würde es nicht gelingen, Jane zu entthronen, wenn diese gekrönt war – und die zwei Prinzessinnen sicher hinter Schloss und Riegel saßen. Bis dahin musste er zweifellos unter größter Geheimhaltung agieren.

Durch ihre Nähe zu Mary war auch Pen gefährdet, ob sie sich den Forderungen des Herzogs widersetzte oder nicht.

Heute Morgen musste sie nach Greenwich zurückkehren. Gelang es ihm, sie rechtzeitig abzufangen, konnte er sie in einer Barke nach Holborn bringen, ehe sie einen Fuß in den Palast setzte. Aber zuerst galt es festzustellen, wohin sie verschwunden war.

Kurz darauf lief Robin hinaus und schwang den Mantel um sich. Ein paar Domestiken bedachten ihn mit gleichgültigen Blicken, als er an ihnen vorübereilte. Er übersprang den Scheuerlappen eines stämmigen Burschen, der den Marmorboden der großen Halle wischte, und erreichte durch eine Seitentür den mit roten Backsteinen belegten Weg zum Fluss – jenen Weg, auf dem einer der Diener Pen letzte Nacht erspäht hatte. Die Männer, die die Pechfackeln der Beleuchtung löschten, schenkten dem Höfling, der es in aller Herrgottsfrühe schon so eilig hatte, kaum Beachtung.

Der Regen hatte aufgehört, nur von den Eiben tropfte es noch immer melancholisch, und der Weg unter Robins Füßen war glitschig. Der Fluss erstreckte sich als ölig glattes Band vor ihm.

Um diese tote Zeit, wenn der Nachtverkehr vorüber war

und die Tagesarbeit noch nicht begonnen hatte, lag der Kai verlassen da. Weit draußen auf dem Wasser tanzten ein paar Kähne, verschwommene Umrisse in der weichenden Dunkelheit, die auf die ersten Morgenpassagiere warteten.

Am Dock lag die Barke des französischen Gesandten. Robin blieb hinter einem Busch stehen – vor der Barke momentan gut versteckt, während er ungehinderte Sicht darauf hatte.

Pen betrat das Dock. Sie hielt etwas in den Armen. Auch Owen d'Arcy, der hinter ihr ging, trug ein Bündel.

Rasch trat Robin aus der Deckung. »Pen?«

# 20

Pen fühlte sich unangenehm überrascht, als ihr Stiefbruder vom Kai her auf sie zulief. Was, um alles auf der Welt, machte er hier so zeitig? Sie warf Owen, der den kleinen Rotschopf trug, über die Schulter einen unsicheren Blick zu. Der Chevalier kniff die Augen zusammen, um seinen Mund erschien ein harter Zug.

Als spürte es ihre Anspannung, erwachte das Kind in ihren Armen und fing zu weinen an, verwirrte kleine Schluchzer zwischen krampfhaften Atemzügen.

Owen starrte Robin of Beaucaire an. Mit der Erkenntnis, dass hier die Giftquelle lag, baute sich kalte Wut in ihm auf. Er hatte von Pens Bruder Schwierigkeiten erwartet, aber viel früher und nicht so bösartige.

*Und Pen hatte die ganze fürchterliche Geschichte fraglos geschluckt. Nicht ein Quäntchen Vertrauen in ihn hatte sie aufgebracht.*

Pen spürte, dass Owens kalter Blick sie durchdrang wie

ein Eisstrahl. Sie zögerte und tröstete das wimmernde Bündel, ratlos, was sie sagen oder tun sollte angesichts des unerwarteten Robins.

Da traf sie ganz plötzlich die erste Woge überschwänglichen Jubels.

*Sie hielt ihr Kind in Armen.*

Und es war eine glückliche Fügung, dass Robin als Erster ihrer Familie ihren Sohn sehen sollte. Sie und Robin waren verbundener miteinander als Geschwister; Pen wünschte von Herzen, dass er das Kind jetzt anfasste, ihm zulächelte und ihm Segen und familiäre Anerkennung spendete. Dann erst würde für sie alles zur Realität werden, und sie würde wissen, dass der ganze Albtraum ausgestanden war.

Sie lief ihm entgegen. »Robin, Robin … ich habe meinen Sohn. Ich habe mein Kind gefunden!« Atemlos blieb sie vor ihm stehen, den kleinen Jungen an sich drückend.

»Sieh doch … sieh … Philips Sohn! Das sind Philips Augen.« Sie wusste gar nicht, wann sie sich darauf festgelegt hatte, dass die braunen Augen des Kindes die seines Vaters waren; nun aber erschien es ihr als selbstverständlich.

Verblüfft starrte Robin sie an, dann warf er einen fassungslosen Blick auf das Häufchen Elend in ihren Armen.

»Pen … Pen … liebste Pen!« Er streckte die Arme nach ihr aus, um sie an sich zu ziehen. »Was soll das, Pen? Wovon redest du da? Wer ist dieses Kind?«

Pen entzog sich ihm, das Leuchten in ihren Augen erlosch. »Ich sagte es eben. Das ist mein Sohn, den ich gefunden habe. Glaubst du mir nicht?«

Zunächst fehlten Robin die Worte. Als Erstes dachte er, Pen habe den Verstand verloren und nur einer könnte an diesem verzweifelten Irrtum schuld sein.

Als er sich rasch zu Owen d'Arcy umdrehte, griff er unwillkürlich nach seinem Schwert.

»Begreift Ihr nicht, was Ihr meiner Schwester angetan habt?«, zischte Robin mit reglosem Schwertarm und zornig funkelnden blauen Augen. »Wie konntet Ihr dies zulassen? Warum habt Ihr sie in ihrem Wahn bestärkt?«

*»Robin!«*, rief Pen aus, als sie es silbern aufblitzen sah.

»Seid kein Narr«, wies Owen ihn kalt zurecht. Er stellte das Kind ab, das er getragen hatte; der Junge drängte sich sofort an Pens Röcke und umfasste ihre Knie.

»Robin, ja, es klingt unglaublich«, beschwor Pen ihn. »Aber das ist mein Kind. Owen half mir bei der Suche!«

Nun wandte ihr Stiefbruder sich zu ihr um, seine Schwertspitze aber blieb auf Owen gerichtet. »Pen, wie kannst du diesem Menschen trauen, nach allem, was ich dir sagte … nach allem, was du jetzt von ihm weißt? Warum sollte er dir helfen? Ein Mann, der seine Kinder entrechtete und verstieß, ein Mann …«

Ein heftiger Schmerz in seinem Arm ließ ihn verstummen. Ein starker Schlag gegen die Klinge hatte ihm die Hand verdreht, seine Waffe landete auf dem Boden. Owen d'Arcy stand reglos da, seine schwarzen Augen waren wie Nadelstiche, in seiner Hand das Rapier, dessen Spitze leicht den Boden berührte.

Robin umfasste, von der Wucht des Schlages, der ihn entwaffnet hatte, wie betäubt, sein Handgelenk.

»Allmächtiger!«, kam es Pen über die Lippen. Sie spürte das Zittern der zwei Kinder in der von Gewalt erfüllten Atmosphäre. »Aufhören! Sofort!«

Owen steckte sein Rapier ein und trat mit Absicht einen Schritt zurück. Nach einer spottgeladenen Verbeugung vor Pen und dann vor Robin machte er auf dem Absatz kehrt.

»Nein … nein, Owen!«, schrie Pen und stolperte ihm nach, da ihre Schritte von dem Kind behindert wurden, das sich noch immer an ihre Röcke klammerte. Hatte er vergessen, dass sie nach wie vor auf seine Hilfe angewiesen war? Das Ziel lag noch zur Hälfte vor ihr.

Mit einem Fuß bereits auf der Barke, blieb Owen stehen. Als er sich langsam zu ihr umdrehte, glomm ein Funken Hoffnung in seinen Augen auf.

Pen sah ihn nicht. »Owen ... Owen, wir müssen Mary bei der Flucht helfen. Bitte lass mich nicht im Stich ... meinem Sohn zuliebe!« Sie machte vor ihm Halt, einen Arm um das Kind an ihrem Knie, den anderen um ihren Sohn auf der Hüfte.

Die Hoffnung erlosch. Er sagte nichts.

Robin, der noch immer sein Gelenk umfasst hielt, erwachte aus seiner Trance. Wieder wanderte sein Blick auf das Kind in Pens Armen.

*War es möglich, dass sie sich alle geirrt hatten?*

Er trat einen Schritt auf Pen zu, verzweifelt um die richtigen Worte inmitten der Fragen ringend, die auf ihn einstürmten – sie aber ignorierte ihn. Jetzt hatte sie nur noch Augen für Owen.

»Owen ...bitte!«, flehte Pen. Nichts anderes war von Bedeutung. In diesem Moment lag ihr einzig und allein daran, sich Owens Mithilfe zu versichern. Kein anderer konnte das übernehmen. Sie hatte ihr Kind. Und jetzt musste sie dafür sorgen, dass es endgültig in Sicherheit gelangte.

Mit sturer Entschlossenheit fuhr sie fort: »Das hat nichts mit dem zu tun, was einen Keil zwischen uns getrieben hat. Ich kann es nicht verstehen, wenn du es nicht erklärst ... aber jetzt ist ohnehin keine Zeit.«

Sie hielt einen Herzschlag lang inne, wartete auf etwas – darauf, dass seine Miene sich milderte, doch es geschah nichts. Kein Angebot, etwaige Missverständnisse auszuräumen, keine Andeutung von Gefühl in seinem harten Blick. Gar nichts.

Wieder verdrängte sie alles bis auf ihr gegenwärtiges Ziel. »Ich bitte dich nicht, dies nur für mich zu tun, Owen. Auch Marys Befreiung dürfte beiden Seiten dieses Paktes nützen!«

Schließlich fand Robin seine Sprache wieder. »Welcher Pakt?«, fragte er, ohne den Blick von dem Kind auf Pens Arm zu wenden.

Pen drehte sich zu ihm um. »Der Chevalier und ich trafen ein Abkommen. Ich sollte für ihn Mary aushorchen, und als Gegenleistung wollte er mit mir zusammen nach meinem Sohn suchen.«

Als sie Robins entsetzte Miene sah, trat ein entschlossener Zug auf ihre Lippen. »Ich glaube, du hast kein Recht, den ersten Stein zu werfen!«

»Und du stiehlst mir meine Zeit«, schnaubte Owen und drehte sich voller Ungeduld zur Barke um. »Deine Familienzwistigkeiten interessieren mich nicht.«

»Nein, warte!«, forderte Pen ihn auf, von Verzweiflung erfasst, als sie merkte, wie dünn das Band zwischen ihr und Owen geworden war. »Das ist keine Familienangelegenheit. Northumberland zu bezwingen, liegt in unser aller Interesse.«

Der arme Robin schien in einen Strudel geraten zu sein, der ihn von einem Drama ins nächste beförderte. »Zum Donnerwetter, Pen!«, stieß er hervor. »Deswegen warte ich hier auf dich. Ich muss mit dir allein sprechen. Über Northumberland.« Er legte eine Hand auf ihren Arm und schüttelte ihn leicht. Das Kind, das sie festhielt, wimmerte, und Robin ließ die Hand sofort sinken.

»Pen ... bitte! Wir müssen reden.«

»Wenn es um Northumberland geht, wäre es vielleicht angebracht, wenn man mich in das Geheimnis einweihen würde«, bemerkte Owen, zum Himmel blickend. Es regnete nicht mehr, die Wolken lockerten sich.

Robin atmete scharf aus. Er schüttelte verneinend den Kopf und sagte dann: »Pen?«

Sie fixierte Owen. »Wirst du mir helfen … trotz allem, was zwischen uns steht? Wirst du dies als Letztes für mich tun?«

»Und was steht zwischen uns, Pen?«, fragte er mit spöttischem Aufblitzen seiner Augen.

Es zerriss ihr das Herz. »Das Ende, glaube ich«, hauchte sie.

Owen nickte nur. Wieder blickte er zum dämmrigen Himmel empor. Seine Züge wirkten hart und scharf in der grauen Dämmerung; doch als er sich wieder zu ihnen umdrehte, sah Pen in seinem Blick die kühle Konzentration des Agenten, der einen Fall abwägt.

»Gehen wir an Bord. Bald wird es hier sehr belebt sein, und man wird uns erkennen.«

Im Nu bückte sich Robin nach seinem Schwert und steckte es mit einem Ruck in die Scheide. Er und Pen folgten dem Chevalier auf die Barke. Pen noch immer von dem Kind, das sich an ihre Knie drückte, und dem anderen in ihren Armen behindert. Sie konnte keines von beiden aufgeben. Und nach ihren Klammergriffen zu schließen, waren die Bürschlein auch keineswegs gewillt, sie loszulassen.

»Nun, was ist so dringend, dass Ihr Pen im Morgengrauen sprechen müsst?«, fragte Owen ohne Einleitung und lehnte sich wie zuvor an die Tischkante, die Beine ausgestreckt, die Knöchel gekreuzt. Seine Haltung deutete eine gewisse Gleichgültigkeit an, von der sein durchdringender, dunkler Blick jedoch nichts verriet.

»Northumberland verlangt, dass sie falsche Informationen an …«, Robin zögerte und schluckte, ehe er fortfahren konnte, »… an Euch … an ihren Geliebten weitergibt. Weigert sie sich, droht ihr eine Anklage wegen Hochverrats. Sie muss hier fort, muss sofort in Sicherheit gebracht werden.«

Robin sah erst Pen und dann die Kinder an. Was sollte man mit ihnen machen? *Wie sollte er im Moment klar denken?*

»Dieser eklige, schleimige Heuchler!«, rief Pen aus. »Ich fürchte Northumberland nicht.«

»Das solltest du aber«, grollte Owen. »Und was besagt diese Information?« Er lachte kurz auf. »Ihr könnt sie ruhig weitergeben, da sie ohnehin für meine Ohren bestimmt ist.«

Augenblicklich fand Robin sich damit ab, dass er im Begriff stand, mit einem Spitzel der französischen Krone gemeinsame Sache zu machen; doch fühlte er sich an Northumberland, der Pen bedrohte und dessen Ehrgeiz die Stabilität des Königreiches gefährdete, nicht mehr gebunden. Ihm blieb nichts anderes übrig, als seine Dienste einem Mann anzubieten, der Pen bereits in die intrigenreichen Machenschaften rivalisierender Geheimdienste verstrickt hatte.

Deshalb teilte er Owen d'Arcy mit, was die Franzosen auf Northumberlands Wunsch erfahren sollten.

Wieder lachte Owen freudlos auf. »Der Mann muss uns für Dummköpfe halten. Das alles ist nur Verzögerungstaktik … aber warum?«

»Ich glaube es zu wissen …« In aller Offenheit legte Robin seine Vermutungen dar.

»Krönt man Jane zur Königin, wird Northumberlands Sohn König, und sein Vater rückt zum eigentlichen Herrscher Englands auf«, schloss Robin. »Er benötigt jedoch die Zustimmung des Kronrates, auch wenn der König persönlich die Thronfolge ändert. Und er muss seine Pläne geheim halten, bis er sie als *fait accompli* enthüllen kann. Während also die Franzosen eifrig Marys Heirat mit einem ihrer Landsleute planen und die Spanier sich wegen einer möglichen Allianz Frankreichs mit England Sorgen machen, kann Northumberland in aller Ruhe seine Herrschaft vorbereiten.«

Owen nickte und bemerkte trocken: »Raffiniert gefolgert. Meinen Glückwunsch, Beaucaire!«

Robin schnitt eine Grimasse, als sei Owen d'Arcy der Allerletzte, von dem er ein solches Kompliment hören wollte.

»Die Gefahr für Mary ist also noch größer«, fasste Pen zusammen, die sich auf die Bank setzte, die Kinder neben sich legte und ihre Köpfe auf ihren Schoß bettete. Dieses Gerede und all die Ränke weckten ihre Ungeduld. Sie konnte es kaum erwarten, mit den Jungen allein zu sein, um Bekanntschaft mit ihrem Sohn zu schließen.

»Der Herzog wird Mary aus dem Weg schaffen müssen«, ergänzte sie, ohne die zwei Köpfe in ihrem Schoß aus den Augen zu lassen.

»Auch Elizabeth ist ihm im Weg«, fügte Robin hinzu. »Und du, Pen, schwebst ebenso in Gefahr wie alle aus Marys unmittelbarer Umgebung – schon gar, wenn du für Northumberland keine Spitzeldienste leisten willst. Jetzt darfst du nicht wieder zurück in den Palast.«

Mittlerweile hatte Owen alle Emotionen verdrängt, eine im Laufe der Jahre perfektionierte Methode. Sein Verstand arbeitete unberührt von allem, einzig auf die vorliegende Aufgabe konzentriert. »Sie hat keine Wahl«, brachte er energisch vor. »Wenn wir die Prinzessin befreien wollen, muss Pen sich benehmen wie immer. Und Ihr, Beaucaire, müsst dem Herzog sogar weismachen, Eure Schwester würde auf sein Ansinnen eingehen. Damit wird Zeit gewonnen.«

Er wandte sich an Pen. »Wenn er dich fragt, wirst du Northumberland antworten, du würdest alles tun, um ihm und deinem Land zu dienen. Hast du verstanden?«

Pen nickte. »Und was ist mit Mary?«

»Wir werden die Sache in zwei Schritten anpacken.« Er schlug mit einer Hand in die Fläche der anderen, während er erklärte: »Es gibt nur zwei Wege, um aus Greenwich herauszukommen, auf der Straße oder auf der Themse. Man wird sie da wie dort aufhalten, ehe sie eine Meile hinter sich gebracht hat. Daher müssen wir sie von Greenwich nach Baynard's Castle schaffen. Von dort aus gibt es mehrere Möglichkeiten, in die Stadt zu gelangen. Ganz einfach – um ihre Sicherheit zu gewährleisten, muss man Verwirrung unter den Verfolgern stiften.«

»Ganz einfach?«, hakte Pen nach. »Baynard's Castle gehört dem Earl of Pembroke, und der ist in Northumberlands Pläne eingeweiht.«

»Es ist eine Möglichkeit«, tat er ihren Einwand kurz ab. »Ich glaube, Pembroke wird momentan gar nicht wissen, wie er ihr Schutz verweigern soll, wenn sie ihn darum ersucht.«

»Das könnte stimmen«, bestätigte Robin. »Oft genug habe ich miterlebt, dass er mit seiner Meinung in Opposition zu Northumberland geriet ... nie sehr ausdauernd – doch begehrt er manchmal tatsächlich auf.«

»Ja, das kam mir zu Ohren«, pflichtete Owen ihm bei.

Pen nahm an, dass er eigene Späher hatte, die überall Augen und Ohren spitzten. Solche wie sie selbst ... die sich wie sie verhielten.

»Der Herzog wird keinen Verdacht schöpfen, wenn die Prinzessin eine Ausfahrt auf dem Fluss unternimmt«, fuhr Owen fort. »Nach ihrer Krankheit wäre das nicht weiter erstaunlich, und er weiß, dass sie auf dem Wasser seiner Wachsamkeit kaum zu entrinnen vermag. Heute Nachmittag wirst du sie mit einigen ihrer Damen begleiten. Natürlich kann sie nichts mitnehmen, jedenfalls nichts, was darauf hindeutet, dass sie mehr als eine Stunde ausbleibt. Vor Baynard's Castle wird sie an Land gehen und dort Quartier nehmen.«

»Und was dann?«, fragte Robin.

»Ich werde alles so einrichten, dass sie morgen bei Tagesanbruch verschwindet. Pen, du wirst heute auf Baynard's

Castle nach mir Ausschau halten, damit ich dir weitere Anweisungen gebe. Ihr, Beaucaire, werdet indessen Northumberland ablenken, damit er nicht zu viele Gedanken auf den Bootsausflug der Prinzessin richtet. Versichert ihm, dass Eure Schwester bereit ist zu tun, was er verlangt. Schlagt andere nützliche Aufgaben für sie vor … sicher wird Euch etwas einfallen.« Robin quittierte Owens wegwerfende Handbewegung mit geschwollenem Kamm, doch sagte er kein Wort.

Pen stand auf und zog die Kinder an sich. Ihr Blick wanderte zu Owen, in der Hoffnung, er würde etwas äußern; doch begegnete er ihr nur mit kalter Distanz.

»Dann gehen wir jetzt«, entschied sie.

»Ja.« Eisern blieb er am Tisch sitzen, als Pen, die Kinder und Robin um ihn herum hinaus ins Freie strebten.

Sie betraten den Kai, auf dem nun schon geschäftiges Treiben herrschte. Die Barke des französischen Gesandten legte sofort ab, und Pen sah ihr nach, wie sie in die Mitte des Flusses gerudert wurde.

Trotz Owens augenscheinlicher Kühle hatte sie Schmerz, Wut und Enttäuschung in seinem Blick gelesen, und es traf sie bis ins Innerste. Aber warum hatte er nichts zu seiner Rechtfertigung vorgebracht?

Hätte er ihr gesagt, das alles sei nicht wahr, sie hätte ihm geglaubt. Oder?

Pen blickte auf das Kind in ihren Armen. Nun war es der Junge, der zählte.

»Das ist mein Sohn«, sagte sie, und ihre Augen strahlten.

Robin sah sie hilflos an. »Wie kannst du das wissen?«

Ihre knappe Erklärung lautete: »Wir ritten nach High Wycombe. Die Frau, die Geburtshilfe leistete, sagte uns, dass Miles ihn gleich nach der Geburt fortbrachte. Auch erfuhren wir, wo wir ihn suchen sollten. Und heute fanden wir ihn.«

Robin betrachtete das Kind. Er durfte gar nicht daran denken, wie viel sie in den letzten zwei Jahren gelitten hatte … sie und dieses Häufchen Elend auf ihren Armen. »Und der andere?«, erkundigte er sich.

Pen atmete leise aus. »Ich weiß noch nicht, was ich mit ihm anfangen soll; aber ich konnte ihn nicht an diesem schrecklichen Ort lassen. Es war grässlich, Robin. Vielleicht bringe ich Miles und seine Mutter um!«

Das sagte sie leise, aber mit so großer Heftigkeit, dass Robin es ihr in diesem Moment durchaus zutraute.

»Man wird eine andere Art der Vergeltung üben«, winkte er ab. »Überlass das deiner Mutter und meinem Vater.«

»Ja – doch werden die Feststellung seiner Identität und die Bestätigung seines rechtmäßigen Titels weitaus schwieriger sein.« Nun überstürzten sich ihre Worte. »Aber Mary kann es … als Thronerbin. Sobald sie frei ist, verfügt sie über die Macht, den legitimen Anspruch meines Sohnes auf Ländereien und Titel seines Vaters zu bestätigen.«

Pen verstummte. Jetzt war der Kai schon sehr bevölkert mit Bootsleuten, deren Kähne Produkte für die Küchen des Palastes anschleppten, und Dienern, die herbeieilten, um sie zu entladen. Bald würde es hier von Höflingen wimmeln, die sie erkannten. Vielleicht würde sogar Miles auftauchen. So finster und verworren sich ihr die Zukunft auch zeigte, im Moment hatten die unmittelbaren Bedürfnisse der Kinder Vorrang.

»Ich muss mich um sie kümmern«, fuhr sie fort. »Muss ihnen Kleider besorgen, ihnen Essen und Wärme verschaffen, sie säubern. Robin, ich weiß nicht, wo ich anfangen soll. Sieh sie an, die Ärmsten! Sie sprechen nicht und weinen kaum.«

Dabei fiel ihr ein, dass Owen an die Bedürfnisse der Kinder sehr wohl gedacht hatte. Er hatte Proviant mitgenommen, sie aber nicht. Essen, Milch, Decken. In diesen Dingen besaß er freilich mehr Erfahrung als sie. Er war Vater.

*Es ergab keinen Sinn.*

Aber sie war Mutter. Mutter zweier Kinder, für die sie nun zu sorgen hatte. *Das ergab Sinn.*

»Soll ich sie jetzt nach Holborn bringen?«, schlug Robin vor. Er hatte keine Ahnung, wie er dies schaffen sollte, nahm aber an, dass er einen Weg finden würde.

»Nein«, widersprach Pen. »Es sind meine Kinder. Ich gebe sie nicht wieder her.«

Sie bückte sich und hob die Kleinen mit einiger Mühe hoch. Dann überlegte sie kurz: »Ich glaube, der andere heißt Charles.«

Am besten fügte Robin sich ins Unvermeidliche. Sicher würde seine Stiefmutter das Durcheinander bald entwirren. »Was ist, wenn jemand sie sucht?«

»Sie haben sie ausgesetzt … in eine wahre Hölle gesteckt. Und werden sie nicht suchen.«

Robin kratzte sich am Kopf. Aus Pens Mund hörte sich alles so einfach und so klar an. »Pen, du musst der Prinzessin zur Flucht aus Greenwich verhelfen. Wie kannst du das mit zwei Kindern im Arm? Wie kannst du auch nur in Erwägung ziehen, sie bei dir unterzubringen, ohne dass der ganze Palast und vor allem Bryanston es erfährt?«

»Ach, der erfährt es ohnehin«, gab Pen grimmig zurück. »Jetzt musst du Pippa holen. Ellen wird mir fürs Erste zur Hand gehen; sie hat einen Schock jüngerer Geschwister und weiß, was zu tun ist. Wenn du zurückfährst, kannst du eine Transportmöglichkeit auftreiben, um Pippa und die Kinder später nach Holborn zu bringen. Ich bleibe bei Mary, bis Owen ihre Flucht in die Wege geleitet hat. Wenn Mary frei ist, bin ich es auch.«

Zögernd fragte er: »Traust du d'Arcy in dieser Angelegenheit?«

»Absolut.« Pen hob beide Kinder höher, so dass Robin ihren Gesichtsausdruck nicht mehr ausmachen konnte. »Alles stimmt mit seinen eigenen Interessen überein.«

Wieder zögerte er. »Liebst du ihn?«

Pen gab keine Antwort und wiederholte stattdessen mit abgewendetem Kopf: »Hol Pippa, Robin! Ich bringe die Kleinen in meine Räume. Ellen wird sich um sie kümmern, während ich zu Mary gehe und ihr von Owens Plan berichte.«

Verbittert wünschte Robin sich, sie bräuchten die Hilfe Owen d'Arcys nicht; doch war ihm klar, dass sämtliche dem französischen Gesandten zu Gebote stehenden Mittel und der flinke Verstand seines besten Agenten zu Wege bringen konnten, was er selbst nie geschafft hätte.

»Lass mich Charles tragen!« Er nahm Pen den rothaarigen Jungen ab. Die stumme Ergebenheit, mit der dieser sich weiterreichen ließ, trieb ihm fast die Tränen in die Augen.

Pens Gemach war noch genauso leer, wie Robin es verlassen hatte. Ellen wartete morgens immer auf den Ruf ihrer Herrin, der bald nach Tagesanbruch folgte, wenn Prinzessin Mary bereit war, ihre Damen zu empfangen.

»Sag Pippa alles«, riet Pen ihm, und nahm Robin Charles ab. »Sie wird Verständnis dafür aufbringen.«

»Nun, sie wird sich nicht wundern.« Robin zog sein alles andere als makelloses Schnupftuch heraus und kniete nieder, um den Buben die rinnenden Nasen zu putzen. »Sie und ich sprachen davon, dass an deiner fixen Idee vielleicht etwas dran sein könnte … ach, das Zeug geht nicht ab. Es ist wohl verkrustet.«

Pen lachte, und momentan war ihr leicht ums Herz. »Wenn Ellen und ich mit ihnen fertig sind, werden sie blitzblank sein.« Sie nickte. »Ich wusste ja immer, dass Pippa schließlich doch ein Einsehen haben würde.«

Der nach wie vor kniende Robin blickte auf. »Wir haben uns schwer geirrt. Kannst du uns verzeihen?«

»Schon geschehen«, sagte sie schlicht. Noch ruhte ihre Hand, mit der sie Ellen rufen wollte, auf der Glocke. »Es war eine sonderbare Geschichte, Robin. Sicher sah es aus, als hätte ich vor Kummer den Verstand verloren. Ich begreife, wie schwierig es für euch war.«

Alle hatten getan, was sie glaubten, in Pens Interesse tun zu müssen. Und Robin dachte nun, wie er sich in derselben irrtümlichen Annahme zwischen seine Schwester und d'Arcy gedrängt hatte. Zwar hielt er das neulich für richtig, begriff aber jetzt, dass er sich ungebeten eingemischt hatte. So wie es aussah, hatte die Familie Pen schon genug Kummer bereitet.

»In drei Stunden bin ich mit Pippa zur Stelle.«

Er blickte sich nach Pen um, die dabei war, die Kinder in Decken zu hüllen. »Ja … beeilt euch«, sagte sie zerstreut.

Robin verließ sie und begegnete im Hinausgehen Ellen. Diese knickste, überrascht, weil er so früh am Morgen aus Pens Räumen kam. Er reagierte mit einem vagen Nicken und eilte davon.

Ellen wollte das Gemach ihrer Herrin betreten, verharrte indessen mit offenem Mund auf der Schwelle. »Gott steh mir bei, Madam … was ist das?«

»Mein Sohn, Ellen«, erklärte Pen. »Und sein ›Bruder‹. Wir müssen sie baden, füttern und Sachen zum Anziehen für sie beschaffen.«

»Gott steh uns bei!«, murmelte Ellen wieder, sank auf einen Schemel und fächelte sich mit einer Hand Kühlung zu. Wie alle im Hause Kendal kannte sie die Tragödie Lady Pens. Kein Wunder, dass sie bass erstaunt war.

Pen hatte diese Reaktion erwartet. »Ellen, im Moment brauchst du nichts zu verstehen«, sagte sie scharf. »Du musst mir nur helfen. Und du musst alles selbst beschaffen, weil *niemand,* und ich meine damit *niemand*, wissen darf, dass sie hier sind. Sobald Lord Robin und Lady Pippa eintreffen, wirst du sie mit meiner Schwester nach Holborn zu meiner Mutter und Lord Hugh bringen. Und jetzt hol heißes Wasser!«

Langsam erhob Ellen sich wieder. Sie war alles andere als dumm, und Lady Pen kam ihr nicht vor, als hätte sie den Verstand verloren. »Ich dachte, da wäre nur eines gewesen, Mylady.«

»Nun, das ist wieder eine andere Geschichte«, bemerkte Pen erleichtert, dass Ellen wenigstens zur Mithilfe bereit war.

Ihre Zofe näherte sich den Kindern, die sie verwirrt anstarrten, in der Kälte des frühen Morgens zitternd. »Ach, was für ein Jammer«, rief sie erschrocken aus. »Wie dünn sie sind!«

»Beeil dich!«, drängte Pen. »Ich mache indessen Feuer.« Wieder hüllte sie die beiden in Decken und warf Kienspäne ins Feuer, ehe sie die Flammen schürte und Scheite nachlegte.

Sie setzte sich auf den Boden vor den Kamin und nahm die Kinder auf den Schoß. »Könnt ihr überhaupt sprechen?«, flüsterte sie. »Könnt ihr etwas sagen?«

Wie gebannt von Flammen und Wärme, starrten beide ins Feuer, wobei ihr Sohn den Daumen fest im Mund hielt.

Ellen kam mit zwei silbernen Schüsselchen wieder. »Als Erstes füttern wir sie. Ich glaube nicht, dass sie jemals im Leben heißes Wasser gespürt haben, die armen Würmchen. Wir dürfen sie nicht zu Tode erschrecken.«

»Eine gute Idee«, stimmte Pen ihr zu. »Das Essen wird sie beruhigen. Fütterst du Charles?« Sie hob ihn vom Schoß.

Ellen setzte ihn auf einen Schemel und hob den Deckel der Schüssel. Das Kind fasste danach, als duftender Dampf aufstieg. »Ganz langsam«, mahnte sie, hielt seine kleinen Pratzen mit einer Hand fest und führte einen Löffel Honigbrei an seinen Mund.

Pen hatte ihren Sohn auf dem Schoß und fütterte ihn auf die gleiche Weise. Er ließ den Löffel nicht aus den Augen und verfolgte gebannt dessen Weg von der Schüssel zum Mund und umgekehrt.

»Was meinst du, Ellen … sieht er seinem Vater ähnlich?«

Ellen warf einen Blick auf den Jungen. »Schwer zu sagen, Madam, unter der Schmutzschicht«, zog sie sich diplomatisch aus der Affäre.

»Ja«, musste Pen zugeben und kratzte den letzten Rest Brei aus der Schüssel. Der Junge leckte sich die Lippen, und ihr schien, als wäre die Leere aus seinen Augen und die Starre aus seinem Körper gewichen. Er langte nach der leeren Schüssel und fuhr darin mit dem Finger, den er ableckte, herum, ehe er die Schüssel nochmals untersuchte.

»Sie brauchen mehr, Ellen!«

»Ja, aber nicht zu viel auf einmal«, entgegnete diese. »Nach dem Bad versuchen wir es mit einem weichen Ei und Milch.«

Jetzt holte Pen unter dem Bett die Badewanne aus Kupfer hervor und zog sie vors Feuer. »Wir brauchen Kleidung für sie.«

»Ach, Madame, die ist leicht zu beschaffen«, beruhigte Ellen sie. »Zuerst hole ich Wasser.«

Wieder nahm Pen die Kinder auf den Schoß, wiegte sie und sang ihnen ein Schlaflied aus der eigenen Kindheit vor. Es erschien ihr als ganz natürlich. Sie sollten Vertrauen fassen und lernen, dass man ihnen mit Güte begegnete.

Tränen brannten ihr in den Augen, als sie an die verlorene Zeit dachte, an die Monate der Verzweiflung, als diese Würmchen ohne Hoffnung oder Erwartung dahinvegetierten.

Von nun an sollten sie nur Liebe und Wärme empfangen und keinen Hunger mehr leiden.

Das Bad war kein so großer Erfolg wie der Honigbrei. Sie traten um sich und setzten sich zur Wehr, machten dabei aber erstaunlich wenig Lärm. Man hörte nur Gewimmer, das sich hin und wieder zu einem schrilleren Jammern steigerte.

Beide wurden gleichzeitig ins Wasser gesteckt. Charles kletterte sofort wieder heraus und flüchtete triefnass in eine Ecke.

»Lass ihn«, sagte Pen. »Erst kümmern wir uns mal um den einen.«

Sie hielt ihren Sohn fest, während Ellen ihn einseifte und abrieb. Als würde man angelaufenes Silber reinigen, dachte Pen, als die helle saubere Haut unter dem Waschlappen zum Vorschein kam. Sein kleines, eckiges Gesicht war aus Mangel an frischer Luft und ausreichender Ernährung bleich; doch glaubte sie nun, Philip in der Form von Nase und Mund zu erkennen. Und ganz eindeutig an seinen Augen. Er hatte dieselben langen Wimpern wie Philip. Herzensbrecherwimpern, pflegte sie ihn zu necken.

»Er sieht aus wie sein Vater«, murmelte sie vor sich hin.

»Ja, da ist was dran«, pflichtete Ellen ihr bei, die dem Kind den Kopf wusch. Das noch immer daunenweiche Babyhaar war braun und ringelte sich im Nacken.

Seine Gegenwehr war erlahmt, er ließ sich ohne weiteres in ein Handtuch hüllen. Wieder steckte sein Daumen im Mund, und die Augen fielen ihm zu.

»Das arme Würmchen ist völlig erschöpft. Er soll schlafen, während wir uns den anderen vornehmen.«

Pen hüllte ihn in ein trockenes Handtuch und legte ihn auf ihr Bett. Muskatnüsschen beäugte ihn misstrauisch und zog sich in die entfernteste Ecke des Bettes zurück. Langsam glitt dem kleinen Philip, der sich nicht rührte, der Daumen aus dem Mund.

Charles entpuppte sich unter der Schmutzschicht als sommersprossiger, grünäugiger Junge mit auffallend hellem Teint. Sein Haar, das dichter war als das des kleinen Earls, erglänzte nach dem Waschen in grellem Karottenrot und umgab wie ein borstiger Heiligenschein seinen Kopf.

»Ich muss jetzt zur Prinzessin«, sagte Pen, sobald sie Charles neben seinen »Bruder« gebettet hatte. »Bleib bei ihnen, Ellen. Verlasse den Raum nicht!« Sie griff hinter sich, um an ihrem Mieder zu nesteln. Ihr Kleid war für einen Besuch in den königlichen Gemächern nicht präsentabel genug.

Ellen sprang hilfsbereit herbei.

»Schnür mich auf, und hol dann noch Essen und Kleider und alles, was gebraucht wird, während ich nicht da bin«, wies Pen sie an. »Du musst bei ihnen bleiben und die Tür abschließen.«

Die Zofe lief davon, um das Gewünschte zu holen. Pen zog sich um und behielt dabei die schlafenden Kinder im Auge. Sie brachte ihr Haar in Ordnung und verbarg es unter einer schlichten Leinenhaube. Für eine kunstvolle Frisur blieb heute keine Zeit.

Kaum war Ellen wieder eingetreten, als Pen ihren Umhang zurechtzupfte. »Wenn Lord Robin und Lady Pippa in meiner Abwesenheit kommen, lass sie ein – sonst aber niemanden.«

»Verzeiht, Madam, aber ich bin nicht dumm!«, gab Ellen zurück.

Pen lächelte. »Nein, ich weiß.« Sie schloss die Tür und hielt kurz inne, um sich für den Besuch bei Mary zu wappnen. Es war nicht einfach, ihre Gedanken von den häuslichen Sorgen mit den Kindern loszureißen und sich auf die harte Realität, die vor ihr lag, zu konzentrieren. Auf den Plan, den sie in die Wege leiten sollte.

Und es war keine Zeit, darüber nachzugrübeln, was sie verloren hatte.

# 21

»Warum wollen die Franzosen mir dabei helfen?«, überlegte Mary laut, die ein Seidenband als Lesezeichen in ihr Buch legte.

»Euch zuliebe, Madam«, beeilte Pen sich zu versichern, obwohl sie annahm, dass die Frage der Prinzessin rein rhetorisch war. »Sie hoffen vielleicht, damit Eure Heirat mit dem Duc d'Orleans voranzutreiben.«

Marys Lachen klang ziemlich ironisch. »Da bin ich sicher. Und es schadet nicht, wenn sie glauben, dass ich einverstanden sein könnte ... eines schönen Tages.« Sie erhob sich und ging an das Schreibpult, das so stand, dass Tageslicht von dem tief in der Mauer eingelassenen Fenster darauf fiel. »Vertraut Ihr dem Chevalier, Pen?«

Pen hielt es nicht für nötig, ihre persönliche Verbindung mit dem Chevalier zur Sprache zu bringen. »Gewiss, Madame.« Sie stand vor dem Kamin, die Hände gefaltet.

»Er ist wohl einer von de Noailles Agenten?« Marys Ton verriet geringes Interesse an der Frage oder einer eventuellen Antwort.

»Ich halte ihn für den Meisterspion des Gesandten.«

Mary blätterte die Seiten des großen Bandes um, der auf dem Pult lag, als suche sie eine spezielle Stelle. »Wie lange glaubt ihr das bereits, Pen? Oder sollte ich diese Frage lieber nicht stellen?«

»Vielleicht wäre das besser, Madam.« Pen merkte, dass ihre Nägel sich in die Handfläche gruben. Zwischen den Schultern plagte sie ein ziehender Schmerz. Sie versuchte, ihre verkrampfte Haltung zu lockern, und öffnete die Fäuste.

Die Prinzessin blickte kurz auf. »Ich vertraue Euch, Pen.

Daher will ich auch Eurem Agenten vertrauen. Wir werden uns also in die Hände der Franzosen begeben.« Ein dünnes Lächeln umspielte ihren Mund. »Ohnehin haben wir keine andere Wahl – und wir könnten damit Northumberland großen Verdruss bereiten.«

»Jawohl, Madam.« Pen drehte den Kopf nach beiden Seiten, um die Starre im Nacken loszuwerden. Nun spürte sie erst, wie erschöpft sie war. Die schlaflosen Nächte hatten sich in letzter Zeit gehäuft.

»Natürlich werde ich Euch begleiten. Wen wünscht Ihr außer mir mitzunehmen? Nur eine oder zwei Damen. Es darf nicht so aussehen, als würdet Ihr eine längere Abwesenheit planen.«

»Wer eignet sich für dieses Unternehmen am besten?«

Pen ließ das Gefolge Marys im Geiste Revue passieren. »Matilda und Susan.«

»Sehr gut. Die Organisation überlasse ich Euch. Aber ohne meine Bücher gehe ich nicht. Sie müssen irgendwie verpackt und an Bord gebracht werden.«

Warum Widerspruch einlegen? Es war nur ein organisatorischer Punkt mehr, den Pen zu bedenken hatte.

»Wie soll ich nach Meinung des Chevaliers Baynard's Castle verlassen?«

»Das sagte er nicht, Madam.«

»Aha, verstehe! Wie beruhigend!« Mary klang plötzlich etwas spitz. »Ich begebe mich in die Höhle des Löwen, ohne eine sichtbare Möglichkeit, wieder herauszugelangen.« Sie ging zum Betpult und entließ Pen mit den Worten: »Ich muss beten, da bei Gott die einzige Gewissheit liegt.«

Knicksend verließ Pen das Schlafgemach. Zusätzlich zu dem drückenden Kreuz, das Mary zu tragen hatte, konnte sie ihrer Umgebung das Leben bisweilen sehr schwer machen.

Sie nahm Susan und Matilda beiseite und erläuterte die Situation. Beide standen fast so lange in Marys Diensten wie Pen. Matilda würde bald zum zweiten Mal heiraten – einen königlichen Stallmeister –, und Susan war, wie Pen, Witwe.

»Eine Kiste mit Büchern unauffällig mitzunehmen, wird nicht einfach sein«, gab Matilda zu bedenken.

»Wir müssen sie als Picknickkorb tarnen«, meinte Pen darauf.

»Als sehr schweren Korb«, präzisierte Susan. Alle kicherten und vergaßen momentan die Gefahr, in der sie schwebten.

»Na, dann wollen wir anfangen«, ergriff Pen die Initiative. »Es gibt viel zu tun. Matilda, würdet Ihr für Mittag die Barke bestellen? Wenn es sich einrichten lässt, soll Master Braddock das Steuer führen. Er ist der Prinzessin sehr ergeben.« Matilda nickte, und sie trennten sich, um auch für sich Vorbereitungen zu treffen.

Die Uhr am Turm des großen Hofes schlug neun. Pen blickte von einem der hohen Bogenfenster in Marys Vorzimmer hinunter. Robin war um sieben gegangen. Frühestens um zehn konnte sie ihn zurückerwarten.

Ihr Herz schlug viel zu schnell, und ihre Haut fühlte sich trocken und gespannt an. Das machte die Müdigkeit, aber nicht nur diese. Sie fühlte sich nervös und ängstlich – die Aussicht auf den vor ihr liegenden Tag mit seinen Gefahren weckte aber auch Erregung in ihr.

Ein falscher Schritt, und Northumberland würde einen Vorwand zur Hand haben, um Mary unter Anklage zu stellen – ganz zu schweigen von ihren Fluchthelfern. Bis sie Baynard's Castle erreichten, ruhte der Plan allein auf ihren Schultern.

*Owen.* Auf Erregung und Vorahnung folgte ein Dämpfer. Sie konnte sich nicht vorstellen, ihn jemals wiederzusehen, wenn alles vorüber war.

Was auch immer, auf alle Fälle hatte sie ihr Kind – in Frieden, Liebe und Sicherheit. Darauf musste sie ihre ganzen Kräfte konzentrieren. Ihre Beziehung zu Owen hatte damit angefangen und endete damit.

Sofort verließ Pen Marys Gemächer, leisen Schrittes, in Schuhen, die mit Edelsteinen geschmückt waren und lautlos über den gewachsten Eichenboden glitten. Ihre Kinder warteten.

»Lady Pen?«

Die näselnde Stimme des Duke of Northumberland ließ sie innehalten. Langsam drehte sie sich um. »Einen guten Morgen, Mylord Duke!«

»Wie geht es der Prinzessin?« Als sein kalter Blick über ihr Gesicht glitt, war sie froh, dass im Korridor Halbdunkel herrschte.

»Ein wenig besser, glaube ich. Sie plant sogar einen kleinen Ausflug an die Luft. Der Tag verspricht sonnig zu werden.«

»An die frische Luft?« Er strich über seinen exakt gestutzten Bart. »Da muss sie sich aber viel besser fühlen.«

»Ihr Arzt meint, ein wenig Frische auf dem Fluss könnte nicht schaden, Sir. Sie will sich in der Sänfte zur Barke tragen lassen und eine Stunde auf dem Wasser verbringen.«

»Ich verstehe. Wann soll das sein?«

»Nach ihren Gebeten, Mylord Duke. Wenn die Morgennebel sich lichten und die Sonne noch nicht zu grell ist.« Das klang ausweichend, ohne jedoch diesen Eindruck hervorzurufen, dachte Pen. Eine fixe Zeit für Marys oft stundenlanges Beten gab es nicht.

Northumberland warf ihr unter seinen schweren Brauen einen zweifelnden Blick zu. Ihm fiel auf, dass Pen Bryanston ihrer Mutter beunruhigend ähnelte. Etwas an ihrer Kopfhaltung, am Ausdruck der strahlenden Augen … und doch wirkte sie im Auftreten völlig korrekt.

»Habt Ihr seit gestern Euren Bruder gesehen, Madam?«

»Vor einer Stunde sprachen wir kurz miteinander, Sir!« Pen lächelte.

Wieder fasste sich der Herzog an den Bart. Vielleicht hilft es ihm beim Überlegen, vermutete Pen.

»Wurde bei diesem Gespräch etwas Wichtiges erwähnt, Lady Pen?«

»Ich glaube schon, Mylord.« Sie knickste, ohne den Blick von ihm zu wenden. »Ihr werdet feststellen, Sir, dass ich wie mein Bruder meine Pflicht kenne.«

Noch immer die Hand am Bart, ließ Northumberland sich das durch den Kopf gehen. Dann verbeugte er sich, als sei er befriedigt. »Madam, richtet der Prinzessin meine Glückwünsche zu ihrer Genesung aus.«

»Und der König … wie ist es heute um den Zustand des Königs bestellt?«, fragte Pen teilnahmsvoll.

Northumberlands Stirnfalte wurde tiefer. »Seine Hoheit wird von Tag zu Tag kräftiger«, sagte er steif und ging weiter.

*Das kannst du einer anderen weismachen!* Pen wartete, bis er um die Ecke gebogen war. Einer plötzlichen Eingebung folgend, nahm sie nun einen Gang, der sie auf dem Weg zu ihrem Gemach am Vorraum des Königs vorüberführte. Es konnte nicht schaden festzustellen, welche Mitglieder des Kronrates sich in Greenwich befanden, wenn Mary ihren Fluchtversuch unternahm.

Lange ehe sie die Tür zum Vorraum erreichte, hörte sie schon die laute Stimme von Miles Bryanston weithin schallen.

»Mistress Goodlow erzielte immer die allerbesten Resultate, Mylord Duke.«

*Goodlow.*

Auf der Stelle blieb Pen stehen. Sie verharrte reglos im Schatten der Mauern. Wie gut, dass ihr dunkles Kleid mit dem grauen Licht verschmolz!

*Goodlow!* Lady Bryanstons Kräuterweib. Die Frau, von der Granny Wardel behauptet hatte, sie sei Hebamme wie Betsy Cosham. Eine Frau, die an Philips Krankenlager wachte … die ihn hatte sterben sehen.

Eine Frau, die Pen während der Schwangerschaft allerlei Mittelchen verabreichte. Kräuter, Tees, die sie vermutlich von Betsy Cosham bekommen hatte – sicher eine Person, die darin bewandert war, Schwangerschaften zu fördern oder zu beenden.

Was hatte Owen gesagt … die Gabe Gutes zu tun, kann sich auch rasch ins Gegenteil verkehren.

Philip war in jenem Winter wohlauf, viel kräftiger als sonst. Sein Husten hatte ihm kaum zu schaffen gemacht. Und plötzlich war er erkrankt … und wie rasch es damals mit ihm bergab ging! Mistress Goodlow hatte ihn gepflegt.

*Ehe er erkrankte oder nachher?*

Pen stand im Schatten, eine Hand an der Kehle, als sich ihre Erinnerung an jene schreckliche Zeit klärte. Seine Mutter war zutiefst besorgt ununterbrochen zur Stelle gewesen. Sie hatte die Kräuterfrau kommen lassen, als Philip erkrankte. Nur die Frau und kein Arzt hatte sich Philips Lager nähern dürfen. Pen konnte sich nicht besinnen, ob Mistress Goodlow Philip Arzneien verabreicht hatte oder nicht. Wenn ja, dann hatten sie nicht geholfen. Sein Husten war immer schlimmer geworden. Während ihres eigenen kritischen Zustands hatte Pen ihn Tag für Tag, Nacht für Nacht husten gehört.

Wieder sah Pen Philips graues Gesicht vor sich, die ins Grünliche spielende Blässe, wenn er anfing zu erbrechen und zu schwitzen, die Verzweiflung in seinen Augen, als er sich mit der Unabänderlichkeit des Todes abzufinden suchte. Alle waren zugegen gewesen. Seine Mutter hatte sich still und mit trockenen Augen im dunklen Hintergrund gehalten. Mistress Goodlow, deren Ruhe an Gleichgültigkeit grenzte, hatte Philip die Augen geschlossen und ihn zugedeckt.

Sie starrte den Gang entlang, und ihr stockte der Atem, als ein grässlicher Gedanke Gestalt annahm.

Philips Mutter! Eine Frau, die im Stande war, eine Frühgeburt herbeizuführen, ein Neugeborenes lebendig zum Tod zu verurteilen, wie es dem kleinen Philip widerfuhr ... eine Frau, die sich bei Betsy Cosham Rat holte, wie man unerwünschte Kinder loswurde ...

*Eine solche Frau war auch im Stande zuzusehen, wie ihr Sohn starb. Der Sohn, der nicht nach Wunsch geraten war und sich ihr nicht fügen wollte.*

Die Dowager Countess hatte ihn nie geliebt ... nein, ärger noch. Er hatte eine Bedrohung für sie dargestellt, eine Bedrohung ihrer Herrschsucht, während Miles ihre Befehle befolgte wie ein Jagdhund, der auf den Befehl zum Genickbiss wartet. Hatte sie Philip sterben lassen?

Aufmerksam lauschte Pen der fortgesetzten Diskussion.

»Mistress Goodlow scheint aber in diesem besonderen Fall wenig zu bewirken, Bryanston«, erklärte der Herzog mit höhnischem Unterton. »Sie ist auch nicht besser als die Ärzte. Eher schlimmer, würde ich sagen.«

»Nur ein paar Tage noch, Mylord Duke. Nur ein paar Tage, und es wird gewiss eine Besserung eintreten«, brachte Miles unterwürfig und schmeichelnd vor.

»Wahrhaftig, Mylord, Mistress Goodlows Arzneien sind legendär!«

Pen erstarrte, als sie die verhasste Stimme ihrer Schwiegermutter vernahm. Panik erfasste sie, sie konnte keinen Muskel bewegen. Ihr Sohn ... die Kinder ... befanden sich in unmittelbarer Nähe. Plötzlich überfiel sie die Angst, ihre Schwiegermutter könnte ihren Enkel spüren – wie ein Raubtier, das Witterung aufnimmt.

»Ihr werdet sehen, Mylord Duke, dass Mistress Goodlows Heilkunst eine gewisse Zeit erfordert«, sagte Lady Bryanston, die gewohnte Schärfe ihres Tones geschickt mildernd.

Allerdings, dachte Pen. Ihr Verstand arbeitete kalt und kristallklar. Sie spürte auf der Zunge die bittere Flüssigkeit, die die Goodlow ihr in den Tagen vor dem Einsetzen der Wehen gegeben hatte. Ihr Magen krampfte sich als Reaktion auf die lebhafte Erinnerung unwillkürlich zusammen.

Wollten Miles und seine Mutter sich auf diese Weise die Gunst des Herzogs sichern? Indem sie ihr Kräuterweib ins Krankenzimmer des Königs einschleusten? Die Frau war Lady Bryanston blind ergeben und definitiv in der Lage, sowohl Gutes als auch Böses zu bewirken.

Und wenn sie versagte? Wenn sich der Zustand des Königs weiterhin verschlechterte? Wen würde man zur Rechenschaft ziehen?

Da Lady Bryanstons Denkweise trotz ihrer Bösartigkeit und ihres Ehrgeizes sehr simpel war und es ihren Plänen an Raffinesse mangelte, spielte sie ihrer Schwiegertochter nun geradezu in die Hände.

Erhobenen Hauptes verließ Pen ihre Deckung und betrat, lächelnd und von ihren schwingenden Röcken umwallt, das Vorzimmer des Königs.

»Ich wünsche Euch einen guten Morgen, Lady Bryanston … Lord Bryanston.« Ihr Knicks war untadelig. Ihr Schwager erholte sich von seiner Überraschung schnell genug, um sich ähnlich formvollendet zu verbeugen.

»Habe ich richtig gehört … Mistress Goodlow wacht am Lager des Königs?«, fragte sie Northumberland. Im Gemach drängten sich wie immer viele Menschen, einige mit gutem Grund, die meisten nicht. Ein rascher Blick zeigte ihr den Earl of Pembroke inmitten einer Gruppe von Höflingen. Er war also hier und nicht auf Baynard's Castle. Umso besser!

»Ja, Madam. Ihr kennt die Frau?« Der Herzog sah sie aufmerksam an.

»Allerdings, Sir. Sie übte ihre Heilkunst am verfrühten Totenbett meines Gemahls und an meinem ebenso verfrühten Wochenbett aus.« Pens Lächeln blieb unverändert. »Da ich abergläubisch bin, Mylord Duke, ziehe ich einen Engel der Barmherzigkeit einem Todesengel vor.«

Lady Bryanston atmete mit einem hörbaren Pfeifton ein. Ihr Sohn lief dunkelrot an.

»Das lässt sich denken, Madam«, bestätigte der Herzog. »Welch ein Jammer, dass Euch zwei schwere Schicksalsschläge so rasch hintereinander trafen.«

»Dieser Meinung war ich ebenfalls«, stimmte Pen zu. »Aber das Unglück sucht manches Krankenlager heim. Ist es nicht so, Madam?« Mit unschuldigem Lächeln wandte sie sich an ihre Schwiegermutter.

»Mistress Goodlows Ruf ist weithin bekannt«, stieß dic Dowager Countess zwischen verkniffenen Lippen hervor.

Das bejahte Pen. »Sie ist in der Tat eine Frau, die Vertrauen einflößt – aus irgendeinem Grund«, setzte sie mit einem kleinen Achselzucken und noch immer lächelnd hinzu. »Ihr müsst vergeben, wenn meine Erfahrungen mein Zutrauen in ihre *Heilkünste* erschütterten.« Die kaum hörbare Betonung des Wortes genügte Northumberland, der Pen nicht aus den Augen gelassen hatte.

Die Saat könnte aufgehen. »Wenn Ihr mich entschuldigen wollt, mich ruft die Pflicht«, sagte sie sanft, knickste wieder und drängte sich durch das überfüllte Vorzimmer zur Tür.

Einen warnenden Blick seiner Mutter ignorierend, hastete Miles ihr nach.

»Warte!« Er packte Pens Arm mit schmerzhaftem Griff.

»Nicht so grob, Miles«, schalt sie ihn leise. »Wenn du mit mir sprechen willst – nur zu! Ich stehe zu Diensten.«

»Du kannst nichts beweisen!« Ein Speichelsprühregen begleitete seine gezischten Worte. »Nichts!«

Pen wischte mit einer indignierten Grimasse ihr Gesicht ab. »Was sollte ich denn beweisen wollen, Miles?«

»Das reicht, du Dummkopf!« Ihre Schwiegermutter tauchte aus der Menschenansammlung auf, den Mund vor Bosheit und Wut zu einem Strich zusammengezogen. »Geh zurück zum Herzog!«

Miles sah Pen finster an. *»Nichts!«*, erklärte er, ohne die Rippenstöße seiner Mutter zu beachten. Dann drückte er sich in Befolgung ihrer Anordnung an ihr vorbei.

Lady Bryanston fixierte Pen, die, mit dem Rücken zur Wand stehend, ihren Arm massierte, wo Miles' Finger sich ins Fleisch gegraben hatten. Die harten braunen Augen verrieten eine Andeutung von Beunruhigung unter dem unverhüllten Hass, der Pen schaudern ließ.

»Ich weiß nicht, welches Spiel du treibst, Pen, doch möchte ich dich warnen. Stell dich nicht gegen mich. Miles hat Recht. Du kannst nichts beweisen.«

»Wirklich nicht, Madam?« Pen zog eine Braue in die Höhe, schlüpfte an der Countess vorbei und lief rasch den Korridor entlang.

*Wirklich nicht?*, dachte sie. Mein Kind ist der lebende Beweis. *Und bei Gott, Madam, es soll an Euch gerächt werden.*

Sie klopfte leise an die versperrte Tür ihres Gemachs. »Ellen?«

Sofort wurde die Tür geöffnet; Pen schlüpfte hinein und schloss unverzüglich wieder ab.

Die Kinder zeigten ernste Mienen. Sie waren angezogen und trugen Leinenkittelchen und Unterröcke, die typische Kleidung für Jungen, die noch zu klein für Hosen waren. Jeder hielt andächtig ein Stück Marzipan in der Hand.

»Haben sie etwas gesagt?«, murmelte sie und kniete nieder, um mit ihnen auf gleicher Höhe zu sein.

»Kein Wort, Mylady«, berichtete Ellen. »Aber sie waren ständig in Bewegung und haben alles untersucht. Sie müssen tüchtig aufgepäppelt werden.«

»Ja.« Pen wollte ihrem Sohn einen Kuss geben; doch da dieser zurückwich und die Faust hinter dem Rücken versteckte, beschwichtigte sie: »Nein, nein, ich nehme es dir nicht weg.«

Als sie sich aufrichtete und ihm den Kopf streicheln wollte, duckte er sich sogar. Sie versuchte es bei Charles, aber auch der verhielt sich abwehrend und kroch rücklings übers Bett.

»Ich bringe sie um!«, verkündete Pen. »Gott ist mein Zeuge. Ich werde sie verrotten sehen!«

Sie stand da und sah die Kinder an. »Spielzeug … sie brauchen etwas zum Spielen!«

Hilflosigkeit drohte sie zu überwältigen, da sie nicht wusste, was es hieß, Mutter zu sein. Sie hatte keine Erfahrung, keine Gelegenheit gehabt zu lernen. Was sollte sie nur anfangen mit zwei verstörten Knirpsen, die nie bemuttert worden waren und Liebkosungen nicht von Schlägen unterscheiden konnten?

Aber ich bin nicht allein, ermahnte sie sich. Sie hatte ihre Mutter, die alles über Erziehung wusste und sie anleiten würde. Ihre Zuversicht wuchs.

Und Owen? Was für ein Vater war er, ehe er seine Kinder verstoßen hatte? Je länger sie darüber nachdachte, desto klarer wurde ihr, dass an Robins Geschichte etwas nicht stimmte. Offenbar hatte sie ein Stück des Puzzles irrtümlich an einer falschen Stelle des Gesamtbildes platziert. Nur weil es ein Stück Blau war, bedeutete es nicht, dass das Stück in den Himmel gehörte. Ebenso gut konnte es ein Stück Meer oder Teil eines Gewandes sein.

Ein Klopfen an der Tür riss sie aus ihrem Grübeln.

»Wer ist da?«

»Ich!«, rief Pippa ungeduldig aus.

Ellen öffnete, und Pippa stürzte herein, dicht gefolgt von Robin. Sie schlang ihre Arme um Pen.

»Ach, Pen, Liebes ... es tut mir ja so Leid. Mama ist mit Lord Hugh ausgeritten, deshalb konnte ich es ihr nicht sagen – sonst wäre sie mitgekommen!«

Sie wandte sich mit tränennassen Wangen dem Bett zu und flüsterte: »Ach ... da ist ja ... aber ... welcher?«

»Siehst du die Ähnlichkeit nicht?«, fragte ihre Schwester schmerzlich und beklommen.

Pippa wischte sich die Tränen ab, ehe sie vor den Kindern zwinkernd in die Hocke ging. »Also, wen haben wir denn da? Ist das Marzipan? Mein liebstes Naschwerk.«

Sie sahen sie ernst an und lutschten weiter an ihrem Zuckerzeug.

»Ich glaube nicht, dass Philips Kind rotes Haar haben könnte«, sagte Pippa mit einem kleinen Auflachen. »Und dieses besitzt die Wimpern seines Vaters. Die würde ich überall erkennen.«

»Ach, Pippa!« Lachen und Tränen mischten sich in Pens Ton, als sie ihre Schwester umarmte. »Es sind Philips Wimpern, findest du nicht?«

Robin näherte sich dem Paar auf dem Bett. »Es ist unglaublich«, murmelte er. »Aber es besteht eine echte Ähnlichkeit.«

»Was wirst du nun tun?«, fragte Pippa und stand auf. »Wie willst du es anstellen, ihn als Philips Sohn anerkennen zu lassen?«

Pen schaute zu Robin hinüber. Sein warnendes Kopfschütteln gab ihr zu verstehen, dass man nicht einmal Pippa in das Geheimnis von Marys bevorstehender Flucht einweihen durfte.

»Ich habe da eine Idee«, eröffnete Pen ihr. Sie wandte sich an die aufmerksam lauschende Zofe. »Ellen, würdest du Fleisch und Ale holen? Ich habe noch nicht gefrühstückt.«

Wenig erbaut über diesen Auftrag, knickste Ellen und machte sich auf den Weg.

»Nun«, begann Pen. »Wenn es uns glückt, Miles und seine Mutter irgendwie mit einem Verdacht zu belasten, sie vielleicht sogar in den Kerker zu bringen – dann besteht eher die Aussicht, Philipp zu legitimieren.«

»Und wie gedenkst du vorzugehen?«, fragte Pippa mit einem Blick, aus dem höchstes Interesse sprach.

»Ich habe schon angefangen.« Pen setzte sich aufs Bett und legte beiläufig einen Arm um ihren Sohn. Diesmal entzog er sich ihr nicht, sondern lehnte sein klebriges Gesichtchen an ihre Brust.

»Wenn man Northumberland davon überzeugen kann, dass die Goodlow einst auf Weisung der Bryanstons Gift anwendete, wird er ihre Anwesenheit am königlichen Krankenlager gewiss als Verbrechen auslegen, oder?«

Zunächst starrten Pippa und Robin sie wortlos an, dann sagte Pippa: »Glaubst du, Lady Bryanston hat sie bewogen, deine Wehen einzuleiten?«

»Ja«, erwiderte Pen, und es zuckte um ihren Mund. »Sie versuchte, bei mir eine Fehlgeburt zu erzwingen. Und ich glaube auch, dass sie Philips Tod zu verantworten hat. Aber beweisen kann ich es nicht – wie sie und Miles wissen.«

»Sie würden wohl kaum vorbringen, dass du nichts beweisen kannst, falls es nicht etwas gäbe, das zu beweisen wäre.« Pippa fuhr geistesabwesend mit den Fingern durch eine Potpourri-Schüssel auf dem Tisch.

»Es wird reichen«, entschied Robin mit grimmigem Lächeln. »Northumberland wittert Verrat an jeder Ecke, und sein Zorn auf Bryanston, der ihm wie ein gehorsamer Hund nachrennt und sich seiner engen Beziehung zum *Großmeister des Reiches* brüstet, könnte nicht größer sein.«

Pen nickte. »Dann kannst du die Saat pflegen, die ich säte, Robin. Der Herzog vertraut dir, und aufgrund deiner familiären Beziehung bist du in der Lage, einen Verdacht bezüglich Philips Tod zu äußern, indem du laut Spekulationen anstellst. Nach allem, was ich hörte, konnte diese Goodlow mit ihren Mitteln den Zustand des Königs nicht verbessern – ganz im Gegenteil –, deshalb hätte der Herzog keinen Grund, deine Andeutungen zu entkräften.«

Robin erhob sich. »Dann will ich mich an die Arbeit machen.« In dem Moment erschien Ellen mit einem Tablett.

Er hielt sie auf, indem er die Hand auf ihren Arm legte, und griff geschwind nach dem Ale-Krug; hieraus nahm er einen ordentlichen Schluck, ehe er ihn wieder hinstellte. »Meinen Dank! Ich hatte Durst wie ein Kamel nach einem Monat in der Wüste.« Anschließend wischte er sich mit dem Handrücken über den Mund. »Dann bis später, Pen!«

»Ja, wir sehen uns!«

»Unten wartet ein Wagen, um Pippa und Ellen mit den Kindern nach Holborn zu bringen.«

»Sie werden sofort kommen«, stellte Pen in Aussicht.

Robin nickte und wiederholte, wie um sich selbst zu vergewissern: »Bis später!«

»Du solltest essen«, riet Pippa ihrer Schwester und deutete auf das Tablett, das Ellen auf einen niedrigen Tisch gestellt hatte.

Genüsslich brach Pen sich Brot ab, das sie mit einer Scheibe Lendensteak belegte und reichlich Senf darauf strich.

»Ellen und ich sollen also die Kinder nach Holborn bringen«, bemerkte Pippa, die instinktiv Pens Platz auf dem Bett zwischen den Knaben einnahm. Müßig streckte sie eine Hand hinter sich aus, um den Kater zu streicheln, der die

Vorgänge noch immer mit einigem Argwohn beobachtete. »Du kannst Mary nicht allein lassen? Auch nicht, wenn es um etwas so Wichtiges geht?«

Pen schüttelte den Kopf und schluckte einen Bissen hinunter. »Ich habe es ihr noch nicht gesagt. Es besteht das Risiko, dass die Bryanstons Wind von der Sache bekommen, solange die Kinder noch im Palast sind.«

»Du hast Recht.« Pippa zog eine Braue hoch. »Trotzdem verheimlichst du mir etwas.«

Als Pen keine Antwort gab, drängte Pippa nicht weiter. Ihre Aufgabe war es, die Neuigkeit ihrer Mutter und Lord Hugh beizubringen. Für ein Verhör war keine Zeit.

Ellen machte sich im Raum zu schaffen und suchte das Nötigste für die Fahrt zusammen. »Dann nehmen wir Muskatnüsschen mit«, bemerkte sie und steckte den Kater in ihren Korb, ohne eine Antwort abzuwarten.

Pen hob ihren Sohn hoch und drückte ihn an die Schulter. Sein Kopf baumelte im Schlaf von einer Seite zur anderen. Sie gab ihm einen Kuss aufs Haar und atmete den weichen sauberen Kindergeruch ein. Wie sehr er sich in den wenigen Stunden verändert hatte, seit sie ihn fand!

»Wir gehen jetzt lieber«, meinte Pippa. Sie wollte Pen Philip abnehmen, als Ellen Charles hochhob.

»Ja!« Trotzdem ließ Pen ihren Sohn nicht los.

Dann sagte sie: »Nein … nein, ich kann nicht von ihm lassen. Bring Charles allein zu Mama. Philip kommt später nach.« Sie küsste ihn auf die Wange.

»Aber Pen … Pen … wie kannst du dich um ihn kümmern, wenn …« Pippa sprach nicht weiter. »Wir sehen euch beide hoffentlich in Kürze wieder«, murmelte sie stattdessen ihrer Schwester ins Ohr, als sie sich zum Abschied zu ihr beugte. »Ich glaube, niemand aus unserer Familie wird dir jemals mehr widersprechen.«

Pen lächelte. Ein typischer Pippa-Scherz.

Nachdem die zwei Frauen mit dem eingehüllten Kind und der Katze in ihrem Korb gegangen waren, trug Pen Philip ans Fenster. Wie sie Mary sein Vorhandensein erklären sollte, wusste sie nicht – doch das spielte momentan keine Rolle. Er war ihr Sohn. Und sie würde ihn nie wieder aus den Augen lassen.

## 22

»Sieh zu, dass wir es loswerden!«, befahl Lady Bryanston, die mit heftig ausschwingenden Röcken die Bibliothek durchmaß, im Ton höchster Erregung.

»Aber wie, Madam?«, fragte Miles. Er wusste, worauf seine Mutter hinauswollte; dennoch überrumpelte ihn diese plötzliche Anordnung.

»Was weiß ich«, fuhr sie ihn an. »Tu es einfach!«

»Aber niemand kann auch nur ahnen, wo das Kind ist«, protestierte Miles. »Ebenso gut könnte es tief unter der Erde liegen.«

»Ich hätte schon bei der Geburt eingreifen sollen.« Seine Mutter baute sich am Tisch auf und strich über einen massiven Briefbeschwerer aus Granit in Form eines Löwenkopfes. »Hättest du heute den Mund gehalten, wäre alles gut. Aber du musstest sie ja anfassen und hinausposaunen, dass nichts bewiesen werden kann! Miles, du bist ein Idiot!«

Letzterer seufzte und senkte den Blick. Diese Litanei bekam er nun zu hören, seit sie nach dem Zusammenstoß mit Pen Greenwich Palace fluchtartig verlassen hatten. So aufgebracht kannte er seine Mutter eigentlich gar nicht; allerdings hatte er Pen auch noch nie so merkwürdig triumphierend gesehen. Ja, genau: triumphierend, selbstgefällig und sicher. Das war es, was seine Mutter derartig aus dem Konzept brachte.

»Was weiß sie? Was könnte sie wissen?«, sann Lady Bryanston vor sich hin. Als sie nach einem Papiermesser griff, wich Miles unwillkürlich einen Schritt zurück. Während seine Mutter sich nicht scheute, andere einzuschalten, wenn es um die Anwendung physischer Gewalt ging, neigte sie selbst nicht dazu – ihre böse Zunge genügte zur Züchtigung; doch war sie in ihrer momentanen Stimmung unberechenbar.

»Wir müssen es loswerden!«, wiederholte sie und stieß mit der Messerspitze in den Schreibtisch, wobei sich die Spitze nur umbog; doch die symbolische Bedeutung dieser Geste kapierte sogar ihr begriffsstutziger Sohn.

»Das Kind ist das einzig mögliche Verbindungsglied. Solange es lebt, besteht immer die Gefahr, dass man es findet und die ganze Geschichte ans Tageslicht zerrt.«

»Damals wart Ihr anderer Meinung, Madam«, wandte Miles zögernd ein. »Es sind jetzt zweieinhalb Jahre her.«

»Ich ging davon aus, dass er unter den gegebenen Umständen rasch eingehen würde«, erklärte sie in einem Ton, der sich in Miles' Ohren wie Zischen anhörte. »Du hast ja gehört, was Pen über Mistress Goodlow äußerte. Wenn sie erst anfängt, sich alles zusammenzureimen, kann man nie wissen, wohin das führt.«

»Nein, Madam«, gab er ihr Recht und zog den Kopf ein. »Aber wie soll ich es bewerkstelligen.«

»Finde einen Weg!« Ihre harten braunen Augen sahen ihn finster an, straften ihn mit eiskalter Verachtung.

»Ja, Madam.«

Miles verbeugte sich hastig und machte sich im Laufschritt davon.

Lady Bryanston blickte zu dem Porträt ihres Sohnes Philip über dem Kamin auf. Er hatte wenigstens Verstand besessen, dachte sie. Doch hatte er sich ihrem Willen nicht beugen wollen … nicht einmal als Kind. Immer war er seinen eigenen Weg gegangen, seinem eigenen Gewissen gefolgt, und hatte eine Frau geheiratet, die ihm ähnelte. Beide stur und uneinsichtig, beide ohne einen Funken Ehrgeiz bis auf das Bestreben, Philips poetische Ergüsse gedruckt zu sehen …

Wenn sie nur Philips Verstand für ihren Ehrgeiz hätte einspannen können …

Seufzend schüttelte sie den Kopf über diese Verschwendung von Talent und Möglichkeiten.

»Mylord Duke!« Robin näherte sich Northumberland im Sitzungssaal des Kronrates. Der Herzog stand allein in der Fensternische. Seine Miene war grimmiger als sonst, sein Mund schmaler, sein Blick durchdringender.

»Robin?«, schnarrte er.

»Ich sprach mit meiner Schwester, Mylord«, vertraute Robin ihm hinter vorgehaltener Hand an. »Natürlich ist sie überglücklich, Euren Wünschen nachzukommen.«

»Ja, ich traf sie selbst«, schnaubte der Herzog, dessen Stirnfalten tiefer wurden. »Sie versicherte mich ihrer Ergebenheit. Hoffentlich war deine Unverschämtheit nur eine kleine Verirrung.«

Robin neigte den Kopf. »Ich bitte um Verzeihung, Mylord. Momentan verlor ich die Fassung und vergaß meine Pflicht.«

Der Herzog nickte, noch immer verdrossen.

»Wie steht es um das Befinden des Königs?«, erkundigte Robin sich mit einem Blick zur Tür des Vorraumes der königlichen Suite.

»Er ist krank … sehr krank«, tat Northumberland bekümmert.

»Die Arzneien der Kräuterfrau halfen ihm nicht?«

»Nein, im Gegenteil. Dem König geht es schlechter.«

»Wir sind eine abergläubische Familie und halten nicht viel von Mistress Goodlows Heilkunst«, flocht Robin beiläufig ein. »Sie brachte nur Unglück, als sie meinen Schwager und dann meine Schwester pflegte, die trotz Mistress Goodlows Bemühungen gegen Ende der Schwangerschaft eine Frühgeburt erlitt.«

»Ja, das ist mir bekannt.« Der Herzog sah den Jüngeren lauernd an. »Lady Bryanston empfiehlt sie freilich wärmstens.«

»Ja. Man könnte es als Triumph der Hoffnung über die Erfahrung bezeichnen.«

»Das könnte man allerdings.« Northumberland rieb mit den Fingerspitzen über die Lippen. »Lady Pen deutete dergleichen an.«

»Meine Schwester ist verständlicherweise voreingenommen«, meinte Robin glatt. »Aber für Lady Bryanston steht viel auf dem Spiel.« Er lächelte.

»Ach?« Eine Braue des Herzogs zuckte nach oben.

»Eine ihrer Dienerinnen in unmittelbare Nähe Seiner Hoheit zu bringen …« Robin hielt inne. »Nicht auszudenken, welche Folgen es für sie und für ihren Sohn haben kann …«

»Das entging mir nicht«, sagte Northumberland trocken. Er wandte den Blick ab und schaute aus dem Fenster auf den Fluss, der unter den schwachen Strahlen der Wintersonne schimmerte.

Die Kaminuhr stand auf kurz vor eins. Marys Barke hatte, nach Robins Schätzung, längst abgelegt; doch würden noch einige Stunden vergehen, ehe sie Baynard's Castle erreichte. Seine wichtigste Aufgabe war es, dafür zu sorgen, dass dem Herzog ihre lange Abwesenheit nicht auffiel, und Robin bezog daraus tiefe Befriedigung.

»Der Gemahl meiner Schwester starb ganz plötzlich«, murmelte er. »Es war uns allen ein Rätsel – von einem Tag auf den anderen wurde er von einer Krankheit niedergeworfen und stand von seinem Krankenlager trotz der Pflege Mistress Goodlows und seiner Mutter nicht mehr auf.«

Northumberland drehte sich zu Robin um. »Und seiner Frau, nehme ich an?«

»Lady Pen war damals selbst nicht bei Kräften. Man nahm an, es handle sich um die üblichen Schwangerschaftsbeschwerden, obwohl sie sich bis dahin bester Gesundheit erfreute«, berichtete Robin mit einem halben Schulterzucken. »Sie war zu schwach, um oft am Bett ihres Mannes zu wachen.«

»Ich verstehe.« Wieder berührte Northumberland seine Lippen. »Deutest du damit etwas Bestimmtes an, Robin?«

»Wenn Ihr es so auffassen wollt, Mylord.« Robins blaue Augen begegneten unverwandt dem Blick des Herzogs, sein Mund war ungewöhnlich verkniffen, seine Haltung reglos und aufrecht. »Auch der König kann nicht genesen.«

»Nein«, fertigte Northumberland ihn ab und drängte sich ohne ein Wort der Entschuldigung an Robin vorbei, um den Saal zu verlassen.

Im Eingang zum Schlafgemach des Königs blieb er stehen und schwenkte seine Duftdose in einem vergeblichen Versuch, die Luft zu verbessern. Die Goodlow wachte allein bei dem Leidenden und hielt eine kleine Kupferpfanne über eine Kerzenflamme. Sie blickte auf, als der Herzog eintrat, unterließ jedoch jede Bekundung von Ehrerbietung und fuhr mit ihrem halblauten Gemurmel fort.

»Wie geht es dem König?«, fragte Northumberland.

»Ehe die Woche um ist, wird er wohlauf sein, Mylord«, versprach die Alte. Ihre Miene war gelassen, aus ihrem Blick sprach ruhige Zuversicht. »Die Arznei braucht ihre Zeit.«

Northumberland zögerte. Was hatte Beaucaire ihm zu verstehen gegeben? Dass die Bryanstons eine Giftmischerin in das Krankenzimmer des Königs eingeschleust hatten? Er hielt es für wenig glaubhaft – nicht zuletzt, weil er sich nicht vorstellen konnte, was sie vom Tod des Königs zu profitieren hofften. Und doch ging es Edward schlechter und nicht besser. Vielleicht war die Alte einfach eine Kurpfuscherin.

Sein Mund wurde schmal. Kurpfuscherin oder nicht, sie war das Werkzeug der Bryanstons.

Er schritt zurück zur Tür und rief laut: »Wachen!«

Sie kamen gelaufen, sechs Mann mit blanken Waffen.

Northumberland deutete auf die Goodlow. »Befragt sie über den Tod Philip Bryanstons«, befahl er kalt.

Zum ersten Mal, seit sie im Palast ihr Wesen trieb, erbleichte Mistress Goodlow. Entsetzen zeichnete sich auf ihren Zügen ab.

»Unterwerft sie dem peinlichen Verhör«, trug er ihnen mit eisiger Gleichgültigkeit auf. »Und lasst die Ärzte des Königs kommen. Sie müssen den Schaden gutmachen, den dieses Weib angerichtet hat.«

*Falls der Herr ihnen für diese unmögliche Aufgabe die Macht verlieh.*

»Ich verstehe gar nichts«, wiederholte Mary hartnäckig, als sie zur anderen Seite der Kabine blickte, wo Pen mit ihrem Kleinen in den Armen stand. »Wie sollen wir uns auf die Flucht begeben, wenn wir ein Kind dabei haben?«

»Ich glaube nicht, dass er Ärger machen wird, Madam«, sagte Pen gelassen. »Bis jetzt war er sehr artig.« Sie küsste den Jungen auf den Hinterkopf.

Philip hatte seit dem Aufbruch aus Greenwich kaum einen Mucks von sich gegeben; doch sie war erleichtert, dass er allmählich seine Umgebung wahrzunehmen schien. Seine dunklen, großen Augen wanderten ständig umher und betrachteten alles in der Kabine, auch die drei Frauen, die seinem ruhigen Blick entsetzt und nachdenklich ob der soeben gehörten Geschichte begegneten.

Wäre die Situation nicht so ernst gewesen, hätte Pen sich über die sprachlose Verblüffung amüsiert, die ihr bei ihrer Ankunft am Steg mit einem Kind auf dem Arm entgegenschlug. Sie hatte gewartet, bis Mary mit Susan und Matilda samt einem schweren Picknickkorb an Bord gegangen waren, ehe sie ihnen folgte und dem Steuermann Befehl gab, unverzüglich abzulegen.

In der anschließenden Stunde schilderte sie, was sich zugetragen hatte. Mit Marys Einwänden konfrontiert, hatte sie ruhig und entschlossen erklärt, sich in absehbarer Zukunft von ihrem Sohn keinesfalls zu trennen.

»Der Chevalier half Euch also, ihn zu finden«, sinnierte Susan vor sich hin.

»Wie kann jemand nur so bösartig sein wie deine Schwiegermutter?« Matilda klang absolut fassungslos. »Wie kann jemand so etwas tun? Es ist kaum zu glauben.«

Mary schwieg dazu. Sie dachte daran, wie ihr eigener Vater sie zum Bastard erklärt hatte und seine Ehe mit ihrer Mutter zur inzestuösen Verbindung – wie er sie ihres Titels beraubte und sie zwang, ihrer Halbschwester als Hofdame zu dienen. Auf seinen Befehl hin hatte man sie darben lassen, ihr angemessene Kleidung verweigert, sie in kalte, zugige Gemäuer gesperrt und ihr die Gesellschaft ihrer Mutter entzogen. Sogar als Mary dem Tod nahe war und sie und ihre Damen an eine lebensgefährliche Vergiftung glaubten, hatte Henry ihrer Mutter nicht erlaubt, sie zu pflegen.

Eltern und Verwandte neigten im Namen dynastischer Ambitionen sehr wohl zu Unmenschlichkeit.

»Euer Chevalier ist sehr findig«, bemerkte sie stattdessen

nach einer Weile. »Ein wahres Glück, da unsere Hoffnung nun auf diesem Talent ruht. Hat er Vorkehrungen für die Anwesenheit des Kindes getroffen?«

»Nein«, gestand Pen. »Aber ich zweifle nicht daran, dass er auch diese Situation meistern wird.«

»Möge es so sein!« Resigniert schüttelte Mary den Kopf.

»Wie wollt Ihr seine Identität bestätigen lassen?« Susan neigte sich zu ihr und berührte zögernd die zarte Kinderhand. Der Kleine fuhr erschrocken zusammen, blieb aber ganz still.

Pen umfasste ihn fester und blickte Mary an. »Ich hoffe, dass meine Mutter und Lord Hugh wissen, was das Gesetz vorsieht – doch würde meiner Sache durch Eure Fürsprache sehr geholfen, Madam. Eure Erklärung, dass Ihr ihn für den echten Earl of Bryanston haltet, wird großes Gewicht haben.«

Mary furchte bekümmert die Stirn. »Nicht in meiner gegenwärtigen Position, Pen. Ich verfüge über kaum mehr Macht als ein Marktweib.«

»Das wird sich ändern, Madam«, wandte Pen ein. »Nach dem Tod Eures Bruders werdet Ihr Königin.«

»Hoffen darf man es«, erwiderte die Prinzessin mit ironischem Lächeln. »Wie weit sind wir?«

Pen stand mit Philip auf und ging an Deck. Sie befanden sich nun nahe Whitehall Palace am Nordufer. Sie hob das Kind an die Reling, redete liebevoll auf den Kleinen ein und liebkoste seine Wange. Er ließ sich ihre Zärtlichkeiten gefallen, äußerte aber noch immer kein Wort.

Als sie nach seinen Fingern griff, kamen ihr die Tränen, weil sie so schmal und zerbrechlich, fast wie Krallen waren. Sie musste daran denken, dass Annas Handrücken in diesem Alter Grübchen gezeigt hatten und dass ihre Finger rund und ihre Gliedmaßen prall waren.

Bald, gelobte sie sich. Bald würde der kleine Philip aussehen, wie er sollte. Und bald würde sie den Tag der Vergeltung erleben.

Nachdenklich kehrte sie in die Kabine zurück. »Wind und Gezeiten sind mit uns. Wir müssten Blackfriars in etwa einer Stunde erreichen. Verfolger konnte ich nicht ausmachen, Madam.«

Antoine de Noailles zog seinen Umhang enger um sich, als ihn ein bitterkalter Windstoß vom Fluss her traf. »Warum müssen wir ins Freie?«, fuhr er seinen Begleiter an. »Mein Salon ist völlig sicher und verdammt viel wärmer.«

»Ich ziehe es vor, Gespräche dieser Art im Freien zu führen«, erwiderte Owen. »Manchmal haben Wände Ohren. Außerdem ist es ein schöner Nachmittag, ein wenig frisch vielleicht, aber sonst herrlich.« Er deutete auf die kahlen Bäume, deren Äste grellweiß in den strahlend blauen Himmel ragten und unter einer filigranen Eisschicht glitzerten.

Unbeeindruckt von der Pracht des Wintertages, seufzte de Noailles tief und blickte zu dem hoch gewachsenen Mann auf. Er spürte die Missstimmung des Chevaliers und sah sie auch ... an seiner Kinnhaltung und dem bedrohlichen Wetterleuchten seiner Augen. Dem Meisterspion war etwas über die Leber gelaufen.

De Noailles schlug die behandschuhten Hände gegeneinander und wandte sich von neuem ihrem Hauptthema zu. Wenn Owen ihm seine Sorgen anvertrauen wollte, würde er es tun, wann er es für richtig hielt. »Wir werden Mary also helfen, ungefährdet nach Essex zu gelangen«, ergriff er das Wort. »Glaubt Ihr wirklich, Northumberland strebt eine Änderung der Thronfolge an?«

»Ich halte es für sehr wahrscheinlich«, sagte Owen und brach einen Zweig der Buchsbaumhecke am Wegrand ab. »Es ist die plausibelste Erklärung für seinen plötzlichen Entschluss, seinen Sohn mit der Cousine des Königs zu vermählen.«

Er rieb die grünen Blätter zwischen den Händen und sog ihren Duft ein. »Marys Haus in Woodham Walter liegt von der Küste nur zwei Meilen landeinwärts. Sollte sie außer Landes fliehen müssen, befindet sie sich in Reichweite der kaiserlichen Flotte.«

»Allerdings«, murmelte der französische Gesandte und zog sich den Hut mit festem Ruck tiefer über die Ohren. »Übrigens könnte Northumberland sie jederzeit verhaften lassen, da sie darauf beharrt, trotz des königlichen Erlasses ihre Religion zu praktizieren.«

»Wenn sie nicht mehr unter dem Dach des Königs weilt, dürfte das etwas schwieriger sein.« Owen kehrte dem Fluss den Rücken und strebte zum Haus zurück, wobei sein Begleiter sich Mühe geben musste, mit seinen ausgreifenden Schritten mitzuhalten.

»Ich möchte wissen, ob Simon Renard dieselben Schlüsse gezogen hat, was Northumberlands Absichten betrifft«, bemerkte de Noailles. »Dazu werde ich unsere Ohren in der spanischen Gesandtschaft befragen.«

Renard! Natürlich. Owen hielt so jäh inne, dass der Gesandte gegen seinen Rücken stieß. Renard war der alte Skandal sicher bekannt, und er würde keine Skrupel haben, jemandem wie Robin de Beaucaire alles zu erzählen, wenn er sich davon einen Nutzen versprach. Und was war natürlicher, als dass de Beaucaire sich diese verdrehten Informationen dort holte, wo er sie leicht bekam? Die Franzosen hätten ihm nichts verraten – ihr Gegenspieler aber, der spanische Gesandte …? Ohne weiteres.

»Was ist?«, fragte de Noailles und entfernte seine Nase von Owens Schulterblättern.

»Nur eine Erkenntnis«, sagte Owen gepresst. »Die Lösung eines Rätsels.«

»Welchen Rätsels?«

»Eines privaten.«

De Noailles, der auf Owens knappen Ton hin eine Grimasse schnitt, wusste, dass es keinen Sinn hatte, das Thema weiter zu verfolgen. »Ihr werdet also am Morgen die Prinzessin aus Baynard's Castle herausschmuggeln. Und ich soll dafür sorgen, dass sich eine stattliche Menschenmenge kurz vor Tagesanbruch an den Toren drängt. Unsere Leute werden sich heute Nacht in denTavernen sehr freigebig zeigen.«

»Gut! Würzt das Geld und den Wein mit ein paar Andeutungen, dass Northumberland der Prinzessin nicht wohl gesinnt ist. Das macht dem Volk bestimmt Beine.«

Der Franzose nickte. »Werdet Ihr sie persönlich nach Essex begleiten?«

»Das kommt darauf an«, sagte Owen noch immer gepresst.

»Worauf?«

D'Arcy stieß ein kurzes, freudloses Lachen aus. »Darauf, ob ich etwas Besseres zu tun habe oder nicht, mein Freund!«

Der Gesandte, der diese Antwort wenig befriedigend fand, reagierte mit einem gallischen Achselzucken und beschränkte sich auf einen frommen Wunsch: »Gott und das Glück mögen mit Euch sein!«

»Und mit Euch, Monsieur!« Owen verließ den Garten und lenkte seine Schritte auf den eisigen Weg zu einer Taverne, in der er bekannt war. Dort bestellte er einen Humpen Glühwein, um auf den Abend und die Chance zu warten, sich im Schutz der Dunkelheit Baynard's Castle zu nähern.

*Pen.*

In seinen Humpen starrend, sog er den Duft von Gewürznelken und Muskat ein. Sie hatte Verrat an ihm geübt, indem sie die Geschichte glaubte, die ihr Bruder ihr auftischte. Simon Renards Version, die sie einfach nicht hinterfragte.

Er leerte seinen Humpen und stellte ihn laut auf die Holzplatte. Dann ließ er den bedrückten Blick zum Feuer wandern und beobachtete die züngelnden Flammen. Ein wenig hatte er schon davon geträumt, ihrer Liebe sei eine Zukunft beschieden – allerdings noch ohne eine Ahnung, wie dies zu verwirklichen war.

Gleich am Anfang –, hätte er ihr zu ihrer eigenen Sicherheit die ganze Geschichte anvertrauen müssen. Vermutlich hätte sie mit Verständnis reagiert und nicht sich und ihn gefährdet wie die dumme Estelle. Die arme, dumme, eitle Estelle …

Owen starrte unverwandt ins Feuer. Wut und Schmerz loderten mit diesem auf und fielen in sich zusammen, wenn die Flammen zurücksanken. Er war nicht gewillt, Pen gehen zu lassen. Um keinen Preis! Noch war er verbittert und gekränkt und wollte hören, wie sie ihn um Verzeihung bat – die er ihr zunächst verweigern würde, um sich an ihrer Enttäuschung zu weiden. Sie sollte so leiden wie er. Und doch war er nicht gewillt, sie gehen zu lassen.

Genau das hatte er gemeint, als er zu dem Gesandten sagte, er wüsste nicht, wie seine Pläne für den morgigen Tag aussähen. Alles hing von Pen ab. Davon, wohin sie ging, wofür sie sich entschieden hatte. Oder vielmehr, wofür sie sich entscheiden würde, wenn man sie vor die Wahl stellte.

Jäh stand er auf, rückte das Schwert an seiner Seite zurecht und griff nach seinem Umhang. Im Moment lag eine Aufgabe vor ihm, die einem Spion entsprach.

Die Gezeiten hatten gewechselt, und die Strömung war stark, als er an den Fluss zurückkehrte. Er rief einer Jolle zu, sie solle ihn nach Baynard's Castle übersetzen.

Es war ein bitterkalter Abend, der Himmel ein funkelndes Sternenzelt, dessen silbriges Licht die dunklen, rasch dahinströmenden Fluten der Themse beschien. Ein kleines Boot mit Aalfischern tanzte vor den Schlammflächen des flachen Ufergeländes, die Stimmen der Männer drangen klar durch die Frostluft.

Owen versenkte sein Kinn im Mantelkragen wie eine Schnecke, die den Kopf einzieht, und überprüfte seine Pläne noch einmal.

»Baynard's Castle, Herr. Sieht aus, als gelangtet Ihr in feine Gesellschaft!«

Die Stimme des Fährmannes holte ihn wieder in die eisige Nacht zurück. Er setzte sich aufrechter hin und blickte zur Mündung des Fleet River in die Themse. Darüber ragte der Schlosskomplex auf, der den Blick flussaufwärts wie -abwärts beherrschte. Drei Barken kämpften während des Anlegemanövers gegen die heftige Strömung. Die erste und kleinste führte das Banner des Duke of Northumberland.

»Zieh die Ruder ein«, flüsterte Owen. Er hatte eben miterlebt, wie weit und deutlich man Stimmen über das Wasser hörte. »Halte dich in der Flussmitte!«

Der Mann zog die Ruder ein und duckte sich auf der Bank, nachdem er seine Friesmütze tiefer gezogen und den Kragen hochgeklappt hatte.

Rasch drehte Owen sich auf der Ruderbank um und löschte die Bootslaterne. Das Licht der Sterne ließ wenig im Schatten, doch das Boot war klein und lag ruhig auf dem Wasser.

Reglos saß er da und konzentrierte sich auf die Szene. Die Ruderer hatten Mühe, bei der starken Strömung mit der ersten Barke anzulegen, und die zwei anderen, die noch auf dem Fluss trieben, gerieten gefährlich nahe aneinander. Flüche wurden laut. Drei Männer traten aus der Kabine.

Northumberland, Pembroke und Suffolk.

Owen nickte vor sich hin. Er hatte vorausgesehen, dass die Nachricht von der Ankunft der Prinzessin in Pembrokes Residenz nachmittags in Greenwich eintreffen würde. Die drei Mitglieder des Kronrates hatten offenbar keine Zeit verloren. Dies bedeutete, dass nun Owen an der Reihe war.

Die drei Männer, die gebeugt an der Reling standen, waren in ein Gespräch vertieft, während das Anlegemanöver stattfand. Hören konnte Owen nichts. Das war auch nicht nötig. Sein Blick überflog die Uferlinie.

»Steuere das Ufer knapp neben der Mündung des Fleet an«, befahl er. Seine Stimme war nur ein Atemhauch in der Luft, doch verstand der Bootsmann ihn gut.

Erneut legte er sich in die Riemen und ruderte kräftig auf den flachen Teil zu. Owen bezahlte ihn und stieg im Flachwasser aus. Der Schlick trug eine dicke Eisschicht, die Stiefel und Beinkleid vor dem Schlamm darunter schützte. Er trat vorsichtig auf, und der Fährschiffer, der ihn beobachtete, hatte den Eindruck, er gleite wie ein Geist über die glatte Oberfläche dahin, so leise war er. Überall schien er Halt zu finden, mit traumwandlerischer Sicherheit setzte er seine Schritte. Binnen einer Minute hatte er festen Boden erreicht, ohne dass Füße oder Kleidung auf seiner ungewöhnlichen Route gelitten hätten.

Owen lauschte. Die Wassertreppe des Schlosses entzog sich seiner Sicht durch die Biegung an der Mündung des Fleet-Flusses; doch konnte er die Stimmen jetzt, kaum mehr als hundert Fuß von der Treppe entfernt, deutlich vernehmen.

Er schlich näher, indem er ständig Deckung im Binsengras suchte. Die drei Männer standen nun am Kai, als ein kleiner Trupp Soldaten hinter ihnen an Land gesetzt wurde.

»Es gefällt mir nicht«, sagte Pembroke. »Nicht ohne ausdrücklichen Befehl des Königs.«

»Der König wird auch jetzt keinen Haftbefehl gegen seine Schwester ausstellen, wenn man nicht mit viel Überredung nachhilft«, erklärte Northumberland ungeduldig. »Ich hatte gehofft, ein oder zwei Tage Zeit zu haben, um ihn umzustimmen, während wir sie in Greenwich unter Beobachtung haben; doch nahm die Prinzessin die Sache selbst in die Hand. Wenn ich nur wüsste, wer sie beraten und ihr geholfen hat … Das alles kann sie nicht allein geplant haben. War sie denn wirklich krank?« Fluchend spuckte er über das Geländer. »Bald werde ich es herausfinden. Und jetzt müssen wir sie fassen, ehe sie London verlässt.«

Owen entfernte sich, die Böschung hinauf, auf die Mauern zu. Als er raschen und sicheren Schrittes das Gebüsch hinter sich brachte, knirschte Eis unter seinen Stiefeln. Auf dem Kai hinter ihm setzten die drei Herren ihr Gespräch fort.

Oben angelangt, wandte er sich nach links, der Mauer entlang auf eine kleine, wenig benutzte Seitenpforte zuhaltend; diese hatte er bei früheren Besuchen entdeckt, ehe die Prinzessin mit ihrem Gefolge nach Greenwich übergesiedelt war.

Der Wachposten spähte misslaunig in die eisige Dunkelheit, um die Quelle des geflüsterten Rufes zu erkennen, den er vernommen hatte. Im nächsten Moment lag er in gnädiger Bewusstlosigkeit unter einem Busch.

Kaum hatte Owen das Innere der Umfriedung erreicht, als er auch schon rasch und wie ein Mann ausschritt, der Weg und Ziel kannte. In seiner Eile war er dankbar dafür, dass man Steine und Platten zum Schutz gegen die Glätte mit Stroh bestreut hatte. Pechfackeln loderten in hoch angebrachten Halterungen an den Mauern der Höfe Richtung Westflügel, wo sich Marys Gemächer befanden.

Ein Posten stand am Fuß der breiten, geschwungenen Treppe, über die man zur großen Eichentür vor den Räumen der Prinzessin gelangte. Herzhaft gähnend lehnte er sich an die Mauer. Die Wache war für ihn reine Routine. Sehnsüchtig dachte er an das warme Wachzimmer, den Krug Ale und den Würfelbecher, die ihm nach seiner Ablösung in einer halben Stunde erwarteten.

Owen hielt im Schatten des zur Treppe führenden Bogenganges inne und holte aus der Tasche seines Wamses eine Hand voll Kiesel, die er am Ufer gesammelt hatte. Wieder gähnte der Posten und verschob seinen Spieß auf dem Steinboden.

Jetzt warf Owen die Kiesel in den Gangteil vor sich. Sie fielen prasselnd zu Boden. Ein alter Trick, der wie die meisten alten Tricks funktionierte.

Der Posten fuhr herum und tat einen Schritt in den Flur. Owen schlüpfte an ihm vorbei, lautlos wie ein Stück Wild. Dank seiner dunklen Kleidung unsichtbar, hatte er die Hälfte der Treppe hinter sich, ehe der Mann das Geräusch als belanglos abtat und wieder Posten bezog.

Oben hob Owen den Riegel der Tür am Ende der Treppe an.

## 23

Die unerwartete Rückkehr der Prinzessin stürzte den Haushalt von Baynard's Castle in totales Chaos, da die Gemächer des hohen Gastes eiligst hergerichtet werden mussten. Bediente rannten hin und her, brachten frische Wäsche und Bettvorhänge, Eimer mit heißer Kohle für die Kamine, Krüge mit heißem Wasser für den Komfort der Gäste.

Die Prinzessin stand vor dem soeben entfachten Feuer in ihrem Salon, den Blick in das Gebetbuch gerichtet, das sie in Händen hielt, während ihre Lippen sich in lautloser Andacht bewegten.

Pen trat mit Philip auf der Hüfte ein, gefolgt von zwei Zofen, die auf Tabletts dampfende Schüsseln brachten.

»Da unser Picknickkorb nur Bücher enthielt, dachte ich mir, wir sollten uns etwas zum Abendbrot kommen lassen«, sagte Pen gut gelaunt.

»Mein Verlangen nach Essen ist gering. Hier drinnen ist es schrecklich kalt.« Ein Schauder durchlief Marys zierliche Gestalt. Sie beugte sich über die noch dunklen Kohlen. »Wie kommt es nur, dass Steinkohle nicht so gut brennt wie Holz? Der Kamin wurde vor einer Stunde angezündet und gibt noch immer keine Wärme ab.«

»Madam, in der Stadt herrscht Mangel an Holz. Aber auf Woodham Walter wird mit Holz geheizt.« Pen gab sich Mühe, einen Anflug von Verzweiflung zu unterdrücken. Alle drei waren sie durchgefroren, hungrig und voller Angst. Marys Klagen trugen wenig dazu bei, die Stimmung zu verbessern; außerdem lag einzig Philips Wohlergehen Pen am Herzen. Der Kleine fing zu quengeln an. Ein gutes Zeichen. Das Verlangen, sich auszudrücken, wuchs vielleicht mit der Erfahrung, dass seine Bedürfnisse dann befriedigt wurden.

Die Zofen stellten die Tabletts auf den Tisch und huschten wieder hinaus. Mary legte das Gebetbuch aus der Hand. »Nun, dann wollen wir essen. Wann wird Euer Chevalier kommen?«

»Wenn er es für richtig hält, Madam«, gab Pen Auskunft. Noch immer ihren Sohn haltend, nahm sie eine Silberschüssel und einen Löffel vom Tablett. Philip grabschte von seinem Sitz auf ihrer Hüfte nach der Schüssel, und sie lachte. »Ja … schon gut … es kommt ja schon.«

Sic trug den vor Enttäuschung heulenden und strampelnden Philip zum Fenstersitz. Dort setzte sie ihn auf das Kissen und ließ sich neben ihm nieder, um ihn mit dem süßen Milchbrei zu füttern. Eifrig sperrte er den Mund auf und ruderte mit den Ärmchen; bald waren die Tränen auf seinen Wangen getrocknet.

Mary sah ihnen nachdenklich zu. Sie machte sich nichts aus Kindern. Pens Geschichte hatte sie entsetzt und gerührt; doch stellte der Kleine für Pen, deren Aufmerksamkeit einzig der Prinzessin zu gelten hatte, eine Ablenkung dar.

Als sich die Tür öffnete, blickte Pen, mit dem Löffel in der Luft innehaltend, auf. Philip stieß einen Jammerschrei aus, weil der Nachschub ausblieb, als Owen d'Arcy den Raum betrat. Owen schloss die Tür zu und schob den schweren Riegel vor.

Einen Moment lang blieb er dort stehen und erfasste mit einem Blick die Lage. In seinem dunkelgrauen, mit schwarzer Seide unterlegten Wams strahlte er Kraft und Energie aus. Der hohe Kragen gab den Blick auf eine modisch schmale Halskrause frei, silberfarbige Spitze zierte das dunkelgraue Hemd, das eine Beinhose aus schwarzer Seide ergänzte. Er erinnerte Pen stark an das tödliche, silbergraue Rapier, das er an seiner Hüfte trug.

»Du hast das Kind mitgebracht«, sagte er mit undeutbarem Blick. »War das klug?«

»Ich hatte keine andere Wahl«, entgegnete Pen einfach. Sie spürte, dass ihre Wangen sich röteten, dass eine Woge des Verlangens sie erfasste … des Verlangens nach seinem verschwörerischen Lächeln, den tanzenden Augen, die eine innere Wärme erleuchtete, die sie manchmal für Liebe gehalten hatte. Stattdessen aber schien er distanziert, kühl und sein Blick gleichgültig.

»Eine Trennung war mir unerträglich. Und er wird uns nicht behindern«, erklärte sie leise.

»Ich freue mich, Euch zu sehen, Chevalier.« Mary erhob sich. Trotz ihres gelassenen Tons lag Furcht auf ihren Zügen, da sie eine Aura der Gefahr an ihm zu spüren vermeinte. »Wir haben Euch erwartet. Gibt es Nachricht aus Greenwich?«

»Gleich, Madam!« Owen sagte es brüsk. Mit leichtem Schritt verschwand er in dem anschließenden Gemach. Die Suite der Prinzessin bestand aus einer Flucht von Zimmern, einige nicht viel größer als Wandschränke, andere sehr geräumig. Alle gingen ineinander über und bildeten praktisch einen Korridor.

Pen hob Philip hoch und folgte Owen, der die Suite durcheilte. Im siebten und letzten Raum, einem Vorzimmer für die Pagen der Prinzessin, das im Moment leer stand, versperrte Owen ebenfalls die Tür mit Schloss und Riegel.

Er drehte sich zu Pen um, die nach Luft rang. »Gibt es noch eine Tür, durch die man diese Räume verlassen kann?«

Sie schüttelte den Kopf. »Nicht dass ich wüsste.«

»Dann komm, wir haben wenig Zeit. Sie werden jeden Moment eintreffen.« Er lief an ihr vorüber, zurück in den Salon der Prinzessin.

Pen folgte ihm und musste weit ausgreifen, um mit ihm Schritt zu halten. Als er wieder eintrat, standen die drei Frauen auf. Das Gefühl der Dringlichkeit und die damit verbundene Angst wirkte ansteckend.

»Was geht vor, Chevalier?« Mary stellte die Frage ganz ruhig, doch sagten ihre an die Röcke gepressten Hände alles.

»Madam, Euch droht sofortige Festnahme«, klärte er sie auf und trat an die vier schmalen Glasfenster in der Außenmauer. Unten im Hof kam eine Abteilung Bogenschützen aus dem Pförtnerhaus. »Ich hatte gehofft, Northumberland würde mehr Vorsicht walten lassen – doch scheint er seine Ungeduld nicht zügeln zu können.«

Mary fasste sich an die Kehle. Ihr Puls schlug heftig unter der weißen Spitzenkrause am Halsausschnitt. Sie sagte nichts.

Owen kehrte dem Fenster den Rücken. »Da wir uns eines Täuschungsmanövers bedienen werden, steht es für uns nicht ganz schlecht.« Plötzlich lächelte er, und Pen registrierte, dass außer ihr alle aufatmeten.

Sein Lächeln sollte den drei Frauen Mut machen und ihnen Zuversicht einflößen. Wieso merken sie das nicht?, fragte Pen sich. Ihr war sonnenklar, dass Owen für ein aufrichtiges Lächeln nicht in Stimmung war, mochte er noch so viel Vertrauen in seine Fähigkeit haben, die Kastanien aus diesem Feuer zu holen.

Als Philip ein Wimmern hören ließ, drückte sie ihn an die Schulter. Vielleicht imponierte den Damen diese männliche Machtdemonstration. Unter anderen Umständen hätte der Gedanke sie zum Lachen gereizt und den Wunsch in ihr geweckt, ihn mit Pippa zu teilen. Lady Guineveres Töchter waren dazu erzogen worden, sich von Posen dieser Art nicht beeindrucken zu lassen.

»Niemand weiß, dass ich hier bin; deshalb ist auch unbekannt, dass Ihr von der unmittelbaren Bedrohung Kenntnis habt«, fuhr Owen ruhig fort. »Sie kommen in der Erwartung, bei Euch ungehindert Einlass zu finden, und werden nicht versuchen, gewaltsam einzudringen – zumal dieses Vorgehen in der Öffentlichkeit Unwillen erregen würde und das Volk zur Rebellion anstacheln könnte. Ich bin sicher, der Kronrat beabsichtigt, Euch hinauszulocken und fortzuschaffen, während die Stadt schläft.«

Mary nickte. Die Farbe kehrte in ihre Wangen zurück. »Das Volk liebt mich!« Was durchaus der Wahrheit entsprach.

Owen gab keine Antwort, stattdessen spähte er wieder durchs Fenster. Die Herzöge und der Earl of Pembroke betraten hinter den Armbrustschützen den Hof durch das Haupttor, von einer Abteilung Soldaten flankiert. Eine stattliche Truppe, um eine zierliche Frau festzunehmen, dachte er spöttisch. Man fürchtete offenbar die Reaktion der Bevölkerung. Die Londoner, die ihre eigenen Gesetze hatten, an denen sie unerschrocken festhielten, waren Princess Mary treu ergeben. Hier lag der Schlüssel zu Owens Plan.

»Pen, lösche bitte alle Kerzen bis auf eine.«

Wortlos gehorchte Pen.

Owen sagte im Flüsterton, der von allen gehört wurde: »Wenn man kommt, Madam, wird man sehen, dass unter der Tür kein Licht hervordringt. Die Tür darf keinesfalls geöffnet werden. Pen, du wirst dem Earl durch die Ritzen mitteilen, dass die Prinzessin sich für die Nacht zurückzog. Die Fahrt hätte sie ermüdet, man müsse befürchten, dass das Fieber von neuem ausbricht.«

Pen nickte knapp. Sie hatte das Gefühl, abgesondert von der Situation ein Drama wie auf der Bühne zu verfolgen. Sie hob Philip höher und massierte seinen Rücken. Er war eingeschlafen; sein federleichtes Gewicht spürte sie kaum.

»Madam, im ersten Morgengrauen werdet Ihr unterwegs nach Woodham Walter sein«, unterbreitete Owen ihr.

Niemand sprach ein Wort, als schwere Schritte die Treppe heraufpolterten. Es hörte sich an, als versammelte sich eine stattliche Schar vor Marys Tür.

Ihre Hoheit rührte sich nicht. Sie tastete nach ihrem Rosenkranz und bewegte lautlos die Lippen. Einzige Lichtquelle waren die Kerze und die schwache Glut im Kamin. Die fünf Gestalten schienen im Dunkeln erstarrt.

Nachdem er angeklopft hatte, sagte der Earl of Pembroke warm und herzlich: »Madam, ich fühle mich geehrt, Euch wieder in meinem Haus begrüßen zu dürfen. Gewährt Ihr mir ein Gespräch?« Er rüttelte an der Klinke.

Owen nickte Pen zu, die bereits an die Tür gegangen war. »Mylord, die Prinzessin hat erschöpft ihr Nachtlager aufgesucht. Ich möchte sie nicht stören.«

»Aber es ist ja kaum acht Uhr«, protestierte der Earl jovial. »Ich möchte mit Princess Mary zu Abend speisen.«

»Mylord, die Prinzessin fiebert. Sie kann sich heute unmöglich mehr in Gesellschaft begeben.« Pen stand ruhig vor der Tür, ihr Ton war unerschütterlich.

»Dann sollten wir den Arzt kommen lassen«, brachte der Earl jetzt fast flehentlich hervor.

»Die Prinzessin nahm ein Schlafmittel und möchte nicht mehr gestört werden«, wiederholte Pen mit Bestimmtheit.

Hinter der Tür hörte man Geraschel, dann das laute Pochen eines Schwertgriffes, der gebieterisch an das Eichenholz schlug. »Lady Bryanston?«

»Ja, Mylord Northumberland«, flötete Pen zuckersüß.

»Ihr werdet uns Einlass gewähren. Wir müssen die Prinzessin sprechen.« Nach einer kaum wahrnehmbaren Pause setzte er hinzu: »Ich bringe eine Botschaft Seiner Hoheit.«

Eine eilig zusammengebraute Lüge, dachte Pen, doch verriet ihr Marys plötzliche Bewegung hinter sich, dass dies ein sehr geschickter Schachzug war. Ein Blick über die Schulter zeigte ihr Owens Hand auf dem Arm der Prinzessin – er hielt sie also zurück.

»Mylord Duke, die Prinzessin schläft. Morgen wird sie sich gewiss freuen, Euch zu empfangen.«

»Das möchte ich von ihr selbst hören!« Northumberland klang aufgebracht.

Philip rührte sich an ihrer Schulter, und wieder massierte sie seinen Rücken, voller Angst, er könnte einen Laut von sich geben. »Mylady hat ein Schlafmittel genommen, Mylord«, wiederholte sie unbeirrt. »Sie kann niemanden empfangen.«

Owen stand außerhalb des schwachen Lichtscheins von Kerze und Feuer. Seine Hand ruhte am Griff seines Rapiers. Er sah, wie Pen das Kind zu beruhigen suchte, und dachte bei sich, dass in den wenigen Stunden, seitdem sie ihren Sohn gefunden hatte, ihr Umgang mit ihm sicherer geworden war und sie einander näher gekommen zu sein schienen. Das war natürlich pure Einbildung – doch glaubte er fast beobachten zu können, wie die Bindung zwischen ihnen wuchs.

Nun trat eine Pause ein, man vernahm Geflüster und das Scharren von Stiefeln auf dem kalten Steinboden vor der Tür. Dann sagte Northumberland: »Lady Bryanston, bitte richtet der Prinzessin meine besten Wünsche für eine baldige Genesung aus. Wir werden sie morgen früh aufsuchen.«

»Gewiss wird sie Euch dann sehr gerne empfangen, Mylord Duke«, versicherte Pen ihm.

Northumberlands finsterer Blick ruhte auf der massiven Eichentür, die ihm verschlossen blieb. Suffolk und Pembroke standen schweigend da, die Schar Bewaffneter hinter ihnen starrte ausdruckslos vor sich hin.

Der Herzog murmelte wie im Selbstgespräch. »Gegenwärtig kann man nichts tun. Aber hier drinnen ist sie über Nacht sicher. Bis morgen bleibe ich in Durham House und komme gleich bei Tagesanbruch wieder. Sie hat nur drei Frauen bei sich, und irgendwann müssen sie öffnen. Wir werden einfach abwarten.«

»Ja, das erscheint mir am besten.« Pembroke klang erleichtert. Die Vorstellung, dass man die Prinzessin gewaltsam aus seinem Haus fortschaffen wollte, hatte ihn sehr beunruhigt. Sollte Northumberland mit seinen Plänen Schiffbruch erleiden und Mary wider Erwarten doch den Thron besteigen, würde jeder der hier Anwesenden auf dem Schafott landen.

Im halbdunklen Gemach standen alle reglos da und lauschten angespannt, bis die Stiefelschritte auf der Treppe verklangen. Es folgte ein allgemeines Aufatmen.

»Nun, Chevalier, es sieht aus, als verdankten wir Euch eine Verschnaufpause«, sagte Mary leise.

»Zeit, die Ihr zur Ruhe nutzen solltet, Madam«, schlug Owen vor. »Wir können nicht fort, ehe es tagt.

»Ich könnte nicht schlafen.« Ihr Ton war stolz. Die Rosenkranzperlen klapperten.

»Dann, Madam, betet«, reagierte er brüsk. Durch das Fenster beobachtete er die Vorgänge im Hof, als Northumberland und Suffolk aus der Tür traten. Nachdem man ihnen die Pferde gebracht hatte, ritten sie durch die offenen Tore hinaus, vermutlich zu ihren Londoner Residenzen, wo sie die Nacht verbringen würden, um morgen rechtzeitig zur Stelle sein zu können. Damit ließen sie der Prinzessin nur wenig Zeit für die Flucht.

Mary spürte, dass der Chevalier sie irgendwie aus seinen Gedanken verbannt hatte. Seine Ungeduld wirkte geradezu beleidigend, als kümmere ihn ihr königliches Blut keinen Deut; doch musste sie zugeben, dass sie der Führungsrolle, die er sich anmaßte, nichts entgegenzusetzen hatte. »Wie sollen wir hier unentdeckt entkommen?«

»Unentdeckt schaffen wir das nicht«, stellte er fest. »Doch werden das Element der Überraschung und die Morgendämmerung auf unserer Seite sein. Die Details könnt Ihr getrost mir überlassen. Begebt Euch zur Ruhe, Madam!«

Mary hatte zu lange in Lebensgefahr geschwebt, als dass sie widersprochen hätte – wenn ihr auch sein gebieterischer Ton gründlich missfiel. Sie erhob sich und bedeutete Susan und Matilda, ihr zu folgen.

Pen schloss die Verbindungstür. Sie blieb mit dem Rücken zur Tür stehen, die Hand auf der Klinke, das schlafende Kind im anderen Arm.

Owen drehte sich zu Pen um. Ihr Anblick mit dem Kind wühlte ihn auf und erfüllte ihn zugleich mit bitterem Neid.

»Wenn er schläft, solltest du ihn hinlegen«, mahnte er und bückte sich, um das Feuer zu schüren.

Liebevoll bettete Pen Philip auf den Fenstersitz und deckte ihn mit einer Decke zu. Sein Däumchen steckte im Mund, und sie hatte den Eindruck, dass seine Wangen sich schon ein wenig gerundet hatten. Auf jeden Fall wiesen sie mehr Farbe auf.

»Er ist nass«, sagte sie. »Wenn ich ihm aber eine trockene Windel anziehe, wird er wach.«

Der Chevalier richtete sich vor dem Kamin auf. »Wo ist der andere?«

»Charles ... ich nenne ihn Charles«, erklärte Pen. »Er wird inzwischen wohlbehalten in der Kinderstube in Holborn untergebracht sein. Im Moment traute ich mir nicht zu, mit beiden fertig zu werden.«

Das Gespräch verlief merkwürdig steif, als würde es von zwei völlig Fremden geführt. Wenn sie ihn ansah, hatte sie ein Gefühl der Leere. Der Leere und Hoffnungslosigkeit. Seine Augen blickten so hart, so gnadenlos, und sie konnte ihnen nichts entnehmen. Kein Nachgeben, kein Verständnis.

Aber sie hatte ihn enttäuscht, rief sie sich in Erinnerung, und es sah aus, als könne Owen Enttäuschungen nicht verzeihen.

Er zuckte nur mit den Schultern. »Du wirst ihn nicht selbst hinaustragen können. Leider wirst du ihn ein paar Minuten hergeben müssen.«

»Warum?« Sie vernahm bei sich selbst eine Andeutung von Panik, als sei Philip bedroht. Während sie zu dem schlafenden Kind schaute, musste sie sich zwingen, es in Ruhe zu lassen.

Mit der Antwort hatte Owen es nicht eilig, und Pen fiel die absolute Stille in den Gemächern hinter dem Salon auf. Es war eine angsterfüllte, abwartende Stille. Aus dem Hof drangen die schwachen Geräusche von Marschtritten empor. Eine Stimme rief einen Befehl. Hufe klapperten auf dem Steinpflaster.

Wieder tauschten sie Blicke – der ihre verwirrt und besorgt in dem blassen, müden Gesicht.

»Owen?«, flüsterte Pen. »Owen, ich ertrage es nicht, so behandelt zu werden. Könnten wir nicht versuchen, es wieder in Ordnung zu bringen?«

Da rührte er sich und kam mit sicheren, entschlossenen Schritten auf sie zu. Er blieb vor ihr stehen, ohne sie anzurühren, so nahe aber, dass sie seine Körperwärme spürte. Absichtlich langsam begann er zu sprechen, sein Blick war ohne Wärme, wie einer Fremden gegenüber.

»Ich bin ein Mann von fünfunddreißig Jahren. Ich hatte eine Frau und zwei Kinder. Ich habe in meinem Leben vieles getan. Ich kämpfte auf Schlachtfeldern und auf Schiffdecks, schlüpfrig von Blut. Ich wurde in einem maurischen Kerker gefoltert und entkam aus einem spanischen. Ich bin von Natur aus Kämpfer und nicht Höfling, und mein Beruf ist Spionage. Nie habe ich etwas anderes behauptet!«

»Nein«, gab sie ihm Recht und suchte nach Worten. »Und jetzt willst du mir sagen, dass ich über dich ... über deine Vergangenheit ... über deine Taten ... die du begehen musstest, nichts wüsste. Dass diese Dinge mich nichts angingen. Ich soll dich akzeptieren, dir vertrauen – ohne dass ich eigentlich einen Grund dazu hätte.«

»Und das kannst du nicht«, stellte er hart fest.

Sie hob eine Hand, berührte ihn aber nicht. »Vielleicht«, murmelte sie. »Wahrscheinlich ... ich weiß es nicht.«

Rauchschwaden quollen aus dem Kamin, als ein Windstoß hineinfuhr. Die Glasscheiben klirrten. Das klare, schöne Wetter hatte umgeschlagen.

Owen trat zurück. Seine Augen, schwarz wie geschliffener Obsidian, fixierten sie, als wollten sie in ihre Seele dringen.

Sie wartete, dass er etwas von sich gab, ihr etwas anbot; doch er schwieg, und die Stille schien sie beide zu ersticken.

»Wie sollen wir hier ungehindert entkommen?«, fragte sie dumpf. »Was soll mit Philip geschehen? Warum darf ich ihn nicht tragen?«

»Ich will es erklären«, leitete er nun wieder ruhig und kühl ein. »Du hast eine wichtige Rolle zu spielen, und ich sehe eine Möglichkeit, die Anwesenheit des Kindes zu unserem Vorteil zu nutzen.«

Eine halbe Stunde später durchschritten sie lautlos die dunkle Zimmerflucht. Susan und Matilda schliefen voll angezogen und teilten sich ein Bett. Die Vorhänge um das Bett der Prinzessin waren fest zugezogen, hinter ihnen drang kein Geräusch hervor.

Auf Zehenspitzen ging Pen zum Nachttisch und griff nach einem runden Schächtelchen. Sie übergab es Owen, der es in die Tasche seines Wamses steckte. Im leeren Pagenzimmer öffnete Owen die Tür und spähte in den engen Korridor dahinter. Wie erhofft, lag er verlassen da. Pembroke hatte keinen Grund zu der Vermutung, sein Gast könnte aus einer streng bewachten Schlossanlage eine mitternächtliche Flucht über die Hintertreppe wagen.

Er glitt aus dem Raum und verschwand in der Dunkelheit.

Sofort schloss Pen hinter ihm ab und legte den Riegel vor. Sie lief zurück in den Salon, in dem Philip noch immer fest schlief. Eine an Entsetzen grenzende böse Vorahnung, Erschöpfung, die schrecklich leere Hülle ihrer Liebe zu Owen, das alles drohte sie zu überwältigen. Sie zwang sich, eine Kleinigkeit zu essen, und sank dann auf einer niedrigen Sitzbank vor dem Feuer zusammen.

# 24

»Pen?«

Als Pen mit einem Ruck auffuhr, merkte sie, dass sie eingenickt sein musste. Sie sprang hoch. »Madam? Ihr seid wach?«

Mary stand in der Tür, völlig angezogen, doch ohne Haube. Ihr Haar fiel ihr in weichen Flechten auf die Schultern und ließ sie jünger aussehen als sechsunddreißig.

»Ich fand keinen Schlaf«, erklärte sie. »Wo ist der Chevalier?«

»Er bereitet alles für unseren Aufbruch vor.«

Mary kam ans Feuer. »Und wie gedenkt er diesen zu meistern?«

»Mit Trompeten und Fanfaren, Madam.« Pen bückte sich und legte Kohlen auf das niedergebrannte Feuer. »Aber wir mussten Euer Siegel ausborgen.« Sie blickte zur Prinzessin auf, deren Miene keine Regung verriet.

Deshalb fuhr Pen ruhig fort: »Er gab Befehl, bei Tagesanbruch eine Kutsche vorfahren zu lassen. Niemand kann Euch an dieser unerwarteten Ausfahrt hindern. Northumberland und Suffolk verließen das Schloss, nachdem Ihr ihnen den Zutritt verwehrt habt. Da sie höchstwahrscheinlich im Morgengrauen zurückkehren, müssen wir uns sputen.«

»Ich verstehe.« Mary nahm auf der Sitzbank Platz, von der Mary aufgestanden war.

»Der Chevalier ist der Meinung, dass Eure Sicherheit in London bei helllichtem Tag nicht gefährdet ist. Wir fahren los und tun so, als wollten wir an der Frühandacht in St. Paul's teilnehmen. Der französische Gesandte hat veranlasst, dass sich eine große Menschenmenge vor dem Tor einfindet, Euch bei der Abfahrt zujubelt und auf dem Weg zur Kirche begleitet. Vor den Augen der Öffentlichkeit kann man Euch schwerlich verhaften.«

Mary stützte ihr Kinn in die Hand, während sie ins Feuer blickte, das wiederum nur noch eine Andeutung von Wärme ausstrahlte.

»Einfach und vermutlich richtig«, bemerkte sie. »Aber soll ich in St. Paul's um Asyl bitten? Sobald wir uns auf einer Landstraße außerhalb Londons befinden, kann der Herzog mich mit einem Haftbefehl einholen.«

»Nein, Madam. Nach Betreten der Kirche werdet Ihr durch eine Seitenpforte hinausschlüpfen und die Stadt auf geheimer Route verlassen, während ich an Eurer Stelle in der Kirche ausharre. Der Chevalier wird für Eure Begleitung sorgen. Um Euch genügend Vorsprung zu verschaffen, werde ich noch eine Weile, im Gebet versunken, vor dem Seitenalter knien. Am frühen Abend werdet Ihr Woodham Walter erreichen. Dort befindet Ihr Euch unter dem Schutz der kaiserlichen Flotte.«

»Und was wird aus Euch, Pen?«

Pen wandte ihr Gesicht dem Feuer zu. »Ich bringe mein Kind nach Holborn und begebe mich unter die Fittiche meiner Familie.«

Sie hielt inne und wählte ihre Worte mit Bedacht, da Mary auf ihre Würde als Prinzessin großen Wert legte. »Als zusätzliche Vorsichtsmaßnahme werde ich bereits Euren Platz einnehmen, wenn wir das Schloss verlassen. Ihr sollt Euch als Zofe verkleiden und Philip in den Armen tragen, um die Täuschung zu vervollkommnen. Susan und Matilda werden uns begleiten, so dass es aussieht, als wäre ich hier geblieben.«

Bei einem raschen Blick auf Mary entdeckte sie den erwarteten Gesichtsausdruck. »Man weiß, dass Ihr oft Mitglieder der Haushaltung mit zum Gottesdienst nehmt«, beeilte sie sich zu erklären. »Eine Dienerin mit einem Kind in Eurer kleinen Gruppe wird nicht auffallen.«

Mary starrte Pen an. »Ich … als Zofe verkleidet?«

Leise erläuterte Pen: »Der Kittel einer Zofe für einen Thron, Madam! Niemand wird eine Zofe verfolgen.«

Ihre Hoheit schwieg. Ihr Blick kehrte zum Feuer zurück. Wenn diese Verkleidung ihr das Leben rettete und Northumberland vom Leibe hielt, würde der Thron ihr gehören. Eingedenk der Ereignisse in ihrer Jugend, sagte sie seufzend: »Es gibt ärgere Erniedrigungen. Vermutlich kann ich von Glück reden, dass die französischen Interessen sich derzeit mit meinen decken.« Sie zog die Schultern hoch und beugte sich dem Feuer mit ausgestreckten Händen entgegen. Die Ringe an ihren Fingern funkelten. »Ich habe gelernt, mir alles zunutze zu machen, was sich bietet.«

In stillem Einverständnis neigte Pen den Kopf und bewegte sich auf das Fenster zu. Sie blickte in den Hof hinunter. Die Fackelträger machten ihre Runde. Es war ruhig und still, da der Wind sich wieder gelegt hatte. Ein paar Schneeflocken rieselten auf das Pflaster.

Nachdem er Pen verlassen hatte, bog Owen um einige Ecken in dem schmalen, für die Dienerschaft bestimmten Korridor. Dass man die Wache am Haupteingang zu den Gemächern der Prinzessin verstärkt hatte, war unwahrscheinlich, da niemand eine Gefahr witterte. Wie sollten denn Mary und ihre drei Damen ohne Hilfe aus dem gut bewachten Schloss gelangen?

Er hatte nicht genug Zeit in der Anlage verbracht, um all ihre Geheimgänge zu erkunden; doch kannte er inzwischen die Personaltreppen und erreichte in kürzester Zeit den Küchenhof. Dahinter lagen die Stallungen.

Dort traf er auf einen verschlafenen Stallknecht, der

Dienst tat und die anderen wecken sollte, falls der Earl sich spätabends zu einer Ausfahrt entschloss – was nicht selten der Fall war.

Owen gab ihm seine Anweisungen. Er zeigte ihm das Siegel der Prinzessin und erteilte knappste Befehle, die keinen Widerspruch duldeten. Der verwirrte Mann nahm es in ehrerbietiger Haltung zur Kenntnis und unterdrückte verstohlen ein Gähnen.

Die Prinzessin hätte beschlossen, mit ihren Damen frühmorgens der Andacht in St. Paul's beizuwohnen. Die Karosse sollte bei Tagesanbruch im mittleren Hof abfahrbereit stehen. Der Stallknecht dachte sich nichts dabei. Eine Ausfahrt wie diese gehörte zu den Gewohnheiten der frommen Lady.

Durch die kleine, wenig benutzte Seitenpforte, durch die er hineingelangt war, verließ Owen Baynard's Castle. Der Posten lag noch immer unter dem Strauch. An seiner Schläfe zeigte sich eine rote Beule. Er stöhnte auf, als Owen sich über ihn beugte und seinen Puls fühlte. Zögernd blickte d'Arcy zum Himmel, an dem der Abendstern rasch verblasste. Ihm blieb wenig Zeit für das, was getan werden musste; doch hatte der Mann schon zu lange in der eiskalten Nacht gelegen. Er zog ihn an den Achseln hoch und zerrte ihn in den Schutz des Postenhäuschens. Hier war es nicht viel wärmer, doch hielt das Dach wenigstens den Schnee ab. Er setzte den Mann hin und lehnte ihn an eine Wand. Dann widmete er sich verschiedenen Kontrollgängen; erst danach überzeugte er sich davon, ob die Beauftragten des Gesandten es geschafft hatten, eine Menschenmenge ausreichender Größe aufzubieten, die Prinzessin Mary als lautstarke und treue Anhänger zujubeln würden.

»Madam, wir sollten jetzt gehen.« Pen, die das Verblassen des Abendsterns beobachtet hatte, wandte sich vom Fenster ab.

Mary stand in schlichter Zofentracht, Kleid und Mantel aus Serge, da. Es waren alte Sachen Lucys, die in Baynard's Castle geblieben waren, als sie nach Greenwich umzogen. Kleiner als Lucy, wirkte Mary in dem schlecht sitzenden Gewand mit nachschleifendem Saum und überlangen Ärmeln so unansehnlich, dass niemand die Prinzessin in ihr erkennen konnte. Matilda und Susan standen bleich neben ihr.

»Seid Ihr sicher, dass man uns nicht aufhalten wird?«

»Nein«, sprach Pen es offen aus und hob den verschlafenen Philip vom Fenstersitz. »Aber ich glaube, es ist die beste Chance, die sich uns bietet.«

»Sehr gut. Ihr müsst vor mir hinaus.« Mit einer Andeutung von Ironie wies Mary auf die Tür.

Als Pen ihr Philip überließ, tat sie es mit dem Gefühl, ihr Herzblut zu opfern. Kritisch und ängstlich sah sie zu, wie die Prinzessin das Kind unbeholfen an sich drückte.

»Ich will ihn besser einhüllen, Madam.« Sie wickelte die Decke fester um den Jungen und bedeckte seinen Kopf. »Haltet ihn ganz ruhig, damit er nicht erschrickt.«

»Ein Kind werde ich wohl tragen können«, meinte Mary spöttisch. »Zumindest bis zum Wagen. Dann bekommt Ihr ihn zurück!«

Pen knickste. Susan hob den schweren Türriegel und drehte den Schlüssel um. Die dicht verschleierte Pen schlüpfte hinaus, gefolgt von den anderen Frauen.

Aufgeregt klopfte Pens Herz, doch war ihre Zuversicht ungebrochen. Der Wagen würde warten, die Tore würden sich für die Tochter Henrys VIII. öffnen, und sie würden freie Fahrt haben. Dafür sorgte Owen!

Der Posten am Fuß der Treppe kratzte sich am Kopf, als die Gruppe herunterstieg. Er hatte keinen Befehl, jemanden daran zu hindern, die Gemächer der Prinzessin zu verlassen. Seine Aufgabe war es vielmehr, alle Einlass Begehrenden zu überprüfen. Was ihn betraf, war die Prinzessin als hoch geehrter Gast des Earl of Pembroke anzusehen.

»Die Prinzessin wird der Morgenandacht zu St. Paul's beiwohnen«, wurde ihm von einer der hoheitsvollen Damen eröffnet, die die schlanke, verschleierte und verhüllte Princess Mary begleiteten.

»Sehr wohl, Madam«, erwiderte der Posten mit einer tiefen Verbeugung. Er warf einen teilnahmslosen Blick auf die bescheiden gekleidete Zofe mit dem Kind. Sicher war die Prinzessin der Meinung, die Frau hätte geistlichen Beistand nötig.

Er stand da und kratzte sich immer noch am Kopf, bis die Gruppe den Arkadengang betreten hatte; dann verließ er seinen Posten und ging ins Wachzimmer, wo er den Sergeanten, vor dem Feuer dösend, antraf.

»Was soll das?«, fuhr der Sergeant ihn an. »Du hast Dienst bis acht.«

»Nun ja … da die Prinzessin und ihre Damen sich zur Kirche begeben, dachte ich, dass ich mich aufwärmen könnte.« Erleichtert hielt er die Hände über das Glutbecken.

»Zur Kirche?« Abrupt setzte sich der Sergeant auf. Sein offener Waffenrock klaffte weit über einem überhängenden Wanst. »Davon weiß ich nichts.«

Der Posten zog die Schultern hoch.»Sicher hat man es vergessen. Oder sie entschloss sich ganz plötzlich.«

Der Sergeant stand auf und knöpfte den Rock zu. »Ich melde es lieber.« Und schon enteilte er in Richtung der Gemächer des Earls.

Pen bemühte sich, majestätisch, doch ungezwungen auszuschreiten und das Schritttempo für die anderen vorzugeben. Es fiel ihr schwer, nicht schneller zu werden; doch durfte keinesfalls der Eindruck unziemlicher Eile entstehen. Alle ihre

Sinne konzentrierten sich auf Mary und Philip hinter ihr, und sie spitzte die Ohren, damit ihr auch nicht das leiseste Wimmern des Kindes entging, das bald wieder gefüttert werden musste. Aber wie sollte sie ihn füttern, während sie in der Lady Chapel von St. Paul's auf den Knien lag? Diese Frage hatte Vorrang vor allen anderen.

Das Schloss erwachte für den neuen Tag zum Leben. Die Fackelträger verließen ihre Posten im mittleren Hof, Diener waren damit beschäftigt, die Pechfackeln an den Wänden des Arkadenganges zu löschen. Alle hielten in ihrem Tun inne, um sich zu verneigen, als die Gruppe der Frauen erschien. Die verschleierte Prinzessin neigte zur Erwiderung den Kopf.

Erleichtert atmete Pen auf. Im mittleren Hof wartete im kalten grauen Licht des frostigen Morgens die Karosse, flankiert von einer aus zwei Reitern bestehenden Eskorte. Der Atem der Pferde dampfte.

Pen nahm ihren Platz in dem Gefährt ein. Die anderen folgten ihr, die Zofe als Letzte.

Sogleich schob Pen den Ledervorhang beiseite, um hinausschauen zu können. Mary drückte sich in den dunkelsten Winkel des Wageninneren und dachte, den Blick fest auf das an der Wand hinter Pens Kopf angebrachte Wappen richtend, an die Krone.

Der Kutscher ließ die Peitsche über den Ohren der Pferde in dem Augenblick knallen, als der Earl of Pembroke aus dem Schloss auftauchte – hastig einen Mantel über sein pelzbesetztes Nachtgewand werfend. Er eilte über den Hof zur Kutsche und stolperte fast über den seidenen Saum des Gewandes.

Der verkleideten Pen schlug das Herz bis zum Hals. Sie wies den Reiter auf ihrer Seite des Wagens in drängendem Flüsterton an, sofort das Zeichen zum Öffnen des nach Ludgate führenden Tores zu geben. Dann ließ sie den Vorhang fallen und verbarg sich im dunklen Wageninneren.

»Madam ... Madam ... ich bitte Euch ... einen Moment! Lasst mich Euch begleiten!«

Pen hustete in ihr Taschentuch und sagte ohne den Vorhang beiseite zu schieben, in gedämpftem Ton: »Ich kann nicht warten, Mylord, da ich jetzt in St. Paul's beten möchte.« Sie hustete wieder.

»Madam, Ihr klingt heiser. Ihr solltet Euch nicht der Morgenluft aussetzen, bei Gott, das solltet Ihr nicht!«, schrie der Earl verzweifelt.

Der Wagen setzte sich in Bewegung. »Mylord, ich begebe mich zu meiner Andacht«, wies sie sein Ansinnen in einer überzeugenden Imitation von Marys stolzer Unnahbarkeit zurück. »Wir fahren!«

Der Earl hob die Hand, um die Tore schließen zu lassen, und sah erst jetzt, was sich vor den Mauern tat. Eine ansehnliche Menschenmenge säumte die Straße nach Ludgate und ließ die Prinzessin hochleben.

Pembrokes Hand sank schlaff hinab. Hilflos sah er zu, wie der Wagen durch die Tore fuhr und von der jubelnden Menge umdrängt wurde.

Kopfbedeckungen segelten in die Luft, jubelndes Volk lief neben dem Wagen einher.

Pen, deren Gesicht hinter einem dichten, schwarzen Schleier verborgen war, beugte sich vor, um den Vorhang wegzuziehen, und winkte freundlich. Beim Anblick der verehrungsvoll erhobenen Gesichter überlief sie ein Schauder. Das also war die Verehrung, die königlichem Blut gezollt wurde – dies waren die Huldigungen, auf die Mary nicht verzichten wollte.

*Warum auch?*

Sie ließ den Vorhang fallen und nahm der Prinzessin Philip ab, der sie mit seinen großen ernsten Augen anschaute und überraschend lächelte. Ihr Herz füllte sich mit unaussprechlicher Freude; ihr entrang sich ein Laut des Entzückens, und Pen bedeckte sein Gesicht mit Küssen.

Als der Wagen Ludgate Hill erklomm, zwang die Steigung sie zu langsamerer Fahrt, so dass die Menge mit den Pferden Schritt halten konnte.

»Pembroke wird sofort nach Northumberland schicken«, begann Mary. »Der Herzog ist sicher vor Ablauf einer Stunde informiert.«

Noch immer wie gebannt vom Lächeln ihres Sohnes, sagte Pen vage: »Dann werdet Ihr längst über alle Berge sein, Madam!«

Mary biss sich auf die Lippen. Neben ihr saßen schweigend und vor Angst wie erstarrt Susan und Matilda. Sogar der laute Beifall der Menge wirkte bedrohlich – als könnte ihre Begeisterung plötzlich in Gewalt umschlagen.

Vor dem Hauptportal der Kirche hielten sie an. Einer der eskortierenden Reiter öffnete den Wagenschlag, und Pen, die der Prinzessin das Kind zurückgereicht hatte, stieg aus und hob eine Hand, als die Leute in Jubel ausbrachen. Die anderen folgten ihr, und in Minutenschnelle befanden sie sich sicher im dunklen Kircheninneren. Ein Priester in schlichtem Gewand stand vor dem Altar und bereitete sich darauf vor, den protestantischen Gottesdienst abzuhalten.

Mary erstarrte und rümpfte die Nase. Einem protestantischen Gottesdienst würde sie nur unter Zwang beiwohnen. Allein das Fehlen von Weihrauch in der Luft stellte für sie schon eine Beleidigung dar. War sie erst Königin, soll der alte Ritus wieder eingeführt werden, gelobte sie Gott, als sie Pen in die Lady Chapel folgte. Es würde rote Gewänder und Weihrauch geben, die ganze Pracht der Messe, die Eucharistie – alles, was ihr Bruder verboten hatte.

Vom Hauptschiff aus war sie nun nicht zu sehen und gab daher Pen das Kind zurück. Dann kniete sie vor dem Altar in der Kapelle nieder und griff nach dem versteckten Rosenkranz unter ihrem Kleid.

»Madam, für Gebete ist keine Zeit«, flüsterte Pen.

»Für Gebete ist immer Zeit«, wies Mary sie zurecht.

»Sicher könnt Ihr auch im Sattel beten.« Owen d'Arcy trat aus dem Dunkel hinter dem Altar. »Folgt mir hier entlang. Wir haben keine Sekunde zu verlieren.«

Mary erhob sich widerstrebend, trotz allem, was auf dem Spiel stand. »Kommen meine Damen mit?«

»Alle, bis auf Pen«, sagte er. Er schob eine Tapisserie mit der Darstellung der Kreuzigung beiseite und öffnete dahinter eine kleine Tür. Mary hastete an ihm vorüber in die Finsternis eines engen Ganges, gefolgt von Susan und Matilda.

Owen warf Pen über die Schulter einen Blick zu. »Bleib hier und warte auf mich.«

»Wie lange?«, flüsterte sie. Ihr Mund wurde strohtrocken bei der Aussicht, mit ihrem hilflosen Kind ungeschützt in der Dunkelheit dieser dumpfen Kapelle auszuharren. Sie drückte den Kleinen eng an sich und presste seinen Mund an ihre Brust, für den Fall, dass er zu schreien anfangen sollte.

»Nicht lange!« Fort war er und schloss die schmale vergitterte Tür hinter sich.

Die drei Frauen waren im Gang stehen geblieben. Mit einer gemurmelten Entschuldigung drückte er sich an ihnen vorbei und ging ihnen über den unebenen Steinboden voraus, eine Treppe in die Krypta hinunter, in der es nach Moder und altem Gebein roch. Eine einzige Kerze erhellte den Raum.

Der Chevalier vergeudete keine Zeit mit Worten. Die Krypta querend, stieg er wieder eine schmale Treppe voraus. Eine Tür am Ende öffnete sich auf eine Gasse zwischen der Kathedrale und dem nächsten großen Gebäude.

Drei Männer warteten hoch zu Ross, für Sattelkissen war gesorgt. Owen half der Prinzessin, hinter einem untersetzten Mann aufzusitzen. Er trug einen grob gewebten Mantel, sein breitkrempiger Hut war tief in die Stirn gedrückt. Worte der Begrüßung wurden nicht gewechselt.

»Unterwegs werden zweimal die Pferde ausgetauscht, Madam«, erklärte Owen leise. »Macht Euch auf einen schnellen Ritt gefasst. Diese Leute wissen, welche Route sie nehmen müssen und wie sie den Verfolgern ausweichen. Ihr könnt ihnen völlig vertrauen. Mit irgendwelchen Schwierigkeiten ist nicht zu rechnen, da Ihr ausreichend Vorsprung habt. Gott mit Euch!«

»Und mit Euch, Chevalier«, murmelte Mary. »Dankt Euren Herren für ihre Hilfe. Ich werde sie nicht vergessen.«

Owen verbeugte sich und half nun auch Susan und Matilda auf ihre Sattelkissen.

Als sie losritten, glitt Cedric aus dem Schatten der Hausmauer. »Soll ich jetzt unsere Pferde holen, Sir?«

»Wenn die Uhr die halbe Stunde schlägt. Hast du die Körbe voll gepackt?«

Cedric sah gekränkt drein. »Aber natürlich, Sir. Ich habe nichts vergessen. Auch nicht die Windeln.« Letzteres sagte er in zweifelndem Ton, um nicht direkt fragen zu müssen, warum diese Dinge auf der bevorstehenden Reise benötigt wurden. Seine unausgesprochene Frage blieb unbeantwortet.

»Gut. Sei also zur Stelle, wenn die Uhr die halbe Stunde schlägt.« D'Arcy trat den Rückweg durch die Seitenpforte von St. Paul's an; Cedric lief los und wunderte sich, warum er seinen Herrn seit der Rückkehr aus High Wycombe nicht ein einziges Mal hatte lächeln sehen.

Pen erschrak, als die Tapisserie über der Tür raschelte. Philip hob den Kopf von ihrer Brust. Owen marschierte sofort an das Gittertor, das sich zum Hauptschiff hin öffnete.

Einzelne Gläubige hatten sich eingefunden; doch aus der Menge, die die Prinzessin begleitete, wagte sich niemand an diese heilige Stätte. Die Stimme des Geistlichen war noch immer vom Altar her zu hören.

Direkt neben Pen an der Brüstung vor dem Seitenaltar kniete Owen sich nieder. »In fünf Minuten gehen wir.«

»Ich muss direkt nach Holborn«, flüsterte sie zurück. »Northumberland wird wissen, dass ich an Marys Flucht Anteil hatte. Er wird ...«

»Nein, du kommst mit mir«, unterbrach Owen sie im selben Flüsterton. Trotz seiner äußeren Ruhe raste sein Puls – jeder Nerv war angespannt vor dem Wagnis, das er einzugehen im Begriff stand. Nun setzte er alles auf eine Karte. Scheiterte sein Plan, waren sie verloren.

»Aber wohin?« Sie drehte sich zu ihm um und blickte ihn an, wobei sie den schwarzen Schleier mit der freien Hand anhob. Im schwachen Licht der einzigen am Altar brennenden Kerze suchte sie seinen Blick.

»Ich möchte, dass du mit mir kommst, ohne Antworten zu erwarten«, erwiderte er.

Pen griff unter ihren Schleier und rieb sich den Nacken.

»Ich möchte, dass du mir folgst, ohne Antworten zu wollen und ohne zu zögern«, wiederholte er.

*Sie wurde auf die Probe gestellt.* Das begriff sie sofort. Es war eine Prüfung und möglicherweise die zweite Chance, die sie herbeigesehnt hatte.

Doch ihr Verstand widersetzte sich, weil ihr klar war, dass er sie hiermit um uneingeschränktes Vertrauen bat. Sie, eine selbstständige, eigenwillige Frau und nicht eine x-beliebige Person, die bereit war, ihren freien Willen aufzugeben!

Als sie seinen Blick erwiderte, entdeckte sie in den dunklen Augen das Flehen, die verzweifelte Angst, die Hoffnung, der er nicht Ausdruck geben wollte. Er hatte alles auf diese eine Forderung gesetzt. Sie musste zu diesen Bedingungen mit ihm gehen oder gar nicht. Aber wohin? Zu welchem Zweck?

»Mein Kind ... was ist mit Philip?«, war alles, was sie herausbrachte.

»Er kommt mit uns.«

»Und meine Eltern?«

»Du wirst ihnen durch Cedric eine Erklärung schicken.«

»Ich habe keine«, betonte sie.

»Du bist bei mir. Das reicht.«

Nun herrschte wieder Stille in der Lady Chapel. Gleichsam aus weiter Ferne hörte sie, wie die Gläubigen mit dem Geistlichen den Wechselgesang anhoben. Owen hatte verlangt, dass sie nicht zögerte, und doch drängte er sie nicht. Offenbar fürchtete er, sie würde ihn zurückweisen.

*Und auch sie fürchtete, ihn zurückzuweisen.*

In einer fließenden Bewegung erhob sie sich und rückte Philip auf ihrer Hüfte zurecht. »Hier hinaus?« Sie deutete auf den Wandbehang.

Owen nickte und hob die Tapisserie an. Er wusste nicht, ob sie ihr Einverständnis gegeben hatte oder nicht. Sein Herz raste, seine Hände waren feucht.

Pen betrat den engen Gang. Rasch und wortlos querten sie die Krypta und traten hinaus in den kalten Morgen. Die Uhr schlug die halbe Stunde, als Owen die Tür hinter sich schloss. Cedric kam die Gasse entlanggeritten, hinter sich zwei Pferde am Zügel.

Der Junge saß rasch ab, zog seine Mütze und verbeugte sich vor Pen, wobei sein Blick zu dem Kind in ihren Armen glitt. Der ungewöhnliche Inhalt der Körbe hatte eine Erklärung gefunden.

D'Arcy wusste nicht, ob sie eingewilligt hatte oder nicht; nun aber ergriff er die Initiative in der Hoffnung, ihre Unsicherheit unter der Woge seiner eigenen Entschlossenheit zu begraben.

Knapp wies er den Pagen an: »Cedric, du begibst dich sofort zur Residenz des Earl of Kendal in Holborn. Du wirst um Vorsprache beim Earl oder bei Lady Kendal bitten – bei keinem anderen! Erkläre ihnen, dass Lady Pen und ihr Sohn sich unter meinem Schutz befinden. Sie können unbesorgt um ihre Sicherheit sein, ich werde sie beide wohlbehalten zurückbringen.«

»Nein«, widersprach Pen entschieden. Diese Nachricht würde ihre Eltern nicht nur überrumpeln, sie würde sie auch erschrecken und ihnen Kummer bereiten. Der Gedanke an den Schmerz und die Ratlosigkeit, die sie nun empfinden mussten, nachdem Pippa mit Charles eingetroffen war und ihnen von der Rettung ihres Enkels berichtet hatte, war für Pen unerträglich. Bei Lichte besehen, müsste sie auf der Stelle zu ihnen eilen.

Und doch konnte sie es nicht. Nicht, wenn sie ihrem Herzen folgte.

Und das würden sie verstehen, jedenfalls mit der Zeit …

Ein Blick zu Owen zeigte ihr, dass sein Mund vor Schmerz und Enttäuschung verkniffen war, da er ihr scharfes Nein als endgültige Ablehnung aufgefasst hatte.

Drängend schärfte sie ihm ein: »Cedric, du musst ausrichten, dass der Chevalier und ich einige Dinge zu erledigen haben, die meinen Sohn betreffen. Sag ihnen, dass ich alles darum gäbe, jetzt bei ihnen sein zu können – doch werde ich kommen, sobald es mir möglich ist. Lass sie auch wissen, dass ich mit dem, was geschieht, einverstanden bin.«

Sie berührte Cedrics Arm. »Cedric, das ist sehr wichtig, verstehst du? Sag ihnen, dass ich es gern tue und dass sie sich keine Sorgen machen sollen.«

Cedric zeigte Verwunderung darüber, weil sie es ihm so

dringend ans Herz legte und dabei seinen Arm heftig drückte; doch nickte er nur. »Ja, Madam, ich verstehe.«

Pen fragte sich, was Robin ihnen über den Chevalier berichten würde. Teilte er ihnen mit, was er für die Wahrheit hielt, oder würde er so viel Verstand haben und schweigen, bis sie die Geschichte aus ihrem Mund erfuhren?«

»Wo soll ich mich mit Euch treffen, Sir?«, fragte Cedric.

Owen hörte die Frage des Jungen zunächst gar nicht. Pens Worte freuten ihn, ließen ihn aber erkennen, wie schwierig die Entscheidung für sie war, und dass es nicht allein um ihn ging. Eine demütigende Erkenntnis – wie Pen sie ihm in ihrer gemeinsamen Zeit schon des Öfteren beschert hatte.

Dabei fiel ihm ein, dass er sich kaum an sein eigenes Familienleben erinnern konnte, an die festen Bande zwischen Eltern und Kind. Sein Vater war für ihn eine entrückte Gestalt gewesen, seine Mutter liebevoll; doch hatte man ihn, der Tradition folgend, sehr früh von ihr getrennt, um ihn in einem fremden adligen Haus aufwachsen zu lassen. Und seine Frau und die Kinder …

Er merkte, dass Cedric seine Frage wiederholte, und sammelte mühsam seine Gedanken. »Cedric, ich unternehme diese Reise allein. Du wirst dich beim Gesandten melden und ihm ausrichten, dass ich zum Leuchtturm gehe. Er weiß schon, was gemeint ist. Dann wirst du ihm deine Dienste anbieten … Pen, gib mir Philip, während Cedric dir beim Aufsitzen hilft.«

Sie überließ ihm den Kleinen und sah verstohlen zu, wie Owen scheinbar ganz zwanglos das Kind auf seine Hüfte hob und wartete, bis ein unglücklicher Cedric ihr in den Sattel einer kräftig gebauten Fuchsstute geholfen hatte.

Wortlos reichte er ihr das Kind hinauf und bestieg seinen großen Rappen, den Pen bereits von ihrem letzten Überlandritt kannte.

Cedric trabte die Gasse entlang auf Ludgate und Holborn zu. Owen schlug die Gegenrichtung zur Watling Street ein.

Pen musste sich hinter ihm halten, bis sie die breite Durchzugsstraße erreichten; als sie dann gleichauf mit ihm ritt, unterrichtete er sie in neutralem Ton: »Vor uns liegen fast hundertfünfzig Meilen, die ich gern in fünf Tagen zurücklegen möchte. Wir werden täglich bis spätabends unterwegs sein und stets im Morgengrauen aufbrechen. Kommst du mit dem Jungen ohne Kindermädchen zurecht?«

»Ja, natürlich. Aber ich habe nichts für ihn dabei.«

»In den Körben befindet sich alles Nötige.«

Sie blickte auf die Körbe zu beiden Seiten des Sattels hinunter, die sie noch gar nicht bemerkt hatte. Ihr Gefühl, von der Wirklichkeit abgeschnitten zu sein, wurde stärker. Es war wie im Traum – zu gehen, ohne zu wissen wohin, aus einem Grund, den man nicht kannte. Was hatte er damit gemeint, als er sagte, er wolle zum Leuchtturm? Gewiss war es ein Codewort, das der Gesandte verstehen würde.

Sie hatte sich Owen d'Arcy anvertraut, in völliger Unkenntnis seiner Pläne. Aber sie spürte keine Nähe zwischen ihnen. Wie Fremde müssten sie miteinander von neuem beginnen. Ja – so kam es ihr wirklich vor.

Es war eine Angst einflößende Aussicht, und doch barg sie ein Gefühl von Genugtuung und Befriedigung, das sie lange nicht erlebt hatte. Deshalb drängte sie die Frage, wie es ihr möglich sein und wie sie es schaffen würde, einen Spitzel zu lieben – in häuslicher Harmonie mit einem Mann wie Owen d'Arcy zu leben –, energisch in die hintersten Winkel ihres Bewusstseins.

London verließen sie durch Bishopsgate, und erst als die Stadtmauern hinter ihr lagen, fühlte sie sich ein wenig sicherer. Die unmittelbare Gefahr war gebannt. Northumberland würde nicht wissen, wo oder wie er sie verfolgen sollte.

»Sie ist fort?« Northumberland starrte, die schweren Lider gesenkt, den Earl of Pembroke ungläubig an. Dieser, obwohl angekleidet, machte im Schlafgemach des Herzogs in Durham House einen ebenso desolaten Eindruck wie auf dem Hof von Baynard's Castle. Er sah aus, als hätte er sich in größter Eile im Dunkeln angezogen.

»Ja«, gab Pembroke kleinlaut zurück. »Sie besuchte die Frühmesse in St. Paul's. Man sah sie mit Lady Susan und Lady Matilda die Kirche betreten. Die Karosse blieb davor stehen; doch als ich eintraf, war die Messe vorüber und keine Spur von der Prinzessin und ihren Damen zu entdecken.«

»Und was ist mit Lady Pen?«, fragte Northumberland. »Sie begleitete die Prinzessin gestern von London aus. Wir sprachen doch am Abend mit ihr. Was weiß sie von all dem?«

»Sie wurde nicht mit der Prinzessin gesehen – aber auch sie ist verschwunden«, meldete Pembroke und nagte unglücklich an seiner Lippe.

Northumberland bedachte seinen Kammerdiener, der ihm beim Ankleiden half, mit einer Reihe wüster Flüche. Der Mann ertrug sie stumm, damit sich nicht Schläge dazugesellten.

»Wer steckt da dahinter? Wer hat sie fortgebracht?« Northumberland zischte diese Frage in die leere Luft. »Sicher hat Lady Pen dabei ihre Hand im Spiel.«

»Und vielleicht auch der Chevalier d'Arcy?«, wagte Pembroke eine Andeutung. »Wir wissen, dass eine Verbindung zwischen ihnen besteht.«

Der Herzog griff nach einem Becher Wein und leerte ihn. »Natürlich, die Franzosen«, stieß er verbittert hervor. »Ob Beaucaire auch beteiligt ist? Womöglich der ganze Kendal-Clan?« Er knallte den leeren Becher auf den Tisch. »Kendal ist nicht unser Freund. Aus seiner Ergebenheit für Mary machte er nie ein Geheimnis. Ich kann auch sein Mitwirken dabei erkennen.«

Mit einem Laut, der einem Grunzen glich, entriss er den Umhang den Händen seines Kammerdieners. »Wir kehren nach Greenwich zurück, Pembroke.«

Im Hinausgehen blaffte er über die Schulter: »Der König muss heute die Änderung des Thronfolgegesetzes unterzeichnen, und der Kronrat muss sie unverzüglich ratifizieren. Mary hat sich unserem Zugriff momentan entzogen – aber noch ist nicht alles verloren.«

»Und was geschieht mit Lady Pen?«

»Sobald ich das Dokument des Königs in Händen habe, kann ich Mary festnehmen lassen. Und dann widme ich mich den anderen«, versprach der Herzog mit grimmigem Lächeln. »Gegenwärtig können wir uns nicht leisten, auch nur eine Andeutung von Erstaunen über den Umzug der Prinzessin nach Essex zu zeigen. Wir müssen jeden Argwohn zerstreuen, anstatt einem solchen Nahrung zu liefern.«

Sie ritten los und querten den Fluss mit der Pferdefähre, der Herzog in hochexplosivem Schweigen – indem er über das glatte Wasser starrte, als würde er die ihm zu Gebote stehenden Möglichkeiten gründlichst abwägen.

Noch vor Mittag erreichten sie Greenwich, und Northumberland betrat, nachdem er seinen verzagten Begleiter mit einer brüsken Handbewegung entlassen hatte, das Schlafgemach des Königs. Der Gestank traf ihn wie ein Schlag. Seit seinem letzten Besuch hatte er sich nicht weiter als bis zur Tür gewagt.

Er näherte sich dem Bett. Der König, dessen Körper eine Anhäufung schwärender Wunden war und der kaum mehr wahrnehmbar atmete, lag auf einen Kissenberg gebettet …

»Es ist geschafft, Northumberland. Meine Korrektur der Thronfolgeregelung ist fertig«, kam es über Edwards Lippen. Er deutete mit seinem abgezehrten Arm kraftlos auf den

Tisch. Ein Pergamentbogen lag darauf, in der schönen Handschrift des Königs dicht beschrieben.

Als Northumberland das Pergament in Augenschein nahm, konnte er nur staunen. Der an der Schwelle des Todes stehende Jüngling hatte sich selbst übertroffen. Alles stand da, nicht ein einziger Punkt war anfechtbar, und darunter prangten Unterschrift und Siegel des Königs.

»Meinen Respekt, Hoheit!«, murmelte Northumberland. »Aber nun müsst Ihr ruhen.« Sein Blick, der auf der armseligen leiblichen Hülle des Leidenden ruhte, verriet einen Anflug von Verzweiflung. Der König durfte nicht sterben, ehe der Kronrat nicht das neue Gesetz gebilligt hatte.

*Himmel, wie lange würde er noch durchhalten?*

## 25

Guinevere sah den Pagen an, nachdem dieser seine einstudierte Rede gehalten hatte. »Das verstehe ich nicht. Wohin ist sie unterwegs?«

Cedric drückte seine Mütze an die Brust. »Das, Madam, wollte Mylord nicht verraten. Ich sollte nur ausrichten, dass Lady Pen ihm gern folgt.«

Hugh legte seiner Frau eine Hand auf die Schulter. »Der Junge weiß nur das, was Pen ihm auftrug, Guinevere.«

Sie umfasste seine Rechte. »Natürlich. Aber es ist so schwer zu verstehen, Hugh! Ich brauche sie hier, Pen und ihr Kind … unseren Enkel. Warum sind sie nicht da … ich möchte mit ihr sprechen, sie festhalten … ihr sagen, wie Leid es mir tut …« Die Worte blieben ihr im Hals stecken, und sie fasste mit der freien Hand nach der Kehle, wie um damit die Rauheit zu glätten.

»Uns allen tut es Leid«, stimmte Hugh ihr leise zu. Er entließ Cedric mit einem Nicken. »Vielen Dank, Junge.«

Cedric verneigte sich und enteilte erleichtert. Die Atmosphäre im Haus war so bedrückend wie bei einem Trauerfall.

Guinevere stand noch immer reglos neben ihrem Mann. »Vielleicht weiß Robin etwas«, meinte sie hoffnungsvoll.

»Robin weiß nicht mehr als ich«, erklärte Pippa. »Sogar weniger. Er ist keine Frau.«

»Was heißt das?« Ihre Mutter sah Pippa fragend an, die am Tisch stand und die Finger verkrampfte. Die lebhafte, sonnige Pippa wirkte ungewöhnlich angespannt.

»Pen ist in Owen d'Arcy verliebt«, gestand Pippa. »*Leidenschaftlich* verliebt.« Ihre brauen Augen blitzten, als sie das Wort betonte. »Sie war schon verliebt in ihn, ehe er ihr bei der Suche nach Philip half, und jetzt verdankt sie ihm alles. So einfach ist das.« Sie zog die mageren Schultern hoch.

»Sie liebt einen französischen Agenten!« Hugh blähte die Nasenflügel. »Weiß sie, dass er ein Spitzel ist?«

»Aber ja«, bestätigte Pippa. »Das wusste sie wohl von Anfang an. Keine Ahnung, wie sie dazu steht – doch vermutlich versucht sie das jetzt herauszufinden.«

Ihre Eltern mussten dies erst verarbeiten. Es war eine Erklärung, die zu Pens unbeirrbar entschlossenem Charakter passte. Sie gab nicht schnell auf – wie ihr ungewöhnlicher Kampf um die Wiederauffindung ihres Sohnes bewies. Sie würde ihre Entscheidung nicht leichtfertig treffen und dann unbeirrt daran festhalten.

»Ich glaube, sie befindet sich in sicheren Händen«, bemerkte Hugh und drückte Guineveres Schulter. »Nach allem, was man so hört, ist der Ruf des Chevaliers beachtlich.« Sein Ton wurde trocken. »Eine vielseitige Begabung: Fechter, Stratege, Spion, Diplomat – kurzum, ein Meister aller Disziplinen.«

»Auch in der Kunst der Verführung«, fügte Guinevere spitz hinzu.

»Pen ist nicht blindlings in diese Situation gestolpert.«

Guinevere nickte langsam. »Wir können im Moment ohnehin nichts machen, außer dem armen kleinen Charles zu helfen.« Es schauderte sie. »Was für eine schreckliche Geschichte, Hugh. Wie kam es nur dazu …?«

»Uns lag allein Pens Wohlergehen am Herzen«, erläuterte Hugh. »Wir begingen einen großen Fehler und werden alles in unseren Kräften Stehende tun, um ihn gutzumachen.«

»Ja!« Guinevere nahm eine aufrechtere Haltung ein, als hätte die von Überzeugung getragene Erklärung ihres Mannes ihr neue Kraft verliehen. Hugh war kein Mensch, der sich mit der Vergangenheit aufhielt. Mit absoluter Zielstrebigkeit und dem klaren Blick des Soldaten schritt er stets vorwärts. Waren Korrekturen möglich, nahm er sie vor; mit Unabänderlichem dagegen fand er sich ab.

Entschlossen fuhr sie fort: »In Pens Abwesenheit steht an erster Stelle die Abrechnung mit den Bryanstons. Ich will den Kopf dieser Frau – und den ihres Sohnes!«

»Pen und Robin haben bereits einen Anfang gemacht«, sagte Pippa und berichtete ihnen von Pens Plan. »Wir glauben, dass der Herzog anbeißen wird.«

Hugh lächelte grimmig. »Was für eine raffinierte Vorgehensweise! Ich hätte nicht gedacht, dass Pen dazu fähig ist.«

»Das macht die Beziehung zu einem Spion«, rief Guinevere ihm in Erinnerung.

Ihr Gemahl lachte auf. »Ich glaube, damit solltest du dich abfinden, meine Liebe. Unsere Aufgabe ist es nun, die Welt von Miles Bryanston zu befreien und alle Hindernisse aus dem Weg zu räumen, damit Philip seine Stelle einnehmen kann. Die Wahl der Mittel soll mich nicht kümmern.«

»Du hast Recht«, pflichtete Guinevere ihm bei. »Jetzt

muss ich in der Kinderstube nachsehen, wie Ellen mit dem Kleinen zurechtkommt. Bei Pens Rückkehr soll er richtig rund sein und schon plappern.« Damit entfernte sie sich, anmutigen Schrittes wie eh und je.

Lord Hugh nickte ihr nach. Die Kinderpflege würde helfen, Guineveres Schuldgefühle zu mildern. Außerdem war es gut, dass Pen Philip eine Weile für sich allein hatte. Zwischen ihnen musste jetzt ein Band entstehen, das zwei Jahre früher hätte geknüpft werden sollen.

An jenem Abend verriet die untergehende Sonne Pen, dass sie westwärts ritten. Immer weiter drangen sie in dem flachen Land vor, auf engen Wegen und Reitpfaden, durch Waldgebiet.

Das Wetter hatte sich gebessert. Es gab strahlend blaue Winterhimmel mit kaltem Sonnenschein, der glücklicherweise nicht ausreichte, um den gefrorenen Schlamm der Pfade und Wege aufzuweichen; also kamen die Pferde gut voran. Obwohl sie den ganzen Tag ritten, drängte Owen nicht zur Eile und legte mehrmals Rast ein, um die Tiere zu füttern und zu tränken.

Auf dem Land waren Gasthäuser selten und die Abstände zwischen ihnen daher sehr groß. Am ersten Abend machten sie in einer Herberge an der Straße Station, die ihnen nur unter dem Scheunendach Unterkunft bieten konnte. Nach einem Blick auf die verwanzten Strohsäcke erklärte Pen, dass sie es vorzöge, auf dem Lehmboden zu schlafen.

Owen widersprach nicht. Er ließ sie in dem elenden Quartier zurück und kam Minuten später mit einer Ladung trockener Farne wieder.

»Stachlig, aber ohne Ungeziefer«, sagte er knapp.

Pen staunte über seine Geschicklichkeit, als er vor dem Feuer, das er selbst im gemauerten Kamin entfacht hatte, ein Nest aus Farnblättern schuf. Er hatte die Sattelkörbe herbeigeschafft, bedeckte den Farn mit Decken und stellte eine Flasche Wein in Reichweite.

»Ich kümmere mich um das Abendessen und bringe Wasser.«

Pen legte Philip auf das provisorische Lager, um seine Windeln zu wechseln. Daumenlutschend sah er zur Decke hoch, wobei sein Blick dem flackernden Flammenschatten auf den Balken folgte. Als sie ihn am Bauch kitzelte, krähte er und zog die Knie an.

Sie beugte sich über ihn, um ihm einen Kuss zu geben, und er stieß ihr vergnügt jauchzend die Fäustchen ins Gesicht. »Weißt du, dass ich deine Mama bin?«, flüsterte sie. »Ich denke schon.«

Als sie die Schritte von Owens gestiefelten Füßen auf der als Treppe dienenden Leiter hörte, empfing sie ihn mit einem verlegenen Lächeln – als hätte er sie bei einer Albernheit ertappt.

»Ich sprach mit ihm«, gab sie zu. »Wie ich mir wünsche, dass er wenigstens ein Wort sagt ... immerhin lacht er schon.«

»Das Kerlchen hat viel nachzuholen«, bemerkte Owen, der einen hölzernen Eimer und einen Kessel gebracht hatte. »Im Kessel ist heißes Wasser. Nicht viel, aber du kannst dich und das Kind ein wenig säubern.«

»Ich lasse etwas für dich übrig.«

Er schüttelte den Kopf. »Nicht nötig. Mir genügt kaltes Wasser. Und jetzt kümmere ich mich um das Essen.«

»Und um Milch«, rief Pen ihm nach.

Sie öffnete noch einen der Körbe, die Owen für Philip zusammengestellt hatte. Darin befanden sich Flanelltücher und Leinenwindeln, zwei kleine Decken, zwei neue Unterkleider und Leinenkittelchen. Wo hatte er diese Dinge nur her? Wann hatte er den Entschluss gefasst, sie auf diese Reise mitzunehmen?

Jetzt machte sie ein Flanelltuch nass und rieb Philip rasch ab, damit er nicht zu sehr fror. Ihre größte Sorge war seine Magerkeit. Er jammerte beim Waschen; sobald er aber trocken und sauber war, lächelte er ihr wieder zu und schielte erwartungsvoll zu dem Korb hinüber, aus dem im Laufe des Tages Brot, Käse und Winteräpfel aufgetaucht waren.

»Du bekommst gleich ein wenig Milch«, sagte Pen, stellte ihn auf die Füße und sah zu, wie er umhertappte und seine Umgebung erkundete. Wenn er auch nicht sprechen kann, ist er doch lebhaft und wissbegierig, dachte sie, als sie das Tuch abermals befeuchtete und sich Gesicht, Hals und Hände reinigte.

Als Owen wiederkam, brachte er einen Krug Milch, einen Brotlaib und einen Kessel voll Gemüse mit Fleisch. »Die Schlafstelle ist nicht besonders, doch scheint das Essen passabel zu sein«, tröstete er sie und stelle seine Last ab. Seine Suche im Korb förderte zwei Löffel und Messer zu Tage.

Pen staunte von neuem, vergessen hatte er nämlich nichts.

Wohl gesättigt ließ sie ihn mit Philip allein und machte sich auf die Suche nach dem stillen Örtchen. Die Nacht war sternenklar, die Umgebung in silbernes Licht getaucht. Nach dem Lärm und Getriebe in Greenwich und London empfand sie die Stille umso tiefer. Sie war so müde, dass sie glaubte, im Stehen einschlafen zu können, und dachte sehnsüchtig an das Farn-Bett.

Heute würde Owen sich ihr bestimmt nicht nähern. Tatsächlich glaubte sie, dass er sich keine Intimitäten erlauben würde, ehe nicht das, was zwischen ihnen lag, seinen Vorstellungen gemäß gelöst war. Merkwürdig, in diesem Schwebezustand zu leben, in engstem Kontakt miteinander zu stehen und doch die zwischen ihnen herrschende Distanz zu spüren!

Nachts lagen sie unter ihren Mänteln, das in eine Decke

gehüllte Kind in Pens Armbeuge, unter ihnen der angenehm duftende Farn. Während Owen sich nicht rührte und regelmäßig atmete, spürte Pen jeden Muskel und jede Linie seines Körpers. Sie empfand ihre Müdigkeit geradezu schmerzhaft, ebenso aber auch ihr rein physisches Verlangen nach seiner Berührung. Dann aber überwältigte auch sie der Schlaf, und als sie im Morgengrauen erwachte, lag sie allein auf dem Farn.

Ihr Herz schlug heftig. Philip war fort, um Himmels willen! Sie raffte sich, mit offenem Haar, das wirr ihr Gesicht umgab, auf. Aus ihren Augen sprach nackte Angst. Doch schon als sie zur Leiter lief, hörte sie Owens Stimme vom Stall heraufdringen.

Er sprach wie in einem leisen Monolog, und als sie die Leiter hinunterstolperte und in ihrer Hast fast auf den Knien landete, sah sie ihn mit Philip auf dem Arm, wie er dem Kind zuredete, den Hals eines der Pferde im Stall zu streicheln.

Zögernd streckte Philip eine Hand aus, berührte das Fell und zog sie unter lautem Jauchzen wieder zurück.

Owen bemerkte Pen und wandte sich ihr zu. Die Angst war noch nicht ganz aus ihrem Blick gewichen, und er begriff, was sie befürchtet hatte. Es würde lange dauern, bis sich ihr Vertrauen festigte, dass sie ihr Kind nie wieder verlor.

»Wir haben uns nur die Pferde angesehen«, informierte er sie ruhig und übergab ihr Philip. »Wenn du die Körbe packen würdest, kümmere ich mich ums Frühstück und den Tagesproviant. Dann müssen wir weiter.«

Pen drückte Philips Kopf an ihre Brust und versuchte, sich mit tiefen Atemzügen zu beruhigen.

Widerstrebend begab Owen sich zurück zum Haus. Es war so schwer, sich von ihr fern zu halten. Beim Anblick ihrer Schreckensmiene hatte er sich sehr zurückhalten müssen, um nicht zu ihr zu stürzen, sie liebevoll in die Arme zu nehmen, den weichen Mund, die Angst aus ihren Augen, tief wie Waldweiher, zu küssen.

Wenn sie die Wahrheit erfuhr und sich von ihm abwendete, war alles verloren; sollte es aber jemals wieder so weit kommen, dass sie einander in Liebe fänden, würde es ein Anfang und kein Ende sein, schwor er sich.

Das seltsame Gefühl eines Schwebezustands blieb für den Rest der Reise. Allnächtlich lagen sie zu dritt in einer Bettstatt, schliefen keusch und bewegten sich auf den verschiedenen, raschelnden Matratzen, die ihnen geboten wurden, möglichst wenig.

Unterwegs wies Pen den vor ihr im Sattel sitzenden und von ihrem Arm gestützten Philip auf verschiedene Dinge hin: Bäume, Vögel, Flussläufe, eine Vogelscheuche. Unermüdlich wiederholte sie die Namen. Sein ernster Blick folgte ihrem Zeigefinger, während er an einem Apfelbutzen oder einem Stück Brot kaute. Sie fragte sich, ob er jemals einen Baum, einen Vogel gesehen hatte – eingesperrt in der scheußlichen Dunkelheit eines Bordells in Southwark.

Immer wenn ihr Arm ermüdete, beugte sich Owen zu ihr und nahm ihr das Kind ab. Nie fragte er, ob es ihr zu viel würde; doch schien er immer den richtigen Moment zu erfassen, wann sie bereit war, ihm ihren Sohn zu überlassen.

Pen entspannte sich in dem sonderbaren, gelassenen und abwartenden Rhythmus dieser Tage, während sie ständig westwärts ritten. Am fünften Tag nahmen sie die Pferdefähre über den Severn nach Wales. Jetzt wusste sie sicher, was sie seit der letzten Zeit vermutete. Doch sie sagte nichts, und Owen auch nicht.

Philip war fasziniert von der Fähre und dem Fluss; zum ersten Mal bekam er einen Wutanfall, als Pen ihm nicht erlaubte, auf dem flachen Deck zwischen den Pferden herumzutollen oder den Kopf durch die rohe Holzbrüstung zu quetschen.

»Er ist zornig«, freute Pen sich. »Ist das nicht wundervoll?«

Owen lachte, und einen Moment sah sie ihn wieder vor sich – den warmherzigen, zu Neckereien aufgelegten Gefährten und Liebhaber, der ihr Herz besaß.

Das Lachen aber verstummte so jäh, wie es gekommen war; seine Miene verschloss sich, sein Blick wurde undeutbar. Als sie von der Fähre ritten, konnte Pen seine Spannung spüren – spürte, wie sich diese steigerte, als sie durch die viel weichere Luft ritten, durch eine grüne Landschaft, die sich entlang der Ufer des breiten Severn erstreckte. Vor ihnen in der klaren Atmosphäre konnte sie die dunklen Schründe der Brecon Beacons ausmachen. Jetzt verstand Pen die Bedeutung seiner merkwürdigen Botschaft an den Gesandten.

»... der Leuchtturm?«, sagte sie und deutete auf die Berge.

»Es ist ein Code, den wir vor vielen Jahren vereinbarten. Ich hatte bisher keinen Anlass, ihn zu benutzen«, bestätigte er. »Wenn man mich braucht – wenn Gefahr droht –, weiß der Gesandte, und nur er, wo ich zu finden bin.«

Das nahm Pen wortlos zur Kenntnis. Es rief ihr erneut das unkalkulierbare, gefahrvolle Leben ins Gedächtnis, das er seinem Land zuliebe führte. Ihr nächster Gedanke galt Robin, und sie fragte sich beklommen, wie es ihm nach Marys Flucht ergehen mochte. War er in die Sache hineingezogen worden? Hatte Northumberland ihn als Verräter gebrandmarkt?

Sie bogen zwischen zwei Torpfosten aus Feldstein ein, die in eine Naturmauer aus weichem Grau eingelassen waren, und ritten inmitten von Feldern eine Grasspur entlang. Die Spur beschrieb eine Biegung, und vor ihnen lag ein hübsches Landhaus aus demselben grauen Stein, mit Schieferdach und Sprossenfenstern. Rauch stieg aus vier Kaminen auf, Hühner gackerten im Gutshof; auf einem Teich daneben schwammen Enten, Tauben gurrten in ihrem Schlag.

Pen sah Owen an. Er hatte sein Pferd angehalten und betrachtete die idyllische Szenerie. Dann atmete er tief ein.

Als er sprach, klang seine Stimme in der Stille wie gebrochen. »Ich dachte, ich würde es nie wiedersehen!«

Pen fragte nicht nach dem Grund. Sie wusste, dass sie hier die Antwort finden würde.

Die Haustür öffnete sich, eine Frau trat ins Freie. Groß, schmal, ergraut unter einer schlichten weißen Haube, wirkte sie trotz ihrer müden Haltung und der Schürze, die sie über dem Kleid aus grobem Wollstoff trug, sehr vornehm. Zwei grünäugige Kinder lugten hinter ihren Röcken hervor.

Die Frau schirmte die Augen mit einer Hand ab und trat einen Schritt vor.

»Owen?« Ihre Stimme war zweifelnd, wohlklingend, ungläubig.

Owen saß ab und eilte auf sie zu. »Mutter!« Er nahm sie in die Arme. Lange hielten sie einander umfangen, von den zwei Kindern im Eingang und von Pen, die im Sattel blieb, beobachtet.

Langsam lösten sie sich. Owen kam zurück, seine Mutter mit ihm. Er reckte sich und hob Pen und ihr Kind herunter.

»Mutter, das ist Pen Bryanston und ihr Sohn Philip! Pen, das ist meine Mutter, Esther, Lady d'Arcy!« Er drehte sich zum Haus um und sagte stockend: »Und das sind meine Kinder Lucy und Andrew. Sie kennen ihren Vater nicht.«

Pen schaute die Frau an, dann die Kinder, die die Fremden mit unverhüllter Neugierde betrachteten. Dann richtete sie ihren Blick hilflos auf Owen.

»Mutter, ich möchte, dass du Pen alles erklärst«, bat er leise.

Owens Mutter blickte zwischen ihnen hin und her. Ihre Miene war ernst, doch funkelte ein Licht in ihren klaren grauen Augen. »Bist du sicher, Owen?«

»Ja. Selber schaffe ich es nicht.«

»Nun gut!« Ihr angenehmer Ton verriet Entschiedenheit. »Ihr und Euer Kind seid an meinem Herd sehr willkommen, Pen Bryanston, so wie Ihr im Herzen meines Sohnes willkommen sein müsst – sonst hätte er Euch nicht zu mir gebracht ... Gehen wir hinein.«

Sie wandte sich zum Haus um.

Pen sah Owen an. Nun war seine Miene offen, und aus seinen Augen sprach Erleichterung, als hätte er sich endlich einer drückenden Last entledigt.

»Bist du bereit?«, fragte er leise.

»Ja ... ja natürlich.«

»Ich warte auf dich.«

Nickend lief Pen Lady d'Arcy nach, in die Wärme des Hauses, wo es nach frisch gebackenem Brot, Holzrauch, getrocknetem Lavendel und Rosenblättern roch.

Lady d'Arcy führte Pen in einen kleinen Salon im rückwärtigen Teil des Hauses. In der Ecke sah man eine Kinderspindel mit halb versponnener Wolle auf dem Rocken; eine Flickenpuppe lehnte schief auf dem Fenstersitz. Pen trat über einen Kreisel und entdeckte auf dem Tisch einen Pergamentbogen, auf dem in Krakelschrift das Alphabet stand.

Der Hausherrin entging Pens rasche Beobachtung nicht. Sie lächelte. »Owens Kinder sind sehr klug. Sie lernen so rasch wie seinerzeit ihr Vater.«

Sie unterzog ihren Gast einer genauen und liebevollen Musterung. »Mein Sohn muss Euch sehr lieben, weil er Euch zu mir bringt«, bemerkte sie. »Dafür danke ich Gott. Die letzten Jahre waren für uns alle hart.«

Pen sagte nur: »Ich liebe Owen, Madam. Doch gibt es Fragen ... Probleme ...« Sie zog die Schultern leicht hoch und drehte sich so, dass Philip über ihre Schulter aus dem Fenster schauen konnte.

»Ja, das lässt sich denken. Bitte, setzt Euch.« Lady d'Arcy deutete auf die Sitzbank am Kamin. »Trinkt einen Becher Holunderblütenwein.« Sie schenkte aus einem Krug, der auf dem Tisch stand, ein und wählte dann aus einem Korb einen Apfel, den sie Philip reichte.

»Nicht Owens Sohn?«, fragte sie leise.

»Nein. Er ist von meinem verstorbenen Mann. Aber Owen spielte in seinem Leben eine Rolle, die ich ihm kaum vergelten kann.«

Esther d'Arcy schaute sie freundlich an; ihr Lächeln verbreitete sich und zeigte Pen die schöne Frau, die sie gewesen sein musste, ehe Kummer und Sorge in ihr Leben traten.

»Ich glaube, Ihr habt es ihm schon vergolten«, meinte sie, als sie sich mit ihrem eigenen Becher auf die Bank Pen gegenüber setzte. »Indem Ihr ihn nach Hause brachtet!« Sie blickte nachdenklich auf die breiten Eichendielen zu ihren Füßen, ehe sie schließlich den Kopf hob.

»Owen heiratete vor etwa zehn Jahren auf Wunsch seines Vaters, der der Familie de Guise – somit königlichen Geblütes – entstammte. Es war eine gute Heirat, eine gute Verbindung für seine und Estelles Familie. Stellt das Kind getrost hin, es kann hier nichts anrichten«, sagte sie, als Philip auf dem Schoß seiner Mutter unruhig wurde.

Pen ließ Philip hinunter, und er wackelte los auf Entdeckungsreise.

»Estelle war sehr schön, ziemlich eitel und nicht sehr klug«, fuhr Esther fort. »Sie wusste nichts von Owens geheimer Tätigkeit in Frankreichs Diensten.« Die Gräfin warf Pen einen scharfen Blick zu, die mit einem Nicken zum Ausdruck brachte, dass sie Bescheid wusste.

»Owen ist sehr pflichtbewusst und war oft fort. Aber oft genug zu Hause, um zwei Kinder zu zeugen«, setzte sie trocken hinzu.

»Um es kurz zu machen, Estelle flirtete gern … vielleicht auch mehr als das. Ich weiß es nicht und möchte darüber nicht spekulieren. Von Owens Leben wusste sie nichts. Owen unterließ es, sie zu warnen oder sie zu behüten. Er sah die Gefahr nicht voraus, in die ihre Eitelkeit sie brachte, und konnte sie daher nicht schützen.«

Pen sagte nichts. Esther äußerte diese Kritik an ihrem Sohn gleichmütig, doch beobachtete sie Pens Reaktion genau. Diese ließ sich nichts anmerken. Sehr aufrecht saß sie auf der Sitzbank, hielt die Hände mit dem Becher im Schoß und bewachte jeden von Philips Schritten.

»Owen hatte … hat, wie ich annehme, Gegner. Nicht persönliche, sondern solche, wie seine Arbeit sie mit sich bringt.«

Das leuchtete Pen ein.

»Er besaß Informationen über ein Mitglied des spanischen Hofes, die zur Festnahme und Hinrichtung dieses Mannes führen konnten. Um ihn daran zu hindern, diese Information weiterzugeben, lockten der Mann und seine Parteigänger Estelle in eine Falle. Sie stellten ihr einen Höfling vor, der sie dermaßen mit Aufmerksamkeiten überschüttete, dass sie ihm ihr Vertrauen schenkte. Sie besaß eine etwas törichte Natur«, setzte Esther hinzu und trank einen Schluck Wein.

»Man lockte sie zu einem geheimen Treffen und entführte sie mit ihren Kindern. Seit ein paar Wochen war eine neue Kinderfrau bei ihr, eine, die ihr Anbeter ihr glühend empfohlen hatte … noch Wein?«

»Nein, danke.«

»Nun, gut … Owens Frau und Kinder wurden in Geiselhaft gehalten. Wenn er nicht bereit sei, seine Information ganz tief zu begraben, für beide Seiten tätig zu werden und als Doppelagent in spanische Dienste zu treten, müssten sie sterben. Das war keine leere Drohung.«

»Nein«, gab Pen ihr Recht und streckte eine Hand aus, um Philip festzuhalten, der gegen den Tisch gestoßen war, als er sich noch einen Apfel nehmen wollte.

»Owen rettete Frau und Kinder dank seiner Freunde, von denen viele ihr Leben für ihn geben würden.«

Pen fiel es nicht schwer, auch dies zu glauben. Wie gebannt von Esthers Schilderung, strich sie nun jene Elemente von Robins Version, die nicht hineinpassten, aus dem Gedächtnis.

Plötzlich stieß Esther einen Seufzer aus. »Nachdem er seine Familie in Sicherheit gebracht hatte, meinte er, sie aus seinem Leben verbannen zu müssen, wenn er sie nicht nochmals gefährden wollte durch seine Arbeit. Sahen die Leute, dass sie ihm nichts bedeutete, besaßen sie keinen Wert als Unterpfand mehr. Er verstieß seine Frau, beraubte seine Kinder aller Rechte und ging fortan im Dienst an seinem Land auf.«

Unwillkürlich massierte Pen ihre Schläfen. Eine Furcht erregende Geschichte ... dass ein Mann im Stande war, sich aller gefühlsmäßigen Bindungen zu entledigen, sich von seinen Kindern zu trennen ...

»Für sich persönlich sah er nur zwei Möglichkeiten«, fuhr Esther fort, die Pen nicht aus den Augen ließ. »Entweder er gab sein Lebenswerk auf oder seine Familie. Owen büßte für seine Dummheit, Estelle nicht gewarnt und sie nicht besser überwacht zu haben. Trotz allem liebte er seine Kinder innig und liebt sie immer noch. Ich glaube, er hat es sich nie verziehen. Andererseits hält er aber meinem Eindruck nach die Entscheidung, die er traf, als er zwischen Vaterland und Familie wählte, nicht für falsch.«

»Für ihn«, stimmte Pen zu. »Nicht falsch für ihn!«

»Aber für andere vielleicht«, räumte Esther ein. »Ja, das verstehe ich.«

»Haltet Ihr sie denn für falsch?«

Lady d'Arcy zögerte. »Für Lucy und Andrew gewiss. Seit sie vor drei Jahren zu mir kamen, haben sie den Namen ihres Vaters nie mehr gehört. Andrew war damals drei, Lucy zwei … etwa so alt wie Euer Söhnchen.« Sie lächelte ein wenig, und ihr Blick wurde weich, als sie Philips zielstrebigen Marsch durch den Raum verfolgte.

Dann seufzte sie wieder. »Owen glaubte, es sei die einzige Chance, ihre Sicherheit zu gewährleisten.«

Noch immer drückte Pen die Finger an die Schläfen, als ob dies ihrem Verstand helfen würde, sich durch das vorliegende unentwirrbare Dickicht einen Weg zu bahnen. Owens Mutter berichtete ihr die reine, ungeschminkte Wahrheit. Sie hatte sich nicht gescheut, Kritik an ihrem Sohn zu üben, wie sie sich auch nicht scheute, ihren Zweifeln an der Richtigkeit seiner Entscheidung Ausdruck zu verleihen.

Aber Pen spürte bis ins Innerste, wie sehr er unter der Trennung von seinen Kindern gelitten hatte. Sie dachte an das kleine Mädchen, das vor die Hufe seines Pferdes geraten war, an die tiefen Schatten in seinem Blick, wenn er von Kindern sprach – daran, wie er für die Reisebedürfnisse eines Zweijährigen vorgesorgt hatte, an die Unbefangenheit, die er im Umgang mit Philip zeigte.

»Und was wurde aus Estelle?«

»Sie starb vor zwei Jahren. Die Pest suchte die Stadt heim, in der sie lebte.«

»War sie nicht im Kloster … in einem Orden mit strengem Schweigegelübde?«

Esther schüttelte den Kopf. »Nein, das hatte man schlicht erfunden. Vielmehr lebte sie auf einem der Güter ihrer Familie in der Provence. Dort fehlte ihr zwar der Königshof mit seinen abwechslungsreichen Lustbarkeiten, sonst aber nichts. Sie musste sich mit den bescheideneren Vergnügungen einer Provinzhofhaltung begnügen, und ich glaube, dass sie einen

Liebhaber hatte. Unglücklich war sie nicht … und auch nicht in Gefahr.«

»Ich verstehe.« Pen runzelte die Stirn. »Warum wollte Owen mir das nicht selbst sagen?«

»Wahrscheinlich fürchtete er das Bestreben, sein Vorgehen zu rechtfertigen. Von mir wusste er, dass ich es nicht tun würde«, erklärte seine Mutter leise. »Ein Feigling war er nie.«

Pen hob Philip hob, der sich an ihre Knie lehnte und am Kerngehäuse des Apfels lutschte, während er schon halb einnickte.

Aha, Owen wünschte sich, dass sie verstand, akzeptierte und ihm verzieh. Pen hielt den Kopf des Kindes, bis es die Augen schloss und reglos an ihr lag. »Darf ich ihn hier lassen?«

»Natürlich.«

Sie erhob sich und legte das Kind behutsam auf die Bank, ehe sie hinaustrat.

Sanfte Harfenklänge lockten sie in einen Gang und durch eine Halle zur angelehnten Tür eines getäfelten Raumes an der Vorderseite des Hauses.

Träumerisch saß Owen am Instrument und ließ die Finger über die Saiten gleiten. Keine Melodie konnte süßer klingen. Pen stand am Eingang und lauschte. Sehnsucht. Kummer und Hoffnung schwangen in den Tönen mit, die er der Harfe entlockte. Seine Kinder saßen auf dem Boden und lauschten hingerissen.

Owen öffnete die Augen und sah Pen an. Sehnsucht, Kummer und Hoffnung, die er in seine Musik gelegt hatte, sprachen nun aus seinem Blick.

Zärtlich lächelnd setzte sie sich auf einen Stuhl hinter die Kinder. Seine Finger bewegten sich über die Saiten und ließen nun eine Zauberweise voller Zuversicht und Verheißung erklingen.

»Die Frau hat gestanden, Zauberei und Hexenkunst bei ihrer Arbeit im Haus der Bryanstons angewendet zu haben, Mylord Duke!« Der schwarz gekleidete Posten überbrachte die Nachricht mit einer Verbeugung und drückte seine Mütze an die Brust.

Northumberland blickte von den Papieren auf seinem Schreibtisch auf. »Und was ist mit dem König? Hat sie in diesem Punkt auch gestanden?«

»Nein, Mylord Duke. Auch auf der Folterbank hielt sie daran fest, auf Lady Bryanstons Anweisung hin alles für die Genesung des Königs getan zu haben.«

»Hat sie Philip Bryanston auf Betreiben seiner Mutter hin Gift verabreicht?«

»Das bestreitet sie, Mylord Duke. Doch sie gibt zu, nichts getan zu haben, um den Earl zu heilen – ebenso auf Lady Bryanstons Befehl. Sie gesteht auch, Lady Pen Bryanston einen Trank gegeben zu haben, der vorzeitig Wehen auslöste – abermals auf Lady Bryanstons Anordnung.«

»Schön, schön«, erklärte Northumberland und streckte die Beine unter dem Tisch aus. »Lady Bryanston und ihr Speichellecker von Sohn haben also eine berüchtigte Giftmischerin, eine geständige Hexe, eine Frau, die ihr williges Werkzeug ist, in das Krankenzimmer des Königs eingeschleust.« Er strich mit der flachen Hand über die Papiere vor sich und glättete sie umständlich.

»Nehmt die Dame, ihren Sohn und dessen Gemahlin wegen Hochverrats fest! Sie sollen in den Tower verbracht werden. Berichtet uns, was sie vorzubringen haben.«

»Sehr wohl, Mylord Duke!« Wieder verneigte sich der Posten, salutierte und verließ das Privatgemach des Herzogs.

Northumberland stand auf. Da das Earltum der Bryanstons keinen Erben hatte, war es nun frei und konnte jemandem für geleistete Dienste übertragen werden. Seiner Erinnerung nach handelte es sich um ausgedehnte Ländereien in Oxfordshire und irgendwo in Nordengland. Reiche Güter aus dem Besitz mehrerer unter dem alten König aufgelöster Klöster. Sie konnten nun als Bestechung für ein Mitglied des Kronrates dienen – als Gegenleistung für eine Unterschrift unter dem Dokument des jungen Königs zur Änderung der Thronfolge.

Miles Bryanston zog seine edelsteinbesetzten Handschuhe an, als er das Bordell verließ. Das Kind war weg. Angeblich an Fieber gestorben; doch der unstete Blick der Frau und ihr unterwürfiger Ton, als sie es behauptete, hatten seinen Argwohn geweckt. Seiner Mutter wollte er nur gestehen, dass es gestorben war, damit sie nicht wieder auf komische Gedanken kam.

Seine Augen glänzten. Vielleicht würde er ihr auch nur sagen, dass er ihren Befehl ausgeführt … und es in den Fluss geworfen hatte. Damit würde er in ihrer Achtung steigen, und niemand würde etwas erfahren.

An der Treppe rief er ein Boot herbei. »Westminster!« Fest in seinen Mantel gehüllt, setzte er sich auf die Ruderbank. Ein guter Plan. Seine Mutter würde beruhigt sein, ihn loben, und alles war wieder im Lot.

Vor sich hin pfeifend, betrat er das Haus der Byranstons. In der Halle kam ihm Joan, wie so oft mit bekümmerter Miene, entgegen.

Sie empfing ihn händeringend und wehklagend. »Ach, Miles!«

Seine gute Laune verflog mit einem Schlag. »Was ist, Frau? Warum dieser Jammerblick? Da wird ja die Milch sauer!«

Wieder seufzte Joan tief. »Lady Bryanston … deine Mutter …« Tränen füllten ihre Augen. »Den ganzen Morgen über war sie so lieblos zu mir. Dolly hatte wieder ein kleines Missgeschick, ein kleinwinziges nur, und Lady Bryanston verbannte sie hinaus in den Küchenhof, verbot ihr das Haus für immer. Und jetzt ist sie so krank ...« Sie ließ ein bebendes Seufzen hören, Tränen flossen über ihre Wangen. »Ach, Miles, fast könnte man glauben, dass sie vergiftet wurde.«

Miles schnitt eine Grimasse. Dolly war Joans Spaniel, in seinen Augen ein völlig nutzloses Tier mit der unglücklichen Gewohnheit, das zu verursachen, was Joan beschönigend »Missgeschick« nannte.

»Vermutlich hat sie im Hof Rattengift gefressen«, fertigte er seine Gemahlin ohne besonderes Mitgefühl ab. »Wo ist meine Mutter?«

»Oben in der Bibliothek.« Joan entfernte sich schluchzend.

Miles stieg die Treppe hinauf und betrat die Bibliothek. Widerwillig blickte Lady Bryanston von einem Haushaltsbuch auf. Buchführung machte sie ungeduldig, da die Beträge weder am Anfang noch am Ende stimmten. Heute war es nicht anders.

»Nun?«, fragte sie.

»Die Sache wurde bereinigt«, erklärte Miles und lehnte sich sichtlich zufrieden an die Tür. »Er ist weg.«

»Ach!« Lady Bryanston lehnte sich zurück und betrachtete ihren Sohn mit einem Ausdruck, der Wohlwollen sehr nahe kam. »Sehr gut. Endlich haben unsere Sorgen ein Ende.«

Sie wandte sich wieder dem Haushaltsbuch zu und sagte gereizt: »Ich wünschte, du würdest etwas wegen deiner Frau unternehmen. Ihr Geschnüffel macht mich schier wahnsinnig.«

Miles wollte den Mund aufmachen und antworten, als ein heftiges Pochen durch das Haus hallte.

»Was, zum Teufel, ist das?« Er öffnete die Tür und steckte

den Kopf in den Korridor, als wieder das laute Pochen ertönte.

»Jemand ist an der Tür«, sagte seine Mutter und stand auf. »Man muss kein Genie sein, um das zu erkennen.« Sie fegte an ihm vorüber hinaus.

Erhobene Stimmen drangen aus der Halle herauf. Laute, raue Töne. Joans Stimme antwortete schrill und erschrocken.

»Allmächtiger, was ist das?«, japste Miles, als er die Männer sah, die sich in die große Halle drängten – Männer mit Piken und Schwertern bewaffnet.

Kaum brachte er die letzte Stufe hinter sich, wurde er umzingelt.

»Lord Bryanston, ich habe einen Haftbefehl gegen Euch und Eure Mutter. Man legt Euch Hexerei und Hochverrat zur Last«, hub ein Mann mit silberner Kette und Amtsstab an.

Miles erbleichte. »Was … was heißt das … wieso Hexerei … was für ein Verrat?«

Lady Bryanston, die nun ebenfalls umstellt war, herrschte den Mann an: »Was soll dieser Unsinn? Es muss sich um einen Irrtum handeln.«

»Ihr seid hiermit verhaftet, Madam, weil Ihr eine geständige Hexe ans Krankenlager des Königs gebracht und den Tod des Königs durch Gift geplant habt.«

Lady Bryanston schwankte leicht und fasste nach ihrer Kehle. »Welche Beweise gibt es? Worauf stützt sich die Anklage?«

»Das Geständnis Mistress Goodlows, die von Euch beim König eingeführt wurde. Sie gestand, auf Eure Anordnung bei Eurer Schwiegertochter vorzeitig Wehen eingeleitet zu haben, weiters die oftmalige Herstellung von Gifttränken und Anwendung von Zauberei – alles auf Eure Anordnung!«

*»Geständnis …«* Es dauerte lange, bis sie die volle Bedeu-

tung des Wortes erfasste. Sie starrte den Büttel an, blickte in die unbewegten Mienen der Bewaffneten, die sie umgaben.

»Ihr sollt zur Befragung in den Tower gebracht werden«, verkündete der Würdenträger. »Ihr, Euer Sohn und Eure Schwiegertochter!«

Joan stieß einen Schrei aus und sank ohnmächtig zu Boden. Miles' Blässe nahm einen grünlichen Ton an, Lady Bryanston glotzte wie ein Kalb auf der Schlachtbank, während ihr die schreckliche Erkenntnis dämmerte.

*Der Tower ... das hochnotpeinliche Verhör!*

Sie durften nun kein Wort mehr äußern und waren dazu auch nicht im Stande, als man sie im Boot in den Tower schaffte, wo sie unter dem Fallgatter des Verrätertores hindurchwankten und in den Verliesen des Tower eingekerkert wurden.

## 26

Pen trat mit Philip an der Hand in die linde Luft des Juniabends hinaus und lauschte seiner gestammelten Aufzählung der Dinge, die er sah, wobei er ständig wiederholte: »Da, Mama, da!«

Lucy und Andrew hatten ebenso Anteil an seinem rasch wachsenden Wortschatz wie Pen. Philip schien deren Belehrungen schneller zu begreifen als jene der Erwachsenen.

Owen kam mit seiner Mutter aus dem Gemüsegarten hinter dem Haus, im Arm einen Korb voll Karotten. Die reich bestickten Seiden und Samte Londons hatte er gegen ländliche Kleidung vertauscht; nun trug er Beinlinge aus Wolle, Wämse und Jacken aus handgewebtem Leinen.

Nie aber erschien er ohne Rapier oder Dolch, auch wenn er sich einer so harmlosen Tätigkeit, wie der Karottenernte für das Abendessen, hingab. Und kein Tag verging, an dem er sich nicht im Fechten übte und die alte Stechpuppe auf dem Turnierplatz hinter dem Haus attackierte und Pfeile auf das Ziel im Schießstand abschoss. Diese Tätigkeiten faszinierten seine Kinder ungemein, und Andrew lief herum und ahmte ihn nach, indem er sein eigenes Holzschwert schwang. Aber Pen und Esther wussten, dass hinter diesem konzentrierten Training kein Spieltrieb stand.

Pen wartete, bis die beiden sie erreicht hatten. In den letzten Wochen hatte sie eine wachsende Ungeduld an ihm wahrgenommen und ahnte, dass die stille Periode des Heilens, Erneuerns und einander Kennenlernens sich nun dem Ende zuneigte. Und sie gestand sich ein, dass sie selbst der Rückkehr zu ihrer Familie freudig entgegensah.

Sie griff in die Tasche nach dem Brief, den sie eben von ihrer Mutter erhalten hatte. Sowohl sie als auch ihre Familie bedienten sich des französischen Gesandten als Mittler für ihre Briefe. In den fünf Monaten, seit Pen London verlassen hatte, waren nur spärlich Nachrichten ausgetauscht worden. Owen hielt es noch immer für gefährlich, Außenstehenden den Aufenthalt seiner Mutter preiszugeben. Doch die wenigen Schreiben, die gewechselt wurden, hatten ohne viele Worte alle Gefühle ausgedrückt, all jenes Verständnis, das nun zwischen ihnen herrschte.

Owen und Esther machten vor ihr Halt. Er küsste Pen auf den Mund, als sie ihr Gesicht der Abendsonne entgegenhob. Esther lachte und bückte sich, um mit Philip zu sprechen, der eifrig seine Hand in ihre steckte, als sie vorschlug, im Küchengarten Erdbeeren für das Abendessen zu pflücken.

»Deine Mutter scheint immer zu wissen, wann wir allein sein wollen«, sagte Pen und beschattete die Augen, als sie den beiden nachblickte. Der schmale Goldreif an ihrem Ringfinger blitzte unter den Sonnenstrahlen auf.

»Ich sah das Pferd des Kuriers«, sagte Owen. »Gibt es Neuigkeiten?« Er deutete auf den Brief in ihrer Hand.

»Miles und seine Mutter wurden vor zwei Wochen in die Verbannung geschickt«, berichtete sie.

»Eine wahre Erlösung«, erwiderte er aufatmend.

»Ja. Gegen Joan gab es offenbar keine Beweise, trotzdem hat man sie zurückbefördert auf die Güter ihrer Familie in Lincolnshire. Das Earltum steht zur Verfügung.«

»Dann wird es Zeit, dass wir uns in London blicken lassen und es für deinen Sohn einfordern.«

»Das dachte ich mir auch – allerdings ist mir ein Rätsel, wie. Im Moment kann Northumberland damit nach Belieben verfahren.« Sie lächelte ein wenig verwundert und sagte: »Es erscheint mir nicht mehr so wichtig. Philip ist rund und munter und plappert eifrig. Ich weiß nicht, was ihm von der schlimmen Zeit in Erinnerung blieb – doch schläft er immer ruhig. Vielleicht bedeutet sein Erbe gar nichts.«

»Das glaube ich nicht. Wenn man darum kämpfen kann, müssen wir es tun.«

»Mag sein«, räumte Pen ein. »Ich bin zufrieden und so träge und satt wie mein Kater. Es sieht aus, als hätte ich keinen Magen fürs Mausen.«

Nach einem kurzen Auflachen wurde sie sofort wieder ernst. Zögernd schnitt sie das Thema an, dem man nun nicht länger ausweichen konnte. »Aber ich dachte, es wäre auch Zeit, dass du dein früheres Leben wieder aufnimmst.«

Er ergriff ihre Hand und drehte den Ring an ihrem Finger. »Unser Leben, Pen!«

»Wir haben noch nicht besprochen, wie wir es führen wollen.«

»Nein.« Zart strich er ihr übers Haar. »Es gab zu viel anderes zu besprechen.«

Glücklich lehnte sie sich an ihn und atmete den Duft seines an der Sonne getrockneten Hemdes ein, den Schweißgeruch von der Gartenarbeit; und sie spürte das Zucken seiner Brustmuskeln unter ihrer Wange. »Ich glaube, wir haben uns mehr geliebt als miteinander gesprochen.«

»Auch das ist eine Form von Gespräch.« Er fuhr fort, ihr Haar zu streicheln, das sie hier auf dem Land meist offen trug. Die Abendbrise erfasste einige der feinsten goldbraunen Strähnen und wehte sie ihr in die Stirn.

»Nehmen wir Lucy und Andrew mit?« Sie schaute zu ihm auf und sah, dass die alten Schatten seinen Blick verdunkelten.

»Nein. Im Moment sind sie bei meiner Mutter am besten aufgehoben. London ist zu gefährlich für sie, und sie würden dort nicht glücklich sein. Später, wenn sich alles geklärt hat, kann ich sie holen.«

Pen widersprach nicht. Es waren Owens Kinder, wenn sich auch zwischen ihr und ihnen eine starke Bindung entwickelt hatte. Aber der Vater musste selbst entscheiden, wann er sie gefahrlos wieder öffentlich anerkennen konnte.

Was sie betraf, so trug sie seinen Ehering und wollte ihm treue Gattin sein; doch war sie sich der Gefahren bewusst, und ihre Familie ebenso. Falls es galt, sie mit blankem Schwert zu beschützen, und Owen nicht zu Stelle sein sollte, würden Hugh und Robin und alle Gefolgsleute dies übernehmen. Es war ein Risiko, über das sie sich ausgesprochen und sich geeinigt hatten. Doch Owen konnte sich noch nicht entschließen, seine Kinder einer Gefahr auszusetzen ... oder jemanden anderen zu ihrem Schutz anzuheuern.

Schon seit einer Weile kämpfte er mit sich, ob er in Frankreichs Diensten bleiben oder sich mit einem beschaulichen Leben begnügen sollte; jedenfalls würde sie ihn zu keiner Entscheidung drängen. Pen glaubte, ihren eigenen Frieden gefunden zu haben, und würde ihr Leben nach dem Kurs gestalten, den er vorgab. Seine Liebe war ihr gewiss.

Wie Pen spürte auch seine Mutter Owens Ungeduld. Sie nahm ihre Abreise ohne Kommentar hin, wenn es ihr auch schwer fiel, ihre Sorge zu verbergen.

Lucy und Andrew klammerten sich an Owen, als er ihnen liebevoll erklärte, dass er diesmal nicht lange fortbleiben und sie bald nachholen würde.

»Aber Philip nehmt ihr mit«, wandte Andrew ein.

»Ja«, schniefte nun auch Lucy mit Tränen in den Augen und bebendem Kinn. »Wir möchten mit und Großmutter auch!«

»Noch nicht«, erwiderte Owen sanft. Er zog sie an sich, küsste sie und hielt sie ganz fest. Nur mit großer Mühe vermochte er sich loszumachen und sie in die offenen Arme seiner Mutter zu schicken. »Bald, das verspreche ich.«

Pen brannten Tränen in den Augen. Sie verstand, wie schwer es für ihn war, sie wieder zu verlassen, und wie es ihn an jene schreckliche erstmalige Trennung erinnern musste. Doch würde ebenso Esther unter dem Verlust leiden, wenn er die Kinder holte.

Warum war es so eingerichtet, dass mit der Liebe, dem großzügigsten aller Gefühle, oft so viel Schmerz einherging?

Sie verließen Wales Ende Juni und gönnten sich diesmal Zeit für die Strecke. Die Sonne schien, Hecken und Obstgärten prangten im Blütenschmuck, dessen Balsam die Luft erfüllte.

Am zweiten Abend, als die Sonne unterging, gelangten sie an einen schmalen Wasserlauf. Owen saß ab und streckte sich der Länge nach am Ufer aus. Mit hochgerolltem Ärmel tauchte er eine Hand in das langsam dahinströmende Nass. Als er sie wieder herauszog, hielt er eine zappelnde Bachforelle fest. Er warf sie aufs Ufer und erlegte sie mit einem Stein – alles in einer einzigen Bewegung, wie es Pen vorkam, die mit Philip aus dem Sattel gestiegen war.

*»Une nuit sous la lune«,* zitierte Owen und blickte zum Schatten des Mondes am noch hellen Himmel auf. »Essen, Feuer, Decken!«

»Ach ja«, stimmte Pen zu. »Und wir können im Bach baden.« Sie wandte sich an Philip. »Möchtest du schwimmen, Liebling? Im Wasser plantschen?«

Philip betrachtete den Bach mit einiger Reserve. Doch streckte er sich aus, wie er es bei Owen gesehen hatte, und wollte ins Wasser fassen. Als er es nicht schaffte, schob er sich mit angestrengt gerunzelter Stirn ein Stück weiter vor.

Pen sprang herbei, um ihn zu packen, ehe er kopfüber im Fluss landen konnte; Owen aber war schneller und warf den Jungen hoch in die Luft, dass der Kleine begeistert kreischte.

Dann zog Pen ihn aus, ehe sie sich selbst ihrer Kleider entledigte. Sie fasste ihr Haar zu einem Knoten am Hinterkopf zusammen, schnappte sich Philip und trug ihn ins Wasser.

Owen sah vom Ufer aus zu und kniff anerkennend die Augen zusammen. Er liebte ihren Nacken, den Schwung ihres geschmeidigen Rückens, ebenso wie ihre schmale Taille, den leicht gerundeten Bauch, die üppigen Hüften. Womöglich hatte sie in letzter Zeit etwas zugenommen, durch das Glück der letzten Monate war sie runder geworden. Mager war sie gewesen, kein Spatz wie ihre Schwester; doch ihr unglücklicher Zustand hatte ihr ein angespanntes, strenges Aussehen verliehen. Nun war sie köstlich wie eine Schüssel mit süßer Sahne oder wie ein reifer Pfirsich, und er liebte jeden Zoll ihres Körpers.

Pen, die seinen Blick auf sich spürte, drehte sich um. Ihre Brustspitzen waren durch die Kälte des Wassers hart. Philip strampelte mit entzückten Krählauten und ließ einen Sprühregen entstehen, dessen Tropfen in der untergehenden Sonne aufblitzten.

»Kommst du nicht auch? Oder spielst du lieber den Voyeur?«, rief sie ihm zu.

»Im Moment Letzteres«, gestand er. »Hättest du das Kind nicht auf dem Arm, wäre es anders.«

Er musste sich mit einer Kusshand begnügen. Philips Anwesenheit war irgendwie hemmend. Sie spielte eine Weile mit ihm im Wasser, wusch sich den Reisestaub vom Leib und genoss die Frische. Als es ihr kühl wurde und sie erst Philip ans Ufer setzte, ehe sie selbst ungeschickt hinaufkletterte, hatte Owen ein Feuer entfacht, und zwei weitere Forellen lagen neben der ersten.

Er hüllte das Kind in ein Tuch und kitzelte es beim Trockenreiben. Derweilen zog Pen sich an; dann setzte sie sich ans Feuer, während Owen die Forellen zubereitete.

Später unter dem Sternenhimmel, als Philip zusammengerollt unter seiner Decke lag, schob Pen sich an Owen heran, kostete jedes vertraute Stückchen Haut aus, strich mit der Zunge darüber, knabberte an seinen Brustwarzen, streifte die Länge seines Penis entlang, als sie ihn in den Mund nahm, den reichen Duft seiner Erregung einsog und das spröde Haar an seinen Schenkeln ihre Wangen streifte.

Owen legte sich zurück, die Arme ausgestreckt, die Beine gespreizt, und lieferte sich ihr aus. Die Nachtluft war mild, das silberne Mondlicht und die Sterne spiegelten sich auf dem ruhigen Wasser des Bachlaufes.

Sie hob den Kopf von seinen Lenden und blickte die muskulöse Länge seines Körpers entlang. Langsam ließ sie die Hand in die tiefe Senke seines Leibes gleiten, ein Finger fand die noch tiefere Grube seines Nabels. Sie küsste, sich auf die Ellbogen stützend, den Puls an seinem Hals.

Er umfing ihren Kopf und fasste in ihr dichtes braunes Haar. Sie gehorchte dem leichten Zug, der ihr Gesicht über seines brachte. Auf ihm liegend, Leib an Leib, von den harten Muskeln seines Körpers gestützt, lächelte sie ihm in die Augen.

»Küss mich«, forderte er, und sie senkte den Kopf ganz langsam, reizte ihn, beobachtete den Schimmer in seinem Blick, bis ihre Lippen auf seine trafen. Erst ein leichtes Anstreifen, wobei ihre Zungenspitze in seine Mundwinkel zuckte, zwischen seine Lippen, um über seine Zähne zu streichen, das Innere seines Mundes und den Wein zu schmecken, den sie zum Essen getrunken hatten. Er erwiderte den Kuss, indem seine Zunge mit ihrer spielte und über die Innenseite ihrer Wangen strich, ehe er mit beiden Händen ihr Gesicht umfasste und tief in ihren Mund eindrang.

Als sie sich ihm entgegenhob, glitt er langsam in sie. Ihre Münder waren wie ihre Körper vereint. Der wundersame Rhythmus erfasste sie, vertraut, und doch anders … ein anderer Nerv, der berührt wurde, andere Gefühle, die sie auslösten.

Pen ließ langsam von seinem Mund ab und richtete sich auf, wobei sie sich an seine angezogenen Knie lehnte. Er griff zwischen ihre weit gespreizten Schenkel und berührte die vergrößerten Lippen ihres Geschlechts, liebkoste die heiße feuchte Furche. Als sie bereit war, berührte er den aufgerichteten und vergrößerten Mittelpunkt der Lust. Sie biss sich fest auf die Lippen, um an diesem stillen Flussufer nicht aufzuschreien, als ihr Innerstes sich in Ekstase zusammenzog und sie vor Wonne dahinzuschmelzen glaubte. Wieder fiel sie nach vorne auf ihn, und wieder wurde sie von einer Woge erfasst, als sein eigener Orgasmus tief in ihr pulsierte. In enger Umarmung hielt sie den Atem für die dritte, schon abflauende Woge der Lust an.

»Frauen haben es gut«, murmelte Owen und strich über ihr Haar, während sie schlaff und schweißfeucht auf ihm lag. »Wie ungerecht!«

»Es ist der Lohn für die Qualen der Geburt«, murmelte sie, als sie wieder Luft bekam.

Er lachte leise auf und strich über ihren Rücken. Seine Hand blieb an ihrem Gesäß haften und liebkoste die sanfte Wölbung.

Nach einer Weile kämpfte Pen sich hoch, so dass sie wieder rittlings auf ihm saß. Wie aus weiter Ferne hörte sie ihre Stimme, als sie das sagte, was sie sich vorgenommen hatte: »Ich weiß nicht, wie ich ein Leben ohne dich ertragen kann.« Sie strich sich das Haar aus den Augen. »Du wirst oft fortgehen, ohne dass ich weiß, wohin, und ich bin nicht sicher, wie ich damit fertig werde ... der Ungewissheit, der Gefahr. Ursprünglich wollte ich dies für mich behalten, aber Owen, ich weiß nicht, wie ich es bewältigen soll.« Heftig setzte sie hinzu: »Natürlich werde ich es schaffen ... aber wie?«

Pen sah auf ihn hinunter, mit ernster Miene, in der sich eine Vorahnung von Kummer abzeichnete – die Angst, von der sie wusste, dass sie sie erwartete, und Bedauern darüber, dass sie sie überhaupt ausgesprochen hatte.

Er legte die Hände um ihre Mitte, hob sie von sich und setzte sich neben sie. Dann ergriff er den Finger, an dem sie seinen Ehering trug.

Den Blick auf ihre Hand gerichtet, begann er leise: »Familie und Freunde haben immer hinter meinen Tätigkeiten zurückstehen müssen. Bis jetzt lebte ich nur für meine Arbeit. Sie füllte mich in erster Linie aus.«

»Ich weiß«, sagte sie rasch und legte ihm einen Finger auf die Lippen. »Mehr brauchst du nicht zu sagen. Es war nur ein Moment der Schwäche.« Pen versuchte zu lächeln. »Die Ekstase macht mich kraftlos.«

Spontan umfasste er ihre Handgelenke und drückte sie an seine Knie. »Ich sagte *bis jetzt*, Pen!«

Sie nahm die Worte in sich auf. Als eine leichte Brise ihr durchs Haar fuhr, spürte sie die Luft kühl an ihrer schweißfeuchten Haut. »Aber du könntest sie nicht aufgeben. Und ich würde es mir nicht verzeihen, wenn ich glauben müsste, ich hätte dich dazu veranlasst.«

Owen schüttelte tadelnd den Kopf. »In diesem Fall, mein Liebling, könntest du mich zu nichts bewegen. Ich tat immer, was ich für richtig hielt, auch wenn …« Ein Schatten huschte über sein Gesicht, »… auch wenn andere darunter leiden mussten.« Auf seine Miene trat ein Zug der Wehmut. »Aber ich bin fünfunddreißig – vielleicht wird es Zeit, sich mit dem fortschreitenden Alter abzufinden und sich einen ruhigeren Beruf zu suchen.«

»Fortschreitendes Alter!«, schalt Pen ihn. »Was für ein Unsinn!«

»Ich habe eine Frau und drei Kinder«, verkündete er feierlich. »Und es könnte noch mehr geben.« Er legte die flache Hand auf ihren Leib. »Schließlich liefern wir der Natur ausreichend Gelegenheit.«

»Hmm«, stimmte sie ihm ernst zu, wohl wissend, dass dies vielleicht das wichtigste Gespräch war, das sie je führen würden. Falls er das Gefühl bekäme, sie hätte ihn gedrängt, würde er seinen Entschluss womöglich bereuen. Oder umgekehrt; wenn er ihre Ängste nicht ernst nähme, würde die Reue auf ihrer Seite liegen.

»Aber was willst du anfangen, mein Lieber? Ich sehe dich nicht als Bauern oder in der Rolle des Hofmannes, auch nicht als Müßiggänger – selbst wenn du solche Talente wie die Musik pflegst.«

»Antoine de Noailles hat England immer gehasst«, erklärte er ihr. »Wenn passender Ersatz gefunden wird, würde er gern nach Paris zurückkehren.«

Pen starrte ihn an. »Du möchtest Gesandter an Marys Hof werden?«

»Ich habe jeden Grund anzunehmen, König Henry würde es mit Antoines Befürwortung billigen.«

Dies musste Pen erst verarbeiten. Der diplomatische Dienst. Diplomatie musste sich nicht verstecken und war nicht so gefährlich wie die geheime Welt der Spione und Spitzel – in gewisser Hinsicht aber ebenso aufregend.

»Du würdest weiterhin Spitzeldienste leisten?«

»Nein. Ich würde Spitzel einsetzen«, berichtigte er. »Irgendwie tue ich das jetzt schon. Wieder eine Erfahrung, die einem Gesandten zugute kommt.« Sein Lächeln hatte im Mondschein etwas Spöttisches.

»Dann würden wir in London leben. Wir alle?« Sie tastete sich heran, um zu verstehen, was er meinte – verzweifelt bemüht, nichts falsch aufzufassen und sich zu früh zu freuen.

»Wenn es klappt, ja.« Er ließ ihre Hand los und stand auf. Sein langer, männlicher Körper glänzte im Mondschein. Er stand da, die Hände in die Hüften gestützt, und blickte auf das Silberband des Flusses und die Szenerie dahinter.

»Ich kann nicht versprechen, dass es für immer sein wird. Vielleicht müssten wir eine Zeit lang in Frankreich leben. Hättest du etwas dagegen?«

Sie stand auf, trat hinter ihn und legte die Arme um seine Mitte, um das Kinn an seine Schulter zu lehnen, während sie auf dieselbe Szene blickte. »Wenn ich mit dir beisammen bin, könnte ich auch in Surinam oder in der Steppe unter Kosaken leben.«

Er breitete seine Arme aus und zog sie an sich.

Es war am frühen Abend des sechsten Juni, als sie durch die Tore von Lord Kendals Haus in Holborn ritten.

Pen konnte mit ihrer Erregung kaum an sich halten – einer Erregung, in die sich eine merkwürdige, ungute Vorahnung mischte. Sie wusste, dass sie willkommen war, dass es keine Vorwürfe geben würde, auch nicht wegen ihrer Heirat, die in einer kleinen Kirche im Heimatdorf von Owens Mutter stattgefunden hatte. Dies hatte sie ihrer Familie in einem Brief mitgeteilt, und man hatte Owen mit Wärme und Dankbarkeit für all seine Hilfe schriftlich willkommen geheißen. Dennoch empfand sie Beklemmung.

Würden sie aneinander Gefallen finden? Wie würde Owen, ein Einzelkind, ein Mensch, der zumindest emotional immer allein gelebt hatte, sich fühlen, wenn ihre Familie ihn an den überschwänglichen, liebevollen, aber auch erstickenden Busen drückte?

Der Pförtner hatte seinen Sohn losgeschickt, der zwischen den Bäumen die Zufahrt zum Haus zurückgekeucht war, um ihre Ankunft zu melden; als sie den gekiesten Vorplatz erreichten, öffnete sich das Portal, und alle stürzten unter lauten Freudenrufen heraus.

Pen wurde umarmt, Philip, der vor Schreck verstummte, von einem zum anderen gereicht. Owen saß ab und wartete, die Szene beobachtend, und fragte sich, wie er jemals einen Platz darin finden würde.

»Lasst Euch davon nicht entmutigen«, sagte Hugh neben ihm. »Guinevere und ihre Töchter wirken auf Außenstehende geradezu überwältigend. Alle anderen sind Dienstboten, die Pen von Kindesbeinen an kennen. In einigen Minuten hat sich der Sturm gelegt.«

Er lächelte Owen zu und streckte ihm die Hand entgegen. »Owen d'Arcy, seid willkommen! Ihr müsst Euch sehr liebevoll meiner Tochter angenommen haben ... so glücklich und strahlend habe ich sie seit Philips Tod nicht mehr erlebt.«

»Das freut mich«, sagte Owen und ergriff die dargebotene Rechte. »Und ich danke Euch für den Empfang.« Wieder sah er zu dem Trubel hinüber und bemerkte: »Lord Robin ist nicht da?«

»Nein. Northumberland hat ihn die letzten Monate kaum von seiner Seite gelassen. Princess Marys Abreise und Pens

Verschwinden haben bei ihm höchstes Misstrauen erregt. Er wollte Robin genau im Auge behalten.« Besorgnis verdunkelte Hughs Blick. »Falls Northumberland zu der Auffassung gelangt, Robin hätte ihn hintergangen, dann …« Er sprach nicht weiter. »Aber darüber wollen wir uns heute keine Sorgen machen. Kommt, Ihr sollt die Damen kennen lernen.«

Pen gab lauthals ihrem Staunen über den kleinen wohlgenährten Charles Ausdruck, dessen Haar von seinem runden Sommersprossengesicht noch röter und borstiger abstand. »Spricht er schon?«, fragte sie Pippa.

»Wie ein Wasserfall«, berichtete Pippa lachend. »Besonders wenn es Essen gibt.«

Hufgetrappel auf dem Kies unterbrach das allgemeine Durcheinander. Robin sprengte auf schäumendem Ross daher und ließ unter den Hufen Kies aufspritzten.

Er sprang aus dem Sattel, ohne Owen und Pen momentan wahrzunehmen. Hugh lief auf ihn zu. »Was gibt es?«

»Edward ist tot.« Robin atmete schwer, sein Gesicht war schweißüberströmt. »Irgendwann heute Morgen verschied er, doch will der Herzog seinen Tod nicht offiziell bekannt geben. Mary und Elizabeth wurden aufgefordert, ans Lager ihres Bruders zu eilen. In London angekommen, wird man sie sofort festnehmen und in den Tower sperren.«

Da er sich mit dem Arm übers Gesicht wischte, befleckte er die Seide seines Wamses.

»Er will Jane zur Königin ausrufen lassen, sobald er die Stadttore schließen kann – und Truppen in die umliegenden Städte abkommandiert hat, um jeden Aufruhr im Keim zu ersticken.«

Sein Blick fiel auf Pen und das Kind in ihren Armen. Sie lief rasch zu ihm und gab ihm einen Kuss. Er umarmte sie innig. »Ich bin froh, dass du zurück bist, wenngleich es besser wäre, du hieltest dich weiterhin versteckt.« Mit Owen wechselte er einen Blick, aus dem weder Feindseligkeit noch Wärme sprach – der aber gegenseitige Akzeptanz verriet.

Dann fuhr Robin tonlos fort: »Northumberland wird sich an uns allen rächen, sobald Mary und Elizabeth in seiner Gewalt sind und Jane die Krone trägt.«

»Dazu darf es nicht kommen«, erhob Owen Einspruch. »Man muss Mary davor warnen, sich nach London zu begeben.«

»Auf jeden Fall«, bekräftigte Hugh und schritt auf das Haus zu. »Sie muss in den Norden, wo sie bei den Katholiken den stärksten Rückhalt hat. Ich will sofort zu ihr nach Hunsdon. Robin, du kommst mit. Man soll mein Pferd satteln und dir ein frisches geben.«

Guinevere enthielt sich eines Kommentars. Ihr Mann hatte sich für eine Seite entschieden. Wenn Mary in dem herrschenden Kampf um die Krone unterlag, würde es Hugh und seinen Sohn den Kopf kosten.

Pen sah ihren Mann an. »Owen?« Sie sprach seinen Namen im Frageton aus.

»In dieser Auseinandersetzung spiele ich keine Rolle«, erläuterte er ihr. »Frankreich unterstützt Mary wie ich; doch steht es mir nicht zu, in einem englischen Bürgerkrieg Partei zu ergreifen. Verstehst du das, Pen?«

Stirnrunzelnd fragte er sich, ob sie verstehen würde, warum er in einer Situation, in der ihre Familie leidenschaftlich Stellung bezog und mit ihrer Loyalität ihr Leben riskierte, diplomatisch auf Distanz gehen musste.

»Ja«, gab sie ihm zu verstehen. »Deine Treue gilt Frankreich.«

Owen nickte. Seine Erleichterung überstieg seine Befriedigung. »Mein Platz ist an der Seite des Gesandten.« Er wandte sich an Guinevere. »Madam, meine Frau und mein Adoptivsohn stehen unter dem Schutz der französischen Krone.

Das gefiel Guinevere. »Sehr gut. Bringt sie unter dem Dach des Gesandten in Sicherheit.«

»Und auch Pippa, Anna und Charles«, rief Pen aus. »Dass du nicht mitkommen willst, Mama, weiß ich – sie aber sollten uns begleiten.«

Guinevere sah Owen fragend an, der sagte: »Natürlich. Sie sind durch Heirat mit Frankreich verbunden. Seid Ihr sicher, dass Ihr nicht auch Schutz suchen wollt, Lady Guinevere?«

»Nein, danke. Mein Platz ist im Hause meines Gemahls«, erklärte sie ruhig.

Hugh trat über die Schwelle, als Robin auf einem frischen Pferd erschien, Hughs Schlachtross am Zügel hinter sich. Der Abschied fiel kurz und innig aus. Dann ritten sie die Zufahrt hinunter.

»Pack rasch ein paar Sachen zusammen«, wies Guinevere Pippa an. »Und nimm Tilly und Ellen mit. Sie werden euch bei den Kindern helfen.«

Vier Tage darauf wurde Jane Dudley zur Königin ausgerufen und feierlich in die royalen Gemächer des White Tower geleitet, um dort ihrer Krönung zu harren.

Als die großen Feldschlangen am Fluss die herrscherliche Prozession ankündigten, verließen Pen, Pippa und Anna die Residenz des Gesandten zu Whitehall, um vom Ufer aus mitzuerleben, wie der Zug von Durham House aufbrach. Die Menschenmenge verharrte in dumpfem Schweigen; es gab weder Jubel, noch wurden Mützen in die Luft geworfen, als die prächtige Flotte der Barken feierlich vorüberglitt.

»Das Land wird es nicht hinnehmen«, flüsterte Pen, ohne die Lippen zu bewegen, da man nie wusste, wer neben einem in der Menge stand.

Pippa nickte nur zustimmend und hielt Annas Arm fester.

Von Angst und Niedergeschlagenheit erfüllt, kehrten sie

in die Residenz zurück. Die unter der Sommerhitze brütende Stadt vermittelte das Gefühl, der Pöbel könne jeden Moment seinem Hang zu Gewalttätigkeit nachgeben.

Owen empfing sie erleichtert. »Draußen ist es nicht ungefährlich«, schalt er sie, ohne seinen Ärger zu verhehlen.

»Ach, wir waren nicht einen einzigen Augenblick in Gefahr«, beschwichtigte ihn Pen und löste ihre Kapuze. »Außerdem hat es nur eine Stunde gedauert. Gibt es Nachricht von Mary?«

»Soeben kam ein Bote.« Der Gesandte beantwortete ihre Frage, als er aus dem Salon in die kühle Halle trat. »Mary befindet sich unterwegs nach Framlingham, Euer Vater und Bruder begleiten sie. Der Herzog lässt auf allen Marktplätzen die Proklamation verlesen, in der Jane zur Königin ausgerufen wird – doch eilen die Menschen in Massen herbei, um Princess Mary zu huldigen.«

»Jetzt heißt es sich in Geduld fassen«, mahnte Owen. Er legte Pen eine Hand auf die Schulter. »Und Ihr, Frau Gemahlin, werdet gefälligst im Haus bleiben. Du und deine Schwestern!« Sein neckender Ton vermochte Pen und Pippa nicht zu täuschen.

Anna sah ihn ein wenig beunruhigt an. Nicht dass ihr neuer Schwager ihr nicht gefallen hätte; doch fand sie ihn einschüchternd, obwohl er es ihr gegenüber nicht an untadeliger Höflichkeit und an Umsicht fehlen ließ. Pen aber scherzte mit ihm, und Pippa neckte ihn mit einer Unbefangenheit, die ihre jüngste Schwester erstaunte.

Pen lächelte. Sie hätte gedacht, dass sie seine Besorgnis und Strenge lästig finden würde, doch ließ sie es sich stoisch gefallen. Da Owen seine erste Frau nicht ausreichend geschützt hatte, musste seine zweite die Folgen dieses Versäumnisses ertragen.

Sie warteten neun Tage und blieben während dieser Zeit im

Haus. Owen kam und ging und verließ das eheliche Bett manchmal frühmorgens, um erst am späten Nachmittag wiederzukehren. Fast stündlich trafen Boten aus dem Norden ein, wo Mary überwältigende Unterstützung fand. Northumberland trachtete danach, im ganzen Land Truppen gegen sie aufzubieten, begegnete aber hartnäckigem Widerstand.

Es war am Nachmittag des 19. Juli, als Pen, die mit ihren Schwestern im Salon des Gesandten saß und Philip und Charles ein Fadenspiel beibrachte, die ersten Rufe von draußen hörte.

Sie sprang auf, die Wolle fiel als unentwirrbares Knäuel zu Boden. »Was ist das?«

Flugs rannten sie an die Fenster, die auf die Straße hinausblickten. Menschen strömten vorüber, singend, tanzend, mit Freudentränen in den Augen.

»Was ist? Wo steckt Owen?«, wollte Pippa wissen. »Er hält uns hier fest und ist im richtigen Moment nicht zur Stelle, um uns mitzuteilen, was passiert.«

»Hier bin ich!« Owens leise, melodische Stimme kam vom Eingang her. »Es ist ausgestanden. Mary wurde zur Königin proklamiert. Man erwartet, dass Northumberland sich noch heute Abend ergibt.«

# Epilog

Königin Mary erhob sich vom Thron unter dem Baldachin in den königlichen Gemächern des White Tower und trat vor, um ihre Besucher zu begrüßen.

»Pen, meine Liebe!«

Pens üppige Damaströcke bauschten sich auf dem weichen türkischen Teppich, als sie in einem Knicks versank. »Hoheit«, murmelte sie und neigte den Kopf tief.

Mary richtete Pen auf, um sie herzlich zu küssen. »Pen, glaubt mir, Ihr habt mir sehr gefehlt – aber ich denke, man kann Euch aufrichtig gratulieren.«

Sie lachte leise. »Euer Chevalier hat uns einen großen Dienst erwiesen. Wie ich hörte, werden wir ihn bei Hofe von nun an öfter sehen, wenn auch in …«, wieder lachte sie, »… förmlicherem Aufzug.«

»Das will ich hoffen, Madam«, erwiderte Pen gemessen.

Die Königin erschien in Pracht und Kostbarkeit. Ihr Unterkleid war mit Gold und Diamanten übersät, ihr Übergewand mit farbigen Edelsteinen. Die königlichen Gemächer im Tower schmückten reiche vielfarbige Tapisserien sowie luxuriöse Teppiche und Möbelstücke. Mary, die erst eine Woche zuvor in London triumphalen Einzug gehalten hatte, bewohnte sie mit einer Selbstverständlichkeit, die verriet, dass sie nie daran gezweifelt hatte, es sei die ihr gemäße Umgebung.

Nun wandte Mary sich dem neben Pen stehenden Owen zu. »Chevalier, wenn alle Formalitäten erledigt sind, werde ich Euch als Freund von Englands Krone am Hof von St. James überaus herzlich empfangen!«

Owen verbeugte sich, sein schwarzes Samtbarett an die Brust drückend.

»Und wen haben wir da?« Marys Blick blieb an der kleinen Gestalt zwischen Pen und Owen hängen. Philip, den sie an den Händen hielten, trug Kleidchen und Unterröcke aus bestickter weißer Seide; er sah seine Königin aus großen Augen neugierig an.

»Wir sind einander schon begegnet, glaube ich«, sagte die Königin mit wohlwollendem Lächeln. »Seither hat sich das Kind äußerlich sehr vorteilhaft verändert.« Sie richtete ihren eindringlichen, kurzsichtigen Blick auf Pen.

»Das bewirken Liebe und gutes Essen, Madam«, gab Pen offen Auskunft.

Mary nickte. Sie spielte mit dem schweren juwelenbesetzten Kreuz auf ihrer Brust, auf dem Saphire und Rubine mit blendender Leuchtkraft blitzten.

»Pen, meiner Ansicht nach schulde ich Euch eine Gunst.« Ihr warmer Ton und das Lächeln in ihren Augen ließen keinen Zweifel, dass die Gunst gewährt werden würde.

»Ja, Hoheit. Das Earltum der Bryanstons steht seit der Verbannung Lord Bryanstons zur Verfügung. Ich fordere es für meinen Sohn, den Sohn von Philip Bryanston.«

»Eine üble Geschichte«, bedauerte Mary. Sie beugte sich vor zu dem Jungen, dessen Blick an dem mit Edelsteinen besetzten Kreuz hing. Er zwinkerte und entzog seine Hand dem mütterlichen Griff, um das bunte Ding zu berühren.

»Du berührst das Kreuz«, flüsterte Mary. »Dann wirst du im wahren Glauben aufwachsen, mein Kind – da England nun wieder in den Schoß der heiligen Kirche zurückkehrt.«

Pen, die den religiösen Eifer der Königin kannte, ließ sich nicht anmerken, dass es sie schauderte.

»Philip, Earl of Bryanston, ich setze dich in Titel und Besitz deines Vaters ein«, verkündete Mary. »Erstarke im Glauben und in Treue zu deiner Königin!«

Überwältigt vom Ernst der Situation, brach Philip in Tränen aus.

Pen bückte sich, um ihn zu trösten, und hob ihn ungeschickt hoch, da ihre Hofrobe ihr wenig Bewegungsfreiheit gestattete. Owen übernahm das Kind und drückte das nasse Gesichtchen an sein graues Samtwams.

»Meine teure Pen, Ihr werdet mir fehlen – doch entlasse ich Euch nun in die Dienste Eures Gemahls«, fügte Mary förmlich hinzu.

Die vormalige, edle Zofe knickste und verbarg das Aufblitzen in ihren Augen. Sie stand ebenso wenig in Owens Dienst wie er in ihrem. Als sie sich rücklings entfernte, bemerkte sie seine Belustigung.

»Meine Dienerin«, flüsterte er ihr ins Ohr. »Willkommen in meinem Gefolge!«

Pen bedachte ihn mit einem Blick, aus dem gespielte Entrüstung sprach, und ließ ihn stehen, um ihre Eltern zu begrüßen. Sie standen am anderen Ende des Staatsgemaches mit Pippa und einer jungen Lady, die das rote Haar ihrer Mutter und die Züge ihres Vaters besaß. Elizabeth, die Tochter Henrys VIII. und Anne Boleyns.

Pen knickste erst vor der Prinzessin, dann vor Hugh und Guinevere, und umarmte ihre Schwester, die einen noch überschwänglicheren Eindruck machte als sonst.

Ungeduldig wartete Pippa, bis Begrüßungen und Förmlichkeiten ein Ende hatten, ehe sie ihre Schwester zur Seite zerrte. »Ich soll nach der Krönung Princess Elizabeth begleiten«, eröffnete Pippa Pen leise. »Sie wird nicht am Hofe bleiben und wünscht meine Gesellschaft. Meinst du, dass es für mich vernünftig wäre?«

»Ich weiß es nicht«, zweifelte Pen. »Wenn sie den Hof verlässt, kann es für dich sehr still werden.«

»Ach, irgendwo tut sich immer etwas«, entgegnete Pippa frohgemut. »Du hast im Dienst einer Prinzessin einen interessanten und verwegenen Mann gefunden. Ich bin entschlossen, mein Glück zu versuchen.«

Pen lachte. »Du bist unverbesserlich!«

»Wirst schon sehen«, stellte Pippa in Aussicht. »Wir sprechen uns wieder!« Als sie zu Elizabeth zurückging, schien sie förmlich zu tänzeln.

Kurz darauf verließen Pen und Owen mit Philip die königlichen Gemächer. Die Raben des Tower scharten sich auf dem Rasen des Tower-Angers zusammen und schickten ihr misstönendes Krächzen durch die Abendluft. Sie strebten dem Hauptportal zu, Philip zwischen sich auf und ab schwingend.

Beiläufig warf Pen einen Blick zum Herren-Gefängnis, einem ansehnlichen zweigeschossigen Bau, der die Rasenfläche begrenzte. Sie glaubte, jemanden an einem der Fenster auszumachen. Eine zarte Gestalt in einem schlichten grauen Kleid, das Haar unter einer weißen Haube versteckt.

Jane Dudley.

»Armes Mädchen«, äußerte Pen leise. »Noch nicht sechzehn, war sie Königin für neun Tage – und ist nun Gefangene. Das alles verdankt sie fremdem Ehrgeiz!«

Sie bückte sich und gab Philip einen Kuss auf die Wange. »Owen, es existiert so viel Böses. Der Vater dieses Kindes musste sterben, weil dessen Mutter krankhaft ehrgeizig war. Wer weiß, welches Schicksal die arme kleine Jane erwartet, die dem Ehrgeiz der Suffolks und Northumberlands zum Opfer fiel.«

Sie gelangten durch das Portal zur Wassertreppe am Lion's Gate.

»Unsere Kinder sollen nicht Opfer werden, wenn wir es abwenden können«, lautete Owens Erwiderung, und er schwang Philip ins wartende Boot.

»Nein«, stimmte Pen zu und setzte sich in den Bug, als das Gefährt abstieß. »Es wird Zeit, Andrew und Lucy zu holen.«

Owen lächelte, breitbeinig dastehend, die Hände in die Hüften stützend, während die Stadt vorüberglitt.

»Ich liebe dich«, flüsterte Pen.

»Und ich dich«, erwiderte er strahlend.

»Liebe dich«, ahmte Philip sie nach, neben seiner Mutter auf und ab hopsend. »Liebe dich … liebe dich.« Er quiekte vor Lachen, als hätte er etwas unbeschreiblich Komisches gesagt.

Pen trat zu Owen an die Reling. Er legte einen Arm um sie, sie lehnte den Kopf an seine Schulter. Hinter ihnen fuhr ihr Sohn in seinem munteren Singsang fort, der ihnen wie die köstlichste Weise in den Ohren klang.

»Küss mich«, bat sie leise, ihr Gesicht Owen zuwendend.

»Immer«, gelobte er, umfasste ihre Wange mit einer Hand und näherte sich ihrem Mund. »Ich werde mein Leben damit zubringen, dich zu küssen, Liebste. So … und so … jetzt und immerdar!«